BİR DİNOZORUN ANILARI

Mîna Urgan, İstanbul Üniversitesi Edebiyat Fakültesi'nden emekli oldu. Thomas Malory, Henry Fielding, Balzac, Aldous Huxley, Graham Greene, William Golding, John Galworthy ve Shakespeare çevirileri yapmıştır. Prof. Dr. Mîna Urgan, Elizabeth Çağı tiyatrosunda soytarılar, Sir Thomas More ve Shakespeare üstüne iki ciltlik bir kitap yazmıştır. *Shakespeare ve Hamlet* adlı incelemesi 1984'te, beş ciltlik *İngiliz Edebiyatı Tarihi* 1986 ile 1993 yılları arasında, *Virginia Woolf* 1995'te, *D.H. Lawrence* incelemesi ise 1997 yılında Yapı Kredi Yayınları arasından yayımlanmıştır.

Mîna Urgan'ın
YKY'deki öteki kitapları:

Virginia Woolf (1995)
D.H. Lawrence (1997)

MÎNA URGAN

Bir Dinozorun Anıları

YAŞANTI

YKY

Edebiyat - 253
ISBN 975-363-832-9

Bir Dinozorun Anıları / Mîna Urgan

1. baskı: İstanbul, Mart 1998
34. baskı: İstanbul, Eylül 1998

Kapak Tasarımı
Faruk Ulay - Kaan Savul

Baskı: Şefik Matbaası

Yapı Kredi Kültür Sanat Yayıncılık Ticaret ve Sanayi A.Ş.
Yapı Kredi Plaza E Blok Manolya Sokak 1. Levent 80620 İstanbul
Telefon: (0 212) 280 65 55 (pbx) Faks: (0 212) 279 59 64
http://www.ykykultur.com.tr

İÇİNDEKİLER

BİRİNCİ BÖLÜM

Yaşlılık ve Ölüm

İhtiyarlar ne yaparlar? Anılarını yazarlar. Ben de bunu yapıyorum işte. Günce tutmak alışkanlığım olmadığı; ancak altmışından sonra ve yalnız yolculuklarımda notlar tuttuğum için, bu dinozorun anıları biraz kopuk kopuk olacak. Üstelik belleğim de hiç güçlü değildir. Bunun nedeni, birçok şeyi kafamdan tamamiyle silmek istememdir belki de. Çünkü bizi derinden yaralayan olayları hiç anmamak, tümüyle unutmak, daha doğrusu unutmuş gibi davranmak zorundayız yaşamaya devam edebilmek için.

Anılarımı yazmaya başlarken seksen iki yaşına bastım. Bu işi tamamlamaya ömrüm vefa eder mi bilemem. Ama bunu deneyeceğim mutlaka. Çünkü belleksiz bir toplum olmamızı önlemek için, herkesin anılarını yazmasını yararlı buluyorum. Köşedeki bakkal gördüklerini kaydetse, sokağındaki evlerin nasıl apartmanlaştığını, orada oturanların ne gibi değişimlere uğradığını, kendi bakkaliyesinin nasıl markete dönüştüğünü anlatsa, bunlar bile ilginç olur bana kalırsa.

Ne var ki, görev bildiğim bu işe bir nebze bencillik de karıştığını yadsıyamam. Çünkü benim gibi, ruhun ölümsüzlüğüne, öteki dünyaya filân inanmayan bir insan, karanlık bir boşlukta yok olmadan önce, çok küçük de olsa, bir iz bırakmak ister peşinde. Tek ölümsüzler sanatçılardır, şairlerdir, yazarlardır, düşünürlerdir. Şimdi ünlü olmasalar bile, ileride değerleri anlaşılacaktır. Çamurlu bir su birikintisine, bembeyaz, ışıl ışıl ışıldayan çok güzel bir çakıltaşı atmışlardır onlar. Çamurlu sular nasıl olsa bir gün çekilecek, o güzel çakıltaşı gün ışığına çıkacaktır. Büyük yaratıcılar, her zaman yaşayacakları, hiçbir zaman unutulmayacakları için, anılarını yazsalar da olur, yazmasalar da. Oysa benim gibi bir öğretmeni, öğrencilerinden, ailesinden, yakın dostlarından başka kim anımsayacaktır? Onlar da öldükten sonra, o öğretmen tümüyle yok olacaktır karanlık boşluklarda.

Anılarıma başlarken, her şeyden önce, gençliğin bir mutluluk, yaşlılığın ise bir mutsuzluk dönemi olduğu mitosunu yıkmak istiyorum. Gençliğin mutluluğu, gençlerin kendileri dışında nerdeyse herkesin inandığı koca bir yalandır. Hiçbir gencin, "genç olduğum için aman ne mutluyum" dediği duyulmamıştır. Ama her nedense ihtiyarlar "ah! gençken ne mutluydum!" diyerek kendilerini aldatıp dururlar. Ailesi ve çevresi tarafından az çok korunan bir çocuk, on altı on yedi yaşına varıp, kimliği henüz gelişmeden, kendini savunma mekanizması henüz işlemeye başlamadan; toplumun, insanların, cinselliğin gerçekleriyle ansızın karşı karşıya gelince, nasıl mutlu olabilir ki?

Bir hayli dirençli, iyimser bir insan olduğum için, bu uzun ömrüm boyunca başıma gelen felâketlere dayanabildim ama, on beş ile yirmi beş yaşları arasında çektiklerime bir daha dayanamam gibi geliyor bana. Dertlerime, beni şaşırtan yoğun sevinçler de karışıyordu elbette. Ne var ki, dertler, sevinçlerden ağır basıyordu her zaman. Çünkü kişisel sorunlarım bir yana, dünyanın felâketlerinden, toplumsal düzenin haksızlıklarından, insanların birbirilerine acımasızlığından sorumluymuşum; bunlara bir çare bulmam gerekiyormuş gibi bir duyguya kapılmıştım. Bu yükümlülüğü her zaman duymakla birlikte, gençliğimde kendimi yalnız sanırdım. Oysa yükümü benimle paylaşan başka insanlar da olduğunu biliyorum artık.

Gençliğimde çok acı çektim, ama şimdiki gençlerin acıları benimkinden bin beter herhalde. Çünkü benim kuşağım, gençliğini ve gençliğin sorunlarını umutlu bir dönemde yaşadı hiç olmazsa. O birinci ve tek cumhuriyet gözümüzün önünde kurulmaktaydı. Eğer çalışırsak, doğru dürüst eğitim görürsek, aç biilaç ortalarda kalmayacağımızı biliyorduk. Güçlü bir umut içimize öyle derin kökler salmıştı ki, şimdi yaşadığımız toplumsal felâketler, hortlayan gericilik bile, benim gibi dinozorları hâlâ yıldıramadı.

Oysa liberal denilen ekonominin o yağmacı ve vahşi kapitalizminin yıkıcı rekabet ortamı içinde bocalayan Turgut Özal'ın zavallı veletlerinde, bu türden bir umut hiç yok. Çok çalışsalar da, üniversiteler bitirseler de, aç kalacakları korkusundan kurtulamıyorlar. Ne yazık ki, çoğunun amacı, bizim kuşağın amacından bambaşka. Bizler, kendimizi her açıdan en iyi biçimde eğitip, hem çevremize yararlı olmak, hem de huzur içinde yaşamak isterdik. Onlar ise, ellerinden geldiği kadar çok para kazanmak istiyorlar. Çünkü bizlerin her şeyden önemli saymadığımız para, onların tek güvencesi. Bir insanın, insanca yaşayabilecek kadar para kazanması şarttır elbette. Ama Özal veletleri, çok çok para, gerektiğinden fazla para kazanmak istiyorlar. (İkide birde "Özal veletleri" diyorum. Çünkü bu berbat zihniyet, Turgut Özal'ın o çirkin"vizyon"larından kaynaklandı. Rahmetli, 12 Eylül darbecilerinden çok daha fazla kötülük etti bu memlekete. Çünkü darbeciler gibi işkence yoluyla bedenlere hasar vermekle yetinmedi, kafalara hasar verdi.) Zenginleri sevdiğini açıkça söylemekten hiç utanmayan bir adamın etkisine kapılıp para hırsına teslim olan, kültürü önemsemeyen, tiyatroya, klasik müzik konserine, resim sergisine gitmeyen, kitap okumayan bu gençlerin, sanatın insana verebileceği hazlardan yoksun kalmaları yüreğimi parçalıyor. Paranın yaşamlarını zenginleştirmediğinin, kişisel sorunlarına da bir çözüm getiremeyeceğinin iş işten geçtikten sonra farkına varacaklardır. Üstelik I.Q'nun yetmediğini, bir işi yönetene iş hayatında başarı sağlamak için bile E.I.Q. (Emotional Intelligence Quotient) gerektiğini, Amerikalılar bile anladılar artık. Bu duygusal zekâ ise, kitap okuyarak, müzik dinleyerek, tablolara bakarak, yani sanatla gelişebilir ancak.

Gençliği bir mutluluk dönemi sanmak yanılgısına düşenler, ihtiyarlığı da, acıklı, hattâ biraz ayıp bir dönem sayıyorlar. "Artık ben ihtiyarladım" deyince, "hayır ihtiyarlamadınız, sadece yaşlandınız" diyorlar. Sanki yaşlanmakla ihtiyarlamak aynı anlama gelmiyormuş gibi, "ihtiyarlamak" hafifce müstehçen bir sözcükmüş gibi. Bir de "sizi çok iyi gördüm" lâfı var. Benden genç olanlar, benimle karşılaşır karşılaşmaz, "sizi çok iyi gördüm" diyorlar selam yerine. Bunu otomatik olarak söylerken, iyiniyetliler, "vah zavallı! Amma da çökmüş!" diye düşünüyorlar. Kötü niyetliler de, "bu moruk da hâlâ ayakta kaldı." diyorlar içlerinden.

Oysa ihtiyarlamak, hiç utanılacak bir durum değil, üzülecek bir durum da değil. Bernard Shaw, yaşını açıkça söyleyen bir kadından korkulması gerektiğini; çünkü bunu açıklayan bir kadının her şeyi açıklayabileceğini söyler. Yaşımı bildirmekten hiçbir zaman çekinmedim. Hattâ iyice ihtiyarladıktan sonra, biraz gururla, nerdeyse övünerek ilan etmeye başladım tam kaç yaşında olduğumu. Onun için, yüzlerine bir maske takarcasına ağır makiyajlarla yaşlarını gizlemeye çalışan kadınları pek anlayamıyorum. Belirli bir yaşa kadar makiyaja hiç de karşı değilim. "Otuzuma basınca, ben de makiyaja başlayacağım" derdim kendi kendime. Ama bu iş çok vakit aldığı için, üşendim, başlayamadım. Sonra otuz beşe erteledim makiyajı, sonra kırka. Kırktan sonra da iş işten geçti zaten.

On yıl kadar önce, annemin gençlik arkadaşı Bedia Muvahhit'le karşılaşmıştım bir lokantada. Yanına gittim, eğildim, "Bedia Teyze, yetmişimi aştım" diye fısıldadım kulağına. Bu münasebetsiz lafımla onun da yetmişini çoktan aştığını söylemek istediğimi hemen anladı. "Sus, terbiyesiz kız!" diye beni şakadan azarladı. Bedia Muvahhit, pek beğenmediğim o ağır makiyaj maskelerini yüzüne geçirirdi ama, zekâsına da, esprilerine de diyecek yoktu.

Bana kalırsa, bir insanın yaşamında en güzel yıllar gençlik değil, otuz beş ile kırk beş arasıdır. Gençliğin sıkıntılarından kurtulmuş, yaşlılığın sorunlarıyla henüz karşılaşmamışsınızdır. Ne çare ki, o güzel yıllar da geçer, her şeyin gelip geçtiği gibi. Altmışından sonra, çok güç bir dönem başlar. Artık genç olmadığınız, orta yaşlı da sayılamayacağınız, yaşlanmaya yüz tuttuğunuz gerçeğine katlanmak zorunda kalırsınız. Hiç de kolay değildir bu. Ama bu acı gerçeğe katlananlar, "artık ben yaşlıyım" diyenler, aklın alamayacağı bir rahata kavuşurlar. Eğer sağlık durumları az çok yerindeyse, hiç kimseye muhtaç olmadan bir evde yalnız yaşayabiliyorlarsa, yaşlılığın huzurlu, hattâ mutlu bir dönem olabileceğini anlarlar. Bunu anladıktan sonra da, yaşlılığın nimetlerinden yararlanabilmenin yolunu arayabilirler. Örneğin, yaşlandıklarını bahane ederek şımarabilirler. Gençliğimde ve orta yaşlıyken pek şımarık değildim. Ama baktım ki, yaşlılığımda, "şunu yapmak istiyorum, bunu yapmak istiyorum, şunu yemek istiyorum, bunu yemek istiyorum" diye tutturunca, yakınlarım, sekiz yaşında bir çocuğun isteklerini yerine getirdikleri gibi, bu seksenlik ihtiyarın da isteklerini yerine getiriyorlar. Ben de hiç utanmadan, elimden geldiğince sömürüyorum bu durumu. Şımarıklık numaralarımı ancak kızım Zeynep'e yutturamıyorum. "Şımardın gene" diyerek beni şakadan azarlıyor. Zaten belirli bir yaşa kadar siz çocuklarınızı azarlarsınız, ondan sonra çocuklarınız sizi azarlamaya başlar.

"Dinç" denilen türden bir ihtiyar olarak ayakta kalabilmem, talihimden başka bir şey değil aslında. Bunu ben de çok iyi biliyorum. Ama şımarıklığımdan ötürü, bunu yalnız talihim değil, kendi marifetim saymaya başladım. Övünmek gibi olmasın ama, belki de biraz kendi marifetimdir dinçliğim. Çünkü "iyi ihtiyarlamak için yiğit olmak gerekir" sloganını benimsedim. Öteki ihtiyarların çoğu gibi, saatlerce sağlık durumumdan yakınarak kimsenin kafasını şişirmiyorum. "Şuram ağrıyor, buram sızlıyor" demiyorum, gerçekten de şuram ağrıdığı buram sızladığı halde.

Sağlıksızlığı ilginç sanıp, çeşitli illetlerini nerdeyse gururlanırcasına anlatıp dururlar kimileri. Hastalıklarıyla övünürler nerdeyse. Bunların arasında yalnız ihtiyarlar değil, orta yaşlılar, hattâ gençler de vardır ne yazık ki. Bense, sağlıksızlığı, insanı küçük düşüren, biraz ayıp bir güçsüzlük saydım. Bu yüzden de, delikanlılığı elden bırakmaya kesinlikle yanaşmadım, hastalıklara teslim olmaya katlanmadım. Üstüne üstüne gittim onların.. "Aslan gibiyim" diye böbürlenerek, ağır bronşitlerle, hattâ yüksek ateşlerle denize girdim.

Annem Şefika, benim bu yiğitlik gösterilerimi alaya alıp, "kavanoz pehlivan" adını takmıştı bana. T.D.K. sözlüğüne baktım, sorup soruşturdum, böyle bir deyim yok. Acaba annem mi uydurmuştu bunu? Uydursun uydurmasın, bu deyim çok uygundu benim halime: Kolayca kırılabilecek bir cam fanus içinde, mevcut olmayan pazularını şişirerek, kabadayılık taslayan ufak bir yaratık.

Bu böbürlenmelerime karşın, sağlık durumum pek parlak sayılmazdı. Arkadaşım Prof. Dr. Nejat Harmancı, hayatımda duyup duyacağım en büyük iltifatı yaparak, "senin sağlığın değil, huyun iyi" demişti. Yirmisinde başlayan ve on beş yaşından beri sigara içtiğim için büsbütün azıtan müzmin bronşitim bir yana, tifo, hepatit B gibi hastalıklar geçirdim. Bir kalp krizi yüzünden bir hafta Cerrahpaşa'da yattım. Sekiz dokuz kez ameliyat oldum. Parasızlık yüzünden bütün bu sağlık sorunları devlet hastahanelerinde, nazlı bayanların yadırgayabileceği koşullar altında halledildi. Ancak tifomu Bodrum'daki evimde geçirdim.

1977'de Eylül sonu emekli oldum. Emeklilik yaşı öğretim üyeleri için yetmişti o sırada. Bense altmış bir yaşındaydım. (Neden erken emekli olduğumu birazdan anlatacağım) Emekli ikramiyem 288.000 liraydı. Aylık emekli maaşım da 7820 lira. Şimdi bu aylığımın yüz milyonu geçmesi ve tıpkı eskisi gibi dar gelirli kalmam, enflasyon kepazeliğinin parlak bir göstergesidir. Neyse, o 288.000 liralık emeklilik ikramiyesi, astronomik bir rakam göründü bana. Bankaya gidip de, çoğu kadın olan o yoksul memurların önünde bu kadar çok paraya utanmadan nasıl sahip çıkacağım diye sıkıntılar içindeydim. Çekine çekine elimdeki çeki kadın memura uzattım. Kadın, "şu paraya bakın! Rezalet!" diye bağırınca, bayılma huyum olsa, utancımdan bayılacaktım. Titrek bir sesle, "otuz altı yıl çalıştım, onun için bu kadar çok verdiler" diyerek kendimi savunmaya çalıştım. Bankadaki memurlar, öteki müşterileri bırakıp yanımıza üşüştüler. Çek elden ele geçiyor, "kepazelik! Vallahi kepazelik!" diye bağırışıyorlardı hepsi. Başımdaki uğultular arasında, kopuk kopuk sözler duydum. Beni ayıplamadıklarını, tam tersine bana acıdıklarını anladım o zaman. Kendileri lise mezunu oldukları halde, Sosyal Sigortalardan ve kendi bankalarından benimkinden çok daha büyük bir ikramiye alacaklarmış. "Kadıncağız profesörmüş üstelik. Vah zavallı, vah zavallı!" diyorlardı.

Neyse, canları istediği kadar bana acısınlar, benim için görkemli bir paraydı bu. Önce bir Paris faslı yaptım, sonra Bodrum'a gidip oradaki arkadaşlarıma bir ziyafet çekmek istedim. Kalabalık bir grup, Aslanbaşı Lokantasında uzun bir masaya yerleştik. Onlar yiyor içiyor, ama ben, değil içmek, ağzıma bir lokma ekmek bile koyamıyordum. Sevgili konuklarıma hiçbir şey belli etmemek zorundaydım. Ama iskemlemden nerdeyse yere düşecek kadar bitkindim. Önümde iki bardak duruyordu. Birinde az su, ötekisinde çok su vardı. Az suyu olan bardak sözde rakıydı. "Ne o? Artık rakıyı susuz mu içiyorsun?" diye şaştılar arkadaşlar. "Evet" dedim ve bitkinliğime karşın, politik bir yanı da olan küçük bir söylev verdim:

"Eskiden rakı böyle içilirdi. Çok küçük rakı kadehleri vardı. O küçük kadehten önce rakı içilir, üstüne soğuk su içilirdi. İngilizler, viskiyi susuz sodasız içerler. Ancak o görgüsüz Amerikalılar viskiye buzlu su ya da soda katar. 1940'lı yıllarda Missouri gemisinin İstanbul limanına demir atmasıyla birlikte, biz de onlara öykündük, rakımıza su kattık. Zaten biliyorsunuz, bizim yaşam biçimimiz, Missouri'den önce, Missouri'den sonra olarak ikiye bölünür. Missouri savaş gemisinden sonra, bizler milli içkimizin tadını bozduk. Ne var ki, dostum Cahit Kayra, bu yanılgıya asla düşmedi. Akşamları bir tek içer ama, susuz içer o teki. Ben de onun gibi yapacağım bundan böyle."

Milli değerlerimizi Amerikan etkisinden kurtarmaya çalışan bu küçük söylevi nasıl becerebildiğimi bilemem. Çünkü geç vakit eve döndüğümde otuz dokuz derece ateşim vardı. Bunun üzerine, hep ününü duyduğum, ama henüz tanışmadığım, Bodrum'un o olağanüstü hekimi Âlim Bey devreye girdi. Dilime baktı, "triangle noir" (kara üçgen) dedi; karnıma baktı, "tâches rosées" (pembe lekeler) dedi. Fransızca konuşmasının nedeni züppeliği değil, tıp bilgisinin çoğunu Fransızca *Larousse Medical*'den almasıydı. Tifo olduğumu söyleyince, ünlü Âlim Beyin fos çıktığını sandım. Çünkü Paris'ten ancak dokuz gün önce dönmüştüm. Oradan tifo almam, pek olası görünmüyordu bana. Arkadaşım Müntakim Ökmen bu durumu şöyle açıklamıştı: Paris'e meyveler Tunus ve Cezayir gibi yerlerden gelirmiş. Bense, oradaki manavların önünden geçerken, dayanamaz, bir iki üzüm tanesi aşırıp, ağzıma atıverirmişim. Bu konuda beni kaç kez uyarmış, ama aşırmalarıma devam etmişim.

Tifomu, Dominique Eluard'ın evinden de almış olabilirim. Güzel bir billûr kâsede kara üzümler vardı orada. Fransızlar, tadı bozulmasın diye, meyvelerini yıkamazlar her nedense. Ben Dominique'de konuk kaldığım sırada, kâsenin önünden her geçişimde, biraz üzüm atıştırırdım.

İstanbul'da iki yıl kalmaya gelen Dominique Eluard'ı Abidin Dino bana göndermişti. Pek isteklì gitmemiştim ilk buluşmamıza. Çünkü büyük bir şairin dulu olması, ondan hoşlanmam için yeterli bir neden değildi. Ama, gözleri hüzünlü, bu iri yarı esmer kadına çok geçmeden ısındım. Neden derseniz, 12 Mart döneminin en korkunç günleriydi o sırada ve Dominique Eluard, sanki Türkmüş gibi ya da Türkiye'de yıllarca yaşamış gibi, bizlerin acılarını paylaştı, Türkiye'de olup biten vahşeti yakından izledi. Hiç tanımadığım gencecik güzel bir kızın hapishanede ölmesi beni perişan ettiği bir gün, ona gitmiştim. Neden bu kadar üzüldüğümü bildiğini söyleyerek, ölen kızın *Hürriyet* gazetesinden kesip bir çerçeveye koyduğu fotoğrafını bana gösterince, onun hem çok duyarlı bir insan olduğunu, hem de artık bizden sayılabileceğini anlamıştım.

Dominique, Paul Eluard'ın üçüncü ve son eşiydi. Şair daha elli iki yaşındayken ölmeden önce, ancak bir iki yıl birlikte yaşayabilmişlerdi. Ama Eluard, tek aşkıydı. Onun dulu olmak onurunu yitirmemek için, Renault'nun Türkiye ve Yakındoğu Temsilcisi Aurelien Grifoullard ile yıllarca oturduğu halde, bu adamla evlenmemişti. Onu, güzel olan Aurelien adıyla çağırmaz, küçümsercesine Grifoullard soyadını kullanırdı genellikle. Ara sıra da fena eziyet ederdi adamcağıza. Bir defasında, onu öyle kızdırmıştı ki, iyi huylu Grifoullard, benim önümde, gözlüğünü çıkarmış, camları çiğnemeye başlamıştı. Onu başka bir odaya götürüp, öfkesini yatıştırdım. Sonra da Dominique'i azarladım. Dominique, "ben senin gibi Çerkez halayıkların soyundan değil, Burgonyalı köylü karılarının soyundan geldim. Erkekleri idare edemem" deyince, gülmeye başlamıştım. Zavallı Grifoullard da gülmeme katılmıştı.

Neyse, mikrobu nereden alırsam alayım, Âlim Bey tifo teşhisini koyunca, "tifolu başka hastanız oldu mu, Doktor?" diye sordum. Bir tifo vakasını yakından izleyebilmenin sevinci içinde gözleri parlayan Âlim Bey, "hayır, benim ilk tifolu hastam sizsiniz" dedi. Teşhisinde yanılmamıştı. Sonradan yapılan tahlillerden anlaşıldığı gibi, bal gibi tifo olmuştum.

O sıralarda Bodrum'da doğru dürüst bir hastahane olmadığından hükümet tabibi, beni bir jipe yükleyip Muğla hastahanesinin "intaniye" koğuşuna sevketmeye kalktı. "Jandarmalarla da gelseniz, gene gitmem" diye direndim. Yabancı turistler, kapıda sarı kâğıdı görürse, Bodrum'dan kaçacaklarını, Ege ve Akdeniz turizmine ağır bir darbe ineceğini elimden geldiğince dramatik bir tonda ileri sürerek, kapıma karantina kâğıdının yapıştırılmasını engelledim. "Âlim Bey beni iyileştirir" dedim.

Nitekim iyileştirdi de. Çünkü dahiliye uzmanlığı bile olmayan bu pratisyen doktor bir tıp dehâsıydı. Bodrum yarımadasının her köyünden fakir fukara hastalar muayenehanesinin önündeki basamaklarda oturur, gece gündüz onu beklerlerdi. Bu yoksul hastalarını sadece ücret almadan tedavi etmekle kalmaz, bedava ilaç da dağıtırdı onlara. Estetik cerrahiden psikiyatriye kadar başaramadığı iş yoktu. Yalnız iki örnek vermekle yetineyim: Bir genç kız, otomobil kazası geçirmiş. Yüzündeki yara İzmir'deki üniversite kliniğinde dikilmiş. Ama kızın yarası zonklayıp duruyormuş. Âlim Beye başvurmuş. Bizim tıp dehâsı, kızın yüzüne bir büyüteçle bakınca, yarada kalan küçük cam parçalarını dakikasında görmüş. Küçük bir ameliyatla, ilk dikişi söküp, cam kırıntılarını temizledikten sonra, estetik cerrahların en marifetlisi gibi, hiçbir iz bırakmadan kızın yüzünü yeniden dikivermiş.

Rahmetli arkadaşım Dişçi Taner Arman'ın bana anlattığı ikinci olay, çok daha ilginç: Taner, gencecik bir köy öğretmenin dişini çekmiş. Kız teşekkür etmiş, kapıya doğru yürümüş, sonra ansızın şıp diye düşüp bayılmış. Taner'in kızın yüzüne kolonyalar sürmesi, vantilatör tutması boşunaymış. Yerde kaskatı yatan kız, ayılmıyormuş bir türlü. Panikleyen dişçi arkadaşım, Âlim Beye telefon edip, onu imdadına çağırmış. Âlim Bey koşa koşa gelmiş, kıza bir enjeksiyon yapmış. Kendine gelen kız gittikten sonra, Âlim Bey, mükemmel bir ruh doktoru gibi teşhisini koymuş: "Bu kız, çok kapalı bir çevrede, din baskısı altında yetişti herhalde. Ömründe ilk kez, genç bir erkekle bir odada kapalı kaldı. Üstelik dişinden kan geldi. Bu yüzden bir şok geçirdi." Taner, acaba bu teşhiş doğru mu diye merak etmiş. Kızın ailesini filan araştırmış. Genç öğretmenin, Kastamonulu bir imamın kızı olduğunu, Bodrum yarımadasındaki köye yeni geldiğini, çevresiyle henüz uyum sağlayamadığını öğrenmiş. Böylece, teşhisin yüzde yüz doğru olduğunu anlamış.

Kendim dahil, nice Bodrumluyu ölümden kurtaran Âlim Bey, ne acıdır ki, kendini kanserden kurtaramadı; genç sayılabilecek bir yaşta ölüp gitti. Şimdi şatafatlı bir halı dükkânına dönüşen muayenehanesine bitişik çıkmaza onun adı verildi. Ama Bodrumlular Dr. Âlim Beye gönül borçlarını bu kadarıyla ödeyemezler. Yeni yapılan büyük hastahaneye onun adı verilmeliydi bana kalırsa.

Mideme düşkünlüğümü bilen Bodrumlu arkadaşlarım, tifom sırasında maneviyatım bozulmasın diye, beni hem diyete uygun, hem de lezzetli çorbalar, yağsız balık buğulamalarıyla besledikleri, başucumda nöbetleşerek bekledikleri halde, tifom çok eğlenceli geçmemişti. Oysa hastalıklarımda çok eğlenceli durumlar olurdu kimi zaman. Örneğin, ameliyatlarımdan birinde kahkahalar atarak narkozdan uyanmıştım. Çünkü arkadaşım Nejat Harmancı, yatağımın kenarına oturmuş, yüzüme sevecen küçük tokatlar atarak, "Türkiye'nin, Balkanların ve Ortadoğunun en iyimser hastası kendine gelmek üzere şimdi" diyordu, beni kesip biçen meslektaşına. Başka bir ameliyatımda, anlaşılan bana biraz fazla narkoz verilmişti ki, kendime geldiğimde zilzurna sarhoş bir haldeymişim. Başımda bekleyen arkadaşla her nedense Fransızca konuşuyormuşum. "İnsan tutarlı olmalı. Benim bu yatakta ne işim var? Hemen gitmeliyim" diyormuşum, ayağa kalkmaya çalışıyormuşum. Beni zaptedemeyince, arkadaş "imdat!" diye basmış feryadı. Hastabakıcılar iplerle gelmişler, ayaklarımdan boynuma kadar yatağa sıkı sıkı bağlamışlar beni.

İlk ameliyatımı on dört yaşındayken geçirdim. Annem henüz boşanmamış, Ankara'daydı. İyi ki, bir rastlantı sonucu üvey babam Falih Rıfkı İstanbul'da bulunuyordu. O günlerin en ünlü cerrahı Mim Kemal Öke'yi yanına alıp, yatılı okuduğum Arnavutköy Kız Koleji'ne geldi. Beni ambülansla hastahaneye kaldırdılar. Meğer apandisit patlamış, peritonit olmuşum. Penisilin henüz icat edilmediği için, peritonitten kurtulmanın pek yolu yoktu o sıralarda. Gelgelelim Mim Kemal, bir Arnavutu kurtarmış. Güzel mavi gözleriyle bana bakıp bakıp, "Arnavut yaşadı. Sen de yaşayacaksın" derdi. Nitekim sayesinde yaşadım da. Otuz yıl kadar sonra, Marsilya'dan İstanbul'a dönerken, vapurda onu gördüm. Tehlikeli bir kalp sorunu olduğunu, yakında herhalde öleceğini söylediler. Yanına gidip, onunla konuşmak, teşekkür etmek istiyordum. Ama bunu yapmaktan da çekiniyorum. Yolculuğun son günü, baktım Mim Kemal güvertede yalnız. Hafifçe çiseleyen yağmurun altında denize bakıyor. Çok yakında öleceklerini bilenler, çevrelerine garip bir sis yayarak, herkesi uzakta tutarlar sanki. O garip sis, Mim Kemal'in de çevresini sarmıştı sanki. Gene de yanına gidip hayatımı kurtardığı için teşekkür ettim. Beni ilkin tanımadı elbette. Ama Kız Koleji, peritonit, Falih Rıfkı lâfı edince, hemen anımsadı. "Aman efendim, bunca yıl önceydi, nasıl olur da hâlâ unutmadınız" dedim. "Nasıl unuturum? Penisilinden önce, bir sizi bir de Arnavutu peritonitten kurtardım" dedi. Sonra benim hiç bilmediğim bir şey anlattı: Ben kırk derece ateşle baygın yatarken, asistanlarından biri, "annesini boşuna çağırdılar Ankara'dan. Kız bu geceyi geçiremez" demiş. Her nasılsa bunu duymuşum ve sokaklarda futbol oynayan bir çocuğun zengin birikimiyle, ağız dolusu küfrederek, ölmeye hiç niyetim olmadığını bildirmişim genç doktora. Bu terbiyesizliğim, kendi de bir hayli küfürbaz olduğu rivayet edilen Mim Kemal'in hoşuna gitmiş. Çevresini saran sisten biraz kurtulur gibi oldu. Gözlerinin içi gülerek, "neler söylediğinizi tekrar edemem. Ama bunları duyunca, Arnavut gibi sizin de yaşayacağınızı anlamıştım" dedi.

(Benim böyle küfretmemin genetik bir olgu olduğunu, yani elimde olmadan küfrettiğimi belirtmek isterim. Küfürbazlık olayı bizim soyda bir kuşak atlıyormuş. Babam hiç küfretmezmiş. Ama hiç tanımadığım dedemin ağzı öyle bozukmuş ki orduda "küfürbaz Asaf" diye ün salmış. Ben de ona çekmişim ne yazık ki. Hele beni akşamları tek başına TV haberlerine bakarken, elimi kolumu nasıl salladığımı görenler, neler söylediğimi duyanlar, "bu kocakarı kafayı fena halde üşütmüş" der. TV haberlerini dinlediğim sırada sahiden hafif tertip delirdiğim için, hakları da olur.

Kalp krizi geçirdiğim sırada da, bir hayli komik durumlar oldu. Dr. Nejat, oburluk konusunda beni hep uyarırdı. "Yedi yedi, sonunda çatladı derler ya, o çatlayan mide değil, yürektir" diye açıklardı. Bana da buna benzer bir şey oldu anlaşılan. Yüreğim hafif çatladı. O günler Cerrahpaşa'da özel bir oda bulamadıkları için, beni bir koğuşa yatırdılar. İlk beş gün nerdeyse aç bıraktılar. Bulaşık suyuna benzeyen çorbalar verdiler sadece. "Doğru dürüst bir yemek yesem, kalbim hemen iyileşir" diye söylenip duruyordum. Çocukluk arkadaşım Halet Çambel sonunda bana acıdı. Çok güzel kızartılmış kocaman bir tavuk getirdi. Ama Halet aklıbaşında bir insan, tavuğu bana vermedi. O güzel tavuk, kan torbaları, ilaçlar, lameller gibi çirkin şeylerin arasında, laboratuarın buzdolabına, benim erişemeyeceğim bir yere konuldu.

Derken, doktorları kandırmak için küçük bir nutuk attım: "Hele bir deneyin. Bilim adamısınız, açık görüşlü olmalısınız. Denemede her zaman yarar var. Çocukluğumda, diyare geçirenlere bir yudum su verilmezdi. Şimdi boyuna su veriyorlar. Sarılık geçirenlere et yedirilmezdi. Şimdi yediriyorlar. Tıpta tedavi yöntemleri sürekli değişmekte. Benim gibi midesine düşkün bir insanı sadece tatsız çorbalarla ve yoğurtla beslemek, onu ruhsal bir çöküntüye sürükler, hastalığını ağırlaştırır dolayısıyla. Tavuğu yersem, inanın iyileşeceğim, aslan gibi olacağım" filan dedim. Söylediklerim tümüyle saçmaydı ama, açlığım yüzünden, kandırma yeteneğim iyice güçlenmişti anlaşılan. Tavuk, bu yüce tıp yetkililerinin izniyle laboratuardan getirildi. Doktorlar bir halka oluşturdu yatağımın çevresinde. Ben de oturup o tavuğun hepsini afiyetle yedim. Üstüne de hastahanenin üzüm hoşafını içtim. Bu tıbbi deneyden hemen sonra elektrom çekildi ve sahiden de eskisine nispetle çok daha iyiydi. Üç gün sonra da taburcu oldum.

Devlet hastahanelerinde yaşam, o gün olduğu kadar eğlenceli değildir her zaman. Çünkü sağlık sorunları bir yana, memleketin yoksulluğundan kaynaklanan acıların da en yoğunlaştığı yerlerdir oraları. Çapa'da bir ayak ameliyatı geçirecektim. Bu ameliyatın adı, eski Roma tarihinden bir kahramanın adına benziyordu: Hallax Vulgus. Tek kişilik odayı bir başkasına vermek zorunda kalmamak için, bana bir piston yapıldı. Hallax Vulgus'tan dört beş gün önce, beni o tek kişilik odaya yatırdılar. O dört beş gün boyunca, hastahanede gezer, çeşitli koğuşlara girer çıkar, ameliyat edilenlere bakar, yüreğim parçalanırdı. Hele çocuklar koğuşu beni perişan ederdi. Annelerinden uzak orada yatan küçüklere, ufak şeker paketleri, bisküviler, çikolatalar götürür, onları öper koklar, bağrıma basardım. Bunların arasında, sıskacık, kara gözlü, kara saçlı, bacağından ameliyat edilmiş üç yaşında bir oğlana özel zaafım vardı, ona içim giderdi.

Kendim de ameliyat olunca, bu ziyaretleri kesmek zorunda kaldım. Ameliyatımdan birkaç gün sonra, bir de baktım ki, küçük kara bir kafa, odamın kapısının alt kısmını itiyor. (Devlet hastahanelerinde zil teşkilatı genellikle bozuk olduğundan, gereğinde hemşirelere seslenebilmek için, kapılar hep aralık bırakılır.) Kara kafasıyla kapımı iten benim küçük oğlandı. Koğuşu bir hayli uzaktaydı. Ameliyatlı bacağını sürükleyerek, emekliye emekliye o mesafeyi nasıl aşmış, benim odamı nasıl bulmuştu bilemem. Hemen yatağımdan eğildim, küçük sevgilimi koynuma aldım. Ama mutluluğumuz uzun sürmedi. Hastabakıcılar gelip çocuğu aldılar, koğuşuna götürdüler. Ayaklanır ayaklanmaz, koltuk değneğimle o koğuşa gittim. Çocuk yok olmuştu.

Yalnız ayağımdan, apandisitimden, safra kesemden, yumurtalığımdan filan ameliyat olmadım. Sinüslerimden, ses tellerimden de zorum vardı. Onlardan da ameliyat edildim. Yaş ilerleyince, gözümle ilgili sorunlar çıktı ortaya. Günün birinde, gökte bir tek bulut yokken, şimşekler çakmaya başladı, güpegündüz irili ufaklı yıldızlar uçuştu o zavallı emektar gözlerimin önünde. Meğer sol gözümün korneası yırtılmış. Laser ile dikildi. Bu dikiş sırasında, gördüğüm ışıkların ve renklerin güzelliğini anlatamam. Acapulco'da, Meksika körfezinde güneş batarken bile, böyle kırmızılar, böyle maviler, böyle yeşiller, böyle morlar görmemiştim. Işıklarla renkler öyle görkemliydi ki, o sırada, "aman ne iyi oldu da korneam yırtıldı!" diyecektim nerdeyse. Korneamın laserle dikilmesi, bana o ışık ve renk şölenini sunmak dışında, pek bir işe yaramadı. Ama boynuma taktığım büyük bir büyüteç sayesinde okuyup yazabildiğime göre, mesele yok. Gencecik insanlar ölüp giderken, bu kadar uzun yaşamanın bedelini ödemek zorundasınız elbette.

Bu bedeli fazlasıyla ağır ödemek istemeyenlerin, "iyi ihtiyarlamak için yiğit olmak gerekir" sloganına uymaktan, sağlıkları konusunda dırdırlarını kesmekten, bedenleriyle birlikte kafalarının da yaşlanmasını engellemek için yoğun bir çaba göstermekten başka çareleri yoktur. Gençlik yılları geçmişte kaldı diye ah vah etmesinler. Tam tersine, gençliğin sorunlarından ve bu sorunların getirdiği acılardan kurtulduklarına şükretsinler. "Oh, ne güzel! Ben de ihtiyarladım, sonunda rahata kavuştum!" diyebilsinler. Ama ihtiyarlığı kabul ederken, yirmi yaşlarının umutlarını, coşkularını, duyarlılıklarını, yani tüm olumlu yanlarını elden bırakmamaya gayret etsinler.. Bir insanın bedeni artık hop hop zıplayamazken, beyninin hâlâ hop hop zıplayabileceğini unutmasınlar.

Bunu başarabilmek için, yaşlıların "generation gap" denilen kopukluğu, yani kuşaklar arasındaki uçurumu aşmaları gerek. Torunlarıyla, torunları yoksa başka gençlerle iletişim kurabilmek için her fırsattan yararlanmalıdırlar. Belki öğretmenliğimden ötürü bu iletişimi iyi kötü kurabildim her zaman. Ancak pop müziği söz konusu olunca, korkunç uçurumlar açılıyor yeniyetmelerle aramda. Dans etme biçimlerine de aklım ermiyor. Eskiden bir kızla bir delikanlı, birlikte dans ederlerdi. Bu danslardan bazıları, örneğin tango, hafifçe şehvete dönüşürdü nerdeyse. Zaten yaşlı bir Fransız devlet adamı, galiba Clémenceau, tangoyu ilk seyrettiğinde, "çok güzel, ama neden ayakta" demiş. Şimdiyse, şehvetin en küçük bir izi bile kalmadı ortada. Dans, dans olmaktan çıktı, biçimsiz bir spora dönüştü. Aşırı bir bireycilik içinde, herkes, partnerine el bile sürmeden, hattâ partneri bile olmadan, tepinip duruyor tek başına. Bu tür danslar ve pop müziği –eğer buna müzik denilebilirse– zamanla geçebilecek bir gençlik hastalığıdır belki de. Üstelik her genç kapılmıyor bu hastalığa. "Şıkıdım şıkıdım"dan değil de, biraz daha kaliteli hafif müzikten hoşlananlar var.

Gençler, ihtiyarlarla birlikte olmak gereğini hiç duymazlar. Bunu duymaları için de hiçbir neden yoktur zaten. Gelgelelim ihtiyarlar, gençlerle birlikte olmaya can atarlar. Doksan yaşına gelince, dadım Gülüstan Hanımı, kendi isteği üzerine, Bakırköy'de bir huzur evine yerleştirdim. Tek kişilik odası, TV'si, eski ve çok yakın bir dostu vardı orada. Gelgelelim, bir ay sonra, "ben ne yapayım burada? Hepsi ihtiyar" diyerek, kıyametleri kopardı, eve geri döndü. Çocuklarımın arkadaşları gelince, en güzel giysilerini giyer, takılarını takar, süslenir püslenir, oturma odasında bir koltuğa yerleşirdi. Kendi lafa karışmadan, gençlerin söylediklerini ilgiyle dinlerdi.

Dadım, doksan yaşında bile güzel kalmış bir Çerkezdi. Daha doğrusu soyunu sopunu bilmediğinden, Çerkez olduğunu sanıyordu. Küçücük bir bebekken, onu satmışlar. Satın alan, din değiştirip Müslüman olan bir Fransız kontuymuş. Tabak takımlarında ve bazı özel eşyalarında Latince yazılı taçlı, armalar varmış. Çok zenginmiş; kocaman bir konakta otururmuş. Bir Türk kadınıyla nikâhlı ve çoluk çocukluymuş. Ama Müslümanlığından yararlanıp, şuradan buradan güzel kız bebekler satın alırmış. O bebekler on iki on üç yaşına gelip de âdet görünce, onları koynuna alırmış. Öteki küçük kızların başına gelenleri duyan benim Gülistan Hanım, âdet görmemek için sirkeler içer, üstüne soğuk sular döküp mermerlere yatarmış. Ama tabii hiçbir işe yaramamış bunlar. On iki yaşına gelince, o da âdet görmüş. Fransız soylusu da onu koynuna almış. Gülistan Hanım öyle korkmuş ki, ilk gece adamın yatağına çiş etmiş.

Dadım ben ancak otuz yaşlarındayken öyküsünü bana anlattı. Şok geçirdim. "O herif bir canavarmış!" diye bağırdım. Gülistan Hanım, "efendime saygısızlık etmeye hakkın yok! Bunu bana nasıl söylersin, terbiyesiz!" diyerek üstüme yürüdü. Koskoca bir kadın olmasam, beni dövecekti mutlaka. "Beni aldı, besledi, büyüttü" dedi. "Öteki erkekler beklemezdi. Ama o âdet görmemi bekledi. O benim efendimdi" dedi. Sustum. Söyleyeceğim bir şey yoktu. Çünkü dadım ancak orta yaşlıyken Cumhuriyet dönemini yaşamaya başlamıştı. Osmanlı töreleriyle öyle bir şartlanmıştı ki, kendi köleliğini ve efendisi saydığı o rezil Fransız Kontunun tutumunu son derece normal buluyordu. Kendisi daha da küçükken ırzına geçmediği için herife saygı duyuyordu hattâ. Oysa on iki yaşındayken cinsel ilişkiye zorlanması, Gülistan Hanımın bedeninde büyük bir bozukluğa neden olduğu besbelliydi. Gene kendi anlattığına göre, ilk kanamasından sonra hiç âdet görmemişti. "Efendim" dediği herif öldükten sonra iki kez evlendiği halde, çocuğu da olmamıştı.

Neyse esas konumuza geri dönelim: Tıpkı dadım gibi, bütün ihtiyarlar gençlerle birlikte olmaya can atarlar. Torun sahipleri çok talihlidirler bu açıdan. Yaşlı bir insanın torunlarıyla ilişkisi, gençken çocuklarıyla ilişkisinden kat kat daha rahattır. Çocuklarla yaşanan gerginlik torunlarla yaşanmaz. Çocuklar da, anneleriyle babalarına gösterdikleri tepkileri büyükanneleriyle dedelerine göstermezler. Onlarla bir sorunları olmadığından, hoşgörülüdürler bu ihtiyarlara. Ninelerle dedeler de, onların asıl sorumluluğunu, anneleriyle babalarına bıraktıkları için, torunlarına fazla karışmazlar. Sadece severler, canları istediği kadar da şımartabilirler onları. Böylece huzurlu bir sevgi ortamı oluşur küçüklerle yaşlılar arasında.

Gençliğimde de yaşlılığımda da küçük çocukları özellikle bebekleri tutkulu bir sevgiyle sevdim. Otuzuna doğru, bu sevgi fena halde yoğunlaştı. Çocuk istiyordum. Ama evlenmeden çocuk istediğim için, ortada bir sorun vardı. Evliliğe kesinlikle yanaşamıyordum. Evliliğin bana çok zor gelmesinin nedeni, yalnız yaşamaktan hoşlanmamdı. Monogam bir insandım, yani tekeşliliğe inanıyordum, ama o tek eşle aynı evde oturmaya gönlüm razı değildi. Onu her gün görmek; ama geceleri evimde tek başına kalmak, tek kişilik yatağımda kitabımı okuyup tek başına uyumak istiyordum. Üstelik beraber yaşayanların doğal olarak, birbirlerinin en kötü yanlarını gördüklerini, bunun da bir ilişkinin bozulmasına neden olabileceğini bilmekteydim.

Bu tutumumun hiç de normal sayılamayacağını biliyorum. Çünkü normal bir kadın sevdiği erkekle sabahtan akşama kadar ve geceleri de beraber olmak ister. Ama ne yazık ki, ben normal değildim bu konuda. Ancak uzak deniz kaptanıyla rahat rahat evlenebilirdim: Adam iki üç ay ortadan yok olacak. Sonra gelecek, üç dört gün, bilemedin bir hafta evde kalacak. Özlem ve aşk içinde beraber olacaksın. Sonra Kaptan, şilebinde görevine geri dönecek; Hongkong'a, Singapur'a ya da Şili'ye gidecek. Mutluluk içinde sürüp gidebilirdi böyle bir evlilik.

Ne var ki, herkesin eşi uzak denizlerde kaptanlık edemez elbette. Ve gördüğüm kadarıyla, evliliklerin çoğu mutlu değil. Çok iyimser olduğum halde, işin iç yüzünü anlayınca, evli çiftlerden ancak yüzde onunun gerçekten mutlu olduğu kanısına vardım. Yüzde doksanı ise, kimi zaman örtülü kalan, kimi zaman apaçık ortaya çıkan bir çatışma halinde. Rahmetli arkadaşım Niyazi Berkes, evliliği bir boks maçına benzetirdi: Balayı biter bitmez karı koca ringe çıkarlar, maç başlar. Eğer dövüşenlerden biri nakavt olursa, ya da bir şike yapıp yenilgiyi kabul ederek yere serilirse, o evlilik kör topal yürür. Ama maç devam ederse, bitkin düşen çiftin ringden çıkmaktan yani boşanmaktan başka çaresi kalmaz.

Gelgelelim, boşanmak da kolay değildir. Çünkü çocuklar vardır, karşılıklı çıkarlar vardır, alışkanlıklar vardır. Üstelik yalnız kalmaktan ödü kopar herkesin. Tüm bunlara karşın, bir an gelir, artık dayanamaz hale gelirler. Elli yıl sonra, tüm tanıdıklarını hayretler içinde bırakarak, ayrılıverirler. Örneğin Tolstoy, 1910'da seksen iki yaşındayken, nerdeyse yarım yüzyıldır evli olduğu, ona bir düzine çocuk veren, evin her işiyle uğraşan, bütün yazdıklarını temize çeken karısı Sofia'dan resmen kaçtı. Kendisini zindanlara atan bir gardiyan olmakla suçladı onu. Bir yandan evrensel sevgiyi savunuyor, bir yandan da kadıncağızı köpekler gibi mutsuz ediyordu. Karısına bıraktığı veda mektubunda, kırk sekiz yıldır sadık ve dürüst bir eş olduğu için Sofia'ya teşekkür etti; ama son günlerini "yalnızlık ve sessizlik içinde" geçirmek istediğini bildirdi. Gece yarısı gizlice evden kaçarken, "özgür olmak ne güzelmiş!" dedi. Sofia üzüntüden, kendini küçük bir göle attı. Geri dönmesi için, ona yürek paralayıcı mektuplar yazdı, haberciler gönderdi. Tolstoy'un niyeti ta Türkiye'ye kadar kaçmaktı. Ama yolda hastalandı, Astapovo adlı bir istasyonda trenden inmek zorunda kaldı. Tolstoy istasyon şefinin küçük evinde can çekişirken, karısı, hepsi yetişkin olan ve kimi ana tarafını, kimi baba tarafını tutan çocuklarıyla birlikte, özel bir trenle oraya geldi. Çeşitli ülkelerin gazetecileri, Pathé film şirketinde haber programı çekenler ve yazarın hayranları oraya üşüşmüştü. Rus hükümeti sivil kılıkta polisler ve jandarmalar sevketmişti o küçük istasyona. Ortodoks Kilisesi de, yazarın ölüm döşeğinde dinle barışmasını sağlamak umuduyla papazlar göndermişti. Tolstoy'un başucunda altı hekim vardı. Yalnızlık ve sessizlik içinde ölmek isteyen yazarın çevresinde, gürültülü büyük bir kalabalık toplanmıştı. Karısı ise, gözyaşlarına boğulmuş bir halde trende bekliyor, onu görebilmek için, sürekli arabulucular gönderiyordu. Ama Tolstoy, Sofia'yı görmeyi reddediyordu. Kaçışından bir hafta sonra, o tren istasyonunda öldü. Karısı onu ancak komaya girip bilincini yitirdikten sonra görebilmişti.

Beni asıl şaşırtanlar, çoğumuz gibi mutsuz evlilikler yapanlar değil, mutsuz bir evlilikten sonra, başka biriyle yeniden evlenenlerdir. Mutlu bir evlilik yaşayanların dul kalınca yeni bir eş edinmesini çok doğal karşılıyorum. Çünkü onlar nikâhta keramet olduğuna sahiden inanıyorlar; yeni bir eşin de onları mutlu edeceğini sanıyorlar. Ama mutsuz olanların bu acı deneyimi yinelemelerine aklım ermiyor. Sokrates, "evlenin, evlenin" demiş. "İyi bir eş bulursanız mutlu olursunuz; bulamazsanız filozof olursunuz." Böylelerinin filozof olamadıkları besbelli. Bir çift arasındaki çatışmanın, eşlerin kişiliğinden değil, evlilik kurumunun koşullarından kaynaklandığını bir türlü anlayamamışlar böyleleri. Aşkın doğal sonucunun nikâhlanmak olduğunu sanıyorlar. Oysa aşk tutkusunun evlilikle hiç, ama hiç ilgisi yoktur. Ölesiye âşık olduğunuz biriyle, cinsel beraberlik anları dışında, köpekler gibi mutsuz olabilirsiniz. Çılgınca âşık olmadığınız bir kişiyle az çok mutlu yaşayabilirsiniz. Aşka düşüp evlenmeye kalkan genç arkadaşlarıma bir tek soru sorarım: Kızlara "eğer karşındaki erkek senin gibi kız olsaydı, ona gene de hayran olup onunla yakın bir dostluk kurar mıydın?" diye sorarım. Erkeklere de, "kız senin gibi erkek olsaydı" diye başlayarak aynı soruyu sorarım. Bu sorum "hayır! olmaz! Elbette yakınlık duyamazdım!" türünden acı çığlıklarla yanıtlanır genellikle. Biraz düşünüp taşındıktan sonra "evet" yanıtını verenlere, "peki, öyleyse evlenin; ama yedi yıl çocuk yapmayın" derim. Neden yedi yıl diye sorduklarında, "yedi yılda işin cılkı çıkar da ondan" diyemem elbette. "Daha çok gençsiniz; çocuğunuz olması yaşamınızı zorlaştırır; aceleniz ne?" gibi laflar ederim. Çünkü nispeten kısa süren çocuksuz bir evlilikle, gelip geçici bir gönül ilişkisi arasında pek fark yoktur. Ama çocuklar dünyaya gelince, durum değişir, boşanmak bir sorun olur. Gelgelelim, boşanmamak da çocuklar açısından bir sorundur. Çünkü çiftin evliliği yürümüyorsa; avaz avaz bağırıp çağırmasalar da, birbirinin başına çanak çömlek atmasalar da, çocuklar, anneleriyle babaları arasındaki sinsi savaşı seziverirler hemen. Öte yandan boşanmalar, özellikle yetişkin olmayan çocukları fena halde sarsabilir. Yetişkin çocukların ise, annelerine babalarına "artık bıktık, boşanın" dedikleri olur. Kendim de boşandığım ve ailemde nerdeyse herkes –oğlum, annem, teyzem, dayım, amcam, kardeş çocuklarım– boşandığı için bu durumları çok iyi bilirim. Boşanmayla ilgili sorunlar, kimi zaman torunlara bile yansıyabilir: Birkaç yıldır ayrı oturan annesiyle babası boşandıkları sırada sekiz yaşında olan torunum Yunus'un bana İstanbul'dan Bodrum'a telefon etmesini hiç unutamıyorum: "Nene, bunlar resmen boşandı. Sen benim hâlâ nenem misin?" diye sordu. Hiçbir şeyin değişmediğini, babasının her zaman babası, benim her zaman nenesi olduğumu söyledim. Ama çocuk buna pek inanmadı. "Sen babamın annesisin, babam da annemden boşandı. Belki nenem olamazsın artık" dedi. Hâlâ nenesi olduğumu kanıtlamak için, bir an önce İstanbul'a geri dönmeye can attım.

Evlilik dışı dünyaya gelen çocuklar, ortada bir baba bulunmadığından, boşanma travmasını yaşamazlar elbette. Evlenmeden çocuk doğurmanın avantajlarından biri de budur zaten. Ancak, benim gibi devlet memuru bir kadın nikâhdışı bir çocuk doğurursa, onu dakikasında işinden atarlar. Değil elli yıl önce, günümüzde bile, böyle bir şey yapmak cesaretini gösteren kadın çok enderdir ülkemizde. Avrupa'da, özellikle aydın çevrelerde, çok çocuklu çiftler bile resmen nikâhlanmayı gereksiz bir formalite sayarken; bizim hiç mi hiç medeni olamayan medeni kanunumuza göre, kadınlar genç kızlık soyadlarını kullanma hakkını ancak geçenlerde kazandılar: 1950'de oğlum Mustafa'yı doğurunca, doğum tazminatını almak için İstanbul Üniversitesi Rektörlüğü Personel Dairesine gittim. Müdüre doğum sertifikasını gösterdim ve sanırım 300 bin lira kadar tutan paramı istedim. Personel Müdürü, "ama soyadları tutmuyor. Sizin soyadınız Urgan, bu çocuğun babasının soyadı Irgat" dedi. Makale ve kitap yayınlayan meslek sahibi kadınların soyadlarını değiştirmelerinin sakıncalarını nezaketle açıklayıp, evlenme cüzdanımı masanın üstüne koydum. Adam, "namusumu" kanıtlayan bu belgeyi uzun uzun inceledikten sonra, "soyadları tutmuyor gene de" deyince, benim de tepem attı. Evlenme cüzdanını masanın üstünden kaptım. "Efendim, bu çocuk piç, babasının kim olduğu belli değil. Ne var ki, bu piçi devlet memuru olan ben doğurdum. Onun için doğum parasını bana vermek zorundasınız çocuk piç olduğu halde" dedim. Kısa boylu, tıknaz, kırmızı yüzlü bir adamcağız olan Personel Müdürü mosmor kesildi. İnme inip yere yığılacağından korktum bir ara, eli ayağı tir tir titredi. "Peki, peki" diye kekeleyerek önündeki kâğıdı imzaladı. Ama o doçent hanımın nikâhdışı bir çocuk doğurduğu saplantısından hâlâ kurtulamadığına eminim.

İki çocuk doğurdum. Ama kendim doğurmak değil, evlat edinmek istiyordum aslında. Kan bağlarına hiç inanmadığım için, dünyaya nasıl olsa gelmiş olan kimsesiz bir çocuğu büyütmek, yeni bir çocuğu dünyaya getirmekten çok daha olumlu bir davranıştı benim açımdan. O zavallı annesiz çocuklar, koruma yurtlarında mutsuzdular; bir kadının gelip, onları almasını, onları sevmesini bekliyorlardı. Bir çocuğu küçükken evlat alırsanız onu ha doğurmuş, ha doğurmamışsınız hiç farketmez bence. Çünkü çocuğu benim etimdir, benim kanımdır diye değil, ona emek verdiğiniz için, onun kahrını çektiğiniz için seversiniz aslında. Bertolt Brecht, *Kafkas Tebeşir* Dairesinde, gerçek ananın, bir çocuğu doğuran kadın değil, ona bakan, onu sevgiyle koruyan kadın olduğunu, yadsınamayacak bir mantıkla kanıtlar. Eğer sekiz dokuz yaşında bir çocuğu alırsanız, bir kadınla bir bebeği birleştiren o inanılmaz sevgi oluşamaz belki de. Ben az kalsın bu yanılgıya düşüyordum: Eski bir kazı yerini bulup incelemek isteyen arkadaşım Halet Çambel ile birlikte, 1941 ya da 1942'de Kırkağaç'ın bir köyüne gitmiştik. Orada kırlarda dolanırken gördüğüm küçük çobanı hiç unutamadım. Sırtını bir kayaya dayamış *Pollyanna*'yı okuyordu. Açık havada kitap okuyanlara ister büyük, ister küçük olsunlar yakınlık duyarım hemen. Yanına gittim; konuşmaya başladık. Dokuz yaşındaymış; babası ölmüş; sadece üç sınıfı olan ilkokulu bitirmiş. Okumak istemiş; ama gidebileceği başka bir okul yokmuş oralarda. Her haliyle küçük bir prens izlenimini veren bu çocuğun zekâsı ve güzelliği karşısında aklım başımdan gitti. Annemle dadımın eve bir köylü çocuğuyla geri dönünce, ne gibi tepkilerde bulunacaklarını hiç düşünmeden, "Benimle İstanbul'a gel" dedim. "Evimde oturursun, oğlum olursun, senin okumanı sağlarım." Küçük oğlan; o güzel kara gözlerinde sevinç ışıldayarak bana baktı. Sonra yüzü karardı. "Gelemem, garılara kim bakacak ben gidersem?" dedi. "Garılar" dediği, annesi ve iki ablasıymış. O küçük çocukta büyük bir sorumluluk duygusu vardı. Evinin erkeği olarak "garıları" ellere bırakamazdı. Küçük çobanın ne olduğunu hep düşünürüm. O zekâsını, o güzelliğini nasıl kullanmıştı acaba? Belki bunları hiç kullanamamış, ezilip gitmişti yoksulluklar içinde. Belki de namussuzun teki olmuştu bunlardan yararlanarak.

Otuzuna doğru çocuk sahibi olmak isteyişimin fena halde

yoğunlaştığını söylemiştim. Doğurmak değil, evlat edinmek istiyordum. Ortada bunca kimsesiz çocuk olduğuna göre, bu işin kolay olacağını sanmıştım. Giderim bir koruma yurduna, bir bebek alırım diye düşündüm. İstediğimi seçerim. Aralarında yere oturur, kollarımı açar, emekleyen bir bebeğin bana yaklaşmasını, beni seçmesini beklerim belki de. Çünkü çok yakın dostum olan bir çift bunu yaşadılar. Evlat edindikleri çocuk onları seçti: Belirli bir kız bebeği almaya karar vermişler. Muameleler başlamış, küçük kızı görmeye gitmişler. Ama o sırada bir erkek bebek, emekleye emekleye yanlarına gelmiş. Bacaklarına öyle bir sarılmış ki, fena halde duygulanan arkadaşlarım, küçük kızdan vazgeçmişler, onu evlat edinmişler. "Biz onu seçmedik; o bizi seçti" derlerdi her zaman. Ben de seçeceğim ya da beni seçen bebeğe, "seni doğurmadım; ama sen çocuğumsun, seni seviyorum" derim. Psikologlara göre, çocuğu aldatmak doğru değilmiş. Çok küçükken ona söylemeliymişsiniz biyolojik annesi olmadığınızı. O bilgiyle büyümesi çok daha sağlıklıymış. Çünkü çocuk, "beni doğurmadığı halde, bana baktı, beni büyüttü" diye düşünerek, yalnız sevgi değil, gönül borcu da duyarmış onu evlat edinene. (Beni de dört yaşımdan sonra bir üvey baba büyüttüğü için, çok iyi bilirim bunu.) Üstelik evlat edinildiğini bilen çocuk, büyüyüp de size kızınca, "beni keyfin için doğurdun, ne yapalım, doğurmasaydın!" diyemez günün birinde.

Evlat edinme işini kolay sanıyordum. Birçok konuda olduğu gibi, bu konuda da yanılıyormuşum. Meğer ne kadar güçmüş kimsesiz bir çocuğu evlat edinmek! Ben bekârdım. Oysa evli çiftleri her zaman tercih ederlermiş. Ekonomik ve ahlaksal durumunuzla ilgili uzun soruşturmalar yapılırmış. Üstelik 40 yaşından önce evlat edinmek yasakmış. (O yaş sınırı şimdi otuz sekize indi galiba.) Bunları öğrenince "sorun yok" dedim kendi kendime. Çocuğu ya da çocukları (çünkü bir oğlan bir de kız iki çocuk istiyordum) hemen alırım; kırk yaşına basınca da nüfusuma geçiririm." Danıştığım avukat arkadaşlarım, "bunu sakın yapma" dediler. Koruyucu anne olarak bir çocuğu büyütmek, yasal açıdan hiçbir hak vermezmiş insana. O çocuğun her an ortaya çıkabilecek bir yakın akrabası, onu dakikasında elinizden alabilirmiş. Ben de perişan olurmuşum, çocuk da. Kırk yaşına kadar beklemekten başka çarem yokmuş. Bense bekleyemedim. İşin kolayına gidip, biri oğlan biri kız iki çocuk doğurdum.

22 Ocak 1950 pazar günü, oğlum Mustafa, çok tuhaf denilebilecek bir biçimde dünyaya geldi: Birkaç gün önce hastahaneye gitmiştim, doğuma daha üç dört hafta kaldığını söylemişlerdi. O pazar korkunç bir kar tipisi vardı. Ama daha sonra gitmem güç olur diye, Üsküdar Paşakapısı Cezaevi'nde yatan arkadaşım Mehmet-Ali Aybar'ı görmek istedim. Mücap Ofluoğlu, Naci Sadullah, Cahit ve ben yollara düştük.

Eskiden fikir suçlularına saygı gösterildiği için, Mehmet-Ali'yi müdürün odasına getirdiler. Yanında bizleri görmek isteyen başka siyasi mahkûmlar da vardı. Çoktandır yazılarını okuduğum Aziz Nesin ile de o gün tanıştım. Onlarla güzel güzel konuşurken, bir de baktım ki, müdürün masasına yaslanarak ayakta durduğum yerin çevresinde küçük bir göl var. Doğumla birlikte gelmesi gereken sular vaktinden önce akıp bu küçük gölü oluşturmuş. Ayağımın altındaki suları görenlerin çiş ettiğimi sanmamaları için, ellerimi kocaman karnımın üstünde kavuşturarak, masum bir yüzle, "vallahi ben bir şey yapmadım" dedim. Sakarlığım bilindiğinden, Cahit, müdürün masasının üstündeki sürahiyi devirdiğimi sanmış. Sürahinin devrilmediğini, dolu olduğunu görünce, en trajik seslerinden biriyle "Mîna, ne oluyor?" diye sordu. Ben de aynı masum yüzle "doğuruyorum galiba" dedim.

Bunun üzerine, akıllara sığmaz bir panik yaşandı. Benim dışımda herkes bağırıyordu. İçeriye koşarak gelen bir gardiyan, iffetimi korumak amacıyla, "bütün erkekler hemen dışarıya çıksın" diye emretti. Ortada hapishane kuralları diye bir şey kalmadığından, hep birlikte gardiyanlar ve mahpuslarla dışarıya çıktık. Herkes yolda koşuşuyor, beni hastahaneye götürecek bir taksi arıyordu. Böyle bir havada, üstelik pazar günü, taksi bulmak güçtü. Soğukkanlılığını koruyan bir ben vardım. Oysa içim kan ağlıyordu. Çünkü hiç doğum sancısı duymuyordum ve çocuk dünyaya gelirken akması gereken sular durup dururken akmıştı. Çocuğumun öldüğünü, karnımı yarıp ölü bebeği alacaklarını sanıyordum. Caddede deli gibi koşan Cahit bizden uzaklaşmış; içinde yaşlı bir bey oturan taksiye el koymuştu. Taksiyi Cezaevinin önünde durdurunca, onu filmlerden tanıyan şoför, Cahit'i azarlamış: "Yalan uydurarak ihtiyarı bu karda soğukta indirdin. Bu hapishanede kadın mahkûm yok ki senin karın orada doğum yapsın. Artiz olmasına usta artizsin ama, utanma nedir bilmiyorsun" demiş. Ancak benim karnım burnumda durumumu görünce kesti homurdanmalarını. Tipi yüzünden araba vapuru iskeleye bir türlü yanaşamıyordu. Neyse sonunda Gurabba'ya doğru yol alırken, Unkapanı köprüsünden tam geçtiğimiz sırada, şiddetli doğum sancıları başladı. Saatime baktım. Dakikada bir düzenli geliyordu sancılar. Bebeğin yaşadığı umuduna kapıldım. Ve altı saat sonra çocuk dünyaya geldi. İki çocuğumu da hiç bağırmadan doğurdum. Bu güç işi rezil olmadan yapayım diyerek dişimi sıkmıştım.

Bu arada Mehmet-Ali ile pazar izninden dönen Cezaevi müdürü telefonun başına oturmuşlar, haber alabilmek için, yarım saatte bir hastahaneye telefon ediyorlar. Ziyaretçi bir hanımın Müdür Beyin odasında doğum yaptığı, bu uğurlu olay sayesinde pek yakında af çıkacağı söylentisi hasiphanede yayılmış, herkes bayram ediyormuş. Nitekim aynı yılın mayıs ayında genel af çıktı. Ben de "eğer Mustafa'yı orada doğurmaya başlamasaydım, sen zor çıkardın hapishaneden" diyerek Mehmet-Ali'ye takıldım durdum.

Mustafa'nın doğumunun hapishanelerle ilişkileri bununla da bitmedi: Halet, o sırada Aydın'da hapiste ve benden haber bekleyen eşi Nail Çakırhan'a, "bir oğlumuz oldu" diyen bir telgraf çekmiş. Gardiyan, müjdeyi vermek için, geceyarısı yaka paça koğuşa dalıp, herkesi uyandırmış. Öteki mahkûmlar, bu mutlu olayı kutlamak üzere, Nail'in onlara çay ikram etmesini istemişler. Hiç kimse düşünmemiş, ta 1946'dan beri, yani dört yıldır hapis yatan bir adamın nasıl çocuğu olabileceğini.

Çocuklarım büyüyünce, bebekleri sevdiğim için gene evlat edinmeyi düşündüm. "Olmaz! Yasak!" ile karşılaştım yeniden.

Çocuklar sokaklarda sürünüyor. Ama ben bunlardan bir iki tanesini evlat edinemiyorum. Çünkü bizim medeni kanunumuzda ancak hiç çocuğu olmayanların evlat edinme hakkı varmış. Başka ülkelerde, üç çocuğu olan bir kişi üç tanesini daha nüfusuna geçirebiliyor. Oysa bizde, kutsal bilinen aile servetini korumak amacıyla, malının mülkünün ancak kendi kanından olanlara miras kalması gerekiyormuş.

Yasalar izin verseydi ya da mutlu bir evlilik yapsaydım, en azından beş çocuğum olurdu. Torunlar gelmeye başlayıncaya kadar, evimde her zaman bir bebek bulunmasını isterdim. Çünkü küçük çocuklar, özellikle üç yaşına kadar, inanılmaz bir mucize, bir sevinç kaynağıdır benim gözümde. O küçücük ellerine ayaklarına, başlarındaki tüy gibi saçlara, ipeğimsi tenlerine hep dokunmak isterim. Bebeklerin poposu, çoğu yetişkinlerin yüzünden kat kat daha güzeldir. Süt bebeklerinin kakası bile tiksindirici değildir. Safran sarısıdır ve hafif tarçın kokar. Sokakta bir bebek görünce, arkadaşım Sümer de ben de, nerdeyse sevinç çığlıkları atarak, saldırıya geçeriz. Annelerinin tedirgin olacaklarından korkardım ilkin. Ama olmuyorlar. Yavrularının hayranlık uyandırdığını görmek, onların da hoşuna gidiyor. Bebekler de bana gülümserler her zaman. Çünkü bebekler, tıpkı kediler gibidir. Onları kimin sevdiğini, kimin sevmediğini dakikasında anlarlar. Sevenlere güven duyarlar.

Viyana'da doğan torunum Yunus'u dokuz aylıkken gördüm ilk kez. Annesi Tarhan uçaktan inince, bebeği kucağıma koydu; bavuluyla uğraşmaya gitti. "Eyvah!" dedim içimden, "bir yabancının kucağında kalınca, annesini de göremeyince, basacak feryadı şimdi." Ama öyle olmadı. Bebek başını kaldırıp bana bir baktıktan sonra, uslu uslu oturdu kucağımda. Babaannesi olmamdan, kanın sesinden filan değildi bu. Sevgimi duyumsamış, güvende olduğunu anlamıştı. Ne var ki, Yunus eve gelince, kedimiz korkunç kıskançlık nöbetleri geçirdi. Zavallı Püsük bir de baktı ki, kendisi gibi yerlerde gezinen başka bir küçük yaratık var evde. O küçük yaratık; ikide birde kucağa alınıyor, öpülüp koklanıyor. Yunus küçücük elini boynuna geçirdiği, kuyruğunu çektiği halde, hıncını bebekten değil, benden aldı. O güne değin hiç yapmadığı şeyler yaptı. Yatağıma, en çok sevdiğim koltuğa filan kakalar çişler etti. Ona ihanetimi cezalandırdı böylece.

Bence yüzde yüz sevgi, sevgilerin en katıksızı, bir annenin ya da anne durumda bir kadının bir bebeğe duyduğu sevgidir. Çünkü o bebeğin henüz bir kişiliği olmadığı için, bir kusuru da yoktur. Dağ selleri gibi gürül gürül akan bir aşk duyarsınız bu dünya güzeli et parçasına. Bebekler, bebek kaldıkları sürece, salt mutluluk verirler annelerine. Kırk beş yaşındayken ölen oğlum Mustafa, dört beş aylıkken, sabahları kuşlar gibi şakırdı. Odada yüzlerce kuş vardı sanki. Her sabah sevinç içinde uyanırdım.

Ne var ki bebeklerin kendileri sevinç içinde değildirler her zaman. Ana karnından çıkar çıkmaz ağlamaya başlarlar. Bir insan yavrusunun ilk tepkisi ağlamaktır dünyaya gelince. Ama iki aylık oluncaya kadar gözyaşları yoktur. Ancak üçüncü ayda gözyaşları akar. Onları kucağınıza alıp avuturken, o gözyaşlarını içersiniz. Abuk sabuk kurallar moda olmuştu bir ara. Bebekleri ikide birde kucağınıza almayacaksınız, bırakacaksınız istedikleri kadar ağlasınlar deniliyordu. Ama tümüyle fiziksel bir aşktan kaynaklanan anne-bebek ilişkisinde, annenin bedensel sıcaklığı süt kadar gereklidir bir bebeğe.

Sıfır-beş yaş arasında bir küçük çocuğun çevresini algılaması, dünyanın en ilginç olaylarından biridir. Beş yılda, inanılmaz bir hızla her şeyi öğrenir. Altı aylık bir bebeği kucağınıza alıp bir aynanın önünde durunuz. Bir size bakar, bir aynaya. Sizi tanır, ama kendisini tanımaz. Annesinin başka bir bebeği tuttuğunu sanır, basar acı bir feryat. Aynalarda kendisini tanır daha sonraları. Kendisine baka baka komiklikler yapar.

Çocukların konuşmayı öğrenmeleri de inanılmaz bir olaydır. Onlarla ne kadar çok konuşursanız, konuşmayı o kadar çabuk öğrenirler. Annem, kızımı karşısına oturtup sürekli nutuklar attığı için, Zeynep çok erken konuşmuştu. Bebekler önce tek tek sözcükleri, sonra bunların arasındaki bağlantıları kurarlar. Bu bağlantıyı kurmadan önce konuşmaya yanaşmayan çocuklar da vardır. Örneğin oğlum Mustafa'nın geç konuşacağını sandım. Sonra bir sabah, kapının zili çaldığında, sözcükler arasında hiç duraksamadan, kararlı bir sesle "Anne, kapıyı aç, sütçü geldi" deyince, bir mucize olmuşcasına afallayıp kaldım. Bundan önce, "bu ne? Bu ne?" diye sorup dururdu ancak. Bir gün ona yemek yedirirken, oyalansın diye, önüne bir dergi koymuştum. Aldığım çoğu dergiler gibi bu da solcu bir dergiydi elbette. Stalin'in bir fotoğrafı vardı orada. Mustafa, Stalin'in ünlü bıyığını göstererek "bu ne?" dedi. "Bıyık" dedim. Sonra "benim bıyığım nerede?" diye sordum. (Gerçi Ece Ayhan beni "bıyıklı kadınlar" arasına sokarak onurlandırdı ama, Stalin'in bıyığı yanında benimkisi solda sıfır sayılır.) Bir buçuk yaşında Mustafa annesine güvenini henüz yitirmediği için, bunu sorduğuma göre, benim de mutlaka bir bıyığımın olacağını düşündü. Yüzümü dikkatle uzun uzun inceledi. Sonra, işaret parmağını cımbız değmemiş kalın kaşlarımın üstüne koyarak, "işte bıyık bu" dedi.

Çocuklar konuşmayı öğrendikten sonra, dört beş yaşlarında gülmece duyguları da gelişmeye başlar. Bir gün, Mustafa'ya kızdım, "eşek!" dedim. Çocuk, öfkeden kıpkırmızı kesildi. Ama çok sakin bir sesle "eşek ben değilim, eşek sensin" dedi. Ona "eşek" demekle yanlış davrandığımı bildiğimden, hiç üstelemedim, sustum. Aynı gün Anadoluhisarı'na gezmeye gittik. Yolda, renk renk zerzavatlarla yüklü, kır çiçekleri ve mavi boncuklarla süslü çok şirin bir seyyar manav eşeği gördük. (Böyle eşekler de vardı eskiden) Oğluma "bak ne sevimli eşek! Tıpkı sana benziyor" deyince, Mustafa "bu eşek bana da benziyor, sana da" dedi ince bir gülümsemeyle. Mustafa'nın oğlu Yunus da aynı yaşlardayken, bana kızdı, satışa çıkardı beni. Boynuna astığı küçük davuluna vura vura, bağıra çağıra, evin içinde dolandı durdu: "Satılık nene var! Gözlükleri var! Memeleri var! Hep okur, hep yazar! Yemek yapar! Süpürüp siler! Poposu var! Satılık nene var!" Sonra bana dönüp, "seni kimse satın almıyor, görüyorsun" dedi.

Küçük çocukları, özellikle bebekleri öyle canayakın bulurum ki, küçükken tanıdığım, kucağıma aldığım biri, yetişkin olunca ne denli değişirse değişsin, hattâ artık hiç de canayakın sayılmasın, küçükken sevimliliğini anımsadığımdan, ona önleyemediğim bir yakınlık duyarım gene de. Zaten bana kalırsa, annelerin çocuklarını her zaman sevmelerinin başlıca nedeni, onların küçükkenki halini hiç unutamamalarıdır. Gelgelelim, ortada metanetle kabul edilmesi gereken acı bir gerçek var: Çocuklarımız büyüyor. Yirmi yaşında, sonra otuz yaşında, sonra kırk yaşında oluyorlar. Ve yetişkin insanlar olarak bize ne kadar ters düşerlerse düşsünler, umarsız bir aşkla onları sevmeye devam ediyoruz. Oysa hayvanlar, insanlardan çok daha akıllı bu açıdan. Kedilerin durumunu izledim: Yavruları küçükken, onları besliyorlar, koruyorlar, onların üstüne titriyorlar. Ama büyüyünce, patileriyle burnuna "pıt" diye vurup, başlarından savıyorlar. Ne çare ki, insanlar böyle "pıt!" diye vuramıyorlar çocuklarının burnuna. Sonuna değin, çocuklarını koruyorlar, onların üstüne titriyorlar. Gerçekleri açıkça söylemekten korkmuyorsak (ki ödümüz kopar bundan) "ana sevgisinin" ömür boyu süren gönüllü bir kölelik olduğunu kabul etmemiz gerekir. Kişiliğini hiç beğenmediğimiz bir insana duyduğumuz cinsel tutku kölelik sanılır. Oysa asıl kölelik çocuklarımıza duyduğumuz bu umarsız aşktır. Kaldı ki, cinsel tutkular, bitiverir günün birinde. Ama çocuklarımıza aşkımız hep sürüp gider. Müebbet aşka mahkûmuzdur. Günün birinde af çıkacak, müebbet aşktan kurtulacağımız umudu da yoktur – kesinlikle yoktur. Bir acı gerçeği daha kabul etmemiz gerekmektedir: Annelerle babalarının büyüyen çocuklarıyla ilişkisi genellikle mutlu değildir. Kaç anne, kaç baba tamamiyle memnundur çocuğundan? Mutlu evlilikler kadar enderdir bu belki. Ne var ki, sizi mutsuz eden eşinize katlanamaz, ondan boşanırsınız. Ama sizi aynı derecede mutsuz eden çocuğunuzdan kopmanızın yolu yoktur, hattâ herkesten, kendinizden bile gizlersiniz mutsuzluğunuzu.

Annelerle babaların çocuklarıyla ilişkileri düpedüz mutsuz olmasa bile, bir hayli gergindir genellikle. Sert de olsanız ya da benim gibi fazlasıyla yumuşak da olsanız, kabahat hep sizdedir: Oğlum Mustafa ilkokulun son sınıfındayken karnesini öfkeyle önüme attı."Senin paradoksların yüzünden matematikten iyi not alamadım" dedi. Henüz on bir yaşında olan oğlumun paradoks sözcüğünü kullanmasından hafif bir gurur duymakla birlikte, bu suçlama beni üzdü. "Ne gibi paradokslar?"

diye sordum. Mustafa açıkladı: Öteki anneler, çocukları iyi karne getirmeyince, onlardan hesap soruyor, onları azarlıyorlarmış. Bense, bir diploma fabrikasında çalışan biri olarak, gerçek bilginin ve gerçek kültürün, okullarla ve üniversitelerle hiçbir ilgisi olmadığını anladığımı söylüyormuşum, bir insanın bir yığın diplomayla karacahil kalabileceğini savunuyormuşum. Tanıdığım en bilgili ve en kültürlü insanlardan biri olan Abidin Dino'nun ortaokul diploması bile almadığını boyuna anlatıyormuşum. Asıl amaç, diplomalı değil, bilgili ve kültürlü olmaktır diyormuşum. Buna benzer paradokslar yapıyormuşum sabahtan akşama kadar. İşte, çok kitap okuyan Mustafa da, bu aykırı düşüncelerimi yüzünden, bol bol kitap okumuş, dolayısıyla matematik dersine boş vermiş, sonuçta kötü not almış.

Oğlum bir daha karne getirdiğinde ciddi pozlar alıp yazı masama oturdum, okuma gözlüklerimi taktım, karneyi dikkatle inceledim. Sonra, sert yapmaya çalıştığım yapay bir sesle, "oğlum, matematikten daha iyi bir not alabilirdin" dedim. Mustafa karneyi öfkeyle elimden kaptı, "Ben de seni adam sanmıştım, tıpkı öteki anneler gibisin" dedi. Yani oğluma gene yaranamamıştım; çünkü çocuklarınıza yaranabilmenizin yolu yoktur nasıl olsa.

Kızım Zeynep de on sekiz yaşından önce yoğun tepkiler içindeydi bana karşı. "Senin profesörlüğünden bana ne? Ben herkesin annesi gibi ev hanımı anne istiyorum" derdi. Gözümün içine baka baka, hiç okumayacağını (üniversite mezunudur); on beş yaşında evleneceğini (hâlâ bekârdır); beş çocuk doğuracağını söylerdi. Ben, "aman ne güzel! bol bol torunum olur deyince de, "acayip" fikirlerimi onlara da aşılamamı engellemek için, çocuklarını bana hiç göstermeyeceğini bildirirdi. Okullarda din dersi velilerin iznine bağlıydı o sıralarda. Zeynep izin vermeyeceğimden emin olduğu için, salt damarıma basmak amacıyla, din derslerine girmek istediğini söyledi. Ben bozulduğumu hiç belli etmeden, "iyi olur; ne de olsa bilgi bilgidir" deyince, bozulma sırası ona geldi. Kızım Dame de Sion'dan hep yakındığı için, orta kısmı bitirince, onu başka bir okula göndermeyi önerdim. Zeynep, buna sevineceğine, beni fena halde azarladı: Sevse de sevmese de Dame de Sion'un iyi bir okul olduğunu, orasını bitirmeye karar verdiğini açıkladı. Sonra da her istediklerini yaparak, ağabeyini de onu da şımartıp, ahlâklarını bozmakla suçladı beni. Hakkı da vardı büyük bir olasılıkla.

Yaşlılığın nimetlerinden birinin de çocuklarınızla yaşadığınız sorunları, torunlarınızla hiç yaşamamanız olduğunu söylemiştim. Ne var ki, gençlerle iletişim kurabilmek için, iç dünyanızın genç kalması gerekmektedir. Benim iç dünyam genç olmasına genç de bugünün gençliğinin iç dünyasıyla ne derece uyum içinde bilemem. Çünkü günümüzün çoğu gençleri siyasal ve toplumsal sorunlara tamamiyle ilgisiz. Bol para kazanmak tek amaçları.

Bense yirmi yaşında benimsediğim siyasal inançlara hâlâ bağlıyım. Amerikalı şair Robert Frost "ihtiyarlığında tutucu olmak korkusuyla, gençliğinde solcu olmayı asla göze alamadığını" söyler. (*"I never dared to be radical when young for fear it would make me conservative when old"*). Oysa ben ileride ayrıntılı olarak anlatacağım gibi, gençliğimde de solcuydum, ihtiyarlığımda da solcuyum. Hattâ solculuğum daha da arttı yaşım ilerledikçe ve memleketin durumu berbatlaşınca. Belki bu yüzden, sözde akılları başlarına gelen kimi eski solcular, benim gibi bir dinozoru umutsuz bir vaka sayıp fena halde küçümseyeceklerdir. Ama onların karşısında yılmak niyetinde değildir bu dinozor.

Tüketim toplumunun kültürden yoksun bir ortamda egemenlik kurmasının doğal bir sonucu olan bayağılık, faşizm kadar çirkin, faşizm kadar tehlikeli benim gözümde. Belki bu da bir dinozorluk belirtisi sayılacak ama davranışta, konuşma üslûbunda, kılık kıyafette, müzikte, her konuda bayağılığa şiddetli bir tepki içindeyim. Son yarım yüzyılda ülkem de dünya da daha da bayağılaştığı için, tepkim de gittikçe şiddetleniyor.

Bu bayağılığın, Amerika Birleşik Devletleri'nde başlayarak tüm dünyaya yayıldığını ileri sürmem, siyasal önyargılarımdan ötürü değil. Bu konuda Amerikalı aydınlar da benim kanımı paylaşıyorlar. Ben Amerika'ya veriştirdikçe, başlarını hazin hazin sallayıp beni onaylıyorlar: İngiltere'den göç edip New England bölgesine yerleşenler dışında, ABD'nin yurttaşları, Avrupa'nın çeşitli ülkelerinden kopup gelen, yoksulluklarından ötürü okumaları yazmaları da olmayan göçmenlerden oluşuyordu. Bu kadar değişik kökenli insanları birleştirecek ortak bir zemin gerekliydi. Başarılı olup para kazanmak hırsı ve bu hırstan kaynaklanan bayağılıklar bu ortak zeminin temeli oldu. Freud, "America was a great mistake" (Amerika büyük bir yanılgıdır) demiş. Bunu bana aktaran Amerikalı bir psikanalist olduğuna göre, Freud gerçekten söylemiştir bu sözü.

Bütün dünyaya yayılan bu bayağılaşma konusunda, bizler ayrıca marifetli sayılırız. Çünkü Avrupalılar Batılı bir biçimde bayağılaşırken, biz hem Batılı hem de Doğulu olduğumuzdan, hem alafranga bir biçimde, hem de alaturka bir biçimde bayağılaşmanın yolunu bulduk. Hem pop'un "şıkıdım şıkıdım"larını ortaya çıkardık, hem de arabeskin irili ufaklı İbo'larını. Ancak arabeski, Avrupa ve Amerika taklidi pop'tan daha az ayıpladığımı bildirmek isterim. Neden derseniz, arabeskin felâket bir müzik türü olmakla birlikte, insanlarımızın bazı ruhsal gereksinimlerini karşıladığını anladım günün birinde: Benim oturduğum Bodrum çıkmazında, ancak bir tek evin radyosundan ve teypinden çirkin sesler yükselmezdi. O evden arabeskin en koyusunun avaz avaz feryat ettiğini duydum bir sabah vakti. Bu yürek burkan çığlıkların kesilmesi için çıkmaza fırladım. "Ders çalıştığımı" söyleyecektim elbette. Çünkü Bodrumlu komşularım, önünde kitap kâğıt, elinde kalem tutan beni görünce, ancak ders çalışmakla açıklayabilirler böyle bir uğraşı. "Aman, gürültü etmeyin, Mîna Hanım ders çalışıyor" derler. Ben de bunu söyleyecektim. Ne var ki, durumu görünce bir şey söyleyemeden evime geri döndüm. Çünkü durum vahimdi: Komşumun gencecik kızı, pencerenin yanındaki mindere çökmüş, iki eliyle başını tutmuş, güzel yüzünde derin bir acıyla arabesk dinlemekteydi. Bu arabesk faslı bir hafta kadar feryat figan devam ettikten sonra ansızın kesiliverdi. Aynı gün komşum bana uğradı; söz kesildiğini, kızının birkaç ay içinde evleneceği müjdesini verdi. O zaman anladım ki, o güzel kız, ancak arabeskin yürek parçalayan nağmeleriyle biraz dindirebiliyordu aşk acılarını. Nişanlanıp aşk acıları biter bitmez arabesk de bitiverdi.

Arabeskin bazı ruhsal durumlarda halkımıza şifa verdiğinin farkına vardığımdan, bu müzik türünün bayağılığına katlanabiliyorum. Ama moda denilen şeyin kılık kıyafette uygulanmasına nasıl katlanabileceğimi bilemiyorum. İtiraf etmeliyim ki, bu moda hastalığı en çok kadınlara musallat oluyor. Güzel bir kızın ya da güzel bir genç kadının, çok hafif bir makiyaj yapması, saçlarını düzgünce taraması, onu daha da güzelleştirmeye yeter de artar da. Ama onlar, modaya uymak için lüks berberlere gidip dünya kadar paralar vererek, gülünç saç modelleriyle, gereksiz makiyajlarla doğal güzelliklerini bozuyorlar. (Cihangir'de otururken bir ara komşum olan tiyatro meraklısı çok sevimli bir sosyete berberi vardı. Kadınların kendilerini nasıl rezil ettiğini göre göre depresyona girip genç yaşta ölmesinin nedeni budur bana kalırsa.) Dünya güzeli bir kız, moda diye, dudaklarını siyaha yakın bir bordo rengine boyuyor. Biçimli uzun bacakları olduğundan, mini jüp ona çok yakışıyor. Ama gene modaya uymak için, yaz sıcağında kaba saba postallar giyerek, bacaklarının güzelliğini ve mini jüpün çekiciliğini mahvediyor. Şişman, kısacık boylu, yaşlı başlı bir hatun, kendisini Amerikan futbolu oyuncusuna benzeten kocaman vatkalı ceketler giyiyor. Oysa aklı başında bir kadının, "bu moda acaba bana yakışır mı?" diye biraz düşünmesi gerekir. Çünkü yirmi yaşında, 1.75 boyunda sülün gibi bir kızın üstünde bile çirkin durur o vatkalı ceketler.

Hem yeterince param, hem de yeterince vaktim olmadığından, kılık kıyafet açısından kendim biraz dökülürüm ama, giyim kuşamı önemsemediğim sanılmasın. Tam tersine, zevkle giyinmiş bir kadına ya da bir erkeğe bakarken, içim açılır. Görgülü bir burjuva ailesinden geldiğim için de bu işlerden anlarım. Rüküş ya da pasaklı kadınlara tahammülüm yoktur. Modanın güzeli vardır, çirkini vardır. Hattâ çirkin olmayan ve yıllardır süren iki modaya öncülük etmekle övünebilirim. Bunlardan biri blucin modası, öteki de bikini modasıdır.

Gençliğimde okul dışında hep pantolon giyerdim. Tophane'den işçi tulumları alırdım. Bunlar koyu mavi kalın bir kumaştandı. Askıları vardı. Göğüs hizasında çok işe yarayan büyük cepleri vardı. Benimkisi biraz megalomoni belki; ama, bu işçi tulumlarının şimdiki blucinlerin biraz hantalca bir atası olduğu konusunda ısrar ediyorum. Bikini modasını ise şöyle icat ettim: Gençliğimde yunus balıkları adalara giden vapurlarla yarış ederdi. Marmara'da Boğaziçi'nde. İstanbul'un bütün kıyılarında denize girilebilirdi. Kentin her semtinde plajlar açıldığı halde, kimi zaman arkadaşlarımla birlikte, kimi zaman yalnız, kalabalıktan uzak yerlerde denize girerdim. Okuldan kaçıp, sandalla Bebek'teki fenere çıkarak oradan yüzdüğüm de olurdu. Adaların ıssız kayalık kıyılarını severdim en çok. O sırada giyilen ince yünden yapılmış etekli mayolar bir türlü kurumazdı üstümde. Ben de dörtgen biçiminde bir basma kumaşı çaprazlama kesip iki üçgen yaptım. Bu iki üçgen, karın kısmını açıkta bırakan ve çabuk kuruyan, altlı üstlü bir bikini oldu.

Başlattığımı iddia ettiğim bu iki modadan seksenimi geçtiğimden kendim yararlanamıyorum artık. Ama ikisini de çok beğeniyorum. Bikinileri, genç ve biçimli kızların üstünde çok güzel göründüğü için, estetik nedenlerden ötürü tutuyorum. Blucinleri de politik nedenlerden ötürü: Erkek kadın, varlıklı yoksul bütün gençlerin, hattâ bazı ortayaşlıların giydikleri bu pantolonları, kadın-erkek ayrımlarını da, sınıf ayrımlarını da yadsıyan gerçek bir eşitliğin ve gerçek bir demokrasinin simgesi sayıyorum. 12 Eylül rejimi sırasında, blucinlerin tehlikeli komünist eğilimlerin bir belirtisi olmakla suçlanıp yasaklanmamasına da hâlâ şaşıyorum.

Çağımızın başlıca felâketlerinden biri saydığım, faşizm kadar tehlikeli bulduğum bu bayağılık konusunda değer yargılarımın değiştiğini de itiraf etmek zorundayım: Bir lokantaya ya da bir meyhaneye gidince, bir taksiye binince, bir tatil kasabasında sokağa çıkınca, çamurlu ve iğrenç bir gürültü selinin cıvık cıvık sularına batıp boğuluyorum. Bu sözümona şarkılar, öyle çirkin ki, gençliğimde bayağının bayağısı saydığım piyasa şarkılarını fena halde özlemeye başladım. Bu yüzden de "bir tatlı huzur almaya geldim Kalamıştan"da, "yandım çavuş, yandım elinden"de, "adalar sahilinde bekliyorum"da nostaljik bir güzellik görmek yanılgısına düşüyorum.

TV yüzünden bayağılığın kirli suları evlerimizi de basıyor.

Siz açmasanız da başka biri açacak nasıl olsa. Oturduğunuz o küçük apartman dairelerinde, TV bayağılığının yaygarasından kaçmanızın yolu yok. "Yaygara" sözü tam yerinde: Çünkü seyircilerin tümü sanki sağırmış gibi, programlardaki yenilikler, bağırarak, nerdeyse uluyarak ilân ediliyor. Amerika'nın da Avrupa'nın da hiçbir TV'sinde buna benzer bir uygulama görülmediğine göre, anlaşılan bize özgü yeni bir bayağılık bu.

Televizyona karşı olduğumu sanmayın. Hiçbir makinaya, hiçbir elektronik cihaza karşı değilim. Yeter ki, onlar insanları değil, insanlar onları kullanabilsin. Doğru dürüst yayın yapan, iyi konserler, güzel filmler, ilginç belgeseller, aptalca olmayan siyasal konuşmalar ve tartışmalar sunan aklı başında bir televizyon ne kadar yararlı bir şey olurdu. Ama ne yazık ki, öyle olmadı, tek tük programlar dışında TV kanalları (tüm eksikleri ve kusurlarına karşın TRT bir yana) bayağılıkta yarıştılar. "Göreceksin, senden daha yüksek 'rating' alabilmek için, senden de daha bayağı olacağım" yarışmasıydı bu ve birbirlerinden daha bayağı olmayı gerçekten de başardılar. Eskiden TRT'nin sadece iki kanalı vardı. Ve neredeyse her akşam seyredilebilecek iyi şeyler olurdu. Şimdiyse yok. Arada tek tük iyice filmler yayımlanıyor gerçi. Ama gece yarısından sonra öyle geç saatlere konuluyor ki, ancak uykusuzluk hastalığına tutulmuş olanlar ya da işsiz güçsüz oldukları için öğleye kadar uyuyanlar seyredebilir bunları.

Gelgelelim, TV'lerde, ara sıra çok eğlendirici durumlarla karşılaştığımız da oluyor: Bir gece, ilginç bir şey var mı diye "zapping" yaparken, bir de ne göreyim? Dinci kanalların birinde, bizim, daha doğrusu "eskiden bizden olan" Çetin Altan. Karşısında da saçları ortadan ayrılmış; sakalsız, ama şeriata uygun bıyığı olan dinci bir genç. Çetin Altan'ın ağzından sözcükler sel suları gibi durmaksızın aktığından, dinci genç bir şey sormak fırsatını pek bulamıyor. "Eskiden bizden olanın" şimdi yazılarını yayınladığı gazeteyi pek okumadığım için, "bakalım, neler söylüyor bu" dedim kendi kendime. Ve üyesi olduğum Türkiye İşçi Partisi'nin eski şanlı günleri aklıma geldi: "Çetin Altan acaba bugün ne dedi?" merakı içinde olduğum için gazeteyi elime alınca, manşetlere göz atmadan önce onun yazdığını okurdum. Makaleleri yalnız biz solcuları değil, herkesi etkilerdi. Örneğin, Genco Erkal emekli Bahriye Subayı babasının artık solcu olduğunu bana bildirmişti. "Ne solcusu?" diye sorduğumda, "Çetin Altan solcusu" diye yanıt vermişti. Çetin Altan söz alınca, toplantı yaptığımız alanlar, gol atıldıkça seyircilerin coştukları futbol sahalarına dönerdi. Milletvekiliyken TBMM'inde linç edilmesine ramak kalmıştı. Bütün bunları ve bir yığın başka şeyi anımsadım.

Gelgelelim, bu anılara dalmaya pek vakit bulamadım; çünkü "eskiden bizden olan" şaşırtıcı lâflar ediyordu. "Dinci olmadan önce, Necip Fazıl Kısakürek'in çok iyi bir şair olduğunu söylüyordu. Onun eski şiirlerinden "Kadın Bacakları"nı ayrıca sevdiğini anlatıyor ve tam anlamıyla erotik olan bu şiiri, dinci bir kanalda ezbere söylemeye başlıyordu.

Karşısındaki şeriatçı genç, alı al moru mordu. Çetin'i susturmanın yolu yoktu. Dudakları titreyen delikanlı neredeyse fenalık geçiriyordu. Derken, TV'de bugüne değin görülmedik bir olayla karşılaştım: Durup dururken klâsik Batı müziği çalmaya başladı. Amaç, süper-mürşit'in erotik şiirini duyulamaz hale getirmekti. Ama hiç mi hiç mümkün değildi bu. Çünkü orkestranın müziği yükseldikçe, "eskiden bizden olanın" sesi de yükseliyordu. Gene duyuluyor, gene duyuluyordu. Necip Fazıl'ın erotik şiirinin on altı dizesini, bangır bangır bağırarak sonuna kadar okudu.

KADIN BACAKLARI

Her kadının bastığı yerde sanki kalbim var
Kalbim ki vahşi bir zevk alır ezilişinden.

Bir kadının içinden ağlayışı, gülüşü,
Gözlerinden ziyade bacaklarına yakın.
Bir lisandır onların, duruşu, bükülüşü,
Kadınlar! Onlar varken konuşmayınız sakın.

İnce sütünlardaki ilâhî güzelliğe
Bacakların ruhudur şekil veren diyorum.
Bacakları bir kalın örtüde saklı diye
Mermerde kalbi çarpan Venüs'ü sevmiyorum.

Ömrümüzün geçtiği yolda, bana sorsalar
Gidiyorum bir kadın bacağının peşinden.

Boynuma doladığım güzel putu görseler.
İnsanlar öğrenirdi neye tapacağını.
Kör olsam da açılır gözüm, ona sürseler
İsa'nın eli diye bir kadın bacağını.

Ben de, keyifli kahkahalar atarak onu dinlerken, "eskiden bizden olanın" hâlâ birazcık bizden olduğunu anladım.

TV kanallarına egemen olan bayağılığın en sinir bozucu örnekleri reklâmlarda ortaya çıkıyor. Ama televizyonunuzu hiç açmasanız da, vahşi kapitalizmin ve tüketim toplumunun doğal sonucu olan reklâmcılıktan kurtulmanızın yolu yok. Hattâ dağ başlarında bile burun buruna geliyorsunuz bu bayağılıkla. Tatil köylerine yaklaşırken, otobüsünüz ne denli hızlı giderse gitsin, reklâm panoları üstünüze üstünüze geliyor. Tek çare tüketicilerin bir kampanya açıp, "eğer reklâmlarınızı daha kaliteli yapmazsanız, malınızı satın almayacağız" demeleri. Çünkü bir reklâmın ille de bayağı olması gerekmez. Çok güzel reklâmlar da vardır. Hiç unutamadığım bir Fransız reklâmı yüzünden Schweppes bağımlısı olmuştum vaktiyle. *Paris-Match* dergisinin iki sayfasını kaplayan bir fotoğraftı bu: Altın kumlu, uçsuz bucaksız, ıssız bir kumsal. Kumsalın bir ucunda kimsenin çalmadığı, kuyruklu büyük bir piyno. Piyanonun önünde, üstüne küçük harflerle Schweppes yazılı küçük bir şişe; yanında da bir bardak. Marka o kadar küçük yazılmış ki, zor okunuyor. O sıralarda Schweppes Türkiye'de yoktu henüz. Denize baktım, kumsala baktım, kuyruklu piyanoya baktım, küçük şişeye baktım. O fotoğraf beni büyülediğinden, "Schweppes denilen içki, dünyanın en güzel alkollü içkisidir mutlaka" diye düşündüm.

Schweppes içmek isteğiyle yanıp tutuştum. Birkaç ay sonra, Paris'e gider gitmez, bir kahveye daldım, garsondan bir Schweppes rica ettim, Schweppes masama geldi. Sihirli bir içki sandığım bu Schweppes, bir çeşit gazozdan başka bir şey değilmiş meğer. Düşkırıklığıma karşın, reklâm beni öyle etkilemişti ki, bu gazozu içmekten vazgeçemedim bir süre.

Fransızlar, radyolarda espri dolu sesli reklâmlar da yaparlardı eskiden. Örneğin çok lirik, çok duyarlı bir erkek sesi, onların ünlü halk şarkısını söylemeye başlardı: "*Plaisir d'amour ne dure qu'un moment*" (aşkın hazzı ancak bir an sürer.) Arkasından ikinci dizeyi, "*chagrin d'amour dure toute la vie*" (aşk kederi ömür boyunca sürer) demesini beklerken, başka bir erkeğin sesi, müziksiz olarak "*Le pneu Michelin dure toute la vie*" (Michelin otomobil lastiği ömür boyunca sürer) deyiverince, insan önce küçük bir şok geçirir, sonra da gülmeye başlardı.

Neyse, çağımızda gittikçe ağır basan bayağılığı elimizden geldiğince unutmaya çalışarak (yaşamaya devam ettiğimize göre bu karabasanı unutmak zorundayız) başlıca konumuz olan yaşlılığın nimetlerine geri dönelim. İlkin şunu belirtelim ki, bu nimetlerden yararlanabilmek için, gençliğin "kötü" bilinen alışkanlıklarını sürdürmeniz gerek. Gençlerin sağlıklarını korumak gibi bir kaygısı yoktur. Siz de sağlığınızı bir saplantı haline getirmeyeceksiniz. "Yaşlıyım; erken yatmalıyım" demeyeceksiniz. Canınız isterse erken yatacaksınız, canınız isterse geç. Şu yemek fazla tuzlu, şu yemek fazla tatlı, yok kolesterol, yok lipid diye tutturmayacaksınız. Asıl lezzetli yemeklerin sağlıksız bilinen yemekler olduğunu çok iyi bildiğiniz için, eğer canınız isterse kızartmalar, dolmalar, karnıyarıklar, imam bayıldılar yiyeceksiniz. Midenize ağır geleceğini hiç düşünmeden, iştahla yiyeceksiniz bunları. Zaten bence, iştahla yenilen hiçbir yemek, ne denli ağır olursa olsun, insana dokunmaz. Ancak stresler ve korkular içinde, çekine çekine yenilen yemekler insana dokunur.

Yalnız yemek konusunda değil; çay, kahve ve içki konusunda da gençliğimin bütün "kötü" alışkanlıklarını olduğu gibi sürdürdüğümü hafif bir gurur duyarak ilân ediyorum: Günde üç büyük fincan sade kahve içerim. Sabahları aç karnına iki büyük bardak şekersiz çay içerim. Bu sabah çaylarıyla birlikte ilk sigaramı yakarım.

Şimdi gelelim bu sigara konusuna: Sigara, yağlı yemekler, çaylar, kahveler gibi sözde zararlı değil, gerçekten zararlıdır insan sağlığına. İşin komik yanı, birçok başka zararlı şey gibi Amerika'dan gelen bu bitkinin on yedinci yüzyılda sağlığa yararlı sanılmasıdır. Örneğin, ünlü oyun yazarı Ben Jonson, toprağın insanlara bağışladığı bitkiler arasında, en şifalısının tütün olduğunu ileri sürer. Aynı dönemin başka bir şairi "O medicinal Tobacco!" diye coşarak, yeni keşfedilmiş bir mucize ilaçmış gibi över bu zehirli otu. Gene aynı yüzyılda, İngiliz edebiyatının en ilginç ve en şaşırtıcı kitaplarından biri olan *The Anatomy of Melancholy*'nin yazarı Robert Burton, "divine" (tanrısal) deyimini kullanarak tütünü yüceltir; "*a sovereign remedy to all diseases*" (bütün hastalıklara mükemmel bir ilaç) sayar. Ama fazla içilirse, tütün tiryakiliğinin bir felâketle sonuçlanacağını da bilir: "*Hellish, devilish and damned tobacco, the ruin and overdose of body and soul*" (cehennemsi, şeytanımsı ve lânetli tütün, bedenin ve ruhun mahvolması ve yıkılması.)

Gençliğimde başlayan kronik bronşiti hâlâ çektiğim için, sigaranın ne denli zararlı olduğunu herkesten iyi ben bilirim. Yoğun bir anti-tütün propagandası yaparım her fırsatta. Bir polis kıza bile yaptım bu propagandayı: Yedi yıl önce uçakla Adana'ya gittim. Havaalanında polis kız üstümü aradı. Bu kontrol biter bitmez, bir sigara yaktım. Polis kız, ne zamandan beri sigara içtiğimi ve kaç yaşında olduğumu sordu. "On beş yaşında başladım. Şimdi yetmiş beş yaşındayım" deyince, o emniyet mensubu, üstüme atıldı, büyük bir şefkatle boynuma sarılıp beni öptü. Her şey aklıma gelirdi de bir polisin, kız ya da erkek, beni bağrına basıp öpeceği aklıma gelmezdi. Meğer yirmi beş yaşında olan bu kıza hekimler, sigaradan vazgeçmezse, yakında öleceğini söylemişler. Kız da beni o yaşta hâlâ dinç bir durumda gördüğü için, sigaraya devam edebileceğini düşünüp sevinmiş. Ama ben, ayaküstü küçük bir söylev vererek, sigara içmenin zararlarını gene de anlattım.

Kendim sigarayı bırakamam ama, bırakanlara büyük bir hayranlık duyarım; ikide birde kutlarım onları. Bırakmayı kaç kez denedim. Bir ay bıraktım, iki ay bıraktım, sonra gene başladım. Çünkü bırakınca, fena halde manyaklaşıyorum. Okuyamıyor, yazamıyor, beş karış surat asıyor, hayata küsüyor, sigaradan başka hiçbir şey düşünemez hale geliyorum: Sözün kısası sağlığım açısından sigaradan bin beter bir strese giriyorum. Sonunda, günde sadece on sigara içmemi sağlayan bir yöntem icat ettim: Gerçek tütün ihtiyacının ilk üç dört nefes olduğunu; ondan sonra insanın otomatik olarak sigarayı bitirdiğini anlamıştım. O ilk üç dört nefesi perişan ciğerlerime derin derin çektikten sonra, yanımda her zaman taşıdığım küçük makasla sigaranın kül olmuş ucunu kesiyorum. Bir süre sonra o kesik sigarayı yeniden yakıyorum. Daha şık bir davranış, üç dört fırt çekip, o sigarayı küllükte ezmek olur elbette. Ne var ki, yirmilik bir paketin nerdeyse iki yüz bin liraya çıktığı bir dönemde, benim gibi emekli maaşlarıyla geçinenlerin böyle şık davranışlarda bulunmalarının yolu yoktur. İcat ettiğim yöntemi birçok tiryakiye salık verdim, ama hiç kimse bu çok parlak buluşumu benimsemedi her nedense.

Yaşamım boyunca birçok yanılgıya düştüm. Bana çok acı çektiren yanlış işler yaptım. Hiçbirinden pişman değilim; çünkü yapılması gereken yanlışlardı bunlar. O yanlışları ancak yaptıktan sonra onlardan kurtulabilirdim. Ama sigaraya alışmama çok pişmanım. Çünkü sigara bir keyif değil, kötü bir alışkanlıktır sadece. Sigara, paket bile taşımadan, güzel bir manzara karşısında ya da iyi bir yemekten sonra kahvelerini içerken coşup "ver bana bir sigara" diyenler için bir keyiftir ancak. Tıpkı ara sıra akşamları bir iki kadeh içen adama alkol bir keyif olduğu gibi. Ama, o adam sabahın köründe içki içmeye başlar ve bütün gün boyunca içerse, alkol bir keyif olmaktan çıkar, insanı mahveden bir bağımlılığa dönüşür.

Gelgelelim, tütünün zararını çok iyi bildiğim halde, sigara

içme yasağının bir çeşit faşistçe zorbalığa dönüşmesini kabul etmiyorum. Bu zorbalığın ilk örneklerini beş altı yıl önce New York'da gördüm. Ariel Dorfman'ın güzel oyunu *Ölüm ve Genç Kız*'a gitmiştim. Glen Close, Gene Hackman ve Richard Dreyfus oynuyorlardı. Oyunun metni de, oyuncular da olağanüstüydü. Kendimden geçmiş bir halde, on beş dakikalık arada dışarı çıkınca, fena halde bozuldum: O koskocaman tiyatro binasında, barlar vardı, kafeteryalar vardı, bir yığın salon vardı; ama sigara içenler için bir küçük oda yoktu. Tiryakiler binanın dışına çıkıyorlardı. Paltoları da vestiyerde kaldığı için, soğuk sokakta titreyerek, aynı suçu işlemiş zavallılar gibi birbirlerini gizlice dikizliyerek, avuçlarının içine sakladıkları sigaralarını içiyorlardı. Ne acıdır ki, aynı sigara faşizmi bizim tiyatrolarda da uygulamaya konuldu artık. İstanbul kadar havası kirli bir kentte bu sigara yasağının gülünç bir yanı da var. Sorarım size: Akşamları beşle sekiz arasında Rumeli Caddesi'nde egzost kokuları arasında yürümek mi daha zararlı insanın ciğerlerine, temiz havada bir iki sigara içmek mi? Sorarım size: Bir insanın, başkalarına zarar vermeden kendi bronşlarını ve kalp damarlarını harap etmeye ya da kansere çağrılar yapmaya hakkı yok mu? Bunu engellemek İnsan Hakları Beyannamesinin bir ihlâli değil mi? Ne var ki, dramatik bir tonla sorduğum bu retorik sorular (retorik soru, söylemi salt süslemek uğruna yapılan ve yanıt beklenmeyen sorulardır) kendimi aldatmaktan başka bir şey değildir elbette. Çünkü sigara içmek, kirli havada da zararlıdır, temiz havada da.

Bunu çok iyi bildiğim halde, kendimi aldatmaya devam ediyorum. Örneğin, kışın Bodrum'dayken (zaten yaz ayları ayak basmam oraya) gece yarısı bir uyandım ki, nefes alamıyorum. "Tamam! Kalp krizi!" dedim kendi kendime. Evde yalnızdım. Fazla telâşlanmadan, bir battaniyeye sarılıp, avluya çıktım. Komşularımın cesedi çabuk bulabilmeleri için, avlu kapısını ardına kadar açtım. Bir bahçe koltuğuna oturdum. Böyle kolay can vereceğime biraz da sevinerek, ölümümü beklemeye başladım. Ama kalp krizi değil, bronşitin neden olduğu bir astım kriziymiş meğer. Bir hafta hiç sigara içemedim. Sigarayı yakıyordum, ama içemiyordum. Ciğerlerim reddediyordu. Arkadaşlarım, "şu cenabeti bırakmak için tam bir fırsat" dediler. Ama ben, çok parlak bir süper-mantık yürüttüm: "Sigara içebilmek sağlığımın bir göstergesidir" dedim. "Ancak yeniden sigara içebilirsem bu solunum hastalığımın üstesinden geldiğimi, sağlığıma kavuştuğumu kanıtlayabilirim kendi kendime. Sigarayı bırakırsam, kendimi hep hasta hissedeceğim."

Bu zararlı alışkanlığımdan bir türlü kurtulamamamın nedeni, Şahap Dayımın bana çok eskiden anlattığı bir öyküdür belki de. Şahap Dayımın ne içki alışkanlığı vardı ne de sigara tiryakiliği. Onun alışkanlığı bunlardan beterdi. İflah olmaz bir kumarbazdı. Bu çok sevimli ve çok dürüst adam, babasından kalan serveti Avrupa'nın çeşitli kumarhanelerinde bitirip meteliksiz kalınca, kırkına yakın Tekel'de küçük bir memur oldu. Kırkaltı yaşında kanserden ölünceye kadar orada çalıştı. Tekel'de yaşlı bir müdürü varmış dayımın. Adamcağız otuz yıl önce sigarayı bırakmış. Ama bir paket sigarayla bir kutu kibrit hep varmış masasının üstünde. Onlara sevgiyle hep bakar dururmuş. Dayım günün birinde, "Hüseyin Bey, ne iyi yaptınız da şu pis sigarayı otuz yıl önce bıraktınız" deyince, gözlerini sigara paketine diken Hüseyin Bey, başını kaldırmış, acı dolu bir sesle "sen ne diyorsun, oğlum Şahap Bey" demiş, "daha dün bırakmış gibiyim." İşte bu lâf beni mahvetti. "Tiryakiler otuz yıl sonra bile sigarayı özlüyorlarsa, ben nasıl bırakabilirim" diye düşündüm. Arkadaşım Nail Çakırhan'ın da sigarayı bıraktıktan neredeyse yirmi yıl sonra düşlerinde hâlâ sigara içmesi, "ne güzel! Sigara içiyorum! Aman kimse görmesin!" diyerek uykudan uyanması da beni bir hayli sarstı. Sigarayı şu kadar yıl önce bıraktıklarını ve hiç özlemediklerini söyleyenlere inanmaz oldum.

Sigarayı bir türlü bırakamamamın bana verdiği aşağılık duygusundan ancak yaşlanınca kurtuldum. Çünkü Profesör Dr. Süleyman Velioğlu bana dedi ki: "Mîna hanım, daha genç olsaydınız, sigarayı bırakmanız için size korkunç baskı yapardım. Ama artık yaşlanmaya başladınız. Ve bir insan, alışkanlıklarıyla birlikte yaşlanmalı." Ayağa kalktım, Süleyman Beyi bağrıma bastım, öptüm. O ne doğru lâf! Ruh doktoru dediğin böyle konuşmalı işte!

İnsanlar gerçekten de alışkanlıklarıyla birlikte yaşlanmalı. Zaten bu alışkanlıklar, bir çeşit "rituel" yani kutsal bir tören gibi bir şey olur ihtiyarların gözünde: Sabahları pencereye bitişik salıncaklı koltuğunuza oturacaksınız. Denize bakarken, mutlaka, ama mutlaka cam bir bardakta (porselen fincan kesinlikle olmaz) şekersiz çayınızı içerken, sallana sallana ilk sigaranızı yakacaksınız. (Nâzım Hikmet, "sabah sabah aç karnına içilen sigaraların acı tadından" söz eder. Bu tad, Nâzım'a ölümü çağrıştırır. Çünkü bu dizenin hemen arkasından "ölüm yanıma kendinden önce yalnızlığını yolladı" diye ekler. Ama gırtlağımı yakan, beni öksürten o ilk sigara, bana hem acı hem de tatlı gelir ve hâlâ yaşadığımı anımsatır. Sigaranızı içerken elinize *Cumhuriyet* gazetesini alacaksınız. Evde *Yeni Yüzyıl*'da vardır, hiç de radikal olmayan *Radikal* de. Ama siz ilkin mutlaka *Cumhuriyet*'i, sonra ötekileri okuyacaksınız. Sizi perişan eden haberleri okuma faslı bitince, her şeyi unutabilmek için, çalışmaya başlayacaksınız. Akşam yedide, haberleri dinlerken, bir kez daha perişan olacak, akşam içkinizle avunmanın yollarını arayacaksınız. Fındık fıstıkla ilk tek rakınızı, sonra yemekle birlikte ikinci ve son tek rakınızı içeceksiniz.

Şimdi gelelim şu içki sorununa: Herhalde bazı genetik durumlardan ötürü alkolü her zaman sevdim. On onbir yaşındayken yatılı olduğum Arnavutköy Kız Koleji'nde, akşam kahvaltısında bizlere şeker vermezlerdi. Ülkede şeker kıtlığı olduğundan, bu pahalı okul bile şekeri evden getirmemizi isterdi. Akşam yemekleri yedi buçuktaydı. Ben saat yedide, yani tam vakti keraatte, penceremin önüne yerleşir, kesme şekerlerin üstüne bol bol kolonya damlatıp, Arnavutköy'ün tepelerinden Boğaziçi'ni seyrederken, bu ıslak ve güzel kokulu kesme şekerleri yerdim. Dört beş gün içinde şeker de tükenirdi, kolanya da. İşte bu yüzden on bir yaşından beri çayımı şekersiz içmeye alıştım. Bilinçsiz ama yadsınmaz bir akşamcılıktı bu kolonyalı şeker faslı. Yaşlılığımda bilinçli bir akşamcı oldum. Gençliğimde ve orta yaşlıyken, ancak bir yerlere gidersem ya da birileri yemeğe gelirse içki içerdim. Çünkü dersleri hazırlamak, sınav kâğıtlarını ya da tezleri filan okumak için, kimi zaman gece yarılarına kadar çalışmam gerekirdi. Ve iki tek bile insanın kafasının tam verimli işlemesini engelleyebilir. Bu yüzden ancak emekli olduktan sonra kendime akşamcılık hakkını tanıdım.

Bir insan her akşam içebilir. Bütün sorun ölçüyü asla kaçırmamak, yani az içmek. Ve ben bunu yapabiliyorum. Yılbaşı da olsa, doğum günüm de olsa iki tek, bilemediniz çok özel durumlarda üç tek içiyorum. Alkolü sevdiğim halde, gördüğüm özel eğitim sayesinde böyle ölçülü olmayı öğrendim: Bir tarih kitabında vaktiyle okuduğuma göre, Sparta'da on iki on üç yaşında çocukların önünde, köleleri zorla sarhoş ederlermiş. Ağızlarına huniler koyup, şarapları boca ederlermiş gırtlaklarına. Zavallı kölelerin ne kadar abuk sabuk sözler söylediklerini birbirleriyle nasıl kavga ettiklerini, nasıl yerlere yıkıldıklarını, sözün kısası nasıl rezil olduklarını acımasız gözlerle seyreden çocuklar, sarhoşluktan tiksinmeyi, ölçülü içmeyi öğrenirlermiş böylece. İşte ben de böyle eğitildim: Gençlik günlerimin en pırıl pırıl, en üstün zekâlı, en yaratıcı kişilerinin, en iyi yazarlarının, şairlerin, sanatçıların, sarhoş olunca ne hallere düştüklerini gördüm. Gerçi o hale gelenler çok sevdiğim, çok beğendiğim insanlar oldukları için, Sparta'lı çocuklar gibi acımasız gözlerle değil, yüreğim parçalanarak baktım onlara. Ama içime korku düştü."Sakın ben böyle olmayayım" dedim kendi kendime. Bu yüzden benliğimde öyle bir oto-sansür mekanizması oluştu ki, sarhoş olmayı, bazı şeyleri aklımdan silip bilinçsiz bir hale gelmeyi bazen istediğim halde, sarhoş olabilecek kadar içemedim hiçbir zaman.

Her konuda biraz tutucu genç bir doktor tanırım. Her nedense benim merakım da bu delikanlıyı siyasal görüşlerini ileri sürerek şok haline getirmek. Ne var ki, memlekette siyasal durumun berbatlığından ötürü genç doktorun bile aklı biraz başına geldiğinden, bunu başaramadım. Hattâ beni onayladı nerdeyse. Bunun üzerine, çok katı ahlâksal ilkeleri savunduğunu bildiğim için, bazı alışkanlıklarımı anlatarak şunun damarına basayım diye düşündüm: Emekliliğimden beri akşamcı olduğumu, her akşam mutlaka içki içtiğimi açıkladım övünürcesine. Delikanlı, "ne kadar içiyorsunuz hocam?" diye sordu kaşlarını çatarak. Ben de o sırada bir yalan uydurup, büyük bir şişe içtiğimi söyleyemedim. "İki, bilemedin üç tek" diye yanıtladım bu soruyu. Bir de baktım, delikanlının sert yüzünde gülücükler belirdi. "Aman ne iyi yapıyorsunuz. Dr. Todd'un ilacıdır bu" demez mi! Fena halde bozuldum."O da ne demek?" diye sorarken, kaşlarını çatmak sırası bana gelmişti. Meğer İngiltere'de bir Dr. Todd varmış. İçkiden hoşlanan yaşlı hastalarına sinir ilaçları, uyku hapları vereceğine, akşamları yarım bardaktan biraz fazla viski verirmiş. Bütün içkiciler de can atarmış Dr. Todd'un koğuşunda yatmaya. İlkin buna inanmadım, tanıdığım hekimlere sordum. Dr. Todd literatüre geçtiği için, hepsi biliyorlardı bunu. Az içkinin damarları açtığını, tıkanmaları önlediğini, kalbe iyi geldiğini açıkladılar bana. Böylece doktorların icazetiyle, her akşam iki tek rakımı içmeye devam ediyorum ve ihtiyarlığın nimetlerinden biri sayıyorum bunu.

İhtiyarlığın bundan çok daha büyük bir nimeti cinsel devreden çıkmaktır. Doksan yaşına varan Sofokles'e kadınlar, aşk, bedensel hazlar filan bittiği için üzülüp üzülmediğini sormuşlar. "Ne üzülmesi!" demiş Sofokles. "Zalim bir efendinin elinden kurtulup sonunda özgürlüğüne kavuşan bir köle kadar mutlu hissediyorum kendimi." Cinsellikten kurtulmak gerçekten mutluluk ve huzur verebilir insana. Ama bu mutlu dönemi, salt iradenizle, kafanızın verdiği bir kararla başlatamazsınız. "Tamam, artık bitti" dersiniz kendi kendinize. Sonra bir de bakarsınız ki, hiçbir şeyin bittiği yok. Cıvıl cıvıl cıvıldayan küçük kuşlar sanki uçuşmaktadır derinizin altında.

Sofokles'in zalim efendisinden kurtulmanız için, belirli bir yaşa varmanız ve cinselliğinizi, sevinçleri ve acılarıyla doyasıya yaşamış olmanız gerekir. Cinselliklerini vaktinde yaşamadıkları için, beyaz atıyla gelecek yakışıklı prensi yetmişinde hâlâ bekleyen nice kadınlar; seksenindeyken gencecik kızlara ölesiye âşık olan nice erkekler tanırım. Onları ayıplamıyorum; hattâ o yaşta böylesine yoğun heyecanlara kapılabildikleri için, biraz da beğeniyorum onları. Ama çok acı çektiklerini, yaşlılığın verebileceği huzurdan yoksun kaldıklarını da biliyorum, özellikle duygularını platonik düzeyde tutmayıp cinsel doyumlara yönelmeye kalkarlarsa. Mayıs 1968 Paris'inde duvarlara yazılanlar arasında en çok dikkatimi çeken sloganlardan biri şuydu: "*Les jeunes font l'amour, les vieux font des gestes obscènes*" (Gençler aşk yapar, yaşlılar müstehcen hareketler yapar). Gençlerin ihtiyarlara karşı acımasızlığının çarpıcı bir örneğiydi bu elbette. Ama ne yazık ki doğru bir yanı da vardı.

Gerçi cinselliğin kıvılcımları, yetmiş yaşında da, seksen yaşında da her zaman kalır insanın içinde. Ne var ki, bu kıvılcımları bir yangına dönüştürmenin sonu felâket olur. İşte bu yüzden, biraz önce de dediğim gibi, cinselliği vaktinde olanca şiddetiyle yaşamak, sonra da bu devreden çıkmak akıllıca bir davranıştır. Gelgelelim devreden çıkmak hiç de kolay değildir. Hattâ yaşamın en güç dönemlerinden biridir. Bu dönem, gençliklerinde cinsel açıdan çok çekici olan kadınlarla erkeklere ayrıca güç gelir. Çünkü ihtiyarladıklarını artık kabul etmeleri gerekmektedir. Bunu kabul etmeye de kolay kolay katlanamaz insan. Ama söylediğinize kendiniz de içtenlikle inanarak "artık tamam, ihtiyarladım; cinsellik bitti bundan böyle" diyebilirseniz, gençliğinizde ve orta yaşlıyken hayal bile edemeyeceğiniz bir rahata kavuşursunuz. Eğer kadınsanız, çekici bir erkeğe; eğer erkekseniz, çekici bir kadına ilgiyle bakarsınız, "ah, keşke şu karşımdaki benim olsaydı!" diye bilinçli ya da bilinçsiz olarak artık için için yanmadığınızdan, onun neden çekici olduğunu daha iyi anlarsınız. Elbette bir nebze cinsellik de vardır bunda. Ama insanların hiçbir zaman yitirmediği bu türden bir cinselliğin, sizi artık aşk tutkusunun, dibinde alevler yanan uçurumlarına sürüklemeyeceğini bildiğiniz için, gençliğinizin acılarını da mutluluklarını da biraz hüzünlü bir huzurla anımsarsınız.

İlk sevgilim çikolata kokardı.
Son sevgilim ölüm.
(Aradakilerin kokusu yoktu.)
Ben ölüm kokan son sevgilimi sevdim en çok.

*

Çok şaşırtıcıydın.
Sisler içinden ansızın çıkıveren
Görkemli gemiydin.
Denizden fırlayıp taklaklar atan
Kocaman gümüş balıktın.
Yemyeşil karpuza saplanan
Kara saplı bıçaktın.
Çok şaşırtıcıydın, çok.

*

Sesini duyunca
Ötüşmeye başlar
Göğüs kafesimdeki
O suskun kuşlar.

*

Uğuldayan lodosda
Martı çığlıklarından da
Daha acı gelir bana
Senin söylediklerin.

*

Güneşlerde ısınmış bir kayasın,
Sağlam, sıcak, suskun.
Denizlerin tuzu teninde
Saçlarında yosun kokusu.

*

Hazerfen Mehmet Çelebi gibi
Bırakıverdim kendimi Galata Kulesi'nden.
Düşer gibi oldum bir ara.
Martılar yetişti hemen.
Aralarına aldılar, martı yaptılar beni.
Doğru sana uçtum
Kondum iki kaşının arasına

*

Çıplak daldım senin derin denizine.
Bir ahtapot sarıldı bana,
Girdi bedenimin dokuz deliğine.

senin derinliklerine inemeden,
Can verdim kanlı sularda.
*
Keder denizinin kıyısında
Kara çakıltaşları.
Kara çakıltaşlarının üstünde
Yitik bir kadın yatar.
Keder denizi bir aynadır.
Kalk, kadın, kalk.
Al eline bir çakıltaşı
Paramparça et o aynayı.
*
Geceleri Boğaz'dan geçen gizemli gemiler gibi
Geçtin durgun sularımdan.
Yükünü boşaltmış, güm güm davul çalan
Kocaman kara gemiler gibi.
Öyle hızlı geçtin ki,
Yalılarımın alt katını sular bastı,
Sandallarım rıhtımlarda parçalandı.
Çok hasar yaptı o gizemli, o hızlı geçişin
Gecemin karanlığında.
*
Denize girer, dalgalarla sevişir.
Kıyıya çıkar, kumlarla sevişir.
Ağaç gövdelerine sarılıp sarılıp
Ağaçlarla sevişir.
İnsanlarla sevişmenin acısını çekmektense
Küçük derenin yatağında ışıldayan taşlarla
Ölesiye sevişir.
*
Su gibisin diyordu.
Göğsün, karnın, bacakların
Su gibi akıyor
Ellerimin arasından.
Sonra bir göl oluyorsun,
Mavi, saydam, tertemiz.

Küçük bir göl oluyorsun.
Ben de dalıyorum o göle.

*

Aşk vardı aralarında.
Şimşekler çakıyor,
Gökler gürlüyor,
Yağmurun iğneleri
Gözlerine batıyordu.
Ve o ikisi
Bıçaklarını çekmiş,
Ölesiye boğazlaşıyorlardı
Kanlı karanlıklarda.

*

O küçük derenin
Yatağına yatırın beni.
Mavi kır çiçeklerini sürükleyen
Kekik kokulu serin sular
Aksın üstümden.
Ancak o zaman arınırım,
İyileşirim belki.

*

Dün gece düşlerimde gördüm
Çoktan ölen sevgilimi.
Birbirimizi arıyorduk sokaklarda.
Taştan, topraktan değil,
İnsan etinden, insan kemiğinden
Yapılmıştı o sokaklar.
Sular değil, küçük kan dereleri
Akıyordu kaldırımların kenarlarından.
O sıcak, kanlı, karanlık sokaklarla
Bir buluyor, bir yitiriyorduk birbirimizi.

* * *

Şimdi bu şiirimsi şeyler de nereden çıktı diyeceksiniz. Ben şair değilim, ne yazık ki, değilim. Ömrümde tek istediğim şey şair olmaktı. Çocukluğumda şiirler yazdım. Sonra, sürekli olarak, kendi dilimde de, yabancı dillerde de büyük şairleri okudum. İyi şiirin ne olduğunu gençken öğrendiğim için, on altı on yedi yaşına gelince, şiirlerimin metelik etmediğini anladım. "Bende iş yok" dedim kendi kendime. Devam edeceğime, daha iyi şiirler yazmaya uğraşacağıma, vazgeçtim.

Bu vazgeçiş bir yenilgiydi. Dünyanın en güç sanatı olan şiir yaratmak uğraşından, şiir yazarken çekilen acılardan bir kaçıştı. Çünkü Rimbaud bir yana, dünyanın en büyük şairleri bile, yirmi beş yaşında ölen Keats bile, yirmisinden önce iyi şiir yazamamışlardı. Bunu da biliyordum; ama direnmek yiğitliğini gösteremeden; çabucak yenildim.

Şiir yazmak isteyip iyi şiir yazamayanlar, yani "raté" şairler, ne olurlar? Ya eleştirmen ya da edebiyat öğretmeni olurlar. Ben de edebiyat öğretmeni oldum. "Kendi yazamadığım şiirlerin güzelliğini başkalarına anlatayım bari" diye düşündüm.

Derken, iki yıl önce seksenime varınca, durup dururken, geceleri uykuyla uyanıklık arasında, yaşamla ölüm arasında, gene şiirler yazmaya başladığımın farkına vardım. Bunların bir kısmını sabah uyanınca unuttum. Bir kısmını anımsayıp kâğıda geçirdim. Sonra şiir yazmam ansızın başladığı gibi, ansızın bitiverdi iki üç yıl içinde. İşin garip yanı şu ki, ömrümü şiir incelemekle, şiir yorumlamakla, şiir değerlendirmekle geçiren ben, bu yazdıklarımın bir şeye benzeyip benzemediğini hiç düşünmedim. Anlaşılan, kendi kendine karşı fazla müşkülpesent olmamayı öğrenmiştim ihtiyarlığımda.

Yaşlılığa ikinci çocukluk derler. Ben de bundan yararlandım. "Sekseninden sonra, insanın çocuklaşmaya, hattâ bunamaya hakkı vardır" dedim kendi kendime. "Vah zavallı, bunadı desinler canları isterse" dedim. "Mademki anılarımı yazıyorum, kendimi anlatıyorum, bu şiirimsi şeyler de benim bir parçam" dedim. "Duygularım fazlasıyla yoğunlaşınca, düzyazıyla söyleyemeyeceklerimi bu şiirimsi şeylerle söylerim, ne yapalım" dedim.

Şimdi gene geri dönelim esas konumuz olan yaşlılığa ve yaşlılığın nimetlerine: On yedinci yüzyılın başlarında yaşayan Alman mistiklerinden Jacob Boehme, "cehennemde yanan sadece benliktir" der. Hiç de mistik olmayan Albert Einstein da, bir insanın kendi benliğinden ne kadar sıyrılabilirse, o kadar değerli sayılabileceğini söyler: *"The true value of a human being can be found in the degree to which he has attained liberation from the self."*

Yaşlılar –yani doğru dürüst bir biçimde yaşlananlar demek istiyorum– huzursuzluklarının ve mutsuzluklarının başlıca kaynağı olan benliklerinden sıyrılmaya başlarlar zamanla. Onların asıl ilgi alanı kendileri değil, başkalarıdır artık. Kişisel duygularını bir yana bırakıp; yeni, ilginç ve heyecan verici bir yanı zaten kalmayan, kendi özel yaşamlarını değil, çevrelerindekilerin yaşamını düşünmeye başlarlar. Aynalara bakarken –çok ender bakarlar aynalara– kendi yüzlerini değil, başkalarının yüzlerini görürler. Kendi dertlerine değil, başkalarının dertlerine çare bulmak için uğraşırlar. Kişisel mutluluk gibi pespaye bir amacı gütmekten vazgeçerler.

Çünkü herkesin ara sıra yoğun mutluluk anları vardır ama, sürekli olarak kişisel mutluluk peşinden koşmak, bir kepazelikten başka bir şey değildir. Böyle bir dünyada, bunca felâket, bunca yoksulluk, bunca haksızlık ortasında, ancak inekler kadar kafasız ve duyarsız olanlar –yani gerçekten insan sayılamayacak yaratıklar– kişisel açıdan mutlu olabilirler. "Bana ne dünyanın şurasında burasında, hattâ kendi ülkemde kanlı savaşlar varsa; benim evimde yok ya" derler böyleleri. "Bana ne Afrika'da çocuklar açlıktan ölüyorsa; benim çocuklarım açlıktan ölmüyor ya" derler böyleleri. "Bana ne ülkemin yoksulları oğullarını kızlarını okutamıyorsa; benim oğullarım, benim kızlarım en pahalı okullara gidiyorlar ya" der böyleleri. Ve dünyaya, hattâ en yakın çevrelerine kulaklarını tıkayarak, gözlerini kapatarak –o ne biçim bir mutluluksa– mutlu olurlar böyleleri. "Her koyun kendi bacağından asılır,", "gemisini kurtaran kaptan", "köprüyü geçinceye kadar ayıya dayı de", "bükemediğin eli öp", "bana dokunmayan yılan bin yaşasın" gibi, iğrenç bulduğum bazı deyişleri, kendilerine hayat felsefesi yapmıştır bunlar. Başkalarını sokan yılanın günün birinde onları da sokabileceğini hiç düşünmezler bu geri zekâlı "bana ne"ciler.

"Bu kocakarı da amma hoşgörüsüzmüş!" diyecekler. Hakları var; hiç mi hiç hoşgörüm yok böylelerine karşı. Oysa hoşgörü çok moda şu sıralarda. Öyle ki, hoşgörüden geçilmiyor artık. Ünlü devrimcilerimizle ünlü şeriatçılarımız, elele tutuşuyor, çevrelerine gülücükler dağıtarak hoşgörü gösterileri sergiliyorlar televizyonlarda. "Ne yapalım, yurttaşlarımızın yarısı, belki yarısından fazlası böyle düşünüyorlar. Onlarla bir consensus'a varmalıyız" diyorlar. ("Consensus" da çok moda bir sözcük oldu bu arada. Aynı anlama gelen "anlaşma" demiyorlar da, verdikleri ödünleri daha bilimsel bir havaya bürüyüp yutturmak için Latince bir hukuk deyimi olan "consensus"ü yeğ tutuyorlar. Oysa, kimlerle consensus'a varabileceğimizi, kimlerle varamayacağımızı, iyice düşünüp taşınmalıyız. Çoğunluk yanlış bir tutum benimsemişse, o çoğunluğa boyun eğmek, o çoğunlukla anlaşmak zorunda değiliz. Çoğunluk köşeyi dönmeyi amaçlıyorsa, (bu "köşeyi dönmek" de, Özal dönemiyle birlikte dilimize yerleşen çok çirkin bir deyim) ben neden köşeyi dönmeyi yaşamımın amacı yapayım? Çoğunluk pop müziği ya da arabesk dinlemekten haz alıyorsa, ben neden bunları dinleyeyim?

Hoşgörü elbette ki, güzel bir şey. Ama neye hoşgörü gösterileceği, neye gösterilemeyeceği, kesinlikle saptanmalı. Kişisel yaşamımızda, aile çevresinde, hoşgörülü davranmalıyız. Çocukları bir yandan doğru yönde eğitirken, bir yandan da onlara mutlaka hoşgörü göstermeliyiz. Aldatılan eşler de –bu aldatmalar köklü bir alışkanlık halini almadıkça– birbirlerine hoşgörülü davranmalı. Cinsel tercihleri sizinkilerden farklı olanlara büyük bir hoşgörüyle bakmalı. Haklı nedenlerden ötürü bunalım geçirenlere de anlayış göstermeli. Bir yakınınız bir öfke anında ya da içkiliyken bir münasebetsizlik yapmışsa, onu bağışlamalı; güç duruma düşen birinin yalan söylemesini de bağışlamalı. Ara sıra ortaya çıkan davranış bozukluklarını da hoşgörüyle karşılamalı. Akıllıca kullanılan ölçülü bir hoşgörü, çocukları da, yetişkinleri de eğitmek, doğru yola getirmek açısından çok yararlıdır.

Gelgelelim, "gençlik yanılgılarıdır, olur böyle şeyler" diyerek hoşgörebileceğimiz yaşı çoktan geçmiş, neredeyse kırkına gelmiş bir adam, hâlâ ırkçıysa, hâlâ faşistse; liberal ekonomiyi sömürüp, dalavereyle muazzam servetler yığıyorsa; her gün yalan söylemeyi hakkı sayıyor ve her gün ağız değiştiriyorsa; hâlâ köktendinci bir yobazsa; kadınlara toplumda yer vermeye yanaşmıyorsa; 1400 yıl önceki yaşam biçimini özlüyorsa; kendi dininden ve soyundan olmayanları kıtır kıtır kesmeye hazırsa; asıl amacı demokrasiden işine geldiği kadarı yararlanıp, sonra demokrasiyi ortadan kaldırmaksa; bizler demokrasi adına böyle bir adama neden hoşgörü gösterelim?

Şu sıralarda pek revaçta olan bu tür bir hoşgörüyü savunanlar, aslında insanlara ve topluma karşı sorumluluk duygusundan tümüyle yoksun, "bana ne'ci" bencil kişilerdir bence. Kendileri hiçbir şeye inanmadıkları için, her türlü düşünce sapıklığına, her türlü ahlâk düşkünlüğüne kayıtsız kalırlar. "Başkalarına karışmamalı" derler. Tam tersine başkalarına karışmalı, başkalarının yanlış düşüncelerine de, yanlış davranışlarına da karışmalı. Örneğin herifin biri, sokak ortasında yanındaki kadını dövüyorsa, aralarına girmeli, bunu yapmaya hakkı olmadığını söylemeli o herife. Kadıncağızı onun elinden kurtarmalı. Böyle davranışları serinkanlı gözlerle seyretmek, hoşgörü değil, rezil bir vurdumduymazlıktır ancak. Böylelerine göz yummak, onlara cesaret vermektir aslında. Böylelerine karşı kesin cephe alınmalı, böyleleriyle acımasızca savaşmalı. Ben tarafsız değilim. Açık seçik taraf tutuyorum. Yobazlığa karşıyım, ırkçılığa karşıyım, gericiliğe karşıyım. İnsanların sömürülmesine ve savaşa karşıyım. Sosyalizmden, sevgiden, kardeşlikten, aydınlıktan yanayım.

İnsanlara karışmalı derken, Beyazıt camiinin vaktiyle bana karışan imamı aklıma geldi: Ben on yedi yaşındaydım, ama çok daha küçük gösteriyordum. Yanımdaki iki erkek arkadaş otuza yakındı ama daha yaşlı görünüyorlardı. (Benden daha bilgili oldukları için, kendimden yaşlılarla dostluk etmeyi yeğ tutardım küçükken). Bir akşam onlarla Emin Efendi kahvesinde otururken, "nargile içeceğim" diye tutturdum. Bana çocuk gözüyle baktıkları, biraz da şımarttıkları için, "bu sigaraya benzemez, çok serttir" diyerek, önce beni uyardılar; sonra da istediğimi yaptılar. Öksüre tıksıra nargileyi içmeye çalıştığım sırada; temiz yüzlü, ak saçlı, yaşlı bir imam, Beyazıt camiinden çıktı. Emin Efendi kahvesinden geçerken, bizim masamızın önünde durdu. Durumu şöyle bir inceledi. Sonra garsonu çağırdı. "Nargileyi şunun elinden hemen al" diye emretti ona. Sonra benim arkadaşlara döndü: Bir çocuğun nargile içmesi gibi bir münasebetsizliğe neden izin verdiklerini, maksatlarının ne olduğunu sordu; onları bir güzel haşladı. Ben, "kendim istedim" diye lâfâ karışmaya kalkınca, "sen sus, daha çocuksun" diye beni de tersledi. Nargile masamızdan götürüldü, imam da uzaklaştı.

Üçümüz de fena halde bozulmuştuk. Kahvede herkes bize bakıyordu. İmama çok içerlemiştim ilkin, daha sonraları düşünmeye başlayınca, onu haklı buldum. İmamları pek sevmem; ama o imamı sevdim. Günümüzün değil, Mustafa Kemal Cumhuriyetinin imamlarındandı o. Kız olduğum için değil, beni çocuk saydığı için nargileyi yasaklamıştı. Erkek çocuk olsam da aynı şeyi yapardı. Herkese karşı sorumlulukları olan bir yurttaş gibi davranmıştı.

Neyse, korkarım ki, daldan dala atlayarak, esas konumuzdan, yani yaşlılığın nimetlerinden gene uzaklaştık. Bu nimetleri fazlasıyla toz pembe bir ışık altında gösterdim belki. Ama ihtiyarlar, yaşlılıktan öyle acı acı yakınıyorlar ki, yaşıtlarımın biraz da damarına basmak için yakıyorum o toz pembe ışıkları. Oysa bedenin çöküşü, beynin temposunun ağırlaşması bir yana, birçok felâketi daha vardır ihtiyarlığın. Bunların en korkuncu sevdiklerinin ölümüdür. En yakın arkadaşların ölür, gencecik insanlar ölür, doğurduğun çocuk ölür.

Ölüler çiçek açar
Toprağın altında.
Haberler gelmez olur,
Kapı zilleri çalmaz,
Telefonlar susar.
Ama ölüler şarkı söyler
Toprağın altından.
Ölüler seslenirler bize
Denizlerin derinlerinden.
Ölüler top top ateş olup yanarlar
Gecelerin karanlığında
Ölüler hep çiçek açarlar
Toprağın altında.

Sen de ölmek istersin. Ama kendini öldürmeyi ayıp sayarsın. Bunu uzun uzun düşünmüşsündür. Ancak umarsız bir hastalık yüzünden nasıl olsa ölüme mahkûm olanların; hem acı çeken hem de yakınlarına acı çektirenlerin kendilerini öldürmeye hakları olduğu kanısına varmışsındır. Ölümcül bir hastalığa tutulmayanların intiharı, bağışlanmaz bir güçsüzlük belirtisi, korkunç bir bencilliktir senin gözünle.

Sonunda astı kendini
Karadut ağacına.
O ağacın kökleri
Hepimizin yüreğine dalmıştı.
Hep birlikte yemiştik meyvelerini,
Hep birlikte gülmüştük gölgesinde.
Ama o, tek başına astı kendini
Karadut ağacına.

Biliyorsundur ki, kendini öldüren her insan, bilinçli ya da bilinçsiz olarak, çevresini suçlamaktadır. "Beni anlamadınız, bana yardım etmediniz; işte bu yüzden ölüyorum" demektedir sanki. Onu sevenler de, kendilerini sorgulayıp suçlamaya başlarlar. "O gün şöyle demeyecektim; şu gün onu aramam gerekirdi; neden bunu yapmadım, neden şunu yapmadım" diye acı çekerler. İntihar edenler, yalnız kendilerini değil, onları sevenleri de öldürürler bir bakıma. Kaldı ki, kendini öldürmek kolaydır. Anlık bir cesaret meselesidir sadece. Asıl zor olan yaşamaktır. Bunca felâket arasında, fazla rezil olmadan yaşamak gücünü bulmaktır asıl zor olan.

Bu gücü artık bulamayan ihtiyarların ya da umarsız hastaların ölmelerine yardım etmeli. Beden tümüyle tükendiyse, hele beyin işlemez hale geldiyse, yaklaşan sonu hızlandırmalı. En doğrusu bunu hastanın yakınlarının, çocuklarının, torunlarının yapmasıdır. Ama sevdiğini öldürebilecek kadar merhametli, irade sahibi çocuklar, torunlar çok ender olduğundan, iş gene hekimlere kalıyor. Hipokrat yemini ise, onların elini kolunu bağlıyor. Bu yemin sorgulanmalı. Ölümcül bir hasta kendi kararıyla ya da bilincini yitirdiyse yakınlarının kararıyla gereksiz yere işkence çekmekten kurtulmalı.

Ötanazi için İngilizcede çok güzel bir deyim vardı: "Mercy killing" yani merhametten ötürü öldürmek. Sevgilim Thomas More ta on altıncı yüzyılın başlangıcında, bu deyimi kullanmadan *Ütopya*'sında ötanaziyi savunur. 1935'de Katolik Kilisesi onu resmen ermiş ilân etmişti. Gerçekten öyleydi kendisi, ama Kilisenin sandığı gibi Katolik bir ermiş değil, komünist bir ermişti aslında.

1984'te yayınladığım *Edebiyatta Utopya Kavramı ve Thomas More* kitabından alıntılıyorum: "Hastalık hem çaresizce, hem de sürekli ve dayanılmaz acılar çektiriyorsa, hastanın yaşamı da ancak ölümle sonuçlanabilecek bir işkenceye dönüştüyse, rahiplerle hekimler, artık ölüme katlanması için hastaya öğütler verirler. Hastanın ölmekle hiçbir şey yitirmeyeceğini, olsa olsa acılarına bir son vereceğini söylerler... Hasta çoğu zaman uyuşturucu bir ilâçla uykuya dalıp, can çekişmenin acısını duymadan, kendi yaşamına son verir."

Ötanaziye inanan ender hekimlerden biri olan yakın dostum Profesör Gencay Gürsoy'a çoktan vasiyet ettim bunu. Üzüldü, duraksadı. Bir süre sustuktan sonra, "bu hafta içinde bana böyle bir vasiyette bulunan ikinci kişisiniz" dedi. Birinci kişi, sevgili arkadaşım Aziz Nesin'miş. Aziz ölünce, Gencay'a "işin kolaylaştı; artık bir kişi kaldı" dedim.

Kızım Zeynep bunun şakasından bile hoşlanmaz ama, kendim için bir ötanazi töreni, önerdim ona: "Zöbö" diye bir sözcük uydurdum: Sözde bunamışım, hem de öyle fena halde bunamışım ki, dilim dönmüyor, Zeynep diyemiyorum, "Zöbö" diyorum. Ben "Zöbö" der demez, görkemli bir şölen hazırlanıyor hemen. En sevdiğim yemekler yapılıyor, en sevdiğim kişiler çağrılıyor bu şölene. Bunlardan her biri, güzel bir baharat eklercesine, kendi eliyle bir tutam zehir serpiyorlar önümdeki tabağa. Bir sevinç ve sevgi havası içinde, daha fazla sürünmeden, ölüveriyorum böylece.

Çok hoşlandığım bu fantezinin kaynağı, çok eskiden bir antropoloji kitabında okuduğum bir gelenektir belki de: Vaktiyle Afrika'da bir yamyam kabilesinin törensel bir ağacı varmış. Yaşlılar, bu ağaca tırmanabildikleri sürece, kabilenin en değerli kişileri sayılır, büyük saygı görürlermiş. Ama ağaca artık tırmanamayacak duruma gelince, herkes toplanıp bir şölen düzenler, ihtiyarı bir güzel pişirip yerlermiş. Sevdikleri tarafından bir şölende yenilmek düşüncesi bana ayrıca hoş geliyor. Bu yamyamlık olayı Hıristiyanlıkta da var. "Eucharistie" töreninde, Hazreti İsâ simgesel olarak yenilir. Papazın sunduğu ekmekle şarap, İsâ'nın etini ve kanını temsil eder. İsâ, kendisine inananlara, "yiyin, için; işte etim, işte kanım" der.

Eskimoların, ihtiyarları buzlar arasında ölüme terketmeleri ya da eskiden Japonların yaşlı annelerini karlı bir ormanda bırakmaları da fena değildir.

O Japon filminde olduğu gibi,
Onu kucağına alıp sevgiyle ölüme taşıyacak
Bir oğul bulunmadığından,
Yaşlı kadın elini tutmuş ölümün.
Uslu bir çocuk gibi
Tırmanıyor dağın doruğuna
Ak saçlarına kar yağarken.

Donarak ölmek, ölümlerin en tatlısıymış üstelik. Gençliğimde kayak yaparken, üniversite ekibinin antrenörleri bize tembih etmişlerdi: "Kar tipisinde çok üşüyüp yorgun düşerseniz, sakın yere uzanmayın" demişlerdi. Çünkü donmadan önce o üşüme duygusu geçermiş; tatlı bir uykuya dalarmış insan ve hiç farkına varmadan donup ölüverirmiş. İşte bu yüzden, ayrıca soğuk bir gün, dağda hava kararırken bir arkadaşım yere uzanıp, uykusu geldiğini söyleyince, tekmeler atarak uyandırmıştım delikanlıyı.

Bir ihtiyarın buzlara terkedilmesi, tepeleri karlı ormanlara bırakılması, yakın çevresi tarafından afiyetle yenilmesi bana çok güzel geliyor da, ölecek bir hastanın, çağdaş tıbbın mucizelerinden yararlanarak, ille de ille, bir süre daha zorla yaşatılmasına katlanamıyorum. Sevgili arkadaşım Berna Moran, Cerrahpaşa Hastahanesi'nde can verirken, yakınlarıyla birlikte yanındaydım. Birkaç saat içinde öleceği besbelliydi. Berna, "beni rahat bırakın, ne olur" diye yalvardı. Ama hekimler, Hipokrat yemini gereği, onu rahat bırakmadılar. Ağzına burnuna tüpler soktular; sonra odadan kaçtılar. "Bu Hipokrat yemini değiştirilmeli!" diye bağırarak peşlerinden koştum hastahanenin o uzun koridorlarında.

Arkadaşım Berna Moran bilge bir insandı. Bilgece yaşadı, bilgece öldü. Daha ilk ameliyatından sonra, narkozdan uyanır uyanmaz, aslında ameliyat edilmediğini hemen anlamıştı. "Karnımı açıp baktılar; karaciğerimin durumunu görünce, yeniden diktiler" dedi. Bunu dramatik bir biçimde değil, sıradan bir gerçekmiş gibi, öyle bir kesinlikle söylemişti ki, onu kandırmaya çalışmak saçma olurdu. Yaklaşan ölümünden hiç lâf etmez; ancak bir kara mizah ustası olduğu için, bu konuda güldürücü çeşitlemeler yapardı ara sıra. Bir gün de, güzel tespih merakımı bildiğinden, durup dururken ayağa kalkmış, çok kıymetli tek tespihini bana vermiş, "bu senin olsun artık" demişti. Ben de, hiçbir şey yokmuş gibi, sahte bir sevinç gösterisiyle tespihi almış teşekkür etmiştim.

Berna Moran, yakında öleceğini bile bile, eşi ve arkadaşlarını üzmemek için, o vahşi kanser tedavilerine, hiç yakınmadan, aylarca sabırla katlanmıştı. Ama ölümüne sadece birkaç saat kalmışken, böyle işkence edilmesine dayanmak çok zor geldi bana.

Berna'nın öldüğü gün peşlerinden koşup Cerrahpaşa'nın koridorlarında yakalayamadığım bu genç hekimlerden biriyle konuştum daha sonraları. Bir hastanın kendi evinde rahat ölebileceğini; ama hastahanelerde son dakikaya kadar böyle davranmak zorunda kaldıklarını bana açıkladı. Annemin hastahanede değil de kendi evinde ölmesine şükrettim o zaman. İleride uzun uzun anlatacağım annem Şefika gençliğinde verem geçirdiği için, bir ciğeri sönüktü. Sağlam kalan öteki ciğeriyle seksen iki yaşına kadar, yani benim şimdiki yaşıma kadar yaşamıştı. Bedeni tükenmiş, ama aklı tamamiyle başındaydı. Derken, her zaman oturduğu koltukta Fransızca bir roman okurken derin bir uykuya daldı. Uyanamıyordu bir türlü. Moda'lıların çoğuna bakan Dr. Diyamantopulos'u çağırdım. (Ne yazık ki, çok ince ve kültürlü bir insan olan bu değerli hekim, daha altmışına basmadan öldü.) Annemin neden bu halde olduğunu sordum. "Annenizi yitireceğiz, Mîna hanım, bunu siz de biliyorsunuz" dedi. "İsterseniz bir serum bağlayalım, bu can çekişme birkaç gün daha sürsün. İsterseniz doğaya bırakalım. Görüyorsunuz, ağrısı sancısı yok." "Peki doktor, kendi anneniz olsaydı, ne yapardınız?" diye sordum. "Ben, doğaya bırakırdım" dedi. Ben de öyle yaptım. Annem Şefika hiç acı çekmeden iki gün derin derin uyuduktan sonra öldü.

Uzun yaşamanın bir felâketi sevdiklerinizin ölümünü görmekse, bir başka felâketi de yalnızlıktır. İhtiyarlar aranmaz. Yaşıtlarınız sağlık durumlarından ötürü size gelemezler. Siz de ikide birde onlara gidemezsiniz. Gençlerin ve orta yaşlıların ise, işigücü vardır. Kimseyi aramaya pek vakit bulamazlar. Yapayalnız kalırsınız böylece.

Yaşlılara çok acı çektiren bu yalnızlık öykülerinden birini, 1956'da İngiltere'ye ilk gidişimde Miss Summers'ı gördüğüm zaman dinlemiştim. Miss Summers, Arnavutköy Kız Koleji'nde müthiş bir terör havası estirirdi. En azından, 1.82 boyunda, iri yarı, orta yaşlı bir İngiliz kadınıydı. Ortaokul kısmı müdireliğinden emekli olduktan sonra, kendi ülkesine yerleşmişti. Küçükken biraz isyankâr ve biraz da canavarımsı olduğum için, hepimizin ödünü koparan Miss Summers'a salt meydan okumak amacıyla, Bingham Hall'un damına tırmanmış, oradan aşağıya inip, pencereden müdirenin boş yatak odasına girmiştim. Yaşlı Rum bahçıvan bu tehlikeli cambazlığımı görmüş, ama hava kararmak üzere olduğundan, kimliğimi saptayamamıştı. Ertesi sabah, Miss Summers, tüm yatılıları, penceresinin tam altında, yanyana sıraya dizdi. Eğer bu küstahlığı yapan teslim olmazsa, herkesin cezalandırılacağını bildirdi. Bunun üzerine bir adım ileri atıp, suçumu itiraf ettim. Beni yanına alıp odasına götürdü. On bir yaşındaydım ve bu dev kadının yanında ayrıca ufak ve çelimsiz göründüğüm halde, içeri girer girmez tam bir isyan içinde, yeni öğrendiğim İngilizcemle, "I hate you!" yani "senden nefret ediyorum!" diye bağırdım. Bir fiskeyle, hattâ salt kaşlarını çatarak beni mahvedebilecek Miss Summers, yumuşak, sevecen bir sesle "neden Mîna?" diye sormaz mı! Hüngür hüngür ağlayarak odadan kaçtım. Daha sonraları yaramazlıklarıma devam ettiğim halde, müdire benimle hiç uğraşmadı. Ne var ki, Londra'da onu görmeye gitmem gene de bir kahramanlıktı; çünkü o sırada kırk beş yaşında olduğum halde, ondan hâlâ korkuyordum biraz.

İyice yaşlanmış olan Miss Summers, yürekler acısı yalnızlığını anlattı bana. Yaşamının çoğunu İstanbul'da geçirmişti. Londra'da akrabaları yoktu, eşi dostu yoktu, kimsesi yoktu, yapayalnızdı. "Perşembe günleri gelen gençler sayesinde yaşayabiliyorum" dedi. Meğer Perşembe günleri, yaşlılara yardım etmek için kurulan bir derneğin bazı üyeleri geliyormuş ona. Kızlı erkekli dört beş kişiden oluşan bu gönüllü gençler, bütün gün Miss Summers'ın evinde kalıyorlarmış. Her bir yanı silip süpürüyorlar, temizleyip düzenliyorlar, birkaç günlük yemek pişiriyorlarmış. Ama en önemlisi, onunla uzun uzun konuşuyorlar, yalnızlığını gideriyorlarmış.

Ben öteden beri yalnızlıktan hoşlandığım için, tek başına kalmayı yaşlılığın felâketlerinden biri saymıyorum. Çocukluğumda bile, evde yalnız kalmanın keyfini sürerdim. Annem ve dadım sokağa çıkınca, "Oh! Ne güzel! Yalnızım!" der, şarkılar söyleyerek evde dolanırdım. Yalnızlıkların en kötüsü, başkalarının arasında çekilen yalnızlıktır bence. Kaldı ki, insanları seven ihtiyarlar, onları fiilen görmeseler bile, düşünceleri ve duygularıyla yakınlarıyla sürekli iletişim içinde olduklarından, hiçbir zaman yalnız kalmazlar aslında. Ancak otistik bir hale gelip kendi perişan iç dünyalarına kapananlar, kendi zavallı benliklerinden başka hiçbir şey göremeyen ihtiyarlardır yalnızlığın acısını çekenler.

Bu tür ihtiyarlar, yaşlılığın aydınlık gündüzlerini değil, sadece karanlık gecelerini yaşarlar. Çünkü yaşlılığı ne denli övsek de, yaşlanmanın mutluluklarını ne denli yağlandıra ballandıra sayıp döksek de, ihtiyarların gündüzlerinin değil ama gecelerinin güç geçtiğini itiraf etmek zorundayız. Gündüzleri kitap okur, gazete okursunuz; biraz yazıp çizersiniz; televizyonda ilginç bir şey varsa onu izlersiniz; eve yiyecek almak için sokağa çıkarsınız; bir süre parkta oturursunuz, eşinizle dostunuzla telefonda konuşursunuz; yani durumu idare edersiniz. Ama geceleri her şey değişir: İlkin uyur, bir iki saat sonra uyanırsınız. Uykunuz iyice kaçmasın diye, ışığı yakıp kitap okuyamazsınız. Gündüzleri hiç aklınıza getirmediğiniz, gözlerden uzak kuytu köşelere gizlediğiniz dertlerinizin hepsini birer birer ortaya çıkarıp kurcalamaya başlarsınız. Gündüzleri tıkır tıkır işleyen savunma mekanizmalarınız bozuluverir. Çaresiz kalırsınız:

Geceleri uyanır,
Gecelerin en karanlığında,
Üstüne üstüne çullanır o zaman felâketleri.
Kara kuşlar gagalar
Bir deri bir kemik boynunu.
Aydınlıkta hep gülümseyen
Saygın yaşlı değil,
Yatağında büzülmüş
Çok küçük bir ihtiyardır şimdi.

Ölülerle başbaşa kalır; mutlu olursunuz kimi zaman:

Geceleyin düşlerinde
Hep ölülerle artık.
Onlarla birlikte koşuyor
Denizin ıslattığı kumsallarda.
Ara sıra denizin üstünde de yürüyor,
Hopluyor zıplıyor
Onlarla birlikte.

Ama bu mutluluk anları çok enderdir. Çünkü ihtiyar, yaşamın onu ne denli kirlettiğini bilir:

Önce karartma geceleri başladı
O aydınlık kafasında.
Sonra ılık kızıl kanının yerine
Kentin kirli suları aktı damarlarında
Ölü bitkileri, çöpleri sürükleyerek.
Sonra patladı patlayacak bir bomba yerleşti
Eskiden yüreğinin olduğu yere.

Yaşamın kirinden arınmak isteği içindedir ihtiyar:

Kafanın içini temizlemelisin,
Pis kokulu süprüntü yığınlar var orada.
İğrenç küçük böcekler dolanıyor
Beyninin kıvrımlarında.
Kova kova sular dökmelisin,
Arındırmalısın kafanın içini,
Serin rüzgârlar esmeli,
Dibinde çakıl taşları ışıldayan
Saydam ırmaklar akmalı,
Kumrular uçuşmalı
Kafanın içinde.

Ama ne kirden kurtulabilir, ne de kandan:

Tepesindeki buluttan
Kan yağıyor üstüne,
Bastığı topraktan
Kan fışkırıyor yüzüne.
Arınmak istiyor,
Ama dereler de kanla dolu,
Denizler de.

İhtiyar bir an önce ölmek ister:

Kemiklerinin kırıklığını
Belli etmeden,
Ağır ağır yürüyor
Kirli bir denizin kıyısında,
Boşuna bekliyor
İğrenç bir canavarın
Sulardan çıkıp
İşini bitirmesini.

Ama kimi zaman da ölüm, bir kedi yavrusu kadar sevimli gelir ona:

Ölüm, kucağına yerleşmiş,
Bir güzel kedi.
Okşadıkça fesleğenler gibi,
Güzel kokular saçan.

Ölüm, boğucu sıcaklardan sonra gelen, mis gibi toprak kokan, bir yağmur kadar güzeldir kimi zaman.

Tıpış tıpış pencereme gel, yağmur.
Tıp tıp et cama.
İçeriye alayım seni.

Gözyaşlarının tuzunu,
Sevişmenin terini
Yaşamanın kirini sil üstümden
Yıkayıp tertemiz et beni.

Bir an önce ölmeye can atar:

Artık teslim al beni, ölüm.
Güneşin altın ellerinden teslim al.
Karanlık uykulara göm beni.

Ölemeyince, sözcüklere sığınır, ama şair olmadan şiirimsi şeyler yazmaya hakkı olmadığını da bilir:

Kır saçlı kafasının içinde,
İnci dizercesine sözcükler dizmek istedi.
Ağızlarından, burunlarından, kulaklarından
Kanlar fışkıran gencecik dalgıçlar
Bulmuşlardı o incileri
Denizlerin en derinlerinde.

Uykusuz gecelerin saatleri ilerledikçe, yakında öleceği için bir çeşit hüzün duyduğu da olur.

Nice güneşler doğacak,
Göremeyeceksin.
Yaz yağmurları yüzünü okşayamayacak,
Karpuz dilimlerini ısıramayacaksın.
Hanımelilerin kokusu
Senin için artmayacak
Karanlık basarken.
Kurumuş bir yapraksın sen,
Toprağa karışacaksın.

Sonra güneş doğar ve ihtiyarın yaşama içgüdüsü ölüm özlemini yenilgiye uğratır:

Ölümün mağarasından
Gün ışığına çıktı.
Güneş ne güzelmiş,
Ne güzelmiş kıyıda koşan çocuk
Kayalara martılar gibi konan âşıklar,
Açıklardaki beyaz tekne.
Ne güzelmiş Karacaahmet'de
Adsız bir ölü olmamak.

Bu yaşama içgüdüsü her zaman ayaklanmaya hazırdır zaten:

Tamam, bitti diyor,
Vazgeçtim artık diyor.
Karanlık kuyu kapağını açmış
Beni bekliyor diyor.
Derken kirli bir motel odasının banyosunda
Sevinçle zıplayan küçücük
Yemyeşil bir kurbağa yavrusu görüyor
Vazgeçmekten vazgeçiyor.

Gün ışıyınca, geceleyin ölmediği için, biraz gurur bile duyar ihtiyar:

Uluyan fırtınalar saçlarından yakalayıp
Karanlık uçurumlara fırlattı seni.
Yanardağların doruğundaki ateşlere,
Buzdağlarının zehirli yeşil sularına attılar seni.
Gözyaşlarının tuzuyla kavruldu her bir yanın.
Yağmurların bıçakları delik deşik etti bedenini.
Sapasağlam, tertemizsin gene de,
Kumsalda koşan çocuğun
Elinde sıkı sıkı sıkı tuttuğu
O küçük beyaz taş gibi.

Çevresinde gördüklerini, örneğin rüzgârda sallanan bir ağacı sevmeye başlar:

Ölüm ona yaklaştıkça
O çılgın ağaca sevdası artıyor.
Sevdası arttıkça
Büsbütün çıldırıyor ağaç,
Ölüm de biraz uzaklaşıyor sanki.

Yaşamın zaferiyle birlikte, büyük küçük sevinç çanları çalmaya başlar. Küçük çanlara çocuklar asılmışlar, onları kendilerine salıncak yapmış, sallanmaktadırlar. Büyük çanların iplerini ise, ihtiyarlar çekmektedir titreyen elleriyle.

İhtiyarlığın karanlık gecelerine egemen olan ölüm faslını kapatmadan önce, bir şey daha söylemek istiyorum: Mezarım bu kabristanda olsun, yok şu kabristanda olsun diyenlere şaşarım. Mermerden mezar taşları yaptırıp sevdiklerinin kabrini ziyaret edenlere de. O mezardaki kemik parçalarının sevdikleri insanla ne gibi bir ilişkisi olabileceğini bir türlü anlayamadım. Dünyada en çok sevdiğim kişi nenem, yani anneannemdi. Gerçekten erdemli bir insan, bir çeşit ermiş olduğu için çok seviyordum onu. Çocukluğumdan beri kendimi bu ölüme hazırlamıştım ama, onu yitirmenin acısına hâlâ dayanamıyorum. Ben yirmi beş yaşındayken öldü. Bir haftadan az süren hastalığı boyunca, nenemin yanından hiç ayılmadım. Sonra öldü. Gözlerini kapadım, odadan çıktım. Cenazeden sonra mezarına gitmenin hiçbir anlamı yoktu benim için.

Mezarları ziyaret edenler, şurada ya da burada gömülmek istiyorum diyenler, ruhun ölümsüzlüğüne inananlardır herhalde. Ölümsüz ruhlarının mezardan çıkıp, şu ya da bu kabristandan manzaranın güzelliğini seyredebileceğini sanıyorlar. Ne mutlu onlara! Ama ne yazık ki ben ruhun ölümsüzlüğüne inanmıyorum. Arkalarında bıraktıkları büyük eserler sayesinde ancak büyük adamlar ölümsüzdür. Öldükten sonra beni bir çöplüğe, ya da herhangi bir çukura atmalarına razıyım. Elbette ki en doğrusu, işe yarayan organlarımın başkasına aktarılması, cesedimin de İstanbul Üniversitesi Tıp Fakültesi'nde kullanılmasıdır. "Senin organların ne işe yarar ki, ihtiyar?" demeyin. Sağlıklı organ, ağrısı sızısı hiç olmadığından, varlığı hissedilmeyen organmış. Benim öteki organlarım, bu yaştan sonra pek işe yaramaz herhalde. Ama böbreklerimden hiç derdim olmadığına, onların varlığını bile hissetmediğime göre, onlar pekâlâ işe yarayabilir. Kadavralar da anatomi derslerine her zaman gereklidir. Kaldı ki, ölülerin yüzdüğü o havuzda, akademik bir kadavranın da bulunması hiç de fena olmaz. Sevgili çocukluk arkadaşım emekli büyükelçi Celâl Akbay (namı diğer "Fou" Celal) ve eşi Gülten bunu yapmışlardı. O sırada Paris'te bulunduklarından, oradaki Tıp Fakültesine bağışlamışlardı cesetlerini. Resmi ve gayriresmi çeşitli engeller yüzünden bunu yapamazsam, beni herhangi bir yere gömüversinler. Toprağa dönüşen bedenimden çıkacak küçük mavi bir kır çiçeği, ölümsüzlüğümü sağlamaya yeter de artar da.

Dinsiz olduğum için, camilere taşınmaları, cenaze namazlarını, Arapça duaları filan da istemem. Bir meslektaşımızın cenazesinden sonra, o sırada Dekan olan arkadaşım rahmetli Mazhar Şevket İpşiroğlu'na bunu söylemiştim. Ters ters yüzüme bakmış, "aman sen de! Hep olmayacak şeyler istersin zaten" demişti. Başka ülkelerde, isteyene dinsel cenaze, isteyene sivil cenaze yapılır, ama bizde dinsel tören olmadan toprağa verilmenin yolu yok. Ancak aslanım Aziz Nesin başarabildi bunu. Camilere taşınmadan, Arapça dualar okunmadan, kendi kurduğu vakfın bahçesinde bilinmeyen bir yere gömüldü. Onun ve benim kadar tanrıtanımaz olduğunu bildiğim bazı kişilerin cenazesinde, "iyi ki öldüler; olup bitenleri görmüyorlar, duymuyorlar" diye düşünürüm. Kendi cenazemde ben de ölü olacağıma, ben de görmeyeceğime duymayacağıma göre, fazla dert edinmiyorum o imamları, o Arapça duaları.

Yaşlanıp da ölüm korkusu arttıkça, dinsizler de dine yönelirlermiş sözde. Oysa, bende böyle bir şey olmadı. Ada Kizou'ya göre, Luis Buñuel yaşlılığında, "hâlâ tanrıtanımazım Tanrıya şükür!" (*"I am an atheist still thank God!"*) demiş. Ben de hâlâ öyleyim. Biliyorum, şimdi moda "agnostic" olmak. Herkes "agnostic" "Tanrı var mı, yok mu, bilemem" pozunda. İflâh olmaz bir dinozor sıfatıyla, bu bilemem'cilere fena halde içerliyorum. Çünkü bu kadar önemli bir konuda, insanın kesin bir karara varması ya Tanrıya inanması ya da inanmaması gerekir. "Gizemli bir güç var", "güçlü bir varlık var sanki" gibi lâflarla bu sorun geçiştirilemez.

Daha on iki yaşındayken, bir çocuğun basit mantığıyla, annem Şefika'ya dedim ki: "Eğer Tanrı varsa, iyi bir Tanrı olması gerekir. Oysa bunca felâket var, savaşlar var, depremler var, trafik kazaları var. Hiçbir günah işlememiş insanlar, masum küçük çocuklar ölüyor. Böyle haksızlıklara izin veren, kötülüğe göz yuman bir Tanrıya ben neden inanayım?"

Bunları söylemem, son derece inançlı bir Müslüman olan annem Şefika'nın yüreğine indi. Böylesine yalın bir mantıkla karşı karşıya gelince, zekâsının parlaklığıyla ünlü, hiçbir lâfın altında kalmayan, çok etkileyici bir biçimde konuştuğu için herkesin susup dinlediği Şefika'nın dili tutuldu sanki. Daha sonraları da bu konuyu benimle tartışmadı hiçbir zaman.

1959'da trenle Madrid'den Roma'ya giderken, karşımda bir papaz oturuyordu. Esmer, ince uzun, orta yaşlı, yakışıklı bir adamdı. Assisi'li San Francesco'nun kurduğu Fransızken mezhebinin beyaz cüppesi vardı sırtında, belinde tahtadan kalın bir zincir, çıplak ayaklarında da sandallar. ("Sandalet" değil, "sandal" yazıyorum çok bilinçli olarak. Çünkü, Almanca bilmem ama, Fransızcada da, İngilizcede de "sandalet" diye bir sözcük yoktur. "Sandalet" turistik, sosyetik, virütik, trajedik, melodik ve daha niceleri gibi bizim bir uydurmamızdır. Türkçelerini kullanacağımıza, Avrupa dillerinden aldığımız sözcükleri bozarız. "Kaldırım" demeyiz de, "trotuar" yerine "tretuar" deriz. "Şovinist" yerine "şovenist" deriz; "narsisist" yerine "narsist, "terorist" yerine "terörist" deriz, "depresyon" yerine "deprasyon" deriz. Bozuk kullandığımız bu sözcükler arasında benim şahsen en çok bozulduğum "akademisyen" sözcüğü. Üniversite hocaları kendilerine neden düpedüz "öğretim üyesi" demeyip, üstelik yanlış olarak yabancı bir sözcük kullanırlar acaba? Ancak bir akademinin üyesine "akademisyen" denilir. Academie Française'in ya da Royal Academy'nin üyeleri akademisyendir. Üniversite öğretim üyelerine, Fransızlar "universitaire" derler, İngilizler de "academic" derler. "Academic" sadece sıfat değil, addır aynı zamanda. Bu uydurma akademisyen sözcüğü emekli bir "academic" olarak beni çok tedirgin ettiği için bu uzun parantezi açtım.) Neyse, sandalet değil sandal giyen papaza geri dönelim.

Bir rastlantı sonucu o papaz on yedinci yüzyıl İngiliz mistik şairlerinin bir antolojisini okuyordu; ben de aynı gruptan George Herbert'in şiirlerini. (Her nedense, benim gibi dinsizler çok meraklıdırlar mistik edebiyata.) Bir süre sonra, adam, Roma'ya hacca mı gittiğimi sordu nezaketle. Ben ise, hırt bir biçimde kötü kötü sırıtarak, Roma'ya hacca değil, hoş vakit geçirmeye gitiğimi; çünkü resmi olarak Müslüman, ama aslında tanrıtanımaz olduğumu; Katolikliği de özellikle kötü bir din saydığımı açıkladım. Papazın içerleyip, ağzını bir daha hiç açmayacağını sanmıştım. Ama o, hiçbir tatsızlık olmamış gibi, kendini tanıttı adı Fabio Giardini imiş. (Fransızken'lerden çok sayıda Papa çıktığını övünerek anlattığı için, adını kaydediyorum. Günün birinde belki o da Papa seçilir.) Vatikan Koleji'nde edebiyat hocasıymış. Şundan bundan özellikle edebiyattan söz ediyordu. Çok da bilgiliydi bu konuda. Ama ben, sözü edebiyattan dine getirip, adamın üstüne üstüne gidiyordum. Papaz gülümsüyor, söylediklerime hiç alınmıyordu sanki. Üstelik, tren durdukça, istasyona iniyor, büfeye koşuyor; bana sandviçler, çikolata ve biskui paketleri, renk renk gazozlar getiriyordu. Bense, bir yandan çikolataları atıştırırken, bir yandan da saldırılarımı sürdürüyordum.

Sonunda, papaz dedi ki: "Sizinle tartışmamı, hattâ sizi ayıplamamı istiyorsunuz. Ama boşuna uğraşıyorsunuz; bunu yapmayacağım. Çünkü ikisi de öğretmen olan annemle babam, tıpkı sizin gibi; insansever, erdemli ve solcu dinsizlerdi. Bana kalırsa, onlar ve sizin gibileri, dindar geçinen çoğu insandan çok daha değerlidirler Tanrının gözünde." Annesiyle babasının dinsizliğine tepkisinden ötürü mü papaz olduğunu sordum; ama buna bir yanıt vermedi. Ben de adamın diniyle imanıyla uğraşmaktan vazgeçtim. Üç gün iki gece, güzel güzel konuştuk. Gelgelelim papaz, Roma İstasyonunda benden ayrılırken, elimi tuttu ve duyarlı bir sesle korkunç bir lâf etti: "Siz iyi bir insansınız" dedi, "Tanrıya sığınmak isteğini hiçbir zaman duymamanız için, dua edeceğim." Adam bunu söyler söylemez, gözümün önüne iki küçük tabut geldi. "Ya oğluma, kızıma bir şey olursa" diye düşündüm bir an. Sevdiklerimin ölebileceği korkusu öteden beri bir psikoz halindedir bende. Hep bastırmaya çalıştığım bu psikozun ortasına beni sürüklemenin yolunu bulmuştu o hınzır papaz.

Ne var ki, başıma felâketler gelince de, sevdiklerim ölünce de, Tanrıya sığınmak gereğini duymadım. Çünkü sığınacak başka inançlarım vardı. Yeryüzünde kardeşliğe inanıyordum, huzur ve barış içinde yaşamaya inanıyordum, toplumsal adalete inanıyordum. Ve her şeyden çok insanlığa ve insanların yaratıcı gücüne inanıyordum. Kendisi bir din adamı olan Jonathan Swift, "ancak birbirimizden nefret edecek kadar dindarız; birbirimizi sevecek kadar dindar değiliz" demişti. Ben insanları sevdiğim için, çok dindar sayılmam gerekir belki de. Madrid-Roma trenindeki Katolik papaz da buna benzer bir şey söylemişti. Kendi annesiyle babası ve benim gibi insan sevgisi duyabilen tanrıtanımazların "doğal dindarlar" olduğundan söz etmişti.

Ben insanları sadece sevmekle yetinmem. Tanıdıklarıma da, tanımadıklarıma da sonsuz bir merakla bakarım. Tanıdıklarımı daha çok, daha iyi anlamaya çalışır, uzun uzun incelerim. Tanımadıklarıma –örneğin vapurda karşımda oturan kişi fazla sevimsiz değilse– ona bakar bakar, hakkında çeşili öyküler uydurur, senaryolar kurgularım. İflâh olmaz faşistleri, kendi inandıklarına inanmayanları kesmeye hazır köktendincileri ve doğuştan kötü yüreklileri kesinlikle dışlayarak, insanları severim. Kutsal Kitap'da çok güzel bir sözcük vardır, "loving-kindness." İşte ben insanlara, hem sevgiyle, hem de iyi yürekli olarak yaklaşmak isterim. Eğer biri faşist, köktendinci ya da kötü yürekli değilse; ama ben onu gene de sevemiyorsam, kusuru o insanda değil, kendimde bulurum ve ne yapıp yapıp, onu sevmenin yolunu bulurum sonunda.

Kaldı ki, insanlardan uzakta nefret etmek kolaydır da, onları kendi gözümüzle yakından görünce nefret etmek pek o kadar kolay değildir. Bunu Bodrum yarımadasının Karaincir kumsalında yaşadım. Yanımdaki arkadaşım, "bak, seninki orada" dedi. "Seninki" dediği tiksindiğim bir politikacıydı. Üniversitede meslektaşlarına doğru yolu gösterirken, "nabza göre şerbet vermeyin" gibi sözler söylemiş, sonra sağcı bir partinin milletvekili olmuştu. İkide birde televizyonlara çıkar, soğuk ve alaycı gözlerle, kendi söylediklerine kendi de inanmadığını belli ederek konuşur dururdu. Öfkeyle dönüp adama baktım. Onu canlı olarak ilk kez görüyordum. Yanında ona "baba" diyen küçük bir çocuk vardı. Oysa, kızı doğum yaparken öldüğü için, o çocuğun babası değil, dedesiydi. Sevgi dolu herhangi bir dede gibi, torununu yüzdürüyor, denizden çıkınca onu özenle kuruluyor, kumsalın kır gazinosunda tatlı sözler söyleyerek ona yemek yediriyordu. Kinimin yok olduğunu hayretle anladım. Çünkü artık karşımda nefret ettiğim bir kavram değil, yani ahlâk düşkünü çirkin bir politikacı değil, etiyle kanıyla bir insan vardı. Artık çirkin politikacıyı değil; evlât acısı çekmiş babayı, sevecen dedeyi görebiliyordum sadece.

İnsanlar şaşırtıcı, hem de çok şaşırtıcıdırlar. Yakından tanıdığınız, bencil ve aptal sandığınız bir kişi günün birinde, öyle güzel bir şey yapar, öyle duyarlı, öyle derin bir söz söyler ki, afallayıp kalırsınız. Bunun tam tersi de olur ne yazık ki. Duyarlı ve zeki sandıklarınız, aklın alamayacağı kötülükler ya da aptallıklar yapabilirler. Hele tanımadıklarınızın dış görünüşlerine hiç, ama hiç aldanmamalı: Bir gün Taksim'de otobüs bekliyordum. Demin söylediğim gibi, insanlar bende hep merak uyandırdıkları için, duraktakilere dikkatle bakıyordum gene. Bir genç kadın fena halde sinirime dokundu. Aşırı süslüydü, rüküştü, kötü makiyajlıydı. Bayağılık akıyordu her bir yanından. On beş santimlik topuklarının üstünde zor durabildiğini belli ederek, aptal aptal sırıtıyor; çevresini, özellikle beyleri çapkın gözlerle süzüyordu. Derken, yanımızdaki elektrik direğini onaran orta yaşlı bir işçi direğe dayadığı yüksek merdivenden düştü. Bizler polise haber verilmesi, bir ambulans gelmesi için telâşlanırken, son derece sevimsiz sandığım o genç kadın, süslü giysilerinin kirlenmesine hiç aldırmadan, çamurlu kaldırıma oturdu. İnleyen işçiyi kucağına alıp, acı çeken çocuğunu avutan bir anne gibi, ona mırıl mırıl bir şeyler söyleyip durdu. Ambulans gelinceye kadar, yani bir hayli zaman, kucağından bırakmadı yaralı işçiyi. Ben de başına dikildim, içimden hep özür dileyerek, genç kadınla birlikte bekledim ambulansı.

O genç kadını bir tek kez gördüğüm halde hiç unutamadım. Çok eskiden Alanya'da gene bir tek kez gördüğüm Osman Efendiyi de unutamadım. Bir rakı sofrasındaydık ve Osman Efendi herkesten çok içiyordu. O masada oturanların biriyle ilgili, şimdi ne olduğunu anımsamadığım ve sevecenliğini açığa vuran, çok ince, çok derin bir söz söyledi. Ben de "ne kadar iyi yüreklisin, Osman Efendi" deyince, "yüreğim temizdir; çünkü onu her akşam rakıyla yıkarım" dedi.

Öğrenciliğimde Üniversitenin kayak ekibiyle Uludağ'a yaya çıkarken, Karabelen'den sonra bize refakat eden Karadenizli Mustafa Çavuşu da ancak birkaç kez gördüğüm halde, hiç unutamam. Okuması yazması kıt bu köylü, doğuştan bir aristokrattı. Her sözünde, her davranışında ortaya çıkardı soyluluğu. 1930'lu yılların bir çavuşu değil, Rönesans'tan kalma bir şövalyeydi. Örneğin Uludağ'dan Bursa'ya inerken, bir çam ormanından geçtiğimiz sırada, bana bir çam dalı koparmasını rica ettim. Uzun boylu olduğu için, kolunu kaldırıp, karşısına gelen ilk ağaçtan bir dal koparacağını sandım. Oysa Mustafa Çavuş başını kaldırıp etrafa bakındı bir süre. Sonra diz çöktü, tüfeğini omuzuna dayadı ve çamların en yükseğinin en tepesindeki o tek dala nişan alıp, tam isabet bir tek kurşunla, bir bıçakla kesercesine, ağacın gövdesinden kesti. Önümde eğilip, "buyrun" diyerek, tepedeki o dalı bana uzatınca, birdenbire bir kraliçe hissettim kendimi. Sir Walter Raleigh, Kraliçe Elizabeth'in ayakları kirlenmeden geçebilsin diye, sırtındaki pelerini çıkarıp çamurlu yere serince, Elizabeth nasıl onurlandırıldıysa, ben de öyle onurlandırıldım sanki.

İnsanlar, kişilikleri ya da davranışlarıyla sadece şaşırtıcı olmakla kalmazlar; akıllara sığmaz yücelikleri de vardır onların. Bir genç kadın, uzun süre birlikte olduğu erkekten ayrılır. Sevgilisi başkasına âşık olmuş; ya da kendini âşık sanmıştır. Aradan üç yıl geçer. Kadın ona ihanet eden erkeğe sağlıksız bir saplantısı olmadığından, yeni bir sevgili de bulmuştur kendine. Derken eski sevgili ölümcül bir hastalığa tutulur. Genç kadın o zaman, hastanın kardeşten öte anası olur. Onu evine alır. Kendi işini ihmal ederek, ancak bir annenin duyabileceği hayranlık uyandıran bir sabırla, tam bir özveri ve sevecenlikle, hasta ölünceye kadar, ona iki yıldan fazla bakar.

Çoğu insanlar mutsuzdur. Walt Whitman'dan sonra on dokuzuncu yüzyılın en büyük Amerikalısı Thoreau'nun dediği gibi, "*most people lead lives of quiet desperation.*" Acılarına sessizce katlanırlar; bedensel sakatlıklarına da yiğitçe dayanırlar. Bir yakın arkadaşım üç dört kez beyin ameliyatı geçirdi, her ameliyattan sonra, beyni eskiden olduğundan bile daha iyi işlemeye başladı sanki. Bir yanı felç oldu, ancak bir bastonla birkaç adım atabilmeye, çoğu zaman bir koltukta oturmaya mahkûmdu artık. Ağzını açıp da bir tek kez "ben neden böyle oldum" diye yakınmadı. Dünyaya küsmedi. Hiçbir şey olmamış gibi, ülkesinin sorunlarını yakından izleyerek, kitap okuyarak, eşinin dostunun dertlerine çare arayarak, çevresine sevgi dağıtarak, yaşamını dirençle sürdürdü. Arkadaşım Server Tanilli, tekerlekli sandalyesinde hiç yakınmadan oturur; sürekli çalışmaya, sürekli üretmeye devam eder. Üstelik umutla ışıldayan gözlerle bakar dünyaya. Bir genç avukat tanırım. Bir kaza sonucu bebekliğinden beri hiç göremiyor. Hukuk Fakültesi'ni birincilikle bitirmiş, yakışıklı bir adam. Evinde tek başına oturur; otobüslerle vapurlarla tek başına işine gidip gelir. Bir gece bir dost evinden dönerken, sözde onu korumak için koluna girdim. Ama ben onu değil, o beni korudu. "Dikkat edin, burada bir çukur var" dedi gülümseyerek. Başımız biraz ağrısa, sızlanıp dururuz. O görmeyen genç ise hep gülümser.

Zaten insanlar gülümseyerek mutsuzluklarını hem gizlemesini, hem de biraz yenmesini öğrenirler. Gülümsemeyi, gülmeyi, gülmece yeteneğini, "humour" denilen şeyi, yani başkalarının halinden çok kendi haline gülebilmeyi işte bu yüzden önemserim. Bu gülmece yeteneğinden yoksun olanlar, kendilerini hafiften alaya alamayanlar, tam insan değildirler benim gözümde. Can çekişirken bile gülmesini bildiği için, nerdeyse kırk beş yıl önce otuzaltı yaşında ölen sevgili sınıf arkadaşım Saffet'i işte bu yüzden hâlâ özlerim. Çünkü birlikte gülebilirdik onunla.

Sırası gelmişken, şu dostluk sorununa değinmek istiyorum: Ancak aşk ilişkilerinin çapraşık olduğu sanılır. Oysa bütün insan ilişkileri, aile içi ilişkiler de, dostluk ilişkileri de aynı derecede çapraşıktır. Dostlar, birbirlerine karşı çok özen göstermezlerse, aşk gibi, dostluk da kolayca yara alır. On sekizinci yüzyılda yaşayan sevgililerimden Dr. Samuel Johnson, (her önemli sözüne "Sir" diye başladığından) *"Sir"*der, *"One must keep one's friendships in constant repair"* (Efendim, bir insan, dostluklarını sürekli onarım halinde tutmalı). Üstüne bir kitap yazdığım halde pek o kadar sevgilim olmayan Virgina Woolf da, bazen ölüm yüzünden, bazen de bir kaldırımdan karşı kaldırıma geçmeye üşendiği için, nice dostlar yitirdiğini söyler. Çünkü dostluk hiç ihmale gelmez.

Uzun süren mutlu bir dostluk kurmak, uzun süren mutlu bir aşk kurmak kadar güçtür. Behice Boran, "herkesin aşk acıları vardır; benim dostluk acılarım oldu" derdi. Behice, çok güvenilir, çok vefalı bir dosttu. Ama kendisine belirli bir siyasal yol seçince, eski arkadaşlarının çoğunu yitirmişti. Ben de bazı arkadaşlarımı yitirdim bu yüzden. Bir dostluğun devamı için az çok aynı çizgide fikir birliği olduğu sürece, ayrı kentlerde ya da ayrı ülkelerde yaşamanız, yıllarca birbirinizi görmemeniz dostluğu hiç zedelemez. Buluşur buluşmaz, iletişim yeniden kuruluverir dakikasında. Burnumun dibinde oturan kimi dostlarımdan uzaklaştım da, hariciyeci olduğu için ya Ankara'da ya da yabancı ülkelerde oturan çocukluk arkadaşım Fou (Deli) Celal'den hiç uzaklaşmadım. Yaşamının son kırk yılını Paris'te geçiren Güzin ile Abidin Dino'dan hiç uzaklaşmadığım gibi. Fikir ayrılıklarından kaynaklanan engeller olmasa bile, bütün insan ilişkileri gibi dostluk ilişkileri de güçtür. İnişler, çıkışlar, uzaklaşmalar, giderek kopmalar olabilir. Bunlar müthiş üzer insanı. Gerçi dostlar yitirdim ama, uzun süren ilişkiler kurmak açısından ben çok mutlu sayılırım gene de. On bir yaşında tanıdığım sınıf arkadaşım Halet Çambel ile yetmiş yıllık dostluğumuz çok övündüğüm bir rekordur.

Aydın takımından bilindiğim için, yalnız aydınlarla dostluk bağları kurabildiğim sanılmasın. Bir insanın EQ'su, IQ'sundan çok daha fazla ilgilendirir beni. IQ bilindiği gibi, beyin yetenekleridir. Yeni keşfedilen EQ, yani "emotional quotient" ise, bir insanın duygusal yetenekleridir. Vahşi kapitalizmin –bütün kapitalizmler vahşidir aslında– en acımasız, en yamyam patronları bile, sonunda anladılar ki, şirketlerini yönetenlere sadece zekâ yetmiyor. O şirkette çalışanları daha iyi yönetebilmek, daha verimli olmalarını sağlamak, dolayısıyla daha çok para kazanmak için, bu yöneticilerin duygusal yeteneklerini geliştirmeleri de gerekiyor.

Bu duygusal yetenekler ise, benim için her şeyden önemlidir.

Bir insan ne denli üstün zekâlı ve bilgili olursa olsun, eğer duyarlılıktan yoksunsa; kafa açısından görkemli bir dev, duygu açısından zavallı bir cüceyse, ben neyleyim böyle bir adamın dostluğunu?

Başka konulara geçmeden önce yaşlılık üstüne söyleyeceğim birkaç şey daha var: Kırkına kadar, yaşadığımız her olayın bir yeri, bir önemi, bir anlamı vardır. Kırkından sonra tempo inanılmaz biçimde hızlanır. Bir bakarsınız daha dün olduğunu sandığınız bir şey on beş yıl önce geçmiştir. Bir bakarsınız kucağınıza aldığınız küçücük çocuklar kocaman delikanlılar, kızlar oluvermiştir. Bir bakarsınız siz de altmış beş yaşına gelmişsiniz. İşte yaşlılık o sırada başlar. Yetmiş beşine kadar ağır ağır, yetmiş beşinden sonra hızla yaşlanırsınız.

Yaşamınızın bu son döneminde, her zaman olduğunuzdan daha yiğit, çok ama çok yiğit olmanız gerekir.

Delikanlı ihtiyarlar vardır.
Deli kanları dört nala koşar
Çatladı çatlayacak damarlarında.
O deli kanlarını artık pompalayamayan
Bir et parçası değildir yürekleri.
Çırpınan bir kızıl güvercindir
Göğüs kafeslerinde.

Sadece yiğit değil, biraz da çılgın olmak gerekir iyi ihtiyarlayabilmek için.

Sen ne çılgın bir ihtiyarsın, arkadaş,
Sokaklarda geceleyin yürürken
Şiirler söylersin kendi kendine.
Kumsallarda koşup durursun,
Denizlerde uzaklara yüzersin.
Kayalara serilen deniz kızları
Yosun yeşili saçlarını tararken
Sana göz süzdüklerini sanırsın,
Sende hiç utanma yok mu, ihtiyar?

İhtiyarların, o güne değin kişiliklerini oluşturan düşünceleri, inançları, tutkuları ellerinden hiç bırakmamalıdırlar.

Ellerinde ağır bir billûr kâse
Hep uçurumların kenarında yürür.
"At kâseyi, ihtiyar,
Bırak tuz buz olsun,
Geç geniş rahat yollara" derler.
Ama o, ellerinde billûr kâsesi
Gene uçurumların kenarında yürür,
Hep uçurumların kenarında.

İhtiyarların, benliklerinden sıyrılmaları, doğayla ve insanlarla kaynaşmaları, yakında nasıl olsa gelecek olan ölümü hep düşünmekten vazgeçmeleri gerekir.

İhtiyarların gülmece yeteneklerini ellerinden geldiğince geliştirmeleri de gerekir. "Humour"un en güzel tanımlamasını André Maurois yapmıştır bildiğim kadarıyla: *"L'esprit contre soi"* (kendine karşı yöneltilen espri) der Maurois. Humour ile espri, yani nükte arasında büyük bir fark vardır. Nükte yapanlar başkalarını harcarlar. Başkalarını alay konusu yapmak ise çok kolaydır aslında. En kusursuz, en güzel insanlara belirli bir açıdan kötü niyetle bakarsanız, dakikasında rezil edebilirsiniz onları. Oysa humour'u olan kişi, yalnız başkalarını değil, kendini de alaya almasını bilir. Yaşlılığın birçok gülünç yanı vardır. İhtiyarlar, bunun bilincine varıp, kendi hallerine gülebilmelidirler. Yaşlılığı, saygıyla karşılanması gereken nerdeyse kutsal bir dönem değil, biyolojik bir gelişmenin oldukça acıklı bir evresi olduğunu kabul edip, bu evrenin üzücü yanlarından çok güldürücü yanları üstünde durabilmelidirler.

Bir sabah, bir de baktım ki, sol elim zangır zangır titriyor. İhtiyarlar, hep bu türden uğursuz lâflar ettikleri için, o gün karşılaştığım bir yaşıtım "Parkinson olabilir bu. Sen bir doktora görün" dedi. Buna pek niyetim yoktu. Ama o ihtiyar bana baskı yapmaya devam ettiğinden dırdırından kurtulmak için nörolog arkadaşım Gencay'a telefon ettim, Çapa'ya ne zaman gidebileceğimi sordum. Gencay, "siz zahmet etmeyin, ben akşama gelirim" dedi. Akşam gelince, beni iyice muayene ettikten sonra gülümseyerek "buna tremor senilis, yani yaşlılık titremesi derler" diye açıkladı. Katıla katıla gülmeye başladım. "Tremor senilis!" ne güzel iki sözcük! Eski Roma'nın en belâlı imparatorlarından birinin adı sanki. Meğer bu tremor senilis'in en iyi ilacı biraz alkol almakmış. Vakti kerahet de gelmişti zaten. Gencay ile karşı karşıya oturup iki tek attık. Tremor senilis geçiverdi o akşam. Daha sonraları sol elim titredikçe, Roma imparatorunun güzel adı aklıma gelir, gülmeye başlarım.

"Zöböö" duruma düşmeyen, yani kafası işleyen, eli ayağı henüz tutan ihtiyarlar, kesinlikle boş oturmamalıdırlar, kendilerine mutlaka bir uğraş bulmalıdırlar. (Boyuna "şu yapılmalı, bu yapılmalı" diyorsun, boyuna ders veriyorsun. "Amma da didaktik bir kocakarısın" diyerek beni eleştireceksiniz. Hakkınız var, öyleyimdir. *Deformation professionelle* denilen bir olay var, yani meslekten kaynaklanan düşünce ve davranış bozuklukları. Siz de benim gibi kırk yıl öğretmenlik yapsaydınız, siz de didaktik olurdunuz.) İhtiyarlar, kendilerine bir uğraş bulmazlarsa, "ah! vah! bu hallere mi düşecektim ben!" diye kendilerine acımaya başlarlarsa, işin sonu felâkettir. Çünkü yalnız yaşlıyken değil, gençken de kendine acımak, bir insanın kendi benliğine karşı işleyebileceği suçların en yıkıcısıdır. Kendine acıyanın, ne kendine hayrı dokunur, ne başkalarına. İhtiyarlıkta ise, "yaşlılık depresyonu" denilen ağır ruh hastalığına sürükler sizi. Bir motivasyon, yani yaşamak için bir nedeni olmazsa, bir ihtiyar nasıl yaşayabilir ki? Yüzünü duvara çevirip ölmekten başka çaresi kalmamıştır o ihtiyarın.

Bir ihtiyar neler mi yapabilir? Kitap okuyabilir, gazete okuyabilir. Televizyonda ülkesinin acıklı durumunu izleyebilir. Torunlarına bakabilir (annelerin de çalıştığı günümüzde ayrıca yararlı ve biraz yorucu olmakla birlikte, sevinç veren bir uğraştır bu.) Torunu yoksa, kedi ya da köpek besleyebilir (köpek beslerse, günde bir iki kez sokağa çıkmak zorunda kalması, sağlığına iyi gelir.) Küçük bir bahçesi varsa, çiçek ya da zerzavat yetiştirebilir (kendi elinizle diktiğiniz bir bitkinin büyüdüğünü görmek –bu bir yeşil soğanı da olsa– olağanüstü bir haz verir insana.) Müzikten hoşlanıyorsa, müzik dinleyebilir. Kendini ilgilendiren nesnelerin koleksiyonunu yapabilir (çocukluğunda başladığı bir pul koleksiyonu da olabilir bu.) Fazlasıyla yorulmadan, evde yapılabilecek işlerdir bunların hepsi.

Dil bilenlerin çeviri yapmaları ayrıca yerinde olur. Ben de çok çeviri yaptım; ama ihtiyarlığımda değil, genç ve orta yaşlıyken. Çünkü anneme, dadıma ve daha sonraları iki çocuğuma bakmak durumunda olduğumdan, üniversiteden aldığım maaş dışında biraz para kazanmam gerekiyordu. Çevirilerle kazanıyordum bu parayı. Emekli olmadan önce, ancak çeviri yapabiliyordum. Canımın istediği kitapları yazmak için gerekli araştırmalara verecek vaktim yoktu. Dersleri hazırlamak, sınav kâğıtlarını ve tezleri okumak, idari işlerle ilgili çeşitli toplantılara gitmek zorundaydım. Ancak kitapsız profesör olmak suçlamasından kurtulmak için, üç dört kitap yayımlamıştım. Emekliye ayrıldıktan sonra canımın istediği gibi çalışabilmek, ihtiyarlığımın nimetlerinden biri oldu. Sevgilim Thomas More üstüne küçük bir kitap, Shakespeare ve Hamlet üstüne kalın bir kitap, beş ciltlik bir İngiliz Edebiyatı Tarihi, Virginia Woolf ve D.H. Lawrence üstüne iki inceleme yazmaya vakit buldum ihtiyarlığımda.

Her ne kadar biraz ekstra para kazanmak için çeviri yaptıysam da, hiçbir değersiz kitap çevirmedim. Bir de çevirimin esas metne sadık kalmasına özen gösterdim. Sevgili hocam Sabahattin Eyüboğlu ile *Troilos ile Kressida*'yı sonra da *Moby Dick*'i çevirirken birbirimize girerdik. İlk çeviri sırasında, Sabahattin "bırakmıyorsun ki, senin şu sevgili Shakespeare'ini daha güzel yapayım" derdi. Bense, "daha güzel olmasına gerek yok" diye direnirdim. Sabahattin, "çeviri kadın gibidir; ya serbest ve güzel olur, ya da sadık ve çirkin" derdi. Bense, Sabahattin eskiden Fransız Dili ve Edebiyatında doçent, dolayısıyla hocam olduğu halde, usta-çırak ilişkisinin gerektirdiği saygıya boş verir, ona kafa tutardım. "Bana bak, bu karı hem sadık hem de güzel olacak" derdim. Öyle bağırır çağırırdık ki, Magdi piyanosundan kalkar, ne oluyor diye çalıştığımız odaya koşardı. Beraber çeviri yaparken verdiğimiz bunca savaştan sonra temelli küs olmamamız, dostluğumuzun ne denli sağlam temeller üstüne kurulduğunu kanıtlar.

Gelgelelim, ben Türkçe öğreniyordum bu hırgür arasında. Sabahattin'den her gün özel Türkçe dersi alıyordum sanki. Onun İngilizcesi, Fransızcası kadar mükemmel olmadığından, ben küçük bir masaya oturur, yaptığım çeviri taslağını yüksek sesle okurdum. Sabahattin yerleştiği koltuktan ya da uzandığı divandan beni dinler, gerekli değişiklikleri yapardı. "Şu sözcüğün yerine şunu kullan" derdi ya da tümcedeki sözcüklerin sırasını değiştirirdi. Acemice sözcüklerle acemice kurulmuş bir tümce, güzel Türkçe olurdu böylece.

Gençliğimde o güzel Türkçeyi bilmediğimi açıkça itiraf etmeliyim şimdi. Dilbilgisi kurallarına uygun bir Türkçe kullanmakla yetinirdim sadece. Sözcük dağarcığım perişan bir durumdaydı. Fransızca ya da İngilizce bir sözcüğün, ancak bir ya da iki Türkçe karşılığı aklıma gelirdi. Örneğin, "grue" ya da "whore" sözcüklerine karşılık, ancak "orospu" ya da "fahişe" sözcüklerini düşünebilirdim. Oysa sürtük vardı, yosma vardı, sokak kadını vardı, aşifte vardı, fettan vardı, kaltak vardı; bunların arasında da ince farklar vardı. Ama dilimin zenginliklerini ve inceliklerini bilmediğim için, gençliğimde çevirdiğim kitapları – bu arada çok uzun bir kitap olan *Tom Jones*'u– başından sonuna kadar yeniden çevirmek zorunda kaldım.

Bir dil fukarası olmamın nedeni, Türkçe kitap okumamamdı elbette. Öğrencilerime sabahtan akşama kadar söylediğim gibi, bir dili ancak okuyarak gerçekten öğrenebilirsiniz. Konuşma dili, 1500-2000 sözcüğün sınırları içinde kalır. İsterseniz Fransa'da, İngiltere'de ya da Amerika'da kırk yıl oturun, eğer kitap okumazsanız, ne doğru dürüst Fransızca öğrenebilirsiniz, ne de İngilizce. Bense, bu yabancı dilleri sürekli okuyor, ama kendi öz dilimi çok az okuyordum; çünkü 1940'tan önce, okuyacak fazla bir şey bulamıyordum. Edebiyatımızda bir Rönesans saydığım 1940'lı yıllardan sonra kendi ülkemin şiirlerini, romanlarını, öykülerini okumaya başladım. Ondan önce ancak halk şairlerini okumuştum (şimdi de büyük bir haz alırım halk şiirinden). Uşaklıgil, Yakup Kadri, Hüseyin Rahmi gibi belli başlı romancıları okumuştum. Divan edebiyatı şairlerinden çok hoşlandığım halde, Arapça ve Farsca sözcükler engeli vardı aramızda. Ahmet Haşim gibi çok sevdiğim şairleri okurken de aynı engelle karşı karşıya geliyordum. İyi bilmediğim bir dilde yazılmış bir metinle uğraşıyordum nerdeyse. Osmanlıca deyimleri anlayabilmek için sözlüklere bakıyordum. Oysa sözlüklere bakarak şiir okumak güçtür. Bu yüzden bütün şiir çevirileri iki dilde basılmalıdır bence. Bir sayfada özgün metin, karşı sayfada çevirisi. O dili az bilenler, şairin tam ne dediğini daha iyi anlayabilirler böylece. O dili de daha iyi öğrenirler. Ben Lorca ve Neruda'nın iki dilli baskıları sayesinde İspanyolcayı biraz sökebildim. Şiir sevenlerin her yabancı dili biraz olsun öğrenmelerinin en güzel yoludur bu.

İki dilde basılan kitapların bir başka yararı da o yabancı dili iyi bilenlerin, çevirinin doğru olup olmadığını denetleyebilmeleridir. "Türkçe söylemek" felâketi biraz önlenebilir böylece. Ne demek "Türkçe söylemek?" Türkçe söylemek istiyorsan, başkalarının şiirini acayip biçimlere sokmaktan vazgeç, istediğin gibi kendi şiirini yaz. Çeviri çeviridir. Nâzım Hikmet gibi, "hattâ çeviri biraz çeviri kokmalıdır" demeyeceğim. Ama çevirmenin yabancı dildeki metne saygıyla yaklaşmasını istiyorum. Kendi işine gelenleri değil, o yabancının gerçekten söylediğini, elinden geldiğince güzel bir Türkçeyle okuyuculara aktarmasını istiyorum. Bu Türkçe söyleyenlerin dili genellikle olağanüstü marifetli olduğundan, asıl metni bilmeyenler "aman ne şahane bir çeviri!" diye kendilerinden geçerler. Yabancı metni bilenler ise, "bak, adam ne demiş, bu ne diyor?" diyerek şaşkına dönerler.

İhtiyarlar çeviri yapabilirler konusuna değinirken, gene uzun bir parantez açtım. Çeviri yapmak çok oyalayabilir yaşlıları. Ama bana kalırsa, onların gene evlerinde oturarak, fazla yorulmadan yapabilecekleri en güzel iş anılarını yazmaktır. Bunları yayınlamak umudu olmasa bile, bir köşede duran o kâğıtlar günün birinde gün ışığına çıkabilir. Ve bu arada o ihtiyar, kendi kendisiyle hesaplaşmıştır hiç olmazsa.

Hepimizin bildiği gibi, yaşayabilmek için bir amaç edinmek, o amaç uğruna çalışmak şarttır. Çalışmak değil, stres altında çalışmaktır insanı mahveden. Oysa bir emekli stres altında değildir artık. İstanbul'un o korkunç trafiğinde, sokaklarda koşuşarak, belirli bir saatte belirli bir yere ulaşmak zorunda da değildir. Canı istediği zaman, canı istediği kadar çalışır ve bu onu ayakta tutar. Bir insanın gençliğinde işkolik olması ne denli yıkıcıysa, yaşlılığında tembel tembel oturması da o denli yıkıcıdır.

Kafası henüz işleyen, eli ayağı az çok tutan, bir evde tek başına yaşayabilen bir ihtiyarın son döneminin bir altın çağ sayılabileceğini; hattâ bunca felâket arasında ayakta kalabilmesinin bir çeşit zafer olduğunu, arkadaşım Mehmet-Ali Aybar'a anlatmaya çalıştım bir gün. Ama ne yazık ki, onu hiç kandıramadım. "Gene saçmalıyorsun, Mîna" diye tersledi beni. Zaten beni sık sık terslerdi bu çok eski ve çok sevgili arkadaşım. Oysa ona söylediklerime içtenlikle inanıyorum. Dahası, ölüm yaklaştıkça, yaşamdan ve doğadan daha fazla haz almaya başladım. Örneğin, Eylül sabahları eski İstanbulluların "sümbülî" dedikleri o hafif pembemsi sisin daha çok keyfine varıyorum. Kış günleri evimin önünde güneşin, akıl almaz kırmızılar, morlar, yeşiller içinde batması, bana daha çok heyecan veriyor. Geçenlerde yaşlı bedenimi kırılgan bir eşya gibi taşıyarak (bedenimi hep öyle taşıyorum artık ve bir yaşlılık simgesi sayıldığı için ihtiyarlar baston kullanmaktan hoşlanmadıkları halde, ben kullanıyorum) çok rüzgârlı bir günde Ayasofya'nın yanından geçtim. Acayip bir titreşim vardı havada. Kulak kesilince, anladım ki, Ayasofya'nın minareleri vınlıyordu. Resmen vınlıyordu. Gençliğimde, rüzgârlı günlerde kimbilir kaç kez geçmişimdir ordan. Ama ya kendi derdime ya da geçim derdine düştüğüm için, hiç farkına varmazdım böyle güzelliklerin.

Şimdiyse ne kişisel derdim kaldı ne de geçim derdim. Bence en güvenilir gelir, belki tek güvenilir gelir olan o görkemli emekli maaşımla gül gibi geçiniyorum. Yalnız ruhsal açıdan değil, parasal açıdan da hayatımın altın dönemini yaşıyorum böylece. Artık kimseye bakmak zorunda değilim. Ev kirası da vermiyorum. Ömrüm boyunca burjuvalara atıp tuttum; yerin dibine batırdım onları. Ne var ki, burjuva bir aileden gelmenin yararlarını yadsıyacak durumda değilim. Aldığım eğitim de burjuva kökenlerim sayesinde, şimdi oturduğum Mühürdar'daki deniz manzaralı daire de. Vaktiyle babamın babası, halama düğün armağanı olarak bir ev vermiş. Halam çocuksuz ölünce, bir dairesi amcama, bir dairesi bana verilmek üzere, o ev apartman haline getirilirken, tesadüfen o sırada yoldan geçen Aziz Nesin deniz manzaralı yeni yapılan apartmana bakmış bakmış, "kim bilir hangi talihli pezevenk burada oturacak" demiş kendi kendine. Orada benim oturduğumu öğrenince, "aman ne güzel! Demek o talihli pezevenk senmişsin!" diye çok sevinmişti. Böyle bir manzaralı yerde oturmak gerçekten de bir pezevenk şansı. Denize öyle yakınım ki, lodos fırtınalarında evim sanki bir tekne oluyor, pupa yelken gidiyor dalgaların arasında. Güneş de, ay da tam önümde batıyor. Sultan Ahmet Camii, Ayasofya karşımda. Yaşlılığımda sürekli cilveleşiyorum onlarla. Önümdeki güzel gezide çocuklar oynuyor, köpekler koşuyor, genç çiftler sarmaşdolaş geziniyor. Haftalarca sokağa çıkmasam, klostrofobik durumlara düşmüyor, hayattan kopmuş hissetmiyorum kendimi.

Zaten bende ev şansı var. Bodrum'daki küçük evimi de o hor gördüğüm burjuva kökenlerim sayesinde satın alabildim: 1970'de bir gün, bıyıklı, kel kafalı, iri göbekli tanımadığımız iki adam geldi evimize. Ev ve arsa komisyonculuğu yapıyorlarmış. Pendik'te annemin küçük bir arsası olduğunu, onu almak istediklerini söylediler. Annem, "olamaz, efendim, olamaz. Öyle birtakım evler, arsalar filan vardı; ama hepsini çoktan sattık" dedi. Adamlar, "Pendik'te küçük bir arsa var" diyorlar; annem, "yok, efendim, yok. Hepsini çoktan sattık" diye direniyordu. Neyse, o küçük arsanın, her nedense unutulup satılmadığı anlaşıldı. Ve nerede olduğu, değerinin ne kadar olduğu hiç araştırılmadan, dakikasında verildi iki emlakçıya. Annemin eline 30,000 lira geçti. Annem de parayı bana verip, "Bodrum'u seviyorsun; bununla kendine bir küçük yer al orada" dedi.

Gerçi 1970'de bile 30,000 lira büyük bir para değildi; ama benim profesörlük maaşımın on kat fazlasıydı gene de. Şimdi iki ekmek bile alınamayacak bu 30,000 lirayla, henüz moda haline gelmeyen, az sayıda meraklısı olan Bodrum'un Kumbahçe mahallesinde, 64 metrekarelik bir alanda, sadece delik deşik dört duvarı ayakta kalan bir yıkıntı aldım. Arkadaşım Nail Çakırhan (hani mimarlık diploması olmadığı halde Ağa Han mimarlık ödülünü aldığı için yüksek mimarların büyük bir kısmını fena halde öfkelendiren Nail Çakırhan) o yıkıntıyı sevimli bir Bodrum evi haline getirdi. Gelgelelim ne yazık ki Bodrum, birkaç yıl içinde moda oldu. Bu yüzden ancak ilkbahar, sonbahar ve arasıra kışın orada oturuyorum. Haziran başı, millet Bodrum'a hücum ederken, gürültüden ve kalabalıktan kaçıp İstanbul'a sığınıyor, Eylül ortalarına kadar İstanbul'da kalıyorum.

Bana kalırsa, ancak bir milyarder benim kadar lüks koşullar altında yaşayabilir yaşlılığında. Ama şu da var ki, kendimi her ne kadar milyarder saysam da, iki şeyden çok korkmuşumdur öteden beri. Biri para öteki de iktidardı. Yoksulluk sınırındaki emekli maaşımla bu iki tehlikenin ikisine de hiç düşmedim. On beş yaşımdan sonra, "dar gelirli" denilen türden bir vatandaş oldum her zaman.

Tam ve mutlak bir iktidarı ise ancak beş dakika yaşadım ömrüm boyunca: Bodrum'da Kasım sonuydu. Şakır şakır yağmur yağıyordu. Ben, sırtımda sarı muşambadan yapılmış, kukuletalı çöpçü yağmurluğum, elimde bir naylon torba, torbanın içinde bir simitle bir *Cumhuriyet* gazetesi sabahleyin bakkaldan evime dönüyordum. Derken, o daracık tek yönlü Cumhuriyet caddesinde, iki kocaman Mercedes burun buruna geldi. Mercedeslerin direksiyonunda, deve tüyü paltolu, kel kafalı, bıyıklı ve ablak yüzlü, paraları paçalarından akan, birbirine çok benzeyen iki kodaman. O daracık yolda benden başka kimsecikler olmadığı için, trafik polisi rolünü üstlenmek zorunda kaldım. Bir de baktım ki, o güzel huyum dakikasında değişiverdi. Terbiye diye bir şey kalmadı bende. Ece Ayhan'ın dediği gibi, masanın öteki tarafına geçmiştim, yani iktidar bendeydi. Çocuklarıma bağırıp küfretmeyen; torunum küçükken ve aklın alamayacağı kadar canavarken ona bile bağırmayan ben, o para babalarına bangır bangır bağırıyordum: "Bu sokak tek yönlü. Bundan haberiniz yok mu, aptallar." "Sağ yap dedim sana, budala!" "Geriye gitsene be! Şimdi sen, sol yap! Geri bas dedim sana, geri zekâlı!" Ben böyle bağırıp küfrettikçe, adamların afrası tafrası kalmamıştı. Ürkek çocuk yüzleriyle bakıyorlardı bana. Beş dakikalık iktidarın bile beni ne hale getirdiğini görünce, kendimden korktum. Trafik sıkışıklığı halledildikten sonra, adamcağızlar bana bir de teşekkür edince, büsbütün rezil olduğumu hissettim. Ve inanmadığım Tanrıya şükrettim bana para bağışlamadığı gibi, iktidar da bağışlamadığı için.

İKİNCİ BÖLÜM

Çocukluk

Şu anılarım, başından değil de, sonundan başladı her nedense. Biraz da Laurence Sterne'ün *Tristram Shandy*'sine benzedi. Daha 1760 yılında tüm modern'leri solda sıfır durumuna getiren Laurence Sterne, bu çok özgün ve olağanüstü güzel kitabında Tristram Shandy'nin yaşamını anlatır sözde. Ne var ki, başkişisi, romanın ancak ortalarına doğru dünyaya gelir. Ben de anılarımı düzgün ve mantıklı bir planı uygulamaya koyarak yazmadığım için, hangi yıl nerede doğduğumu, annemin babamın kim olduğunu, çocukluğumun nasıl geçtiğini, nerede eğitim gördüğümü filan ancak şimdi yazabiliyorum.

1332'de yani 1916'da İstanbul'da doğdum. Soyum sopum İstanbullu. Daha doğrusu dedelerim İstanbullu da, anneannem de babaannem de Çerkez. Nüfus kâğıdımda 1331 yani 1915 yazılı. Çünkü ana tarafının serveti bittikten sonra, tarihsel Cağaloğlu Hamamında baba tarafından kalan küçük hisseyi satabilmem için ispatı-rüşt etmem, yani aslında on yedi yaşındayken, on sekiz yaşında görünmem gerektiğinden, bir yaş büyütülmüştüm. Mayısın ilk yarısında doğduğum kesindi. Ama hangi ayın hangi günü dünyaya geldiğimiz nüfusumuza yazılmazdı eskiden. Annem Şefika, doğru mu yoksa yanlış mı olduğunu bilmediğim bir hesaplar yaptı ve günümüzün takvimine göre 14 Mayısta doğduğuma karar verdi. Ne var ki, nüfus cüzdanım yenilenirken bana yardım eden solcu bir genç arkadaş, bunun hoşuma gideceğini tahmin ettiğinden, doğum günümü 1 Mayıs olarak kaydettirdi.

Bu acayip Mîna adını ben iki üç yaşındayken ölen babam şair Tahsin Nahit vermiş bana. Mîna'nın, Mekke'de hac sırasında şeytanın taşlandığı çadırlarda yanarak ya da izdihamda tünellerde ezilerek yüzlerce Müslümanın öldüğü Mina Dağıyla uzaktan yakından hiçbir ilişkisi olmadığını hemen bildirmek isterim. Mîna, Arapça değil, Farsça bir sözcük ve şarap kadehi ya da mavi anlamına geliyormuş. Divan edebiyatını okurken arasıra karşılaşırdım kendi adımla.

Rahneyi sengi siyah pembeyi mînadandır.
....
Gösterin enguşt ile meclisdeki mîna seni.
....
Bugün ayrılmıyor mînayı lebrizi saadetten
...
Merhaba ey camt mînaye yakut renk

Adım Mîna olacağına Mine olsaydı keşke. Mine'yi Mîna'ya yeğ tutmamın birçok nedeni var: Mine'yi herkes doğru telaffuz eder. Oysa ailem ve birkaç yakın dostum dışında, kimse doğru telaffuz etmiyor Mîna'yı. Bu ad, aslında Mînâ yazılmalı. Uzun bir î ve uzunca bir â ile söylenmeli. Oysa kimse, ne î harfini uzatıyor ne de â harfini. Bu da yetmiyormuş gibi Mîna'yı, ya Mimi, Fifi, Suzi türünden bir uydurma ya da bir yabancı adı sanıyorlar. "Asıl adın ne? Hangi millettensin?" gibi sorular soruyorlar bana. Hasan Âli Yücel'den sonra gelen faşist bir Millî Eğitim Bakanı benim solculuğumu biliyordu. Üstelik beni gayri-müslim de sanmıştı. Bu yüzden tam dokuz ay, doçentliğim onaylanmamış, maaşımı da alamamıştım. Sabırla beklemiştim. Solculuğumu yadsımak aklımın kenarından bile geçmemişti. Bir Ermeninin, bir Yahudinin ya da bir Rumun öğretim üyesi olmasını engelleyecek bir yasa bulunmadığına göre, azınlıklardan olmadığımı bildirmeyi de çok ayıp saymıştım.

Urgan soyadına gelince, onu kendim isteyerek aldım. On sekiz yaşını geçtiğim ve bekâr olduğuma göre, istediğim soyadını alabilirdim. (Böyle güzel özgürlükler vardı Mustafa Kemal döneminde.) Bizim aile aşırı bireyci olduğundan, herkes ayrı ayrı soyadları aldı. Örneğin, teyzemin iki oğlu, anne baba bir kardeş olmalarına karşın, aynı soyadını almaya yanaşmadılar. Annemle dayım da değişik soyadları seçtiler.

Şimdi şu Urgan soyadını bana kimin önerdiğini söyleyince, küçük bir şok geçireceksiniz: Necip Fazıl Kısakürek! Evet, iyi bir şair ve yetenekli bir oyun yazarı bildiğiniz, henüz dinciliğe soyunmamış olan, bizim arkadaş grubundan Necip Fazil Kısakürek! "Çalışkan", "Erdemli", "Ulugönüllü" gibi manevi anlamlar taşıyan bir soyadı değil, içinde çok sevdiğim U harfi bulunan bir nesne adı istiyordum. Necip Fazıl, "Urgan'ı seç" dedi."Urgan da ne demek?" diye sorduğumda, Anadolu'da ip anlamına geldiğini açıkladı ve kahkahalar atarak, "solculuğundan ötürü günün birinde nasıl olsa asılacağın için, bu soyadı sana ayrıca uygun" diye ekledi.

1930'lu yılların Necip Fazıl'ı ile 1940'lı yılların Necip Fazıl'ı arasında uzaktan yakından en küçük bir benzerlik yoktur. Bunlar iki ayrı kişidir sanki. Birincisini çocukluğumdan beri çok iyi tanırdım. Annemin bir yakın arkadaşına âşık olduğundan, bizim evden çıkmazdı. İkincisini ise, hiç görmedim, hiç tanımıyorum. Çünkü ben de, bütün arkadaşlarım da 1940'tan sonra onunla selamı sabahı kesmiştik. Süper-Mürşit olarak parlak kariyerini, hayretler içinde uzaktan izledik ancak.

Necip Fazıl, yavaş yavaş değişmedi. Dinle hiç ilgisi yokken, ansızın, sadece dindar değil, dinci oluverdi. O sıralarda duyduğumuza göre, bu şaşırtıcı değişimin nedeni tik sorunuymuş: Necip Fazıl'ın bir yüz tiki vardı. Kaşı gözü acayip acayip oynardı ikide birde. Bu biçimsiz tikten kurtulmak için, böyle işlerin uzmanı bir şeyhe gitmesini salık vermişler. Şeyh efendi okumuş üflemiş ve ancak bir haftalık bir süre için, tikinden kurtarmış onu. İşte ne olduysa o bir hafta içinde olmuş. Bizim bohem şair Necip Fazıl, Süper-Mürşite dönüşmüş ansızın.

Necip Fazıl iyi bir şairdi. Birçok dizesini hiç unutamam:

Bu yağmur, bu yağmur, bu kıldan ince
Nefesten yumuşak yağan bu yağmur,
Bu yağmur, bu yağmur bir gün dinince,
Aynalar yüzümü tanımaz olur

Ya da

Evet, her şey bende bir gizli düğüm;
Ne ölüm terleri döktüm nelerden.
Dibi yok göklerden yeter ürktüğüm,
Yetişir çektiğim mesafelerden.

Baudelaire'den aşırılmış olmakla birlikte aşağıdaki üç dizeyi de severim:

Gündüzler size kalsın, verin bana karanlıkları,
Islak bir yorgan gibi bürüneyim,
Örtün, örtün üstüme serin karanlıkları,
(Le vais me coucher sür le dos
Et me rouler dans vos rideaux
O rafraichissantes ténebres.)

Bizim bildiğimiz Necip Fazıl çılgın bir gençti ve çılgınlığını abartmaktan, bunun kalıtımsal kökenleri olduğunu belirtmekten hoşlanırdı. Bunun doğru mu yanlış mı olduğunu bilemem ama, bana kendi anlattığına göre, babası öyle deliymiş ki gerdeğe girdiği gecenin sabahı, "hanım, oğlum nerede? Neden hâlâ doğmadı?" diye hesap sorarak, annesinin gırtlağına sarılmış, boğmaya kalktığı kadıncağızı zor kurtarmışlar elinden.

Necip Fazıl'ın içkisi ölçülüydü. Ama kumar tutkusu sınır tanımazdı. Eşref Şefik ile arasında geçen olayı, İstanbul'un yazar çizer takımında bilmeyen yoktu. Eşref Şefik, annemin çocukluk arkadaşı olduğu için, onun ağzından da dinlemiştik bunu: Eşref Şefik hastaymış; onu yoklamaya gelen Necip Fazıl'a ilaç alması için, bir miktar para vermiş. Necip Fazıl, ilaçları hemen alacağını söyleyip, evden çıkmış. Eşref Şefik beklemiş beklemiş, ne ilaçlar varmış ortada, ne de Necip Fazıl. Sabaha doğru, bir lâzımlığı çişle doldurmuş; ateşi çok yükseldiği halde, pencerenin önünde pusu kurmuş; lâzımlığı kumarhaneden eli boş dönen Necip Fazıl'ın başından aşağı boca etmiş. Bu öyküden de anlaşılacağı gibi, Necip Fazıl'ın yüzsüz bir yanı vardı. Başkalarının evinde kendi evindeymiş gibi davranırdı. Üvey babam Falih Rıfkı Atay, "günün birinde bir de bakacağım ki, bu herif benim pijamalarımı giymiş, yatağımda yatıyor" demişti. Nitekim, buna benzer bir durum oldu: Bir Cumartesi öğleyin yatılı okuldan dönünce, Necip Fazıl'ı yatağıma uzanmış buldum. Benim kırmızı sabahlığımı giymişti. Kıllı bacakları ortadaydı. Necip Fazıl ile hiç de terbiyeli bir kız çocuğu gibi davranmadığım için, "ulan, bu ne hal?" dedim. Kılı kıpırdamadan, pişkin pişkin açıkladı: Tepebaşı Şehir Tiyatrosu'nda, çok beğenilen bir oyunu oynanıyormuş. Temsilden sonra, onu alkışlamak için sahneye çağırıyorlarmış. Paçaları çamurlu ütüsüz bir pantolonla seyircilere gösteremezmiş kendini. Onun için, fırçalanmak ve ütülenmek üzere, pantolonu çıkartıp bizim Rum hizmetçiye vermiş. Bu ve buna benzer başka davranışları yüzsüzlüktü elbette. Ne var ki, Necip Fazıl'ı çok sevimli ve eğlendirici bulduğumuzdan, onun bu şımarıklıklarını hep hoşgörürdük.

Necip Fazıl oldukça kısa boylu, gövdesine göre bacakları fazlasıyla kısa, hiç de yakışıklı sayılamayacak bir adamdı. Gelgelelim, kendisini bir âfet, bir erkek güzeli sanırdı her nedense. Ben, on dört yaşlarındayken, Necip Fazıl'ın üstündeki gömleğe göz koymuş; bu güzel mavi gömleği, benim eski bir gömleğimle değiş tokuş etmesini önermiştim. Hiç de cimri olmadığından, buna hemen razı olmuştu. "Ama ben gömleğimi çıkartırken, sen odada bulunmamalısın" dedi. "Neden bulunmayacakmışım ki? Pantolonunu çıkartmıyorsun, sadece gömleğini çıkartıyorsun" diye karşı koyduğumda, yaptığı açıklamayı hâlâ gülerek anımsarım: Benim yaşımda bir kız çocuğunun, böylesine güzel bir erkek torsosu (Necip Fazıl'ın sevdiği sözcüklerden biriydi "torso"; ikide birde torsosunu överdi) görmesi doğru değilmiş. Çünkü onun torsosunu bir görürsem, ömrüm boyunca bu güzellikte bir torsonun özlemiyle yanıp tutuşacakmışım. Bunu hiçbir başka erkekte bulamayacağımdan ötürü de, hiç kimseye âşık olamayacakmışım, cinsel hayatım kayacakmış.

Bizim şu çok macho toplumumuzda bile, Necip Fazıl kadar erkekliğiyle gururlanan bir kişi görmedim. Gömlek ve torso olayından on yıl kadar sonra, bizim evimizde kalabalık bir toplantıda, Necip Fazıl, oturma odasının ortasına dikilmiş, "Ben!

Erkek! Ben! Erkek!" diyerek, King Kong gibi, ünlü torsosunu yumrukluyordu. Halet Çambel'in yanına gidip, kulağına, "bu işe bir son ver" diye fısıldadım. Halet incecik bir genç kızdı. Ama Türkiye eskrim şampiyonuydu. Takımımızla Berlin Olimpiyatlarına katılmıştı ve şimdi karate moda olduğu gibi, o sırada moda olan jiu-jitsu'yu çok iyi biliyordu. (Bu Japon güreş tekniğini uygulayan elli kiloluk bir kadının, yüz kiloluk bir erkeğin hakkından gelmesi işten bile değildir.) Halet, yavaşça ayağa kalktı, "ben, erkek!" diye göğsünü yumruklayan Necip Fazıl'a gülümseyerek yaklaştı. Sol ayak bileğiyle sağ el bileğini sıkıca tutup, seksen kiloluk Necip Fazıl'ı hop diye omuzuna aldı. Necip Fazıl çırpınıyor; ama Halet'in çelik gibi ellerinden kurtulamıyordu. Halet, omuzunda yükü, evin içinde dolaşmaya başladı. Bizler de kahkahalar atarak peşlerinden gidiyorduk. Yüzü allak bullak olan, tikleri artan Necip Fazıl, "rezil oldum, bırak beni, n'olur" diye fısıldayarak yalvarıyordu. Bizler "sakın bırakma!" diye bağırıyorduk. Sonunda, annem araya girince, Halet, gayet zarif küçük bir omuz hareketiyle, Necip Fazıl'ı bir sedirin üstüne atıverdi. Adamcağızın "ben erkek" gösterileri de bitti böylece.

Necip Fazıl, sadece erkeklik gösterilerini değil, her türlü gösterişi severdi. Beylerbeyi tepelerinde eski bir konakta, kalabalık bir aydın grubuna verdiği şölen, bu gösteriş merakının en eğlenceli örneğidir. O güne değin Beyoğlu'nda kıytırık Rum pansiyonlarında oturan Necip Fazıl, bizleri o konağın zemin katına davet etti. Şatafatlı mobilyalar arasında, inanılmaz bir lüks içinde bulduk kendimizi. Hiç unutmam, büyükçe güzel bir akvaryum bile vardı salonda. Gösterişli yemek takımlarıyla süslü, pahalı ve lezzetli yiyeceklerle dolu bir büfe hazırlanmıştı. Necip Fazıl, yemeğe başlamadan önce, büyükannesinin elini öpmemiz gerektiğini söyledi. Bahçeye gittik. Biri sağda, biri solda iki merdivenle, birinci kattaki balkona çıkılıyordu. Balkonun ortasında, başörtülü yaşlı bir kadın oturuyordu. Bizler sıraya girdik ve diploma töreni yapılıyormuş gibi, sağ merdivenden çıktık, yaşlı kadının elini öpüp alnımıza koyduktan sonra, sol merdivenden indik. Yaşlı kadın hiç konuşmuyor, "sağ ol, evladım" diyordu sadece. Sonradan anlaşıldı ki, o ihtiyar, Necip Fazıl'ın büyükannesi filan değil, konağın sahibesiymiş ve bir süredir kira veremeyen Necip Fazıl, bu el öpme törenini düzenleyerek, kadıncağızın gönlünü alacağını hesaplamış.

O şölende yedik içtik, eğlendik. Necip Fazıl da formundaydı. Çok renkli, çok güzel konuşuyor; hepimizi güldürüyordu. Örneğin, elimdeki sigaradan, dumanlar saçarak bir köprünün altından geçercesine onun dev bacaklarının (daha önce de belirttiğim gibi bacakları fazlasıyla kısaydı aslında) altından geçen küçük bir Şirketi Hayriye vapuruna benzetiyordu beni. "Bir nazar boncuğu kadar sevimli ve saçmasın" diyordu. Gelgelelim sabahın dördüne doğru neşesi filan kalmadı. Bir an önce gitmemizi istemeye başladı. Biz sabah vapuruyla gideceğimizi söyleyince, tikleri arttı, sessizliğe gömüldü.

Sabahın yedisinde telaşının nedeni anlaşıldı: Konağın bahçe kapısına bir kamyon dayandı. Kamyondan inen iki üç hamal, o görkemli mobilyaları, o şatafatlı yemek takımlarını, kamyona taşımaya başladılar. Şeytanın aklına gelemeyecek şeyler Necip Fazıl'ın aklına gelebildiği için, bütün bu lüksü bir geceliğine kiralamış meğer. O sıralarda Boğaz Köprüsü olmadığı, karşı yakaya ancak Harem-Salacak arabalı vapurlarıyla geçilebildiği için, bu lüksü sağlayan şirket, erkenden göndermiş kamyonu. Bu duruma gülemedik. Bir hüzün bastı hepimize. Necip Fazıl'ın kiraladığı ve kirasını veremediği konakta, eski püskü iki sedir, birkaç sandalye ve o güzel akvaryum kaldı kala kala. Akvaryumdaki balıklar aç olduklarından, yatay biçimde değil, dikine dikine yüzüyorlarmış Necip Fazıl'ın daha sonraları anlattığına göre.

Adım soyadım derken, gene başka bir konuya saptım. Annem Şefika'yı, babam Tahsin Nahit'i ve üvey babam Falih Rıfkı Atay'ı anlatacağım şimdi.

Bekârken de, evliyken de, boşandıktan sonra da, annemle her zaman beraber oturdum. Şefika ile aynı evi paylaşmak, çok ilginç olmakla birlikte, fazlasıyla heyecan vericiydi. Sönmüş, ama beklenmedik bir anda yeniden patlayabilecek bir yanardağın kraterinde yaşamaya benzerdi biraz. Annem sabahları gazetede onu öfkelendiren bir haber okuyunca (elbette sık sık karşılaşırdı böyle haberlerle) sanki ben suçluymuşum gibi, bağırıp çağırarak yatak odama dalardı. Ne var ki, ikide birde bağırıp çağırmalarına karşın, bir yandan da rahat edebilmem için elinden geleni yapardı. Alışveriş onun işi olduğu, dadım da yemek pişirdiği için, bütün vaktimi çalışmalarıma verebilirdim. Bana "Küçük Bey" adını takmıştı. Geçim parasını sağladığım için ev işlerinde bana hiçbir sorumluluk verilmemesi, doğru bir şey değildi aslında. Çünkü kızlara da oğlanlara da bazı ev işleri; yatakları yapmak, basit yemekler pişirmek, bulaşık yıkamak filan mutlaka öğretilmeli bence. Bizim evde ise, beni yormamak amacıyla, bunlar hiç öğretilmedi bana. Bir ev işi yapmaya kalkınca da, annem de dadım da "Yapamazsın, beceremezsin" diyerek beni engellerdi. Bu yüzden de, ancak ikisi de iyice ihtiyarladıktan sonra, bunları birazcık öğrendim. Mideme düşkünlüğümden ötürü pişirdiğim bazı yemekler lezzetli oluyor. Örneğin pastırmalı ve sucuklu ünlü kuru fasulyem. Hattâ tohumluk küçücük soğanlarla yaptığım turşumun tarifi bir yemek kitabında bile çıktı. *Shakespeare Ansiklopedisi*'nde adımın geçmesiyle övünmedim de, bununla çok övündüm. Ne var ki, o yemek kitabını yazan tanıdığım olduğu için, "Mîna Urgan usulü soğan turşusu" tarifini verirken, bana bir kıyak yapmıştı kimi dostlarıma göre.

Ev işlerinde pek marifetli değildim, ama bebeklere aşırı düşkünlüğümden ötürü, Dr. Spock'un ve başka uzmanların kitapları sayesinde, çocuk bakımında çabucak usta oldum. Bizim memlekette kafa işiyle geçinen herkesin, işinden kovulunca açıkta kalmaması için, el emeğiyle yapılan bir işi de bilmesi gerektiğine inanırım. İşte bu yüzden, birinci sınıf bir dadı olduğumu anlayınca, çok sevindim. İki yabancı dil bilen bir dadıydım üstelik. Bazen düşünürüm de, 147'lerin listesine girip üniversiteden atıldığım sırada, çeviriler ve özel derslerle didinip duracağıma, yüksek bir ücrete karşılık bir zengin evinde dadılık etseydim keşke. Gelgelelim, o zengin, solcu bir dadıyı evine sokar mıydı acaba? Elektrik onarımında bir hayli becerikli olan Mehmet-Ali Aybar da Hukuk Fakültesi'ndeki doçentliğini yitirince, sırtına âlet edevat dolu bir çanta takıp, "elektrik tamircisi!" diye bağırarak sokaklarda iş aramayı ciddi olarak düşünmüştü bir ara. Ama eşinin ve hepimizin zorlamasıyla, avukatlık etmeyi yeğ tutmuştu sonunda.

Kusursuz bir dadı olarak oğlum Mustafa'ya her zaman ben baktım. Ama ben yokken, annemin de, yaşlı dadımın da çocuğa göz kulak olacakları güveni içinde, haftada üç gün işime gönül rahatlığıyla giderdim. Kendisine çok benzeyen kızım Zeynep'e ise, narsisist bir dürtüyle, annem bebekliğinde el koydu. Bir gün Fakülte'den dönünce, bir de baktım ki, Zeynep'in yatağı, giysileri, oyuncakları, her şeyi, benim odamdan alınmış, annemin odasına taşınmış. Zeynep geceleri ağlıyormuş da, ben sözde duymuyormuşum diye bir de iftira etti bana. Oysa uykum öyle hafiftir ki, bir "çıt" duysam, hemen uyanırım. Altı yaşındaki Mustafa'yı alıp bir yıllığına İngiltere'ye gittiğimizde, narsisist duygularını tam tatmin ederek, kendisine benzeyen iki yaşındaki torunuyla, başbaşa kalan Şefika, çok mutlu bir dönem yaşamıştı.

Doğduğum ay ölen annemin babası Cemal Beyi hiç bilmem. Hariciye Vekâletinde evrak müdürü, yani arşivistmiş. Aileden kalma büyük bir serveti olduğundan, keyif için yapıyormuş bu memuriyeti. İyi ki yapmış da; çünkü anneme küçük bir emekli maaşı kalmıştı. Babasından kalan son gelir de o oldu zaten. Cemal Bey, yüz yıl önce sadece Rumların oturduğu, Büyükada'da bir yığın ev satın alıp, oraya yerleşen ilk Müslümanlardan biriymiş. Sabah İstanbul'a giden, akşam geri dönen bir tek yandan çarklı vapur işlermiş Adalara. Elli altmış yıl önce konuştuğum bazı yaşlı Rumlar, büyük bir saygıyla söz etmişlerdi dedemden. Ancak bir konuda "trelo" yani deli olduğunu söylerlerdi. Çünkü daha kimseler denize girmezken, Cemal Bey çocuklarını her gün denize sokarmış.

Yüz yıl önce Avrupa'da da, ancak hekim kesinlikle tavsiye edince denize girildiğini, Fransız ve İngiliz romanlarından öğrenmiştim. Anlaşılan, yüzmenin bir keyif olduğunun kimseler farkında değildi o sıralarda. Bir kumsaldan, bir kayalıktan ya da bir sandaldan denize girilmezmiş. Tahtadan yapılmış, tekerlekli küçük bir kulübe kullanılırmış. İngiliz romanlarında "bathing machine", Fransız romanlarında da "cabine de mer" deniliyordu suda yüzen bu tekerlekli küçük kulübelere.

Böyle şeyler kullanmadan yüz yıl önce Büyükada'nın sahillerinden çocukluğundan beri denize giren annem Şefika, balık gibi yüzerdi. Öyle uzaklara açılırdı ki, kıyıdan göremez olurdum onu. Öteki çocuklar, "anneni köpek balıkları yiyecek" derlerdi. Ben o çocuklara tekmeler atar; köşelere gizlenip usul usul ağlardım annemin dönüşünü beklerken.

Büyükada'da evleri varmış ama, annemin anlattığına göre, bütün yaz orada geçirilmezmiş: Mayıs ile haziranı Çamlıca'daki köşkte, temmuz ile ağustosu Boğaziçi'ndeki yalıda, eylül ile ekimi de Büyükada'da geçirerek, o günlerin varlıklıları İstanbul'un yaz keyfini iyice çıkarırlarmış.

1890 yılında bile kızlarını denize sokacak kadar yeniliğe açık dedemin, Batı uygarlığına meraklı Avrupa kentlerine sık sık yolculuklar eden, kültürlü bir Osmanlı burjuvası olduğu besbelli. Tıpkı kendisine benzediği için en gözde kızı olan annem on altı yaşına basınca, "artık büyüdün; Avrupa'yı görme zamanın geldi" demiş. Annem, Paris'e götürüleceğini sanarak, çok sevinmiş. Oysa uzak görüşlü babası şöyle demiş: "Hayır, kızım, Paris'e değil, Viyana'ya gideceğiz. Çünkü Paris, Paris kalır her zaman. İleride de görürsün. Ama Viyana, Viyana kalmayacak. Onun için orasını ya şimdi görürsün ya da hiçbir zaman göremezsin."

Annem, ömrü boyunca üç şeyle çok övünürdü: Birincisi, Viyana'yı Birinci Dünya Savaşından önce görmek; ikincisi Chaliapin'i *Boris Gudunov* operasında dinlemek; üçüncüsü de Nijinski'yi dans ederken seyretmek. "Sen bunları görmedin; asla da göremezsin" derdi damarıma basmak istercesine. Viyana'da yaşam olağanüstü zarif ve güzelmiş o sıralarda. İtalya'da dinlediği Chaliapin, çok şımarıkmış, belki de biraz içkiliymiş. İtalyanlar perde kapandıktan sonra, sürekli alkışlayıp bir şarkı daha isteyince, onların yüzüne tükürmüş. Nijinski "*Le Spectre de la Rose*" (Gülün Hayaleti) balesinin sonunda pencereden uçup gitmiş. Ben de, biraz onun damarına basmak için "anne, yapmayın, bir adam pencereden nasıl uçarak çıkar?" diye karşı koyunca, Şefika kızar, "uçtu, düpedüz uçtu" diye direnirdi. Eşi Romola Nijinski'nin kitabında da anlatılır bu. Nijinski sahiden uçuyormuş izlenimini verirmiş seyircilere.

Nijinski deyince, yıllar önce, İkinci Dünya Savaşı bittiği sırada, *Paris-Match* dergisinde gördüğüm bir fotoğraf gelir aklıma: Külüstür giysili, kel başlı, gözleri bomboş, tıknaz ve çirkin bir adam; bir metre kadar bir yükseklikte havada duruyor. Resmen yerden kopmuş, havada öyle duruyor. Dünyalar güzeli Nijinski bu. Meğer şöyle bir durum olmuş: Sovyetler Viyana'yı Nazilerin elinden alınca, Rus askerleri oradaki akıl hastahanesine gidip, yıllar önce deliren ünlü dansörlerini birkaç saatliğine dışarıya çıkarmışlar. Küçük bir meydanda, çevresinde çember kurup, balalaykalarını, akordeonlarını çalarak, onun coşup dans etmesi için uğraşmışlar. Nijinski, bu sevgi çemberinin ortasında, hortlak görmüş bir adamın gözleriyle, uzun süre donup kalmış. Sonra ansızın havaya yükselip ünlü "entrechat huit"ini yapmış. "Entrechat" bir bale figürüdür. Dansör, ayaklarını hızla birbirine çarparak havada yükselir. En usta dansörler ayaklarını havada ancak altı kez birbirine çarparken, Nijinski bunu sekiz kez yapabilirmiş. İşte, fotoğraf da o ânı saptamış.

Ne yazık ki, annem Şefika'nın babası, kızını okula hiç göndermemiş. Ama hem Batılı hem de Osmanlı eğitimi vermiş ona. Bir yandan Fransızcayı ve piyano çalmayı öğrenirken; bir yandan da eve gelen yaşlı başlı sarıklı hocalardan, Kuran-ı Kerim, fıkıh, divan edebiyatı ve tarih dersleri alırmış. Annem tarihe her zaman meraklı kaldı; Cevdet Paşa'yla Naima'yı da, çeşitli Fransız tarihçilerini de hep okurdu. Sokağa çıkabildiği sürece, konserlere ve tiyatrolara giderdi. İyi bir müziği dinlerken ya da güzel bir tiyatro oyununu seyrederken yaşından başından beklenmeyecek heyecanlar duyardı.

Çok kitap okuduğu için, Şefika'nın Fransızcası kusursuzdu. Zaten ona bakılacak olursa, İngilizceyi de, Almancayı da ne denli mükemmel bilirseniz bilin, Fransızca bilmedikçe gerçekten kültürlü sayılamazdınız. O sırada birçok Osmanlı ailesinde olduğu gibi Fransız uygarlığı tam bir egemenlik kurmuştu evimizde. Ben de önce Fransızca, sonra İngilizce öğrendim. Çocuklarımı da Fransız okullarına gönderdim. Çünkü, derdi annem, Fransızca iyi bilen, nasıl olsa İngilizceyi kolayca öğrenir. Oysa İngilizceyi iyi bilen çok güç öğrenir Fransızcayı. Bugün bile, İngiliz Edebiyatçısı olmama "bu iki dil arasında seç; ya yalnız birini ya da yalnız ötekini bileceksin" deseler, Shakespeare'i dilinde okuyamayacağım için gizli gözyaşları dökerek, gene de Fransızcayı seçerdim.

Annem Şefika çok önemli bulduğu, ya da çok anlamlı ve trajik sandığı bir söz söylerken, mutlaka Fransızca söylerdi bunu. Örneğin damadına kızınca, "jö l'ignore" derdi. Evimizin para işlerine bundan böyle ben bakacağımı bildirdiğimde, annem bunu, kendisine yönelen hakaretlerin en son ve en korkuncu saymış, "le dernier outrage" demişti. Oysa, bunu yapmak zorunda kalmıştım, çünkü Parmakkapı'da yirmi iki yıl oturduğumuz Hayat Apartmanından çıkıp Cihangir'e taşınınca; annemin bakkala, kasaba, manava fena halde borçlandığını görmüş; bundan böyle veresiye alışverişin bittiğini, her şeyin peşin ödeneceğini bildirmiş, annemi maliye bakanı mevkiinden alaşağı etmiştim. Annem her zaman irade gösterileri yaparak beni matederken, ben de ömrümde ilk kez, ekonomik bir zorunluktan ötürü, ona kafa tutmak cesaretini bulmuştum.

Kırkına kadar çok varlıklı olan Şefika'nın bizlere her gün kuzu pirzolaları, kuşkonmazlar, salamlar, jambonlar yedirerek, kasaba bakkala borçlanması normaldi elbette. Ama zengin alışkanlıkları sürdüğü halde, serveti tümüyle tükenmişti. Güzel, ama çok akıllı olmayan teyzemin parasını nasıl harcayıp yok ettiğini anımsamıyorum. Dayım kumarda yapmıştı bu işi. Anneme gelince, bunu daha hoş bir biçimde, dış ülkelere yolculuklara çıkarak, ziyafetler vererek, eşini dostunu aileleriyle birlikte evinde aylarca konuk ederek, onlara gereksiz yere borç vererek, kendisi gereksiz borçlanarak, durup dururken lüks ev eşyaları alarak, yani hesap kitap bilmediği için bitirmişti parasını. Örneğin bir Louis XV stili salon döşer, sonra ondan bıkıp Louis XVI mobilyalar alır; çok geçmeden ondan da bıkar, Regency bir salon düzenlerdi. Böylece İngilizlerin "graceful living" yani zarif bir biçimde yaşamak dedikleri şey uğruna yoksul yaşamaya mahkûm olmuştu sonunda. Ailemin sürekli satılan malından mülkünden kala kala ancak iki ev kalmıştı. Büyükada'da maden yokuşunu çıkınca, birbirinin tıpkı eşi olan çifte konaklar. Çok geçmeden onlar da satıldı. Yani ben ancak on beş yaşına kadar bir zengin piçi olmanın ayıbını yaşadım. Annemin bütün parasını yemesinden de son derece hoşnutum. Helal olsun! Çünkü o servet tükenmeseydi ben, ben olmazdım. Çok okuduğum için, annemin deyişiyle, Boticelli adını duyunca, bunu yeni bir çikolata markası sanan karacahil sosyete hanımlarının haline düşmezdim herhalde. Ama kendi ekmek parasını kendi alın teriyle kazanan, meslek sahibi, çalışkan bir kadın olmak onuruna da erişemezdim. Çünkü tembel ve keyif düşkünü bir yanım vardı. Disipline gelemezdim. Hoşlanmadığım konuları okuyup ezberlemeye katlanamazdım. Bu yüzden, liseyi bitirmek zahmetini bile göze alamazdım belki de. Hattâ beni ilgilendirmeyen konulara boşuna vakit harcamaya niyetim olmadığını söylemiş, okulu bırakmaya kalkmıştım bir ara. Ancak sınıf birincisi arkadaşım Halet'in zoruyla vazgeçmiştim bu saçmalıktan. Annemin parasını yitirmesi sayesinde adam olduğumu söyleyebilirim.

Ortaokulu bitirdikten sonra, parasız bir devlet okulunda liseye devam etmem düşünülürken, Arnavutköy Kız Koleji bana bir burs verdi. Böyle bir burs almam için hiçbir neden yoktu aslında. Tembel bir öğrenciydim, ancak İngilizce ve edebiyat notlarım yüksekti. Müdire Miss Burns beni çağırdı ve İngiliz Edebiyatında başarılarımdan ötürü bana bir burs verildiğini bildirdi. Burslu öğrenciler, kitaplıkta, etüdlerde, telefon santralinde filan, günde iki saat çalışmak zorundaydılar. Benden bunu da istemediler. Çünkü hiçbir zaman unutamayacağım bir incelikle, Miss Burns, "böyle işlerle uğraşırsan, kitap okumaya vaktin kalmayabilir" demişti. Gelgelelim, onun gibi gerçek hocalar çoktan ölüp gitti ve otuz yıl sonra aynı okul, üniversiteden atıldığım sırada, solcu olduğum için İngiliz Edebiyatı öğretmenliğini bana vermeyi reddetti.

Babamın ölümünden sonra, ben dört yaşındayken, annem Falih Rıfkı ile evlenmişti. Bu evlilik iyi yürümüyordu. Falih Rıfkı'ya son derece düşkün olduğumdan, ondan başka baba da bilmediğimden, aralarında tatsızlık çıkmaması için, küçükken bile yoğun bir çaba gösteriyordum. Annem saldırıya geçince üvey babamın elini yakalıyor, ceketini çekiştiriyor, "baba, çıkıp gezelim biraz" diye yalvarıyordum. Şişli'deki apartmandan kaçıp, Beyoğlu sinemalarına, kahvelerine, lokantalarına gidiyorduk. O günlerden birinde, Taksim'de şimdi tiyatro olan Majik Sineması'nda, *Nibelungenlied* üstüne bir film görmüştük. Bu Kuzey Avrupa destanında, başkişinin, bir ırmaktan su içerken, çiçekler arasında, sırtından bir mızrakla vurulması, yedi yaşında olan beni çok etkilemişti. Oturduğumuz locada, bir sehpanın üstünde, kocaman pembe abajurlu bir elektrik lambasının bulunmasına da çok şaşmıştım. Perdenin iyi görülmesini engelleyen bu abuk sabuk lamba acaba neden o locaya konulmuştu diye hâlâ düşünürüm. Bir defasında, sözde eğleneyim diye bir Şarlo filmine gitmiştik. Ama Şarlo'nun halleri beni fena halde duygulandırdığı için, ağlaya ağlaya çıkmıştım o sinemadan. Evden akşam vakti kaçınca, çoğu zaman Rejans'a giderdik. Lokantanın şimdi boş olan üst katında, bir küçük orkestra vardı o sıralarda. Balalaykalarla gitarlarla Rusça şarkılar söylenirdi. Falih Rıfkı, orada hizmet eden birbirinden güzel Beyaz Rus kadınlarla kırıştırırken, ben de onların kucağında o şarkıları dinlerdim. Rus halk müziğinin beni hâlâ coşturmasının nedeni bu olsa gerek. Ne var ki, 1979'da bir haftalığına Sovyet Rusya'ya gittiğimde bu güzel şarkıları değil, bayağının bayağısı bir pop müziğini dinleyebildim ancak.

Ben İstanbul'da yatılı okula gidince, Ankara'da başbaşa kalan annemle babamın arası iyice açıldı. Sevgili küçük kardeşim Halil'in, annesiyle öz babasını birleştirmek için bir çaba göstermeye hiç niyeti yoktu. Çünkü annesine tutkulu bir düşkünlüğü vardı; babasının ortadan çekilmesine can atıyordu. Günün birinde, ben on beş yaşındayken, annem Ankara'dan okula telefon etti. Halil'i alıp, İstanbul'a geleceğini bildirdi. "Babam da geliyor mu?" diye sordum. "Senin baban filan yok; boşanıyoruz" diyerek telefonu kapattı. Durumu bana böyle bildirmesini hâlâ bağışlayamıyorum. Karnıma korkunç bir tekme yemiş gibi, iki büklüm çıktım o telefon kulübesinden. Çünkü annem, üvey babamdan boşanınca, Falih Rıfkı'nın artık benim babam sayılamayacağını anlayıvermiştim. Aynı yıl, ayrılmalarından önce, Şefika denilen yanardağ patlamaya geçtiği bir sırada, Falih Rıfkı'ya da buna benzer çok kırıcı bir söz söylediğini çok daha sonraları öğrendim: Üvey babam, Türkiye'nin en iyi cerrahını bulup, beni ameliyat ettirip ölümden kurtardıktan sonra, Ankara'ya telefon edip durumu anneme bildirmiş. Neşeli yapmaya çalıştığı bir sesle "ben ne yaptım biliyor musun? Mîna'yı ameliyat ettirdim" deyince şok geçiren Şefika "benim" sözcüğünü vurgulayarak, "*benim* kızımı ameliyat ettirmeye senin ne hakkın var!" diye bağırmış. Falih Rıfkı da bunu bağışlayamamıştı.

Çok daha sonraları, ben orta yaşlı bir kadınken Şefika, volkanik patlamalarının birinde, hayatını mahvetmekle suçladı beni: Benim yüzümden Falih Rıfkı ile evlenmiş, hayatı mahvolmuş. Evlenmesinin tek nedeni benim Falih Rıfkı'ya düşkünlüğümmüş. Ben bu adama o kadar düşkün olmasaymışım, annem de ya hiç evlenmeyecek ya da başkasıyla evlenecek, hayatı da mahvolmayacakmış. Dört yaşında bir çocuğun, annesini belirli bir adamla evlenmeye nasıl zorlayabileceğini hiç anlayamamıştım. Ama Şefika denilen yanardağının patladığı günlerden biri olduğu için, susmaktan başka çarem yoktu.

Annem, kişisel gelirini yitirir yitirmez, kocasına boşanma dâvâsı açtı. Kendine özgü kusursuz bir mantık yürütüyor, şöyle diyordu: "Eskiden param vardı. Falih Rıfkı'ya tahammül etmek zorunda değildim. Canım istediği için tahammül ediyordum. Artık param yok; Falih Rıfkı'ya tahammül etmek zorundayım. Ama etmeyeceğim." Falih Rıfkı'nın kardeşi Neşet Atay, anneme yalvardı yakardı. "Yengeciğim, yapma, bu çocukları düşün" dedi. "Ayrı otur; onu hiç görmeden İstanbul'da kal; o nasıl olsa Ankara'da. Tut ki, Ankara'da sana gelir getiren bir apartmanın var. Durup dururken, yakar mısın o apartmanı?" Şefika, hiç duraksamadan, "yakarım elbette" dedi. Yakacağından hiç kuşkum yoktu.

Böylece ansızın yoksul olduk. Ama para lâfı etmek o sıralarda son derece ayıp sayıldığından, bu ekonomik krize en küçük bir değinme bile yapılmazdı evimizde. Ben palazlanıp para kazanacak duruma gelinceye kadar, ev eşyası satarak geçindik. Cumartesi öğleyin okuldan eve gelince, bir bakardım ki, Buhara halı yok olmuş. Kaça satıldığını sormak hırtlık sayılacağı için, halı eksikliğinin hiç farkında değilmiş gibi davranırdım. Bir iki ay sonra bir de bakardım ki, Baccarat kristaller yok. Birkaç hafta sonra Sévres porselenler yok. Bir süre sonra gümüş çatal bıçak takımları, vb. İyi ki, evimiz, zevk sahibi eski bir zengin evi olduğundan, alındığı fiyatın yarısının yarısına da olsa, satacak bir hayli eşya vardı gene de.

Annem çalışmayı da denedi bir ara. Ahbaplarından çok kibar bir beyin sahibi olduğu bir dekorasyon ve mobilya mağazasında iş buldu. Ama annemin öyle çekici bir kişiliği vardı, öyle parlak konuşuyor, karşısındakini öyle etkiliyor, egemenliğini öyle yadsınmaz bir kesinlikle kuruyordu ki, müşteriler, kısa bir süre sonra, mağazanın asıl sahibini adam yerine koymamaya başladılar. Bir şey satın alacakları zaman, "biz önce hanımefendiyle danışmak istiyoruz" diyorlardı. Üçüncü sınıf bir tezgâhtar durumuna düşen mağaza sahibi de, tüm kibarlığına karşın, böylesine küçümsenmeye katlanamadığından, Şefika'nın iş hayatı ancak bir iki ay sürdü. Üstelik, elimize hiç para geçmedi. Çünkü annem bir yandan evdeki kıymetli eşyaları satarken, bir yandan da mağazada beğendiği birkaç küçük antikayı, fiyatı maaşından kesilmek üzere, satın almıştı.

Daha sonraları, Edebiyat Fakültesi'nde asistan olduğum sırada, Falih Rıfkı, Anadolu Ajansında bana bir iş önerdi. Fransızca ve İngilizce çevirmenliği yapacak, Fakülteden aldığım maaşın en azından dört kat fazlasını kazanacaktım. Çok sıkıntıda olduğumuz için, hemen kabul ettim. Eve dönüp durumu anneme bildirince, Şefika kıyametleri koparak dedi ki: "Bu bir kariyer değildir. Bir meslek bile sayılamaz. Yarın öbür gün daha pistonlusu gelir, seni o işten atıverirler. Üniversitede kalacaksın. Dişimizi sıkarız, idare ederiz"

Aslan Şefika'nın bu direnci sayesinde mesleğime devam edebildim; profesör oldum sırası gelince. 1960'ta profesörlük utanılacak bir unvan değildi henüz. Şimdiyse, biraz öyle oldu. Birçok namuslu profesörün yanı sıra, başta politikacılar olmak üzere yığınla da namussuzu var. O kadar ki, beni bilmeyen birine "Profesör" diye tanıtılınca, ezilip büzülüyorum. "Ama ben namussuz değilim" demek geliyor içimden.

Şefika'nın kişiliği ne kadar ilginçse, Müslümanlığı da o kadar ilginçti. Tanrıya sonsuz inancı, bütün dinlere büyük saygısı vardı. Ama son din olduğu için, dinlerin en mükemmeli bilirdi İslâmı. Bir yandan Ramazanlarda oruç tutarken, bir yandan da, bu iş henüz moda olmadığı halde, St. Antoine Kilisesi'nde Noel gecesi Katoliklerin âyinine katılırdı ya da Rum dostlarıyla Ortodoks kiliselerinde mumlar yakardı. Bir defasında Ayayorgi Kilisesi'nde, çok yaşlı bir papaz tarafından fena halde azarlanmıştı. Büyükada'da uzun süre oturduğu ve "paramanası" yani sütninesi Rum olduğu için, kusursuz Rumca konuşurdu. Yaşlı papaz da annemi Rum sanmış. Kardeşim Halil ile benim Türkçe konuştuğumuzu görünce de, son derece Müslüman annem gibi hoşgörülü olmadığından, "utanmıyor musun! Neden bir Müslümanla evlendin!" diye ona çatmıştı. Şefika da, gözlerini gökyüzüne kaldırıp derin derin içini çekerek, trajik bir sesle "utanıyorum, ama ne yapabilirdim ki? O Müslümanı sevdim" deyince, Rum arkadaşları katıla katıla gülerek kiliseden kaçmışlardı.

Annem Şefika, Alevilikle hiçbir ilgisi olmamakla birlikte, tam anlamıyla çağdaş ve ilerici bir Müslümandı. Kuran okuduğu ya da camiye gittiği anlar dışında, başını örttüğünü hiç görmedim. Köktendinci yobazların aslâ kabul edemeyecekleri bir Müslümanlıktı onunkisi. Zamana ve mekâna uymak, İslâmın temel ilkelerinden biriydi anneme bakılacak olursa. Bu konuda bir hadis söylerdi sık sık. Bu hadisi, gerçek bir kitaplık uzmanı olduğu için, her şeyi bilen dostum Prof. Jale Baysal'a geçenlerde telefonla sordum. Bir hadisi-kutsiymiş bu. Jale, "tebeddütül zaman, tagayüsül mekân" gibi bir şey söyledi. Ama belki de yanlış anlamışımdır telefonda.

Annemin inançlarına göre, bir yirminci yüzyıl Müslümanı, yirminci yüzyılda nasıl yaşanılması gerekiyorsa, öyle yaşamalıydı. Örneğin, annem domuz eti yerdi. Domuz eti yasağı, domuzun çabucak kokuşan, kurtlarla dolu, sağlıksız bir hayvan olduğu 1400 yıl önceki Arap çölleri için konulan doğru bir yasakmış. Ama günümüz koşullarında, bu et kurtlardan ve pisliklerden kurtulduğuna göre, yenilebilirmiş pekâlâ.

Annem, İslâma ne denli inanıyorsa, laikliğe de o denli inanırdı. Onun gözünde, İslâm, siyasal ve toplumsal bir düzen değil, kendisiyle Tanrısı arasında kutsal bir duyguydu ancak. 1950'den sonra, İslâmın bir oy toplama aracına dönüşmesine şiddetle karşı çıkmıştı. Örneğin devlet radyolarında Mevlitler başlayınca, öfkeden köpürür, bizim emektar Philips'i hemen kapatırdı. Kendisi dost evlerinde ya da camilerde Mevlitlere gider, başını örtüp, huşuyla dinlerdi. Birçok dizesini ezbere bildiği, Türk dilinin en güzel şiirlerinden biri saydığı Mevlit'i dinlemenin bir yeri, bir adabı vardı anneme göre. Oturma odalarında, kimi bir divana uzanmış kitap okurken, kimi sofrayı kurarken, çocuklar bağıra çağıra oynarken dinlenemezdi Mevlit. Aynı yıllarda, namazın Türkçe yerine Arapça okunmasına da yoğun bir tepki göstermişti. Gerçi kendisi Kuran'ın Arapçasını okurdu, ama bu konuda eğitim görmüştü, okuduğunu anlardı. İslâm akla dayanan bir din olduğuna göre, bu eğitimi görmeyen halkın dinlerini anlayabilmeleri için, Kuran'ı Türkçe okumalı, ezanı Türkçe dinlemeliydi.

Annem, Parmakkapı'daki apartmanımızın penceresinden gerici gençlerin "Allahü ekber!" diye bağırarak geçtiklerini görünce, "Allah vermesin! İrtica geliyor, Mîna!" diye bağırmıştı bana. Allah ile irticayı böyle birleştirmesine çok gülmüştüm o sıralarda. Ama buna hiç gülemiyorum şimdi. Ve Aleviler dışında, annem Şefika gibi, hem gerçekten Müslüman hem de irticaya karşı acaba kaç kişi kaldı günümüzde diye acı acı düşünüyorum.

En küçük kusurlarımı yüzüme çarpan annemin, dinsiz olduğum için bana hiç baskı yapmaması din konusunda hoşgörüsünün bir kanıtıydı aslında. Ancak bana hazin hazin bakar, içini çeker, "sana çok acıyorum, kızım" derdi ara sıra. Ben de onun dindarlığıyla uğraşmazdım. Şefika, İslâmın yüceliğini anlatırken, sessizce dinlerdim. Ne var ki, oğlum Mustafa dünyaya gelince, sonunda bir komedyaya dönüşen sinsi bir savaşım yaşamıştık: Annem, ince bir altın zarfla kaplı küçücük bir Kuran'ı, mavi bir kurdelayla torununun bebek yatağına bağlamıştı. (Kendi büyük boy Kuran'ı, ipek bir şala sarılı olarak, yatağının başucunda dururdu.) Annem sokağa çıkar çıkmaz, ben o küçük Kuran'ı Mustafa'nın yatağından alır, annemin yatağına bitişik komodinin üstüne koyardım. Ben sokağa çıkar çıkmaz da, annem küçük Kuran'ı eski yerine koyardı. Bu konuda ne Şefika bir şey söylerdi ne de ben. Derken, günün birinde baktım ki, artık yatağının kenarına tutunarak ayağa kalkabilen oğlum, o küçücük elleriyle minik Kuran'ın zarfını parçalamış, içindeki kâğıtları ağzına doldurmuş, çiğniyor. Elimde olmadan kahkahalar atmaya başlayınca, annem odaya girdi. Bebeğin ağzından Kuran parçalarını çıkarıp avucuna koydu, bir tek lâf etmeden, trajik bir yüzle çıkıp gitti. Kuran savaşımız da bitti böylece.

Gerçekten inanmış bir Müslüman olarak, annem kimseleri lânetlemezdi. Ama birini lânetleyince de, bunu çok ciddiye alır, o adamın akıbetinden kendini sorumlu tutardı: Bir sabah, baktım ki, Şefika elinde bir gazete, donup kalmış. "Anne, ne oldu? Kötü bir haber mi var?" diye sordum. Hiç yanıt vermeden, gazeteyi bıraktı, gitti odasına kapandı. Gazeteyi aldım, ölüm ilânlarını gözden geçirdim. Tanıdığımız hiç kimsenin adı yoktu. Sonra bir haber dikkatimi çekti: Eskiden Millî Eğitim Bakanı olan, faşistliğiyle ünlü berbat bir zat, bir trafik kazasında ölmüştü. Bu ölüme fazlasıyla üzülmeden, anneme haber vermeye gittim, Şefika, suratı beş karış asık, beni tersledi, odasından kovdu. Bunun nedenini bir süre sonra anladım: Trafik kazasına uğrayan zat, benim doçentliğimi onaylamayan, "ölsem de o karının tayinine imza atmam" diyen bakandı. Bunu duyan annem de "öl öyleyse!" demiş içinden. Adam ölünce, annem âhının tuttuğunu sanıp, vicdan azabına kapılmıştı. Onu vicdan azabından kurtarmak için çok uğraştım. O zatın nice üniversite öğretim üyesine, nice öğretmene kıydığı için, yalnız Şefika'nın değil, birçok başka ananın ve eşin kolektif lânetine uğradığını anlatmaya çalıştım. Ama annem, "gene de lânetlememeliydim onu" deyip duruyordu.

Ülkemin tarihinde büyük bir ayıp saydığım Varlık Vergisi sırasında anneme hayran kalmıştım: Oturduğumuz Parmakkapı'da Hayat Apartmanının on iki dairesinin onunda, Varlık Vergisinin gadrine uğrayan gayri-müslimler oturuyordu. Sadece en üst kattaki iki dairede, biz ve başka bir Müslüman aile vardı. Varlık Vergisini veremeyen azınlıkların ev eşyalarına her an el konulabilirdi. Müslümanlardan çok az ya da hiç vergi alınmazken, tanımadığı ve komşuluk da etmediği bu gayri-müslimlerden ödeyemeyecekleri vergilerin istenmesini büyük bir haksızlık sayıp öfkeden köpüren Şefika bir operasyona girişti: Benim yatağım ve eşyalarım oturma odasına götürüldü ve bir gece geç vakit, dış kapı kilitlendikten sonra, apartmanda yoğun bir faaliyet başladı. On dairenin kıymetli eşyaları yatak odama taşındı. O küçük odada üstüste yığılmış otuz kırk halı, on radyo, on ya da daha fazla çatal bıçak ve yemek takımları, kıymetli vazolar, biblolar, gramofonlar, kürk mantolar ve daha neler neler vardı. Apartmanın Sıvaslı kapıcısı Mehmet, bu gizli faaliyetin farkına varmıştı elbette. Adamın "Sayın Muhbir Vatandaş" durumuna düşmesini engellemek için, Şefika bir dinsel tören düzenledi: Gece yarısı, Mehmet, bizim daireye resmen celbedildi. Şefika, o gâvurların bizler kadar iyi insanlar olduklarını vurgulayarak, çok Müslüman bir nutuk attı. Eğer olup bitenleri herhangi birine söylerse, Mehmet'in nasıl çarpılacağını, cehennemde cayır cayır nasıl yanacağını anlattı. Sonra baş ucundaki Kuran'ı getirip şalından çıkardı. Çok duygulanan, nerdeyse ağlayacak hale gelen Mehmet, Kuran'a el basıp, bu konuda konuşmayacağına yemin etti. Yeminini tuttu da. Annemin yıllarca sonra, 1972'de ölmeden birkaç gün önce, o Kuran'ın şalıyla birlikte kapıcı Mehmet'e verilmesini vasiyet etmesinin nedeni de bu olsa gerek.

Çoğu güzel insanlar gibi, annem Şefika'nın da çok belirgin bir Don Kişot yanı vardı: 14 Mayıs 1950'de Demokrat Parti seçimi kazanmıştı. Ülkeye demokrasinin geleceğini sanmış, felâketlerimizin başlangıcı olan bu seçim zaferine aptallar gibi sevinmiştik hepimiz. İsmet Paşanın en çok kötülendiği, hattâ yerin dibine batırıldığı günlerdi.

Bir akşam Fakülteden dönünce, bir de baktım ki, Şefika sokağa çıkmak üzere. Siyah ipek giysilerini giymiş, yıllardır uzun torbasında kapalı kalan renard angenté'sini boynuna sarmış, topuklu siyah iskarpinlerini ayağına geçirmiş, olağanüstü şık bir durumda. "Aman anne, nereye gidiyorsunuz böyle?" dedim hayretler içinde. Şefika "Park Otele" deyince, şaşkınlığım büsbütün artarak, Park Otel'de ne işi olduğunu sordum. Şefika, "Paşayı görmeye gidiyorum" dedi. "Hangi Paşayı?" diye sormak gafletinde bulundum. Şefika, "İsmet Paşayı elbette; başka paşa var mı ki? Neden böyle aptal aptal konuşuyorsun?" diye beni tersleyerek çıkıp gitti. Annemin doğru söylediğini; Mustafa Kemal Paşa ve İsmet Paşa dışında başka paşanın sahiden olmadığını, 12 Mart'ta da anladım 12 Eylül'de de.

Annem 1938'den 1950'ye kadar, yani on iki yıl boyunca, yakından tanıdığı İsmet Paşayı gidip görmeyi hiç aklından geçirmemişti. Kendini millî şef ilân ettiği, paralara pullara resmini bastırdığı için, ona ateş püskürüyordu. Gelgelelim, İsmet Paşa iktidardan da, çoğunun gözünden de düşer düşmez, Don Kişot Şefika, Park Otellere gidip onu görmek gereğini duymuştu. Üç saat sonra geri dönünce, neler olduğunu öğrendim: Şefika açmış ağzını, yummuş gözünü, İsmet Paşanın siyasal yanılgılarını sayıp dökmüş. Bizim akılsız milletin Demokrat Partiden medet umduğunu; oysa onların CHP'den bin beter olacaklarını; Mustafa Kemal devrimlerini ortadan kaldırmak için, ellerinden geleni yapacaklarını anlatmış. Olup bitenlerin sorumlusu olarak da İsmet Paşayı göstermiş. Eğer o, doğru dürüst bir siyaset gütseydi, Demokrat Partililerin iktidara gelemeyeceklerini ileri sürmüş. Gerçi bunların hepsi doğruydu ama, Şefika'nın böyle dobra dobra konuşması, düşmüş bir adama acımasızca saldırması yüreğime indi. "Peki, İsmet Paşa ne yapıyordu siz böyle konuşurken?" diye sordum. İsmet Paşa "Mevhibe, bak, hanımefendi bana neler söylüyor!" diye kahkahalar atıyor, annemin sırtını sıvazlıyormuş. İsmet Paşanın hiç de düşmediğini, ileride yeniden iktidara geleceğini işte o zaman anlamıştım.

Şefika, volkanik patlamalarında bana kıyasıya saldırırdı ara sıra. Başlıca suçlamalarından biri, çocuklarımın her istediğini yapmam, onları fazlasıyla şımartmamdı. "Köle ruhlu" olduğum için, onlara karşı aklı başında bir anne gibi değil, bunak bir büyükanne gibi davranıyormuşum. Bir gün "köle ruhlu! Geri zekâlı! Kıçını kıpırdat! Bir şey yap hayatta!" diye bağırarak beni kasıp kavuruyordu. Ben de susuyor, aptal aptal sırıtıyordum. Bana biraz haksızlık edildiğinin farkına varan, ama Şefika'ya büyük saygısından ötürü ona karşı çıkamayan arkadaşım Şehnaz, annemin değil de ancak benim duyabileceğim hafif bir sesle, "ne yapsın ki hanımefendi, o da profesör oldu işte" deyince, sırıtmalarım kahkahalara dönüştü. Şehnaz'ın ne dediğini anneme aktarınca, o da gülmeye başladı.

Şefika'nın bu çıkışlarına hiç mi hiç kırılmazdım. Çünkü aslında beni sevdiğini, hattâ beğendiğini bilirdim. Üstelik, bana verilen eğitim fırsatları ona da verilseydi, Şefika'nın benim gibi sıradan bir profesör olmakla yetinmeyip, benden kat kat daha başarılı olacağının da bilincindeydim.

Bir kül tablası devirdiğimde ya da bir bardak kırdığımda kıyametleri koparan, beni kasıp kavuran Şefika'nın, gerçek bir felâket karşısında kılı kıpırdamazdı. Örneğin, 1960'ta 147'lik olup Üniversiteden atıldım. Bu durum 28 Ekim'de olduğundan, son maaşımı da alamamıştım. Aile dımdızlak ortada kalmıştı. Solculuğumdan ötürü atılmıştım elbette. Ama kendisi hiç de solcu olmayan annem, beni suçlamayı aklının kenarından bile geçirmedi. Hattâ ancak dört beş kişi o listeye bir fikir suçundan girdiği için, nerdeyse övünür gibi oldu. "Üzülecek bir şey yok, Allah büyüktür, idare ederiz" dedi aslan Şefika. Çocuklarımla birlikte kısa bir tatil yapıp biraz toparlanmam için, beni İznik'e gönderdi. Biz sabah erkenden evden çıkar çıkmaz, telefon çalmaya başlamış. Annem bakmış ki, telefonların ardı arası kesilmiyor. Bir iskemle çekmiş telefonun başına. Eline kalem kâğıt almış; beni arayanların adlarını yazmış. Üç gün sonra eve geri döndüğümde, bir liste tutuşturdu elime. "Tam 97 kişi telefon etti" dedi. Yarısından fazlası da hiç tanımadığım kişilerdi.

Annem hiç okula gitmediği, bugün bildiğimiz anlamda düzenli bir eğitim görmediği, bu yüzden de mesleği olmadığı için, başka alanlarda kullanamadığı tüm yeteneklerini güzel konuşma sanatına vermişti. Dilinden yararlanacağına kaleminden yararlansaydı, iyi bir yazar olurdu herhalde. Ama ne yazık ki, bunu yapamadı. Ben dış ülkelerdeyken yazdığı kısacık mektuplarda, Şefika'nın kişiliğinin zenginliği hiç ortaya çıkmazdı. Oysa konuşmaya başlayınca, herkes susar, ağzı açık onu dinlerdi. Güzel konuşanların çoğu gibi, Şefika da başkalarıyla diyalog kurmaz, tek başına monolog yapardı genellikle. Ancak kendi ayarında kişilerle diyalog kurardı. O zaman da "göreceğiz, sen mi parlaksın yoksa ben mi?" yarışmasına dönüşürdü konuşmalar. Falih Rıfkı ile Şefika karşı karşıya gelince, aynı ipte oynayan iki cambaza benzerlerdi. Falih Rıfkı bir espri patlatır; buna karşılık annem bir espri patlatırdı. Falih Rıfkı başkalarını alaya alır; annem de Falih Rıfkı'yı alaya alırdı. Çocukluğumda, bakalım hangisi daha önce ipten düşecek tedirginliği içinde izlerdim bu cambazlıkları. İpten düşen Falih Rıfkı olurdu çoğu zaman.

İyi konuşanların bir çeşit repertuarı vardır. Annemin anlattıkları da biraz repertuardandı. O öykülerin çoğunu daha önce birkaç kez dinlemiştim. Ne var ki, her defasında küçük eklemeler, yenilikler, çeşitlemeler yaptığından, gene de herkes gibi hayranlıkla dinlerdim annemi. Bazı ahbaplarım, onun konuşmasını gizlice teype almamı bana önermişti. Ama farkına varırsa, Şefika'nın üstüme yürüyüp kıyametleri koparacağını bildiğim için, bunu yapmaktan çekinmiştim.

İyice yaşlandıktan sonra, annemin bir marifeti daha çıktı ortaya. Bu marifetini, herkese değil ancak bana ve çok yakınlarına sergilerdi: Yetmiş yaşındayken, kendi adını verdiği, yani Şefika dediği bir kız çocuğu uydurmuştu. Çok zeki, çok bilmiş, çok yaramaz yedi yaşında bir kızdı bu. Yaşlı bir kadının ağzından, bu küçük kız sesinin çıkmasına şaşar, kulaklarıma inanamazdım. Annem bu çocuğun sadece sesini taklit etmekle kalmazdı. Küçük Şefika'nın çevresindekileri ve yaşamı yorumlayışı, olaylara ve insanlara gösterdiği tepkiler, söylediği her söz; büyük Şefika'nın çocuk psikolojisini ne kadar iyi bildiğini kanıtlardı. Üstelik, tanıdığımız bir çocuğun taklidi değildi bu. Kendine özgü çok çarpıcı bir kişiliği olan, annemin düşgücüyle canlandırdığı küçük bir kızdı. Ve bu küçük kız öylesine gerçekti ki, sesini kapının dışından duyan bir arkadaşım, içeriye girip çevresine şaşkın şaşkın bakmış, "küçük kız nerede?" diye sormuştu bize. Annem, "şimdi öteki kapıdan çıktı; peşinden gidiyorum; yoksa bir yaramazlık yapar" diyerek, çok ciddi bir yüzle odadan gidince, ben kahkahayı basmıştım, delikanlı da büsbütün şaşkına dönmüştü.

Küçük Şefika da, büyük Şefika da, 13 Ağustos 1972'de birlikte gittiler bu dünyadan. Annemin kafası hep pırıl pırıldı; ama bedeni tümüyle tükenmişti. Bu yüzden de ölmeyi istiyordu artık. Ölümünden aylarca önce, ufak tefek kıymetli eşyalarını, saatini, gümüş aynasını, sunî incilerini filân, kendi arkadaşları çoktan yok olduğundan, benim arkadaşlarıma vermişti. Herkes gibi yatarak değil, koltuğuna oturup ölümü karşıladı. Daha önce de söylediğim gibi, 48 saat süren bir komaya girmeden önce, kendi ölüm ilânını dikte etti bizlere. Bu arada son esprisini de yaptı. Artık çok halsiz olduğu için, gazeteleri ben okuyordum ona. 12 Mart 1971 darbesinden yana bir politikacının savını anneme aktardım: Eğer ordu müdahale etmeseydi, bütün Türklerin Sibirya'ya sürüleceğini, Rusların da Türkiye'ye yerleşeceğini söylüyordu bu adamcağız. "Vah! Vah!" dedi Şefika. "Müthiş değişiklikler yapılmış, çok ilginç bir yer olmuş Sibirya. Orasını çok merak ediyordum. Ama Sibirya'ya sürülmeden önce, öteki dünyaya gideceğim ne yazık ki..."

Anneme büyük bir gönül borcu duydum her zaman. Çünkü onun sayesinde meslek sahibi bağımsız bir kadın olabildim. Ben daha on yaşındayken, beni karşısına alır, şöyle derdi: "Sen, kendi ekmek parasını kazanan özgür bir kadın olacaksın. İyi bir evlilik yapmanı çok isterim. Ama canın isterse evlenirsin, canın istemezse evlenmezsin. Eğer evliliğin yürümez de boşanırsan, kendine de çocuklarına da bakacak durumda olmalısın."

On yedi yaşına bastığımda, beni gene karşısına alıp, şöyle dedi: "Bir genç kızsın artık. Bir erkek arkadaşın olabilir. Sana rica ediyorum, dağlarda bayırlarda, ıssız yerlerde gizlice buluşma onunla. Burada evin var, odan var. Arkadaşını buraya getir. Ben de tanışayım onunla."

Ben gene aynı yaşlardayken, hiç unutamadığım bir şey söyledi bana: Kendi kafasını göstererek, "kızım" dedi, "bir kadının namusu belinden aşağısında değil, burada, kafasındadır. Farzedelim ki, parası olduğu için, bir adamla evlendin. Sen namussuz bir kadınsın bunu yaptığın için. O adama bağlı kalsan da, onu hiç aldatmasan da, gene namussuzsun. Çünkü parası yüzünden oturuyorsun o adamla. Asıl orospuluk budur. Para uğruna cinsel ilişki kurmaktır asıl orospuluk. Hiç menfaat gütmeden ve başkalarına kötülük etmeden sevgili değiştiren bir kadına, ben orospu demem, çapkın kadın derim ancak. Senin çapkın bir kadın olmanı istemem. Ama çıkarını kollayan nikâhlı bir kadın olacağına, çapkın bir kadın ol daha iyi."

Annemin böylesine ilerici ve aydınlık kafalı olması sayesinde, törelere bağlı tutucu bir toplumda kadın olarak yaşamanın eziklliğini hiçbir zaman hissetmedim. Şimdi beğenilmeyen o Birinci Cumhuriyet günlerinde, yalnız annem değil, toplum da daha ilericiydi. Mustafa Kemal, kadınları hep yüceltiyordu. Kadınları dışlayan bir milletin çağdaş olamayacağını; uygar bir ülkede kadınların erkekler kadar önemli bir rol oynayacağını vurguluyordu. Kadınları toplum dışı tutmak, onları aşağılamak eğilimi, o sözümona "demokrat" partinin iktidara gelmesi ve gericiliğe ödünler verilmesiyle ancak 1950'den sonra başladı. Bense, çocukluğumu ve gençliğimi bu dönemden önce, başka ve çok olumlu koşullar altında yaşadım. Simone de Beauvoir, *"on ne naît pas femme; on le devient"* (insan kadın olarak dünyaya gelmez; zamanla kadın olur) der. Ben bu olumsuz anlamda hiçbir zaman kadın olmadım, yani erkekler tarafından ezilmedim. Kadın olmanın ezikliğini değil, keyfini yaşadım ancak.

Kaldı ki, toplumun ataerkil olmasına karşın, annemin mutlak egemenliği altında, tam anlamıyla anaerkildi benim ailem. Kadınların bu mutlak egemenliği, annem doğmadan çok önce, onun anneannesinin döneminde de varmış anladığım kadarıyla. Oğullarını, damatlarını ve bütün aileyi sultası altında tutan bu yaşlı Çerkez kadınıyla ilgili beni çok güldüren bir öykü anlatmıştı onun torunu olan Şefika: Çocukluğunda anneannesi tifo olmuş. İyileşmeye yüz tutan tifo hastalarına doktor tavsiyesiyle günde bir kadeh şampanya verilirmiş eskiden. Ama bu belâlı Çerkez kadının bir gâvur içkisi içmeye razı olmayacağı besbelliymiş. Bunun üzerine o sırada on iki yaşında olan annem bir çare bulmuş. Fransız Şampanyası, kırmızı etiketli bir ilaç şişesine boca edilmiş ve her akşam yemeğinde bir kahve fincanıyla hastaya sunulmuş. Büyükanne bayılmış bu ilaca. İyileştikten çok sonra da, ilacını çok "şifalı" bulduğunu, almaya devam edeceğini bildirmiş. (Şefika anneannesini taklit ederek Çerkez şivesiyle anlatırdı bunları.) Ömrünün sonuna kadar, şampanyaları her akşam kahve fincanlarıyla içip durmuş. Ve çok küçükken, Fındıklı'daki yalının rıhtımından bir çamaşır teknesine binip kendini Boğaziçi'nin sularına salıverecek kadar gözüpek olan annem bile, evde terör havası estiren anneannesine gâvur içkisi içtiğini söylemek cesaretini bulamamış.

Bizim ailenin anaerkilliğinin nedeni, kadınların Çerkezliği midir acaba diye düşündüğüm olmuştur. Çünkü annemin deyişiyle "köle ruhlu" sanılan o Çerkez kadınlarının aslında çelik gibi iradeleri olduğunu, erkeklere her istediklerini kolayca yaptırdıklarını çok iyi bilirim. Behice Boran da Çerkez kadınlarının güçlü kişiliklerinin farkındaydı herhalde. Kendisi Çerkez değil, Tatar kökenliydi. Eşi Nevzat Hatko ise, ana tarafından da baba tarafından da has Çerkezdi. Bir gün Behice ile şakalaşırken, "biz Çerkezler şöyleyizdir, biz Çerkezler böyleyizdir" diye övündüğümüzde, Behice demişti ki: "Kuzum Nevzat, sana ne oluyor? Övünecekse, Mîna övünsün. Çerkez erkeklerinde değil, ancak Çerkez kadınlarında iş olduğunu bilmeyen yoktur."

Bizim ailede, bir akşam yemeğine kimlerin çağrılacağından tutun da, çocukların hangi okulda okutulup hangi mesleğe yöneltileceğine ya da erkeklerin kiminle evlenip kiminle boşanacağına kadar, bütün önemli kararları kadınlar verirdi. Erkeklerin de bu kararlara gık demeden boyun eğmekten başka çaresi yoktu. Bir tek örnek vermekle yetineceğim: İkisi de çok gençken, dayımın karısı, aile dostu bir delikanlıyla kırıştırdı, dayımı aldattı. Bunun üzerine, ailenin kadınları harekete geçtiler. Anneannem, annem ve teyzem, perişan bir halde olan dayımı karşılarına aldılar. "Karın sana karşı çok kötü davrandı, bunu biliyoruz" dediler. "Ama o, senin üç yaşındaki oğlunun anasıdır. Çirkin durumlar olmamalı, adı lekelenmemeli. Onun için, suçu kendi üstüne alıp hemen boşanacaksın."

Bu üç güçlü kadına karşı dayıcığım ne yapabilirdi ki? Hemen boşanmaya razı oldu zavallı. Derken, boşanmadan sonra aynı üçlü anaerkil heyet, aile dostu delikanlıya gittiler. Onu da karşılarına alıp dediler ki: "Sen, bu genç kadının hayatını mahvettin, boşanmasına neden oldun. Şimdi tek yapacağın şey, onunla bir an önce nikâhlanmaktır." Aile dostu delikanlının da bu karara boyun eğmekten başka çaresi yoktu elbette. Gerçi yengemin ikinci evliliği ancak bir iki yıl sürdü; ama çok güç bir durumdayken imdadına yetiştikleri için, büyük bir minnet duydu bizim anaerkil ailemizin kadınlarına. Onları her zaman görmeye geldi, büyük bir saygı gösterdi onlara.

Hem annemin ilerici görüşlerinden, hem anaerkil bir ailede yetişmem, hem de çocukluğumu ve gençliğimi kadınlara haksızca davranılmayan bir dönemde geçirmemden ötürü, feminist tanıdıklarımla hiç mi hiç anlaşamıyorduk. (Feminist derken, erkek düşmanı feministlerden söz etmiyorum. Tutumları bana çok korkunç geldiği için, öyleleriyle hiç ilişkim olmadı. Düşünün hele, insanların yarısı, öteki yarısından nefret ediyor. Irkçılığın bundan daha beteri olamaz.) Ben normal feministlerden söz ediyorum, yani benim gibi çok istisnai koşullar altında yetişmeyen, benden çok daha genç olan arkadaşlarımdan. (Zaten, dikkat edilince, feminist çok enderdir benim kuşağımda.) Onlar "kadınlar haksızlığa uğruyor" diyorlar. Bense, "özel hayatımda da, meslek hayatımda da, kadın olduğum için bir haksızlığa uğramadım. 1960'ta yirmi yedi öğretim üyesinden oluşan İstanbul Üniversitesi Edebiyat Fakültesinden sadece beş kişi Profesör olmama olumsuz oy vermişti ve bu red oylarını kadın olduğum için değil, solcu olduğum için vermişlerdi" diyorum. Feministler, "kadının toplumda yeri yok" diyorlar. Bense gerçek bir sosyalizmin bu duruma çare bulacağına inandığım için "bu bir kadın sorunu değil, bir sınıf sorunu" diyorum. "Yüksek sınıftan, eğitim görmüş kadınların toplumda pekâlâ yeri var. Doğru dürüst bir sosyal düzende, sınıflar arasında eşitlik kurulunca, bütün kadınlar haklarına kavuşacak" diyorum. Onlar, "kadınlar, erkeklerin egemenliği altında yaşamaya mahkûm" diyorlar. Bense, "ancak yoksul sınıfın kadınları, işçi kadınlar, köylü kadınlar, eğitim görmemiş kasabalı kadınlar erkeğin egemenliğine boyun eğmek zorunda" diyorum. "Eğer ekonomik bağımsızlığı olan ya da çalışıp geçim parasını kazanabilecek durumda bir kadın, erkeklere boyun eğiyorsa, bu onun kendi kabahatidir" diyorum. Onlar, "ama aileler ve toplum düzeni, varlıklı ve eğitim görmüş kadınları da erkeklerin egemenliğini kabul etmeye zorluyor; kadınlar daha küçükken şartlandırılıyor" diyorlar. Bense, tam ters yönde, erkeklere de hiç kimselere de boyun eğmeyen bağımsız bir kadın olmaya şartlandırıldığım için, "şartlanmasınlar efendim! Eğitim görmüşler, akıllarını kullanıp şartlanmasınlar" diyorum. Onlar "kadınlar eziliyor" diyorlar. Ben, "böyle adaletsiz bir toplumda, böyle bozuk bir düzende kadınlar da ezilir, erkekler de" diyorum. Hattâ, erkeklere bir sorumluluk duygusu verildiği, "sen ailenin babasısın, çoluğunu çocuğunu sen geçindireceksin" denildiği için, erkeklerin kadınlardan belki daha da çok ezildiğini söyleyince, feminist arkadaşlarım üstüme yürüyorlar, beni neredeyse dövecek hale geliyorlar.

Ne var ki, ben, eskiden de şimdi de, onlardan hiçbir zaman korkmadım, görüşlerimi cesaretle savundum. İlkin şunu belirttim: Psikolojik açıdan kadın erkek ayrımını tamamiyle yanlış buluyorum. Çünkü gerçek bir insan, kadınla erkeğin uyumlu bir karışımıdır. Kafa yapısı ve ruhsal yapısıyla salt erkek olan bir kişi, gerçek bir insan sayılamayacağı gibi, kafa yapısı ve ruhsal yapısıyla salt kadın olan bir kişi de gerçek bir insan sayılamaz. Ancak kadınlara özgü bilinen niteliklerle erkeklere özgü bilinen nitelikleri kendi benliklerinde uyumla kaynaştıranlar gerçek insanlardır. Cinsel açıdan değil, ama ruhsal açıdan biraz hermafrodit olmak gerekir, gerçek bir insan sayılabilmek için.

Feminist ahbaplarımı bir hayli şaşırtan bu tezi savunduktan sonra, sosyalizm konusuna geldim: Feministlerin sosyalizmden yana çıkmaları gerekir; çünkü ancak sosyalizm onların sorunlarına bir çözüm getirebilir. Kabahat erkeklerde değil, törelerin ve düzenin bozukluğunda. Erkekler eziliyor ve kendileri ezildikçe, kadınları ezmeye kalkıyorlar. Ezilen kadın da erkekten hıncını almak istiyor. İşverenlerin sömürdüğü erkek, evine gelince, karısını sömürüyor. Kadın da onu sömürmek istiyor. Böylece kadın-erkek ilişkisi, bir sevgi bağı olmaktan çıkıyor, içine hem kinlerin hem de çıkarların karıştığı bir kepazeliğe dönüşüyor, ayrılmalarla sonuçlanıyor.

Boşanma konusunda, yalnız erkeklerin değil, kadınların tutumu da bir rezalet. Çocuklarına bakamayacak durumda yoksul bir kadın, elbette ki nafaka isteyecek kocasından. Bu nafakayı elde etmedikçe de, elbette direnecek boşanmamak için. Ama eğitim görmüş, çalışabilecek durumda, üstelik kişisel geliri olan bir kadının, kendisini istemeyen bir erkekten yasal olarak ayrılmamak için direnmesini, kadınlık onuru açısından çok aşağılayıcı, çok ayıp buluyorum. Sevdiği erkek, başkasına tutulduğu ya da ondan bıktığı için, boşanmak isteyebilir. Bu durum karşısında, bir kadın korkunç bir düşkırıklığına düşer, derin bir acı duyar. Ama o erkeğin derdinden ölse bile, bağrına taş basar, haysiyetli davranır, hemen razı olur boşanmaya. Ben kadınların böyle davranmalarını isterim. Çünkü onların yaratılışları açısından erkeklerden daha duyarlı ve erdemli olduklarına inanıyorum. Oysa ne yazık ki, iş boşanmaya gelince, kadınlar her zaman erdemli davranmıyorlar. Erkeklerini daha çok sömürüp daha çok çıkar sağlamak için ya da salt onu cezlandırmak, öc almak amacıyla, boşanmamakta direniyorlar.

Eskiden TRT'de çok ilginç forumlar yapılırdı. Örneğin bir tarafta annelerle babalar, karşı tarafta çocuklar, ortada da psikologlar ve pedagoglar otururdu. Çocuk-ebeveyn ilişkileri ve sorunları özgürce tartışılırdı. Bir tarafta erkeklerin, bir tarafta da kadınların oturduğu böyle bir forumda, kadınların neler söylediklerini, boşanmamak için ne gibi savlar ileri sürdüklerini duyunca, bir kadın olarak büyük bir utanca kapılmıştım. Aynı utancı izlediğim bazı boşanma dâvâlarında duydum. Genellikle her iki tarafın da dostu olduğumdan, birçok boşanma dâvâsında tanıklık ettim. Kendi sıramın gelmesini beklerken, öteki dâvâlarda olup bitenleri seyrettim. En çok dikkatimi çeken erkek yargıçların her zaman kadınlardan yana çıkmalarıydı. Erkek ne kadar istemezse de, "ben kusurlarımdan kurtulacağım, ben karımı seviyorum" diye ne kadar çırpınsa da, kadın boşanmak isteyince, birkaç celsede şıp diye boşanıveriyor. Gelgelelim erkek boşanmak istiyor da kadın istemiyorsa, dâvâ bir türlü sonuçlanmıyor. Sonunda boşanabilen erkek, kimi zaman ekonomik durumuna uymayan büyük nafakalar vermeye zorlanıyor. Kadının nafaka hakkı öyle kutsal sayılıyor ki, yargıçlar bu haktan yararlanmak istemeyen kadınlara kuşkuyla bakıyorlar. Kendim boşanırken bunu anlamıştım: Avukatım Mehmet-Ali Aybar nafaka dâvâsı açmayacağımızı bildirmiş. Yargıç, "nasıl olur? İki çocuk var, biri dört biri dokuz yaşında?" demiş. Mehmet-Ali de, nafaka talep etmenin müvekkilinin ilkelerine aykırı olduğunu açıklamış. Bunun üzerine yargıç "bakın ne aslan kadın! Çocuklarının geçimini kendi sağlayacak" diye düşünerek beni beğeneceğine, avukatıma kötü kötü bakmış, dudak bükmüş, "ha, anladım, o da sizin gibi" demiş. Yani o da sizin gibi komünist demek istemiş.

Annemi anlatırken, anaerkil aile, feminizm, boşanma gibi başka konulara daldım gene. Kafamın bir mantık silsilesini izleyerek, akıllı uslu bir biçimde ilerlemesi gerekirdi. Ama ne yazık ki, çağrışımlara kapılarak o mantık silsilesinden uzaklaşıyorum ikide birde. Neyse, şimdi esas konuma geri döneceğim. Önce babalarımı –çünkü benim iki babam oldu– sonra da çocukluğumu ve gençliğimi anlatacağım.

Otuz iki yaşında ölen biyolojik babam Tahsin Nahit'i hiç tanımıyorum. O aklıma geldikçe, "delikanlı" babam derim kendi kendime ve şimdi o yaşta bir torunum olabileceğini düşünürüm. Babamın neden bu kadar gençken öldüğü çocukluğumda bana söylenmemişti. Annem de, sevgili nenem de bu acı olaydan söz etmek istemiyorlar, "birkaç gün içinde öldü işte" diyerek, sorularımı geçiştiriyorlardı. Ben de yaşından büyük romanlar okuyan bir çocuk olarak, babamın kendini öldürdüğü kanısına vardım ve bu durumlar kalıtımsal olduğundan, günün birinde ben de intihar edebileceğimi düşündüm. Ancak on iki yaşıma doğru babamın hangi hastalıktan öldüğünü öğrendim: Bir yakınımızın başına gelen bir felâket üzerine, boğazım sıkılıyormuş, nefes alamıyormuşum gibi bir sıkıntı duydum. Annem sokakta olduğu için, bunu üvey babama söyledim. Falih Rıfkı büyük bir telâşa kapıldı. Hemen bir taksi çağırdı; ünlü kulak-burun-boğaz uzmanı Dr. Taptas'a götürüldüm. Falih Rıfkı "polimyozit" gibi bir tıp terimi kullanarak, "bu çocuğun babasının hastalığı da böyle başlamıştı" dedi. Meğer babamın boğaz kasları sıkışmış ve bu yüzden çifte plörezi olarak, birkaç gün içinde ölüvermiş. Şimdiyse bu hastalığın tedavisi çok kolaymış, bir tek enjeksiyonla sıkışan kaslar gevşetiliyormuş.

Babamın şiirlerini okuyunca, fena halde bozuldum. "Adalar Şairi" diye bilinen Tahsin Nahit hiç de iyi bir şair değil. Ama ne yapsın ki zavallı delikanlı? İnsan Türk şiirinin en berbat grubuna yani Fecriâtiye bağlanınca, kötü şairliğe mahkûmdur nasıl olsa. Tiyatro alanında yaptıkları çok daha olumlu sayılabilir. *Rahibe, Bir Çiçek İki Böcek* adı altında Fransız oyunlarını adapte etmiş. Çocukluğumda bunlar ve başka oyunları hâlâ sahneye konulur; hattâ bana telif ücreti verilirdi. İlk oyunu *Jön Türk*'ü yirmi iki yaşındayken, yirmi beş yaşındaki Ruhsan Nevvare Hanımla yazmış. *Jön Türk*'ü Mamak Efendi 1908'de sahneye koymuş. Müfit Ratip bundan önce yazılanlar tiyatro sanatına aykırı düştüğü ve sadece okunmak üzere yazıldığı için, *Jön Türk*'ü Türkiye'de ilk gerçek tiyatro oyunu saymış. Delikanlı babamın daha uzun yaşasaydı iyi bir şair olabileceğine pek inanmıyorum; ama iyi bir oyun yazarı olurdu belki.

Babam, yönetim kurulu üyesi olduğu Darülbedayi'ye, yani Şehir Tiyatrosu'na gelmesi için, ünlü Antoine ile yazışmış. Birkaç mektubunun müsveddelerini okuyunca, şaşırdım kaldım. Çünkü ancak çok iyi eğitim görmüş bir Fransız böyle bir ustalıkla kullanabilir o dili. Demek ki, Tahsin Nahit'in mezun olduğu Galatasaray Lisesi eskiden bu düzeyde bir Fransızca öğretiyordu Türk çocuklarına. Çok okuduğu için babamın Fransızcası öteki mezunlarınkinden de daha iyiydi belki de. Saray çevrelerinde de bunu duymuş olacaklar ki, Sultanın çocuklarına Fransızca dersi vermesi istenmiş. Ama vaktinden önce Cumhuriyetçi olduğu için, o sırada büyük bir onur sayılan bu görevi kabul etmemiş. Hiçbir işte çalışmamış zaten. Oğlunun mesleği sorulduğunda, dedem, "oğlum rantiye efendim, rantı da ben" dermiş.

Edebiyat sözlüklerinde buna pek değinilmez ama, babam, Mekteb-i Hukuk'dan yanı Hukuk Fakültesinden de mezun olmuş. Tenekeden uzun bir borunun içindeki diploması, evimin yük odasının bir köşesinde hâlâ durur. Gelgelelim, yüksek tahsil yapması, kendi marifetinden çok, annemin marifeti: Babamın Çerkez büyükannesi bakmış ki, torunu yedi yıldır Mekteb-i Hukuku bir türlü bitiremiyor. Annemi çağırıp, "kızım, eğer bizim haylaz oğlan o diplomayı alırsa, ikinizi Paris'e göndereceğim; hem de bir yıl kalabilirsiniz orada" demiş. Bunun üzerine annem, babamı bir süre eve kapatmış; karşısına oturup, onunla birlikte hukuk okumuş. Babam diplomasını alınca da, Paris'e gitmişler; annem de tiyatro meraklısı olduğundan, her gece tiyatro seyretmişler.

Ne gariptir, bu hiç tanımadığım babama tıpkı, ama tıpkı benziyormuşum. "Garip" diyorum; çünkü benzemeler, sadece genetik değil, biraz da "mimetique"dir; yani bir çocuk, annesini babasını taklit eder. Kendilerini evlat edinen kadınlarla erkeklere benzeyen çocuklar da vardır. Birçok özelliğimi, örneğin edebiyata ve tiyatroya tutkumu babamdan aldığım kesin. Ama fiziksel görüntümü de ondan almışım. Yüzümle, gülüşümle, el kol hareketlerimle tıpkı onun gibiymişim. Bütün aile söylerdi bunu. Ben on üç on dört yaşlarındayken ölen babaannem, bana bakar bakar, usul usul ağlardı. Belki de bu yüzden çok seyrek olarak, ancak bayramdan bayrama, birisini gönderip, beni Haydarpaşa çayırına bitişik evine getirtirdi. Kendi ördüğü, küçük bir ipek kesede biriktirdiği 25 kuruşları bana verirdi. Çok büyük olduklarından, halk arasında mandagözü denilirdi bu maden paralara. Ben o keseyi alır almaz, Haydarpaşa çayırında kurulan bayram yerine koşar, hepsini harcardım.

Her zaman tehlikeli oyunlardan hoşlandığım için, en sevdiğim eğlence, havada kaymaktı: Bayram yerinin bir ucundan öteki ucuna havada bir tel geriliydi. Telin bir ucunda, makaralı küçük bir trapez gibi bir şey vardı. Yüksekçe bir yere çıkar, o trapezi iki elinizle sıkı sıkı tutardınız; arkanızdan ittiler mi, uçarcasına telin öteki ucundaki yere varırdınız. Bu uçuş sırasında birçok kişi düşüp yaralandığı, hattâ ölenler bile olduğu için, havada kaymak yasaklandı daha sonraları. Bisiklete binmesini bilmediğim halde, bisiklet de kiralardım bayram yerinde. Ben bisikleti aptal aptal iterken, Askerî Kuleli Lisesi'nin üniformasını giyen bir ağabey, durumu gördü. "Ben sana öğreteyim" dedi ve sadece iki öğüt vererek ("önüne bakma, uzağa bak; sağa düşer gibi olunca, gidonu sola çevir, sola düşer gibi olunca, sağa çevir") diyerek on dakikada bisiklete binmesini bana öğretti. Kendisinden bir şey istemeyen dokuz yaşında bir kız çocuğuna yardım eden o Kuleli'yi hep gülümseyerek anımsarım. Ama gene bisikletle ilgili başka bir Kulelili var ki, onu düşündükçe de çok tedirgin olurum: Kırk yaşındaydım o ikinci Kuleliliyle karşılaştığımda. Yazları oturduğumuz Vaniköy'de manav olmadığından Çengelköy'den meyva ve sebze almaya bisikletle giderdim. Kuleli Lisesi'nin önünden geçerken, oğlum yaşında üniformalı bir öğrenci, "inşallah düşersin de, kafan patlar, gebererirsin" dedi. Eğer fazlasıyla süslü püslü, yüzü boyalı, bacaklarını gösteren açık saçık bir eteklik giymiş, çok tahrik edici bir hatun olsaydım bile, bu gencecik çocuğun tepkisini gene de çirkin bulurdum. Ama boyalı filan değildim; üstümde eski bir pantolonla eski bir kazak vardı. Öyle fena oldum ki, hemen bisikletten indim, çocuğa yaklaştım, yumuşak bir sesle "oğlum, ben sana ne yaptım, neden böyle şeyler söylüyorsun?" diye sordum. Çocuk, kin dolu gözlerini bana dikti, sustu. Hiç öfkelenmeden, gene ısrar ettim. Bu kinin nedenini ille anlamak istiyordum. Ama çocuk susuyordu. Kırk yıl sonra bile garip bir üzüntüye kapılırım bu nedenini bilmediğim nefret aklıma geldikçe.

Neyse, Kuleliler ve bisiklet konusuna değinmeden önce, tıpkı benim gibi, bisiklete binmekten hoşlanan babama benzeyişimden söz ediyordum. Bu benzeyişten ötürü, başıma garip şeyler geldi gençliğimde. Yaşlı ve çok zarif beyler, yolumu kesip, Tahsin Nahit'in nesi olduğumu sordular. Asistanlığımda mümeyyiz olarak gittiğim sınav yapılan bir odaya girince, yaşlı bir Fransızca okutmanı, bir hortlak görmüşcesine irkildi. Gözlerini bir eliyle kapattı; sonra elini çekti, gene baktı ve Tahsin Nahit'in nesi olduğumu sordu. Meğer babamın sınıf arkadaşıymış Galatasaray'da.

Babama benzememden ötürü başıma gelenlerin en garibini, onun öldüğü yaştayken, yani otuz iki yaşındayken yaşadım: Vapurla Marsilya'dan İstanbul'a dönüyorum. Ünlü deli doktoru Mazhar Osman aynı vapurdaydı. Onu çok iyi tanırdım; çünkü haftada bir gün, Bakırköy'deki bütün ilginç delileri bir otobüse doldurur, Beyazıt'taki Üniversite Merkez binasının büyük bir anfisinde onlarla uygulamalı bir ders verirdi. Aslında bir psikiyatri dersi değil, doktorla hastalarının karşılıklı show yaptıkları güldürücü olduğu kadar da yüksek kaliteli bir eğlence programıydı bu. Yalnız tıplılar değil, bütün öteki fakültelerin öğrencileri o anfiye üşüşürdü bu gösteriyi seyredebilmek için.

Yanılmıyorsam beş gün süren bu Marsilya-İstanbul yolculuğu sırasında, Mazhar Osman beni görür görmez, gözlerini bana dikti. Genç bir kadına ilgi duyan yaşlıca bir adamın bakışı değildi bu. Beni inceden inceye inceliyor, bir şeyler anlamaya çalışıyordu sanki. "Tamam, hapı yuttum" diye düşündüm. "Kendimi pek normal ve dengeli sanırım. Ama bu deli doktoru gizli ruhsal hastalığımı anladı. Şimdi kesin teşhis koymak için beni gözden kaçırmıyor."

Yolculuğun son günü, meslektaşım Vahit Turhan ile briç oynamakta olan Mazhar Osman beni görünce, elindeki kartları bıraktı, gözlerini gene bana dikti. Sonra, Vahit'in kulağına bir şeyler fısıldadı. "Eyvah! Teşhisi koydu sonunda" diye düşündüm. Derken, Vahit "gel" diye işaret etti bana. Çok ezik büzük bir halde yanlarına gittim. "Kızım," dedi Mazhar Osman, "bunca yıllık deli doktorunu, az kalsın deli ediyordun. Bakıyorum, Haydarpaşa'da yakından tanıdığım, otuz yıl önce ölen bir gençlik arkadaşım, hanım kılığına girmiş, etrafta dolanıyor. O arkadaşımın kim olduğunu ancak şimdi hatırladım. Tahsin Nahit'in nesi olduğunu sordum Vahit Beye."

Ne gariptir ki, delikanlı babam üstüne bazı bilgiyi, bu konuda çok az konuşan ailemden değil, uzaktan tanıdığım Salâh Birsel'in kitaplarından elde ettim. Bu usta dil cambazı, eski İstanbul'u en canlı biçimde anlatan birbirinden ilginç kitaplar yazdı. Babamın adı da sık sık geçer o kitaplarda. *İstanbul'un Gizli Tarihi*'nde Salâh Birsel şöyle der: "Tahsin Nahit ikide birde karşımıza çıktığına ve daha da çıkacağına göre, burada bizim ışıldağımızı az-biraz üstünde tutmamız gerekir. Şairimiz bıkmaz yorulmaz bir edebiyat tiryakisidir." Bundan sonra, babamın, başta Tevfik Fikret olmak üzere bütün Türk şairlerini ve Verlaine, Baudelaire gibi bazı Fransız şairlerinin birçok şiirini ezbere bildiğini söyler. (Babam, çoğu şiirsever gibi, hoşlandığı dizeleri defterlere kopye ederdi. Bir kısmı elime geçen bu defterlerden, onun şiir sevdasının Divan edebiyatından tutun da on dokuzuncu yüzyıl Fransız şiirine kadar geniş bir alanı kapsadığı anlaşılıyor.) Salâh Birsel'e göre, Tahsin Nahit, "Fransızların *vers libre* dedikleri o patlak gözlü şiiri" ilk deneyenlerdendir. Kişiliği için de "yumuşak başlı, gülbeşeker, insansever... bir özelliği de alçakgönüllü olmasıdır" der. Bu, babamı tanıyanların söylediklerine tamamiyle uygun. Salâh Birsel'e göre, "şiirleri pek zingirdektir. Peh peh çekmeye de bayılır." Gerçi "zingirdek"i sözlüklerde bulamazsınız ama, yazarın ne demek istediğini anlıyorum. Çabuk sinirlenir; sinirlenince de meydan okur demek istiyordur herhalde.

Salâh Birsel, *Sanat Olayı* dergisinin Kasım 1981 sayısında *"Ey Dizim, Ey Bacağım"* adlı yazısında delikanlı babamın şehlalığına değinerek, "Tahsin Nahit şaşı bakar (şaşı değil, biraz karışık bakanlardanmış) ama bu, insana dostluk duygusu boca eder" dedikten sonra, onun spor merakına değinir. Bu merak, çok uzun yaşadığı için benim de tanıdığım dayısı Faik Beyden gelmiştir belki de. Anımsadığım kadarıyla Üstidman ya da Üstünidman gibi komik bir soyadı alan büyükdayım, jimnastiği Türkiye'ye ilk getirenlerdenmiş. Öğretmenlik ettiği Galatasaray Lisesi'nde, onun adını taşıyan bir spor salonu varmış. Seksen yaşındayken, elime bir toplu iğne verirdi. Sonra atlet fanilasını çıkarıp, bir Yunan heykeli kadar biçimli gövdesini göstererek, "batır iğneyi" diye emrederdi bana. Ama ne kadar basarsam basayım, iğne, o heykelin pazularına giremezdi. Babaannemin öteki kardeşi Arifî Bey, bu sporcu Faik Beyden çok daha ilginçti. Salâh Birsel, bıyığını traş eden ilk Türk diye söz eder ondan. Ama Arifî Beyin bundan çok daha çarpıcı bir özelliği vardı. Bu son derece yakışıklı delikanlı daha yirmi yaşındayken, kadınlardan ve her türlü dünyevi hazlardan kaçmış, resmen Katolik olmuştu. Fransa'da manastırlara sığınıp orada kırk yıl bir keşiş gibi yaşamıştı. Bu arada bir "Anti-Koran" yani Kuran'a karşı kalın bir kitap da yazdığı halde, papazlar, onu Kutsal Katolik Kilisesi'nin bir rahibi, bir "père" yapmaya yanaşmamışlar, ancak "frère lai" yani manastırda hizmet eden bir keşiş olabilmişti. İkinci Dünya Savaşı'nda Naziler, manastırının bulunduğu yeri işgal edince, Arifî Bey memlekete geri dönmüş, kardeşi Ethem Beyin ailesiyle birlikte Kıbrıslı yalısında oturmuştu. Ben bebekken Fransa'ya kaçtığı için, Katolik büyük dayımı ancak o zaman tanımıştım. Kor gibi yanan kara gözleri, omuzuna kadar inen ak saçlarıyla, yaşlılığında bile son derece yakışıklıydı. Arifî Dayımın Katolikliği, aile içinde her zaman bir şaka konusuydu. Ama ne gariptir ki, adamcağız ölünce, hepimizi bir telâş aldı. Ne yapıp yapıp, onu bir kilisede Katolik bir törenle toprağa vermek istedik ve bunu başarabildik de.

Salâh Birsel, Tahsin Nahit'in çok iyi yüzdüğünü ve futbol oynamaktan çok hoşlandığını söyler. Onun, Galatasaray'ın ilk futbol takımında oynadığını, hattâ kulübün müzesinde adını taşıyan bir madalya olduğunu duymuştum. Salâh Birsel, babamın bisikletçi olarak marifetlerinden de söz eder: "Bisiklet üstündeyken ellerini bırakmaya, bisikleti hoplatıp zıplatmaya ya da hendekler atlamaya pek bayıldığını" belirttikten sonra, benim de birçok kişiden duyduğum bir olayı anlatır: O sıralarda Beyoğlu'na yabancı bir sirkte çalışan bir bisiklet cambazı gelmiş. Cambaz, kocaman bir fıçının içinde marifetlerini gösteriyormuş; dikey bir duvarda yatay olarak fırıl fırıl dönüyormuş. Ama bisikletinin bunları yapmaya uygun, özel ve gizli bir yapısı varmış. Bunu bilmeyen delikanlı babam, kendisinin de aynı şeyi yapabileceğini söylemiş ve sıradan bir bisikletle bu marifeti yapmış da. Salâh Birsel, "bisikletlere taklalar attırır" demekle yetiniyor ama başkalarından duyduğuma göre, bir ayağını seleye, ötekini gidona koyup, bir süre ayakta durarak gidebilirmiş. Ne var ki bütün bu bedensel marifetleri delikanlı babamın gencecik ölmesini engelleyemedi.

Anneme birçok kişi talip olmuş; ama onları reddetmiş, bir aşk evliliği yapmıştı babamla. Evlilikler hep aileler tarafından ayarlandığı için, bir genç kadınla bir genç erkeğin birbirlerini kendileri tanıyarak evlenmek istemeleri, o günlerde bir hayli anormal bir durumdu herhalde. Bu yüzden iki ailenin birleşmesinde hiçbir engel bulunmamasına karşın, anne tarafım da baba tarafım da şaşkına dönmüşler, kuşkulara düşmüşler, bu evlenmeye hemen izin vermemişler. O arada Şefika, evin Rum hizmetçisinin giysilerini giyer; Büyükada'nın Âşıklar Yolu'nda (Çamlar arasındaki patikaya "Âşıklar Yolu" adını babam vermiş zaten.) geceleri gizlice buluşurmuş Tahsin Nahit ile. Ailelerini yola getirip evlenmişler sonunda. Ama babam yaşasaydı, annemle beraber kalırlar mıydı yoksa boşanırlar mıydı diye düşündüğüm olur. Çünkü duyduğuma göre, delikanlı babam biraz çapkınmış. Ama avlayan çapkınlardan değil, avlanan çapkınlardanmış. Yani bir kadın ona göz koyunca, kolayca teslim olurmuş. Bu yüzden annemi birçok kez aldatmış. Şefika bunu doğruladı daha sonraları: Çocukluktan yeni çıkmıştım. Dostoyevski'nin *Budala*'sını ilk kez okuyordum. Kitabın sonunda, Prens Muişkın ile Rogojin, Nastasya Filipovna'nın ölüsünün başında buluştukları o müthiş sahneyi okuduktan sonra, kendimden geçmiş bir halde, anneme koştum. Annem, çok serinkanlı bir biçimde, "kızım, bunlar beni o kadar etkilemez; çünkü bu tür sahneleri kendim yaşadım" dedi. Ve bir hayli trajik bir öykü anlattı: Ağır bir verem geçiren annem, beni doğurduktan bir ay sonra, İsviçre'de Leysin'de bir sanatoryuma gitmiş, orada iki yıl kalmıştı. Bu arada babam, annemin bir uzak akrabasıyla ilişki kurmuş, boşanıp onunla evleneceğini söylemiş. Ama annem geri dönünce, vazgeçmiş bundan. O genç kız da göğsüne bir kurşun sıkarak, kendini öldürmek istemiş. Ağır yaralanmış, ama ölmemiş. Annem, ayrıca hoşlanmadığı bu uzak akrabasının hemen imdadına koşmuş, günlerce ona bakmış. Kız iyileşmiş, akıllı uslu bir evlilik yapmış. Sonra da, pek fazla görüşmemişler. Şefika bana bunu anlattıktan bir iki yıl sonra, tanımadığım bir kadınla karşılaştık yolda. Kadın, annemi görünce, çok telaşlandı, çok duygulandı. "Şefikacığım, nasılsın?" diye, annemin ellerine sarıldı. Şefika, beni göstererek, "İşte Tahsin'in kızı" dedi. Kadın, bana bir baktı, yüzü bembeyaz kesildi. Bir tek şey söylemeden, hızla uzaklaştı yanımızdan. Ölen babama ne kadar çok benzediğimi bir kez daha anladım o zaman.

Üvey babam Falih Rıfkı sayesinde, babamın yokluğunu hiç hissetmedim. O sırada pek para kazanamadığı için, evimize içgüvey geldiğinde, yanında getirdiği tek şey, benim için aldığı oyuncaklarla dolu küçük bir sandıktı. Büyüdükten sonra, o sandığın atılmasına uzun zaman gönlüm razı olmadı. Falih Rıfkı'nın üvey baba olarak tek kusuru, beni fazlasıyla şımartmasıydı belki. Kardeşim Halil doğduktan sonra da ben her zaman ön plandaydım.

Halil yedi, ben de on dört yaşındayken, ona babalarımızın durumunu bildirmeye karar verdik. Annemle ben gerekli açıklamaları yaptık. Halil, öz babamın salonda duran fotoğrafını göstererek, "şu Tahsin Nahit Bey, Mîna'nın babası, değil mi?" diye sordu. "Evet" dedik. "peki, benim babam Falih Rıfkı Bey onun babası, değil mi?" diye sordu. Buna da "evet" dedik. Ama Halil'in üçüncü sorusunda işler karıştı. "Peki, Tahsin Nahit Bey benim nem oluyor?" diye sordu. "Senin hiçbir şeyin olmuyor;

çünkü sen o zaman doğmamıştın bile" dedik. Bunun üzerine Halil kendini yerlere attı, ağlamaya, tepinmeye başladı, "Mîna'nın neden iki babası var da, benim bir tek babam var!" diye bağırarak, korkunç bir kıskançlık nöbeti geçirdi. Kardeşime "Tahsin Nahit Bey senin de baban" demekten başka çare yoktu. Eve bir konuk gelince, kardeşim, babamın fotoğrafını gösterir, "işte benim öteki babam, Tahsin Nahit Bey" diye övünürdü.

Aramızda yedi sekiz yaş fark olduğu için ben, kardeşimin ablası değil, küçük bir annesiydim aslında. Çok daha sonraları asistanı olduğum Halide Edip, "seni ilk görüşümü asla unutamam" demişti. "Bir de baktım, çok ufak tefek, çok sıska bir kız çocuğu, zor taşıyabildiği çok iri bir bebeği kucağına almış. Size kardeşimi göstermek istiyorum" diyerek, yaşından büyük bir sevgi içinde, sendeleye sendeleye bana doğru ilerliyor. Gerçekten de anne bir kardeşim Halil'e çok büyük bir sevgi duydum her zaman. O benim ilk oğlumdu.

Üvey babam Falih Rıfkı, Cumhuriyet ideallerine tam anlamıyla inanmış bir Kemalist olarak başladı meslek hayatına. Yazılarından ötürü, İstanbul hükümeti onu hapsetmişti. Beni görmek istediği için, Bekirağa Koğuşuna annemle gittiğimizi hayal meyal hatırlıyorum. Falih Rıfkı'yı demir parmaklıkların arkasında görünce, "ben babamı istiyorum" diye acı acı ağlamaya başlamışım; üvey babamın da gözleri yaşarmış. Bu durum, öteki siyasal mahkûmları da öyle duygulandırmış ki, daha sonraları çok sevdiğim meslektaşım Macit Gökberk'in babası Şükrü Naili Paşa, "ah, ne kadar da benziyor babasına!" deyip dururmuş. Oysa ben, kara saçlı kara gözlü esmer bir çocuk; Falih Rıfkı sapsarı saçlı, mavi gözlü bir genç adam.

Üvebabam biraz içkili olunca, beni gece yarısı uyandırır, bir masal anlatırdı. Küçük çocuklara, uyuduktan sonra değil, uyumadan önce masal anlatılır. Ama beni uyandırmasına kızmazdım. Masalın hep aynı masal olmasına da aldırmazdım. Üvey babam yüzerken, kocaman bir balığın onu yuttuğunu; o balığın karnında nerelere gittiğini, neler gördüğünü filan anlatırdı. Daha sonraları, bunun Kutsal Kitap'tan Jonah'nın yani Yunus'un öyküsü olduğunu anladım. Altmış yıl sonra, benim

Yunus adlı bir torunum olacağı sanki içine doğmuştu üvey babamın.

Falih Rıfkı annemden boşandıktan sonra da bana kızıymışım gibi davrandı. 27 Mayıs 1960'da Üniversiteden atıldığım sırada, çok da komik bir durum oldu bu yüzden: Millî Birlik Komitesinin bazı üyeleri, 147'ler olayının çok olumsuz karşılandığını görünce, neden bu operasyonu yapmak zorunda kaldıklarını açıklayarak, kamuoyunu kendilerinden yana çekmek istediler. Bu amaçla çeşitli gazetelerin yöneticileriyle görüştüler. Bu arada *Dünya* gazetesine de gittiler. Onlar, "bu profesör hırsızdır, şu profesör eşcinseldir, ötekisi asistanıyla yatmak istemiştir" diye uydurup uydurup bir şeyler anlatırken, sessizce dinleyen Falih Rıfkı, "peki, Mîna Urgan'ın suçu nedir?" diye sorar. "Aman efendim, o sicilli bir komünisttir" derler. O zaman Bedii Faik'in bana anlattığına göre, Falih Rıfkı ansızın parlar. Ayağa fırlayıp, şöyle bağırır: "O komünist filan değil! Bu rezil memlekette hâlâ sosyal adalete ve gerçek bir eşitliğe inanan bir budaladır! Benden daha mı iyi bileceksiniz? Benim kızımdır o!"

Bunu duyunca fena halde bozulan Millî Birlik Komitesi üyeleri *Dünya* gazetesinden kaçarlar. Aynı günün akşamı, dekanı kandırmak üzere Edebiyat Fakültesine gelirler. Dekan da bizim İngiliz Edebiyatı şubesi başkanı Profesör Vahit Turhan. Subaylar, eğer bir haksızlık olduysa, bunun çaresinin aranacağını; suçsuz olanların ileride "onore" edilerek başka görevlere atanacaklarını söylerler. Bunun üzerine Vahit, "bekleyemeyecek durumda arkadaşlarımız var" diyerek, beni örnek verir. Dört kişilik aileme baktığımı ve maaşımdan başka hiçbir gelirim olmadığını bildirir. Bunu duyan Millî Birlik Komitesi üyeleri, birbirlerine şaşkın şaşkın bakarlar. "Aman efendim, nasıl olur? O, Falih Rıfkı'nın kızı" derler. Aile durumumun ayrıntılarını bilmeyen Vahit de, yanıldıklarını, Tahsin Nahit'in kızı olduğumu söyleyince, subayların şaşkınlığı büsbütün artar. Vahit, olup bitenleri bana aktarmıştı. Ben de Falih Rıfkı'ya "komünistliğim yetmiyormuş gibi, sizin bu çıkışınız yüzünden, nesebi gayrı sahih evlat da oldum artık" demiştim. Karşılıklı gülüşmüş durmuştuk.

Gençliğinde Falih Rıfkı, Mustafa Kemal devrimini canla başla savunan bir gazeteciyken, yaşlandıkça idealizmini yitirdi. Her zaman Türkçeyi çok iyi kullanan usta bir yazar kalmakla birlikte, kurulu düzene uymaya başladı. Verdiği ödünler çıkarı uğruna değildi. Bunu kesinlikle biliyorum. Ne parada gözü vardı, ne de yüksek bir mevki kapmakta. Ona büyükelçilik önerilince, duraksamadan reddetti. Salt gününü gün etmek, dostlarıyla akşam sohbetlerinde bir iki kadeh rakısını rahat içebilmek, küçük keyiflerinden yoksun kalmamak uğruna, işin kolayına gitti, kötü bir düzene boyun eğdi.

Falih Rıfkı, güç işlerden ve sorumluluklardan kaçan bir insandı. Çocukluğumda bana düşkünlüğünün nedeni, ona hiç sorun çıkarmamam, tam tersine, annemle ilişkilerini rahatlatmamdı belki de. Falih Rıfkı sorumluluklarını başkalarına yüklerdi. "Halil'e ancak ablası karışır" diyerek, ağır bir psikolojik bunalıma giren kendi öz oğlunun bütün sorumluluğunu benim üstüme yükledi. Kendisi böyle acılara dayanamıyor; benim ise dayanabileceğimi biliyordu. Kendi öz oğlunu on iki yıl yattığı psikiyatri koğuşunda ancak bir tek kez benim zorumla görmeye gitti. Oğlunun sorumluluğunu bana yüklediği gibi, *Dünya* gazetesinin sorumluluğunu da Bedii Faik'e yükledi. Zaten sınırlı olan malını mülkünü ikinci eşine sattıktan sonra, bana bir gün kahkahalar atarak dedi ki: "Bak Mîna, benim artık bir tek kuruşum yok. Gazetede ücretli yazarım. Eğer Bedii Faik beni kovar, karım da boşarsa, bana kim bakacak? Sen bakacaksın elbette!" Ben de gülerek, "bakarım elbette" dedim. Gerçekten de bakardım eğer gerekseydi.

Falih Rıfkı siyasal değişime uğradıktan sonra, onunla kıyasıya kavga ettiğimiz oldu. Karşılıklı bağırıp çağrışırdık. "Senin gibi düşünenleri, bu millet günün birinde asacak" bile dedi bana. Ben de "belki bu millet sizin gibi düşünenleri asar günün birinde" dedim onu tehdit edercesine. Ama bu kavgalar, ne aramızı açtı ne de Falih Rıfkı'ya duyduğum gönül borcuna halel getirdi. Çünkü Falih Rıfkı bir çocuğun babaya gerek duyacağı yıllarda, babam olmuş, beni mutlu etmişti.

İlk konuştuğum dil Ermeniceymiş. Ne gariptir ki, daha sonraları gericiler, imzasız mektuplarla, ad verilmeyen telefon konuşmalarıyla beni tehdit ederken, sanki Ermeni olmak çok aşağılayıcı bir şeymiş gibi, beni Ermeni olmakla suçlarlardı hep. İlk Ermenice konuşmamın nedeni dadım Uskuyi. Uskuyi mükemmel Türkçe bilirdi; ama çocuğu yerine koyduğu benimle ana dilini konuşmak istiyordu anlaşılan. Annem iki buçuk yıl kaldığı İsviçre'deki sanatoryumdan geri dönünce, benimle iletişim kurabilmek için, Ermenice birkaç sözcük öğrenmek zorunda kalmış. Ben bu dili tamamiyle unuttum; ama o, Ermenice sözcükleri anımsar, şakalaşmak için kullanırdı ara sıra. Bilmediği bir dilde konuşmam yetmiyormuş gibi, annemi reddetmişim üstelik. Çünkü Şefika kırk sekiz kilo gittiği İsviçre'den altmış beş kilo geri dönmüş. Onun zayıfken çekilen fotoğrafını gösterir, bülbül gibi Ermenice konuşarak, "sen benim annem değilsin; benim annem işte bu" dermişim. Şefika da bir köşelere gizlenip, ağlayıp dururmuş. Annemin fazla kilolarına çare yoktu; ama Ermeniceme çare bulundu: Dadımı evden, beni de Ermeniceden uzaklaştırmak için, Uskuyi evlendirildi. Kilisedeki nikâh töreninde, iki elimle tuttuğum, nerdeyse kendi boyumda bir mumla çekilmiş fotoğrafım var.

Başka bir Ermeni dadı daha vardı evimizde. Uskuyi gibi genç değil, çok yaşlıydı. Bir genç kızdım onu yitirdiğimizde. Bizden başka kimsesi yoktu. Bütün yakınları, 1915'te ya ölmüş ya da öldürülmüştü. Bunu o bilmez, ama biz bilirdik. Sevgili nenem, dadının çocuklarının ve kardeşlerinin adlarını da bilirdi. Her ay sözde onların birinden gelen mektuplar yazdırırdı bana. Yazdığımı yabancı pullu bir zarfa koyardım. Bu ölülerin bir kısmı Fransa'da, bir kısmı Amerika'da yaşamaktaydı sözde. Elimde kendi yazdığım mektup, "dadı, sana haber var Vartuhi'den, ya da Agop'tan, ya da Artin'den" diye yapay bir sevinçle müjdeyi verirdim. Dadı da bir iskemleye çöker, gerçek bir sevinçle ağlayarak, uydurduğum mektubu dinlerdi.

İşgal yıllarını pek anımsayamıyorum. Uskuyi'nin anlattığına göre, upuzun, kapkara Amerikalı bir deniz eri, beni arabamdan alıp, havalara hop hop atıp tutmuş, sonra da bağrına basmış. Anlaşılan bebekken bile ırkçılığım yokmuş ki, hayatımdan çok memnunmuşum, kahkahalar atıyormuşum. Ama düşmanla işbirliği saydığı bu durum, çok yurtsever bir Türk vatandaşı olan Ermeni dadımın millî duygularını rencide etmiş. Beni Amerikalının elinden kaptığı gibi, arabama oturtmuş, söylene söylene oradan uzaklaşmış. Eskiden puset yoktu. Çocuk arabaları nerdeyse küçük boy mercedeslere benzeyen lüks araçlardı. Aliye Berger'in anlattığına göre, ben o arabada hep ters oturur-muşum. İstemediğim bir yere götürülünce de, yüzü koyun yatarmışım. Aliye, kendisinin hiç yadırgamadığı "tersliklerimin" bir simgesi olarak yorumlamıştı bunu.

Aliye Berger'i de, Şakir Paşa ailesinin bütün üyelerini de, kendimi bildim bileli tanırım. Bunun nedeni, onların da bizim gibi eskiden yazın Büyükada'da oturmaları değil, hısım olmamızdı. Çünkü benim Necmiye teyzem, onların Mithat dayısıyla evliydi ve hem benim hem de onların kuzenleri olan üç çocukları vardı. Şakir Paşa'nın çocukları, birbirinden ilginç, çok canayakın ve bütün canayakın ilginç insanlar gibi, biraz çılgındı. Ancak, Füreya'nın tam anlamıyla aklı başındadır. Ama eşsiz bir kadın olan Füreya'dan söz edemem. Dikkat edilirse, yaşayanları uzun uzun anlatamıyorum bu anılarımda. Çünkü anlatırsam, onlar da ölecek, bir anıya dönüşecek gibi garip bir korku var içimde. (Bunu yazdıktan bir süre sonra korktuğum oldu. Eylül 1997'de Füreya'yı kaybettik. Ölümünden bir ay önce, 7 Ağustosta düşüp üç kaburga kemiğimi kırdığım, korkunç ağrılar içinde kıpırdayamaz hale geldiğim için, cenazesine bile gidemedim.)

Bu aileye merak duyanlar, Şakir Paşanın torunu Şirin Devrim'in anılarına başvurabilirler. Ama çocukluğuma geri dönmeden önce, gene parantezlerimden birini açıp, ailenin en büyük oğlu Cevat Şakir üstüne birkaç söz söylemek istiyorum. Daha sonraları Halikarnas Balıkçısı diye anılan Cevat Şakir'i, çocukluğumda değil, ancak gençliğimde tanıdım. Çünkü ben doğmadan önce babasını öldürmüş, Cumhuriyet ilan edilip genel af çıkıncaya kadar Sinop hapishanesinde yatmış, sonra da siyasal bir suçtan ötürü Bodrum'a sürülmüştü. Ama daha sonraları

Cevat'ı sık sık gördüm. Nisan 1966'da, akrabaları ve dostları, onu İzmir'den aldık, Bodrum'a götürdük. Artemis Oteli'nin üstündeki taraçada bir şölen verdik onuruna. Cevat, yetmiş altı yaşında ve hastaydı o sırada. "Buraya kırk iki yıl önce, iki jandarma arasında gelmiştim" diyebildikten sonra, sustu ve neredeyse ağlayacak gibi oldu. Ben ise, bu yaşlı hasta adama bakarken, eskiden anlattığı bir olayı hatırladım: Cevat Şakir Bodrum'a yalnız palmiyeler değil, görkemli bella sombra'lar da dikmişti. (Sesli ve sessiz bütün harfleri çınlatarak "güzel gölge" anlamına gelen bu adı gümbür gümbür söyleyişini unutamıyorum.) Bodrum'a ilk gelişlerimde birkaçını gördüğüm bu ağaçların Çarşıda olanları kökünden kesildi, betonlar döküldü, bankalar dikildi onların topraktan fışkırdığı yerlere. O sırada Bodrum'a Türkler de gelmezdi, yabancılar da. Ama her nasılsa Comtesse de Noailles arkadaşlarıyla birlikte lüks bir yatla uğramış Bodrum'a. Comtesse de Noailles, güzelliği, çapkınlıkları ve çok kötü şiirleriyle Fransa'da ünlü bir hatundu. Çarşıda gezinirken, bir bella sombra'nın altında durmuş, "acaba bu güzel ağacın adı nedir?" diye sormuş arkadaşlarına, ağacın tepesinde bir budama işi yapan Cevat da, şimşek gibi kaymış aşağıya. Kontesin karşısına dikilip, kusursuz Fransızcasıyla "ça s'appelle bella sombra Madame" demiş. "Peki, sonra ne oldu?" diye sormuştum. Ama Cevat susmuş, dalgın dalgın gülümseyerek uzaklara bakmıştı.

Cevat Şakir, sevgi dolu, melek gibi bir insandı. Baba katili oluşu, bu değerlendirmemi değiştirmez. Babasının yerine bir yabancıyı öldürmesini çok daha korkunç sayardım. Bu bir paradoks değil; çünkü çoğu erkekler en büyük çatışmalarını babalarıyla yaşarlar, sevgiyle karışık en acımasız kinlerini onlara karşı duyarlar. Bir öfke ve çılgınlık ânında, yapamayacakları şey yoktur. Cevat Şakir de işte böyle bir öfke ve çılgınlık ânı yaşamış. Babası silâhına davranınca, o da silâhına davranmış ve olan olmuş. Baba ölmüş; oğul da ömrünün sonuna dek ölümden beter bir acıyı çekmeye mahkûm olmuş.

Okuyucularını, insan ruhunun karanlık uçurumlarına daldırıp daldırıp sonra gün ışığına çıkartabilen Dostoyevski, *Kara-*

mazof Kardeşler'de "kim istemez ki babasının ölümünü?" diye sorarken, insanla ilgili her şeyi anladığı gibi, bunu da anlamıştı. Kaldı ki, Cevat babasını severdi. Bir akşam, "sen daha doğmamıştın, onu tanımadın" diyerek, uzun uzun ve sevgiyle ondan söz etmişti. Cevat bana bir katil görünmedi hiçbir zaman. Hiç kan dökmedikleri halde, ondan bin kat daha katil insanlarla dolu yeryüzü.

İşgal yıllarını anımsamıyorum ama, 1960'lı yılların sonunda annemin bir tepkisini hiç unutmadım: Sinemadan çıktıktan sonra, kahve içmek için bir pastahaneye gitmiştik. Annemin oraya ayak basmasıyla kendini dışarı atması bir oldu. Yüzü sapsarıydı. "Anne, ne oldu?" diye sordum. "Orada oturamam; işgal günleri aklıma geldi" dedi. Kapıdan döndüm, içeriye baktım. Pastahanenin bütün masaları Amerikalı deniz erleriyle doluydu.

O günleri anımsamamama karşın, zaferden sonra Türk ordusunun İstanbul'daki geçit resmiyle ilgili çok net bir anı var aklımda: Babıâli'de Falih Rıfkı'nın çalıştığı *Akşam* gazetesinin penceresinden caddeyi seyrediyoruz. Coşkulu alkışlar arasında çok yorgun, çok bitkin görünen atlı bir alay geçiyor. Ellerinde tuttukları mızrakların ucundaki üçgen biçiminde küçük beyaz bayraklarda kan lekeleri var. "O kan, mızrağın ucuna kadar nasıl sıçramış?" diye soruyorum. Kimse yanıt vermiyor soruma. Alayın başında, at üstünde, hiç de bitkin görünmeyen, ufak tefek, çakı gibi bir adam: Refet Paşa.

Refet Paşayı, çok daha sonraları, o yaşlı bir adam, ben de genç bir kadınken tanıdım ve "kur yapmak" denilen unutulmuş sanatın ne olduğunu onun sayesinde öğrendim. Refet Paşa bu sanatın bir ustasıydı: Herkesin bir kompleksi vardır. Bende de ses kompleksi var. Sesim fazla kalın diye hep üzülürüm. Telefonda "beyefendi" dediklerinde, fena halde bozulurum. Bunu sanki hisseden Refet Paşa, bana yaptığı kur sırasında, ilkin o kompleksten kurtarmak istedi beni. Ben odaya girmeden önce, dışardan sesimi duymuş. Beni kırk yaşlarında boylu poslu olgun bir kadın sanmış. Sonra gencecik ufak tefek bir kız girmiş odaya. Görüntümle sesim arasındaki aykırılığın ona ne denli çekici geldiğini; sesimin bir viyolonsel sesini andırdığını uzun uzun anlattı. Ona inanmadım, ama mest oldum gene de. Sonra başka bir kusurumu, cımbız değmemiş, fazlasıyla kalın kaşlarımı ele aldı. Onları da, hiçbir kadının kaşlarına benzemediği için, uzun uzun övdü. Kendimde kusur bildiğim özelliklerimi böyle birer birer överken beni baştan çıkarmak gibi bir niyeti hiç mi hiç yoktu. Kur yapmak sanatını icra ediyordu sadece.

İhtiyarlar yaşlandıkça geçmişe geri döner, eski günlerini, çocukluklarını daha iyi anımsarlarmış. Bense, nerdeyse hiç anımsamıyorum çocukluğumu. Çocukluk anılarım, kendi hatırladıklarım değil, başkalarının bana anlattıkları. Anlatılanlar ise, öyle ürkütücü, şimdiki kişiliğime öyle aykırı ki, çocukluğumu anımsamak işime gelmiyor belki de diye düşünüyorum. Bu konuda konuşanların en çok kullandıkları sözcük "acayip". Bende kusur görmek istemeyen sevgili nenem bile, bana bakar bakar, "çok acayiptin, Mîna, çok acayip. İyi ki değiştin" derdi. Annem de aynı şeyi söylerdi. Bir tek üvey babam kullanmazdı bu sözcüğü.

Yakınlarım, "acayipliğimin" nedeniyle ilgili aydınlatıcı bilgi vermeye pek yanaşmazlardı. Anlaşılan, bir çocuğun normal yaramazlıklarının sınırlarını aşan bir acayiplikti bu. Genç kız olduğumda, annemin bir arkadaşı, gözyaşlarını zor tutarak, bana bir itirafta bulundu: "Mîna" dedi, "senin yüzünden az kalsın katil olacaktım. Hem de katillerin en korkuncu, bir çocuk katili." Meğer kadın Ankara'ya gidecekmiş. Gidiş tarihi de, benim yarımyıl tatilimin tam başlangıcına isabet ediyormuş. Annem, "kızımı da beraberinde getir" demiş. Beni yakından tanımayan kadıncağız kabul etmiş. Haydarpaşa istasyonunda teslim edilmişim ona. O sıralarda aşağı yukarı yirmi saat süren tren yolculuğunda kimbilir neler yapmışım ki, kadıncağız bir ara vagonun kapısını açıp, beni dışarıya atmayı düşünmüş. Vicdan azabından nerdeyse ağlayarak, "çöp gibi bir şeydin, seni kolayca aşağıya itebilirdim" dedi. Onu avutmak için, "itseniz de, nasıl olsa ölmezdim" dedim. Çünkü sıskaydım, ama çok çeviktim. Belki bir kedi gibi, dört ayak üstüne düşerdim o tren yoluna.

Sadece tehlikeli değil, ölümcül denilebilecek oyunlardan hoşlanırdım. Büyüdükten sonra yaşama yönelen ben, hep ölüme yönelirdim sanki. Geceleri yatağımdan kaçar, en büyük ağaçların en tepelerine tırmanırdım. Tepedeki ince dallar daha kolay sallandığı için, o ince dallara biner, "teyyare oldum, uçuyorum" derdim. (Uçak sözcüğü henüz yoktu o sıralarda.) Mart kedileri gibi damlarda gezinmek ayrıca keyif verirdi bana. Bu dam keyfim daha sonraları da sürdü. Üniversite öğrencisiyken, Abidin Dino'nun atölyesinin bulunduğu Komando Han'ın en üst katındaki teraçadan damlara tırmanırdım. Abidin, "kendine gel Mîna, hemen in aşağıya!" diye bağırırdı. Çocukluğumda saklambaç oynarken, belime sardığım ipin bir ucunu bir ağaca bağladım, kendimi bir kör kuyuya salıverdim. Gerçi öteki çocuklar beni bulamadı, ama kuyudan çıkamıyordum. Yiğitliğime halel gelmesin diye, onları imdada da çağırmıyordum. Sonunda çocuklar, kaybolduğumu haber verdiler büyüklere. Nerede saklandığım anlaşıldı. Zavallı annem, o kuyunun başında fenalık geçirdi. Bahçıvan, beline kalınca bir ip bağladı. İpin öteki ucunu da dört kişi tuttu. Kuyuya inip, beni kucağına aldı, yukarıya taşıdı. Teşekkür edeceğime, küçük düştüğüm, rezil olduğum duygusuna kapıldım; sağa sola tekmeler atarak, kaçtım oradan.

Bir kız çocuğu değil, bir erkek çocuğuydum. Pantolon modası şimdi olduğu gibi yaygın değilken, okul dışında, ya pantolon ya da şort giyerdim. Saçlarım kısacıktı. Beni tanımayanlar, oğlan sanırlardı. Üç yaşındayken oğlum Mustafa, çocukluk resimlerime bakarken, "anne, sen kaç yaşında kız oldun?" diye sormuştu. "On iki yaşımdan sonra" demiştim büyük bir ciddiyetle. Ne var ki, on iki yaşından önce de kız çocuğuydum aslında. Çünkü dokuz yaşındayken, kırkında bir adama fena halde âşık olmuştum. Bizler gibi, yazları Büyükada Yat Klubü'nde oturan, saçları kırlaşmış, koyu mavi gözlü, çok yakışıklı bir Yahudiydi. Çevresinde daireler çizerek dolanır, ona uzaktan bakıp dururdum. Adam da beni pek severdi. Yaklaşıp kucağına almak isteyince, suçluluk duyguları içinde, ağlayarak kaçardım yanından. Öyle bir bunalım içindeydim, öyle derin aşk acıları çekiyordum ki, durumun farkına varan Şefika, sonraları bana söylediğine göre, o yaz, her zaman olduğundan daha önce Şişli'deki apartmana geri dönmemizi ayarlamıştı.

Ne var ki, bir yandan kadınlara özgü duygular içinde kıvranırken, bir yandan da erkek çocuk olarak yaşamaya devam ediyordum: Arnavutköy Kız Koleji'ne gidinceye kadar bir tek kız arkadaşım yoktu. Hem erkek çocuk, hem de çok belâlı bir erkek çocuktum. Biraz kızınca, oğlanlara saldırır, onları döverdim. Bunu ancak on iki yaşına kadar yapabildim; çünkü o yaştaki kızlar, aynı yaştaki oğlanlarla aşağı yukarı aynı boydadır. Sonraları oğlanlar boy atarlar; kızlar ise, ya çok az ya da hiç uzamazlar. On dört yaşındayken, oğlanların yanında kısacık kaldığımı unutup, futbol oynarken bana çelme taktığı bahanesiyle bir çocuğu dövmeye kalktım. Oğlan, beni bir güzel pataklayacağına elinin tersiyle şöyle bir itti. Çok fena oldum. Çünkü beni dövmeye bile tenezzül etmemişti. Bundan böyle, erkek çocukları dövmekten vazgeçmem gerektiğini anlamıştım.

Erkek çocuk olarak, bebek de oynamazdım elbette. Huyumu suyumu bilmeyenler, bebek getirince, hediyeyi dakikasında parçalardım. Ancak otuz dört yaşındayken, oğlum Mustafa dünyaya gelince, bebek oynamaya başladım. Onu yıkamaktan, saçlarını taramaktan, soyup giydirmekten haz aldım; tıpkı kız çocukların oyuncak bebeklere bunları yapmaktan haz aldıkları gibi.

Galatasaray Kulübü'nün ilk futbol takımında oynayan delikanlı babama çekmişim herhalde. Çünkü en sevdiğim oyun futboldu. Güzin Dino'nun anılarını okuyunca, futbol seven tek kız çocuğunun kendim olmadığını anladım. Büyükada Yat Kulübü'nün bakımlı bahçelerinden, Şişli'deki lüks apartmandan kaçar, sokaklarda, arsalarda, çoğu zaman Rum oğlanlarla futbol oynardım. Nerdeyse bütün sporları yaptım gençliğimde. Yüzdüm, basketbol oynadım, voleybol oynadım, tenis oynadım, kayak kaydım. Ama bunların hiçbiri, futbolun verdiği hazzı veremedi bana. Takımın tek kızıydım. Öyle kalede filan pineklemezdim de. Senter oynardım. Sonra, on üç on dört yaşına doğru, göğsümün üst kısmında bazı gelişmeler oldu. O gelişmeleri gizlemek için, annemin eski korselerini göğsüme taktım, futbola devam ettim. Taksim'de, şimdi gezi olan yerde bir stadyum vardı eskiden. Gazi Mustafa Kemal Paşa günlerinde, erkeklerin kadınlarla yaşamayı öğrenmeleri, birlikte bir yerlere gidip hoş vakit geçirmeleri amacıyla, belki de erkeklerin hakemlere daha az galiz küfürler etmelerini sağlamak için, kızlarla kadınlar bedava girerlerdi o stadyuma. Ben ise, hiçbir önemli maçı kaçırmazdım.

Gelgelelim, on beş yaşından sonra futbolu bırakmak zorunda kaldım ve eski yosmalar yaşlanınca olağanüstü erdemli görünmeye özen gösterdikleri; artık aşiftelik edemediklerinden, kendilerinden genç kadınları aşifte olmakla suçladıkları gibi, ben de futbol oynayamayacak yaşa gelince, futbola düşman kesildim. Futbol merakını baltalamak için, elimden geleni yaptım. Portekiz'i yıllarca yöneten diktatör Salazar'ın, "3F" sayesinde ülkesinde egemenlik sağladığını ikide birde anlatıp durdum. Bu 3F'den birincisi Fado (Portekizlilerin bizimkinden kat kat daha güzel olan arabesk müziği), ikincisi Fatima yani din (çünkü 1917'de Fatima adlı bir köyde Meryem Ana üç küçük çocuğa sözde görünmüş ve orası bir hac yeri olmuştu), üçüncüsü de futboldu. Futbola karşı tepkimi ikide birde dile getirerek, bu milletin futbola gösterdiği merakı siyasete gösterseydi, ülkenin birçok sorununun çözümleneceği konusunda nutuklar attım vb.

Futboldan, erkek çocukluğumdan ve "acayipliğimden" sıyrılıyordum büyüdükçe. Ne var ki, on bir yaşımı daha tamamlamadan Amerikan Kız Koleji'nde yatılı olarak okumaya başladığım sırada gene biraz "acayipmişim" benden dört beş sınıf büyük olan Behice Boran'ın ve başkalarının anlattıklarına göre. Bir yandan akıllara sığmaz yaramazlıklar yapar; bir yandan da başıma çiçekten çelenkler takıp, o kocaman bahçenin ıssız köşelerinde Fransızca şiirler okuyarak tek başıma gezinirmişim meselâ.

Ama on iki yaşına doğru, bu "acayipliğimden" kurtulmak, herkes gibi akıllı uslu olmak için, çok bilinçli olarak büyük bir çaba gösterdim. Ve on beş yaşına kadar süren futbol tutkusu bir yana, normal bir kız çocuğu olmayı başardım da. Ailemin zavallı erkekleri gibi ezilmek istemediğimden, kız olmaktan hoşnutluk duymaya da başladım. Herkes gibi, benim de kız arkadaşlarım oldu. Kendim gibi biraz erkek çocuğuna benzeyen, üstelik bütün çocuklar aptallar gibi bir an önce büyümeye can atarken, "iyi ki hâlâ çocuğuz" diye sevinebilecek kadar sıradışı ve de üstün zekâlı olan Halet, Oscar Wilde'ın *The Ballad of Reading Gaol*'inden bazı dizeleri ezbere okuyarak, gönlümü fethetti bu arada.

"Acayiplik" dönemimde, sokaklarda ve arsalarda top peşinden koştuğum bir iki saat dışında, bütün vaktimi kitap okumakla geçirdiğim halde, okula gitmek istemezdim. Yedi yaşındayken Bomonti'de bir özel okula gönderdiler. Ama kısa bir süre sonra, oradan almak zorunda kaldılar. Ne gibi bir vukuat yüzünden okuldan ayrılmam gerektiğini anımsamıyorum. Sonra, dokuz yaşındayken, annemle üvey babam Ankara'da oldukları için, Mühürdar'da oturan neneme yakın olsun da hafta sonları ona gidebileyim diye, Kadıköy'deki Notre Dome de Sion'a yatılı konuldum. Ama bu defa, vukuata neden olan ben değil, üvey babamdı: Falih Rıfkı ile o sırada Dahiliye Vekili yani İçişleri Bakanı olan Şükrü Kaya, bir iş için İstanbul'a geliyorlar birkaç günlüğüne. Ankara'ya dönecekleri gece, bir yerlerde yemek yiyorlar ve bir güzel içiyorlar. Haydarpaşa'dan trene binmeden önce, üvey babam beni ille görmek istiyor. Gecenin saat onunda, okulda herkes derin bir uykudayken, Dame de Sion'un kapısına dayanıyorlar. Rahibeler kapıyı açmak istemiyor doğal olarak. Üvey babam, "ama ben Ankara'ya dönmeden önce kızımı görmek istiyorum" diye sızlanıyor. Şükrü Kaya ise, çok iyi bildiği Fransızcasıyla ben İçişleri Bakanıyım. Kapıyı açın; yoksa okulu kapatırım" diye gümbür gümbür bağırıyor. O sıralarda yabancı misyoner okullarını kapatmak gibi münasebetsiz bir eğilim olduğundan, zavallı rahibeler telaşa kapılıyor. Mère Supérieure, yani baş rahibe yataktan kaldırılıyor. Çaresiz kalıp, bu iki belâlıya kapıyı açıyorlar. Beni uyandırıyorlar, giydiriyorlar, görüşme yerine indiriyorlar. Uyku sersemi olan ben, bir düş mü görmekteyim yoksa üvey babam sahiden karşımda mı hiç bilemiyorum.

Ertesi gün, Falih Rıfkı Ankara'ya dönünce, "çocuğu o okuldan hemen alacağız" diyor. Annem, "gene saçmalama Falih, mart ayında çocuk okuldan alınamaz" diyor. Ama Falih Rıfkı, belki ömründe ilk kez Şefika'ya resmen kafa tutuyor. "Kızı öldürecekler orada!" diye bangır bangır bağırıyor. "Onu tepeden tırnağa siyahlara bürümüşler. (Görüşme yerinin loş ışıklarında, okulun lâcivert üniformasıyla lâcivert çoraplarını siyah görmüş anlaşılan.) Çocuğun canlılığı kalmamış. Beni gördüğüne sevinmedi bile. Yanıma gelmedi. Sanki korkuyormuş gibi uzaktan baktı. Çocuk oradan hemen alınacak ve gelecek yıl, tam tersi bir okula, Arnavutköy'deki Koleje konulacak!" diye direniyor. Eşinin böylesine kesin ve kararlı bir tutum benimsemesine hiç alışık olmayan Şefika, boyun eğmek zorunda kalıyor. Beni o okuldan çıkarıp Ankara'ya götürüyor.

İşin tuhafı, Kadıköy'deki Notre Dame de Sion'da geçirdiğim günleri hatırlayacak bir yaşta olduğum halde, o altı ayı hiç mi hiç anımsayamamam. Kadıköy'deki Notre Dame de Sion deyince, kafamda bir boşluk oluyor sanki. Bu boşluğun nedenini, çok daha sonraları aynı okulda ve aşağı yukarı aynı yıllarda öğrenci olan Nimet Arzık'ın anılarını okuyunca anladım. Rahibeler, sözde öğrencilerin iyiliği için, tüyler ürpertici yöntemler uyguluyorlarmış. Bir tek örneği, "don temizliği teftişi" örneğini vermekle yetineceğim: Küçük kızlar, yanyana diziliyor. Hepsi donlarını çıkarıyor ve rahibeler birer birer inceliyorlar bu donları. Donu yeterince temiz olmayan, arkadaşlarının önünde cezalandırılarak aşağılanıyor. Bu don teftişine ben de dokuz yaşındayken katılmak zorunda kalmıştım büyük bir olasılıkla. Kafamdaki boşluk belki de bu yüzden. Benliğimi koruma mekanizması harekete geçti; o okulla ilgili her şeyi unutmak istedim,unuttum da.

Nimet Arzık'ın anılarını okuyunca, beni Kadıköy Notre Dame de Sion'undan kurtardığı için üvey babama her zaman duyduğum gönül borcum büsbütün arttı. ("Minnet" diyeceğime, "gönül borcu" demeyi yeğ tutuyorum. Çünkü hem sevgili öğrencim, hem de değerli meslektaşım olan ve elli bir yaşında ölen Akşit Göktürk bildiğim kadarıyla ilk kullanmıştı bu güzel sözcüğü.) Gelgelelim, her felâketin bir olumlu yanı vardır derler: O okulda geçirdiğim altı ayda, Fransızcanın temel kurallarını az çok öğrenmiştim. Daha sonraları da, bu dili sürekli okuyarak Fransızcamı ilerlettim.

Çocukluğumdan beri tek değişmeyen yanım kitap okumamdır. Okumak bir çeşit organik gereksinimdir bende. Günde hiç olmazsa iki üç saat okumayınca, afyondan kesilmiş bir bağımlıya döner, bir "yoksunluk nöbeti" geçiririm. "Acayiplik" dönemimde çok garip pozisyonlarda, yere yüzükoyun yatıp, bir elimle de ayakbileklerimin birini tutarak okurmuşum. Yatılı okulda, gündüzleri yeterince okuyamayınca, geceleri battaniyelerin altında el feneriyle gizlice okurdum.

Az ömrüm kaldığı için, kitapları seçerek, çok özenle seçerek okuyorum artık. Kısıtlı vaktimi yeni ama değersiz bir kitaba harcayacağıma, daha önce birkaç kez okuduğum ve sevdiğim kitapları yeniden okumayı yeğ tutuyorum. Başladığım kitabı, kötü de olsa bitirmek huyundan Fethi Naci'nin bir sözü sayesinde kurtuldum: "Karpuzu kestin. Baktın ki kabak. Gene de zorla yiyecek misin o karpuzu?" demiş Fethi Naci.

Çocukluğumda bulduğum her kitabı okurdum. Evimiz kitap doluydu zaten. Flaubert'leri, Zola'ları, Tolstoy'ları, Napoleon ile birlikte Sainte-Hélène adasına giden Las Cases'ın anılarını, Baudelaire'i, Parnasse şairlerini, Oscar Wilde'ı, yani elime geçeni okurdum. Şunu okuma, bunu oku diye bana hiç karışmazlardı. Ama Oscar Wilde'i okurken, aile dostumuz Hamdullah Suphi bunu yapmaya kalktı. Kitabı elimden alıp, anneme "o rezil adamın öz oğulları bile onu reddetti. Bu çocuğun böyle kitaplarla zehirlenmesine nasıl müsaade edersiniz hanımefendi?" dedi. Hamasî nutuklarını verdiği dramatik tonla sormuştu bunu. Ama hiç etkileyemedi beni. Hamdullah Suphi'nin üstüne yürüyüp, kitabımı elinden kaptım "Ben Oscar Wilde'ın kızı olsaydım, övünürdüm bununla" dedim. Annem de benden yana çıktı. Çünkü Hamdullah Suphi'yi pek ciddiye almazdı. Bu çok vatanperver zat fazlasıyla heyecanla konuşunca, alnına Hitler'inkini andıran bir perçem düşerdi. Annem, o perçemi parmağıyla gösterip, "Hamdullah, şu saçını istemiyormuş gibi arkaya atsana" derdi.

Parnasse şairlerinden ötürü, Yahya Kemal ile de küçük bir olay oldu: Yeni yazdığı bir şiiri sofrada okuyordu. "İlâheleri tunç, kahramanı mermerden" gibi, şimdi tam anımsayamadığım bir dize okuyunca, o sırada on iki yaşında olan ben, akıllara sığmaz bir ükelâlıkla lâfa karıştım. "Ama siz bunu José-Maria de Héredia'dan almışsınız" dedim. "Les déesses de marbre et les héroes d'airain". "Ancak ilâheleri mermerden yapacağına, tunçtan yapmışsınız, kahramanları da tunçtan yapacağınıza, mermerden yapmışsınız" diye açıkladım. Yahya Kemal hafif bozulur gibi oldu. Annem, "terbiyesiz, kalk sofradan!" diye bağırdı. Ben kalkıp kapıya doğru giderken, çok keyiflenen Falih Rıfkı, "Mînacığım, neydi o mısra, bir daha söyle" dedi. Ben de kapıda durdum, konuklara dönüp, Héredia'nın dizesini yüksek sesle bir defa daha söyledim. Şimdi hiçbir şaire herkesin önünde böyle bir şey yapamam. Ama "acayiplik" dönemimde yapmayacağım şey yoktu.

Arnavutköy Kız Koleji'nin orta bölümüne nasıl kabul edildiğimi bilemem. Çünkü ilkokul diplomam yoktu, hiçbir zaman da olmadı. Gelgelelim, ilkokulu okumamam yüzünden, başka derslerde değil de matematikte hayatım zehir oldu. Basit bir bölmeyi doğru dürüst yapamazken, cebire başladım. Üstelik matematik açısından doğuştan geri zekâlıydım, tam bir moron'dum. İyi ki, sınıf birincimiz Halet, ite kaka, nerdeyse döverek çalıştırdı beni. Sayesinde, bütünlemeye bile kalmadan, liseyi bitirebildim. Ama öğrendiklerim öyle eğretiydi ki, bir defasında trigonometri sınavı pazartesi gününden çarşambaya ertelenince "ama Halet, ben sadece pazartesine kadar ezberledim" demiştim. Matematikte geri zekâmdan ötürü, bütün bilginler arasında en çok matematikçilere hayranlık duyarım. Benim gözümde, insan aklının sınırlarını aşan dâhilerdir onlar.

Kadıköy Notre Dame de Sion'undan sonra Arnavutköy Kız Koleji'ne girmek büyük bir mutluluk oldu benim için ve bu mutluluğum tam dokuz yıl sürdü. Çünkü o sırada iki hazırlık sınıfı vardı ve bizim okulda lise dört yıldı. Okulları hiç mi hiç sevmeyen ben, Koleji sevmiş, hem de çok sevmiştim. Eskiden Katolik rahibelerinin okullarına "couvent" yani "manastır" denilirdi. Oraya gelenler, bir manastıra girmişçesine, dört duvar arasında kapalı kalırlardı. Oysa, artık Robert Lisesi adını alan Arnavutköy Kız Koleji, bana uçsuz bucaksız görünen, dünya güzeli bir parkın içindeydi. Bu park şimdi Boğaziçi Üniversitesi olan Robert Kolej'in bahçesinden kat kat daha güzeldi. Spor alanları, tenis kortları, öğretmenlerin oturdukları ahşap konaklar, müzik derslerinin yapıldığı küçük bir ev filan bir yana, daha neler neler vardır o parkta: İlkbaharda patikalarının kenarlarında leylâklar açan bir koru; bütün Boğaziçi'ni tepeden seyredebileceğiniz bir "plateau" yani bir yayla; havuzlu çiçek bahçeleri; ve binaların tam arkasında büyük bir tepe. Son sınıfların okuldan ayrılmadan önce okula bir armağan bırakmaları geleneği olduğundan, bizim 1935 sınıfı ağaçsız olan o tepeye otuz bir çam ağacı dikmiştik. Şimdi o ağaçlar büyüdü, sayıları da arttı. Ama biz, adlarımızı taşıyan bir etiketle otuz bir ağaç dikmiştik sadece; çünkü sınıfta otuz bir kişiydik. Okulumuz kalabalık değildi şimdi olduğu gibi. (Robert Lisesi olduktan sonra erkek çocukların da alınmasına çok memnunum.) Binaları birbirine bağlayan uzun geçitte koşmayı âdet edinmiştim öğrenciyken. Bu geçit öyle tenhaydı ki, bir ucundan öteki ucuna deliler gibi koşabilirdim kimseye çarpmadan.

Gerek Türk, gerek Amerikalı öğretmenlerimiz de çok "kaliteliydi" yeni deyişle. 1926'da TKP davasında mahkûm olan sevgili hocam Profesör Sadrettin Celâl Antel, hapisten çıktıktan sonra, bizim orta okul kısmında Yurt Bilgisi öğretmeni oldu. Erkek okullarında kadın öğretmenlerin durumu güç sanılır. Bana kalırsa, kız okullarında erkek öğretmenlerin durumudur asıl güç olan. Sadrettin Celâl'i çok sevmekle birlikte, ona sürekli takılırdık. Din konusunda ne düşündüğünü sezdiğimiz için, provokasyonlar yapar, görüşlerini açıklamaya zorlardık onu. Bir defasında heyecanla konuşurken kalemi elinden düşünce, çok sevimli ufak tefek bir kız olan Mevhibe, büyük bir korkuya kapılmışcasına ayağa fırladı, "Eyvah! Çarpılıyor! Eyvah!" diye bağırdı trajik bir sesle. Bütün sınıf kahkahayı basınca, Sadrettin Celâl de bizimle beraber güldü. O sıralarda çok ünlü bir şair sayılan Türk Edebiyatı öğretmenimiz Faruk Nafiz Çamlıbel'i pek adam yerine koymazdık. Duygusal şiirlerini alaya almanın yollarını bulurduk. Müdürü olduğu Galatasaray Lisesi'nin belâlı oğlanlarını sultası altında tutacak kadar sert bilinen tarih öğretmenimiz Behçet Bey bizi yıldıramazdı. Gözünün önünde, salt damarına basmak için, sınavlarda kopye çekenler vardı. Naylon henüz icat edilmediğinden, kopye kâğıdını, bacaklarının üst kısmına, saydam ipek çoraplarının altına koyarlardı. Zavallı Behçet Bey durumu anlar; ama yetişkin kızların eteğini kaldırıp çorabın içinden o kopye kâğıdını alamazdı. Bahçet Beyin damarına basmak hoş olmasına hoştu ama, ben bunu yapmazdım; çünkü hem kopye etmeyi çirkin bulurdum, hem de ipek çorap giymezdim.

Arnavutköy Kız Koleji'nin doğal güzellikleri bir yana, canımın istediği gibi yararlanabileceğim çok büyük bir kitaplığı da vardı. Ve benim açımdan en önemlisi, özgürlük vardı yeni okulumda. Dersim olmadığı saatlerde bir etüd odasına kapanmak zorunda değildim. Dilediğim gibi dolaşabilirdim bahçelerde. Hattâ lise kısmında, velilerinden izin kâğıdı getiren öğrenciler, eğer o sırada dersleri yoksa, yedide geri dönmek şartiyle okulun dışına da çıkabilirlerdi. Ülkemizde artık hiçbir okulda bulunmayan böyle bir özgürlük ortamında okuldan kaçmak düpedüz saçmaydı. Ama ben, salt yasakları delmek, kurallara meydan okumak keyfi uğruna okuldan kaçardım sık sık. Dik duvarlara tırmanan cinsten olduğum için, duvara tırmanır; bisikletimin gidonuna kısa bir ip, selesine de başka bir ip bağlar;

bisikleti duvarın öteki yanına usulca indirirdim. (Çünkü öyle lök gibi aşağıya düşerse, bir yanları kırılabilirdi emektar bisikletimin.) Sonra, duvardan atlar, çilek tarlalarından geçerek Maslak yoluna çıkar, Şişli'ye giderdim.

Şimdiki o kocaman, kıpkırmızı, lezzetsiz ve kokusuz hormon çileklerine hiç benzemeyen, Arnavutköy ya da Osmanlı çileği denilen bir çilek türü vardı eskiden. Rengi beyaza yakın bir pembeydi, çok küçüktü ve mis gibi kokardı. Sınıf arkadaşım Emine Esenbel ile ben, okuldan kaçıp o çilek tarlalarına dalar, topraktan kopardığımız çilekleri toprağıyla birlikte avuç avuç yerdik. Bir defasında, tarlanın Arnavut bekçisi, mavzeriyle bizi kovalamıştı. Adam, okulun içine kadar girmişti. Biz en güvenilir yer olarak müdüre Miss Burns'ün yazı masasının altına saklanmıştık. Arnavut da peşimizden odaya dalmıştı. Biraz şaşırmakla birlikte serinkanlılığını koruyan Miss Burns, olanca azametiyle ayağa kalkınca, Arnavut bekçi mavzerini indirmiş, söylene söylene geri çekilmişti. Cezalandırılmıştık elbette. Zaten ben ikide birde cezalandırılırdım. Bir süre için okuldan uzaklaştırma cezasına "tardı muvakkat" denilirdi eskiden. Ama beni okuldan uzaklaştırmazlar, revire yatırırlar; kitaplarımı elimden alıp okumamı engellerler ve hastaymışım gibi, sadece lapalar, sulu çorbalar türünden diyet yemekleri verirlerdi. Bu cezalandırma yöntemi bile, koleji yönetenlerin psikoloji konusunda ne denli bilgili olduklarını kanıtlamaya yeter. Çünkü kitap okuyamamak benim açımdan cezaların en büyüğüydü.

Üstelik, koleje yatılı girdikten sonra, iştahım da açılmıştı. Oysa daha önce, yani "acayiplik" dönemimde, yemekten nefret ederdim. Açlıktan ölmemem için, ancak yemeği kabul ettiğim yiyecekler verilirdi. Bu yüzden de şimdi mideme çok düşkün olan, hattâ "gourmet" geçinen ben, birçok güzel yemeği (örneğin zeytinyağlı enginarı, beğendiyi, ıspanaklı böreği, bamyayı, kerevizi, aşureyi vb.'yi) hâlâ ağzıma koyamam. Çocukluğumda yediğim sınırlı şeyleri de zorla yedirirlerdi bana. Yutmadan ağzımda biriktirir, bir avurtumdan ötekine geçirirdim. Biraz daha zorlarlarsa, kusardım. Nerdeyse her yemekten sonra kusmaya başlayınca, ağır hasta olduğum kanısına varan zavallı annem, şimdi adını anımsayamadığım o günlerin en ünlü çocuk doktoruna götürmüş beni. Doktor, iyice muayene ettikten sonra, beni odadan çıkarmış. "Bu çocuk hasta değil, düpedüz edepsiz" demiş çok haklı olarak. Kusmayı bir refleks haline getirdiğimi söylemiş. Annemin bu refleksi bana nasıl unutturacağını sorması üzerine, doktor, yemek yerken de, yemekten hemen sonra da oyalanmam gerektiğini, birkaç gün kusmazsam, refleksi yitireceğimi açıklamış. Annem, doktordan çıkınca, bir muhallebiciden, hoşlanmadığım – hâlâ hoşlanmam sütlü yiyeceklerden – tavukgöğsü almış, beni bir taksiye bindirmiş. Ve o sırada çift yönlü olan Beyoğlu caddesinde, bir yandan tavukgöğsünü ağzıma tıkarak, bir yandan da, "ay Mîna! Şuna bak! Ay Mîna! Buna bak!" diye dikkatimi başka şeylere çekerek, beni bir aşağı bir yukarı gezdirmiş. Bu gezintili yemekler, öğleyin ve akşam olmak üzere tam üç gün sürmüş. Sonra beni evde karşısına oturtmuş, dizleri arasında sıkıştırarak, yedirmeye başlamış. Kusmak için, yoğun çabalar yapar; ama refleksi yitirdiğim için, kusamazmışım bir türlü.

Arnavutköy Kız Koleji, beni birçok acayiplikten kurtardığı gibi, artık bir hastalık olarak tanımlanan anorexia nervosa'dan yani yemek yiyememe hastalığından da kurtardı: Okulda kaldığım ilk hafta, ekmek ve sudan başka ağzıma hiçbir şey koymadım. Bir öğretmen ve yedi öğrenci bir masada otururduk. Beyaz ceketli, beyaz eldivenli, beyaz Rus garsonlar sofrada hizmet ederdi o sıralarda. Ben, "yemeyeceğim" dedim. Öğretmen de hiç itiraz etmedi, "nasıl istersen" dedi. Oysa ben, "birazcık ye, n'olur" diye yalvarıp yakarmalarına; "seni şuraya götüreceğiz, sana şunu alacağız" diye vaatlerde bulunmalarına; hattâ, yerken beni eğlendirmek amacıyla, kimi zaman konukların bile katıldığı küçük show programları yapmalarına alışıktım. İlk hafta sonu beni okuldan aldıklarında, takside ağzımı açmamışım. Sonra eve girer girmez doğru mutfağa ve oradaki tel dolabına (buzdolabı yoktu o sıralarda) yönelmiş, ne buldumsa iştahla yemeye başlamışım ve o iştah devam etmektedir hâlâ.

Çocukluğumun ve gençliğimin 600.000 nüfuslu İstanbul'u, Yeşilköy'de başlar, Şişli'de biterdi. Boğaz'ın Rumeli yakası Sarıyer'de, Anadolu yakası da Beykoz'da biterdi. Boğaziçi'nin sırtlarında, yapılanma yok, birbirinden güzel korular, erguvan ağaçları vardı sadece. Bazı yalıların arka cephesinde, caddenin üstünü aşıp o yalının korusuna giden küçük köprüler tek tek görülürdü. Topağacı, eskiden Tatavla denilen Kurtuluş gibi semtler yoktu. Oralardaki kırlarda laternalı açık hava kahveleri vardı. Dadım beni oraya götürür, kocaman karadut ağaçlarının altında oynardım. Şimdi İstanbul'u çepeçevre saran o Anadolu kasabaları kurulmamıştı henüz. Anadolu'dan göç, ancak 1950'de başladı ve gittikçe ivme kazandı. Şişli'den sonra, Mecidiyeköy, Etiler filân gibi yerleşim yerleri bulunmadığından, 1926'da Şişli'ye kurtlar inmişti. O kış, büyük soğuklar olmuştu. Tuna'dan gelip Boğaziçi'ni dolduran buzların üstünde yürüyerek, Anadolu yakasından Rumeli yakasına yaya geçenler vardı. Bu olayı, ömrümde ancak bir kez daha, 1954 kışında gördüm.

Otuz yıldır oturduğum Mühürdar bile gözümün önünde değişti, güzelliğinin bir kısmını yitirdi. Solda hemen yanımızda, bir kır gazinosu vardı. Genç âşıklar, ders çalışan öğrenciler oraya gelir, kocaman ıhlamurların gölgesinde otururlardı. Geceleri mis gibi kokardı ıhlamurlar. Gazinonun yerine apartmanlar dikmek için buldozerlerle ağaçlar sökülürken, ıhlamurların köklerinden acı çeken bir insanın boğuk iniltilerini andıran garip sesler çıkmıştı. Sağımızdaki konağın bahçesinde, pembe manolyalar veren bir ağaç vardı. Mayısta açan o pembe manolyalar öyle güzeldi ki, bana konuk gelenleri, onları görmeye götürürdüm. Kimi zaman zorla götürürdüm. Çünkü insanların gözü vardır, bakarlar, ama görmezler. O ağacın önünden geçmişlerdi; bakmışlar, ama görmemişlerdi. Bense, ille görmelerini istiyordum o pembe manolyaların güzelliğini.

Günümüzün on milyon nüfuslu İstanbul'unda, halk arasında garip bir snob'luk başladı. Eski istanbullular, kendilerini bir çeşit aristokrasi sayıyorlar artık. Kimi zaman benimle konuşan bir şoför ya da bir bakkal, "ben Kont dö bilmem neyim" ya da "ben Lord bilmem kimim" edâsıyla, "teyze, ben doğma büyüme İstanbulluyum" diye övünüyor. Ben de doğma büyüme İstanbulluyum; ama kentimin büyük bir kısmının yabancısı oldum. Çevremdeki o çirkin kasabalara ya da dalgınlıkla hep Çiftetelli dediğim İkitelli gibi Amerikan taklidi yapay mega-kent bozuntularına ayak basmak gelmiyor içimden. İstanbul büyümesine büyüdü; ama çirkinleşerek büyüdü. Ne var ki, çocukluğumun küçük İstanbul'unda öyle köklü bir güzellik var ki, ne yaparlarsa yapsınlar, hâlâ tamamiyle bozamıyorlar benim "asıl İstanbul" dediğim o yeri.

Çocukluğumla gençliğimin İstanbul'u yalnız güzel değil, güven içinde yaşanılabilen bir yerdi. Yirmi iki yıl Beyoğlu'nda oturdum. Gençlik yıllarımda, gece yarısı, kimi zaman gece yarısından sonra, tek başıma eve dönerdim. Kimse beni rahatsız etmezdi. Ara sıra lâf atanlar olurdu. Ama bir kadını küçük düşürmeyen, ince ve zarif lâf atmalardı bunlar. Lâf atmaktan çok bir çeşit iltifattı. Örneğin, "küçük hanım, o dudakları Hacıbekir'den mi aldın?" dedi bir külhanbey. Gençliğimde dizime kadar gelen, futbolcularınkine benzeyen renkli yün çoraplar giydiğim için, başka bir külhanbey "küçük hanım, n'olur bana da bir gol atsana" demişti. Gençliğimde "küçük hanım" derlerdi, ortayaşlı olunca "teyze" dediler, daha sonraları da "anne". "Teyze"yi pek sevmiyordum ama, "anne" demelerinden hoşlandım. Ne var ki, bunların dışında bir de "madam" diyenler ortaya çıktı. 1950'den, yani İstanbul bir Anadolu kasabasına dönüştükten sonra. Böyle demelerinin nedeni, bu kasabalıların benim yaşımda bir Türk kadınının başı açık gezmesine alışık olmamalarıydı herhalde. Ancak bir gâvur kocakarısının sokağa böyle çıkabileceğini sanıyorlardı. Bana "madam" diyenlere, ben de "mösyö" diyorum. Fena bozuluyorlar o zaman. "Niye mösyö dedin?" diye öfkeyle soranlara, "İstanbul'da âdet öyledir, sana madam diyene, sen de nezaket gereği mösyö dersin" diyorum. Sonra öğretmenliğim tutuyor (zaten ikide birde tutar öğretmenliğim) bana "madam" demelerinin nedenini açıklıyor, bu adamların zihniyetini değiştirmeye çalışıyorum.

Üç dört yıl önce, Şanlıurfa'da başım belâya giriyordu bu yüzden. Ünlü kutsal balıkların havuzunun başında, gencecik bir delikanlı, bana "madam" dedi. Çok da temiz yüzlü güzel bir çocuktu. "Bak oğlum, işte kimliğim. Ben de senin gibi Türküm" diyerek, nüfus cüzdanımı gösterdim. Çocuk, orada "Fatma Mîna" yazılı olduğu halde, gene inanmadı. "Olamaz" dedi, "senin yaşında bir Müslüman kadını böyle başı açık gezemez." Bunun üzerine, çok Kemalist bir nutuk attım. Ülkemin herhangi bir yerinde ak saçlarımı örtmeden gezinebilmem için Mustafa Kemal'in o devrimleri yaptığını açıkladım. Çevremizde bir kalabalık toplanmaya başladı. Öğretmenlik tutkum coştukça coştu kalabalık arttıkça. "Sen gençsin, nasıl oluyor da hem bu kadar geri zekâlı, hem de bu kadar gerici olabilirsin?" sorusuyla nutkumu tamamladım. Retorik bir soruydu bu. Çünkü o zavallı güzel çocuğun neden geri zekâlı kaldığını, neden gerici olduğunu çok iyi biliyordum. Sonra, peşimde kalabalık, "aklınızı başınıza toplayın, adam olun!" diye bağırarak, şehir turu yapan ve kalkmak üzere olan otobüse binerken, kalabalıktan kopan çocuk yanıma geldi. Anlaşılan söylediklerim onu etkilemişti, acı duyduğunu açığa vuran bir sesle, "ana, haklısın. Ben ne yapayım da bu gericilikten kurtulayım?" diye sordu. Hareket etmeye başlayan otobüsün basamağından, "oku!" diye seslendim ona. Çocuk, otobüsün arkasından bir iki adım koşarak, oradaki üniversitenin üçüncü sınıfında olduğunu söyleyince, acı duymak sırası bana geldi.

Eski İstanbul'un çekiciliğinin büyük bir kısmı, ikisi de artık ortadan yok olan, iki etnik gruptan, Rumlardan ve Beyaz Ruslardan kaynaklanıyordu. Rumlar, kendilerinde çok bol olan yaşama sevincini, sanki boca ediyorlardı İstanbul'un üstüne. Biz Türklerin başlıca kusuru doğuştan hüzünlü olmamızdır bence, onlar ise doğuştan neşelidirler. Türk sarhoş olunca, ya ağlar, ya kavga çıkarır. Rum ise, sarhoş olunca, oynayıp şarkı söyler. Çocukluğumun Büyükadası, mandolin ve gitar sesleriyle, o güzel Rum ezgileriyle sabahlara kadar çınlardı yaz geceleri.

Ben meyhaneleri severim. Bu yaşımda bile severim. Ama gerçek meyhaneler, gençliğimin Rum meyhaneleriydi. İstanbul'un her bir yerinde, Beyoğlu'nda, Tatavla'da, Adalarda, Boğaziçi'nde, Marmara'nın kıyılarında vardı bu Rum meyhaneleri. Gerçek garson, ancak Rum garsonudur, bana sorarsanız. Hele yaşlı Rum garsonlarının başka bir zarifliği vardı. Sizi masaya öyle bir buyur ederlerdi ki, dakikasında bir prenses sanırdınız kendinizi. Çok sık gittiğimiz Bohem'de, beni karşılamak için, bir çeşit özel marş bile vardı. Yaşlı garsonun bir işareti üzerine "den ehis tipota ma ehis kati" (Hiçbir şeyin yok, ama bir şeyin var) şarkısı başlardı. Şimdiki meyhanelere gerçek meyhane değil, içki içilen lokaller ya da içkili lokantalar diyebilirim ancak.

Beyaz Ruslara gelince, Cumhuriyetin ilk yıllarında onların çok önemli bir işlevi oldu bence: Toplumun yaşama biçimi değişmişti. Kadınlar artık evlerinde kapalı kalmayıp, erkeklerle birlikte bir yerlere gidecekler, birlikte eğlenecekler, birlikte yiyip içeceklerdi. Beyaz Ruslar, bu beraberliği sağlayabilecek mekânları, yani pastahaneleri, lokantaları, gece klüplerini açtılar. İstanbullulara denize girmek alışkanlığını da Beyaz Ruslar verdi. Çünkü daha önce de söylediğim gibi, dedem Cemal Bey gibi eksantrik sayılan birkaç kişi dışında, yüzmenin keyfini kimseler bilmezdi. İstanbulluların üşüştüğü bütün o plajları, Florya'yı, Suadiye'yi, Bostancı'yı, Fenerbahçe'yi hep onlar işletti.

Eski İstanbul ve çocukluk faslımı kapatıp gençliğime geçmeden önce, iki önemli anıma değinmek istiyorum. Biri on dört yaşındayken Troçki'yi yakından görmem. Öteki de on bir yaşındayken Gazi Mustafa Kemal Paşa ile dans etmem.

Troçki Büyükada'da, Nizam caddesinde, bahçesi denize kadar inen bir konakta otururdu. Sokaklarda hiç gezmezdi; ama nerdeyse her gün sandalla balığa çıkardı. Günün birinde, açıklarda yüzerken, bir de baktım Troçki'nin sandalı. Başında ve kıçında elleri tabancalı iki Rus korumacısı oturduğu için, bu sandalı uzaktan görsek de tanırdık. Ortada da, kürek çeken Rum balıkçıyla, elinde oltası Troçki otururdu. Hemen sandala doğru yüzdüm, kenarına tutundum ve Troçki ile nerdeyse burun buruna geldik. Korumacılardan biri "git, git" dedi. (Rus şivesiyle "get, get" demişti aslında.) Ben, yorgunluğumu bahane ederek, sandalın kenarına biraz daha tutunmak, Troçki'ye biraz daha bakmak istiyordum. Ama korumacı, tabancanın kabzasıyla parmaklarıma vuracakmış gibi, silahı havaya kaldırınca, ellerimi çektim. Demek ki, bir suikastten öyle korkuyorlardı ki, denizde, dolayısıyla silâhsız, bir kız çocuğundan bile kuşkulanıyorlar, onu bile yaklaştırmıyorlardı Troçki'nin yanına.

Bu büyük adam, hiç oralarda değilmiş gibi, bana soğuk gözlerle bakacağına, "bırakın çocuk sandala çıksın, biraz dinlensin" deseydi ne güzel olurdu. Benimle biraz Fransızca konuşsaydı; Fransızcayı nasıl öğrendiğimi, nerede okuduğumu filan sorsaydı; hattâ yüzümü gözümü kurulamam için bir havlu uzatsaydı, ne güzel olurdu. Benim onu öldürmeyeceğim besbelliydi. Ama yıllar sonra, Meksika'da, eve aile dostu olarak rahatça girip çıkan Ramón Mercedes ya da o adı kullanan bir katil, kolayca öldürdü Troçki'yi. Hem de bir buz kırma âletiyle başına vura vura.

Gazi Mustafa Kemal Paşa ile (gençliğimde ve çocukluğumda hep öyle derdik ona) dans etmem ise, şöyle oldu: Yarıyıl tatili dolayısıyla Ankara'daydım. Ankara Palas'ta, Mustafa Kemal'in manevî kızlarından birinin bir genç hariciyeciyle düğünü vardı. Annemle üvey babam da oraya gidiyorlardı. Sadece resimlerinden bildiğim Gazi'yi görmeye can attığım için, çocukların düğünlere gidebileceklerini iddia ederek, ben de gitmek istedim. Ama Şefika, "olmaz, sen gidemezsin" dedi. Kendimi yerden yere attım, biraz tepindim, uludum filan; ama işe yaramadı. Beni bırakıp gittiler.

Biraz sonra, annemle üvey babamı almak için, Ruşen Eşref ile eşi Saliha Hanım geldiler. Ruşen Eşref'in çocuğu yoktu; bana biraz düşkündü. Halimi görünce, "üzülme, biz seni götürürüz" dedi. Yüzümü gözümü yıkadılar; bir beyaz ipek elbise, dizime kadar gelen ince beyaz çoraplar, rugan ayakkabılar giydirdiler. (Zavallı annem, erkek çocuk olmaktan vazgeçip bunlardan belki yararlanırım umuduyla, böyle süslü giyim eşyaları bulundururdu evde.) Çok güzel bir kadın olan Saliha Hanım, başıma, kelebek biçiminde geniş bir beyaz kordela takmayı uygun buldu her nedense. Saçım bir erkek çocuğunki gibi kısacık olduğu için, bu fiyong ayrıca münasebetsiz görünüyordu kafamın tepesinde.

Ankara Palas'ın balo salonuna girince, bir de baktım, ezilmiş domates renginde, çok koyu kırmızı görkemli bir suare elbisesi giyen Şefika, Mustafa Kemal ile konuşmakta. Hemen Ruşen Eşref'lerin elinden koptum, anneme koştum, bir şey söylemeden yanında durdum. Şefika fena bozuldu; beni görmemezlikten geldi. Ama Mustafa Kemal durumun farkına varmıştı. "Hanımefendi, bu çocuk kim?" diye sordu. Annem de "kızım, efendim" demek zorunda kaldı. Mustafa Kemal, karşıma geldi, elini uzattı. Ben de elini öpeceğime, sıkı sıkı tutup, salladım. Annem, "öp" dercesine, belli belirsiz bir hareket yaptı. Mustafa Kemal, bunun da farkına vardı. "Hanımefendi, o benim arkadaşım, elimi neden öpsün ki?" dedi. Sonra, "yiyecekmiş gibi, neden öyle bakıyorsun bana?" diye sordu. "Efendim, sizi daha önce hiç görmemiştim de ondan" dedim. Mustafa Kemal, "görmedinse senin kabahatin. Çankaya'daki evimi bilmiyor musun? Oraya pekâlâ gelebilirdin. Artık beni tanıyorsun. Canın istediği vakit oraya gel, beni görmek istediğini söyle" dedikten sonra, yaşım, gittiğim okul, hangi oyunları sevdiğim, kitap okumaktan hoşlanıp hoşlanmadığım, büyüyünce ne olmak istediğim konusunda bir sürü soru sordu. Derken orkestra bir vals çaldı. "Gel, seninle dans edelim" dedi. Benim vals filan bildiğim yok. Bana öğretmek için, biraz çaba gösterdi; ama gene de beceremiyordum. "Sen bu işi yapamayacaksın" diyeceğine, "ben senin için fazla ihtiyar bir kavalyeyim. Yaşına uygun genç bir kavalye bulalım sana" dedi. Çevresini gözden geçirdi; on dört on beş yaşlarında bir oğlan buldu. Hızla boy attığı için pantolon paçalarıyla ceket kolları kısa kalmış, sivilceler içinde, en nankör yaştaydı zavallı oğlan. Ona dans etmesini bilmediğimi söyleyip, Mustafa Kemal'in peşinden büfeye gittim. "Oğlanı pek beğenmedin galiba" dedi ve bana bir kadeh şampanya verdi. İlk alkollü içkimi Mustafa Kemal'in elinden içtim böylece. Şampanya hoşuma gitmişti. Büfenin arkasındaki garsondan tam ikinci kadehi istiyordum ki, annemle üvey babam tepeme dikildi. Vaktin geç olduğunu, uyumam gerektiğini söyleyerek, beni oradan aldılar. Ankara Palas'ın kapıcılarından birine teslim edip, bir otomobile bindirdiler. Ama ben götürülmeden önce, Mustafa Kemal o güzel elini kaldırmış, "seni Çankaya'da beklerim, unutma" demişti.

Şimdi sırası gelmişken, Kemalist, hem de sapına kadar Kemalist olduğumu açık seçik söylemek isterim. Mustafa Kemal benimle dans etti, on bir yaşında bir çocuğa insan muamelesi yaptığı için değil; eğer Mustafa Kemal olmasaydı, ben "ben" olamayacağım için Kemalistim. Eğitim görmüş, seksenini geçmiş bir kadının bu memlekette Kemalizme inanmaması tamamiyle anormal olurdu. O sırada küçüktüm ama, tramvaylarda erkeklerin oturdukları bölümü kadınların oturdukları bölümden ayıran perdeyi çok iyi anımsıyorum. Mustafa Kemal, o perdeyi de, kadınları toplum yaşamından dışlayan, karanlık köşelere kapatan bütün perdeleri de yırttı o güzel elleriyle. Kadınların her açıdan erkeklerle eşit olduklarını savundu. İşte bu yüzdendir ki, Cumhuriyet ilân edildiğinde yedi sekiz yaşında olan, onun yaptığı devrimleri kendi gözleriyle gören bir kadının Mustafa Kemal'den yana olmamasının yolu yoktur.

Dikkat edilirse, Atatürk değil, hep Mustafa Kemal diyorum. Çünkü altmış yıldır Atatürk diye diye, bayağının bayağısı hamasî sözler söylendi, berbat bir edebiyat yapıldı. Atatürk adı bir yığın çıkarcı politikacının ağzında kirlendi, gerçek Mustafa Kemal ile uzaktan yakından ilgisi olmayan nerdeyse gerici bir kavrama dönüştü. Oysa gerçek Mustafa Kemal tam anlamıyla bir devrimciydi. 1789 Fransız İhtilâli kadar radikal bir değişim yaptı memlekette. Giydiğimiz kılıktan tutun da okuyup yazdığımız harflere kadar her şeyi kökten değiştirdi. İşte bu yüzdendir ki, onun devrimci kişiliğine inananların, kendilerine Atatürkçü değil de, Kemalist demelerini daha yerinde buluyorum.

O sırada on iki yaşında olduğum için, Latin alfabesinin kabulünü çok iyi anımsıyorum. İki yabancı dil öğrenebilmiş, normal zekâda bir çocuk olduğum halde, kendi dilimi doğru dürüst okuyamıyordum. Arap harfleri Türk diline tamamiyle ters düştüğünden, şaşkına dönüyordum Arap harfleriyle yazılmış bir metin karşısında. Örneğin, Türkçede en çok geçen u, ö ve ü harfleri yoktu Arap harfleri arasında. Onların yerine "vav" vardı ve bu "vav" beş ayrı biçimde okunabilirdi. "Projektör" sözcüğünü bildiğim halde, bunu "perveşkütür" okumama, annem ile üvey babam çok gülmüşlerdi. Yalnız ilkokul diploması olmayan ben değil, uzun yıllar okuyan benden yaşlı insanlar da kendi dillerini yanlışsız yazamıyorlardı. Okuma yazma oranı ise, perişan bir durumdaydı.

Mustafa Kemal, ülke çapında bir okuma yazma seferberliğine öncü oldu. Bir karatahtayla yollara düştüğü bu seferberlik sırasında, ömrünün en keyifli anlarını yaşadı herhalde. Çünkü bir öğretmenlik tutkusu vardı onda. Asıl uğraşının öğretmenlik olması gerektiğini söyler, yakınlarına "ben *raté* bir öğretmenim" dermiş. Mustafa Kemal'in seferberliği başarılı da oldu. 1930'da, memlekette ilk ve ne yazık ki son kez, okuma yazma oranı yüzde doksan beşe kadar yükseldi.

Mustafa Kemal'in öğretmenlik tutkusu ömrü boyunca sürdü. Fırsat buldukça, yaşları ne olursa olsun, karşısına çıkanları sınava çekerdi. Onun bu merakı yüzünden bizim okul az kalsın kapanacaktı: Biz son sınıftayken, bir baloda (Cumhuriyetin ilk yıllarında kadınlarla erkekleri bir arada eğlenmeye alıştırmak amacıyla boyuna balolar verilirdi) sınıf arkadaşlarımızdan birini sınava çekmiş. Ona "renk" sözcüğünün İngilizce nasıl yazıldığını sormuş. Kendisi İngilizce bilmiyordu ama, bu sözcüğü İngilizlerin "colour", Amerikalıların ise "color" yazdığını biliyordu. Oysa biraz cahil olan sınıf arkadaşımız hiç kitap okumadığı için, bunun farkında değildi, eline kalem kâğıt alıp "color" yazınca, Mustafa Kemal, "kızım, sana Amerikanca değil, İngilizce yaz demiştim" diyerek kızı uyarmış. Kafası büsbütün karışan sınıf arkadaşımız da "İngilizcede böyle yazılır" diye direnince, Mustafa Kemal, öğretmenlere özgü öfkelerden birine kapılmış, "anlaşılan sizlere iyi İngilizce öğretmiyorlar; o okul kapanmalı" demiş. Diploma almamıza üç ay kala bunu duyunca bir hayli telâşlanmıştık. Hattâ sınava çekilmek üzere Ankara'ya beş kişilik bir heyet göndermeyi düşündük. İyi ki Mustafa Kemal'in bu öğretmenlik öfkesi gelip geçici oldu.

Mustafa Kemal'in tanıdığım başka birine sorduğu bir soru hem çok akıllı bir öğretmen olduğunu, hem de Fransızcayı ne kadar iyi bildiğini kanıtlar: "Révolte", "révolution", "rébellion" ve "mutinerie" sözcükleri arasında ne gibi farklar olduğunu sormuş. Sınava çekilen kişi bu farkları açıklamış. "Mutinerie"nin daha çok gemilerde geçen bir ayaklanma için kullanıldığını söyleyince, Mustafa Kemal'den kocaman bir aferin almış.

Bizim kuşak için Gazi Mustafa Kemal Paşa, şimdi Atatürk deyince akla gelen yapay ve soyut kavram, acemice yontulmuş çirkin heykellerde görünen çatık kaşlı devlet simgesi değil, aramızda yaşayan canlı ve çok renkli, çok çekici bir insandı. Hiç çatık kaşlı değildi. Tam tersine, hafif gülümseyen, son derece güzel bir insandı. Böylesine güzel bir insanın bu kadar çirkin heykelleri yapılmasına bir türlü akıl erdiremedim. Şehlalığından ötürü karışık baktığı için, sadece önündekileri değil, yanındakileri de, hattâ arkasındakileri de görebilirdi sanki. Karizma sözcüğü gelişigüzel kullanılıyor şu sıralarda. Ama asıl karizmanın ne olduğunu anlamak için, onu şöyle bir görmek yeterdi. Boyu, günümüzün ölçülerine göre kısa sayılabileceği halde, (çünkü iyi beslenme, vitaminler ve spor sayesinde, Türklerin boyu uzadı artık) Mustafa Kemal öyle biçimliydi ve öyle iyi giyinirdi ki, uzun boylu izlenimini verirdi. Benim yaşımda bir kadın, Mustafa Kemal'in salt fiziksel görüntüsünü, günümüz devlet adamlarının fiziksel görüntüsüyle karşılaştırınca, kendini biraz fena hissediyor doğal olarak.

Mustafa Kemal ile her an, her yerde karşılaşmamız olasılığı vardı. Örneğin ölümünden bir yıl önce, bir erkek arkadaşımla, Maçka'da, şimdi o kocaman Swiss Otel'in dikildiği yerde bir kır kahvesinde otururken, birdenbire Mustafa Kemal'in arkamızda durduğunu gördük. İkimiz de ayağa kalkınca, "çocuklar, rahatsız olmayın" dedi. Yanındakilerle birlikte uzaklaştı. Onu son görüşümdü bu.

Hayatımız çok renkliydi Mustafa Kemal'in yaşadığı günlerde. Nerdeyse her gün ilginç durumlar olurdu: Örneğin Mustafa Kemal, bir yolunu bulup, gece yarısı Dolmabahçe Sarayı'ndan kaçmış. Onu herbir yerde aramışlar, İstanbul'un altını üstüne getirmişler. Sabaha doğru, Sarıyer'de bir balıkçı meyhanesinde bulmuşlar. Rum balıkçılarla rakı içiyor, sirtaki oynuyor, onlarla birlikte çok sevdiği *thalassa* türküsünü söylüyormuş. Mustafa Kemal Park Otel'de sofradayken, genç bir çift ona başvurmuş. Aileleri evlenmelerine izin vermiyormuş. Mustafa Kemal, hemen orada Şehremini denilen Belediye Başkanı Muhittin Üstündağ'ı çağırmış, dakikasında nikâh kıyılmış. Mustafa Kemal gene Park Otel'deyken, Nâzım Hikmet'i görmek istemiş. Şair oraya gelmiş. Mustafa Kemal, "bana bir şiir oku" deyince, Nâzım, "ben Denizkızı Eftalya değilim" diyerek, sofradan kalkmış gitmiş. Mustafa Kemal "yazık oldu! Aramızda insana benzeyen bir tek kişi vardı. Onu da gücendirdik" demiş. Bu son öykünün ne derece doğru olduğunu bilemem. Ne var ki, annemin Ankara'dan her gelişinde anlattığı Mustafa Kemal öykülerinin doğruluğu konusunda en küçük bir kuşkum yok. Bunlardan ancak bir ikisini aktaracağım: Sofradayken, konuklardan biri, Hasan Efendi adında Ankara yerlisi varlıklı bir tüccarı gammazlamış. Bu adamın, "Gazi Paşanın padişahtan ne farkı var ki? Onu aramızda görüyor muyuz hiç?" dediğini söylemiş. Mustafa Kemal, ilkin oralarda değilmiş gibi davranmış. Bir saat sonra, "o Hasan Efendi ne demişti?" diye sormuş. Jurnalcı da adamın dediğini tekrarlamış. Mustafa Kemal gene bunun üstünde durmamış, başka şeylerden konuşmuş. Bir saat sonra, "demek Hasan Efendi öyle dedi. Hadi, ona gidiyoruz" diyerek ayağa kalkmış. Çankaya'daki yemek odasının kapısına yakın bir paravan varmış. Şefika, tatsız bir durum olabileceği korkusuyla kaçmak istemiş; usulcacık o paravana doğru yönelmiş. Mustafa Kemal bunun farkına varmış. "Yok, hanımefendi, siz de gelmelisiniz" demiş. Üç arabaya doluşmuşlar. Bizimki (annem hep "bizimki" derdi Mustafa Kemal'e) suskun ve asık suratlıymış yol boyunca. Adamın kapısına gelip, çıngırağın ipini çeker çekmez yüz ifadesi dakikasında değişivermiş. Şefika'nın deyişiyle "tepeden tırnağa safi *charme*" kesilmiş, bambaşka bir adama dönüşmüş. Kapıyı açınca gözleriyle gördüğüne inanamayan gecelik entarili ev sahibine, tatlı tatlı gülümseyerek şöyle demiş: "Benim padişah gibi olduğumu, aranızda görünmediğimi söylemişsin Hasan Efendi. Yanıldığını göstermek için, çok münasebetsiz bir saatte, sabahın üçünde, arkadaşlarımı da alıp sana geldim işte". Sonra da, karşı konulmaz karizmasından yararlanarak, ev halkının ağzından girmiş burnundan çıkmış. Hasan Efendinin yaşlı kayınvaldesinin elini öpüp alnına koymuş; çocuklarını uyandırıp omuzlarında taşımış. Sabahın dördüne doğru, yeni bir rakı sofrası kurulmuş; güneş doğuncaya kadar orada kalmışlar. Bu ziyaretten sonra da Hasan Efendi yüzde yüz Mustafa Kemal'den yana olmuş.

Şefika'ya bakılacak olursa, Gazi Mustafa Kemal tam anlamıyla bir insan sarrafıydı. Birine bakar bakmaz, ne biçim bir insan olduğunu dakikasında anlardı: Tanıdığımız bir mimar vardı. Karısı da incecik, uzun boylu, mavi gözlü, siyah saçlı, görülmemiş bir âfetti. Şefika'nın "Büyük Millet Meclisinin gangsterlerinden" diye tanımladığı bir hükümet üyesi de, bu kadına bayılıyormuş. Bir baloda, aklınca kadını baştan çıkarmak umuduyla, gidip onu dansa kaldıracağını söylemiş. Mustafa Kemal de, bir masada oturan mimarla güzel eşine uzaktan bir baktıktan sonra, vekile şöyle demiş: "Git, kadını dansa kaldır. Sululuk da yap ki, vekilmiş filan diye hiç düşünmeden kocası hepimizin gözünün önünde, seni evire çevire bir güzel dövsün. Bak şu adama. Pezevenk olabilecek hali var mı şu adamın?" Mimarı yakından tanıyan annem, Mustafa Kemal'in yüzde yüz doğru söylediğini; kim olursa olsun, karısına en küçük saygısızlık yapanı, o adamın sahiden döveceğini söylerdi.

Anneme göre, Mustafa Kemal, kimin sert eleştirilerle, kimin tatlı sözlerle yola getirileceğini de çok iyi bilirmiş. Bunu kanıtlamak için de, ressam Namık İsmail'in annesinin öyküsünü anlatırdı: Bütün kadınlar başlarını açmışken, eskiden çok güzel olan bu yaşlı Çerkez kadını başını örtmekte direniyormuş. Bir resepsiyonda (o zamanki kokteyllere resepsiyon denilirdi) annem, Mustafa Kemal'in gidip yaşlı Çerkezin yanına oturduğunu görmüş. Neler olacağını izlemek için, Şefika da oraya yönelmiş. "Bizimki" çok ince, çok zarif iltifatlarla bu yaşlı kadının güzelliğini uzun uzun övmüş. Sonra, "hele bu ak saçlarınız yok mu! Hiçbir genç kadının saçı bu kadar güzel olamaz!" diyerek, elini kaldırmış, ihtiyarın saçlarını okşarcasına siyah dantelden başörtüsünü arkaya doğru itmiş. Namık İsmail'in annesi, yağmur da yağsa, kar da yağsa, başını bir daha hiç örtmemiş o günden sonra.

Gelgelelim, aynı Mustafa Kemal, bu yaşlı Çerkezden farklı olarak, Mısır elçisinin hakarete katlanacağını sezdiği için, gene bir resepsiyonda, adamın fesini başından almış, kirli bir şeymiş gibi iki parmağının ucuyla tutarak, yanından geçen bir garsonun tepsisine koyuvermiş.

Gereğinde insanları baştan çıkarmakta ustalığından ötürü, gözüpek annem, "milli şefimiz" yerine, "milli aşiftemiz" diye bir ad takmıştı Mustafa Kemal'e. Ona hemen yetiştirmişler bunu. Kızacağına kahkahalar atmış. Zaten annem çevresindeki halim selim hanımlara hiç benzemeyen belâlı bir hatun olduğundan "tavariş Şefika" dermiş ona. Yani bolşeviklerin yoldaşlarından biri sayarmış benim hiç de solcu olmayan annemi.

Annem, "tavarişliğini" başka bir resepsiyonda da gözler önüne sermiş: Gazi Çiftliği'nde adı galiba Karadeniz olan büyükçe bir havuzun açılış töreni yapılıyormuş. Annem oraya gelince, halamın eşi eniştem Saffeti Ziya'nın fenalıklar geçirdiğini görmüş. Protokol şefi olan Saffeti Ziya çok iyi yürekli, çok saf bir insandı. Ama görevi tıpkı Avrupa'ya benzememiz için gereken düzenlemeleri yapmak olduğundan, tek gözüne monokl takan bir frenk züppesiydi aynı zamanda. "Salon Köşeleri " gibi adlar taşıyan alafranga romanlar da yazardı. (Yaşamı boyuca benimsediği tutuma tam uygun bir ortamda, Büyükada Yat Kulübünde verilen bir baloda, sırtında smokini, gözünde monoklu elinde bir şampanya kadehi, gülüp söylerken, bir kalp sektesinden ölüvermişti) Mustafa Kemal, Saffeti Ziya'yı sürekli işletirmiş. Tabağındaki inciri gösterip "şimdi öğretin bize Saffeti Ziya bey. Protokole uygun olarak, bu incir nasıl yenilmeli?" diye sorarmış. Saf Saffeti Ziya da, büyük bir ciddiyetle, incire eliyle hiç dokunmadan, çatal bıçakla inciri soyup yermiş.

Saffeti Ziya, Gazi Çiftliği'ndeki resepsiyonda, sağında ve solunda iki genç hariciyecinin yardımıyla ayakta zor durabiliyormuş. Annem neden böyle fenalıklar geçirdiğini sorunca, adamcağız "skandal, Şefika! Corps diplomatique'e rezil olduk! Mahvolduk Şefika!" diye inlemiş, sonra, annemi, törenle yeni açılan havuza götürmüş. Annem bir de bakmış ki, iki yanında iki genç ve güzel diplomat eşi, Mustafa Kemal havuzun kenarına oturmuş, ayakkabılarını çoraplarını çıkarmış, çıplak ayaklarını suya daldırmış. Şefika, Mustafa Kemal'in de, herkesin de duyabileceği yüksek bir sesle şöyle demiş: "Ne oluyorsun Saffeti Ziya? Şaşılacak ne var bunda? Ellerimizin güzelliğini her zaman göstermenin bir yolunu buluyoruz. Ama ayaklarımızın güzelliğini nasıl gösterecektik? Bu havuz neden yapıldı sanıyorsun? Ayaklarımızın güzelliğini de gösterebilmemiz için yapılmadı mı bu havuz?" Bu sözleri duyunca, Mustafa Kemal gülmeye başlamış. Mendiliyle ayaklarını kurutarak, çoraplarını, ayakkabılarını hemen giymiş.

Anneme bakılacak olursa, Mustafa Kemal, kişisel yaşamında yalnız ve mutsuz bir insandı. Yakın çevresinin içtenliğine de tam bir güven duyamıyordu. Annem, son yıllarında küçük Ülkü'ye bağlanmasını çok anlamlı bulurdu bu açıdan. Çünkü beş yaşında bir çocuğun ona dalkavukluk etmesi söz konusu olamazdı. Onun sevgisine güvenebilirdi hiç olmazsa. Mustafa Kemal çok küçükken yatılı askeri okula verilmiş, anne sevgisinden yoksun kalmıştı. Âfet Hanım dışında, hiçbir kadınla uzun süren mutlu bir ilişki kuramamıştı. Evliliğinin bir fiyaskoyla sonuçlanması, kendi kabahatinden çok Latife Hanımın kabahatiydi anneme göre. Avrupa uygarlığına dönük, yabancı diller bilen bir kızla evlenmek istemişti. Gerçi Latife Hanım yabancı diller biliyormuş ama, davranışları hiç de uygar değilmiş anneme bakılacak olursa. Aklın alamayacağı kadar kıskanç ve hırçınmış. Değil Mustafa Kemal gibi birinin, en sıradan bir erkeğin bile tahammül edemeyeceği kıskançlık sahneleri yapar, herkesin önünde hırçınlığını gözler önüne serermiş. Örneğin odaya dalıp, "Kemal, gene mi içiyorsun?" ya da "Kemal, gene mi poker oynuyorsun?" diye bağırırmış.

Ne var ki, böyle dengesiz halleri olan bu genç kadın, eşi onu boşadıktan sonra, son derece soylu bir biçimde davranmıştı. Kendini evine kapamış, hiç kimseyle görüşmemiş, onu kullanmak isteyen Mustafa Kemal düşmanlarına âlet olmayı kesinlikle reddetmişti. Eski eşi öldükten sonra da bu efendice tutumunu sürdürmüştü. Hattâ Mustafa Kemal'den yana olanlarla da konuşmaya yanaşmamıştı. Bunu çok iyi biliyorum; çünkü

1960'ta *Atatürk* kitabını yazmaya başlayan Lord Kinross'a yardımcı olmuştum. Kinross bir yandan Mustafa Kemal üstüne yazılan her kitabı, her belgeyi okurdu. (Daha doğrusu, bir tek kelime Türkçe bilmediğinden, Türkçe yazılanları, sözlü olarak ben İngilizceye çevirirdim, o da not tutardı.) Bir yandan da, Mustafa Kemal'i tanıyanlarla görüşmeler yapardı. Bir gün, sevinç içinde, Latife Hanımın onunla konuşmayı kabul ettiği müjdesini verdi. Yanıldığını, Latife Hanımın onunla bile konuşmayacağını söyledim. Nitekim konuşmadı da.

Annem, Mustafa Kemal ile evliliği süresince, Latife Hanımı pek tutmamıştı. Ama boşandıktan sonra, Don Kişot Şefika, terkedilen kadından yana çıktı. İstanbul'a her gelişinde, mutlaka onu görmeye giderdi. Bir defasında ben de peşine takılmıştım. Durum çok ilginçti. Mustafa Kemal Paşa lâfı hiç edilmezdi; havadan sudan konuşulurdu. Ziyaretin sonuna doğru, Latife Hanım, başını hafifçe yana çevirip, derin derin içini çekerek, kısık bir sesle "Paşa nasıl, hanımefendi?" diye sorardı. Şefika da, içini derin derin çekerek; "nasıl olacak hanımefendi. Bildiğiniz gibi işte" derdi. Mustafa Kemal'i ayıplarcasına söylerdi bunu. Sonra lâf hemen kapanırdı. İki hanımefendi, içlerini çeke çeke, hüzün içinde ayrılırlardı birbirlerinden. Evden çıkınca, Latife Hanımın "Paşa'yı" her zaman sorup sormadığını öğrenmek istedim annemden. "Evet, her zaman sorar; ama böyle, kısaca" dedi.

Mustafa Kemal Dolmabahçe Sarayı'nda can çekişirken, bizler, üniversiteli gençler, sabah akşam sarayın önündeki caddeye giderdik. Sabah, fakültelerimize gitmeden, akşam evimize dönmeden, oraya uğrardık mutlaka. Sanki bir yakınımız orada ağır hasta yatıyordu. Saçma bir umutla, iyi bir haber alabilmek umuduyla, giremediğimiz sarayın önünde sessizce dolanırdık. Gözlerimizi sarayın damındaki bayraktan ayırmazdık. Ve bir sabah, dokuzu beş geçe, ben ve arkadaşlarım, o bayrağın yarıya indirildiğini gördük. Gene sessizce, birbirimize sarıldık. Benim yaşımda olmayanların hiç anlayamayacağı kişisel bir acıydı bu. Acımız bir yana, bir de sorumluluk duyuyorduk. Çünkü Mustafa Kemal, bütün gençlere, ama özellikle bizim kuşağımıza emanet etmişti Cumhuriyeti.

Dolmabahçe Sarayı'nda katafalkı ziyaret ederken, Halet ile benim arkamda yürüyen Şefika'nın usul usul ağladığını duyuyordum. Cenazeyi, aile dostu bir avukatın Karaköy'de caddeye bakan bürosundan seyrettik. Büro Yüksekkaldırım'ın tam altındaydı. Top arabası görününce, ansızın, şiddetli bir dolu yağıyormuşcasına, "çıt çıt çıt" sesleri geldi oradan. Meğer eskiden basamaklı olan Yüksekkaldırım'da toplanan Yahudiler, dinlerinin yas geleneğine uyarak, giysilerinin düğmelerini aynı anda koparmışlar yere atmışlardı. Düşen düğmelerdi o dolu sesini çıkaran.

Mustafa Kemal'in ölümünden sonra, Fevzi Çakmak'ın cumhurbaşkanı seçileceğinden korkuyorduk. İsmet Paşa seçilince rahatladık. Annem radyoda haberi dinledikten sonra, "artık bu millet sevgilisini kaybetti, kocasıyla uslu uslu oturması gerekecek bundan böyle" dedi. Şefika bunu bir espri yaparcasına değil, ağlayarak söylemişti. Çok daha sonraları Lord Kinross'un *Atatürk* kitabının ilk sayfalarında yer aldı annemin bu sözü.

ÜÇÜNCÜ BÖLÜM

Gençlik

1935'te Arnavutköy Kız Koleji'ni bitirdikten sonra üniversiteye girebilmek için bir devlet okulunda olgunluk sınavı vermemiz gerekiyordu. Bizim kısmetimize Galatasaray Lisesi çıktı. Olgunluk, on beş gün süren, sözlü ve yazılı çok zor bir sınavdı. Bizim otuz bir kişilik sınıftan ancak beş öğrenci bu sınavlara Haziran 1935'te girmeyi göze alabildi ve beşimiz de başarılı olduk.

O sırada Galatasaray karma değildi. Bizleri oğlanlardan ya da oğlanları bizlerden korumak için, başımıza zebellâ gibi bir öğretmen koydular. Sertliğiyle ünlü bu öğremen, Galatasaray'ın en belâlı oğlanlarını bile korkudan tir tir titretirmiş. Gelgelelim, ben kısacık boyumla bu zebellânın karşısına dikildim ve çok kesin bir tavır alarak, "on beş yaşından beri tiryakiyim. Eğer sınavdan önce bir sigara içmezsem, kafam işlemez" dedim. Ve zebellâ beni önüne kattı, helâya götürdü; sigaramı bitirinceye kadar kapıda bekledi. (Daha sonraları, kendim öğretim üyesi olunca, yazılı sınavlarda tiryakilere sigara içme izni verirdim. Kurallara aykırıydı bu; ama ben halden anlıyordum. "Sınıfa birisi girerse, sigaralarınızı hemen söndürün" diye uyarırdım öğrencileri. Kurallara ters düşen başka bir şey de yapardım: Sınavın hemen başında, sevgili hadememiz Elif Hanım sınıfa büyükçe bir tepsiyle girer, çay ve bisküvi servisi yapılırdı. Çünkü öğrencilerin bir kısmının, özellikle kızların, ağızlarına bir lokma koymadan, aç biilaç bir halde sınava geldiklerini bilirdim.)

Meğer olgunluk sınavı öğretmenleri, benle Halet üstüne çok acıklı bir masal uydurmuşlar. Şık giyinmiş öteki üç sınıf arkadaşımızdan farklı olarak, benim de Halet'in de kılık kıyafet açısından dökülmemizden kaynaklanıyordu bu masal. Halet üstüne başına aldırmazdı; benim ise "tersine züppelik" diye tanımlayabileceğim kötü bir huyum vardı ilkgençlik yıllarımda: Kolejli kızlar özellikle süslü olmasalar bile, özenle giyindiklerine, bakımlı göründüklerine göre, benim bunun tam tersini yapmam gerekiyordu. Ayağıma baş parmağımın nerdeyse dışarıya fırladığı eski püskü lastik ayakkabılar geçirmeliydim; sırtıma yamalı etekler ve yakası çarpılmış biçimsiz frenk gömlekleri giymeliydim filan. İyi ki, bu tersine züppelikten kurtuldum zamanla. Gerçi çok beğendiğim bazı kadınlar gibi şık olamadım. Ama daha dikkatle giyindim hiç olmazsa.

Olgunluk sınavını yapan öğretmenler, Halet ile benim perişan kılık kıyafetini görünce, düş güçlerini özgürce işletmişler: Babalarımız Rusya'daki iç savaşta öldükten sonra dul kalan analarımız, bizleri alıp İstanbul'a gelmişler. Beyoğlu'ndaki Beyaz Rus lokantalarının birinde garsonluk ederek, akıl almaz özverilere katlanarak, bizi Arnavutköy Kız Koleji'nde okutmuşlar. Biz Beyaz Rus fukaralarıymışız. Zeki ve çalışkan çocuklar olduğumuzdan, öğretmenlerin yürekleri parçalanıyormuş, ikimize baktıkça.

Bu acıklı öyküyü annem bir rastlantı sonucu öğrendi: Bir kitap almak için Muallim Halit Beyin kitapçı dükkânına gittiği sırada, sınav komisyonundaki öğretmenlerden biri olan Halit Beye, Koleji bitirip Galatasaray'dan olgunluk diplomasını alan beş öğrenciden birinin kendi kızı olduğunu söylemiş biraz da övünerek. Adımı bildirince, Halit Bey hayretlere düşmüş. "Aman hanımefendi nasıl olur? O ve arkadaşı Rus fukaraları!" demiş. Annem de Rus fukaraları sanılan öğrencilerden birinin kendi kızı, ötekinin de Bolu mebusu Hasan Cemil Çambel'in kızı olduğunu açıklamış. Duyduğuna inanmayan nazik Halit Bey, "estağfurullah hanımefendi!" diye bağırmış. O günden sonra Şefika, Halet ile bana "Rus fukaraları" adını takmıştı.

Olgunluk diplomasını elde edince, istediğiniz fakülteye gitmeye hakkınız vardı. 1935 yılında İngiliz Filolojisi bölümü henüz açılmadığı için, o sıralarda "Romanoloji" denilen Fransız Filolojisine girmeye karar verdim. Kimilerinin sandığı gibi, Romanoloji roman okutulan bir bölümün adı değil, Fransızca, İtalyanca, İspanyolca türünden Latince kökenli yani Fransızların "Romane", İngilizlerin "Romance" dedikleri dillerin ve edebiyatların öğretildiği bölümün adıydı. Fransız edebiyatı ağırlıklıydı; ikinci disiplin olarak da İngiliz edebiyatı öğretilirdi.

Aile dostlarımızın çoğu bu kararımı hiç beğenmediler. "Adı bile acayip olan o bölümü bitirince, ne olacaksın? Bir lisede dil öğretmeni olacaksın ola ola. Bari Hukuk Fakültesine git. Devlet memurluğu yaparsın en azından" dediler. Annem de onlar gibi düşünüyordu belki; ama bana karşı koymayı aklından bile geçirmedi. Bense, bir okulda dil öğretmeni olmaya razıydım. Çünkü sevdiğim bir konuyu okumaya karar vermiştim. Lisede, seveyim sevmeyeyim her derse çalışmak, geçer not almak zorundaydım. Ama beni gerçekten ilgilendiren bir konuyu seçersem, üniversite öğretimimin bir haz kaynağı olacağını düşünüyordum. Nitekim öyle oldu da. Üstelik, ancak anladığım ve sevdiğim bir alanda başarılı olabileceğimi de biliyordum.

Daha sonraları öğretim üyesi olunca, ilk derste yeni öğrencilere elli dakika boyunca, sadece meslek seçmek konusundan söz ederdim: "Size yüksek kazanç sağlayacak bölümü değil, sevdiğiniz bölümü seçin" derdim. "Üniversite sınavına yeniden girin. Bir yıl kaybedin, iki yıl kaybedin; ziyanı yok. Yeter ki, sevdiğiniz ve yetenekli olduğunuz mesleği seçin" derdim. "Ömrünüz boyunca sevmediğiniz bir işte çalışmanın sizi ne kadar mutsuz edeceğini, hayatınızı nasıl zehir edeceğini sakın unutmayın" derdim.

Kendim doğru seçimi yapmıştım ve mesleğim ömrüm boyunca mutlu etti beni. Öyle mutlu etti ki, bu mutluluk yetmiyormuş gibi, bana üstelik para verilmesine ilkin şaşardım. Her ay maaşımı alınca, elimde paralar, bölümdeki arkadaşlara koşar, "bana gene para verdiler" derdim hayret içinde. Hayret etmem doğaldı; çünkü salt zevk için yaptığım bir iş, ekmek parasını da sağlıyordu bana. Böyle bir mutluluğun yeryüzünde kaç kişiye nasip olduğunu bilemem.

1935 sonbaharında, şimdiki lenduha Fen ve Edebiyat Fakültelerinin yerinde olan ve daha sonraları yanan o güzelim Zeynep Hanım konağına gelip gitmeye başladım. Oturduğum Beyoğlu'ndan tramvay vardı Beyazıt'a. Öndeki kırmızı vagonun bileti beş kuruş, arkadaki sarı ikinci mevki vagonunki iki buçuk kuruş yani yüz paraydı. (Yazları sayfiye yerlerinde işleyen tramvaylar tenteliydi. Püfür püfür açık havada giderdiniz Kadıköy'den Suadiye'ye.) Beyazıt meydanına çıkar çıkmaz içim açılırdı. Daha sonraları savaş alanına dönüşen Beyazıt meydanı çok güzeldi o günlerde. Ortasında büyükçe bir havuz vardı. Bir kış akşamı, o sırada felsefe bölümünde asistan olan Nüsret Hızır ve öğrenci arkadaşlarımla Fakülte'den çıkınca, bir de baktım ki, bu havuzun üstü buz tutmuş. Onları geride bırakıp havuza koştum, buzun üstüne atladım. Buz tabakası incecikmiş meğer. Ben atlar atlamaz kırılıverdi. Belime kadar soğuk suda buldum kendimi. Üstelik, kırılan buzlar bacaklarımı bıçak gibi kesmişti; kan içindeydim. Nüsret durumu görünce çok kızdı; beni bir taksiye götürürken, fena azarlamaya başladı. Sevgili arkadaşımız Nüsret'i kendi yaşıtımız sayardık bizler. Onun bir "büyük", kırkına yakın bir adam olduğunu ilkin o akşam anladım. Ama ben de, arkadaşlarım da bunu hızla unuttuk. Çok geçmeden, Nüsret'i bizler gibi gencecik sandık gene; çünkü öyleydi aslında.

Nüsret Hızır'ı çok sömürürdük. Maaşını alınca, bizi meyhaneye götürmesini isterdik. Orada bir güzel yerdik içerdik. Sonra, bekâr olan, ablalarıyla oturduğu için geçim derdi olmayan Nüsret, maaşından bizlere eşit miktarda harçlık verirdi. Nüsret'in Neriman ile evlenip Ankara'ya yerleşmesiyle, meyhane fasılları da bitti, harçlıklar da. Ama iyi ki Nüsret'i gene görebildim. Çünkü benden üç dört sınıf büyük olan Neriman'ı okuldan tanırdım. Başkentte bir işim olunca, evlerinde kalırdım.

Nüsret, felsefeci olarak değeri bir yana, dünyanın en bilgili insanlarından biriydi. Yedi yıl Almanya'da geçirmiş, müzikoloji dahil, okumadığı şey kalmamıştı. Üç yabancı dili kusursuz konuşurdu. Hiç kimselerin bilmediği en acayip şeyleri ondan öğrenmiştim. Fransız edebiyatı, özellikle Fransız şiiri alanında eski deyişle bir allame-i cihandı. Bizler de bu alanda iddialıydık ama, solda sıfır kalırdık onun yanında.

Nüsret şişmandı. Neriman, kilo vermesi için, ona sıkı bir diyet uyguluyordu. Ne var ki, Nüsret, yağsız bifteğini ve zeytinyağsız salatasını yedikten sonra sokağa çıkar; Ankara'nın en ücra köşelerindeki lokantalarda, börekli, pilavlı, bol yağlı ikinci bir yemek yemenin yolunu bulurdu. Şişkolar her zaman sevimlidir bence. Nüsret ise şişkoların en sevimlisiydi. Yetmiş yaşındayken bile, yedi yaşında bir çocuk kadar canayakındı.

Tramvay caddesinden Beyazıt meydanına bakınca, havuzun sağında, Küllük kahvesi ve Eminefendi lokantası vardı. Paramız olunca, lokantada otuz beş kuruşa, biri etli olmak üzere, iki tabak yemek yiyebilirdik. Ama çoğu zaman, açık hava kahvesinde oturup, çayla birlikte evlerimizden getirdiğimiz sandviçlerle karnımızı doyururduk. Hava yağmurlu ya da fazla soğuk olunca, Kapalı Çarşı'da gezinir dururduk. Çünkü Fakültemizin bir kafeteryası yoktu o günlerde ve bazen dersler arasında iki üç saatlik boş zaman olurdu. Çarşının daracık yan sokaklarına dalar, en kuytu köşelerini bilirdik. Kapalı Çarşı'nın bizlere kapalı bir tek yeri kalmamıştı.

Hava iyi olunca, Küllük denilen Eminefendi kahvesi toplantı yerimizdi. Şimdi Beyazıt meydanında oturulup bir çay içilebilecek tek yer olan caminin arkasındaki çınarlı kahveye kimseler rağbet etmezdi eskiden. Eminefendi kahvesine yalnız öğrenciler değil; ressamlar, yazarlar, şairler de gelirdi. Ankara'da olmadıkları zaman, Orhan Veli, Melih Cevdet ve Oktay Rifat ile orada buluşurduk. Orhan Veli'nin bacakları öyle ince ve öyle uzundu ki, alçak tahta iskemlesinin üstünde otururken, herkes gibi bacak bacak üstüne atmaz, bacaklarını birbirine dolardı. Abidin Dino'nunki kadar biçimli olan elini, delik deşik izlenimini veren yanağına koyar, bir türkü söylerdi ara sıra:

Cihan da bilir benim sana yandığım,
Yandığım aman.
Ellerim koynumda garip kaldığım,
Kaldığım aman.

Böylesine çatlak bir sesle bu kadar güzel türkü söyleyeni ömrümde duymadım.

Perşembeleri, o gün dersim olmasa bile, kuşbazları görmek için, sabahın yedisinde bomboş olan Eminefendi kahvesine giderdim. Yedi buçuğa doğru, her birinin elinde üstü örtülü bir kafes, değişik yönlerden kuşbazlar gelirdi. Birbirlerinin yüzüne bakmazlar; hiç tanışmıyormuş gibi, ayrı ayrı masalarda sessizce otururlardı. Hepsi toplanınca, gizemli bir işaret verilirdi sanki. Aynı anda kefeslerin kılıfı kaldırılır ve kuşlar çılgınca ötüşmeye başlardı. Kuşbazlar, poker oynayanların ifadesiz yüzüyle önlerine bakarlardı. Oysa bu bir yarışmaydı aslında. Herkes kendi kuşunun öteki kuşlardan daha güzel öttüğünü kanıtlamak isterdi. Ama bunu, değil sözle, en küçük bir hareketle bile açığa vurmazlardı. Bu inanılmaz kuş konseri yarım saat kadar sürerdi. Sonra gene gizemli bir işaret verilirdi sanki. Aynı anda hepsi, kafeslerini kılıfıyla örter, birbirlerine hiç bakmadan, bir tek söz söylemeden, değişik yönlere gider, ortadan yok olurlardı.

1935 ile 1939 yılları arasında yüksek eğitim görmek çok büyük bir talih oldu benim için. İstabul Üniversitesi'nin en şanlı dönemiydi o yıllar. Hocalarımız Almanya ve Avusturya'dan gelip bize sığınan Yahudi ya da anti-Nazi ünlü profesörlerdi. Yalnız kendileri gelmemiş, çalışma arkadaşlarını da beraberlerinde getirmişlerdi. Böylece bütün öğretim kadrosu mükemmeldi, Avrupa'nın ya da Amerika'nın hiçbir üniversitesinde bu kadar üstün kişilerle öğretim göremezdim. İşte bu yüzden, Arnavutköy Amerikan Koleji'nin başvurusu üzerine bana Massachussetts'de bir burs verildiğini öğrenince, hiç duraksamadan başka bir yerde okumaya niyetim olmadığını bildirdim.

Yahudi ve anti-Nazi hocaları Türkiye'ye çağırmak, Mustafa Kemal'in yaptığı en doğru işlerden biriydi. Ne var ki, Amerika, onları birer birer kaptı elimizden. Örneğin bölüm başkanımız Leo Spitzer'den ancak bir tek ders yılı yararlanabildim. Onun yerine gelen Profesör Eric Auerbach'dan ise mezun oluncaya kadar. 1950'den sonra, Auerbach da, ötekiler de en ünlü Amerikan üniversitelerine yerleşti; ancak birkaçı kaldı bizde. Ne var ki, Türk öğretim üyelerini yetiştirmişlerdi bu arada. Böylece olumlu etkileri onlar gittikten sonra da sürdü.

Bizim bölüm kalabalık değildi. Toptan yirmi beş otuz kadar öğrenci vardı. Hocalarımız ise on kişiden fazlaydı. Sosyal ilişkilerimiz de vardı onlarla. Çay toplantıları, akşam yemekleri düzenlerdik. Bazı seminerlerin hocaların evlerinde yapılması ayrıca hoşumuza giderdi. Klasik Fransız tiyatrosundan sahneler oynardık onların önünde. Moda Deniz Klübü'nden küçük bir yat kiralar, Marmara'ya açılırdık. Bir iki gece kalmak üzere, atlı arabalara binip Polonez Köyüne giderdik, Boğaziçi'nin korularında piknikler yapardık vb. Onları sadece hoca olarak kürsüde ders verirken değil, insan olarak yakından tanırdık bu sayede. Onlar da bizi çok iyi bilirlerdi. Örneğin, dilbilimi hocasına bir gevezelik etmiş, sözlü sınavlarda biraz medyumlaştığımı, soruların yanıtını sezdiğimi; bu yüzden hep yüksek not aldığımı söylemiştim. Yıl sonu sözlü sınavında, dilbilimi konusunda pek bilgili olmadığım halde, gene doğru yanıtlar verdim. Öteki hocalar (çünkü sözlülere, yalnız o dersi veren değil, bütün hocalar girerdi) bana "pek iyi" vermek istediler. Ama dilbilimi hocası "bana kendi söyledi; sözlü sınavlarda medyum olurmuş, her şeyi bilirmiş" diye bir açıklama yaptı ve çok haklı olarak, notum "orta"ya indirildi.

Hocalarımız, Türkiye'ye sığınmadan önce çektiklerinden hiç söz etmezlerdi. Ancak bir tek kez, Profesör Eric Auerbach, ona ısrarla bazı sorular sormama karşılık, şöyle dedi: "Günün birinde, bir Çerkez büyükannen olduğu için senin Türk olmadığını söylerlerse, sen ne hale düşersin? İşte bana bunu söylediler. Büyükannelerimden biri Yahudi olduğu için, benim Alman olmadığımı bildirdiler." Alman olmamakla suçlanan Auerbach, henüz yirmi yaşındayken, Birinci Dünya Savaşı'nda Alman ordusunda erlik etmiş; ayağından yaralanmış, ömrünün sonuna kadar özel ayakkabılar giymeye ve topallamaya mahkûm bir Almandı üstelik. Hitler, iktidarı seçimle ele geçirinceye kadar soyunda bir Yahudi büyükanne olduğu hiç aklına gelmemişti.

"Seçimle" sözcüğünü vurgulamak istiyorum; çünkü günümüzde herkes unutuyor o canavarın demokratik bir seçimle iktidara geldiğini.

Profesör Auerbach bana Uludağ'da söylemişti bunu. Uludağ'da bulunmamızın nedeni de şuydu: Felsefe Profesörü Reinchenbach ve Dişçi okulunun başında olan Profesör Kantaroviç, İstanbul'a çok yakın bir kayak merkezi olduğunu öğrenince, üniversite öğrencilerinin bundan yararlanabileceğini düşündüler. Eşit sayıda kız ve oğlandan oluşan gönüllü bir kayak ekibi kuruldu. Avusturya'dan iki kayak öğretmeni getirildi. Cebimizden bir tek kuruş vermeden tepeden tırnağa donatıldık. Kayaklarımızdan tutun da eldivenlerimize kadar, her şeyi üniversite sağladı. Bizlere önce kayak sporu üstüne teorik dersler verildi. Sonra, yol, yemek ve otel masrafları İstanbul Üniversitesi tarafından ödenmek üzere, yılda iki kez, on beş günlüğüne Uludağ'a götürüldük. Felsefe profesörü ile dişçilik profesörü her zaman bizimle gelir; başka yabancı hocalar da onlara katılırdı. Biraz önce söylediğim gibi, Prof. Auerbach, savaşta sakatlandığı için kayak yapamazdı elbette. Moral vermek için gelirdi bizlerle.

Dördüncü yılın sonunda epeyce ustalaşmıştım ama, aynı yıl kayakçı olarak kariyerim sona erdi. İlk bir iki yıl, pat pat düşüyordum, bir şey olmuyordum. Ne var ki, iyi kaymaya başladıktan sonra bir slalom yaparken öyle bir düştüm ki, sağ dizimde zaman zaman hâlâ acısını çektiğim bir menisküs oldu. Hekim hocalar bir gün önce İstanbul'a dönmüşlerdi. Son derece ükelâ dört tıp öğrencisinin elinde kaldım. Biri diyordu ki "hemen buz koymalıyız dizine." Öteki diyordu ki: "Hayır, hemen kaynar su koymalıyız." Biri, kıpırdamadan yatmamı, öteki hemen yürümemi istiyordu. Tıp bilimine öteden beri duyduğum derin saygıdan ötürü, istediklerini peşpeşe uygulamaya koyuyordum. Ancak yürümemin yolu yoktu; çünkü ayağa kalkınca dizim boşalıyor, yere kapaklanıyordum.

İstanbul'a geri dönmek zamanı gelince beni bir kızağa koydular. Üstüme battaniyeler yığdılar. Dört arkadaş kızağı çekmeye başladı. Ama bir metreyi aşan karda kızak ilerlemiyor, arkadaşlar ter döküyor, ben de donuyordum battaniyelerin altında. Bunun üzerine, Avusturyalı iki kayak öğretmenimiz, "bize güven; biz seni bu dağdan indireceğiz" dediler. Sarkıp yere değmesin diye, bacaklarımı iple gövdeme bağladılar. Sağ kolumu birinin boynuna, sol kolumu ötekinin boynuna sıkı sıkı doladım. Beni aralarına alıp, en kestirme ve en dik yerlerden geçerek Karabelen'e inanılmaz bir hızla indirdiler, daha doğrusu uçurdular. Gerçi ayaklarımda kayak yoktu ama, ömrümün en güzel kayışıydı bu.

Altmış yıl önce Uludağ'da sadece iki bina vardı: Bizim kaldığımız yatakhaneleri ranzalı Kayakevi ve yedi sekiz odalı bir otel. İkisi de odun sobasıyla ısınırdı. Bunların dışında tek yapı, ancak bir odadan oluşan Meteoroloji İstasyonuydu. Yazın otele kadar iyi kötü bir yol vardı ama, kışın ancak Karabelen'e kadar otobüsle gidebilirdik. Hattâ çok karlı kışlarda, dağın eteğinde kayaklarımızı takardık. Hiç tecrübemiz olmadığı halde, dağa ilk böyle çıkmıştık. Arkadaşlarımızın bir kısmı Karabelen'de, bir kısmı Kirazlı Yayla'da baygın düşmüştü. Ama ben ve dört beş kişi Kayakevine varmıştık. Üstelik gramofonu kurup dans bile etmiştik o gece.

Yıllar sonra, 1970'lerde Uludağ'a fünikülerle çıkıp, o lüksü, çifter çifter kocaman otelleri, telesiyejleri, teleskileri görünce, afallamış kalmıştım. Hiç de hoşlanmamıştım gördüklerimden. Çünkü görkemli ve ıssız bir dağ, "sosyetik" denilen türden yapay ve sevimsiz bir mekâna dönüşmüştü. Bu çirkin otel yığınını, bu süslü ve de beceriksiz kayakçıları görmemek, sadece o güzel dağı görebilmek için, yerleşim bölgesine sırtımı çevirdim. Bir telesieje binip Fatin Tepe'ye yöneldim; daha doğrusu havaya asılı tellerle oraya doğru götürüldüm. Oteller ve kayakçılar arkamda kalmış, görülmez olmuştu. Sadece uçuk mavi bir boşluk vardı çevremde. Sanki dünyadan tümüyle kopmuşum, sanki uzayda bir yerlere sürükleniyormuş gibi garip bir duyguya kapıldım. Bu da beni müthiş tedirgin etti. Daha doğrusu, tedirginlikten öte, bir çeşit dehşete düştüm. Çünkü o yapay mekânı, o yapay insanları istemiyordum ama, gerçek doğayı, gerçek insanları istiyordum. Uçuk mavi boşluklarda, yapayalnız yok olmaktan korkuyordum. Telesiej Fatin Tepe'ye varınca, orada tek başına olan bir köylü çocuğu beni karşıladı. Bu on beş on altı yaşında oğlan, bana "fena üşümüşsünüz" dedi. Sırtıma şefkâtle bir battaniye sardı. Ocağın başında çömelip, elime bir bardak sıcak çay tutuşturdu. Dünyaya ve insanlara geri dönmenin sevincini yaşadım.

Daha önce de söylediğim gibi, Prof. Leo Spitzer'in derslerinden ve seminerlerinden ancak bir tek yıl yararlanabilmiştim. Ne var ki, öğretim üyesi olarak meslek hayatım o tek yılın sonundaki sınavla başladı: Bizim hocamızın "Spitzer metodu" denilen ünlü bir yöntemi vardı. Sözlü sınavlarda öğrenciye, kimin tarafından ve ne zaman yazıldığını bilmediği bir metin verilirdi. Öğrenci o metni yorumlayarak yazarın kim olduğunu, hangi yüzyılda yaşadığını, hangi edebiyat akımına bağlı olduğunu filan anlaması gerekirdi. Benim önüme konulan metin bir soneydi. Mallarmé'nin o sonesini ezbere biliyordum. Ama Spitzer'in ünlü metodunun her zaman geçerli olmayacağını kanıtlamak amacıyla, küstah küstah sırıtarak, bu sonenin on altıncı yüzyılda, Pléiade akımından Joachim du Bellay tarafından yazıldığını söyledim inadıma. Öteki hocalar, sıfır verip benim sınav odasından kovmak üzereyken, Prof. Spitzer, özel bir şov yaptığımı hemen anladı. O soneyi neden on altıncı yüzyılda Du Bellay'nın yazdığını düşündüğümü ayrıntılı olarak açıklamamı istedi. Ben de açıkladım. Sonra da "ama aslında bu şiiri, on dokuzuncu yüzyılın ikinci yarısında Stéphane Mallarmé yazdı" diye ekledim. Sınav odasından çıkınca, bir de baktım Spitzer peşimden geliyor. (Çok daha sonraları Los Angeles'de bir kongreye gittiğim sırada, orada konuştuğum bazı Amerikalı profesörlere Spitzer'in öğrencisi olduğumu söylemiştim. Onlar da bana Spitzer'e kafa tutmaya kalkanları toz haline getirmek anlamında kullanılan "to spitzerize" fiilinin artık edebiyat terimleri arasına girdiğini anlatmışlardı.) Bu terimi henüz bilmediğim halde, koridorda beni yakalayan hocamın beni "spitzerize" edeceğini ya da gençlere özgü bir ükelâlık gösterisiyle ünlü metodunu çürütmeye kalktığım için, bana en azından bir tokat atacağını sandım. Ama hocam, bana "pek iyi" verdiğini ve yetenekli bir edebiyat öğretmeni olabileceğim kanısına vardığı için, asistan vekilliğine atanmamı isteyeceğini bildirdi. Artık asistanlık YÖK tarafından yok edildi. Ama 1936'da asistanların vekilleri bile vardı. Ben o sırada Amerika'da bulunan Niyazi Berkes'in vekiliydim. Asistanlar altmış altı lira alırken, bana bunun üçte biri yani 22 lira maaş bağlandı. Böylece öğrenciliğim ikinci yılında hocam Spitzer sayesinde akademik kariyere bir adım attım. İlk maaşımın bir kısmıyla anneme 250 gram şam fıstığı, kardeşim Halil'e büyük boy bir tobleron çikolata, kendime de koskocaman kımızı bir balon almıştım.

Prof. Leo Spitzer'in bana yaptığı asıl büyük iyilik bu değil, öğretmenlik konusunda verdiği bazı ipuçlarıydı. Kürsüye çıkmanın biraz sahneye çıkmaya benzediğini ondan öğrendim. Gerçi ben, kısa boyumdan ötürü orada biraz yok olduğum için, kürsüye çıkıp oturmazdım. Sıraların önünde ayakta durup konuşurdum. Ama kürsüye çıksam da çıkmasam da, öğretmen-öğrenci ilişkisi, aktör-seyirci ilişkisine benziyordu gene de. Kırk yıllık öğretmenliğim sırasında şunu anladım ki, ya iyi bir oyuncu gibi inandırıcı olacaksın, seni benimseyecekler; ya da sana inanmayıp reddedecekler. Bir de sevgi giriyor işin içine. Eğer öğrencilerin seni sevmezse, sen de onları sevmezsen, onlara bir tek şey öğretmenin yolu yoktur.

İşte ben, Prof. Leo Spitzer sayesinde anladım bunları. İşin tuhafı, hocamın, günümüzün değil, eski zamanların aktörlerine tıpkı benzemesiydi. Kendim o sırada yirmi yaşında olduğum için bana çok yaşlı görünürdü. Oysa ancak elli yaşındaydı. 1930'lu yıllarda hiçbir erkeğin saçı uzun değilken, havada uçuşan uzun beyaz saçları vardı. Kılığı kıyafeti, herkesinkinden farklıydı. Geniş kenarlı siyah şapkalar, siyah pelerinler giyerdi.

Hocamın ellinci doğum gününü, evinde bir akşam yemeğinde kutlamış, bol bol şarap içmiştik. Sabahın üçünden sonra, bir de baktım ki, Prof. Spitzer, kravatını gevşetmiş, gömleğinin üst düğmelerini çözmüş, hem piyano çalıyor, hem de İspanyolca "Los Claveles de sangre" (Kanlı Karanfiller) adlı bir şarkı söylüyor. Arenada ölesiye yaralanan bir boğa güreşçisiyle ilgili çok dramatik bir şarkıydı söylediği. Adam tam ölmeden önce, sevgilisi, elindeki karanfilleri onun kanına batırıp, sonra göğsüne basıyor, filan. Şarkı bitince bizler gitmek üzereyken, Prof. Spitzer piyanodan kalktı. Ertesi sabah sekiz buçukta, Latince kökenli dillerin nasıl geliştiği konusunda vereceği lenguistik dersine mutlaka vaktinde gelmemizi emretti çok sert bir hoca gibi konuşarak. Şarapların etkisini biraz azaltmak için, soğuk duşlar yaptık, acı kahveler içtik ve hiç uyumadan, tam vaktinde sınıfta yerlerimizi aldık elbette. Kürsüye çıkan kişi dört beş saat önce, bağrı açık bir durumda, ak saçlarını savurarak "Kanlı Karanfiller" şarkısını söyleyen adam değildi sanki. Saçlarını sıkı sıkı arkaya taramıştı. Katı yakalı kolalı bir beyaz gömlek giymişti. Boynunda siyah bir kravat ve sırtında siyah bir takım elbise vardı. Bir rahibe benziyordu nerdeyse. Derse başlamadan önce, bir öğretmenin, dünyevî hazlardan uzak, bir keşiş yaşamı sürmesi ve bir keşiş kendini nasıl Tanrıya adıyorsa, bir öğretmenin de kendini öğrencilerine adaması gerektiği konusunu işleyen küçük bir söylev vermeyi de uygun buldu.

Spitzer Amerika'ya yerleştikten bir yıl sonra, birkaç günlüğüne İstanbul'a geldi. Üniversitenin rektörü, dekanlar ve bazı profesörler onun onuruna, Park Otel'de bir akşam yemeği verdiler. O gece bizleri de görmek istiyordu. Zaten aslında bizleri görmek için İstanbul'a gelmişti. "Bu resmi yemekler sekizde başlar, onda biter" dedi. Bizlerin saat ondan biraz önce Park Otel'e gelmemizi, yemekten sonra bize katılacağını söyledi. Ona çeyrek kala oraya gittik. Resmi makamların gözünden uzak bir masaya oturup, beklemeye başladık. Gelgelelim, yemek bir türlü bitmiyordu. Saat on buçukta, orkestra bir Viyana valsi çalmaya başlayınca, Avusturyalı olan, Viyana'da doğup büyüyen Prof. Spitzer, U biçimindeki masadan kalktı. Geniş adımlarla, kimsenin dans etmediği salonun bir ucundan öteki ucuna geçerek, bizim masaya geldi; beni kolumdan tuttuğu gibi kaldırıp vals etmeye başladı. Onuruna yemek verilen yaşlı başlı profesörün, varyete numarası yaparcasına bir kızla dans ettiği görülünce, resmi masada bir panik yaşandı. Konuklar, çil yavrusu gibi dağılıp ortadan yok oldular. İyi ki, o düğünde Gazi Mustafa Kemal Paşa'yla dans ederken on bir yaşında bilmediğim valsi öğrenmiştim bu arada. Öğrenmem de çok doğaldı. Çünkü şimdi sekseninde olan bizim dinozorlar kuşağı, gençken dansa çok düşkündü. Nerede olursak olalım, bir gramofon bulunca, onu hemen kurar dans etmeye başlardık. Danslarımız da, şimdiki karşılıklı tepinmelere hiç benzemezdi.

Hocam Prof. Leo Spitzer sayesinde girdiğim öğretmelik mesleğini tutkuyla sevdim ömrüm boyunca. Öğretmenlikten vazgeçmek, yaşamaktan vazgeçmekti benim için. 1974'te, bir kongre için Los Angeles'e gitmiş, "air-conditioning" denilen olayla ilk kez karşılaşmıştım. Hava bir sıcaktı, bir soğuktu, bir soğuktu bir sıcaktı. Otelin odasında serin, bahçesinde sıcaktı; otobüste serin, sokakta sıcaktı. Az gelişmiş bir ülkede yaşayan bir insanın ses telleri, bu "klima" teknolojisine dayanamazdı. Üç gün sonra, sesimi yitirdim. İstanbul'a geri döndüğümde, doktorlar artık ders veremeyeceğimi söyleyince, "tamam; yeryüzünde işim yok artık. Öleyim bari" dedim kendi kendime. Ama "öleyim bari" demekle ölmüyor insan. Öğretmenlikten vazgeçemeyeceğime göre, sözlü öğretmenlikten yazılı öğretmenliğe geçtim. Yani ders vereceğime, kitap yazmaya başladım. Sözlü öğretmenlik beni öyle mutlu ediyordu ki, salt kitapsız profesörlük biraz ayıp olduğundan, birkaç kitap yayınlamıştım zorla. Ama sesimi yitirdikten ve emekli olduktan sonra, canla başla yazmaya başladım. Thomas More ve Ütopya kavramını ele alan ince bir kitap, çok kalın bir *Shakespeare ve Hamlet*, beş ciltlik bir *İngiliz Edebiyat Tarihi*, Virginia Woolf ve D.H. Lawrence üstüne incelemeler yayınladım. Şimdi yazdığım bu dinozor anıları da öğretmenliğimin bir devamıdır aslında. İşte bu yüzden de fazlasıyla didaktik oluyorum zaman zaman. Şunu mutlaka yapın, bunu sakın yapmayın diye ahkâm kesiyorum ikide birde. Bu arada ses tellerime yapılan bir ameliyattan uzunca bir süre sonra, billûr sesim yerine geldi. Yani telefonda gene "Beyefendi" diyorlar bana.

Her nedense, öğretmenlik tutkusuyla tiyatro tutkusu her

zaman el ele gitti bende. Hocam Prof. Spitzer'in, iyi bir öğretmenin bir oyuncu yanı olması gerektiğini söylemesinden fazlasıyla etkilenmiştim belki de. 1950'de öğrencim olan Güngör Dilmen, Çanakkale'de yaşadığı, sonra da High School'da yatılı okuduğu için, Üniversiteye girinceye kadar tiyatroya hiç gitmemiş. Yıllar sonra, "tiyatronun ne olduğunu sizden öğrendim" demesine çok sevinmiştim.

Çok yetenekli bir oyun yazarı olan Güngör ancak yirmisinden sonra tiyatroya gitmiş. Oysa beni çocukluğumdan beri tiyatroya götürürlerdi. *Illustration* dergisinin ekinde yayınlanan Fransızca oyunları sürekli okurdum. Comédie Française ve başka Fransız trupları sık sık İstanbul'a gelirdi eskiden. Onlar gelince, yer yerinden oynardı. Marie Bell'i ve daha filmlerde oynamaya başlamadan önce Charles Boyer'yi sahnede görmüştüm. Güzelliğiyle ünlü Marie Bell, kendisine sürekli mücevherler gönderen Hacıbekir için, "J'en ai assez de votre confiseur national" (bıktım sizin milli şekercinizden) dediği rivayet edilirdi. Bu trup Ankara'da da temsiller verdiği için, bir rastlantı sonucu, annem onlarla trende karşılaşmış ve Şefika çok başı ağrıdığını söyleyince, Charles Boyer onun şakaklarını kolonyalarla ovmuş uzun uzun. Daha sonraları Jean Cocteau ile gelen Jean Marais Küçük Sahne'de temsiller vermişti.

Ne var ki, asıl tiyatro eğitimimi, bu yabancı truplara değil, Tepebaşı'nda çoktan yanan o güzelim salonda temsiller veren Şehir Tiyatrosu'na borçluyum. Shakespeare merakım da bu sayede gelişti. Çünkü Ertuğrul Muhsin döneminde her sezon mutlaka bir Shakespeare oyunuyla başlardı. Üniversite öğrencileri her oyunun prömiyerine davetliydi. Bilet almadan bedava seyrederlerdi bu oyunları. Ertuğrul Muhsin, tiyatronun önünde çerez satan satıcılara para vererek onları oradan uzaklaştırırdı. Sonra, perde açılır açılmaz, seyircileri kontrolden geçirir; yedikleri çekirdekleri ve leblebileri nezaketle ellerinden alırdı. Gazi Mustafa Kemal Paşa'nın beklendiği gece bile perdeyi tam vaktinde açmıştı ve birkaç dakika geciken Mustafa Kemal, temsilden sonra kulise gidip, oyunculardan özür dilemişti. Onun babasıyla benim dedem Cemal Bey bir ara aynı devlet dairesinde çalıştıkları için annemle Muhsin çocukluk arkadaşlarıydı. Ben iki yaşındayken sadece Ermenice konuştuğumdan, Ertuğrul Muhsin'i şöyle bir süzmüş, "güzel bir bey" anlamına gelen "ağore baronos" gibi bir lâf etmişim. Bizim çevremizde uzun süre adı öyle kalmış Muhsin'in.

Bu "güzel bey" sayesinde çok erken başlayan tiyatro merakım ömrüm boyunca sürdü. Avrupa'ya gider gitmez, param ne kadar az olursa olsun, ilk işim görmek istediğim oyunlara önceden bilet almaktır. Aynı tutkuyu paylaşan Cevat Çapan'la Londra'da tiyatroda karşılaşınca, ikimiz de gülmeye başlardık. Çünkü meraklıların İstanbul tiyatrolarında karşılaşmaları olasıdır ama, elli tiyatronun her akşam perde açtığı bir kentte karşılaşmaları pek olası sayılamaz. Bu ilerlemiş yaşımda bile, hava berbat da olsa, hasta da olsam, tiyatroya gitmekten kendimi alamam.

Ne var ki, tiyatroya bakışımın biraz dinozorca olduğu söylenebilir. Nedeni de benim açımdan tiyatronun bir göz sanatı değil, bir söz sanatı olmasıdır. Yani oynanılan metnin değerini her şeyden önemli sayarım. "Görsel" denilen tiyatronun numaraları yüzünden metin bozulunca, ben de fena halde bozulurum. Bir oyun, hem kulağıma hem de gözüme hoş geliyorsa, ne âlâ. Ama salt göze yönelen, sirk marifetlerine, cambazlıklara, patırtılarla gürültülere başvurarak metni önemsemeyen oyunlara bu dinozorun tahammülü yoktur. Metni katletmeden görsellikten yararlanmanın yolu vardır elbette. Bunun en güzel örneklerinden birini, Stratford'da Shakespeare'in tarihsel oyunları oynanırken görmüştüm. Tarihsel oyunlarda çok bol olan savaş sahnelerini, karşılıklı kılıç şakırdatan on ya da on beş figüranla canlandırılmasını, öteden beri gülünç bulurum. Stratford'daki yönetmen, bu gülünçlüğe düşmemek için, görsellikten yararlanarak şöyle bir çare düşünmüş: Sahnede, hiçbir oyuncu yok. Yanıp sönen, şimşek gibi çakan, renk renk ışıklar görülüyor ve savaş gürültüleri, patlamalar ve insan çığlıkları duyuluyor sadece. Bu ışıklarla bu sesler öyle bir ustalıkla ayarlanmış ki, iki büyük ordunun ölesiye çarpıştığını sanıyor seyirciler.

Tiyatroya hayranımdır ama, onlar ancak sahnedeyken hayranımdır oyunculara, sahnede çok gerçek bir insan görünen bir oyuncu, sahne dışında yapay, hattâ yapmacık izlenimini verebilir bana. Oliver Goldsmith, on sekizinci yüzyılın en ünlü aktörü David Garrick'in ancak sahnede doğal olduğunu, sahneden inince rol oynadığını boşuna söylememiştir. Yapmacık olmasa bile sahnede seyircileri büyüleyen bir oyuncu, sahneden iner inmez, o müthiş karizmasını yitiriverir. Başka birini sahnede temsil ederken tanrılaşan adam, sadece kendini temsil ederken zeki ya da kişilikli bile sayılamayacak sıradan bir insan oluverir. Bunun ancak bir iki istisnası vardır. Ad vermek istemiyorum ama, sahne dışında da üstün zekâları, geniş kültürleri, pırıl pırıl kişilikleri olan bir iki aktör tanırım. Çoğu öyle değildir ne yazık ki. Ertuğrul Muhsin bunu anlamıştı herhalde. Aktörlerin, seyircilerin gözünde gizemli çekiciliklerini yitirmemeleri için, kendilerini sahne dışında kimselere göstermemelerini, şuraya buraya gitmemelerini isterdi. Kendi bunu uygulamaya koymuştu anlaşılan; çünkü herkes gibi, dostlarıyla birlikte kahvelerde lokantalarda oturmazdı. Seyirciler onu sahne dışında görürlerse, büyünün bozulacağını bilirdi.

Aktörlerin sahne dışında büyüleyici etkilerini yitirmelerinin nedeni, onların, tıpkı müzik virtüozları gibi, birinci derece sanatçılar değil, ikinci derece sanatçılar olmalarıdır. Birinci derece sanatçı, bir oyunu yazan ya da bir müzik parçasını kompoze eden kişidir. Aktör de, virtüoz da birer yorumcu, dolayısıyla ikinci derece sanatçılardır sadece.

Aktörler, virtüozlardan çok daha talihsizdirler. Çünkü günümüzün teknolojik harikaları, CD'ler filan sayesinde, bir virtüoz öldükten sonra da uzun zaman anımsanabilir. Oysa aktörlerin önlerinde ancak kırk elli yıllık bir süre vardır. Ne yapacaklarsa o süre içinde yapacaklar, sonra da unutulup gidecekler ya da bir iki yaşlı seyircinin belleğinde bir anı olara kalacaklardır. Örneğin ben, Hâzım'ın karşısındakini dinlerken, bir çay bardağındaki şekeri karıştırmasını bir türlü unutamıyorum. Oyunu çoktan unuttum ama, o sahne aklıma geldikçe, hâlâ gülüyorum. Küçük Kemal'in Shakespeare'in *Ölçüye Ölçü*'sünde cellât olarak sahneye çıkışını da unutamıyorum. Cellât deyince, iri yarı, elinde bir balta, zalim yüzlü, izbandut gibi bir herif akla gelir. Oysa ufacık bir insan olan Küçük Kemal, siyah kadifeler giymişti; elinde sadece bir ustura tutuyordu ve ince ince gülümsüyordu. Ama onu görünce, izbandut cellâtların veremeyecekleri bir dehşete kapılmıştım, korkudan tüylerim diken diken olmuştu.

Sahneden çekilecek kadar yaşlanan ya da ölen aktörlerin belleklerden silinmesini önlemenin tek çaresi, oyunları videokasete almak. Artık elimizde video kameraları varken, bunlardan neden yararlanılmadığına aklım ermiyor.

Hem kızım, hem de babası tiyatro sanatçısı olduğu için, ömrüm aktörler arasında geçti. Onların dertleri, yüreğimi parçaladı her zaman. Neler çektiklerini çok yakından bilirim; star durumunda olan birkaç talihli bir yana, işsiz güçsüz kalmanın acısı; rol alabilmek için boşuna didinmeler; haftalarca süren provalar; yönetmenlerin kaprisleri; her akşam sahneye çıkmanın stresi; bir an bile olsa, rolünüzü unutabileceğiniz, yüzlerce seyircinin önünde rezil olacağınız kaygısı; özellikle yeni bir temsilin ilk gecesi duyulan o inanılmaz gerginlik ve korku. Bu paniğe bütün oyuncular kapılır. İşin garip yanı, usta bir oyuncunun sıradan bir oyuncudan daha fazla korkmasıdır. Şehir Tiyatrosu'nda bu konuda bir öykü anlatılırdı eskiden: Bir Shakespeare oyunu sahnelenirken, baş rolü oynayan kişi, ansızın ağır hastalanmış. Genç ve tecrübesiz sanatçılardan biri, bu rolü ezbere bildiğini, hemen sahneye çıkabileceğini söylemiş. Ertuğrul Muhsin "korkmaz mısın?" diye sorunca, "Neden korkayım ki, hiç korkmam" yanıtını vermiş delikanlı. O sıralarda yetmişini aşmış olan Muhsin, "ne tuhaf, ben hâlâ korkuyorum" diye fısıldamış oradakilere. Aktör ne kadar ustaysa, duyduğu gerginliğin de o kadar büyük olduğunu söyleyebiliriz bir paradoks yapmadan. Yıllardır dostum olan büyük bir oyuncuya moral vermek için, kendi çevirdiğim bir oyunun ilk temsilinden önce kulise gitmiştim. Bana, "biliyorum, nasıl kepaze olacağımı görmek için buraya geldin" deyince, onun duyduğu panik sanki bana da geçti; kulisten kaçtım.

Her mesleğin "deformasyon profesyoneli" vardır. Bu yüzden de, bu kadar güç ve yıpratıcı bir mesleğin tiyatro sanatçılarının kişiliğinde yaptığı bozuklukları doğal karşılamak gerekir: Aktörler egosantriktirler; kendilerini dünyanın merkezi sanırlar. Marlon Brando'nun aktörü, "ancak kendisinden söz edilince sizi dinleyen bir adam" olarak tanımlaması doğrudur. Aktörler, birbirlerini ölesiye kıskanırlar; çünkü başkasının başarısı, kendi başarılarını biraz gölgede bırakır. Aktörler şöhret düşkünüdürler; çünkü kazandıkları ün, başarılarının bir ölçüsüdür. Aktörlerin sinirleri fena halde bozuktur; çünkü korkunç bir stres altında yaşamaktadırlar. Bu stresi hafifletmek için, alkole sığınanlar vardır aralarında. Çoğu aktörlerin öz kişilikleri tam anlamıyla gelişemez; çünkü onların başka kişilikleri yansıtan aynalar olmaları gerekir. Ne var ki, usta bir aktör, tümüyle başka bir kişi olacak kadar kendinden geçmez, kendi benliğini yitirmez. Ancak usta olmayan aktör bunu yapar. Usta aktör, hem kendi olur, hem de başka biri. Bir yandan hıçkıra hıçkıra ağlar, bir yandan da hıçkırıklarını bilinçli bir denetim altında tutar. Bu da kişiliğinde bir bölünmeye neden olur.

Aktörlerin bu kişilik bozuklukları özel yaşamımda bir sorun haline geldiği için, ünlü yabancı tiyatro sanatçılarıyla ilgili bir yığın yaşam ve özyaşam öyküsü okudum. Gördüm ki, yalnız bizim ülkemizde değil, dünyanın her yerinde, aktörlerin psikolojik yapılarındaki bozukluklar aşağı yukarı aynı. Ama huyları ne denli kötü olursa olsun, gene de "yaşasın aktörler!" diyorum. Çünkü onlar yok olursa, tiyatro denilen harika sanat da ortadan yok olur.

Üniversite yıllarımı anlatırken, gene esas konumdan uzaklaştım, tiyatroya daldım gittim. Neyse, Haziran 1939'da Edebiyat Fakültesi Fransız Edebiyatı bölümünden mezun oldum ve işin tuhafı, Fransızca yazarken korkunç imlâ hataları yaptığım halde,"pek iyi" dereceyle aldım diplomamı. Fransız okuluna, dokuz yaşındayken ve ancak beş altı ay gitmiştim. Bu çok güç dili salt kitap okuyarak öğrenmemi, hayatta tek marifetim sayarım. Ama dokuz yıl Dame de Sion'da okuyan kızımın yapmadığı imlâ hatalarını yapıyordum doğal olarak.

Hocalarım bunun farkına varmamışlardı. Çünkü bir öğrencinin çalışmalarını, profesörlerin de, öğrencilerin de eleştirebilmesi amacıyla, yazılı ödevler seminerlerde yüksek sesle okunurdu. Sonra da tartışmasına geçilirdi. Benim sentaksımda, yani sözdizimimde hiçbir bozukluk yoktu. Mezuniyet tezlerimin (çünkü biri edebiyat, biri dilbilimi üstüne iki ayrı tez yazmak zorundaydık) imlâsını ise, arkadaşlarım düzeltmişti.

Gelgelelim, yazılı mezuniyet sınavında foyam meydana çıktı. Soru, Montaigne ile Pascal üstüneydi ve ikisini de çok iyi biliyordum. Üç saatte on beş büyük sayfa yazdım. Düşünüp taşınıp imlâmı biraz düzeltmeye vaktim kalmamıştı. İmlâmın neden bozuk olduğunu açıklayan birkaç satırlık bir pusula yazdım Prof. Auerbach'a ve sınav kâğıtlarımı verirken bu pusulayı ceketinin göğüs cebine koyuverdim. Bunu yapmak için elimi göğsüne doğru uzatınca, şaşan hocamın bir adım geri attığını hiç unutamam. Ertesi gün Fakültenin koridorunda karşılaştığımızda yazılı sınavım konusunda ne düşündüğünü sormak yüzsüzlüğünde bulundum. O da ifadesiz bir yüzle, "Montaigne'i de, Pascal'ı da esaslı biliyorsunuz" demekle yetindi.

İki gün sonra, sıra sözlü sınava geldi. Öteki sınavlarda olduğu gibi, mezun olmadan önceki bu son sınava da bütün hocalar katılırdı. Öğrencilere bir metin verilir ve o metni bir çıkış noktası sayarak, Fransız edebiyatının tümünü kapsayan sorular sorulurdu. Bana verilen metin Molière'in *Kibarlık Budalası*'ındandı. Soylu sınıfın kibarlığına özenen bir küçük burjuva, onu eğitecek bir öğretmen tutar. Öğretmen, "size ne öğreteyim?" diye sorunca da "bana imlâ öğretin" der. Ben bu metni görünce, bayılma huyum olsa, utancımdan bayılacaktım nerdeyse. Çok esprili bir biçimde beni böyle alaya alan hocam, metni yüksek sesle okumamı istedi. Kekeleyerek okudum. Sonra Auerbach, ancak çok sakin insanların duyabileceği korkunç bir öfkeye kapıldı. Ayağa fırlayıp, sınav kâğıtlarımı şiddetle masanın üstüne attı. "Şimdi ne yapacağız! En iyi öğrencimiz imlâ bilmiyor! Ona sıfır vermek zorundayız!" diye bağırdı. Öteki hocalar, Fransızcada herkesin biraz imlâ hatası yapabileceğini ileri sürerek, onu sakinleştirmeye çalıştılar. Ama Prof. Auerbach kendinden geçmişti. "Şunlara bakın!" diye tepinerek sınav kâğıtlarımı öteki hocaların önüne fırlattı. Yazdıklarımı okuyanlardan dehşet ifade eden ünlemler yükseldi.

Onlar bağırışırken, ben biraz toparlanmıştım. Hocaları susturup, ayağa kalktım ve şöyle dedim: "Şimdi size söz veriyorum. Ömrüm boyunca aslâ Fransızca öğretmenliği yapmayacağım. (Verdiğim bu sözü de tuttum.) Sadece İngilizce öğreteceğim. İngilizce de ise hiç imlâ hatası yapmam." Ne var ki, Prof. Auerbach İngilizce imlâm konusunda da kuşkuya düşmüştü artık. İngilizce yazılmış sınav kâğıtlarım Dekanlık bürosundan getirildi. Hocaların hepsi, pür dikkat bunları inceledi. İmlâ hatası yoktu sahiden. Bunun üzerine, aslâ Fransızca öğretmeyeceğim konusunda bana bir defa daha resmen yemin ettirdikten sonra, "pek iyi" verdiler.

Aynı yıl, Eylülün ilk günü, İkinci Dünya Savaşı başladı. Bense, tam bir ay sonra, Fransız hükümetinin verdiği bir doktora bursuyla Paris'e gittim. Tam bir çılgınlıktı bu. Ama her nedense çılgınlıklara yatkındım öteden beri. İngiliz edebiyatıyla ilgili bir doktora yapmak üzere Fransa'ya gitmem de saçma geldi bazı dostlarıma. Keşke "Amerika'dan ya da İngiltere'den bir burs isteseydin" dediler. Oysa iki yıl önce, yani 1937'de ilk yurtdışı gezime çıkmış, Halet oradayken, bir aylığına Paris'e gitmiştim. Orasını yeniden görmek istiyordum. Hiç görmediğim Amerika'ya da İngiltere'ye de uzaktan alerjim vardı. (Daha sonraları sık sık gittiğim İngiltere'ye alerjim hemen geçti. Ama iki kez gittiğim Amerika'ya alerjim hâlâ devam etmekte.) Fransa'da İngiliz edebiyatını incelememi saçma bulanlara, "bir doktora için gerekli olan kitaplık ve iyi bir profesördür. Paris'te kitaplık da var, Profesör Cazamian da var" dedim. Hocam Sabahattin Eyüboğlu'nun bana Ankara'dan yazdığı bir mektupta dediği gibi, "ok yaydan çıkmıştı." Beni zaptetmenin yolu yoktu.

Rue de Seine'ın 60 numarasında Hôtel de la Louisiane'nın

çatı katında bir oda tuttum. Halet orada oturduğu için, iki yıl önce ben de kalmıştım aynı yerde. Öğrencilere uygun, ucuz bir oteldi. En üst katta uzun kalanlara özel indirimler yapılırdı. Yıllar sonra nasıl lüks bir otele dönüştüğünü görünce, çok şaşırdım. Henüz ünlü olmayan Sartre, aynı sıralarda Hôtel de la Louisiane'da kalıyormuş meğer. Simone de Beauvoir'ın anılarından öğrendim bunu. Otelin altı kat merdivenlerini inip çıkarken, kim bilir kaç kez onunla karşılaşmış, içimden "aman ne sevimsiz adam, aman ne çirkin adam!" diyerek yanından geçmişimdir.

Prof. Cazamian ile doktora çalışmalarıma başladım. Adamın adından Ermeni kökenli olacağını ummuştum. (Rue de Seine'in köşebaşındaki Ermeni kestaneciyle çok sıcak ilişkilerimiz vardı. Önünden her geçişimde beni durdurur, "küçük hanım" diye selamlayarak, Türkçe konuşmak özlemini benimle biraz giderirdi. Cabadan iki üç tane daha kestane katardı aldıklarıma.) Ama Prof. Cazamian'ın Ermeni olmadığını çok geçmeden anladım.

Doktora derslerine "agrégation" öğrencileriyle, yani üniversitelerde ve liselerde profesör olmak üzere yetiştirilenlerle devam ediyordum. (Fransızlar, lise öğretmenlerine de "Profesör" unvanını verirler çok doğru olarak) Ötekilerin tümü askere alındığından, ancak iki erkek öğrenci kalmıştı sınıfta. Bunlardan biri topal, biri de albinostu. Bizim üniversitede, yabancı öğrencilerin çevresinde, bir çeşit sevgi çemberi oluşur; onlara yardım edebilmek için, herkes elinden geleni yapar. Oysa bu Fransız kızlar, birbirlerine karşı olduğu gibi, bana karşı da soğuk ve mesafeliydiler. Bana "nasılsınız?" diye hatır sorduklarında, bir metni açıklamamı isteyeceklerini anlardım. Çünkü İngiliz ya da Amerikan okullarında okumadıkları için, çoğunun İngilizcesi benimki kadar iyi değildi. Her gün gördüğüm bu insanlara öyle yabancılaşmıştım ki, albinos oğlan, annesinin benimle tanışmak istediğini söyleyerek, evine çaya çağırınca, korkunç tuzaklar, iğrenç cinsel taciz sahneleri aklıma geldi, hemen reddettim. Oysa o albinos çocuk, gurbette bir Türk kızına biraz ilgi göstermek isteyen sınıfta tek kişiydi büyük bir olasılıkla.

Sekiz yıl sonra, 1948'de üç aylığına Paris'e gidince, Fransızların yabancılara karşı tavırlarının ne kadar değiştiğini görüp, şaşırdım kaldım. Eskiden, onlara yabancı gelen bir dil konuştuğumuzda bize kötü kötü bakarlardı. Hattâ "sal métèque" yani "pis yabancı" diye lâf atanlar vardı. Her yabancı "métèque" sayılmazdı elbette. Eğer İngiltere'den, İsviçre'den, İskandinav ülkelerinden ya da ABD'den geliyorsanız, "métèque" sayılmazdınız. Ama Güney Amerika'dan, Doğudan, Yunanistan'dan ya da Türkiye'den filan gelirseniz pis bir "métèque"diniz. Şimdiyse, candan olmasa bile, terbiyeli davranıyorlardı o "métèque"lere.

Bu olumlu değişimin nedenleri, Fransızların savaş yıllarında çok acı çekmeleri, yabancıların yardımına muhtaç kalmaları ve çocuk doğurmaya başlamalarıydı herhalde. Öteden beri bebek meraklısı olduğum için, parklarda çocuk arabaları arardım. Bebek yerine köpek gezdiren sıska hatunlar görürdüm. O sıralarda Fransız kadınları çocuk doğurmaya yanaşmıyorlardı. "Gréve du ventre" yani "karın grevi" ilan etmişlerdi. Oysa 1948'de bir de baktım ki, parklar, bir eliyle bebek arabası iten, öteki eliyle bir küçük çocuğun elini tutan, üçüncü bir bebeği de karnında taşıyan kadınlarla dolu. Çıkarları da rol oynuyordu bu doğurganlıkta. Çünkü ülkenin nüfusu önemli derecede azaldığından, devlet büyük para yardımında bulunuyordu çocuk doğuranlara. O sıralarda yayınlanan bir Fransız romanında okumuştum: Üç çocuk aralarında konuşurken, birincisi "buzdolabı benim sayemde", ikincisi "çamaşır makinası benim sayemde", üçüncüsü de "yeni radyo benim sayemde" diye övünüyorlar.

Bir millet konusunda genellemeler yapmak çok yanlıştır ama, şimdi yazdıklarımdan anlaşılacağı gibi, kültürlerine, özellikle edebiyatlarına hayran olduğum Fransızları insan olarak genellikle pek sevmem. ("Genellikle" diyorum; çünkü sevdiğim, hem de çok sevdiğim Fransızlar var elbette.) Dillerini bilmediğim İtalyanlara dakkasında kanım kaynar. Onlarla hemen sevgi bağları kurabilirken, Fransızlarla ancak beyin bağları kurabilirim çoğu zaman. Bu beyin bağları ise bana yetmiyor.

Savaşın acayip bir dönemiydi benim orada geçirdiğim dokuz ay. Frasızlar "drôle de guerre", yani "tuhaf bir savaş" adını takmışlardı o döneme. Gerçi savaş resmen ilan edilmişti; ama savaşma yoktu. Herkes yanında gaz maskesi taşımak zorundaydı. Ben maskeyi otelde bırakıp, çantasını el çantası olarak kullanır, içine sigara, kitap, kalem, defter filan koyardım. Geceleri, ara sıra alarm verilir, herkesin sığınaklara inmesi istenilirdi. Ama kenti bombalayan uçak yoktu havada. Zaten Paris, daha sonraları da hiç bombalanmadı. Sirenler ötmeye başlayınca, ışıkları söndürür, pencerenin kenarına otururdum. Otelimin çevresinde bir yığın kilise vardı, ve alarm sırasında kiliselerin hepsi "glas" denilen o çok ağır tempolu ve etkileyici ölüm çanlarını çalmaları beni korkutacağına, garip bir yaşama sevinci verirdi bana.

Geceleri çok sıkı bir karartma uygulanırdı. Işıklar Kenti Paris, karanlıklara gömülürdü. Küçük ampulü mavi bir kâğıtla örtülü el feneriyle sokağa çıkıp, otelime çok yakın olan les Deux Magots'ya giderdim. Picasso da o kahveye sık sık gelirdi. Kaçıncı karısı olduğunu bilmediğim bir âfet vardı yanında. O âfetle hiç konuşmaz, kadın bir şey sorunca, hiç yanıt vermezdi. Kâğıt peçetelere bir şeyler çizer, sonra onları buruşturup cebine tıkardı. Ben de hep beklerdim, şunlardan birini atsa da, o gittikten sonra kâğıdı yerden alsam diye. Başını eğip, kaşlarının altından çevresine bakarken, tıpkı bir boğaya benzerdi. Saldırdı saldıracak.

İstanbul özleminin beni kemirdiğini, doğduğum büyüdüğüm kent dışında hiçbir yerde yaşayamayacağımı, o dokuz ayda anladım. Yolculuklara çıkmaktan, bir ay, bilemediniz iki ay, bir yerlere gitmekten her zaman hoşlandım. Ama sonra İstanbul'a geri dönmeliydim mutlaka. Zaten daha sonraları Londra'da geçirdiğim on bir ay bir yana, İstanbul'dan uzun süre uzak kalmadım hiç. Paris'teki o dokuz ay sırasında acayip saplantılara kapılıyordum. Örneğin eskiden Galata Köprüsü'nün altındaki havuzumsu yerlerde görülen denizin o garip yeşilini tutturuyordum. O yeşili tam olarak gözümün önüne getirmek istiyor, bunu bir türlü yapamıyordum. İyiden iyiye manyaklaştığım için, İstanbul'u hiç görmeyen iki ressam arkadaşım, ellerine fırçayla palet alıp, çeşitli yeşil tonlarını bana gösteriyorlar; "acaba bu muydu?" diye soruyorlardı. "Hayır değil, bu da değil" diyordum özlemden titreyerek. Yeşili ancak Fikret Muallâ gösterebilirdi bana. Ama ondan böyle bir şey isteyemezdim. Çünkü İstanbul lâfı olunca, Muallâ benimkinden ters yönde manyaklaşıyor; onu memlekete geri götürmek amacıyla karanlık komplolar kurduğumu sanıyordu. İşin tuhafı, İstanbul'a geri dönünce aylarca saplantısını çektiğim o yeşil suya gidip bakmak hiç aklıma gelmedi. Hattâ Vaniköy'de oturduğumuz sırada, sıcak bir yaz akşamı, elimde bir yığın ağır paket, kan ter içinde vapura yetişmeye çalışırken, gözüm o suya ilişti; "lânet olsun o yeşile!" dedim içimden.

Paris'te eskiden tanıdığım Türk arkadaşlarım vardı iyi ki. Mehmet-Ali Aybar ile dünyanın en ince ve en canayakın insanlarından biri olan Ragıp Sarıca oradaydı. Cahit Sıtkı ile Oktay Rifat oradaydı ve başkaları da. Buna inanmak zor ama, Mehmet-Ali solcu değildi o sırada. O kadar değildi ki, her derde devâ olarak sosyalizmi gösterdiğim için bana "reçeteli kız" der, alaya alırdı. Ne var ki, bir iki yıl sonra o da "reçeteli" oldu. Üstelik benim gibi yalnız reçeteli olmakla kalmadı, "reçeteyi" uygulamaya koydu. Üyesi olmakla gurur duyduğum Türkiye İşçi Partisi'nin başına geçip, hiçbir zaman unutulmaması gereken büyük işler yaptı. 1965 seçimlerinde, TBMM'ine on beş TİP'li sokmanın yolunu buldu.

Cahit Sıtkı, nerdeyse benim boyumda, ufak tefek bir adamdı. Hiç biçimsiz değildi; ufak boyuttaydı sadece. Bir Çinlininkiler gibi çekik kara gözleri vardı. Herkes için, ikide birde, "çok iyi yüreklidir, sevgi doludur" derler ama, gerçekten öyle olan çok az sayıda insan vardır aslında. Cahit Sıtkı o ender insanlardan biriydi. Mehmet-Ali "reçeteli olmadan önce onunla sık sık kavga etmemize çok üzülürdü. Bir akşam, biz gene dalaşırken, arkamızdan geldi; bir elini Mehmet-Ali'nin omuzuna, ötekini benim omuzuma koyup, o zamana kadar duymadığım bir şiirini okudu. Anımsadığım kadarıyla,

Değil kardeşim, değil; gök mavi değil,
Dal yeşil değil, ayrı suda yüzer bindiğimiz gemiler.

gibi bir şey söylüyordu o şiirde; ama Mehmet-Ali ile benim gemilerimizin aynı sularda yüzmesiydi asıl istediği.

Cahit Sıtkı çok içtiği halde, sarhoşken tatsızlık çıkarmazdı. Ancak içinde biriken ve hiçbir zaman açığa vurmadığı acılar onu ölüme iterdi sanki. Beyoğlu'ndan geçen tramvayların önüne atardı kendini. Her bir taraf tramvayın çan sesleriyle çınlarken, adaşı uzun boylu Cahit, fırlar, ufak tefek Cahit'i yaka paça yakalayıp, kaldırıma taşırdı.

Nisan 1940'ın son haftası, biri İngiliz, biri İsveçli iki ressam arkadaşımla, Fransa'nın güneyine, Cagnes kasabasına gittik. Kiraladığım bir bisikletle on beş gün Côte D'Azur'de cirit attım. Sabah erkenden çıkıyor, akşam karartma başlamadan önce geri dönüyordum. Adları gibi kendileri de şirin köylerden, örneğin La Napoule gibi yerlerden geçtim, görmediğim yer kalmadı. On üç yıl sonra, Abidin ve Güzin ile buluşmak üzere oralara gidince, gördüklerim beni çok üzdü: Bizim Güney kıyılarımızın 1970'li yıllarda geçirdiği korkunç değişime uğramıştı Fransa'nın güneyi de. Büyük bahçelerin içindeki o küçük villaların yerini kocaman apartmanlar almıştı. Her şey bayağılaşmış, otomobiller ve onlardan inen gürültülü kalabalıklar doldurmuştu her bir yanı. Ne var ki, bu değişimleri önlemenin çaresi olmadığını bildiğim için, 1960'lı yılların Bodrum'unu ya da Marmaris'ini görmenin mutluluğunu yaşadığım gibi, 1940 ilkbaharında Côte D'Azur'ü görmenin mutluluğunu yaşadım hiç olmazsa diyorum kendi kendime.

Fransa'nın güneyindeki o ilkbahar mutluluğu, tam 10 Mayıs 1940 günü birden bire sona erdi: Bisikletime binip yollara düşmeden önce, yanıma biraz peynirle ekmek almak için bakkala gitmek üzereyken, iki jandarma yolumu kesti. Nerdeyse altmış yıl sonra bile unutamadığım bir şey söylediler bana:

"Matmazel, böylesine edebe aykırı bir kılıkta dolaşamazsınız; çünkü vatanımız tehlikede" dediler. Oysa kılığım hiç şık sayılamazdı ama, edebe aykırı da değildi. Üstümde bir frenk gömleği ve kardeşim Halil'in eski bir pantolonunun paçalarını kesip kısalttığım, dizkapağıma kadar inen bir şort vardı. Şortumun düğmelerini iliklemeyi acaba unuttum mu diye, hemen önüme baktım. Düğmeler ilikliydi. Kaldı ki, ilikli olmasalar bile, vatanlarının tehlikede olmasıyla ne gibi bir ilgisi vardı benim şortumun? Jandarmalar kolumdan tutup, duvara yeni yapıştırılmış resmi bildiriyi gösterdiler bana. O sabah, Alman ordusunun Fransa'ya karşı harekete geçtiği yazılıydı bildiride. O gülünç jandarmalar da, küçük burjuvanın aptalca zihniyetini alaya alan bir Fransız vodvilinden çıkmışcasına, benim yıpranmış, ama edepli şortumu yasaklıyorlardı. Ben o şortu giymezsem, vatanlarının kurtulacağını sanıyorlardı herhalde.

"Drôle de guerre" bitmiş, gerçek savaş başlamıştı artık. Naziler birkaç hafta içinde, aşılmaz sanılan Maginot hattından geçerek Fransa'ya girdiler. Bana telgraflar gelmeye başladı. O sırada Paris elçiliğimizde ikinci kâtip olan çocukluk arkadaşım Melih Esenbel, Paris'e hiç geri dönmeden, yakın olan İtalyan sınırından geçip memlekete dönmemi istiyordu. İstanbul'daki arkadaşlarım ve annem de bunu istiyorlardı telgraflarında.

Ama ben, Paris'e geri döndüm. Oradaki Türklerle ne yapacağımızı düşündük. Mehmet-Ali o sıralarda çok kullanılan bir tandemle, yani iki kişilik uzun bir bisikletle, güneye doğru gitmemizi önerdi. Bisikletin ön kımında Mehmet-Ali, arka kısmında ben pedal çevirecektim. Çocuk için yapılan orta kısmına da, ikimiz gibi sporcu olmayan sevgili Ragıp Sarıca'yı oturtacaktık.

Derken konsolosluğumuz, bütün öğrencileri bir toplantıya çağırdı. Elimize Paris-İstanbul üçüncü mevki bir tren bileti tutuşturuldu. Biletin ücreti kırk üç liraydı, ama bize bedava verildi. Ve öğrencilere şöyle denildi: "Eğer bu biletten yararlanıp, hemen geri dönmezseniz, biliniz ki, bundan böyle ne konsolosluğunuz var, ne elçiliğiniz. Fransa'da kalmak gafletinde bulunursanız, Türk makamları sizden sorumlu değil artık."

On beş yirmi gün kadar Paris'te oyalandıktan sonra, memlekete geri dönmeye karar verdim. Bu koşullar altında doktorama devam etmenin yolu yoktu. Darmadağın olan Fransız hükümeti de benim iki yıllık bursumu kesecekti büyük bir olasılıkla. Üstelik, hem İstanbul'u ölesiye özlemiştim, hem de Nazi ordusunun Paris'te resmi geçit yaptığını görmek acısını çekmek istemiyordum. Nitekim, bizler 6 Haziranda Paris'ten ayrıldık; 14 Haziranda da Almanlar, Paris'lilerin çoğu güneye doğru kaçtıkları için, nerdeyse bomboş kalan kente girdiler.

Tahta üstünde oturarak, dört beş gün süren yorucu bir yolculuk yaptık. Sekiz kişilik kompartman doluydu. Uyuklarken, ara sıra kaykılıyor, nerdeyse uzanacak kadar yer buluyordum kendime. Gözlerimi açınca da, yanımda oturan iki kişinin, koridorda ayakta durduklarını görüyordum. Meğer aynı kompartmandaki Türk öğrenci, biraz uyuyabilmem için çok acıklı masallar uydurmuş, Paris'te nasıl bombalandığımı, neler çektiğimi anlatmış öteki yolculara. Onların da yüreği parçalanmış, uzanacak kadar yer vermişler bana.

Ne gariptir ki, 1940 ilkbaharında Paris'te yaşamadığım savaş paniğini, 1941 ilkbaharında İstanbul'da yaşadım. Naziler, memleketi çepeçevre sarmışlardı. Savaşa girmemiz için, Almanların da Müttefiklerin de baskısı altındaydık. İsmet Paşa ise, bunu engellemek amacıyla akıllara sığmaz bir ustalıkla siyasal cambazlıklar yapıyordu. Örneğin saat 16.00'da İngiliz elçisine, yarım saat sonra Alman elçisine randevu veriyordu. Biri girer, öteki çıkarken, iki elçi birbirlerini görüyorlar, İsmet Paşa hangimizden yana savaşa girmeye karar verdi acaba diye meraktan çatlıyorlardı.

İsmet Paşa, savaşın sonuna doğru, Müttefiklerin zaferi kesinleşince, onlardan yana savaşa girdi. Son pazarlıkları yapmak üzere Churchill'in Türkiye'ye geleceğini, İngiliz gazeteciler dahil, kimsecikler bilmiyordu. Bununla ilgili kara mizah türünden bir öykü anlattılar bana: Bir İngiliz savaş muhabiri, çok fazla içiyor ve delirium tremens olacağı, yani alkolden delireceği korkusu içinde yaşıyormuş. Bir Türk dostuyla, Güney Anadolu'dan trenle geçerken, kompartımanın penceresinden küçük bir istasyona bakar bakmaz, zangır zangır titremeye, ecel terleri dökmeye başlamış. "Delirium tremens oldum! Deliriyorum! Bilsen ne görüyorum!" diye fısıldamış. Arkadaşı ne gördüğünü sorup, "istasyonda Churchill'i görüyorum" yanıtını alınca, adamın delirdiği kanısına varmış. Sonra İngiliz gazetecinin parmağıyla gösterdiği yere bakmış. Churchill'i sahiden oradaki istasyonda, İsmet Paşa'yla ayakta konuşurken görmüş. "Delirmedin, Churchill orada. Bir hayal değil, gerçekten orada" demesi bir işe yaramamış. Zavallı gazeteciyi, iplerle sıkı sıkı bağlayıp Ankara'ya götürmek zorunda kalmış. Adam, ancak İngiliz meslektaşlarıyla konuştuktan sonra delirmediğine inanmış.

İsmet Paşa hükümetinin, savaşın başlangıcında Nazilere kolaylıklar yaptığına, Alman savaş gemilerinin Karadeniz'e geçmesine göz yumduğuna, bir rastlantı sonucu şahsen tanık oldum. Meslekdaşım ve dostum Abdülbaki Gölpınarlı'nın Salacak'da Kız Kulesi'nin karşısında, bahçesi deniz kıyısına kadar inen bir evi vardı. O bahçede geceleyin arkadaşlarla demlenirken, İstanbul'un tüm elektrikleri aynı anda kesildi. Tam tarihini anımsamadığım aysız ve yıldızsız bir yaz gecesiydi. Zifiri bir karanlık içinde kalmıştık. Ama bir süre sonra, gözlerim karanlığa alıştı. Masadan kalkıp, sahildeki çakıl taşlarının üstüne oturdum ve dört beş savaş gemisinin önümden geçtiğini gördüm. Arkadaşları çağırdım, onlar da gördüler. Eğer Alman savaş gemileri değilse neydi bu gemiler, bilemem. İstanbul'un ışıkları, çok daha sonraları, sabaha karşı yandı.

1941 ilkbaharında, Anadolulu öğrencilerin bir an önce evlerine barklarına dönmeleri için, İstanbul Üniversitesi'ndeki dersler Nisan ortasında kesildi. Nazi ordusu her an İstanbul'a girebilir, her an ölebilirdik. Dünyanın sonu gelmişti sanki. Ertesi gün yaşayıp yaşamayacağımız belli olmadığından canımızın istediğini yapmaya hakkımız vardı. Çılgın bir ilkbahar yaşadık.

DÖRDÜNCÜ BÖLÜM

Gençliğimde Tanıdığım Bazı Kişiler

1940'ta Edebiyat Fakültesi'nin İngiliz Dili ve Edebiyatı bölümü kuruldu ve ben o bölümde asistan oldum. Yeni öğrendiğimiz savaş terimlerinden yararlanarak yaşlı bir öğretim üyesinin dediği gibi, İsmet Paşa, yıllardır dış ülkelerde yaşayan Halide Edip Adıvar'ı çağırmış, "pike uçuşla" bu bölümün başına indirmişti. Halide Hanımla birlikte, İngiltere'den çok değerli profesörler ve okutmanlar getirtildi.

Romanlarından, ünlü Sultanahmet mitinginden ve İstiklal Savaşında oynadığı rolden bildiğimiz gibi, Halide Edip büyük bir kadındı. Kişiliği öylesine güçlüydü ki, yalnız İngiliz Edebiyatı bölümünün değil, bütün Edebiyat Fakültesinin başına geçti dakikasında. Dediği dedikti; her istediği yapılırdı. Ona "Dekaniçe" adı verildi çok geçmeden.

Halide Hanımın ilkin asistanı, sonra doçenti olduğum on yıl; yani 1940'tan Halide Hanımın Demokrat Partisi listesinden milletvekili seçildiği 1950 arasında geçen yıllar, meslek hayatımın tek sorunlu yılları oldu. Çocukluğumun "acayipliğini" aştıktan sonra, basit denilebilecek kadar sade bir insana dönüştüğümden, insanlarla ilişkilerim de çapraşık değildi. Ama Halide Hanımla çapraşıktı, hem de fena halde çapraşıktı. Adnan Adıvar ile gül gibi geçiniyordum. Bir İstanbul efendisiyle Avrupalı bir aydının niteliklerini benliğinde uyumla birleştiren nefis bir adamdı Adnan Bey. Melek huylu olduğundan, eşiyle çok sevecen, çok mutlu bir evlilik kurabilmişti.

Gelgelelim, ben Halide Hanıma hayran olmakla birlikte, onunla mutlu bir ilişki kurmakta çok zorlanıyordum. Bunun nedeni, onunla ilişkimizin bir tek planda değil, üç ayrı planda olmasıydı. Birincisi, asistan-profesör ilişkisiydi; ikincisi, beni bebekliğimde tanıdığı için, torun-büyükanne ilişkisiydi; üçüncüsü de bir kadının başka bir kadınla ilişkisiydi.

Bunların arasında en güç olanı, birinci ilişkiydi: Halide Hanım İngilizceyi çok iyi biliyordu ama, gerekli eğitimi görmediği için, İngiliz edebiyatını bilmiyordu. Ben Türkçeyi iyi bildiğim halde, Türk edebiyatını öğretmeye yetkili olmadığım gibi, o da İngiliz edebiyatını öğretmeye yetkili değildi. Vaktiyle yazılmış bir tek İngiliz edebiyatı tarihinden yararlanarak, dersler veriyor, hattâ kitaplar yazıyordu. Ona daha değerli ve daha ayrıntılı başka edebiyat tarihleri önerdim; ama bunlara başvurmaya yanaşmadı. Yazarlarla yapıtları birbirine karıştırıyordu ara sıra. Örneğin, Fielding'in *Tom Jones*'unun on sekizinci yüzyılın en büyük romanlarından biri olduğunu bilmiyordu. Tercüme Bürosunun klasikleri arasında yayınlanmak üzere o kitabı çevirdiğimi duyunca, kızmıştı. Ben, "aman efendim, İngiliz edebiyatının en önemli romanlarından biridir" diye protesto edince, öfkesi büsbütün artmış, "hangi romanın önemli, hangisinin önemsiz olduğuna sen değil, ben karar veririm" diyerek kesip atmıştı. *Othello*'yu "sob-stuff" yani bayağı bir melodram diye küçümseyince, şok geçirmiştim. Sözlü sınavlarda hep sorun çıkardı. Çünkü öğrencilere ben bir şey öğretirdim, Halide Hanım buna aykırı başka bir şey öğretirdi. Öğrenci benim öğrettiğim doğru yanıtı verince, Halide Hanım "yanlış!" derdi. Ve tabii ki, öğrenci, bir asistana değil, prestiji bunca yüksek bir profesöre inanır; suçlayıcı gözlerle kötü kötü bakardı bana. Halide Hanımın derslerine girip, en ön sırada oturmak zorundaydım. Yanlış şeyler söylediğini duydukça fenalıklar geçirirdim. Fakülteden giderken, akşam evinde okumak için, polisiye bir roman isterdi. Bölüm kitaplığında bu tür romanlar bulunmadığını bildirince, "bu ne biçim kitaplık!" diyerek sinirlenirdi. On yıl boyunca İngiliz edebiyatı alanında yaptığı tek olumlu iş, Milton'un *Paradise Lost*'undan bazı parçaları ve öğrencileriyle yaptığı seminerlerde Shakespeare'in birkaç oyununu Türkçeye çevirmiş olmasıydı.

Halide Edip'in yanında çok sıradan insanlar olan bizler, üniversitede okurken, doktora tezleri, doçentlik tezleri hazırlarken çarnaçar bir şeyler öğrenmiştik. Halide Edip ise, böyle akademik bir eğitimden geçmeden, pike uçuşla, profesörlüğe atanmıştı. Bu, onun kabahati değil, İsmet Paşanın kabahatiydi elbette. Bazı Amerikan üniversitelerinde çok güzel bir gelenek vardır: Ünlü bir yazar ya da bir şair, hiçbir diploması olmasa da, üniversite kampüsünde haftalarca, bazen aylarca konuk edilir. Canı isteyince öğrencilerle konuşur, hattâ konferanslar verir. Öğrenciler de, öğretim üyelerinden öğrenemeyecekleri şeyleri bu adamdan öğrenirler. Bizlerin de öğreneceği çok şey vardı Halide Edip'ten. Ama İngiliz edebiyatı tarihi değildi öğreneceklerimiz. Kimi zaman düşünürüm de, keşke bu görevi kabul etmeseydi, keşke evinde oturup güzel güzel roman yazsaydı derim kendi kendime.

Halide Edip ile asistan-profesör ilişkimiz düpedüz bozuktu. Ben âsi torun, o da huysuz büyükanne rolünde olduğundan, torun-büyükanne ilişkilerimiz de çok fırtınalıydı. Ne var ki, torunuydum ne de olsa ve beni her zaman korurdu. Şu biçimsiz Mîna adından ve solculuğumdan ötürü, Milli Eğitim Bakanlığındaki gericiler asistanlığımı bir süre onaylamayınca, Halide Hanım beni azarlayıp, "senin kabahatin, sen de solcu olmasaydın" demedi asla. Ankara'ya "asistansız çalışamayacağımıza göre, bölümü hemen kapatıyorum" diye yazılı bir ültimatom çekmekle yetindi.

Beni korumasının en güzel örneğini faşistlerin *Tan* gazetesinin matbaasını yıktıkları gün gördüm. O gün, kalabalık bir faşist grubu, o sırada Fındıklı'da, Güzel Sanatlar Akademisine bitişik olan bizim Fakülteye de saldırdı. Başta Prof. Sadrettin Celâl olmak üzere, solcuların hepsini öldürmekti amaçları. Ben de, ne yapacakları merakı içinde etrafta koşuşup duruyordum. Halide Hanım beni buldu. "Sana söyleyeceğim bir şey var" diyerek, kendi odasına götürdü. Kapıyı açtı, beni boş odaya itti ve kapıyı üstüme kilitledi. Patırtıları gürültüleri, öğrenci kızların korku çığlıklarını ve ülkücü gençliğin kurt ulumalarını dinleyerek, o odada saatlerce kapalı kaldım. Akşam altıda, saldırganlar çekilip gürültüler kesilince, Halide Edip kapıyı açtı. Beni kolumdan sıkı sıkı tutup, aşağıya indirdi. Çağırdığı taksi kapıda hazırdı. Beni o taksinin içine itti, yanıma oturdu. Hayat Apartmanının altı kat merdivenini, kolumu hâlâ sıkı sıkı tutarak çıktı. Kapıyı açan anneme, "Şefika, eğer bu kız bu gece evden çıkarsa, seni mahvederim" dedi. İçeriye girmeyi reddederek, merdivenleri indi.

Halide Edip ile torun-büyükanne ilişkilerimizde, içimi hâlâ titreten, hiçbir zaman unutamayacağım bir sevgi ânı da yaşadım: Nenem, teyzemin oğlunun Lâleli'deki dairesinde hastalandığı için, birkaç gün sonra orada ölmüştü. Dünyada en sevdiğim insanı yitirmiştim. Ağlamak istiyor, ama ağlayamıyordum. Teyze oğlumun evinde telefon yoktu. Yakında oturan ve nenemin hastalığını bilen Halide Hanıma gidip, ertesi gün Fakülteye gelemeyeceğimi söylemek istedim. Kapıyı açan Halide Hanım, yüzüme bir baktı, hemen anladı ne olduğunu. "Artık ben senin nenenim" dedi. Beni kucakladı; nerdeyse taşıyarak bir koltuğa götürdü; önümde diz çöktü, ağzıma bir sigara tutuşturdu, sigarayı yaktı. Ancak o zaman ağlamaya başladım.

Halide Edip gençliğinde, klâsik anlamda güzel sayılmamakla birlikte, çok çekici bir kadınmış. Kılık kıyafetten anlayan anneme bakılacak olursa, çok da iyi giyinirmiş. Şefika, onun "mordore" bir çarşafını, yıllar sonra bile anlatıp dururdu. İlk eşinden doğan iki oğlundan birine hekim olarak bakan Adnan Bey, ona öyle âşık olmuş ki, "ya benimle evlenmezse" diyerek, başını duvarlara küt küt vururmuş. Bizim bölümün başkanlığına geçtiği sırada ancak elli sekiz yaşında olduğu halde, seksenlik alaturka bir kadın kılığına girmişti her nedense. Yerlere kadar etekler, pardösüler giyer; çenesinin altından düğümlediği bir eşarpla başını yaz kış örter; göz ameliyatı geçirmediği halde, eskiden katarakt ameliyatı geçirenlerin kullandıkları fazlasıyla kalın çerçeveli gözlükler takar; eline baston almadan sokağa çıkmazdı.

Gelgelelim, böylesine açık seçik bir biçimde yadsıdığı kadınlığı, ara sıra ortaya çıkıverirdi. Cinsellik ateşinin zamanla bir hayli küllenmekle birlikte tamamiyle sönmediğini bildiğim için, bu ateşin bazı kıvılcımlarını Halide Hanımda gördükçe hocamızı çok doğal ve çok sevimli bulurdum. Bir gün, "erkek arkadaşını bana getir; onu tanımak istiyorum" diye buyurdu. Emir emirdir. Ben de daha sonra evleneceğim Cahit Irgat'ı evine götürdüm. Halide Hanım onu tepeden tırnağa öyle bir süzdü ki, içkisizken çok mahçup bir adam olan Cahit'in yüzü kıpkırmızı kesildi. Başka bir gün Vahit Turhan ile konuşuyorduk. Halide Hanım da bizden biraz uzakta masasına oturmuş, bir şeyler yazıyordu. Vahit bir öğrencimizin adını unutmuş; o adı hatırlamam için, delikanlıyı bana anlatıyordu. "Hani canım boylu poslu, çok yakışıklı bir oğlan" deyince, bizi dinlemediğini sandığımız Halide Hanım yazısından başını kaldırdı; ikimize de ters ters bakarak, "maalesef bizim bölümde öyle öğrenci yok" dedi. Çoğunlukla birbirinden güzel kızlardan oluşan bölümümüzde "öyle" bir erkek öğrenci görünce de, Halide Hanım, ona iyi not vermekten kendini alamazdı. Bir sözlü sınavda, uzun boylu yakışıklı bir genç, hiçbir soruya yanıt verememiş, hep susmuştu. Çocuk odadan çıkınca, sıfır alacağını sandık. Halide Hanım, onu "iyi" ile geçirdi. Bizler "aman efendim, nasıl olur? Hep sustu" diyerek karşı çıkınca, Halide Hanım, "evet susuyor; çünkü düşünüyor. Düşünmesini bilene iyi not veririm ben" diyerek kesip attı.

Halide Edip ile üçüncü tür ilişkimiz, yani kadın kadına konuştuğumuz anlar, ender olmakla birlikte, çok ilginçti. Bu konuşmalar sırasında, Halide Edip'in, onlara yüz vermeden bile, birçok erkeğin aklını başından aldığını, onlara tamamiyle egemen olduğunu anladım. Falih Rıfkı'nın anlattığına göre de, aralarında hiçbir şey geçmediği halde Cemal Paşayı, öyle sultası altına almış ki, adamcağız onunla danışmadan, onayını almadan, basit bir evrakı bile imzalayamayacak hale gelmiş.

Halide Hanımla bir çatışma konumuz da Mustafa Kemal'di. Mustafa Kemal'i hiç sevmezdi. Onun yakışıklı olduğunu bile kabul etmezdi. Mustafa Kemal'in güzelliğiyle ünlü elleri için, "hiç de güzel değildi elleri; kaplan pençesine benzerdi" demişti bana. Falih Rıfkı'nın bu konuda bir yorumu vardı: Halide Edip, öteki erkekleri etkilediği gibi, Mustafa Kemal'i de etkilemek, ona da egemen olmayı aklına koymuştu. Mustafa Kemal'in, Halide Hanıma gelip, evinde bir acı kahve içerken, "hanımefendi, ne dersiniz, acaba Cumhuriyeti ilan edeyim mi?" ya da "Halifeliği kaldırmamı doğru buluyor musunuz, Hanımefendi?" diye sorarak icazet almasını istemişti. Mustafa Kemal bunu yapmayınca da, ona düşman kesilmişti. Halide Edip'in İngilizce anılarında gördüğüm bir fotoğraf Falih Rıfkı'nın pek yanılmadığını kanıtlıyordu: Fotoğrafçı bir dalgınlık sonucu, Mustafa Kemal ile Halide Edip'i aynı filme çekmişti. Önde net bir Mustafa Kemal; arkasında da, bir gölge halinde, hayal meyal görünen bir Halide Edip vardı. Fotoğrafın altında da "Mustafa Kemal Paşayı yönlendiren kadın" anlamına gelen "the woman behind Mustafa Kemal Pacha" yazılıydı. Halide Edip'in istediği buydu. Gazi'yi desteklemekle kalmayıp, ona yol gösteren kadın durumuna gelmeye karar vermişti. Bu isteğini gerçekleştiremeyeceğini anlayınca da, yenilgiye katlanamamış; memleketten uzaklaşmayı yeğ tutmuştu.

Falih Rıfkı'nın yorumu buydu. Halide Edip'in erkeklere egemen olmak hırsının nereden kaynaklandığı konusunda da benim bir yorumum var. Halide Hanımla kadın kadına konuşurken söylediklerine dayanıyor bu yorum: Halide Hanım gençken sevdiği erkekten, yani ilk eşi Salih Zeki'den, ağır bir darbe yemişti. Bana şöyle demişti bir gün: "Halide Edip, şu adamla sevişti, bu adamla sevişti diye birtakım lâflar duyacaksın. Bunların hepsi yalan. Ben bir tek erkeği sevdim ömrüm boyunca. O tek erkek de altı ay sonra benden bıktı. Beni aldatmaya başladı. Her şeyi biliyordum. Her şeye râzıydım. Yeter ki onu görebileyim, ona dokunabileyim. (Bunu söylerken, elini bana doğru uzatmış, bana dokunmuştu. Tutkusunun çıplaklığı karşısında fena sarsılmıştım.) Ancak ikinci bir kadınla nikâh kıymaya kalkınca, boşanmaya karar verdim. Bunu gururumdan yaptığımı sanma. Ama iki oğlum vardı. Analığım ağır bastı. İki küçük erkek çocuğun bu kadar çirkin bir durumu, babalarının aynı evde iki kadınla birden yaşadığını görmelerine katlanamadım; boşandım." Sözünü kesti, bir an durdu. Sonra "öleceğimi sandım. Ama insan kolay kolay ölemiyor" diye ekledi buruk bir alaycılıkla.

Konuşmamızın bundan sonraki kısmı çok garipti. Çünkü

yirmi yaşlarında olan ben, görmüş geçirmiş, olgun bir kadın gibi konuşuyordum; Halide Hanım da çılgın bir genç kadın gibi. Salih Zeki'ye duyduklarının gerçek bir sevgi değil, yıkıcı ve kötü bir tutku olduğunu; gerçek sevginin Adnan Beye duydukları olduğunu anlatmaya çalışıyordum. Halide Hanım, "sen ne anlarsın! Asıl aşk çocukların babasına duyduklarımdı" diyerek direniyordu. (Adamın adını bile ağzına almaya dayanamadığı için, Salih Zeki ya da ilk kocam demez; "çocukların babası" derdi her zaman.) Adnan Beyi ne kadar olağanüstü bir insan saydığımı, onunla beraberliğini ne kadar güzel bulduğumu anlattım. Bunları biliyor, kabul ediyordu; ama "asıl aşk, çocukların babasına duyduğum aşktı" diyordu gene de. Halide Edip, başka erkeklere egemen olarak, bu karşılıksız aşkın hıncını almak isteyen mutsuz bir kadındı aslında.

Yaşamımda on yıl süreyle önemli bir rol aynadığı için, Halide Edip Adıvar'dan uzun uzun söz ettim. Çocukluğumda ve gençliğimde tanıdığım bazı başka kişileri anlatacağım şimdi. Bunların hepsi öldü. Çünkü daha önce de belirttiğim gibi, onlar da ölecekler, bir anıya dönüşecekler korkusuyla yaşayanlara değinemiyorum.

O günlerin yazarlarıyla şairleri, annemin babası Cemal Beyin Büyükada'daki birbirinin tıpkı eşi olan çitfe konaklarda, haftalarca, bazen aylarca kalırlardı. Yakup Kadri *Gençlik ve Edebiyat Hatıraları*'nda "Tahsin Nahit'in eşinin konukseverliği sayesinde, bize Büyükada'da yaşamak nasip olmuştur. Tahsin Nahit'le eşinin konukseverliği dedim. Çünkü onların Maden'deki evi hepimizin toplantı yeri ve cazibe merkeziydi. Tahsin Nahit her şeyden önce Adaların, ada çamlıklarının, ada mehtaplarının şairi olarak tanınmış; hanımı Büyükada'da doğup yetişmişti ve diyebilirim ki, bize Ada'nın güzelliklerini öğreten, Ada'yı sevdiren de onlar olmuştu." Ailemin bu konukseverliği sayesinde birçok ünlü kişiyi çok küçükken tanıdım. Uyuma saatim gelince, beni bulup yatağıma götürmesinler diye, kanapelerin ya da masaların altına saklanır, büyüklerin konuşmalarını dinlerdim. Ne dediklerini anlamazdım elbette. Ama onları dinlemekten haz alırdım gene de.

Konukların bir kısmıyla ilişkim, tamamiyle menfaat üstüne kuruluydu. Örneğin Namık İsmail, kendi çocuğu olmadığından, beni çok şımartırdı. Ancak iyi bir ressamın elinden çıkabilecek görkemli uçurtmalar yapardı bana. İpi ben tutardım sözde. Ama, birkaç adım önümde duran Namık İsmail tutardı aslında. O kocaman uçurtmalarla kendim de uçardım sanki.

İstanbul'a geri döndüğümüzde, Namık İsmail motosikletinin arkasına bindirirdi beni. Annem, fena halde telâşlanırdı. Oysa Namık İsmail, çok uzun kıpkırmızı yün atkısıyla beni sıkı sıkı sırtına bağladığı için, düşmemin yolu yoktu. Onunla yaptığım bu geziler yüzünden, motosiklete binmek hevesim ömrüm boyunca sürdü. Yaşlı başlı bir kadınken, bir arkadaşımın oğlunun beni Roma'da Yamaha'sının arkasına bindirip gezdirmesini hiç unutamam. Gece yarısını çoktan geçtiği için, Roma'nın nerdeyse boş kalan sokaklarında son hızla gidiyorduk. Dönemeçlerde kentin ünlü anıtları, oradan oraya zıplıyordu sanki. Öyle bir keyif duymuştum ki, egzostan çıkan buharın bacağımı yaktığını, ancak motosikletten inip yarayı görünce fark etmiştim.

Son derece yakışıklı olan, bütün kadınların bayıldıkları Namık İsmail, daha sonraları motosikletten vazgeçmişti. (Artık uçurtmalar da, motosikletler de olmadığından, ben de ondan vazgeçmiştim.) İstanbul'da o sıralarda kimselerin sahip olmadığı cinsten, üstü açık, kıpkırmızı bir Larcia marka otomobil, bir de büyükçe bir tekne almıştı. Bunun üzerine Ahmet Haşim, "devlet gibi adam; hem kara kuvvetleri, hem de deniz kuvvetleri var" demişti.

Gelgelelim, Namık İsmail, devlet gibi adam olmadan önce, Komünist Partisi'ne üye olmuştu. Annem, çocukluk arkadaşının komünistliğini hiç ciddiye almaz; bunu bir çeşit züppelik sayarak, onunla alay ederdi. "Namık, kasketini başına geçirmiş, deri ceketini giymiş; işçi yoldaşlarıyla Cibali'de toplantıya gidecek gene" derdi. Komünist Partisi 1926'da kapatılınca, Namık İsmail aylarca bizim Şişli'deki dairede saklandığı için tutuklanmadı. Ben apartmanın önünde futbol oynarken, sivil polisler, bana sorular sorarlardı. Namık İsmail olup bitenleri izlerken korkular içindeydi. Önünde parmaklık olan, yere kadar inen bir pencerenin önünde, yüzü koyun yere yatar, sokağı gözetleyerek, "geldiler, gelecekler" diye ecel terleri dökerdi. Siviller benimle konuştuklarında, ağzımdan bir lâf kaçıracağım diye ödü kopardı. Ama ben tembihliydim. "Namık İsmail Beyi aylardır görmedik" derdim. Eve dönünce, polislerin ne dediğini sorar; bir gaf yapmadığımı, tehlikeli bir durum olmadığını anlayınca, rahatlayıp beni kucaklardı. Bense, "macho" bir erkek çocuğun acımasızlığı içinde, böylesine korktuğu için, biraz hor görürdüm onu. Sonraları düşündüm de, polisler, Namık İsmail'in bizim evde saklandığını biliyorlardı belki de. Ama Gazi Mustafa Kemal Paşanın yakını, Bolu mebusu Falih Rıfkı'nın evini basmayı göze alamıyorlardı herhalde.

Çocukluğumdan sonra, yazar çizer takımının çoğuyla ilişkim kesildiğinden, onları unuttum. Ancak daha sonraları da gördüğüm iki kişiyi hiç unutamam. Bunlardan biri, çok sevdiğim Ahmet Haşim, öteki de hiç sevmediğim Yahya Kemal'di.

Yeni kuşak, yani şimdi kırkında olanlar bir yana, çağımın ünlü yazarlarından çoğunu yakından tanıdım. Onların arasında Ahmet Haşim gibi bir insan göremedim. Oscar Wilde, yazılarına ancak yeteneğini, asıl dehâsını yaşamına koyduğunu söyler. Ahmet Haşim'in de şiirlerine sadece yeteneğini, asıl dehâsını kişiliğine koyduğunu söyleyebiliriz. Böyle bir şey diyebilmek için de, onu şahsen tanımış olmak gerekir. 1933'te öldüğü sırada yetişkin bir kız olduğum için, onun olağanüstü kişiliğini anlayacak yaştaydım.

Haşim kendini çirkin sanırdı. Büyükada'daki evde geçirdiği ilk geceyle ilgili bir öykü anlatmıştı annem: Sabah, Haşim'i kahvaltıya çağırmak için aşağı kata inince, hizmetçi, konuğun çoktan gittiğini, yattığı odada bir pusula bıraktığını söylemiş. Haşim o pusulada annemi suçluyormuş. Çirkinliğini iyice meydana çıkarmak amacıyla, onun fotoğrafını, iki güzel erkeğin fotoğrafı arasına koyduğunu yazıyormuş. Annem, hoşuna gider umuduyla, Haşim'in fotoğrafını, babamınkiyle şişmanlamadan önce güzel yüzlü bir genç olan Yahya Kemal'inki arasına koymuş meğer. Haşim evden çıkmadan önce, kendi fotoğrafını paramparça etmeyi de unutmamış.

Ahmet Haşim yakışıklı bir erkek değildi. Yanağında bir Halep çıbanının büyükçe bir izi vardı. Gelgelelim, zekâ eksikliği çok yakışıklı bir erkeği dakikasında çirkinleştirdiği gibi, Haşim'in gözlerinden fışkıran zekâ, onu dakikasında güzelleştirirdi. Yakup Kadri anılarında onun gözlerinin maviliğinden söz eder. Gerçekten de öyleydi. Ama çok koyu mavi olduğundan, Haşim'e ancak yakından bakanlar bunun farkına varırdı. Gene Yakup Kadri'nin dediği gibi, ağzıyla değil, bu mavi "gözlerinin ucundan gülümserdi" ve bu gülümseme onun güzel-çirkin yüzüne olağanüstü bir çekicilik verirdi. Gelgelelim ne çare ki, Haşim kendini düpedüz çirkin sanır, bunun acısını çekerdi. Anneme mutsuz aşklarını anlatırken, oynuyormuş gibi yapar, söylediklerini dinlerdim. Ve macho erkek çocuk kimliğimden tümüyle sıyrılıp, "ben büyüyünce, Haşim'i mutlu edeceğim" derdim kendi kendime.

Ahmet Haşim, mutluluk olasılıklarını elinin tersiyle iterdi. Altı yaşındayken annesini yitirmişti. Küçükken öksüz kalanların hüznü çökmüştü üstüne. Bizlerin bundan hiç haberi yoktu ama, Haşim'in toplu eserlerini yayınlayan İnci Enginün ile Zeynep Kerman'ın kitaplarından öğrendiğime göre, 1921'de ancak iki ay süren bir evlilik geçmişti başından. Hemen ayrıldığı bu hanımdan her nedense ancak 1933'de, yani öldüğü yıl yasal olarak boşanabilmişti. Nikâhlanmasının yolu olmadığı halde, yeniden evlenmeye kalkardı zaman zaman. Sonra da bir bahane uydurup vazgeçiverirdi.

Annem onunla kız istemeye gitmelerinin, Haşim'in huysuzluğu yüzünden nasıl fiyaskoyla sonuçlandığını anlatmıştı. Haşim bir genç kıza âşık olmuş. Kızın kırk yaşlarında dul annesi, Haşim ile annemi yemeğe davet etmiş. Ananın da, kızın da bu evliliği çok istedikleri besbelliymiş. Ne var ki, Haşim bu duruma sevineceğine, o eve ayak bastığına bin pişman görünüyormuş. Kapıdan çıkar çıkmaz, şöyle bağırmış: "Şefika, gördüm! Kızın kırk yaşında annesine tıpkı benzeyip nasıl olacağını gördüm! Ben o kızı istemem!" Yakup Kadri'nin annesiyle kız kardeşinin, Haşim için kız istemeye gitmeleri aynı fiyaskoyla sonuçlanmış. Üstelik müstakbel kayınvalidenin, Haşim'in sofrada beğendiği uskumru dolmalarından birini paketleyip Haşim'in cebine koyması, duruma tüy dikmiş. O kızın yüzüne de bir daha bakmamış.

Haşim geçimsiz bir insandı. En yakınlarını, örneğin kardeşi saydığı annemi bile çekiştirirdi; üstelik bana çekiştirirdi. "Sen, anan gibi olmayacaksın" derdi. "Anan baş meraklısı değil, saç meraklısıdır. Önce siyah kıvırcık saç – senin baban. Ölmeseydi, boşanırlardı nasıl olsa. Sonra sarı kıvırcık saç – Falih Rıfkı. Ondan da boşandı işte! Sen anan gibi saç meraklısı değil, baş meraklısı olacaksın" derdi. Haşim'in kendi saçları erken dökülmüştü. Ne siyah kıvırcık saçı, ne de sarı kıvırcık saçı vardı. Başka erkeklerin kel oldukları halde kadınlar tarafından beğenildiğini görünce "kellik yalnız benim başımda belâdır" der mektuplarından birinde.

Haşim, benim edebiyat alanında iyi yetişmeme özen gösterirdi. Örneğin Türk edebiyatı öğretmenimiz Faruk Nafiz Çamlıbel'in, "Merdiven" şiirinin yaşamı simgelediğini ileri sürdüğünü ona aktarınca, Haşim, "rezalet! Bu adam, alegoriyle sembolü birbirine karıştırıyor!" diyerek öfkelendi. Alegorinin bir tek şeyi, oysa sembolün birçok şeyi birden temsil ettiğini ondan öğrendim. Şiirinin yaşamı simgelediği gibi, aşkı, ölümü, idealizmi ve daha başka kavramları da simgeleyebileceğini anlattı: İsteğim üzerine, bana bu konuda iki sayfalık bir metin dikte etti. Ben de o metni sınıfta yüksek sesle okuyunca, zavallı Faruk Nafiz biraz bozulur gibi oldu.

Haşim, eskiden Mekteb-i Sultanî denilen Galatasaray'dan

mezun olduğu için Fransızcası kusursuzdu. "Les tendances actuelles de la Littérature turque" (Türk Edebiyatının Günümüzdeki Eğilimleri) adlı yazısı, 1924'de *Mercure de France* gibi saygın bir dergide yayınlanmıştı. Haşim, beni Hachette'e götürür, şiir kitapları alırdı bana. Fransız gerçeküstücü şairlerini ve Mayakovski'yi onun sayesinde tanıdım. Mayakovski'yi henüz Türkiye'de kimseler bilmezken, Haşim, Nâzım Hikmet'in ilk şiirlerini onun etkisinde kalarak yazdığını söylemişti.

Ara sıra beni iyi bir lokantaya yemeğe götürürdü. Midesine düşkündü. Ama Yahya Kemal gibi obur değil, gerçek bir "gourmet" idi. Bir gün evimizde yemek yerken Çerkez dadıma, "Gülüstan Hanım, Çerkezleri barbar sanırlar. Yaptığınız şu Çerkez tavuğu baştan başa bir medeniyet" demişti. Lokantada yerken, bir yemeğin neden lezzetli ya da neden lezzetsiz olduğunu bana açıklardı. Şiiri ondan öğrendiğim gibi, güzel yemeklerden haz almayı da ondan öğrendim.

Ahmet Haşim, Yahya Kemal gibi Gazi Mustafa Kemal Paşa'ya yalvarıp yakarıp, milletvekili ya da büyükelçi olmaya tenezzül etmedi. Çanakkale'de yedek subay olarak savaşa katıldığı halde, düşmanları "o Bağdatlıdır, kendi memleketine geri dönsün" diye homurdanmaya başladılar. Irak hükümeti de onu davet ediyor, yüksek maaşla memuriyetler vaadediyordu. Akrabaları ve kardeşi bu davetten yararlandılar; ama Haşim Türkiye'de kaldı. Bir yandan Rejide, Duyûn-ü Umumiye'de, İaşe memurluğunda çalışıyor; bir yandan öğretmenlik yapıyordu. Derslerine girenlerin bana anlattıklarına göre, öğretmenliği olağanüstüymüş.

Ahmet Haşim, Kadıköy'de Bahariye'deki küçük dairesinde ölüm döşeğinde yatarken, okuldan kaçıp kaçıp onu görmeye giderdim. Bir defasında, henüz tanımadığım ve daha sonraları meslektaşım ve dostum olan Ahmet Hamdi Tanpınar ile vapurda karşı karşıya oturmuşuz. Hamdi, benim kılık kıyafetime, kitap okumama bakmış, "bu kız mutlaka Haşim'e gidiyor" demiş. Nitekim, aynı anda girdik Bahariye'deki eve. (Zaten Hamdi'nin bir medyum yanı vardı. El falınıza bakar, her şeyi bilirdi.)

Haşim, uzun süredir tanıdığı ve tedaviye gittiği Frankfurt'dan "Yanımda olmayışın beni harap ediyor" diyerek aşk mektupları yazdığı kadınla, ölmeden üç hafta önce resmen nikâhlanmıştı. Bunu yapabilmek için de, ancak bir iki ay birlikte kaldığı ilk eşinden sonunda boşanmıştı. Bir söylentiye göre, emekli maaşının sevdiği kadına mutlaka kalmasını istiyordu. Ona bırakabileceği başka bir şeyi yoktu zaten. Ne gariptir ki, çok efendi bir hanım olduğu söylenen eşini, hiçbir zaman göremedim: Kapı aralanır; bir el, içeriye, çay, kahve ya da Haşim'in yemek tepsisini uzatırdı. Ben de teşekkür eder, tepsiyi alırdım. Ancak tatsız tuzsuz haşlamalar yemek zorunda kalması, Haşim'i fena halde kızdırıyordu. Tepsiyi, yatağının yanındaki komodine koyup, sahanın kapağını kaldırdığımda, "açma sahanı! Bir faciadır içindeki!" derdi. Bütün "gourmet"liği su içmeye yönelmişti. İrili ufaklı şişelerde, İstanbul'un değişik kaynak sularından örnekler vardı: Karakulak, Hamidiye, Taşdelen, Çırçır, Kestane, Kısıklı, Halkalı, Kayışdağı, Çamlıca, Kocataş, vb. Bu sulardan birkaç yudum içmemi ister; "söyle bakalım, bu hangisi?" diye sorardı. Ben bilemezdim elbette. Ama o bilirdi. Kaynak suları arasındaki tat değişikliklerini anlatırdı bana.

Ahmet Haşim, yazar çizer takımının yarısından fazlasıyla kavgalıydı. Ama ölmeden önce herkesle barıştı. Son hastalığında, odası dostlarıyla doluydu. Bana anlattıklarına göre, tam ölürken, ayağa fırlamış. Eşinin, terliklerini ayağına giydirmek istemesi üzerine, "hanım, bırak şu terlikleri!" diye bağırmış. Haşim, o terliklerin simgelediği burjuva rahatlıklarını ömrü boyunca yadsıdığı için, bu son sözü çok anlamlı geldi bana.

Ahmet Haşim'i yitirmek benim ilk ölüm acım oldu. Bizler Eyüp'teki kabristandan uzaklaşırken, bir leylek konmuştu yeni kazılan mezarının üstüne.

Ahmet Haşim'in kişiliği bana ne kadar çekici geldiyse, Yahya Kemal'inki de o kadar itici geldi. Yahya Kemal usta bir şair, ama küçük bir insandı. Onu tanımadan yalnız şiirlerini okuyanlara gıpta ediyorum. Ne yazık ki, ben yakından tanıdım onu. Nâzım Hikmet'in bir şiirinde dediği gibi, göğsünde yürek yerine bir "idare lambası" yanardı. O idare lambasının cılız ışığı bile sönerdi zaman zaman. Üvey babamın yalancısıyım ama, Falih Rıfkı, "Mustafa Kemal'in ayaklarına kapanıp yalvaran bir tek kişi gördüm hayatımda. O da Yahya Kemal'di. Resmen ayaklarını öpüyordu" demişti.

Yahya Kemal tam anlamıyla bir asalaktı. Ömründe çalışmamıştı. Bunu açıkça söylemekten çekindiği halde, Ahmet Haşim'i ne kadar çok seviyorsa, Yahya Kemal'i de o kadar az sevdiğini anılarında besbelli eden Yakup Kadri, ona benim gibi asalak demez; ancak "şâhane bir tembeldi" demekle yetinir. Hiç çalışmadığı gibi, bildiğim kadarıyla ömründe kendi evi de olmamıştı. Dost evlerinde (bu arada bizim evde, babaannemin kardeşi Ethem Dirvana'nın eşinin Kandilli'deki Kıbrıslı yalısında ve başka tanıdıklarında) yalvara yakara elde ettiği elçiliklerde ya da bedava olarak Park Otel'de oturmuştu. Ya dostlarının ya da devletin asalağıydı. Cumhuriyet Halk Partisi'nin Sanat Müşaviri, Yapı Kredi Bankasının Estetik Müşaviri adı altında, ona sinekürler uydururlardı, yani hiç çalışmadan para kazanmak olanakları sağlanırdı.

Şişmanlar genellikle çok canayakınken, o sevimsiz bir şişmandı. Sofrada davranışları hiç hoş değildi. Küçüklüğümde o yemek yerken, midem bulanırdı. Annem bir kaza yapacağımı anlar, beni sofradan kovardı. Daha sonraları, dişleri dökülünce, takma dişlerini herkesin önünde çıkardığı, bardaktaki suda çalkalayıp gene ağzına takdığı olurdu

Bizim Büyükada'daki evde aylarca, daha doğrusu yıllarca konuk kalmıştı. Biraz kilo vermesi için, annem ona özel rejim yemekleri hazırlatırdı. Yahya Kemal hem onları, hem de sofradaki yemekleri yerdi; üstelik herkesin yediğinden üç kat fazlasını. Gelgelelim, annem servetini yitirip Falih Rıfkı'dan da boşandıktan sonra, Yahya Kemal onu aramaz oldu. Şefika, Ankara'dan ayrılıp İstanbul'a ilk yerleştiği sırada Yahya Kemal'den bir miktar borç almış. Günün birinde evimizden bir halı satıp bu parayı geri vereceğini söyleyince, bunu engellemeye çalıştım. "adama çok ayıp olur. Yıllarca bizde kalmış. Şimdi siz bu durumdayken, o parayı almaz" dedim. Annem, "yoo, alır, alır" dedi. Yahya Kemal'i ayıplarcasına söylememişti bunu. Adamın huyunu biliyor, onu olduğu gibi kabul ediyor; parayı almasını normal sayıyordu. Ben buna inanmadım, annemle birlikte Park Otel'e gittim. Annem haklı çıktı. Verilen borç geri alınırken, "acelesi nedir? Durumun sıkışıksa, daha sonra ver" gibi alel usul bir lâflar edilir. Yahya Kemal bunları bile söylemedi, "ha peki" diyerek parayı cebine indirdi.

Yahya Kemal kendisinden başka hiç kimseyi düşünmeyen, tamamiyle bencil, kaskatı bir adamdı. Nâzım Hikmet'in annesi ressam Celile Hanımla, uzun süren fırtınalı bir aşk yaşamıştı. Annem bir gün ona, "ne yazık, birbirinizi bir türlü sevemediniz" demiş. Yahya Kemal de "hayır, birbirimizi çok sevdik; ama aynı zamanda değil" diye yanıt vermiş. Ne var ki, şiirsel bir lâftan başka bir şey değildi bu: Celile Hanım onunla evlenebilmek için eşinden ayrılmıştı. Gelgelelim Yakup Kadri'nin dediği gibi, Yahya Kemal tam bir "küçük burjuva" gibi davranmış; aşkı uğruna kurulu düzeni hiçe sayan bu sanatçı kadınla birleşmeyi göze alamamıştı. Yakup Kadri'ye şöyle demişti: "Bu kadar dile gelmiş bir kadınla ben nasıl evlenebilirim? Sonra herkes bana ne der? Ne gözle bakar." Gene Yakup Kadri'nin açıkladığı gibi, o sırada Darülfünûn'da müderristi. Çıkarları aşkından çok daha önemli olduğundan, saygınlığını sarsacak bir duruma düşmek korkusuna kapılmıştı. Yıllar sonra gözleri artık görmeyen yaşlı Celile Hanım, açlık grevine başlayan oğlu için, Galata Köprüsü'nde imza toplarken, bir rastlantı sonucu oradan geçen Yahya Kemal eski sevgilisini görmüş. Nâzım Hikmet'in kurtulması için imza vermekten ödü koptuğu için, hemen sıvışmıştı oradan.

Bunları hiç yazmamam gerekirdi belki. "Adam büyük şair; ahlâkından sana ne? Ne diye deşiyorsun bunları?" diyerek, bana karşı çıkanlar olabilir. Ama ben, onun büyük şair olduğuna da inanmıyorum. Usta olmasına usta, ama gerçekten büyük şair değil bence. Çünkü öyle olsaydı, bu kadar küçük bir adam olmasının yolu yoktu. Büyük bir şairin yığınla kusuru olabilir.

Adam alkoliktir, uyuşturucu kullanır, eşini ve çocuklarını sefalete sürükler; hattâ Jean Genet gibi hırsız olabilir. Yani ahlâka aykırı ne varsa hepsini yapabilir. Ama bu rezilliğinin içinde yücelik kıvılcımları vardır her zaman. Yüreği, Yahya Kemal'inki gibi, fitili kısılmış bir idare lambası değildir. Ona kızarsınız; ama Yahya Kemal'i yakından tanıyanların onu hor gördüğü gibi büyük bir şairi hor göremezsiniz.

İşte bu yüzden Yahya Kemal'i, Türkçeyi ustaca kullanabilen "iyi" bir şair sayıyorum ancak. Üstelik Yahya Kemal o sıralarda çok moda olan Maurice Maeterlinck'in etkisinde kalarak yazdığı "Mehlika Sultan" gibi bir iki şiiri ve bazı güzel dizeleri bir yana, geleneksel şiirimizin kalıplarını aşamadı. Hayranları hop oturup hop kalkacaklar ama, bence şiir değil, "manzume" yazdı genellikle. Oysa Haşim sembolist şiirleriyle yeni bir çığır açtı. Dil engeline karşın, öz şiir, Yahya Kemal'den fazla Ahmet Haşim'de vardır bence.

Şimdi gene çocukluğumda tanıdığım, Ahmet Haşim ile de Yahya Kemal ile de uzaktan yakından hiçbir ilgisi olmayan, bambaşka bir kişiden, Behice Boran'dan söz etmek istiyorum. Behice'nin 10 Ekim 1987'de Brüksel'de öldüğü haberini aldığım sırada Bodrum'daydım. Onu Ağustos 1983'de beş günlüğüne Brüksel'e gittiğimde görmüştüm son kez. Sağlık durumu beni kaygılandırmıştı. Onu daha sonraları görenlerden de, hiç iyi olmadığını, böyle çalışmaya, kendini böyle tüketmeye devam ederse, onu yitirebileceğimizi duymuştum. Bu ölüme göğüs germeye hazır sanıyordum kendimi. Ama büyük bir üzüntüye kapıldım gene de.

Ne var ki, stoik olmaya özenen, ne olursa olsun çalışmamı sürdürmeye inanan biri olduğum için, elime kalem kâğıt aldım gene de. Niyetim, İngiliz Edebiyatı tarihimin dördüncü cildinin bir bölümünü yazmaya başlamaktı. Ama bir de baktım ki, hipnoz altındaymışım gibi, on dokuzuncu yüzyılın bir İngiliz romanını değil, bambaşka bir şeyi, Behice Boran'ı yazmışım. O sırada Cahit Kayra geldi. Bana ne yazdığımı sordu. Kâğıtları ona uzattım. Cahit Bey yazdıklarımı okudu. "Bunu *Cumhuriyet*'e gönderelim" dedi. Gazetelere hiç yazı yazmadığımı söylemem boşunaydı. Kâğıtları elimden aldı, daktilo etti, *Cumhuriyet*'e gönderdi. 17 Ekim 1987'de çıkan bu yazı, Behice Boran üstüne düşündüklerimi ve duyduklarımı tamamiyle yansıttığı için, bunu olduğu gibi anılarıma aktarıyorum:

ARKADAŞIM BEHİCE BORAN

"Barışsever, insan hakları savunucusu ve sosyalist olarak Behice Boran'ın kişiliğinden ölümünden sonra, övgüyle söz edildi; ilerde de her zaman söz edilecek. Bense, onun "resmi" diyebileceğimiz kşiliğini değil; arkadaşım Behice Boran olarak özel kişiliğini anlatmak istiyorum. Bunu da içtenlikle duygulanarak yapmaktan çekinmeyeceğim.

Benden beş yaş büyük olan Behice Boran ile Arnavutköy Amerikan Kız Koleji'nde öğrenciliğim ilk yılında, on yaşındayken karşılaştım. O sırada başlayıp yıllar yılı süren dostluğumuz boyunca Behice Boran'ı yakından tanımayanların, onu bir hayli katı ve hırslı olmakla suçladıklarını duydum. Oysa Behice Boran ne katıydı ne de hırslı. Katı olsaydı çevresindekilerin güçsüz yanlarını kolayca bağışlayamazdı; beni de bağışlayamazdı. Çünkü, 1950'de Barış Severler Derneği'ne girmemi önerdiği zaman aile geçindirdiğimi, maaşımdan başka gelirim olmadığını, hapse düşersem, işimden atılırsam, yakınlarımın aç kalacağından korktuğumu söyledim. Bunu söylerken de çok, ama çok ezildim. Ne var ki, Behice beni ayıplamadı, dostluğunu da esirgemedi benden. Bunun nedenini de yıllarca sonra açıkladı: Tutumuma bir özür bulmak için bahaneler uydurmamıştım. Açıkça söylemiştim korktuğumu. Behice ise ancak ikiyüzlülük edenlere katı davranırdı. Ancak öylelerini bağışlayamazdı kolayca.

Behice Boran haris değildi. Eğer faşist eğilimlerin egemen olduğu bir üniversitede çalışmasaydı, çevresinde uygarca bir hoşgörüyle karşılaşsaydı, işinden atılmasaydı, Behice Boran

Marksist bir öğretim üyesi olarak sosyoloji dalında parlak bir akademik kariyer yapardı. İstediği de buydu zaten. 1965'te milletvekili seçildiği sırada "şu işe bak" demişti bana; "Ben kürsümde kalıp okuyup yazmak, ders vermek, öğrencilerimle uğraşmak, sadece küçük bir dost çevresiyle ilişki kurmak istedim öteden beri. Oysa şimdi siyasal savaşın tam ortasına atılmak zorunda kaldım. Kimbilir bu işin altından nasıl kalkacağım."

1948'de Behice Boran, Niyazi Berkes ve Pertev Naili Boratav ile birlikte mahkemeye verilmişti. Mahkemede aklanınca, üçünün da kadrosu lağvedilmiş, açıkta kalmışlardı. Böylece ülkesinin koşulları bu inançlı sosyalisti öğretim üyeliğinden koparmış, eyleme itmişti. Behice Boran bu eylemi sonuna değin, büyük özverilerde bulunarak, büyük acılara katlanarak, başarılı bir dirençle sürdürdü.

Behice Boran, öteki iki arkadaşı gibi, yabancı üniversitelerden iş önerileri aldı. Ama ülkesinde kalmayı yeğ tuttu. Bunun başlıca nedeni, Behice Boran'ın tutkulu yurtseverliğiydi. Memleketini sadece soyut bir kavram olarak değil, elle tutulur bir gerçek olarak severdi. Azgelişmişliğiyle yoksulluğuyla, eşitsizlikleriyle, haksızlıklarıyla, buruk acılarıyla severdi. İşte bu yüzdendir ki, ömrünün son yedi yılını sürgünde, memleketinin taşından toprağından uzak, sevdiği her şeyden uzak geçirdiğini düşünmek, dayanılmaz bir hüzün verir onu yakından tanıyanlara.

* * *

Ben ortaokuldayken Behice Boran'ın bir ara bizlere ders verdiğini; o konuşurken, sanki kafamın içini devinen güçlü projektörler tarıyormuş da, bu ışıklar tüm karanlık köşeleri aydınlatıyormuş gibi, öğrettiklerini hemen kavramamı unutamıyorum.

Dünyanın en vefalı dostu olan Behice Boran'ın siyasal nedenlerden ötürü bazı gençlik arkadaşlarını yitirince duyduğu kederi; "herkesin aşk acıları vardır, benim de arkadaşlık acılarım var" demesini unutamıyorum.

Doğa sevgisini; soğuk bir kış akşamı karanlık basmak üzereyken evimin balkonuna çıkıp lodos fırtınasını bir saat seyretmesini unutamıyorum.

Kadınlığına özgü becerilerini, evinin tertemiz düzenini, herkese açık sofrasının güzelliğini, yemeklerinin tadını, coştuğu zamanlarda duyarlı sesiyle türküler söylemesini unutamıyorum.

Cerrahpaşa Hastahanesi'nde felçli yatan Nevzat Hatko'yu görevini yapan bir eş gibi değil de, gülümseyerek, şakalaşarak, iki aylık bir bebeğe bakar gibi temizlemesini, unutamıyorum.

Yirmi yedi yıl önce 147'lik olup üniversiteden atıldığım zaman, beni ve iki çocuğumu, Armutlu'daki kumsalda birkaç kuruşa kiraladığı, elektriksiz, susuz, kırık dökük eve götürüp, sanki lüks bir oteldeymişçesine haftalarca rahat ettirmesini, üzüntümü gidermesini unutamıyorum.

Altı günlükken yitirdiği ilk çocuğu Elif'in ölümü yüzünden yıllar boyu çektiği acıyı; daha sonraları çok güç koşullar altında dünyaya gelen oğlu Dursun'a sevgisini; ikide bir hapse girdiği için bir anne olarak görevlerini yerine getiremediğini düşünerek duyduğu kaygıyı unutamıyorum.

Tüm küçük çocuklara, bu arada Sakarya Hapishanesi'nde kocasını baltayla kesen bir köylü kadının çocuğuna gösterdiği sevgiyi; o dokuz aylık bebeği bana demir parmaklıkların arkasından hayranlıkla göstermesini unutamıyorum.

Brüksel'in yağmurlu, soğuk parklarında yürürken, İstanbul'un şu ya da bu köşesi üzerine benden ayrıntılı bilgiler istemesini unutamıyorum.

Deniz sevgisini; Gökova'da bir tekneyle gezerken duyduğu keyfi; onu son görüşümde Ostend'de denize girişimizi; koskocaman dalgalar bizi devirdikçe çocuksu sevincini unutamıyorum.

* * *

Arkadaşım Behice Boran ile dostluğumuzun yarım yüzyıldan fazla sürmesi bir mutluluk kaynağı oldu benim için. Ölüm haberini alınca duyduğum acı, bu mutluluğu hiç gölgeleyemez."

Behice Boran ile ilgili bazı notlar eklemek istiyorum bu yazıya: Behice Ankara Cezaevi'nde yatarken onu görmeye gidememiştim. Ama Türkiye İşçi Partisi'nin avukatlarından duyduğuma göre, Behice orada en aşırı sol gruplardan en bağnaz kızlarla bile, gül gibi geçiniyormuş. Koğuşta herkesin büyük saygısı varmış ona. Kadınlararası dayanışmanın ilginç bir örneği de, Behice mahkemeye götürüleceği zaman, kadın gardiyanların onu süslemeleri; giyinmesine, saçını düzeltmesine yardım etmeleri; yargıçların ve dinleyicilerin karşısına düzgün ve hoş bir kılıkta çıkması için, ellerinden geleni yapmalarıydı. Hoşuma giden başka bir ayrıntı da, Behice'ye konuşma sırası gelince, jandarmalar dahil, onu dinlemek için herkesin mahkeme salonuna üşüşmesiydi.

Behice Sakarya Cezaevi'ne getirildikten sonra, bazen Avukat Necla Fertan'ın arabasıyla, bazen de otobüsle, oraya nerdeyse her hafta giderdim. Hapiste de sürekli okuduğu için kitap taşırdım ona. Biraz para kazanması amacıyla Joseph Kessel'in *Les Cavaliers* adlı kalın romanını Türkçeye çevirmesini önerdim. Fransızcası, İngilizcesi kadar mükemmel olmadığı halde, romanı İngilizce çevirisinden değil, biraz zahmet ederek, Fransızca metinden çevirmeyi daha doğru buldu. Bunun Behice'nin çevirisi olduğunu kitabı basacak arkadaştan gizlememiştim; ama roman başka bir çevirmen adıyla yayınlandı gene de.

1974 yazında genel af çıktığı halde, siyasiler öteki mahkûmlarla birlikte değil, daha sonraları serbest bırakıldı. Kocasını baltayla kesen kadın özgürlüğüne kavuşurken, Behice onun dokuz aylık bebeğini son kez kucağına alıp öptü kokladı. Sonra işaret parmağını sallayarak, "seni bir daha buralarda görmeyeyim ha!" diyerek, anneyi uyarınca, bir sinir gülmesi tutmuştu beni. Çünkü kocasını doğruyan kadıncağız gidiyordu; ama Behice "buralarda" kalıyordu.

12 Temmuz 1974'de, Behice de tahliye edildi. O sabah erkenden Nihat Sargın ile eşi Yıldız, Asuman, başka TİP'liler ve ben Sakarya Cezaevi'nin önünde beklemeye başladık. On beş

saatten fazla geçti, ama formaliteler bir türlü bitmiyordu. Gece yarısı, bizi hapishanenin avlusundan çıkardılar. Bir yığın cemse avluya girdi; hepsinin farları yakıldı; hapishanenin kapısı projektörlerle aydınlandı. Avluya doluşan askerler, ellerinde silahları, sanki o kapıdan yüzlerce tehlikeli katil çıkacakmış gibi, tetikte bekliyorlardı. Derken kapı açıldı. Farların kör edici ışığında, sağ elinde küçük bir naylon poşet tutan, ak saçlı, ufacık bir kadın çıktı o büyük kapıdan. Behice'yi kiraladığımız minibüse alıp İstanbul'a doğru yönelirken, bir de baktık ki, askeri bir cip peşimizden geliyor. Minibüsümüzü durdurunca, cip de durdu. Neden izlendiğimizi sorduk içindekilere. Rakı kokan bir subay, sendeleyerek araçtan indi. "Sakarya ilinin sınırına kadar Behice Hanıma refakat etmek onurundan bizi mahrum etmeyin" dedi. Alay ediyor sandım ilkin. Ama adamın sarhoş yüzünde garip bir saygı vardı.

1965 seçimlerinde milletvekili olduğu için, Behice'nin cenazesinde ilk tören TBMM'in önünde yapıldı. 1987 yılında, Behice Boran gibi komünistliğiyle ünlü bir kişiye böyle resmi devlet töreni yapılması çok şaşılacak bir şeydi. "Mevzuat" denilen o akıllara sığmaz gizli güç, siyasal kaygılardan ağır basmış, TBMM'i de tongaya basmıştı anlaşılan. Bense her zamanki saflığımla "hangi milletvekili böyle onurlandırılmaya Behice kadar hak kazanmıştır acaba?" diye düşündüm. Bodrum'dan doğru İstanbul'a gittiğim için, Ankara'daki törende bulunamadım.

18 Ekim 1987'de İstanbul'da yapılan cenaze görkemliydi. Mustafa Kemal'inkinden bu yana, şimdiye kadar gördüğüm cenazelerin en görkemlisiydi belki. Sosyal Demokratlar, solun çeşitli frakisyonları ve Behice'nin siyasal düşmanları dahil, herkes oradaydı. Ne yazık ki, ancak bu cenazede birleşebildi Türk solu. Behice Boran'ı Türk yurttaşlığından çıkarmışlardı; ama onun her zaman Türk kaldığını vurgulamak için, bayrağa sarılı tabutunun üstüne, nüfus kâğıdının poster boyunda büyütülmüş çerçeveli bir sureti konulmuştu. Nüfus kâğıdında, yirmi yaşında, gül gibi bir Behice'nin fotoğrafı vardı. Onun o gencecik halini ötekiler bilmiyordu ama, ben biliyordum.

Cenaze Şişli Camiinden çıkacağı sırada, bir yaz yağmuru gibi, ansızın müthiş bir alkış koptu. Sonraları çok yaygınlaşan bu alkış olayını ilk kez duyuyordum. Cenazenin ardından Zincirlikuyu'ya kadar yürümek istiyorduk. Ama cenaze arabası ortadan yok olmuş, doğru mezarlığa gitmişti. Bizler oraya varamadan Behice'yi toprağa verecekler diye korktuk bir ara. Ne var ki, bunu yapamadılar. Cenaze bizi Zincirlikuyu'da bekliyordu.

Camiden çıktıktan sonra dağılmamızı istedilerse de, bu isteklerinin nafile olduğunu hemen anladılar. Trafiğin engellenmemesi bahanesiyle, caddenin ortasında yürümemizi yasakladılar. Oysa polis ve asker araçlarından başka trafik yoktu caddede. Üç dört kişilik sıralar halinde, çifte kordon altında, trotuarda yürümeye başladık. Bizimle birlikte yürüyen dış kordon çevik kuvvetten, iç kordon da bir kadın bir erkek, el ele tutuşmuş genç işçilerden oluşuyordu. Tepemizde helikopterler vızır vızır uçuyordu. Yürüyenlerin bir ucu henüz Şişli meydanındayken, öteki ucu Zincirlikuyu'ya varmıştı bile. Kabristana girerken, askerler de, üniformalı polisler de ortadan yok oldu. Biz bize kalmıştık. Kol kola girdik ve "yiğidim aslanım burda yatıyor" gibi Behice'nin sevdiği türküleri söyleyerek, mezarının başına kadar yürüdük.

Behice'nin ölümünden dört yıl önce, oğlu Dursun Hatko, "babamı Sofya'da gömdük; kim bilir annemi nerede gömeceğiz" demişti. Ama biz, Behice Boran'ı kendi memleketinde toprağa verdik, hem de şanına lâyık bir cenaze töreniyle.

Bir başka büyük devrimciye, Aziz Nesin'e değinmek istiyorum şimdi. Aziz Nesin üstüne çok yazıldığından, ileride daha da çok yazılacağından, kısaca söz edeceğim ondan. Aziz Nesin, Türk aydınlarının onuruydu, Türk aydınlarının şanıydı bence. Çünkü hepimizin düşündüğünü, ama dile getirmekten çekindiğini, ancak o söylerdi hiç korkmadan, açıkça. Örneğin çoğumuz tanrıtanımazdık. Ama bunu açıklamayı göze alamazdık. Bir tek Aziz Nesin, "ben tanrıtanımazım" derdi dobra dobra.

Yirmi beş yıl kadar önce, adını taşıyan vakıf kurulduğu sırada, ilk yönetim kurulunun başkanı oldum. Aziz, "sen İsmet Paşa gibi, hep Başkan kalacaksın" dedi bana. Ama emekliye ayrılınca, tüzük gereği başkanlığımı yitirdim. Geçenlerde Aziz Nesin'in ölümünün ikinci yıldönümünü anmak için orada açık havada yapılan bir toplantıya gidip de, Vakfın nasıl geliştiğini, yeni binaların yapıldığını, sayısı otuz sekize çıkan irili ufaklı çocukların "dedemiz" dedikleri Aziz'in bilinmeyen bir yere gömüldüğü bahçede nasıl koşuştuklarını görünce, içim açıldı.

Yönetim kurulunda çalıştığım yıllarda, Aziz'i sık sık görmek mutluluğunu yaşamıştım. "Mutluluk" diyorum; çünkü Aziz'in fiziksel görüntüsü bile, çocukları seven bana sevinç verirdi. Büyüdükten sonra da küçüklüklerinin izlerini taşıyanlara özel bir düşkünlüğüm vardı. Aziz'i ise, kısacık boyu, yuvarlak yüzü, kıvır kıvır saçlarıyla, iyice yaşlıyken de yedi yaşında tombul bir oğlana benzetirdim. Onu görür görmez, yanaklarından makaslar almak, saçlarını karıştırmak gelirdi içimden. Çoğu kez, kendimi tutamaz, bunları yapardım da.

Vakıf kurulduğu sırada, bizim sol enteller dudak büktüler. "Ne yani?" dediler. "Birkaç kimsesiz çocuğu eğitecek de, memleketi mi kurtaracak?" Oysa Aziz Nesin'in böyle bir iddiası yoktu. O sırada bana söylediği gibi, tek amacı, küçükken kendi çektiği sıkıntıları, yirmi otuz çocuğun çekmemesiydi. Bu korkunç sıkıntıların ne olduğunu merak edenler, Aziz Nesin'in yazdığı yüzden fazla kitabın en ilginçlerinden biri olan ve hiçbir güldürücü yanı bulunmayan *Böyle Gelmiş Böyle Gitmez* adlı özyaşam öyküsünün birinci cildine bakabilirler.

Belki çocuk yanı çok canlı kaldığı için, Aziz çocukları severdi. Çoğu erkeklerden farklı olarak, onların bakımını üstlenecek kadar severdi çocukları. İkinci eşinden ayrıldığı sırada dokuz on yaşlarında olan Ahmet ile Ali'ye bir süre nasıl hizmet ettiğini, onların yemeklerini nasıl pişirdiğini, beslenme çantalarını nasıl hazırladığını, küçük donlarını elleriyle nasıl yıkadığını gözlerimle gördüm.

Kendine karşı cimri, başkalarına karşı çok cömert olan Aziz'in, kendi çocukları için de, yabancıların çocukları için de yapmayacağı yoktu. Ömrümde tanıdığım çalışkan insanların en çalışkanıydı. Yıllarını, yazarlığıyla onurlandırdığı memleketinin çeşitli hapishanelerinde geçirmişti. Nedenini öğrenemeden tutuklandığı, onu ne gibi bir akıbetin beklediğini bilmeden bir hücreye kapatıldığı zaman bile, bir defterle bir kalem bulur, hemen yazmaya başlardı.

Köşesinde oturup kitap yazsaydı, birkaç yıl daha yaşayabilirdi belki. Ama kitap yazmakla yetinmiyordu. Aziz'in yaşında olduğum için, bunu bilirim: Yaşama içgüdüsü ağır bastığından, ihtiyarlar kendilerini korurlar. En yiğitleri bile, "hava bu kadar sıcakken ya da böyle soğukken, oraya gidemem, şuraya gidemem; o yolculuğa çıkamam; bu toplantıya katılırsam, fazla yorulurum" derler kendi kendilerine. Ama Aziz Nesin'in böyle küçük hesapları yoktu. Öteki vakıf kurucuları gibi miras yiyerek ya da ticaret yaparak değil, salt yazı yazarak kazandığı serveti kimsesiz çocukları eğitmek uğruna harcadığı gibi, kendi sağlığını da siyasal inançlarını savunmak uğruna harcadı. Her bir yana koşuşuyor; bütün toplantılara, TV programlarına, açık oturumlara, eylemlere katılıyordu. Türk aydınlarının temsilcisi olduğuna göre, katılması da şarttı. Belki daha üç dört yıl yaşayıp yazabilecekken, işte bu yüzden öldü.

Üniversite öğrencisiyken tanıdığım sevgili arkadaşım Abidin Dino, herkesi büyüleyen, çok şaşırtıcı bir insandı. Şaşırtıcı olmasının birinci nedeni, genellikle benimsenen ölçülere göre çirkin sayılması gerekirken, güzel sayılmasıydı. Alnı alçaktı, ağzı nerdeyse bir kulağından ötekine varırdı, teni delik deşik gibiydi. Ama kara gözleri, olağanüstü bir çekicilik verirdi yüzüne. Hele elini yüzüne dayayınca, bütün güzellik kuralları darmadağın olurdu. Çünkü Abidin'in elleri, benim bugüne değin gördüğüm en güzel erkek elleriydi. (İkinci sırada da Orhan Veli'nin elleri gelirdi. Mustafa Kemal'inkileri ancak on bir yaşındayken bir tek kez gördüğümden, doğru bir değerlendirme yapacak durumda sayılamam.) Kadınlar Abidin Dino'ya bayılırlar, onu son derece yakışıklı bulurlardı. Hiç de öyle olmadığını bilirdim ama, onu yakışıklı bulmalarına hiç şaşırmazdım.

Abidin Dino'nun çok şaşırtıcı olmasının ikinci nedeni, hiç öğrenim görmediği, orta okul diploması bile almadığı halde, tanıdığım en bilgili insanlardan biri olmasıydı. Tek diploması, çocukken aldığı "güzel el yazısı" diplomasıydı. Gerçekten de, el yazısı elleri kadar güzeldi. Ve hiç kimsenin yazısına benzemezdi. Gelgelelim okula hiç gitmeyen diplomasız Abidin, eskiden "alamme-i-cihan" denilen türden bir insandı. Bilmediği yoktu. Üç dört yabancı dil konuşurdu. Fransızcası, en iyi eğitilmiş bir Fransız aydının ayarındaydı. Bilgisi, sadece sanat ve edebiyat alanlarının sınırları içinde kalmazdı. Tarih bilirdi, hattâ ekonomi bilirdi. *Le Tiers Monde* adlı ciddi bir Fransız dergisinde Anadolu'da tarım konusunu ele alan bir incelemesi yayınlanmıştı. O incelemeyi çok beğenmiştim; ama bu işlerden anlamam düşüncesiyle, iktisat profesörü bir tanıdığıma okuttum. O da çok beğendi, çok doğru buldu.

Abidin Dino'nun üçüncü şaşırtıcı yanı, bütün sanatçılar bir tek alanda uzmanlaşırken, onun her sanat dalına el atmasıydı. Abidin yağlıboya yapardı, desen yapardı, karikatür yapardı, Abidin yontu yapardı. Bunlarla da yetinmeyip, Abidin yazı yazardı, tiyatro oyunu yazardı, Fikret Muallâ'yı ele alan kitabı çok güzeldi. Sinemaya el atsaydı, çok başarılı olacağından hiç kuşkum yoktu. Nitekim, bir dünya kupası sırasında, bir maçın filmini çekmiş ve bu futbol belgeselini bir sanat yapıtına dönüştürerek, büyük ilgi uyandırmıştı. Sabahattin Eyüboğlu'nun çok esprili eşi piyanist Magdi Rüfer, "Abidin, yarın öbürgün bir senfoni kompoze ederse, hiç şaşırmam" demişti. Ben de pek şaşırmazdım doğrusu. Çünkü Abidin, Rönesans sanatçıları gibi, her sanat dalında başarılı olabilirdi.

Abidin Dino, 1950'li yılların başında Fransa'ya yerleşmeden önce, bir süre İtalya'da kalmıştı. Roma'da gazetecilik yapan bir İngiliz arkadaşımın anlattığına göre, birkaç hafta içinde herkesle tanışmış, sanat çevrelerinin baş tacı olmuştu. Abidin'in karşı konulmaz karizmasını bildiğimden, buna hiç şaşmamıştım.

Abidin ile Güzin Dino kırk yıl Paris'te oturdular ama, hem orada, hem Türkiye'de yaşıyorlardı aslında. Memlekette olup bitenlerden en ince ayrıntılarına kadar haberleri vardı. Bizim gazeteleri ve radyoları sürekli izlemek bir yana, Fransa'da yolculuk eden her Türk aydını mutlaka onlara uğrardı. Her şeyi o kadar iyi biliyorlardı ki, hafif bozulmaya başladım. Artık bunları da bilecek değiller ya diye düşünerek, kim kimden ayrılmış, kim kiminle aşk yaşıyormuş gibi dedikoduları aktarmaya başladım. Gelgelelim, Abidin ile Güzin onları da bilirlerdi, hattâ o konularda benim bilmediklerimi de.

Abidin Dino'nun konuşma üslûbu, ürettiği sanat eserleri kadar renkli ve ilginçti. İyi konuşanların çoğu gibi sürekli gevezelik etmez, susmasını da bilirdi. Çok gelişmiş, çok ince bir gülmece duygusu vardı. Örneğin, iş çevrelerinden bir zat, müşterek dostumuz Şakir Eczacıbaşı'nın fotoğraf sergisini görünce, biraz hayrete düşüp, "demek hobiniz fotoğrafçılık" demiş. Abidin de, "hayır, işadamlığı hobisidir, asıl uğraşı fotoğrafçılıktır" diye yanıtlamış bu soruyu.

Benim açımdan Abidin Dino'nun arkadaş olarak en değerli yanı yaşamı güzelleştirmesi, zenginleştirmesiydi. Ne yazık ki, çoğumuza hiç nasip olmayan bir yetenektir bu. Ne yapıp yapıp, en güzel şeyleri bile sıradan bulmanın, hattâ çirkinleştirmenin bir yolunu buluruz çoğumuz. Abidin ise bir yaşam ustasıydı. Bir kır gazinosunda yenilen kötü bir omletle söğüş domates, içilen ılık bira, onun bu yeteneği sayesinde görkemli bir şölene dönüşürdü. Öyle şeyler görür, öyle şeyler söylerdi ki, Karaköy'den Kadıköy'e vapurla bir geçiş, Pasifik Okyanusu'nun adaları arasında bir yoculuk kadar olağanüstü bir hal alırdı.

Abidin yaşamı zenginleştirme yeteneğini kanserden ölürken bile yitirmedi. "Çok iyiyim, aslan gibiyim" dedi her zaman. Kendi can çekişirken, dostlarının yaşama sevinci duymalarını, yaşamın güzelliğini algılamalarını sağladı. Bir sanatçının başlıca işlevlerinden biri de budur bence.

Abidin Dino'nun cenazesi Paris'ten getirilip, Rumelihisar'da toprağa verilirken, bazı dostları mezarının başında Enternasyonal'ı söylediler. Bunun üzerine, bizim solcuların bir kısmı, "böyle şeyleri karıştırmanın sırası mı şimdi?" diyerek, hop oturup hop kalktılar. Oysa Enternasyonal'ı söylemenin tam sırasıydı bence. Çünkü bunu unutmak birçok kişinin işine gelse de, Abidin Dino komünistti ve komünistliğini hiçbir zaman yadsımadı. Keşke ben de yeterince önemli bir komünist sayılsam da, mezarımın başında bu güzel marşı söyleseler. Solcuların her töreninde, bir araya geldikleri her toplantıda, Enternasyonal'i söylemenin sırasıdır bana kalırsa. Sovyet devriminden umut kesmeye başlamamın nedenlerinden biri de Rusların Enternayonal'den vazgeçip "millî" bir marşı kabul etmeleridir zaten.

Mart 1994'de Selamiçeşme'deki Özgürlük Parkında, Abidin Dino'nun bir heykelinin açılış töreni vardı. Paris'ten gelemeyen Güzin, bana telefon edip temsilcisi olarak oraya gitmemi istemişti. Abidin'in yüz ifadesini çok iyi veren, beğendiğim bir heykeldi bu. Abidin oturduğu yerden güzel elini uzatmış, tuttuğu gülü sevdiği İstanbul kentine sunuyordu sanki. Heykel çocuk parkının hemen yanında olduğu için, törenden sonra, kırmızılar giymiş bir küçük kız, kaideyi tırmanıp heykelin kucağına oturunca, o çok soğuk ve rüzgârlı mart gününde, ılık bir sevinç dalgası çarptı yüreğime. Abidin bu durumu görseydi, kim bilir ne kadar hoşuna giderdi diye düşündüm.

Arif Dino, kardeşi Abidin'den yirmi yaş büyüktü. Onu da çok severdim. Ama bir yetişkinin çok sevimli küçük bir çocuğa duyduğu sevgiydi bu. Çünkü Arif, babam yaşında olduğu halde, çok büyük boyutta yedi yaşında bir çocuktu benim gözümde. Çok uzun boylu, çok iri yapılı, çok biçimli bir oğlan çocuğuydu. Bedeninde bir ağrı duyunca, kendine masaj yaptırma yöntemi çok ilginçti: Yüzükoyun yere uzanırdı. Ben ya da kız kardeşinin oğlu Rasih Nuri İleri, ayakkabılarımızı çıkarıp, Arif'in üstünde bir aşağı bir yukarı yürürdük.

Abidin'in tam tersine, ağabeyinin yüz hatları çok düzgün, teni de pürüzsüzdü. Gözlüğünü burnunun üstüne değil, geniş alnının tepesine dayardı genellikle. Dino ailesine özgü büyük kara gözler, yüzünü ayrıca güzelleştirirdi. Arif'e takılmak için, karşısına geçer, herkesin önünde onu övmeye başlardım: "Şu adamın ne kadar yakışıklı olduğuna hele bir bakın!" derdim. "Şu boyuna posuna bakın! Ağzı burnu ne kadar da biçimli! Gözleri, tıpkı çikolatalı ekler pastaları gibi tatlı!" derdim. Zavallı Arif'in yüzü küçük bir çocuğunki gibi kızarır, gözlerini mahçup mahçup kırpıştırır, başını başka yana çevirirdi.

Arif Dino, Abidin gibi konuşkan değildi. Zaten üç yaşına kadar hiç konuşmamış. Ailesi onun geri zekâlı olduğu kanısına varmaya başlamış. Sonra, günün birinde, babası ve annesiyle Adana'da faytonla gezinirken, babası, karşılarında oturan oğullarını göstererek, "hanım, ben bu çocukta ara sıra zekâ kıvılcımları görür gibi oluyorum" demiş. Bunun üzerine üç yaşındaki Arif, ilk kez ağzını açıp, "ateş olmayan yerde kıvılcım da olmaz" dedikten sonra, gene derin bir sessizliğe gömülmüş.

Arif Dino eline bir kâğıt parçası geçirince, cebinden çok sivri yontulmuş bir kurşunkalem çıkarır, gözlüklerini alnından burnunun üstüne indirir, sürekli çizerdi. Son derece güzel küçük desenlerdi bunlar. Gelgelelim, büyük bir resim ya da yağlıboya bir tablo yapmayı aklından hiç geçirmezdi. Deniz kıyısında topladığı küçücük çakıl taşlarını çakısıyla oyar, olağanüstü yüzler yontardı. Adını şimdi unuttuğum bir fotoğrafçı, bunların agrandısmanlarını yapmış, bir kitapta yayınlamıştı. Gelgelelim, Arif, büyük bir yontu yapmayı hiç düşünmezdi. Arif, Rimbaud'nun "Le Bâteau Ivre"ini başından sonuna kadar ezbere bilir; ama oturup da şiir yazmayı aklının kenarından geçirmezdi. Ara sıra, durup dururken, bir ya da iki dizeli küçük şiirler söyleyiverirdi sadece. Örneğin, Beyoğlu'nda aç karnına gezerken, bir lokantanın önünde döner kebap görmüş, "döner kebap dönmez olsun!" diyerek, bir tek dizeyle onu lânetlemişti. Karanlık bir gece, kıyıdan bakıp ışıl ışıl geçen adalar vapurunu görmüş, çok güzel bulduğum bu iki dizeyi söylemişti:

Geceler vapurla dönmez
Hey telli pullu gelinler!

Arif Dino içkici değildi. Ama hepimiz içerken, o da sarhoş olmak kararını verirdi ara sıra. Sarhoş olma yöntemi de şöyleydi: On tane kadar su şişesini masanın üstüne dizer, onları peşpeşe lıkır lıkır içerdi. Ve gerçekten fitil gibi sarhoş olurdu işin tuhafı. Onun dev cüssesini zor taşırdık meyhaneden çıkınca.

Yedi yaşında bir çocuk kadar sade bir insan olan Arif ancak bir tek konuda, güzel yemek pişirmek konusunda iddialıydı. Hem *Larousse Gastronomique*'i, hem de Osmanlı sarayının mutfağı üstüne eski kitaplar bulur, onları hatmederdi. Elli yumurta, kırk okka pirinç, yirmi okka patlıcan, yirmi beş okka domates, aynı miktarda kuru soğan ve daha bilmem neyle yapılan nefis yemek tariflerini anlatırdı bana. Benim ise, ağzım hafif sulanırdı onu dinlerken. Evimizde yemek pişirince, duvarlardan makarnalar sarktığı için, mutfağımız acayip bir hal alırdı. Meğer spaghetti'nin gereğince pişip pişmediğini anlamanın tek yolu, onları duvara fırlatmakmış. Eğer duvara yapışırsa "al dente" yani tam kıvamında olurmuş.

Arif Dino, duyarlı bazı küçük çocuklar gibi, çok alıngandı. Bir gün, patates kızartması istedim. Bunları yerken, Arif'i eleştirmek gafletinde bulundum: "Lezzetli yemek konusunda sabahtan akşama kadar ahkâm kesersin. *Larousse Gastronomique* ve yemek kitapları hep başucunda. Ama şu patatesleri bile doğru dürüst kızartamamışsın" dedim. Arif'in yüzü kıpkırmızı kesildi. Hiçbir şey söylemeden sofradan kalktı. Paltosunu giydi ve çekip gitti. Ben hemen kalkıp, onu durdurmak istedim. Ama altı kat merdiveni inmişti bile. Beyoğlu'nda lapa lapa kar yağıyordu. Üstemdeki incecik beyaz frenk gömleğiyle peşinden koşuyor; "Arif'ciğim özür dilerim, bir daha yapmam, ne olur gitme!" diye yalvarıyordum. Arif, dev bir heykel gibi kaskatı kesilmişti. Beni dinlemiyor, dönüp bana bakmıyordu. Yoldan geçenler durup, karlı bir kış gecesi oynanılan bu acıklı aşk dramını seyrediyorlardı. "Bu kız, o adama neler yaptı kim bilir" diye düşündükleri, beni fena halde ayıpladıkları bakışlarından besbelliydi. Koluna yapışarak Arif'i durdurabildim sonunda. Eve döner dönmez, Arif gene bir tek söz söylemeden, kızarmış patatesleri çöp tenekesine boca etti. Ve uzun süre bana küs kaldı. Yalvarıp yakardığım halde, bir daha yemek de pişirmedi bana.

Arif, politik sorunlarla pek ilgilenmezdi ama, savaş yıllarında, Abidin ve solcu bilinen başka aydınlarla birlikte Anadolu'ya sürüldü. Polisler, Abidin'in o güzel ellerine galiba parmak kelepçesi denilen ve baş parmakları birbirine kenetleyen bir acayip zırıltı takıp onu sanırım Çorum dolaylarında bir küçük kasabaya sevketmişlerdi bile. Gelgelelim, Arif saklanmadığı halde, bir türlü bulunamıyordu her nedense. Oysa, herkesten uzun boyu, alnındaki gözlükle, kalabalık arasında bile hemen göze çarpardı.

Bir sabah erkenden kapım çalındı. Bir de baktım Rasih Nuri İleri, yanında da o sıralarda Beyoğlu'nda da Beyazıt'ta da sık sık görülen entel tipinde, kolunun altında bir gazete, gazetenin içinde iki üç kitap taşıyan, temiz yüzlü, efendiden bir delikanlı. Arif'in nerede olduğunu, onu son ne zaman gördüğümü sordular bana. Dün gece gördüğümü söyledim. Sonra da "o namussuz polisler, Abidin'in baş parmaklarına kelepçe takmışlar. Acaba ona başka eziyetler de ettiler mi?" diye sordum. Kitaplı delikanlı, "aman Mîna Hanım, biz hiç öyle şeyler yapar mıyız? Abidin Beye çok iyi muamele ettik" diye açıklamalarda bulununca, temiz yüzlünün de bir sivil oduğunu anladım. Meğer Rasih, hiç gizlenmeyen dayısının polisten kaçtığı sanılmaması için, güvenlik güçleriyle birlikte onu arıyormuş.

Bizler de sokaklara dökülüp onu aramaya başladık. Nisuaz'da bulabildik sonunda: Arif hemen karşıya geçip, "bunları akşam bana getir" diyerek, İnci Pastahanesinden koskocaman iki kutu pasta alıp bana teslim ettikten sonra Sansaryan Han'a götürüldü.

Akşam Haydarpaşa İstasyonuna koştuk. Tren kalkmadan beş dakika önce, Arif, trenin penceresinen "kutuları aç, ikram et!" diye emretti bana. Kutuları açtım; herkese, polislere, jandarmalara, Arif'in dostlarına pasta servisi yaptım. Çikolatalarla kremalar, ağızlarımıza, burunlarımıza bulaşmış bir halde, Arif'i sürgüne uğurladık.

Doğal çevremle, yani bohem sanatçılar ve solcu aydınlarla hiçbir ilişkisi olmadığından, Neyzen Tevfik'i, üniversite öğrencisiyken, salt bir rastlantı sonucu tanıdım. Yağmurlu bir kış günü, her zaman olduğu gibi, Eminefendi'ye gidemeyeceğim için, Şehzadebaşı'nda öğleyin sandviçlerimi yiyebilecek bir kahvehane arıyordum. Bir de baktım, Yavrunun Çayhanesi adını taşıyan, içine ancak üç dört masa sığabilecek küçücük bir yer. Gençliğimde bile sayısı azalan, artık tümüyle yok olan gerçek bir çayhaneydi bu. Kahve, gazoz filan değil, ancak çay içebilirdiniz orada. Çayı da çok güzeldi.

Yaşlı başlı sahibine neden "Yavru" denildiğini hiçbir zaman öğrenemediğim çayhaneye oturduktan birkaç dakika sonra, içeriye bir ihtiyar girdi. Hem meteliksiz olduğu, hem de kılık kıyafetine metelik vermediği, her halinden belliydi. Sırtında eski bir mintan, bunun üstünde bir çeşit hırka; başına şimdiki dincilerinkine hiç benzemeyen acayip bir takke geçirmişti. Elinde, kılıfa geçirilmiş sopaya benzeyen bir şey tutuyordu. 1879'da Bodrum'da doğduğunu; daha çocukken "limon almaya bakkala gidiyorum" diyerek evden çıktığını; oralara bir daha hiç geri dönmediğini daha sonraları öğrendim. Demek onu tanıdığım sırada sadece altmış yaşlarındaydı. Ama ancak yüz yaşında bir adamda görülebilecek kırışıklar vardı yüzünde ve bu kırışıklar aklın alamayacağı kadar ilginç çizgiler oluşturuyordu. Ona bakan bir desen ustasının böyle çizgilere dayanabilmesinin yolu yoktu. Nitekim Abdin Dino, Neyzen Tevfik ile karşılaşır karşılaşmaz, istekten nerdeyse titreyerek, dakikasında bir kalem kâğıt kapar, Neyzen'in yüzündeki çizgileri çizmeye başlardı. Aliye Berger'in de aynı isteği duyduğunu, hem ağabeyi Cevat Şakir'in, hem de Neyzen'in portresini çizdiği bir gravürden anladım.

Daha kim olduğunu bilmediğim, ama gözümü yüzünden ayıramadığım adam, çayhane sahibine bir şey anlatıyordu. Anlattığı, basitin basiti bir durumdu: Sabahleyin, kömür sobası tütmüş, odaya duman dolmuş, sobayı bir türlü yakamamış. Gelgelelim, kısık sesiyle bunu öyle bir biçimde anlatıyordu ki, bu sıradan aksilik bir Sophokles tragedyasına dönüşüyor, onu dinlerken gözyaşlarımı zor tutuyordum.

Adam bana baktı; bir süre sustu. Sonra kılıcını kınından çekercesine, neyini kılıfından çekti. İşte o zaman anladım onun Neyzen Tevfik olduğunu. İnanılmaz güzellikte bir müzik yayıldı Yavrunun küçücük çayhanesine. Radyoda ney dinlemiştim ara sıra; ama onun neyinden çıkan ses bambaşkaydı. Neyzen neyini kılıfına koyarken, benim dilim tutulmuştu, büyülenmiştim sanki. Sonunda, kekeleyerek, "kimin parçası bu?" diye sorabildim. "Bir ere âşık olup, Kanuni Sultan Süleyman'ın ordusunun peşinden Viyana kapılarına kadar giden ve orada ölen bir kadının" dedi Neyzen. Hoşuma gideceğini bildiğinden, bu trajik öyküyü hemen o sırada uydurmuştu. Viyana kapılarına kadar giden kadının değil, Neyzen'in çoğu parçaları gibi bu da kendi doğaçlaması olduğunu daha sonraları anladım. Çünkü Neyzen, genellikle başkalarının müziğini değil, ancak kendi müziğini üflerdi neyine.

Neyzen Tevfik'in nasıl geçindiği, nasıl yaşadığı, nerede barındığı konusunda hiçbir zaman kesin bir bilgim olmadı. Ancak şundan bundan birçok şey duymuştum: "Kendi sürünmek istediği için sürünüyor" diyorlardı. "Radyodan ona bir maaş bağlanabilirdi. Bal gibi geçinebilirdi. Ne olacak, adam alkolik zaten" diyorlardı. Alkolik olmasa da, bu Bektaşi dervişinin hiçbir kurumun isteklerine boyun eğmeyeceğini; ancak kendi canı isteyince neyini üfleyeceğini bilmiyorlardı.

Kaldı ki, Neyzen Tevfik alkolik değil, tıpkı Edgar Alan Poe gibi dipsomandı. (Ailemde ve yakın çevremde içki sorunu olduğundan, biraz bilgi edindim bu konuda.) Alkolik, normal yaşamını sürdürebilmek; örneğin yıkanıp, giyinip, işine gidebilmek için, bir miktar alkol almak gereksinimini duyan kişidir. Sabahtan başlayıp, bütün gün içer. Ne var ki, ölçüyü kaçırmazsa, fazla içmezse, çalışma yaşamını az çok sürdürebilir. (Akşamcı, gündüzleri içkiye hiç dokunmayan; ancak akşamları belirli bir saatten sonra içmeye başlayandır.) Dipsomanların durumu ise, alkoliklerinkinden beterdir. "Dipso" içmek isteği, "mania" da delilik anlamına geldiğine göre, dipsomaniyi delice içmek hastalığı diye tanımlayabiliriz. Dipsomanlar, haftalarca, kimi zaman aylarca, hiç alkol almazlar. Sonra durup dururken içki nöbeti başlar. Hiç ara vermeden, çılgınca, ölesiye içerler. Bu alkol delirmesi, genellikle bir "fugue" yani bir kaçışla sonuçlanır. Adamı evinden kilometrelerce uzakta, bilinçsiz bir durumda bulurlar. Örneğin Beyoğlu'nda oturan biri, Şile yolunda bir hendekte bulunur.

Neyzen Tevfik, dipsomania nöbetinin başlayabileceğini bazen önceden sezerdi. Bana anlattığına göre, iradesini kullanır, kendi isteğiyle Bakırköy Akıl Hastahanesine gider, "başlayacak; beni hemen kapatın" derdi ağlayarak. Hastahanede onu kaç kez görmeye gittim. Bir kral muamelesi görürdü orada. Ona özel bir oda verilirdi, her isteği yerine getirilirdi. "Berber gelsin" derdi; berber hemen gelirdi. "Başhekim gelsin" derdi; Başhekim Dr. Fahri Celal hemen gelirdi.

Neyzen Tevfik'in benim açımdan en şaşırtıcı yanı, böylesine hüzünlü bir müzik yaratabilen insanın, aynı zamanda siyasal ve toplumsal olayları yakından izleyen bir taşlama ustası olması; çok ince bir duyarlılıkla keskin bir gülmece yeteneğini kişiliğinde birleştirmesiydi. Ney üfler, dinleyeni ağlatır; sonra peşpeşe espriler patlatır, insanı katıla katıla güldürürdü. Bir defasında, onu kızdırmak için, sevmediği bir milletvekilinin yakında başbakan olacağı haberini uydurdum. Bana şöyle bir baktı; "beter olur inşallah" dedi. Doğaçlama söylediği taşlamalar dilden dile dolaşırdı. Şu satırları yazdığım sırada, köktendinci bir milletvekili sayesinde TBMM üyeleriyle "deyyus" küfrü arasında bir bağlantı kurulduğu için, "mebus" ile "deyyus" sözcüklerinin kafiye düştüğü bir örnek veriyorum Neyzen'den:

Kime sordumsa seni doğru cevap vermediler.
Kimi alçak, kimi hırsız, kimi deyyus dediler.
Künyeni almak için Partiye ettim telefon;
Bizdeki kayda göre şimdi mebus dediler.

Neyzen'i tanıdıktan sonra, Yavrunun Çayhanesine dadandım. Öğleyin arkadaşlarımla birlikte Eminefendi kahvesine ya da başka bir yere gideceğime, onları atlatır, doğru oraya koşardım. Neyzen bazen gelir, bazen gelmez, bazen konuşur, bazen susar, bazen de ney üflerdi. Arkadaşlarım, benim Şehzadebaşı'nın bir batakhanesinde (buna Fransızca olarak "les bas-fonds de Şehzadebaşı" diyorlardı) herkesten gizlenmesi gereken tehlikeli bir aşk serüveni yaşadığım kanısına varmışlar; bu sırrı çözebilmek için, beni izlemeye karar vermişler.

Bir öğle vakti, Yavrunun Çayhanesine girer girmez, kızların ikisi peşimden oraya daldılar. Bizim çok alafranga Fransız Edebiyatı bölümünün en alafranga ik kızıydı bunlar. Onların hemen arkasından Neyzen gelince, fena halde telaşlandım. Neyzen çok alıngan, müthiş öfkelenen, öfkelenince de çok kırıcı olabilen bir insandı. Arkadaşlarım onu kızdıracak bir şey söyleyecekler diye ödüm kopuyordu. Nitekim korktuğum oldu. Neyzen Tevfik diye bir fenomenden hiç haberleri olmadığından, ona kim olduğunu sordular. "Neyzen" sözcüğünün ne anlama geldiğini öğrenince de, "bize ney çal öyleyse" dediler. Neyzen'in onların canına okuyacağını sanıp, fenalıklar geçirdim. Oysa büyük bir sükûnet içinde, "ney çalınmaz, ney üflenir" dedi. Sonra neyini kılıfından çıkardı, üflemeye başladı. Ben büyülenmiş dinlerken, arkamdan hafif hıçkırık seslerinin geldiğinin farkına vardım: Böyle bir müziği ömürlerinde ilk kez duyan iki alafranga kız, biribirlerine sarılmış, hüngür hüngür ağlıyorlardı.

Neyzen'i yıllarca bir hayli sık gördüm. Evime de çağırdım; ama çok ender gelirdi. Bir defasında Fakülte'den Cihangir'deki evime dönünce, neyinin sesini duydum: Balkonda bir minderin üstünde bağdaş kurmuş oturmuş İstanbul limanını seyrederek ney üflüyordu. Ne var ki, Yavrunun Çayhanesi ve Bakırköy Akıl Hastahanesi dışında bir adresini bilmiyordum. Bazen haftalarca ortadan yok olurdu. İkide birde çayhaneye uğrardım. Ama, Yavru da bilmezdi nerede olduğunu. Hastahaneye telefon ederdim; orada yatmadığını söylerlerdi. Sonunda 1953'te öldüğü haberini aldım.

Sait Faik'i 1940'ta Nurullah Ataç sayesinde tanıdım. Benim

gibi Büyükadalı olan Nurullah Beyle, iskeleye inen yolun sağındaki kahvede otururken, Burgaz'a gidip Sait Faik'i görmemizi önerdi. "O da kim?" diye sordum. "Türkiye'nin en iyi hikâye yazarı" dedi. Daha sonraları Sait Faik'i okur okumaz, bunun ne denli doğru olduğunu anladım. Edebiyatımızın en iyi öykü yazarı olduğuna şimdi de inanıyorum. Neden derseniz, benim için edebiyatın özü şiirdir de ondan. Ve Sait öykülerinde şairdir. Ne gariptir ki, ancak şiir yazarken şairliğini bir miktar yitirir gibi olur.

Ece Ayhan'ın *Morötesi Requiem*'de "çakır gözlü, mor dudaklı ve patlak gözlü sarışın" diye betimlediği Sait Faik'in gözleri, hiç de patlak değildi bana kalırsa. Ama içkiyi biraz fazla kaçırınca, "gözlerin tavada pişmiş balık gözüne dönmüş gene" diye ona takılırdım.

Sait Faik, kılık kıyafeti ve davranışlarıyla, yazar çizer takımının aydınlarına hiç mi hiç benzemezdi. Koltuğunun altında kitap taşımaz, okuduklarını anlatmaz, düşüncelerini iddialı iddialı savunmaya kalkmaz, kişiliğini ikide birde ileri sürmez, kendinden hiç söz etmezdi. Sait Faik ile tanışanlar, bir halk adamı sanırlardı onu. Hakları da vardı; çünkü Sait Faik gerçekten bir halk adamıydı.

Sait Faik ömrünü sürekli bir avarelik içinde, Burgaz'da ya da Beyoğlu'nda dolanmakla geçirirdi. Çoğu zaman, sinemaların önündeki fotoğraflara boş gözlerle bakarken rastlardım ona. Yazmaya, hattâ bu kadar çok yazmaya nasıl vakit bulduğuna aklım ermezdi. Odasına kapanıp masasına oturarak yazı yazmadığını kesinlikle biliyordum. Balıkçı kahvelerinde, sandallarda, Adalar vapurlarında, meyhanelerde, gözlerden uzak köşelerde, cebinden çıkardığı buruşuk kâğıt parçalarına bir şeyler karalardı dizinin üstünde.

Sait Faik, öteki yazarlara kıyasla, çok talihliydi. Geçim derdi yoktu. Ekmek parasını kazanmak için didinip durmak zorunda değildi. Annesi ona her gün belirli bir harçlık verirdi. İçki dışında hiçbir lüksü olmadığından, o parayla rahat idare ederdi. Böyle bir annesi olması, onun için de, bizler için de bir nimetti. Yoksa, küçük bir çocuk kadar savunmasız olan Sait, yaşam kavgası denilen o kepaze felâket içinde hebâ olup gidecek ya az sayıda ya da hiç öykü yazamayacaktı.

Sait Faik ile iletişim kurmak güçtü. Oradan oraya gezerdi. Burgaz adasındaki evinde de oturmazdı çoğu zaman. Adaya gider, gene de bulamazdınız onu. Belirli bir kahveyi ya da meyhaneyi de mekân edinmezdi kendine. İçkili olunca ise, iletişim tümüyle kopardı. Bir defasında, benim ahlakçı öğretmen yanım tutmuştu. "On sekiz yaşından küçük çocuklara sakın sataşma; sinemaya filan götürme onları" demiştim. Sait, rakı şişesini – üstelik de dolu bir rakı şişesini – havaya kaldırmış, tam kafamda kıracakken, arkadaşlar araya girmiş, meyhaneden kaçırmışlardı beni.

Sait'in eşcinsel eğilimleri olduğu rivayet edilirdi. Çok belirgin ahlakçı öğretmen yanıma karşın, benim bu konuda hiçbir yobazlığım yoktur. Eşcinsellerle dostluk kurar, onları oldukları gibi kabul ederim. Tek karşı çıktığım şey, henüz yetişkin olmayan, dolayısıyla cinsel itileri karmakarışık çocukların doğal eğilimlerinden saptırılmaları; belki eşcinsel olmayacakken, ya parasızlıktan ya da duyguları sömürülerek, eşcinselliğe yöneltilmeleridir.

Öykülerinden de anlaşılacağı gibi, Sait Faik'in bir eşcinsel yanı gerçekten de vardı. Ama bana kalırsa, biseksüel olan Sait'in eşcinsel dürtüleri, uygulanmaya pek konulmayan, yani platonik kalan bir duygu, çok yoğun bir duyguydu ancak. Buna karşılık, Sait'in kızlara âşık olduğunu, hem de ölesiye âşık olduğunu çok yakından biliyorum. Hem bana kendi anlattı, hem de gözümle gördüm yaşadığı aşkları.

Sevdiği kızlardan Eleni ile ilgili iki öykü aktarmak istiyorum şimdi: Sait, Eleni, Cahit ve ben, Bohem meyhanesinde oturuyorduk bir akşam. Sait, kıskançlık denilen duyguyu hiç anlamadığını anlatıyordu bana. "Senin âşık olduğun kadına o da tutulduğu için, bir erkeğe nasıl düşman kesilirsin, nasıl kıskançlığa kapılırsın?" diyordu. "Seninle aynı duyguları paylaşan adam, sana en yakın insandır, senin can kardeşindir" diyordu. Kıskançlığın çirkinliğini, öyle ince bir duyarlılıkla, öyle bir içtenlikle, öyle güzel anlatıyordu ki, fena halde duygulanmıştım, ağlamak üzereydim nerdeyse. Derken birdenbire sözünü kesip, ayağa fırladı. "Ulan pezevenk! Benim karıma neden bakıyorsun!" diye bağırdı. Küfrettiği masada, izbandut gibi beş herif oturuyordu. Sait'i de, Cahit'i de çiğ çiğ yiyebilecek güçteydiler beşi de. Üstelik, Eleni'ye baktıkları filan da yoktu. Bunu Sait'e anlatmaya çalıştık. Hattâ tedirginliği geçer umuduyla, Eleni'yle ben yer değiştirdik. Derken Sait, hiçbir şey olmamış gibi, kıskançlığı ne çirkin bir duygu saydığını, aynı içtenlikle anlatmayı sürdürdü. Ne var ki ben, düşünceyle uygulama arasındaki uçurumu gördüğüm için, onu kös dinliyordum artık. Anlattı, anlattı. Sonra ansızın gene ayağa fırlayıp, "pezevenk! Sana karıma bakma demedi miydim?" diye avaz avaz bağırdı yeniden.

İşte o zaman, çocukluğumun kısa komik filmlerinde görülen durum oldu meyhanede: Hesapça, yalnızca izbandutların masasındakilerle bizim masamızdakilerin dövüşmesi gerekirken, herkes dövüşmeye başladı. Masalar devrildi, iskemleler devrildi, tabaklarla bardaklar şangır şungur kırıldı, erkekler küfürler etti, kadınlar çığlıklar attı. Bu hengâme, başladığı gibi bitiverdi ansızın. Sanki biraz önce birbirlerine girmemişler gibi, herkes yerine oturdu, yemeğe içmeğe devam etti.

Uzun boylu, kara kuru, maşa gibi denilen türden, ama çekici bir kız olan Eleni, ancak o zaman harekete geçti. Elinin tersiyle bir sağ yanağına, bir sol yanağına tokatlar atarak, yakasından yakaladığı Sait'i, geri geri yürütüp, meyhanenin arka kısmına itti. Orada, kafasını üç kez, küt küt küt duvara vurdu. Sonra basıp gitti. O beş ızbandutla da, meyhanedeki bütün erkeklerle de dövüşmeye can atan Sait, onu döven sevgilisine el kaldırmayınca, benim yeniden gözüme girdi. Bu yaman Rum kızını aramak için, üçümüz de yollara döküldük. Ama o gece Eleni'yi bulamadık Beyoğlu'nda.

Anlatacağım ikinci öykü de Eleni'yle ilgili. Bir kış gecesiydi. Boğazım fena ağrıyordu, ağır bir grip geçiriyordum, ateşim vardı. Ve tesadüfen yalnızdım evde. Gece yarısından bir hayli sonra, apartmanın zili çalındı. Kapıyı açınca, Sait'i karşımda gördüm. Yüzü gözü kan içindeydi ve kanlı ellerinde Rum kızının paltosuyla çizmelerini taşıyordu. Onu hemen içeri alıp, ne olduğunu sordum. Ama konuşabilecek halde değildi; zangır zangır titriyor, bir şeyler kekeliyordu. Toparlansın diye, ona biraz konyak içireyim dedim. Birkaç yudum içer içmez, ağzındakileri püskürttü, öğürmeye başladı. Şaşkınlıkla, ona konyak değil, boğazımın ağrısı için kullandığım gargara ilacını vermişim meğer. Ama durumun komikliğine gülecek halde değildim; çünkü Sait'in, Rum kızını öldürdüğü kanısına varmıştım. Tek düşüncem, onu saklamak, polisin elinden kurtarmaktı. Her şeyden önce, suç kanıtlarını ortadan kaldırmam gerekiyordu. Sait, Hayat apartmanının altı kat merdivenini bitkin çıkarken, ikide birde ışıklar sönmüş, elektrik düğmesini aradığı sırada, kanlı elleriyle duvarlarda izler bırakmıştı. Onu bir divana yatırdım. "Sakın buradan kıpırdama" dedim. Kapıyı Sait'in üstüne kilitleyip, elimde sabunlu su dolu bir kova ve bir bezle, bacaklarım tir tir titreyerek, duvarları sildim, kan lekelerini yok ettim.

Bir süre sonra, Sait kendine geldi: Kızı öldürmemiş. Kavga etmişler sadece. Eleni, onun yüzünü gözünü tırnaklamış. Sait de, evin camını çerçevesini indirmiş. Yüzündeki ve ellerindeki kanlar bundanmış. Sevgilisinin paltosunu ve çizmelerini almasının nedeni de, verdiği armağanları başka erkeklerle gezip tozarken giymesini engellemek içinmiş. Sait'in katil olmadığını anladım böylece. Ama olsaydı, onu gene korurdum. Sadece Türkiye'nin en iyi öykü yazarı olduğu için değil, sevgili arkadaşım olduğu için.

Yazabileceği daha nice öyküler varken, Sait Faik'in 1954'de daha altmışını tamamlamadan, iyice yaşlanmadan ölmesi bana büyük acı verdi.

Belki kendim de ölüme artık çok yaklaştığım için, ne gariptir ki, çok yakın dostum da olsalar, canım ciğerim de olsalar, yaşıtlarımın, yani ihtiyarların ölümüne katlanmak daha kolay gelir bana. Onlar yaşayacaklarını yaşamışlar, yapacaklarını yapmışlardır. Ölümlerinde bir haksızlık yoktur. Gelgelelim, yüzünü bile görmediğim, hiç tanımadığım genç birinin ölümünü duyunca, kendim hâlâ yaşadığım için, hem bir suçluluk duygusuna kapılır, hem de çok üzülürüm. Ortada korkunç bir haksızlık vardır çünkü. Yaşayabileceklerini yaşayamadan, yapabileceklerini yapamadan, dünyadan göçüp gitmiştir o insan. İşte bu haksızlığa karşı duyduğum isyan yüzünden, çok küçükken tanrıtanımaz oldum. Hele çocukların, adını bile bilmediğim çocukların ölümünü duyunca, perişan olurum. Yüzümü duvara çevirip ölmek gelir içimden.

Beni mahveden başka bir ölüm türü, başarabileceklerini başaramadan, onlardan beklenenleri gerçekleştiremeden, ya Oblomov'luk ya da alkol yüzünden ölüp gidenlerdir. Böyleleri yaşıtım da olsa, gene allak bullak olurum. Arkadaşım Fikret Ürgüp'ün cenazesinde, kendimi tutamayıp ağlamamın nedeni de budur. Gençliğimde tanıdıklarım arasında Fikret kadar yeteneklisi az bulunurdu. Çok canayakın, çok sevimli, çok pırıl pırıldı Fikret. Hem dahiliye hem de psikiyatri uzmanlığına sahip mükemmel bir hekimdi. Fikret ressamdı, Fikret yazardı, Fikret'in yapamayacağı şey yoktu. Sonunda ne oldu? Alkol bataklığında boğulup gitti Fikret.

Çoğu arkadaşlarım böyle bir akıbete uğramadan bu dünyadan göçtükleri için, onları huzur içinde anımsarım her zaman. Sevgili ölülerimin başında Sabahattin Eyüboğlu gelir. Ben kan bağlarına inanmam. Ama Sabahattin ile aramda garip bir kan bağı vardı sanki. O da aynı şeyi duyduğunu söylemişti; ondan sekiz yaş küçük olduğumdan "sen benim küçük kardeşimsin" demişti. Fiziksel görüntümüz, bedensel yapımız, hattâ elyazılarımız arasında bile benzerlikler bulurdum. Bu benzerlikleri başkaları da görürdü anlaşılan. Çünkü 1948'de Marsilya'dan İstanbul'a dönerken vapurdakiler ve daha sonraları Maltepe Askeri Cezaevinde ziyarete gittiğimde, erler, ağabeyim sanırlardı onu. Çok eskiden, müşterek bir dostumuz, Sabahattin'i parmağıyla göstererek, "şunu baştan çıkarsana" diye şakalaşınca; tam bir içtenlikle, "ben ona kıyamam!" diye bağırmıştım. "Ona kıyamam" lâfına, Sabahattin de, hepimizde gülmüştük. Oysa çok yerinde bir sözdü bu. Canım ciğerim kardeşimi, aşk tutkusunun ara sıra kanlı olabilen kıyasıya savaşına sürüklememin sahiden de yolu yoktu.

Sabahattin Eyüboğlu hem kardeşim, hem de hocamdı. Ben Fransız Filolojisi öğrencisiyken, 1937'de askerliğini bitiren Sabahattin, bizim bölüme doçent atandı. Onun hakkında hiçbir şey bilmiyorduk. Trabzon'lu olduğunu, bir hükümet bursuyla Dijon, Lyon ve Paris'te okuduğunu duyduk. Çağdaş Fransız Şiiri seminerini yöneteceğini öğrenince, dudak büktük. Çünkü sınıfta herkes birbirinden daha ükelâydı bu konuda. Fransız şiiriyle ilgili bilmediğimiz bir tek şey bulunmadığını sanıyorduk hepimiz. Ama Sabahattin seminerine başlayınca, bilmediğimiz çok şey olduğunun dakikasında farkına vardık.

Sabahattin Eyüboğlu, deneme yazarı ve çevirmen olarak çok başarılıydı. Ama öğrencisi olan bana sorarsanız, onun en büyük yeteneği öğretmenliğiydi. Hasanoğlan Köy Enstitüsündeki öğrencileri de, İTÜ'dekiler de benim bu görüşüme katılıyordu. Çok şey öğrenmiştim Sabahattin'den. Sadece çağdaş Fransız şiirinin ince ayrıntılarını değil, daha önce de anlattığım gibi, birlikte çeviri yaparken, Türkçenin ince ayrıntılarını o öğretmişti bana. Hiç bilmediğim Anadolu'yu da biraz olsun öğrenmiştim Sabahattin sayesinde. 1930'lu hattâ 1940'lı yıllarda, İstanbul'da oturan aydınların, Anadolu'dan haberleri yoktu. Kendi memleketleri, hiç görmedikleri, görmeyi de pek merak etmedikleri yabancı bir ülkeydi sanki. Artık iç turizm dediğimiz olay yok, sadece dış turizm vardı. Şimdi Akdeniz ya da Ege kıyılarına gitmeye can atan İstanbullular eskiden kendi kentlerinin sayfiyelerine giderlerdi yazları. Ben, ilk Anadolu kilimini Sabahattin Eyüboğlu'nun evinde gördüm, ilk Anadolu türküsünü ondan dinledim. Sabahattin ve başka arkadaşlarla, Anadolu gezilerine çıktık daha sonraları. 1964'de, Sabahattin, Cevat Çapan ve eşi Gönül ile o sırada Marmaris'te oturan Can Yücel'lere gitmemiz, ayrıca verimli oldu türküleri öğrenmem açısından. Çünkü hangi sözcüğü söylersem söyleyeyim, ya Sabahattin ya da Cevat, bazen ikisi birden, bu sözcükle ilgili bir türkü söylüyorlardı mutlaka. "Taş" diyordum, hemen taşlı bir türkü; "dere" diyordum, dakikasında dereli bir türkü dinliyordum. Bir söylentiye göre, Fazıl Hüsnü Dağlarca'ya bir tek sözcük verirseniz, o sözcükle ilgili bir şiir üretirmiş birkaç dakika içinde. Bizimkiler de, kendi uydurmadıkları türkülerle yapıyorlardı aynı şeyi.

Sabahattin'i dinleyenler bunun pek farkında değildiler ama, sürekli bir şeyler öğretirdi çevresindekilere. Pazartesi günleri evinde yapılan yemekli içkili toplantılar, onunla Anadolu'da bir gezi, ya da Hürriyet adlı tekneyle deniz yolculukları, çok değişik konuların ele alındığı geniş kapsamlı seminerlere benzerdi aslında. Yetenekli öğretmenlere özgü üç özelliğin üçü de vardı Sabahattin'de: 1) Öğrencilerine sevecen yaklaşım, 2) kişiliğinden kaynaklanan karizma ve 3) otorite. Ne var ki, baskı duygusu uyandırmayan tatlı bir otoriteydi onunkisi. Hani Baudelaire bir şiirinde "rien ne vaut la douceur de son autorité" der ya, o türden tatlı bir otoriteydi bence. Ama kimilerine göre, biraz da bir şeyhin müritlerine egemenliğiydi bu.

Sabahattin ağır bir enfarktüs geçirmişti. Eşi Magdi'ye yardım etmek için seferber olmuştuk. Kimi geceler, Magdi biraz uyuyabilsin diye, ben bekledim başucunda. "Fazla kıpırdama, fazla konuşma" filan deyince, herkes özellikle kadın arkadaşlar aynı şeyleri söylediklerinden, Sabahatin dikbaşlı bir çocuğun isyanı içinde, "ne o! Sen de mi öteki karılar gibi davranacaksın yoksa?" diyerek bana çatardı. Sabahattin'in ağır bir kalp krizi geçirmiş bir hasta gibi yaşamaya, "şu bana zarar verir, bu bana zarar verir" gibi hesaplar yaparak kendini korumaya hiç niyeti yoktu. "Yaşadığım kadar yaşarım, işte o kadar" diye kesip atardı.

12 Mart döneminde, eşi Magdi, Vedat Günyol, Azra Erhat, Yaşar Kemal'in eşi Tilda ve başkalarıyla birlikte, gizli Komünist Partisi kurduğu ileri sürülerek, tutuklandı. O abuk sabuk suçlamalar döneminde bile, dünyanın en gülünç suçlamasıydı bu. Sabahattin Eyüboğlu, değil komünist, sosyalist bile değildi. İs-

met Paşaya inanırdı. İsmet Paşa ne kadar solcuysa, Sabahattin de o kadar solcuydu. Sosyalist düşüncelerden öyle uzaktı ki, 1963'te Türkiye İşçi Partisi'ne girdiğimde, bir hayli öfkelenmişti bana.

Ben, gizli bir komünist örgütüne girmekle suçlansaydım, bunun tümüyle uydurma olduğunu bildiğim halde, cezalandırılmak istememi normal sayar, hattâ biraz gururlanırdım. Ama randevuevi ya da kumarhane işlettiğim ya da mafyanın karanlık para işlerine karıştığım için hapse atılsaydım, ağır bir hakarete uğramış sayardım kendimi. Ne yazık ki, Sabahattin, komünist olmak suçlamasını, kişiliğini lekeleyen ağır bir hakaret saydı. Yığınla insanın komünist oldukları bahanesiyle işkence gördükleri bir dönemde Sabahattin Eyüboğlu'nun bu suçlamadan böylesine tedirginlik duyması, beni çok üzmüştü. İkinci Dünya Savaşı yıllarında, Fransız ve Katolik gençler, Nazilerin Yahudi düşmanlığını protesto etmek amacıyla, "hepimiz Alman Yahudisiyiz!" diye bağırdıkları gibi, tam bir Don Kişot'luk içinde, mahkemede, "mademki herkese komünistmiş diye eziyet ediliyor, ben de komünistim öyleyse" demesini bekliyordum belki de.

Maltepe Askeri Cezaevinde dört buçuk ay kapatılması, yalnız ruhsal açıdan değil, sağlığı açısından da ağır bir darbe oldu Sabahattin'e. Hapisten çıktıktan sonra ancak birkaç ay yaşayabildi. 13 Ocak 1973'te, yarımyıl tatilinde Bodrum'a giderken, o sıralarda nerdeyse yirmi saat süren o bitmez tükenmez otobüs yolculuğunda, Garcia Lorca'nın "Atlının Şarkısı"ndan dört dize takılmıştı aklıma:

Aunque sepa los caminos
Yo nunca llégaré a Cordoba.
La murte me espera
Antes de llegar a Cordoba.

(Yolları bildiğim halde,
Aslâ varamayacağım Kurtuba'ya.
Ölüm beni bekliyor
Kurtuba'ya varamadan önce.)

Bu dizeleri aklımdan çıkarmak için ne yaparsam yapayım, uğursuz bir çan gibi hep çalıyordu kafamda. "Herhalde bir kaza olacak, Bodrum'a varamayacağım" dedim kendi kendime. Meğer ölüm beni değil, Sabahattin'i beklemekteymiş. Bodrum garajına varır varmaz, ikinci bir enfarktüs yüzünden o gece öldüğü haberini aldım.

Ölen yakın dostlarım vardı. Bir de yakından tanımak istediğim, ama ancak bir iki kez karşılaştığım, oturup uzun uzun hiçbir zaman konuşamadığım insanlar vardır. Türkiye'nin en önemli romancılarından biri saydığım Oğuz Atay ve en büyük şairimiz bildiğim Nâzım Hikmet bunların başında gelir.

Oğuz Atay'ı ayaküstü ve o kadar az gördüm ki, onunla ilgili ancak bir tek izlenim edindim: Koskocaman bir kediye benziyordu tıpkı. Çok kocaman ve çok güzel bir kediye öyle benziyordu ki, ona elimi uzatınca "miyaaav!" diyeceğini sandım. Miyavlayacağı yerde, "tanıştığımıza memnunum" deyince, şaşırıp kaldım.

Nâzım Hikmet'i, çocukluğumda, yani on beş yaşından önce, ancak üç kez görebildim. Oysa büyüdükten sonra, onu yakından tanımaya can atıyordum. Yalnız büyük bir şair olduğu için değil; çok duyarlı, çok iyi yürekli, çok saf bir insan olduğu için onu yakından tanımak istiyordum. Nâzım Hikmet'in bu insan yanını Kemal Tahir'e hapishaneden yazdığı mektuplarda görmüştüm ve şairliğine hayran olduğum kadar insanlığına da hayran kalmıştım.

Nâzım'ı ilk gördüğümde on iki yaşındaydım. Kadıköy'de bir dost evinde akşam yemeğinden sonra, "Celile'nin oğlu, buralarda bir yerde karpuz sergisi açmış; gidip şuna bakalım" dedi annem. O sıralarda Şefika'nın gözünde bu gencecik şair henüz Nâzım Hikmet değil, arkadaşı Celile Hanımın oğluydu sadece. Bense pek bilmiyordum kim olduğunu. Geceleyin karpuz sergisine gittik. Nâzım, karpuzla kavun yığınları arasında, yerdeki samanlara uzanmış, eli şakağında, yatıyordu. İlkin güzel sarı bir kaplana benzettim onu. Bir kez daha bakınca, kaplanların vahşetinden tümüyle arınmış olduğunu gördüm. Kaplandan çok, o da Oğuz Atay gibi, bir kediye benziyordu. İnce uzun bir delikanlının boyunda görkemli bir sarmandı.

Bir iki yaş daha büyükken, ikinci karşılaşmamız Yalova vapurunda oldu. Halet ve ailesiyle oraya bir gezintiye gitmiştik. Uzaktan akraba olduklarından, Çambel'ler Nâzım Hikmet'i tanıyorlardı. Ben de onun şairliğini biliyordum artık. Gelgelelim, o acayip çocukluk dönemimin olanca ükelâlığıyla, Baudelaire'in ve Rimbaud'nun şiirlerini onunkilerden çok daha fazla sevdiğimi söyledim. Beni hiç terslemeden gülümsedi; "ben de onları severim" dedi. Ve Baudelaire'in "Le Balon" şiirini, Fransızca olarak başından sonuna kadar ezbere okudu.

Üçüncü ve son görüşmemiz, ben on beş yaşındayken, evimizde bir akşam yemeğinde oldu. Yemekten sonra, Falih Rıfkı, Nâzım'a uzun bir nutuk çekti: Mustafa Kemal'in devrimlerini sürdürebilmek amacıyla Cumhuriyet Halk Fırkasının onun gibi ileri görüşlü genç aydınlara gereği varmış. Çok sorumluluk gerektiren önemli görevler verilebilirmiş ona. Nâzım Hikmet, kendi siyasal ve toplumsal görüşlerinden en küçük bir ödün vermeden, gönül rahatlığıyla girebilirmiş fırkaya, vb. (Kesinlikle anımsamıyorum ama, belki mebusluktan bile lâf edilmiştir bu arada.) Nâzım bir tek şey söylemeden dinliyordu. Sonunda Falih Rıfkı'nın belâgatı tükenince, "bitti mi?" diye sordu. Hafif bozulan üvey babam, "bitti" dedi. O zaman Nâzım, kahkahalar ata ata bir divanın üstüne atladı; gülmekten kırılarak divanda yuvarlanmaya başladı. Üvey babam artık fena halde bozulmuştu. İskemlesinden kıpırdayamıyor, Nâzım'a şaşkın şaşkın bakıyordu. Bütün bunlar olurken lâfa hiç karışmayan annem Şefika, o sırada harekete geçti. "Ayağa kalk, Nâzım!" diye emretti, Nâzım ayağa kalkınca, Şefika ikinci bir emir verdi "eğil, Nâzım!" Nâzım eğilip de annemin hizasına gelince, Şefika, "şap" diye onu alnından öptü. Sonra gene gitti, sofraya oturup sustu.

Bu sahnenin tam anlamını anlayamamıştım o sırada. Ama üvey babamın bu delikanlıyı kandırmak istediğini, hiç başarılı olamadığını; annemin de "Celile'nin oğlu" dediği gencin bir "aferin" hak ettiğini vurgulamak istercesine, onu alnından öptüğünü kavramıştım.

1938'de, üniversite öğrencisiyken, Nâzım Hikmet'in otuz sekiz yıl yatmak üzere hapse atıldığı günlerde aklım başıma gelmişti. Bir solcuydum artık ve Nâzım'ın benim gibi düşünenlerin şairi olduğunu biliyordum. Kendisi hep içerdeydi ama, şiirleri hapishaneden kaçardı ara sıra. Bunlar elimize geçince, daktiloda hemen yedi kopye çıkarır, tanıyıp güvendiklerimize dağıtırdık gizlice. Yaşıtlarım bunu anımsarlar; "saadet zinciri" denilen, saçma sapan bir mektuplaşma olayı vardı eskiden: O "saadet zincirini" alınca, kopye edip başka birine yollardınız, saadet zincirinin kopmaması için. Nâzım Hikmet'in şiirleri de bizim umut zincirimizdi. Nâzım'ın bizlere verdiği umut zincirinin hiç kopmaması, sesinin hep duyulması gerekiyordu.

1950'de, Nâzım'ı hapisten ve açlık grevinde ölmekten kurtarma kampanyası başladı. Bu amaçla düzenlenen Lâleli'deki Çiçek Palas toplantısına katılanlar, tutuklanıp mahkemeye çıkarıldı. Bunlardan biri de, şairin yıllarca yattığı Bursa Cezaevinin müdürü Tahsin Beyin kızı arkadaşım Şehnaz Akıncı'ydı. Yargıç, ona neden bu toplantıya gittiğini sorunca, Şehnaz; "Nâzım Hikmet yurtsever bir şair de ondan" dedi. Yargıç, sanıkla alay edercesine, "kızım, bunu da nereden çıkardın acaba?" diye sordu. Bunun üzerine Şehnaz, yirmi yaşının çın çın çınlayan sesiyle "Memleketim" şiirini, başından sonuna kadar ezbere okudu. İlk kez duydukları bu şiir, mahkeme heyetini de, dinleyicileri de derin bir sessizliğe gömdü. Şiirin güzelliği bir yana, komünist Nâzım Hikmet'in gerçekten yurtsever olduğu kafalarına dank etmişti herhalde. Zaten Nâzım Hikmet'in şiirlerinde, dinleyenleri sessizliğe gömmek gibi bir keramet vardır: Vaktiyle bir Fransız filmi görmüştüm. Kimin yönettiğini, kimlerin oynadığını unuttum şimdi. Film idealist bir kadın öğretmenin, Paris'in en yoksul banliyölerinden birinde, öğrencilerinden neler çektiğini; her eziyete göğüs gererek mesleğine nasıl devam ettiğini anlatıyordu. Bir sahne beni çok duygulandırmıştı: Sınıftaki oğlanlar da kızlar da ayrıca azdıkları bir sırada, genç öğretmen, "size şimdi bir şiir okuyacağım" der ve Nâzım'ın "Angina Pectoris"inin Fransızca çevirisini okumaya başlayınca, bir mucize olur. Öğrenciler, derin bir sessizliğe gömülüp, onu saygıyla dinlerler.

BEŞİNCİ BÖLÜM

Siyasal

Daha önce de söylediğim gibi yirmi yaşından beri solcuyum ve seksenimi geçtiğim halde, solculuğum hiç azalmadı, tam tersine büsbütün arttı. Çünkü bu son yarım yüzyılda memleketimde ayyuka çıkan para hırsını, para uğruna yapılan yolsuzlukları, hırsızlıkları, çeşit çeşit kepazelikleri gördüm.

Solculuğum nasıl artmasın ki? Ben çocukluğumu ve gençliğimi, 1950'den önce, yoksul ama onurlu bir Türkiye'de yaşadım. Memleketim o sıralarda yabancılardan yardım beklemeyen bağımsız ve haysiyetli bir ülkeydi. Millî gelirin dağılmasında şimdiki akıllara sığmaz uçurumlar yoktu. Ne büyük servetler vardı ne de korkunç yoksulluklar.

Okuduğum Arnavutköy Amerikan Kız Koleji (yani şimdiki Robert Lisesi) bir zengin okuluydu. Ama öteki öğrencilerden biraz daha varlıklı olanlar, İstanbul'un görgülü ailelerinden geldikleri için, paralarını gözler önüne sermeyi ayıp sayarlar, hepimiz gibi davranırlar, hepimiz gibi giyinirlerdi. Oysa 1950'li yıllardan sonra, durum tamamiyle değişti: Eski okulumun çok iyi bir kitaplığı olduğu için, ara sıra kitap almaya giderdim oraya. Bir akşam kitaplıktayken, bir de baktım Amerikalı bir öğretmen, heyecanlar içinde içeriye dalıp "gel de kızlara bak!" diye bağırıp hemen aşağıya indi. Derken ikinci bir öğretmen gelip aynı şeyi söyledi. Üçüncüsü de "gel kızlara bak!" deyince, kızları yeterince gördüğümü, onlara neden bir daha bakmam gerektiğini anlamadığımı söyledim. "Mesele kızlar değil, üstlerindeki giysiler, gel de onlara bak" dedi üçüncü öğretmen. Marble Hall'a indik. Öğretmenler arka kapının kenarlarına dizilen iskemlelere oturmuşlardı. Ben de onların arasında oturup, ömrümde ilk ve son kez bir defile seyrettim. Meğer Robert College'de danslı bir parti varmış o akşam. Kızlar önümüzden geçip, arka kapıya gelen özel arabalara dörder dörder binerek oraya gidiyorlardı. Biz, yoksul öğretmenler de, giysilerini seyrediyorduk. Büyük bir olasılıkla Avrupa'dan satın alınan o pahalı suare elbiselerini, o takıları, o mücevherleri, yüksek sosyetenin berberlerinin elinden çıkmış o "kuafürleri", o ustaca yapılmış makiyajları, burjuvaların gözlerini kamaştıracak o lüksü, liseli kızlarda görmek, son derece münasebetsiz geldi bana. Orada öğrenciyken, bizler de giderdik Robert College'deki partilere. Ama çok parası olsa bile, böyle süslenen, böyle gösteriş yapan yoktu aramızda. 1950'li yılların yeni zenginlerinin görgüsüzlüğünün bir örneği, memleketimin ne denli bayağılaştığının bir göstergesiydi o defilede seyrettiklerim.

Zenginleri sevdiğini açıkça söylemekten hiç utanmayan Turgut Özal'dan farklı olarak, zenginlerden hiç mi hiç hoşlanmam genellikle. Kendi ailemin eski serveti dahil, her zenginliğin arkasında ya bir haksızlık, ya bir sömürü, ya bir hırsızlık olabileceği konusunda kuşkularım vardır hep. Onun için on beş yaşından beri zengin olmak ayıbından kurtulduğum, ekmek parasını kendi alnının teriyle kazanan çalışan bir kadın olduğum için gurur duyarım. Bunlar çok dinozorca düşünceler elbette. Ama dinozorca düşünmekten hiç mi hiç utanmıyorum. Günümüzün para hırsına kapılmış sözümona çağdaş kafalı kişilerinden biri olmak çok daha fazla utandırırdı beni.

Aslında yaşımdan ötürü değil (gencecik dinozorlar da vardır zaten), Turgut Özal'ın işportaya sürdüğü "vizyonlar", "transformasyonlara", "yükselen değerlere" hiç inanmadığım için bir dinozorum. Onun "vizyon" dediği, gözünün önüne üstüste yığılmış paralar gelmesidir. Onun "transformasyon" dediği, o para yığınlarının gerçekten kıymetli şeylerden daha önemli sayılmasıdır. Onun "yükselen değerler" dediği, gerçek değerler değil, serbest rekabet ortamında, herkesin birbirinin gözünü daha rahatça oyarak, daha çok para kazanmalarını sağlamak amacıyla uydurulan alçakça alçalmalardır. Turgut Özal'ın millete aşıladığı zihniyet yüzünden, Türkler hem daha çok para kazanmak istiyor; hem de çok parası olduğunu herkesin bilmesini istiyor artık. Parayı gözler önüne sermenin bir yolu da düğünler.

Anadolu'da düğün geleneği her zaman vardı herhalde, ama İstanbul'un aydın çevrelerinde, milyonların havayi fişeğe dönüşüp karanlık gökyüzüne savrulduğu o şatafatlı düğünler 1950'den önce pek yoktu. Benim kuşağımın okumuş ve meslek sahibi kızları, gösterişli düğünler yapmayı biraz ayıp sayarlardı. Annemle babam bile, tâ 1912'de, sadece aileye ve yakın dostlara bir yemek vererek düğünsüz evlenmişlerdi.

Sınıfımızın en güzel kızının 1940'ta Tokatlıyan Oteli'nde yapılan düğünü, beni bu çeşit törenlerden iyice tiksindirmişti: Sınıfımızın en güzel kızı, güzel olmasına güzel, ama birazcık akılsızdı. Okulu bitirince babası, onu İngiltere'ye yüksek tahsile göndermek istemişti. Ama zaten zengin olan kız, kendinden daha da zengin bir talibiyle evlenmeyi yeğ tutmuştu. Kız boylu poslu, talip ise bir hayli kısaydı; kızın omuzuna geliyordu. Düğün fotoğrafını çekmek için sınıf arkadaşları bizleri çağırdıklarında, bir de baktık ki, boy durumları değişmiş; damat gelinden çok daha uzun oluvermiş. Meğer fotoğrafçı, damadı bir tabürenin üstüne çıkarmış! Kızın sınıf arkadaşları bizler de bu kepazelik fotoğrafta görünmesin diye, çiftin önünde çömelmiş, bir çeşit paravana oluşturuyoruz. Bir erkeğin kısa boylu olmasına hiçbir itirazım yok; hattâ çok uzun boylulardan pek hoşlanmam. Ama kısa boylu bir erkeğin uzun boylu görünmek için bir taburenin üstüne çıkması, çok çirkin, çok itici geldi bana.

Üstelik düğünlerin yapıldığı o lüks otelleri, mekân olarak son derece sevimsiz bulurum. İki üç yıl önce Ankara Edebiyatçılar Derneği yöneticileri altın madalya vermek için bizi o türden beş yıldızlı lüks bir otelde iki gün konuk etmişti. O iki gün zehir oldu bana. O yapay dekorun sütunlu, yaldızlı, mermerli zevksiz şatafatı; oraya girip çıkan erkeklerle kadınların antipatikliği ve yapaylığı karşısında, hiçbir şeylerin kesemediği ünlü iştahım bile kesilmişti. Sabah kahvaltısında sunulan o görkemli açık büfeye bakar bakar, böyle tatsız insanlar arasında canım hiçbir şey yemek istemezdi. Cehenneme inansam da cehennem nedir deseler, öldükten sonra sonsuza değin böyle bir lüks otelin lobisinde yaşamaktır derdim hiç duraksamadan.

Çağımızın sözde yükselen, ama aslında alçalan değerleri arasında damarıma en çok basanlardan biri "globalleşme" dedikleri palavra. Ben enternasyonalizme, yani sınırların ortadan kalkmasına, milletlerin tam anlamıyla kaynaşmasına inanan bir dinozorum. Globalleşme ise, enternasyonalizmin tam tersi benim gözümde. Globalleşme lâfı arttıkça, insanlar aynı küre içinde birleşeceklerine birbirlerine büsbütün düşman oluyorlar. Etnik gruplar arasındaki düşmanlıklar artıyor. Çeçenlerle Ruslar; Boşnaklarla Hırvatlar, Sırplar, Slovaklar birbirlerine giriyorlar. Marx, enternasyonalizm sayesinde bütün dünya emekçilerinin birleşmesini istemişti. Globalleşmede ise birleşen ancak büyük kapitalistlerin yönettikleri büyük şirketlerin paraları. Globalleşen insanlar değil, paralar ancak.

Çağımıza uymak zorundayız palavrasına da hiç mi hiç inanmıyorum. Eğer yaşadığım çağın en yüce ideali köşeyi dönmekse; eğer yaşadığım çağ toplumsal adaletsizlik üstüne kuruluysa; eğer yaşadığım çağ inandığım her şeyi yadsıyorsa; eğer yaşadığım çağa bayağılık ve çirkinlik egemense, ben böyle bir çağa neden ayak uydurmak zorunda kalayım? Tam tersine, başkaldırırım, direnirim böyle bir çağa karşı. Bu yüzden dinozorlukla suçlanmam da vız gelir bana. Çünkü ben dinozoru, tarihöncesi çağların nesli tükenmiş bir hayvanı olarak değil; geçmişin doğruluğu kanıtlanmış ve yadsınmaz değerlerini yeni sentezler yaparak geleceğe taşımayı amaçlayan bir yaratık olarak tanımlıyor, dinozorluğumla övünüyorum.

Dinozorluğumla övünmekle yanılmadığımı gösteren bir durum da oldu geçenlerde: Kurucu üyesi olduğum Özgürlük ve Dayanışma Partisi'nin Bodrum'da düzenlediği bir toplantıdaydım. Baktım ki, konuşmacılar, bu partinin çokselliliğinden, insan hakları ve kadın hakları savunuculuğundan, çevreciliğinden filân söz ediyor ama, sosyalizmine pek değinmiyorlar. Bunun üzerine oraya giderken böyle bir niyetim olmadığı halde konuşmaya karar verdim. "Ben bir dinozorum" diyerek söze başladım. Yaş ortalaması yirmi beş olan gencecik dinleyicilerden "yuh" sesleri yükseleceğini sanmıştım. Oysa, benden önce hiçbir konuşmacı alkışlanmadığı halde, ben dinozorluğumu açıklayınca, müthiş bir alkış koptu. Ö.D.P. sosyalist bir parti olduğu için ona umut bağladığımı; bundan önceki uygulamalara hiç benzemeyen yepyeni ve doğru dürüst bir sosyalizm istediğimi; böyle bir sosyalizmin insan haklarını da, kadın haklarını da, çevre korunmasını da nasıl olsa kapsayacağını; bunun bir ütopya sayılacağını, ama çocukluğumu Cumhuriyetin ilk yıllarında, yani toplumsal alanda ütopyaların gerçekleştiği bir dönemde geçirdiğim için, ütopyaları boş hayaller saymadığımı söyleyince, bir alkış daha koptu.

Ütopyalara gerçekten de inananlardanım ben. Şu son yüzyılda, düşgücü açısından en çılgın bilimkurgu yazarlarının bile aklının alamayacağı yenilikler icat edildiğini düşünürsek, ütopyalara inanmamanın yolu var mı? Bu ütopyalar teknoloji ve elektronik alanındaydı şimdiye değin. Ama siyasal, toplumsal ve ekonomik alanlarda ütopyalar neden gerçeğe dönüşmesin günün birinde? Beyinlerinin gücünden yararlanarak, telefonu, radyoyu, televizyonu, bilgisayarı ve daha neleri neleri icat eden insanlar; erozyon yüzünden aç kalmayı, vahşi kapitalizm yüzünden birbirlerinin yamyamı kesilmeyi, savaşlar yüzünden kıyıma uğramayı ve daha nice felâketleri önleyecek toplumsal ütopyaları neden icat etmesinler ileride? Bu ütopyalar, sevgilim Sir Thomas More'un tâ 1516'da yarattığı ilk ütopya kadar güzel olmayacaktır elbette. Ama insanları ölüme sürükleyen toplumsal ve ekonomik haksızlıklara ve çevreyi mahveden felâketlere çare bulacaktır belki de.

Bu toplumsal ve ekonomik haksızlıklar arasında, bir öğretmen olarak beni en çok perişan eden, eğitimde fırsat eşitsizlikleridir. Bir çocuğun eğitimi, annesinin babasının ekonomik durumuna bağlı olmamalıdır. Oysa şimdi bir ailenin parası varsa, çocuğunu nasıl olsa okutuyor. Çocuk pek akıllı sayılmasa da, onu okutuyor, meslek sahibi ediyor. Doğal yetenekleri açısından sıradan bir elektrik tamircisi olacak biri, ailesinin parası sayesinde yüksek elektrik mühendisi oluyor. Boyuna özel üniversiteler açıldığı için, eğitimde eşitsizlik ayyuka çıkacaktır bundan böyle. Varlıklılar, yılda binlerce dolar verip çocuklarını okuturlarken, parasızların beli büsbütün bükülecek, sınırlı sayıda burslardan yararlanmak olasılığını bulamayan pırıl pırıl halk çocuğu yüksek eğitimden yoksun kalacaktır. İşte bu yüzdendir ki, belirli bir siyasal tutumu olmayanların, yani solcu olduklarını hiçbir zaman iddia etmeyenlerin, ya başka bir yerde öğretmek olasılığını bulamadıkları ya da daha çok para kazanmak için bu tür kurumlarda çalışmalarını normal görüyorum da, solcu geçinip, yüksek ücretlere karşılık o özel üniversitelerde ders verenlere şaşırıp kalıyorum. Eskiden solcu olduklarını, ama artık "Yükselen Değerler"den yana cephe aldıklarını açıkça söyleseler, o kadar şaşmayacağım. Ama bir yandan solculuk taslarken bir yandan da sosyalizmin başlıca ilkelerinden biri olan parasız eğitimi yadsımalarını aklım almıyor.

Üniversite eğitimiyle ilgili, beni çok üzen başka bir konuya da kısaca değinmek istiyorum: Üniversitelerimizde Türkçe yerine İngilizce eğitim yapılması tam bir rezalettir bence. Yabancı diller elbette ki öğretilmelidir; hem de çocuk küçükken ilk okulda başlayarak lise öğrenimi süresince devamlı öğretilmelidir. Ama üniversitelerde ancak yabancı filolojilerdeki Türk hocalar yabancı dil kullanabilir. Örneğin, İngiliz edebiyatı dersi verirken, bir öğretim üyesi İngilizce konuşmayı, ötekisi Türkçe konuşmayı yeğ tutabilir. (Nitekim ben kendim, öğrencilerim İngiliz edebiyatı okuduklarına göre, mümkün olduğu kadar bu dili duymaları için, İngilizce ders verirdim.) Ama şimdi birçok üniversitede yapıldığı gibi, bütün derslerin İngilizce verilmesinin, bunun "Globalleşme" denilen yutturmacanın doğal bir sonucu sayılmasının, sömürge olduğumuzu resmen kabul etmekten başka bir anlamı olamaz. Avrupa ülkeleri de globalleşiyor sözde. Gelgelelim, Fransa'da, Almanya'da, İtalya'da, İspanya'da İngilizce eğitim yapan bir tek üniversite yok. Ne acıdır ki, ancak bizim memleketimizde var böyle bir kepazelik. Üstelik, anladığım kadarıyla yabancı dilde yüksek öğretim görenler, ne o dili doğrudürüst öğrenebiliyorlar, ne de kendi ana dillerini. İngilizceleri de yarımyamalak kalıyor, Türkçeleri de.

Eğitim alanında herkese eşit fırsatlar sağlanmadığını, bana verilen imkânlardan başkalarının yoksun kaldığını anladığım an, sosyalist oldum: Yirmi yaşındaydım. Yirmi yaşındakiler kendilerini pek beğenirler. Ben de kendimi bir şey sanıyordum. Sonra günün birinde trenle Anadolu'dan geçerken, lokomotif bir ara durakladı. Ve bir kulübenin önünde kendi yaşımda bir kız gördüm. Kız, bir çeşit gururla başını kaldırmış, kayıtsız gözlerle trene bakıyordu. Nerdeyse göz göze gelir gibi olduk bir saniye. İşte o sırada sanki bir şimşek çaktı kafamda. "Ben, o kulübenin önündeki kız olabilirdim; o kız da trende, benim şimdi durduğum yerde durabilirdi" diye düşündüm. Benim ben olmam, onun o olması salt bir rastlantıydı. Benim ben olmam, yabancı diller bilmem, üniversitede okumam, kültürlü sayılmam, kendi marifetim değil, bir rastlantının sonucuydu sadece. O talihsizdi, ben talihliydim, işte o kadar. Kendimi bir şey sanan ben, toplumsal ve ekonomik düzenin korkunç haksızlığının bir ürünüydüm sadece: Büyük bir kentte, çok aydın bir çevrede büyümüştüm, en iyi okullarda okutulmuştum; gümüş tepsilerde bana kültür sunulmuştu sanki. Ama o kulübenin önündeki köylü kızı olsaydım, etrafımı saran yoksulluğun demir çemberini kıramayacaktım; kültürlü bir çevreden, iyi bir eğitimden yararlanamayacaktım. Dolayısıyla, ben "ben" olamayacaktım. O köylü kızı, benden çok daha akıllı, çok daha yetenekliydi belki de. Ama o kulübenin önünde kalmaya mahkûmdu ömrü boyunca. Bu haksızlığı ortadan kaldıracak yeni bir düzen arayışı, beni solculuğa yöneltti doğal olarak. Gerekli kitapları okumaya başladım. Böylece sosyalist, daha doğrusu komünist oldum. Eskiden, Türk Ceza Kanununda 141-142 maddeler vardı. Komünist olanlar da kendilerine sosyalist demek zorundaydı. Ben de kendime sosyalist derdim; ama komünisttim aslında. Çünkü insanlar arasında tam bir ekonomik eşitliğin kurulmasına inanıyorum. Eğer bana profesör olarak çalışırken ya da emekliyken az çok rahat yaşayabilmem için ayda şu kadar para gerekiyorsa; çöpçü Ahmet Efendiye de aynı miktarın gerektiğine inanıyorum. Kafa işi yapanlarla kol işı yapanlar arasında ekonomik uçurumların açılmasına katlanamıyorum. Çünkü, kendi suçu olmadan, salt ailesinin ekonomik durumundan ötürü, kol işçisi Ahmet Efendiden kafasını işletmek olasılıklarının esirgendiği için, onun benim gibi profesör değil de çöpçü kaldığını düşünüyorum ve bu yüzden de ömrü boyunca benden daha az para kazanarak cezalandırılmasına gönlüm râzı değil.

"Peki, bu kadar keskin solcusun da, inandığın dâvâ uğruna ne yaptın?" diye sorarsanız, pek bir şey yapamadığımı itiraf etmek zorunda kalırım. Ancak sosyalist partilere üye oldum, hapise giren arkadaşları ziyaret ettim, sıkıyönetim mahkemelerine dinleyici olarak gittim, bildiriler imzaladım, toplantılara ve yürüyüşlere katıldım ve her şeyden fazla olup bitenlere bol bol üzüldüm.

Ne komiktir ki, siyasal açıdan yasadışı sayılabilecek tek faaliyetim, kendi memletimde değil de Paris'te oldu. "Drôle de guerre" (Acayip savaş) da yani İkinci Dünya Savaşı'nın ilk dokuz ayında, bir Fransız bursuyla Sorbonne'da okuduğum sırada, önemsiz ayak işlerinde de olsa, Polonya Komünist Partisi'ne yardımcı oldum. Çünkü bu yasadışı partinin yöneticilerinden biri arkadaşımdı. Daha önce Paris'te oturan bazı Türk dostlarım sayesinde, oraya gider gitmez, bu Polonyalı genç doktoru tanımıştım. Coşku ve umut dolu pırıl pırıl bir insandı. Oysa Fransız siyasal polisi sürekli peşinde olduğu, onu suçüstü yakalamak fırsatını kolladığı için, tehlikeler içinde yaşıyordu. Sabit bir adresi yoktu. Her gece başka bir arkadaşının evinde, ara sıra da benim otel odamda kalırdı. Elbise dolabımda bir lastik şiltesi vardı. Onu şişirip yere serer, hep aynı şakayı yapıp, böyle bir şiltenin bir kadından çok daha rahat olduğunu söyleyerek yatardı. Keşke başka bir sevgilim olmasaydı da, sevgilim o olsaydı. Ama ne çare ki, sevgilim değildi, arkadaşımdı sadece.

Bir yandan yasadışı siyasal faaliyette bulunan, bir yandan da geçimini sağlamak için bir Fransız devlet hastahanesinde nörolog olarak çalışan arkadaşıma yardım etmek için, elimden geleni yapardım. Herhangi birinin yapabileceği ıvır zıvır işlerdi bunlar. Örneğin siyasal mahkûmların yattığı hapishanelere, para, giysi ya da yiyecek paketleri postalardım. Bu işin arkasında bir örgüt olduğu anlaşılmaması için, paketlerin adreslerini değişik el yazılarıyla yazar ve başka başka postanelerden gönderirdim. Bu yüzden elimde bazen gülle gibi ağır postallar filân taşıyarak, mahalle mahalle gezinmem gerektiği olurdu.

Bir de cuma geceleri otel odama, son derece sevimli, ama bir tek kelime Fransızca ya da İngilizce bilmeyen, sadece Lehçe konuşan, sapsarı bir kızla sapsarı bir oğlan gelirdi. O sıralarda fotokopi filân olmadığı için, Polonya gizli Komünist Partisi'nin beş altı sayfalık haber bülteni her hafta benim odamda çok ilkel yöntemlerle çoğaltılırdı.

Bir cuma gecesi üçümüzün de elleri dirseklerimize kadar mürekkebe bulanmışken, kapıma vuruldu. Otelin yöneticilerinden biri, polisin beni görmek istediğini söyledi. Polonyalı çocuklar, Fransızca bilmiyorlar ama, durumu hemen anladılar. Pembe beyaz yüzlerinden kan çekilince, çilleri garip bir biçimde ortaya çıktı. Kâğıtlar, mürekkepler, o garip tahta âletler hemen yatağın altına itildi. Çok bol kollu bir kimono giydim elbisemin üstüne. Mürekkep lekeleri görülmesin diye, ellerimi kimononun kollarına geçirdim, gençleri odama kilitledikten sonra, beni merdiven başında bekleyen üç Fransız polisinin yanına gittim.

Korkumuz boşunaymış. Meğer kalın yeşil perdemi dikkatle kapatmadığım için, dışarı biraz ışık sızıyormuş. Karartma kurallarına uymadığından, bir para cezası vermem gerekiyormuş. Bunu duyunca, öyle bir rahatladım, öyle bir rahatladım ki, ömrümde yapmadığım bir şey yaptım: O pis Fransız polisleriyle cilveleştim. Hiç mi hiç tarzım olmayan fingir fingir haller takınarak, yabancı olduğumu, bundan sonra daha dikkatli davranacağımı söyledim. Ve para cezasını da vermeden benden hoşlanmaya başlayan heriflere yapmacık gülücükler dağıtarak, odama geri döndüm. Hemen pencereye koşup perdeyi kapatınca, Polonyalı gençler durumu anladılar. Sevinçle kucaklaştık. Polonya gizli Komünist Partisi'nin haber bültenini çoğaltmak işi bittikten sonra, kızla oğlan, doktor arkadaşın lastik şiltesini şişirip, yanyana yattılar.

O iki güzel çocuğun ne olduğunu bilemem. Ama İstanbul'a döndükten kısa bir süre sonra, doktor arkadaşımın Nazi işgalinin ilk yılında kurşuna dizildiğini öğrendim.

Kendi memleketimde edilginliğim, başıma bir belâ gelir korkusundan çok, politik konularda düpedüz gerizekâlı olduğumu bilmemden kaynaklanıyordu. Profesör unvanımdan ötürü, üyesi olduğum partilerle derneklerin yönetim kurullarında bana ilkin görev vermeyi düşündüler. Ne var ki, benim bu işlere aklım ermediğini, en söylenmemesi gereken sözleri patavatsızca söyleyeceğimi, gaf üstüne gaf yapacağımı anladılar çok geçmeden. Politik aptallığımın bir tek komik örneğini vermekle yetineceğim: Üyesi olduğum Türkiye İşçi Partisinin bir kongresinde, arkadaşlarım Mehmet-Ali Aybar ile Behice Boran'ı dinledikten sonra, ikisinin de ne güzel konuştuklarını, parti işlerinin ne kadar uyum içinde yürüdüğünü söyleyerek çıktım o toplantıdan. Öteki partililer, "şu zavallı budalaya bak" dercesine acıyarak bana baktılar. Çünkü o toplantıda, sevgili dostlarım Mehmet-Ali ile Behice, tam karşıt politikalar güderek birbirlerine girmişler meğer. Bir süre sonra da parti bölündü zaten.

Şimdi işin asıl tuhaf yanı şu ki, politikanın inceliklerine aklı hiç mi hiç ermeyen ben, kendimden çok daha akıllıların uzun zaman kavrayamadığı bazı siyasal gerçekleri onlardan çok daha önce seziverdim. Örneğin Sovyet Rusya'daki durumu, orada gerçek bir komünizmin kurulamadığını, bu gidişle ileride de kurulamayacağını çok çabuk anlamıştım. Ve hiçbir zaman Maocular grubuna girmediğim halde, anti-Sovyet bir komünisttim öteden beri. Bunun başlıca nedeni, Rusya ile ilgili sürekli kitap okumamdı. Komünizm düşmanlarının kitaplarını okumuyordum elbette. Komünizme yüzde yüz inanan, Sovyetler Birliği'ne büyük umutlarla giden, orada korkunç düşkırıklıklarına uğrayanların yazdıklarını okuyordum. Rejimin düşmanları olmakla suçlananlara karşı açılan büyük siyasal dâvâların Sovyetler tarafından yayınlanan resmî tutanaklarını okumak beni perişan etmişti. Çünkü rejime sözde hainlik ettikleri için mahkemeye verilen bu adamların, ne pahasına olursa olsun komünist düzeni kurtarmak uğruna kendi kendilerini suçlu gösterdikleri besbelliydi.

Stalin'in zorbalığına değinmeyeceğim; amaçlarının sınıfları ortadan kaldırmaktan çok ayrıcalıklı yeni bir yüksek sınıfın kurulması olduğuna değinmeyeceğim; insan haklarının ayaklar altına alınmasına değinmeyeceğim; gulag'lara, akıl hastahanelerine, Macaristan ve Çekoslovakya olaylarına değinmeyeceğim. Bunlar herkesçe bilinir zaten. Ama Rus Devriminin, özellikle Lenin'in ölümünden sonra, edebiyata ve sanata düşmanca tutumu hiç aklımdan çıkmıyor. "Intelligentsia" Rusça bir sözcüktür. Ve ne gariptir ki, Rusya, Devrimi destekleyen Intelligentsia'sını, yani aydın takımını, inanılmaz bir baskı altına aldı. Picasso'ya neden komünizme yöneldiğini sorduklarında "temiz bir su kaynağına gider gibi komünizme gittiğini" söylemişti. Ama bu kaynaktan sanki zehirli sular akıyordu Rus sanatçılarıyla edebiyatçılarına. Özgürlükten yoksun bir ortamda sanat yaratmanın yolu bulunamayacağı bilindiği halde, Rus sanatçıları, küçük polis hafiyelerinin zihniyetini taşıyan adamların biçtikleri kalıplara tıkılmaya çalışılıyordu. Anna Ahmatova gibi bir şair, oğlunu hapisten kurtarmak için, Stalin'i öven şiirler yazmak zorunda kalıyordu. Meyerhold gibi büyük tiyatro adamları, Osip Mandelstam gibi büyük şairler Stalin'in kamplarında ölüyordu. Mayakovski ve Yesenin gibi devrime inanan şairlerin daha kırkına basmadan kendilerini öldürmeleri, bu fiyaskoyu kabul etmek zorunda kalmamak içindi belki de.

Sovyetlerde olup bitenler üstüne kuşkularımı sol düşmanlarına hiç söylemiyordum elbette. Ama kendi ideallerimi paylaşanlara sık sık açıyordum bu konuyu ve en yakın dostlarımla birbirimize giriyorduk. Ne gariptir ki, eleştirilerime çok sert tepkiler göstereceğini sandığım Behice Boran, bana karşı hiç de haşin davranmıyordu. İç savaş, ekonomik sorunlar, İkinci Dünya Savaşı, Batının düşmanlığı yüzünden benim düşlediğim güzel sosyalizmin orada henüz tam kurulamadığını kabul ediyordu. Ama ileride mutlaka kurulacağına inanıyordu. Buna ne kadar candan inandığı aklıma geldikçe, Rusya'nın şimdiki çirkin durumunu görmeden 1987'de ölmesine sevinirim. Kimi solcu arkadaşlarım Behice kadar hoşgörülü değildiler bana karşı. Örneğin 1953'de Stalin'in ölüm haberini aldığımız gün, bunlardan biri evimdeydi. Ah vah edip dövünen delikanlıya, yumuşak bir sesle "onun ölümü komünizm dâvâsı için belki daha hayırlı olur" deyince, hışımla ayağa fırladı. "Alçak!" diye bağırarak, kapıyı çarpıp çıktı evimden. Ama sonra ne oldu? Bana "alçak" diye küfreden, 12 Eylül'den sonra, tam bir tornistan yaparak, Özalist oldu. Bense, her zaman olduğum gibi komünist kaldım.

Gerçi Sovyet Rusya'da benim düşlediğim ideal komünizm kurulamamıştı. Ama toplumsal düzende çok olumlu değişiklikler yapılmıştı gene de. Hiç kimse aç değildi; herkesin iyi kötü bir işi vardı; herkesin, çok küçük de olsa, barınabilecek bir evi vardı; eğitim de sağlık hizmetleri de ücretsizdi. İşte bu yüzdendir ki, Rusya'da ve Doğu ülkelerinde, Gorbaçov'un önerdiği türden bazı değişiklikler, daha demokratik yöntemlere doğru bir yönelme bekliyordum da, böylesine iğrenç bir çöküşü, Rusya'nın vahşi kapitalizmlerin en vahşisini benimseyeceğini, Mafya'nın egemenliğini, yani bütün bu kepazelikleri beklemiyordum. 1979'da bir turist grubuyla Rusya'ya yaptığım bir haftalık gezi sırasında, kaldırımlarda müşteri bekleyen güzel Rus kızlarını görmüştüm. Ama liselerde en iyi meslek konusunda yapılan bir araştırmada, on altı yaşında Rus kızlarının, birinci en iyi meslek olarak işletmeciliği, ikinci en iyi meslek olarak da fahişeliği açıkça seçeceklerini beklemiyordum.

1917 Rus Devriminin sonu kötü, hem de çok kötü oldu. 1789 Fransız Devriminin sonu da kötü, hem de çok kötü olmuştu. Ama ne gariptir ki, Yeltsin'lerin yönetiminde kapitalizmlerin en berbatı da, terör dönemi ve Napoléon'un savaşları da, bu iki devrimin şanını söndüremedi gene de. Özgürlük, eşitlik, kardeşlik kavramı insanlığa her zaman ışık tuttuğu gibi, Lenin'in devrimi de insanlığın yolunu aydınlatacaktır her zaman.

Şimdi sonu kötü olan başka bir devrimden, Fransız İhtilali ya da Rus ihtilali gibi bütün dünyayı değil, sadece biz Türkleri ilgilendiren bir devrimden, 27 Mayıstan söz etmek istiyorum. 1960'da henüz doğmamış ya da küçük yaşta olanlar, "bu kocakarı delirmiş! O ilk askerî darbeye nasıl devrim diyebilir?" diye hop oturup, hop kalkacaklar, öfkeden köpür köpür köpürecekler. Hakları da var; çünkü 1960'da kırkını geçmiş olan bizler gibi, o günleri yaşamadılar. Onların gözünde 27 Mayıs, öteki darbelere örnek olan bir ordu müdahalesi. Oysa hiç de öyle değildi aslında. Çünkü bu darbeyi, başta generaller, bütün ordu değil, Millî Birlik Komitesi denilen küçük bir subay grubu yapmıştı. General Cemal Gürsel bile, son dakikada geçmişti harekâtın başına.

Biraz önce söylediğim gibi, 27 Mayıs kötü bitti. Çok olumsuz yanları oldu. Yassıada dâvâları, mahkûmiyetler, Adnan Menderes, Fatin Rüştü Zorlu ve Polatkan'ın asılmaları onarılması imkânsız gaflardı. Onları idam ederek kahraman haline getireceklerine, Mustafa Kemal'in yaptığı gibi sürgün etmekle yetineceklerdi. 147 öğretim üyesini sorgusuz sualsiz, İstanbul'daki ve Ankara'daki üniversitelerden atmaları (zaten başka kentlerde üniversite yoktu o günlerde) tam bir rezaletti. Demokrat Partisi hükümeti benim profesörlüğümü tasdik etmemişti aylarca. 27 Mayıstan sonra *persona grata* oldum. Ağustos sonu, Millî Birlik Komitesinin onayı ve Cemal Gürsel'in imzasıyla profesörlüğe atandım. İki ay sonra da, 28 Ekim 1960'da 147 öğretim üyesiyle birlikte ünivesiteden kovuldum. Tam bir tutarsızlık örneğiydi böyle bir davranış. Beni iki ay sonra atacaksanız, neden izzet ikram onayladınız profesörlüğümü? Bu haksızlık yüzünden korkunç bir şok geçirdim. Çünkü 27 Mayıs'a inanmıştım. Yanıp tutuşup bir aşk evliliği yaptıktan iki ay sonra, sevgili kocasını mutfakta hizmetçiyle basan bir kadıncağızın yürekler acısı durumuna düşmüştüm.

Gelgelelim kendimi psikolojik bunalımlara bırakacak durumda değildim. Bir yıl önce boşanmıştım, annemę, dadıma ve iki çocuğuma bakıyordum. Halamdan miras kalan şimdi oturduğum daire yoktu. Daha sonraları Bodrum'da 30.000 liraya aldığım küçük ev yoktu. Bankada beş kuruşum yoktu. Son paramla on bin liraya Buhara taklidi bir küçük halı almıştım. Bunu sırtıma yükleyip Divan Yolu'nda aldığım halıcıya geri götürdüm. Durumu anlattım. Dokuz bin liraya karşılık geri almasını rica ettim. Sekiz bine, sonra yedi bine indim. Namussuz herif gene kabul etmedi. İlk iki ay yardıma koşan arkadaşlarım oldu iyi ki. Kara gün dostunun ne demek olduğunu o zaman anladım. Biri hemen koşup kira parasını ödedi mal sahibine. Yıllardır görmediğim tanıdıklarım beni aradı, özel dersler, çeviriler buldular bana. Falih Rıfkı, Mustafa Kemal üstüne kitap yazan, ama Türkçe bir tek kelime bilmediği için, bir yardımcı isteyen Lord Kinross ile beni tanıştırdı. Bu sayede de para kazandım.

Üniversitedeki işimden uzak kaldığım o bir buçuk yıl çok didindim, çok yoruldum; ama bir korkumdan da kurtuldum: Yirmi yaşımdan beri devletten maaş alıyordum ve devlet bana her ay belirli bir para vermezse, aç kalacağımı sanıyordum. Oysa durumun hiç de öyle olmadığını, salt kendi gayretimle ailemi geçindirebileceğimi anlamıştım. Kendime güvenim müthiş artmıştı. Ekonomik sorunların bundan böyle belimi bükemeyeceğine inanıyordum.

Devlet bana para vermezse aç kalırım korkusundan sıyrıldığım için, üniversiteye geri dönünce geçirdiğim başka bir sıkıntıyı da kolayca atlatabildim: Kim olduğunu çok iyi bildiğim Fakülteden bir meslektaşım, sınıfta komünist propagandası yapıyor diye, adlî mercilere beni resmen şikâyet etmiş meğer. Fransız Devrimi sırasında yaşayan ünlü Thomas Paine'in 1792'de yazdığı *İnsan Hakları* kitabı üstüne ders verirken yapmışım bu propagandayı. Doğrusunu söylemek gerekirse, herhalde durup dururken bir karaçalma, pisi pisine bir iftira değildi bu. Elime fırsat geçtikçe, sınıfta da sınıf dışında da biraz komünist propagandası yapardım mutlaka. Yapmamayı da ahlâka aykırı bir korkaklık sayardım. Fırsat bu fırsat, Thomas Paine gibi bir devrimciden söz ederken, neler söylemişimdir kim bilir. Ne gariptir ki, öğrencilerim, böyle ileri geri konuşmama itiraz etmezlerdi. Ancak bir tek öğrenci dersten çıktıktan sonra bu konuda bana çatmıştı. O da Türk değil, Amerikalı bir gençti.

Devlet memuru olduğumdan, mahkemeye sevkedilmeden önce, üniversitede bir soruşturma açıldı. Soruşturmayı yürüten hukuk profesörü, kim olduklarını bilmediğim on iki öğrencimi sorguya çekti. Hiçbirinin beni ele vermediğini, hattâ derste aldıkları notlarda münasebetsiz bir şey ortaya çıkmaması için, o notların bazı yerlerini yeniden yazdıklarını sonradan öğrendim. Ancak bölümdeki meslektaşlarımla görüşüp, hocalarının başına bir belâ gelmemesi için nasıl davranmaları gerektiği konusunda danışmışlardı.

Soruşturma aylarca sürdüğü halde, ne gariptir ki, bana hiçbir şey sorulmuyor, sadece öğrencilerim sorguya çekiliyordu. Sonunda hukuk profesörü beni çağırdı. Gene bir şey sormadan, bana uzun uzun kötü kötü baktıktan sonra şöyle dedi: "Ben sizin neler düşündüğünüzü, neler söylediğinizi tahmin ediyorum. Ama öğrencileriniz size çok bağlı; size toz kondurmuyorlar. Hattâ onlardan biri dedi ki: Mîna Hanım için komünist derler öteden beri. Ben, komünizm nedir bilmiyorum. Ama Mîna Hanım sahiden buna inanıyorsa, demek ki, iyi bir şeydir. Çünkü onun kötü bir şeye inanmasının yolu yoktur."

Artık ne biçim hukuk profesörüyse, karşımdaki suratını aşmış, bana hep kötü kötü baktığı halde, geniş bir sırıtma yayıldı yüzüne. Çünkü duyup duyabileceğim iltifatların en büyüğüydü bu. Ömrümde hiçbir şeyle iftihar etmedim, kim olduğunu hâlâ bilmediğim öğrencimin bu sözüyle iftihar ettiğim kadar.

147'lik olduğuma göre, 27 Mayıs darbesinin kurbanlarından biriyim. Haksız yere işimden atıldım. Başka bir devlet memuriyetinde çalışmam yasaklandı. Dımdızlak ortada kaldım. Ne var ki, 27 Mayıs'ın, 12 Mart ve 12 Eylül'den bambaşka olduğuna kesinlikle inanıyorum gene de. 27 Mayıs, ötekiler gibi faşist bir eylem olarak değil; ilerici, hattâ solcu bir yanı olan, devrimci sayılabilecek bir hareket olarak başladı. 27 Mayıs'tan üç gün sonra, Millî Birlik Komitesinin başkanı Cemal Gürsel *Vatan* gazetesine, bir cunta liderinin ağzından çıkması hiç olası görülmeyen şu inanılmaz lâfları söylemişti: "Memleketimizde komünist partisinin muvaffak olacağına inanmıyorum. Bir sosyalist partinin lüzumuna inanıyorum. Memlekette sosyal meselelerin halline yardımcı olabileceğini tahmin ediyorum." Nitekim 27 Mayıs'tan bir iki yıl sonra Türkiye İşçi Partisi faaliyete geçti. Memlekette o güne kadar görülmemiş Sosyalist eylemler başladı. T.İ.P.'in binlerce üyesi vardı. 1965'de TBMM'e on beş milletvekili gönderecek kadar güçlenmişti. Eğer 27 Mayıs ve 27 Mayıs'ın kabul ettiği o olağanüstü ilerici anayasa olmasaydı, ne T.İ.P. gelişebilirdi, ne de sendikalar. Nitekim öteki iki faşist darbenin; özellikle 12 Eylül'ün ilk işi, ilerici 27 Mayıs'ın o güzel anayasasının yerine şimdiki gerici anayasayı koymak ve işçi hareketine sekte vurmak için DİSK'i kapatmak oldu.

28 Nisan 1960'da, İstanbul'da ertesi gün de Ankara'da başlayan olaylar, bir ay sonra, 27 Mayıs darbesiyle sonuçlandı. Darbeden önceki otuz günü, bu uzun ömrümün en ilginç günleri sayıyorum hâlâ. Kendi kuşağımdan bir ben değildim böyle düşünen. Çok daha sonraları bir gazeteci Aziz Nesin'e 27 Mayıs 1960'ın anlamını sorunca, "27 Mayıs'ın tek anlamı bizim kuşağın solcularının bir ay boyunca mutlu olmalarıydı" demişti Aziz. O otuz gün, bir ihtilâl havası içinde öyle heyecanlar yaşadık ki, mutlu olmamamızın pek yolu yoktu.

Zararsız bir öğrenci yürüyüşüyle başladı her şey. İyice azıtan Demokrat Parti bir tahkikat komisyonu kurmuş, diktatörlüğe doğru yöneliyor, önüne geleni tutuklamaya hazırlanıyordu. Adnan Menderes, TBMM'inde "siz isterseniz Halifeliği geri getirirsiniz" ya da "benim aday gösterdiğim odun kütüğü bile milletvekili seçilir" gibi saçma sapan lâflar ediyordu. Bunları protesto etmek için, üniversite öğrencileri yürüyüşe geçmişti. O sıralarda özgürlük sözcüğü henüz kullanılmadığından, "hürriyet istiyoruz, kahrolsun diktatörlük!" diye bağırıyorlardı. Bu öğrencilerin çoğunun politik bilinçleri yoktu; solculukla uzaktan yakından ilişkileri yoktu; devrimden, Marksizm'den, antiemperyalizmden hiç haberleri yoktu. Ancak 27 Mayıs'tan sonra öğrendiler bunları. O sıralarda baskılara ve haksızlıklara karşı belli belirsiz bir başkaldırma duymaktaydılar sadece. Eğer atlı polisler, (yan sayfada görülen gazete kupüründen anlaşılacağı gibi) olağanüstü bir şiddet gösterisiyle, ilkin kılıç sandığım upuzun coplarını çekip düşmana saldırırcasına üstlerine saldırmasaydı, çocuklar uslu uslu fakültelerine ya da evlerine geri dönecekler, 27 Mayıs filân da olmayacaktı büyük bir olasılıkla. Gelgelelim polis azdıkça azıyordu. Acemi biniciler oldukları için, otobüslere çarpan atlarından düşüyorlar, kendileriyle birlikte zavallı hayvanlar da yerlerde yuvarlanıyordu. Bu atlardan birinin bir taksinin üstüne çıkması, asla unutamayacağım gerçeküstü bir görüntüydü.

Yeni Sabah, 29 Nisan 1960.

Polisler, Beyazıt Meydanı'nda öğrencilere ateş açıp gaz bombası atmakla yetinmediler. Bumin Yamanoğlu'nun emrinde iki ciple üniversitenin bahçesine daldılar. Rektör Sıddık Sami Onar ile Profesör Sulhi Dönmezer, onları kimsenin çağırmadığını, böyle bir şey yapmaya hakları olmadığını söyleyince, Zeki Şahin adlı polis, "kesin sesinizi! Bunları siz kışkırtıyorsunuz zaten!" diye bağırarak, ikisine de birer tokat atıp yere fırlattı. Alnından hafif yaralanmış, gömleği kana bulanmış Rektörü cipe sürüklüyorlardı; o da "binmem!" diye direniyordu. O ızbandut gibi polisler, babaları yaşında ve ufak tefek bir adam olduğu halde, onu cipe tıkamıyorlardı. Derken, hukuk eğitimi görmüş, dolayısıyla Sıddık Sami'yi tanıyan, biraz daha aklı başında bir iki güvenlik mensubu oraya koştu. Niyetleri doktor çağırmak, Rektöre bir tetanoz iğnesi yaptırmaktı. Ama Sıddık Sami "istemem, istemem!" diyordu sadece. Emniyete götürülmeden önce kanlı gömleğini sırtından çıkarması için yalvarıyorlardı. Hattâ Kemal Aygün, ona kendi gömleğini vermeyi önerdi. Bizim Rektör gene "istemem, istemem!" diye direndi.

Bu rektörümüzle o gün de, daha sonraları da her zaman gururlandım. Sıddık Sami Onar, Türkiye'nin ilk üniversitesi olan İstanbul Üniversitesi'ni haysiyetle temsil etti her zaman. Ne kendi hükümetine boyun eğdi ne de yabancılara. Örneğin, Yale'in kuruluşunun bilmem kaçıncı yıldönümünü kutlamak üzere onu Amerika'ya dâvet ettiklerinde kabul etti. Ne var ki, o yıllarda ABD'ye giriş vizesi isteyenleri küçük düşüren bir uygulama vardı: Parmak izleri alınırdı. Sıddık Sami bunu duyunca ayağa kalkmış; Konsolosluktaki memurlara ABD'ye gitmekten vazgeçtiğini nezaketle bildirip, kapıya doğru yönelmiş. Onların "ama bu bir formalite ancak" diye yalvarıp yakarmaları bir işe yaramamış. Ve bildiğim kadarıyla, bizim Rektör, parmak izi vermeden ABD'ye giriş vizesi alan tek kişi olmuş.

Üniversite bahçesinde Rektör polislere karşı direnirken, Beyazıt meydanında kıyametler kopuyordu. "Rektörümüzü isteriz!" diye bağıran gençlere karşı atlı polisler, tabancalı, gaz bombalı bir savaş açmışlardı. İyi ki, saat 15'te sıkıyönetim ilan edildi. "Katil polisler!" diye yuhalanan emniyet güçleri ortadan çekildi, onların yerini askerler aldı. Daha sonraları bu olaylar yüzünden Hürriyet Meydanı adı verilen Beyazıt'da halk da birikmişti artık. Öğrencilerle birlikte, halk da polise yuh çekiyor, askerleri alkışlıyordu.

Bu arada üniversiteden ayrılmayı reddeden Sıddık Sami'nin başkanlığında Senato toplanmıştı. Bizler, öğretim üyeleri de, verilecek kararı bekliyorduk. Polisin izinsiz üniversiteye girmesini, Rektörü ve bir profesörü yerlerde sürüklemesini protesto etmek için, herkesin istifa etmesi; üniversitenin de otomatik olarak kapanması gerekirdi bana kalırsa. Ama bizlerde istifa etmek diye bir karar yoktur her nedense. (Daha sonraları da aralarından 147 kişi hiçbir soruşturma yapılmadan kapı dışarı edilince, hiçbir öğretim üyesinin aklına istifa etmek gelmemişti.) Bu yüzden de, üniversiteyi Senato değil, hükümet kapattı o gün.

Üniversite kapatılmış, dersler kesilmişti; ama bizler, Beyazıt Meydanı'nda olup bitenlerden ve öğrencilerden haber alabilmek için, oralardan hiç ayrılmıyor; o sıralarda büyük kapıdan girerken solda olan Rektörlük binasına her gün geliyorduk. "Bizler" derken, bütün öğretim üyelerinden söz etmek istemiyorum elbette. Tutucular ve *statü quo*'cular, yani öğretim üyelerinin büyük çoğunluğu, kutsal Demokrat Parti hükümetine başkaldıran öğrencilere diş biliyor, onların şiddetle cezalandırılmalarını istiyorlardı doğal olarak. Evlerine kapanmışlardı. Henüz ortada solcu bir hareket olmadığı halde, ödleri kopuyordu gene de. Ancak küçük bir grup vardı öğrencilerin Beyazıt meynanında neler yaptıklarını Rektörlüğün pencerelerinden seyreden. Ne ilginçtir ki, Rektörlükte çalışan küçük memurlar ve daktilolar bizlerden yanaydı. Örneğin öğrencilerin aşağıda bir türkü söylediğini duyuyor, ama sözlerini tam anlayamıyorduk. O zaman küçük memurlar, daktiloda bunların hemen yedi kopyesini çıkarıp elimize tutuşturuyorlardı. 27 Mayıs'tan önceki otuz günün millî marşı haline gelen Gazi Osman Paşa türküsünü böylece öğrendik:

Olur mu, böyle olur mu?
Kardeş kardeşi vurur mu?
Kahrolası diktatörler
Bu dünya size kalır mı?

Mustafa Kemal'in Türk gençliğine çok önemli mesajlar veren ilişik sözlerini de öğrenciler sokaklarda dağıtıyorlardı:

Anladığım Türk Gençliği

Türk genci, inkılâpların ve rejimin sahibi ve bekçisidir: Bunların lüzumuna, doğruluğuna herkesten çok inanmıştır. Rejimi ve inkılâpları benimsemiştir. Bunlari zayıf düşürecek en küçük veya en büyük bir kıpırtı ve bir hareket duydu mu, bu memleketin polisi vardır, jandarması vardır, ordusu vardır, adliyesi vardır, demiyecektir. Hemen müdahale edecektir ve kendi eserini koruyacaktır. Polis gelecektir, asıl suçluları bırakıp suçlu diye onu yakalayacaktır. Genç, "Polis henüz inkılâp ve cumhuriyetin polisi değildir" diye düşünecek, fakat aslâ yalvarmayacaktır. Mâhkeme onu mahkûm edecektir. Gene düşünecek "demek adliyeyi de islâh etmek, rejime göre düzenlemek lâzım" diyecek. Onu hapse atacaklar, kanun yolunda itirazlarını yapmakla bera-

ber, meclise telgraflar yağdırıp haklı ve suçsuz olduğu için tahliyesine çalışılmasını, kayrılmasını istemiyecek... Diyecek ki: "Ben iman ve kanaatimin icabını yaptım. Müdahale ve hareketimde haklıyım. Eğer buraya haksız gelmişsem, bu haksızlığı meydana getiren sebep ve âmilleri düzeltmek de benim vazifemdir."

İşte benim anladığım Türk genci ve Türk gençliği.

O sıralarda sokaklarda dağıtılan şiirler ya da düzyazı metinler arasında, Nâzım Hikmet'in şiirleri de vardı, Fethi Giray'ın bir Ankara türküsünü değiştirerek yazdığı beş dize de:

Ankara'nın taşına bakma,
Gözlerimin yaşına bak!
Bir sabah vaktı kaldır başını
Etnografya Müzesinden
Şu memleketin haline bak!

O günlerde Rektörlük binasına dadanan öğretim üyeleri arasındaki dayanışma ve kardeşlik havası, babam yaşında olduğu halde, vaktiyle "eşşoğlu eşek!" diye küfrettiğim bir Hukuk Profesörüyle barışmama da neden oldu: Çiçeği burnunda bir asistandım. Arkadaşlarım Mehmet-Ali Aybar ve Ragıp Sarıca ile birlikte, Hukuk Fakültesinde doçent olan bir hanımın evine çaya gitmiştik. O sırada profesör olan bu bey de oradaydı. Küçük parmağını havaya kaldırarak çay fincanının kulpunu tutması ve yabancı dil bildiğini aslâ unutmamamız için, yarı Türkçe yarı Fransızca konuşması biraz sinirime dokunmuştu zaten. Bu da yetmiyormuş gibi, adamcağız, benim Halide Edip'in asistanı olduğumu öğrenince, "küçük hanım, Halide Edip'in babasının Yahudi olduğunu söylerler, acaba doğru mu?" diye sormaz mı? Ben, buz gibi bir sesle, "hiç bilmiyorum, efendim; ama Yahudi olsun ya da olmasın, bunun ne önemi var ki?" dedim. Hukuk Profesörü, "küçük hanım, hiç önemi olmaz olur mu? Yahudi babası olması bir ayıptır" deyince, gözüm karardı. Ayağa fırladım. Beni çok haklı olarak evine bir daha hiç çağırmayan hukukçu hanıma, "buraya anti-semitizm yapacak eşşoğlueşeklerin geleceğini bilmiyordum. Kusuruma bakma, ben gidiyorum" deyip, hemen salonun kapısına yöneldim. Mehmet-Ali ile Ragıp da, yalnız kalmayayım diye, sokak kapısında bana yetiştiler. Hukuk Fakültesinden tanıdıkları bu hocalarına pek fazla muhabbetleri yoktu anlaşılan.

Ne var ki, yıllar sonra, o heyecanlı günlerde Rektörlük binasında bu adamla karşılaşınca, ona elimi uzattım. "Beni hatırladınız mı acaba?" diye sordum yüzsüzce. Adam, "aman efendim, sizi unutmam hiç mümkün mü?" diyerek, önüne bakınca, beni gülme tuttu. Elini sıkıp yanından gittim. Daha sonraları da, hep uzaktan selâmlaştık. Şu sırada her ne kadar aynı safta sayılsak da, "Yahudi babası olmak bir ayıptır" diyen bir adamı bağrıma basacak değilim ya.

Irkçılığın her biçiminden nefret etmişimdir öteden beri. Hele çok büyük adamlar yetiştiren Yahudi soyuna karşı düşmanlık konusunda aşırı bir duyarlılık içindeyim. Çünkü Amerika'ya ancak iki kez gittiğim ve sadece iki ay kaldığım için Zenci düşmanlığının örneklerini görmedim. Ama İkinci Dünya Savaşı'nda altı milyon Yahudinin toplama kamplarında nasıl yok edildiğini uzaktan da olsa yaşadım. Üstelik beni fena halde tedirgin eden bir durumla da karşılaştım sık sık: Bu tür aptalca önyargılardan tümüyle arınmış, çok uygar sandığım kişilerin durup dururken Yahudi düşmanlığı yaptığını dehşete kapılarak gördüm. Bunlardan biri, bizim Türk Yahudilerini annem Şefika'ya çekiştirmeye; Türkiye'den neden Einstein'ların, Disraeli'lerin, Proust'ların çıkmadığını sormaya kalkmıştı bir gün. Şefika, adamı şöyle tepeden tırnağa bir süzmüş, "Beyefendi, biz neyiz ki Yahudimiz ne olacak?" demişti. Bu soru üzerine adam da sessizliğe gömülmüştü.

Vatanseverliği kendine meslek edinenlerden biriydi bu adam ve Yahudi düşmanlarından ne kadar nefret edersem, bu profesyonel vatanseverlerden de o kadar nefret ederim. Onlara baktıkça, sevgilim Dr. Johnson'un On Sekizinci Yüzyılda söylediği gelir aklıma: "Patriotism, Sir, is the last refuge of a scoundrel" (Vatanseverlik, efendim, bir namussuzun son sığınağıdır) demişti Dr. Johnson. Gerçekten de bu namussuz heriflerin ya da karıların namussuzluğu arttıkça, vatanseverlikleri de o derece artar. Vatanseverlik namussuzlukla öyle özdeşleşmiştir ki onlarda, benim gibi memleketinin taşına toprağına bağlı kalan, başka bir ülkede oturmayı aklından geçirmeyen gerçek yurtseverler, bu duygularını bir ayıbı saklarcasına gizlemek zorunda kalırlar. Çünkü ne yazık ki, vatanseverlik namussuzluk ve faşizmle eleledir sanki. Örneğin, İspanya İç Savaşında, "viva la muerte! Abajo la intelligencia" (Yaşasın ölüm! Kahrolsun zekâ!) gibi ortaya iğrenç bir slogan atan General Millan Astroy da vatansever geçinir.

Yurtseverlikle milliyetçilik kavramları birbirine karışır genellikle. Oysa bu ikisi arasında dünyalar kadar fark vardır. Yurtsever, doğduğu büyüdüğü toprakları sever; kendi milletinin insanlarına yakınlık duyar. Oysa milliyetçi, kendi memleketini yeryüzünün en üstün ülkesi, bu ülkenin insanlarını dünyanın en üstün soyu sayar. Hattâ örneğin, Almanya gibi başka ülkelere baskı yapıp, onları egemenliği altına almak ister; böylece faşizme yönelir. İşte bu yüzden de benim gibi enternasyonalizme inanan bir solcunun yurtsever olması çok doğaldır da, milliyetçi olmasının yolu yoktur.

Hep birlikte bir eyleme katılmanın coşkusunu ömürlerinde ilk kez tadan öğrencilerin, evlerine geri dönüp uslu uslu oturmaya hiç niyetleri yoktu. Menderes hükümeti çekilinceye kadar eylemlerini sürdürmeye kararlıydılar. Bir gün sonra, öğrenci ayaklanması Ankara'ya da sıçramıştı. Orada da polis, bir düşman kalesine saldırırcasına, ateş açmış, Mülkiye'nin duvarlarını delik deşik etmişti. Sonra da içeriye girip, öğrencilerle birlikte hocaları da coplamışlardı.

Her nasılsa, dakikasında öğreniyorduk bu haberleri. Oysa gazeteler ikide bir kapatılıyor ya da sansür ediliyordu. Sansür edilen yerlerin boş bırakılması güzel bir uygulamaydı. Çünkü gazetelerin o boş kalan yerinde kim bilir neler yazılıydı diye meraka kapılan okuyucuların düşgücü daha da çok işlemeye başlıyordu. Devlet radyoları (özel radyo yoktu zaten) bu konularda hiç bilgi vermediği, sadece Menderes hükümetini desteklemek amacıyla kurulan Vatan Cephesinin uzun listelerini okudukları halde, yabancı radyolar, özellikle BBC sayesinde, neler olup bittiğini dakikasında öğreniyorduk. Kahvelerde, Ankara'dan haberler başlar başlamaz, biri kalkıyor, hiç kimse itiraz etmeden radyoyu kapatıyordu. Bir süre sonra da yabancı bir radyonun haberlerini buluyordu. Ne ilginçtir ki, BBC yani İngiliz devletinin bağımsız radyosu, başkaldıran öğrencilerden yana cephe almıştı. Menderes ve bakanlarını kişisel hırslarına kapılmış, dolayısıyla yasallığını yitirmiş bir hükümet sayıyordu. 27 Mayıs olunca da, böyle bir hükümete boyun eğen Meclisi suçlayarak, askerî darbeyi açıkça destekledi.

29 Nisanda Üniversite bahçesine girip Atatürk anıtının çevresinde yere oturan öğrencileri oradan uzaklaştırmak istediler. Ama kızlı oğlanlı gençler üniversiteden ayrılmamaya kararlıydılar. Bahçenin dışındaki halk da onlara destek veriyor; parmaklıkların arasından, simitler, ekmekler, peynirler uzatılıyordu içeriye. Elinde yiyecek paketleriyle yardıma koşanlardan biri Yıldız Kenter'di. Lâle Oraloğlu da oradaydı. Benim göremediğim kim bilir daha başka kimler geliyordu üniversite bahçesinin parmaklıklarına.

Askerler, öğrencilerin üniversiteden hemen çıkmasını istiyordu. Sıkı Yönetim Komutanı General Fahri Özdilek, beş altı hoparlörlü kocaman bir kamyonun üstüne tırmandı; hemen dağılmazlarsa, tutuklanacaklarını bildirdi. Gerçi öğrenciler askerlere karşı değildiler; ama eylemlerinin esrikliği içinde, onlara boyun eğmeye de hiç niyetleri yoktu. "Türk gençliği dağılmayacak!" diye bağırdılar hep bir ağızdan. Bunun üzerine, üniversitenin bahçesine cemseler, cipler doldu. Elektrikler kesildi, sular kesildi. Nedendir bilmem – belki de gençleri yıldırmak için – çevrelerine tel örgüler sarılmaya başlandı. Gene de yerlerinden kıpırdanmayacakları anlaşılınca, onları askerî araçlara doldurup Davut Paşa Kışlasına götürdüler. Ne var ki, kızları hemen serbest bırakmışlardı. Kavşaklarda araçları yavaşlatıp, oğlanların aşağıya atlamalarına da göz yumuyorlardı. Davut Paşa'ya götürdüklerini de hemen ertesi günü serbest bıraktılar zaten.

Rektörle öğretim üyelerinin Rektörlük binasından çıkmaları, o gece öğrencileri tek başına bırakmaları beni çok üzmüştü. Hocalarla gitmek istemiyordum. Öğrencilere de katılamıyordum; çünkü çocuğum yaşında bu gençler benden kuşkulanabilirler; muhbir olarak aralarına girdiğimi sanabilirlerdi. (Nitekim daha sonraları yürüyüşlerde de aralarına girmedim. Onlar yolun ortasında yürürken, ben kaldırımdan izledim onları.) Benim oralarda kararsız dolandığımı gören genç bir subay, cipiyle yaklaşıp "siz herhalde öğretim üyesisiniz. Neden ötekilerle gitmediniz?" diye sordu. Ben "gitmek istemedim" demekle yetindim. "Ama birazdan sokağa çıkma yasağı başlıyor; sizi evinize bırakalım" dedi. Bir askerî cipe bineceğim hiç aklıma gelmemişti. O da oldu. Genç subay, bana pek güvenmiyormuş gibi, arkadaki iki erin arasına beni oturtup, evime götürdü. Köprüler açıldığı için, uzun sürdü Cihangir'e gitmemiz.

30 Nisan'dan 27 Mayıs'a kadar her gün yürüyüşler ve mitingler yapıldı. Bunlar yasaktı sözde. Ne var ki, öğrenciler işin kolayını bulmuşlardı. Askerler bir meydana gelir gelmez, önceden kararlaştırılan gizemli bir işaret ya da bir parola veriliyor; ıslıkla bir türkü söyleniyor örneğin. Ve öğrenciler, dağılıyormuş izlenimini verip, değişik sokaklardan geçerek, hemen başka bir meydanda buluşuyorlardı. Bakıyordunuz, öğrenciler her yerde. Hop Aksaray meydanında, hop Beyazıt meydanında, hop Taksim meydanında, hop Şişli meydanında. Kimi zaman Hilton Oteli'nin önüne gidip, İngilizce "Freedom! Freedom!", Fransızca "Liberté, Liberté!" diye bağırıyorlardı. Ve işin ilginç yanı şu ki, yaptıkları bir şiddet gösterisi olmadığından, yabancı turistler de içtenlikle alkışlıyorlardı onları. Köprülerin açılması bile, bu gençlerin coşkun sular gibi oradan oraya akmasını engellemiyordu. Ben ve birkaç arkadaş, onlarla birlikte sokaklarda yaşadık bir ay boyunca.

Polislerden farklı olarak askerler, değil ateş etmek, zor bile kullanmıyorlardı gençlere karşı. "Yapmayın, etmeyin" diye yalvarıp yakarıyorlardı. Bir binbaşının, üniformasının yakasını tutup silkeleyerek üniversitelilere, "ben de sizden yanayım; ama ne yapayım ki, üstümde bu var" dediğini kendi kulaklarımla duydum. (Üniformalıları sevmem, yaptıkları mesleği sevmem, kafa yapılarını sevmem. Ancak 27 Mayıs'tan önceki bir ay boyunca, üniformalıları çok sevdiğimi söylemeliyim.) Gençler, sevecenlik gösterileri yaparak, erlere sarılarak tanklara tırmanıyorlardı. Bir defasında subay, tankların üstünden inmelerini rica etti. Eğer inmezlerse, onları vurmak emrini aldığını, bunu yapmamak için, kendini vurmak zorunda kalacağını söyledi. Öğrenciler ancak o zaman indiler tankın üstünden.

Kendi gözlerimle gördüğüm bir durumu aslâ unutamam: Gençler, Unkapanı köprüsünün üstünde yürüyor. Ben, her zaman olduğu gibi, kaldırımdan olup bitenleri izliyorum. Askerler, yolu kapamışlar, tüfekleri göz hizasında, ateş etmeye hazır durumda. Gençler, "olur mu, böyle olur mu, kardeş kardeşi vurur mu?" diye türkü söyleyerek askerlere doğru ilerliyorlar. Aralarından biri, önde, tek başına. Yumuşak, sevecen bir sesle, hem kendi arkadaşlarıyla, hem de askerlerle konuşuyor. "Askerler bizim kardeşlerimiz, göreceksiniz kötü bir şey olamaz, olmayacaktır" diyor. Sevgi dolu sesiyle askerleri büyülüyor sanki. Derken, gençler, askerlerin yanına iyice sokuluyorlar. Onları, ellerindeki tüfeklerle birlikte omuzlarına alıp, Unkapanı köprüsünü böyle geçiyorlar. Gençlerin taşıdığı o zavallı erlerin yüzündeki şaşkın ifadeyi hâlâ unutamam.

29 Nisan'da Ankara olaylarını gören dostlarımın anlattığına göre, komutanları ateş etmelerini emredince bile, genç subaylar onu dinlemiyorlarmış. Anlaşılan gençlerden yana olmayan Ankara Sıkı Yönetim Komutanı Korgeneral Namık Argüç, ateş emri vermiş bir binbaşıya. Bu emri yerine getiremeyen binbaşı, öyle bir şok geçirmiş ki, gözleri kararmış, bayılıp yere düşmüş. Bir üstteğmen de emrini dinlemeyince, fena halde öfkelenen Korgeneral Argüç, silâhı onun elinden kapıp, kendi ateş etmeye başlamış.

Genellikle askerler gençlere hiç zarar vermemeye özen gösterseler bile, gene de şu kadar kişi öldü, şu kadar kişi ağır yaralandı diye korkunç söylentiler çıkıyordu ortaya. Bu söylentilerin en korkuncu, gençlerin Et Balık Kurumu'nun makinalarında kıyma haline getirilmesiydi. Nerdeyse herkesin böyle bir vahşete inanması, Adnan Menderes hükümetine duyulan kinin bir göstergesidir bence. Daha sonraları ancak iki kişinin –Turan Emeksiz ile Nedim Özpolat'ın– öldüğünü, birkaç da yaralı olduğunu öğrendik. 9 Haziran'da Halet Çambel, Vahit Turhan ve başka meslektaşlarla birlikte, ilkin Cerrahpaşa'daki yaralıları görmeye gittik. Kilisli hukuk öğrencisi Hüseyin'in bacağı kesilmişti; Trabzonlu Kenan'ın ayağını bir tank ezmişti. Oradan Gurabba'ya geçtik. Hüseyin Irmak ciğerindeki kurşun yüzünden bir hafta komada kalmıştı. Muşlu Cengiz de kalçası ve bacaklarından kurşunlanmıştı. Bu olayların hepsi 27 Mayıs'tan önce olmuştu. 27 Mayıs'tan sonra ise, gençlerin bir tek damla kanı dökülmemişti. Oysa öteki iki darbeden sonra kanları dökülen, işkence edilen, yaşları büyütülüp ipe çekilen gençlerdi hep. Çünkü 12 Mart da, 12 Eylül de solcu gençlere karşı yapılan darbelerdi. Ancak 27 Mayıs onlara karşı yapılmamıştı. Ancak 27 Mayıs Mustafa Kemal'in devrimlerini yok etmeye kalkan, demokrat geçindiği halde diktatörlüğe özenen bir hükümete karşı yapılmıştı. İşte bu yüzden de, idâmlar ya da 147'lerin üniversiteden atılması gibi yanılgılara düştüğü halde, öteki darbelere benzemeyen, üstelik bize şimdiye kadar gördüğümüz anayasaların en güzelini bırakan devrimci bir hareket sayılabilirdi.

Yalnız öğrenciler değil, bütün ileri aydınlar desteklemişti bu hareketi. 4 Mayıs'ta avukatlar cüppeleriyle bir yürüyüş yapmışlardı. Bu protesto yürüyüşünden ötürü kısa bir süre tutuklananlar arasında arkadaşım Mehmet-Ali Aybar da vardı. Bundan bir gün sonra 5 Mayıs'ta Ankara'da "555 K" diye bilinen olay olmuştu ("555 K" beşinci ayın, beşinci günü, saat beşte Kızılay'da anlamına gelen bir parolaydı.) O gün o saatte Adnan Menderes'in otomobilini saran gençler "istifa et!" diye bağırınca, Başbakan oradan hemen uzaklaşacağına, sinirlerinin ne denli bozuk olduğunu gösteren bir biçimde davranmaya başlamıştı. Arabadan çıkıp, "benden ne istiyorsunuz? Beni öldürün öyleyse!" diye avaz avaz bağırmış, sağa sola saldırmıştı. İyi ki, 27 Mayıs'ın halim selim gençlerinin şiddete hiç eğilimleri yoktu. Yakalarına sarılıp hesap sorduğu gençler, onun ölmesini değil, istifa etmesini istiyorlardı sadece. Bu yüzden Adnan Menderes'i tartaklamamışlardı bile. Ancak çekiştirdiği gençlerden biri, onu silkelemiş, dengesini yitirmiş, düşer gibi olmuş bir ara. Sonunda Başbakanı bir arabaya sokmuşlar, oradan uzaklaştırmışlardı.

O gün Adnan Menderes, Türkiye tarihinde hiçbir devlet adamının uğramadığı bir hakarete uğramış, istenilmediği yüzüne karşı açıkça söylenmişti. Kendisini küçük düşüren bu durum karşısında istifa edecek kadar haysiyetli davransaydı, ne 27 Mayıs darbesi olurdu, ne de sonunda idâm edilirdi. Ama inat etti. Yirmi iki gün daha direndi, başbakanlık zorla elinden alınıncaya kadar direndi. Oysa, olayların Demokrat Partiye karşı geliştiği besbelliydi. Örneğin 21 Mayıs'ta Ankara'da Harp Okulu öğrencileri, başlarında komutanları sessiz bir yürüyüş yapmışlar, ancak Zafer Anıtı ve Mustafa Kemal'in heykeli önünde İstiklâl Marşını söylemişlerdi. (Sırası gelmişken, şu İstiklâl Marşı sorununa kısaca değinmek istiyorum. Çünkü yüreğimde bir yaradır bu. İstiklâl Marşı güzel olmasına güzeldir ama, bence, orkestrayla ya da iyi bir bandoyla sadece çalınmalı, söylenmemeli. Neden derseniz, ancak kulağı iyi olan ve esaslı bir müzik eğitimi gören bir kişi bu marşı falso yapmadan söyleyebilir de ondan. Ben bu yaşa geldim, bu marşı ancak Fındıklı'da çocuklarımın ilkokulunda, kulakları tırmalamadan, kusursuz söylendiğini duydum. Herhalde çok iyi bir müzik öğretmeni vardı o çocukların.)

Darbeden bir gün önce 26 Mayıs'ta, bizler gene Rektörlük binasındaydık. Ama ne gariptir ki, bizlerden başka bir yığın subay da vardı orada. Gittikçe azıtan Adnan Menderes, öğretim üyelerine "cüppeli kuklalar" diye hakaret etmişti. Bizler, 350 meslektaşımızın imzaladığı, hükümeti protesto eden mektupları bir an önce Rektöre teslim etmek istiyorduk. Subaylar ise, bizlerin bir an önce Rektörlük binasından ve Üniversite bahçesinden çıkmamızı istiyorlardı. Ama ertesi sabah 4.30'da darbenin radyolarda resmen ilân edileceğini, son hazırlıkların yapılması gerektiğini bize söyleyemiyorlardı elbette. Subaylardan biri, bir ara ağzından bir şey kaçırır gibi oldu; "protestolarınızın ne önemi var artık" gibi bir lâf etti. Bizler de, "elbette önemi var! Hakarete uğradık!" diye terslendik. Adam sustu. Öteki subaylar da, biz işimizi bitirene kadar sabırla beklediler.

O gece evime döndüğümde, meslektaşım Vahit Turhan, telefon etti. Bizler gibi öğrencilerden yana çıkan, hükümete karşı cephe alan öğretim üyelerinin, bu gece sokağa çıkma yasağı başladıktan sonra tutuklanacağını haber verdi. Hiç de şok geçirmedim. Üstelik, Tahsin Yücel'in romanının Peygamberi gibi, bir süre tutuklanmaya can atıyordum. Durumu anneme de bildirdim, "tutuklasınlar! Sürse sürse, birkaç hafta sürer. Bu hükümetin sonu geldi nasıl olsa!" dedi her zamanki yiğitliğiyle. Belki birkaç gün yıkanamam kaygısıyla, özenle uzun uzun yıkandım. Bir küçük tuvalet çantası hazırladım. İçine bir tek kitap – Shakespeare'in bütün oyunlarını bir tek ciltte toplayan kitabı koydum. O sırada biri on, biri beş yaşında olan çocuklarımı seyrettim bir hayli duygulanarak. Sonra baktım ki, saat biri geçtiği halde hiç uykum yok. "Şunlar beni götürmeden önce biraz uyuyayım bari" diye düşünerek, bir uyku hapı aldım. Gece kimsenin beni rahatsız etmemesi için, telefonu prizden çektim. Onları uyandırmadan kendi yataklarından alıp, yatağımın sağ tarafına oğlumu, sol tarafına kızımı yatırdım. İkisinin arasına uzanıp rahat bir uykuya daldım.

Sabaha karşı, hava daha aydınlanmadan, bizim dairenin hem üst üste zili çaldı, hem de kapı yıkılırcasına yumruklandı. Evde herkes uyandı. Beni almaya geldiklerini sandım. Sırtıma bir sabahlık geçirip, sahte kahraman pozları takındım. Kapıyı açarken niyetim, soylu ve serinkanlı bir sesle, "neden bu kadar gürültü ediyorsunuz? Kaçan yok ki! İşte buradayım!" demekti. Ama bir de baktım ki, sivil polisler yerine, sırtında mavi geceliği, komşum Suna kapıda. "Abla! Askerler duruma el koydu, radyoyu aç!" diye bağırıyor. Hemen radyoyu açtım, telefonu prize taktım. Dakikasında çalmaya başladı. Meğer o gece arkadaşlar bana boyuna telefon etmişler. Zaten müjdeyi birbirine vermek için herkes telefon başına oturmuş. Öyle yoğun bir telefon trafiği başlamış ki, Millî Birlik Komitesinin beşinci bildirisi, merkezler kilitlendiği için, telefonlarımızı bir süre kullanmamamızı rica etti.

Radyodan peşpeşe bildiriler okunuyordu. Bunların bir kısmı Alparslan Türkeş'in sesindendi. Zâten ne yazık ki, darbe haberini ilk onun sesinden duymuştuk. Gelgelelim, bu uğursuz durum bile keyfimizi kaçırmıyordu. Gerçi Alparslan Türkeş'in ülkücü olduğunu biliyorduk ama, öyle bir devrim esrikliği içindeydik ki, "canım belki o da değişmiştir artık" diyerek kendi kendimize yutturmaya çalışıyorduk. Hiç kimselerin değişmediği daha sonraları anlaşıldı. Gerçi "On dörtler" denilen grup Millî Birlik Komitesi'nden atılmasına atıldı. Çok lüks görevlerle yabancı ülkelerdeki elçiliklere sürgün edildi. Ne var ki, kendileri uzaklaştırılmadan iki hafta önce, 147 öğretim üyesini üniversiteden uzaklaştırmanın yolunu bulmuşlardı.

Benden daha genç oldukları için o günü yaşamayanlar, beni canları istediği kadar ayıplasınlar; ama 27 Mayıs 1960'ın ömrümün en mutlu günü olduğunu hiç çekinmeden açıkça söyleyeceğim gene de. Daha önce de değindiğim gibi, Aziz Nesin de, "bu olayın tek anlamı kendi kuşağım solcu aydınlarının bir ay boyunca mutluluk duymalarıdır" demişti. Daha sonraları bu ilk darbeden yana olmadıklarını ikide birde ilân ettikleri halde, aslında bir yığın solcu arkadaşımın o gün benim kadar sevindiklerini çok iyi biliyorum. Sabahleyin erkenden ona telefon ettiğimde, Mehmet-Ali Aybar'ın "yaşasın millet" diye heyecanla bağıran sesi hâlâ kulağımda çınlar. Bu "millet" sözcüğü çok yerindeydi. Çünkü bizler, bu darbenin, bir kısım askerin değil, bütün milletin bir zaferi olduğuna inanmıştık o sırada. Hemen o gün, Rektörümüz Sıddık Sami'nin başkanlığında, Hukuk Fakültesinden bir grup öğretim üyesi, yeni anayasayı hazırlamak üzere, özel bir uçakla Ankara'ya uçurulmuştu. Aralarında Velidedeoğlu, Ragıp Sarıca, Hüseyin Naili Kubalı, Tarık Zafer Tunaya ve İsmet Giritli de vardı. Bu son ikisinin beş ay sonra 147'liler listesine girip üniversiteden atılmaları, hepimizin ilkin böylesine candan tuttuğumuz Millî Birlik Komitesi'nin daha sonraları gözler önüne serdiği tutarsızlıkların en parlak örneklerinden biridir.

O gün öğleden sonra 4.30'da sokağa çıkmak yasağı kalkar kalkmaz, evim arkadaşlarla doldu. Gelenler arasında İskoçyalı meslektaşım Adair Mill, Adnan Cemgil, eşi Nazife ve çocukları Dumrul ve Sinan da vardı. (Ne acıdır ki, eşsiz bir delikanlı olan Sinan Cemgil, 12 Mart 1971 darbesi sırasında Nurhak dağlarında jandarmalar tarafından vuruldu.) Arkadaşlarla birlikte sokağa çıktık. Bütün caddeler, bütün meydanlar cıvıl cıvıldı. Ömrümde görmedim böylesine candan, böylesine coşkulu bir bayram havası. Genellikle hep somurtkan olan milletimizin yüzü gülüyordu. Bu konuda hiçbir emir verilmediği halde, bütün evler, bayraklarla donatılmıştı. Sokaklarda bir tek askerin, bir tek askerî aracın görülmemesi ayrıca dikkatimizi çekti. Harbiye'de Radyo Evinin önünde her zaman duran iki nöbetçi vardı ancak. Türkçe dersi verdiğim İngiliz Konsolosluğundan Potter ile yolda karşılaştım bir ara. "Siz hiç böyle bir darbe gördünüz mü?" diye sordum adama. "Bunu ne ben gördüm, ne başkası görebilir; çünkü bu bir darbe değil" dedi. Sonra "bu, bir 'gentle revolution'" diye ekledi. "Gentle" sözcüğünün, "yumuşak, tatlı, kibar, nazik" gibi birçok karşılığı vardır Türkçede. 27 Mayıs, yalnız bu sıfatların hepsine uymakla kalmıyordu. Bizim açımızdan, ardına kadar umuda açılan bir kapıydı aynı zamanda. Benim kadar saf olmayanlar bile umutlar içindeydiler: Uydurma bir demokrasi uğruna, Mustafa Kemal devriminin yok edilmesine göz yumulmayacaktı bundan böyle. Darbeyi yapanlar uslu uslu kışlalarına geri döneceklerdi. Güzel bir anayasa yapılacak ve bu güzel anayasaya uyarak, memleket gül gibi yönetilecekti. 27 Mayıs sayesinde bir iki ay tam bir bal ayı öforisi yaşadık. Bu öyle bir mutluluktu ki, 27 Mayısın öteki iki askerî darbeye hiç benzemediğini hâlâ içtenlikle savunmaktayım.

Şimdi az çok kronolojik bir sıra izleyerek siyasetle ilgili bazı olaylara değinmek istiyorum. Bunların başında Struma gemisi gelir. Bir geminin siyasetle ne gibi bir ilgisi olabilir demeyin. Bal gibi vardı. Çünkü İstanbul limanına demir atan Romanya bandıralı Struma gemisi tıkabasa Yahudi doluydu. Eski püskü, battı batacak, küçük, paslı bir gemiydi bu. Ve salkım saçak Yahudi sarkıyordu her bir yanından. O gemide 769 Yahudi varmış kimine göre. Bizlere uzaktan sesleniyorlardı; "yardım edin bize" diye yalvarıyorlardı sanki. Nasıl yalvarmasınlar ki? 1941 yılının Aralık ayıydı. Nazi orduları ülkelerini işgal etmişti. Romanya'ya sığınmışlar, Filistin'e gitmek niyetiyle Struma'ya binmişlerdi. Ama Struma'nın onları oralara kadar götürecek durumda olmadığı besbelliydi. Korkunç bir suçluluk duygusuna kapılarak, onlara bir süre için neden sığınma hakkı vermediğimizi düşünüp dururum hâlâ. Yahudi sorunu konusunda aşırı duyarlı olmamın bir nedeni bu Struma olayıdır zaten. Çünkü toplama kamplarını sadece okudum. Ama Struma'daki Yahudileri, çoluklarıyla çocuklarıyla uzaktan da olsa, kendi gözlerimle gördüm. Hattâ çocukların ağladığını duyar gibi oldum.

İstanbul'da aylarca bekledikten sonra, Şubat 1942'de Struma, römorkörlerle Karadeniz'e çekilmiş. Orada ya bir fırtınada ya kendiliğinden batmış ya da bir denizaltı tarafından batırılmış. Kimine göre de İngilizler yapmış bu işi. Neden İngilizler? Bunu da hiç anlayamadık. Gemide herkes ölmüş. Ece Ayhan *Morötesi Requiem*'de bu korkunç olaya değinir. "Cesetler ve iyice ıslanmış olarak birkaç tahtadan oyuncak ayı, Riva deresinin denize döküldüğü kıyıya kadar gelmiştir" der.

Siyasetle hiçbir ilgisi bulunmamakla birlikte, beni çok etkileyen gene Romanya bandıralı başka bir gemiye kısaca değinmek istiyorum şimdi. Independenta tankeridir bu. İlk çarpışma ve patlamalar olduğu sırada, Bodrum'daydım. Bizim Mühürdar'daki apartmanın camının çerçevesinin indiğini öğrendim. Ben İstanbul'a geri döndüğümde dev tanker, iki parçaya bölünmüş halde, önümüzde usul usul yanıyordu. Gündüzleri ince kara bir duman, geceleri küçük bir alev yükseliyordu bu enkazdan. Öteki vapurlar hiç yanına sokulmuyorlar, hep açıktan geçiyorlardı. Dünyanın en hazin gemisiydi, tam anlamıyla terk edilmiş, tam anlamıyla umutsuz. Yapayalnız ölümü bekleyen, can çekişen bir ihtiyardı sanki. Balkonumdan ona baktıkça, merhametten yüreğim parçalanırdı. Independenta tankeri, kendi ölümümün bir simgesi haline dönüşmüştü nerdeyse.

Gelgelelim, can çekişen bu zavallı ihtiyar, tamamiyle sönmeden önce, akıllara sığmaz bir güç gösterisi serdi gözler önüne: 6 Haziran gece yarısı, sahil yolundan yürüyerek eve dönerken, onu hep seyrettim. Küçücük kalmış alevi dertli dertli yanıyordu gene. Apartmana girip merdivenleri çıktım. Dairemin kapısını açarken, bütün bina, korkunç bir gürültüyle temelden sarsıldı. Deprem oluyor sandım. Sonra yanan bir petrol kokusu genzimi yaktı ve her taraf kıpkızıl kesildi. Yangın var diye düşündüm bu kez. Ama balkona koşunca, durumu anladım: Ne deprem ne de yangındı. Dev tanker burnundan kıçına kadar tutuşmuş; petrol kokusuyla birlikte, akıl almaz bir ışık saçıyordu her bir yana. Yalnız tanker değil, onunla birlikte deniz de tutuşmuş, deniz de yanıyordu alev alev. İstanbul'un en uzak yerlerinden bile görülmüştü bu parıltı. Şişli'den, Boğaziçi'nden telefon eden arkadaşlarım "ne oluyor? Yanıyor musun?" diye soruyorlardı. Önümüzdeki daracık sahil yolunda (sahildeki geniş gezi alanı yapılmamıştı henüz) dakikasında büyük bir kalabalık toplandı. Olup bitenleri görmek için, herkes deniz kıyısına üşüşmüştü. Geminin alevlerinin sahile varmasını engellemek için tedbir alan askerler geldi. Haydarpaşa mendireğinin üstünde özel bir güvenlik kordonu kuruldu bu amaçla. Bense, yangının sahile sıçramayacağı güveni içinde, bir Neron'a dönüştüm: Balkonun en rahat koltuğuna yerleştim, bir sigara yaktım, elimde bir cin tonik, sadizm hazları duyarak, beni bu kadar üzen tankerin alev alev yanmasını seyrettim: Independenta usul usul can çekişmiyordu artık. Yürekler acısı bir ölüm simgesi olmaktan kurtulmuş; göz kamaştıran, canlı ve tehlikeli bir varlığa dönüşmüştü. Çevresine alevler ve ışıklar saçarak, büyük bir aydınlık içinde bir süre daha yanacak, sonra da sönüp gidecekti.

Struma'nın İstanbul limanına demirli kaldığı ve boşuna imdat istediği günler memleketim adına utanç günleri oldu benim için. Zaten 1942 yılı, yalnız Struma batırıldığı için değil, Varlık Vergisi yüzünden de bir utanç yılı olmuştu. Struma'nın batırılmasıyla yalnız Yahudilere; Varlık Vergisi uygulaması ve 6-7 Eylül olaylarıyla da bütün gayrimüslimlere kıyıldı. Kimlik kartına göre Müslüman bir Türk olmaktan müthiş bir tedirginlik duydum o günlerde. Sanki olup bitenlerden şahsen sorumluymuşum gibi, tanıdığım gayrimüslimleri, bu arada dükkânlarda çalışanları, bakkalı çakkalı, özür dilemek üzere ziyaret ettim.

Varlık Vergisi, hükümetin faşist zihniyetini gözler önüne seren, ama usulüyle yapılan bir vergi haksızlığıydı. On üç yıl sonraki 6-7 Eylül olayları ise, memlekete egemen olmaya başlayan barbarlığın bir patlamasıydı. 1950'ye kadar, Türkiye açısından Kıbrıs diye bir sorun yoktu. O sıralarda Adada bir üniversite bulunmadığından, Kıbrıslı gençler İstanbul Üniversitesine gelirdi. Rumlarla nasıl geçindiklerini hep sorardım onlara. "Aramızda kavga filân yok. Gül gibi geçiniyoruz" derlerdi. Gelgelelim, Demokrat Parti hükümeti, halkın dikkatini gittikçe zorlaşan ekonomik koşullardan uzaklaştırmak amacıyla, yüce bir "millî dâvâ" ayarladı. Çünkü millî dâvâ deyince, kahraman Türkün ayranının kabardığını, gözünün o millî dâvâdan başka bir şey görmediğini, geçim sorununun ikinci plana düştüğünü biliyordu. İşte bu yüzden bir Kıbrıs Sorunu icat edildi. (Ve ne acıdır ki, aradan on beş yıl kadar geçtikten sonra, bu uydurma sorun, hâlâ çözümleyemediğimiz gerçek bir soruna dönüştü.) "Kıbrıs Türktür" derneği kuruldu. Mitingler düzenlendi. Sokaklarda avaz avaz "Yeşil Ada Kızıl olamaz!" "Kahrolsun Komünistler!" diye bağırılıp çağrıldı. Kahraman erkeklerimiz, kana benzesin diye kırmızı boyalarla, çıplak göğüslerine "Kıbrıs Türktür" diye yazdılar. Gazeteler, Kıbrıslı Türklerin Rumlardan neler çektikleri konusunda çarşaf çarşaf yayına başladı. Adnan Menderes bu uydurma yazıları destekleyen nutuklar attı. Derken, 6 Eylül 1955 sabahı gazetelerde Atatürk'ün Selânik'deki evinin bombalandığı haberi çıktı. Bu bomba gibi haberin tamamiyle bir provokasyon olduğu anlaşıldı daha sonraları. Ne var ki, bu uydurma haber yüzünden işler de çığırından çıktı.

Demokrat Parti hükümeti, azınlıklara ait bütün dükkânlarla evlerin saldırıya uğrayıp yağma edilmesini, İstanbul'un altının üstüne getirilmesini istememişti aslında. Hükümetin istediği "millî galeyan" denilen o iğrenç canavarı harekete geçirerek, birkaç Rum dükkânıyla evinin camının çerçevesinin indirilmesiydi sadece. Gelgelelim, İstanbul'un 1950'den beri İstanbulluların yaşadığı bir kent olmaktan çıkıp açlarla dolduğunu hesaba katmamışlardı. 6 Eylül akşamı, Park Otel'in önünde gördüklerim beni dehşete düşürdü. Otelin kapısına bitişik küçük pastahane yağma ediliyordu. Gözü dönmüş zavallılar, vitrinleri kırıyorlar, yiyebildiklerini yiyip yutuyorlar, ağızlarında çiğneyemediklerini ayaklarının altında çiğniyorlardı. Pasta kremaları, vahşi bir şehvet ifade eden yüzlerine bulaşmıştı. Elli yaşında bir adamcağız, kaldırımın kenarına oturmuş, iki eliyle tuttuğu kocaman bir çikolata tabletini kemiriyor, "ben ömrümde ilk kez yiyorum bu mereti" diyordu yanındakine. Bir adam elli yaşına gelip çikolatanın ne olduğunu bilmezse, böyle davranacaktır elbette.

İşte 6-7 Eylül 1955 gecesi İstanbul kenti aç barbarların istilasına uğradı. Sıkıyönetim ve sokağa çıkma yasağı başlamadan önce olan olmuştu bile: Rum evlerinden piyanolar sokağa atılmıştı; buzdolapları kamyonların arkasına bağlanıp yollarda sürüklenmişti; top top kumaşlar paramparça edilmişti; kıymetli camlar ve porselenler yerlere fırlatılmıştı. Kazancı yokuşunun başında büyük bir gıda mağazası olan Ankara Pazarı'nın konserve kutularının ve başka mallarının yokuş aşağıya yavurlanırken çıkardıkları gürültüyü, o sırada oturduğumuz Sormagir sokağında sabaha kadar dinledim. Kıbrıslı Rumlara karşı zorla tezgâhlanan düşmanlık, mala mülke karşı bir kine dönüşmüştü. "Kıbrıs Türktür" lâfı uğruna Türklerin millî servetinin bir kısmı imha edilmişti. 7 Eylül sabahı resmî dâvetli olarak İstanbul'a gelen Fransız devlet adamı Mendés-France, etrafına şöyle bir bakmış, "en effet qui brise est turc" (gerçekten de kıran Türktür) demişti. Kelime oyunlarından pek hoşlanmam ama, "Kıbrıs Türktür"ün "qui brise est turc" yani "kıran Türktür" olarak okunması, 7 Eylül sabahına çok uygun bir nükteydi.

O sabah erkenden sokağa çıkma yasağı biter bitmez, Beyoğlu'na koştum. Gözlerimle gördüğüme inanamadım: Caddenin ortasında ancak iki kişinin yanyana yürüyebileceği daracık bir patika açılmıştı. İki yanında ise, insan boyunda, kırılmış, parçalanmış mallar yığılmıştı. Bunlar öyle akıllara sığmaz bir öfkeyle un ufak edilmişti ki, ne olduklarını anlamak güçtü.

Aralarında bageti kopmuş küçücük bir rugan patik görünce, bir kız çocuğu önümde parçalanmış gibi fena olmuştum.

Millî galeyan, millî felâkete dönüşmüştü ve Adnan Menderes, bunun suçlusunun komünistler olması gerektiğine karar verdi. Sıkı Yönetim Komutanı Nurettin Aknoz Paşa, hemen o sabah, "6-7 Eylül suçlusu olarak, solcular, Sultanahmet meydanında salkım salkım asılacak" diye buyurdu. Bunun üzerine elli komünistin hemen tutuklanması emredildi. Birinci Şubedeki komünist dosyalarının bir kısmı gelişigüzel raflardan indirilip masaların üstüne yığıldı. Artık piyango kime çıkarsa. Bunların arasında ölenler ya da yıllardır İstanbul'a ayak basmayanlar vardı. Bu yüzden ancak kırk dört kişi tutuklandı. Aralarında, anımsadığım kadarıyla Aziz Nesin, Nihat Sargın, Profesör Pertev Boratav'ın kardeşleri Dr. Müeyyet ile Dr. Can, Kemal Tahir, Tornacı Emin, İlhan Berktay, İzzettin Dinamo, Dede Ahmet, Dr. Hulusi ve daha başkaları vardı. Bunlar aylarca Harbiye'de hapis kaldılar. Polis de askerler de bu adamların 6-7 Eylül olaylarıyla uzaktan yakından hiçbir ilgisi olmadığını o kadar iyi biliyordu ki, değil mahkemeye verilmek, çoğu alelusul sorguya bile çekilmemişti.

Türk olarak yoğun bir utanç duyduğum başka bir gün, "Kanlı Pazar" diye bilinen 16 Şubat 1969 günüydü. O gün solcu gençler, Amerikan Altıncı Filosu'nun İstanbul'a gelmesini protesto etmek için, Beyazıt'da toplandıktan sonra, Taksim'e doğru yürüyüşe geçtiler. Orada, yollarını kesen yobazların sopalı bıçaklı saldırısına uğradılar. Gençlerin ne sopaları vardı ne de bıçakları. Aralarından ikisi öldü. İki yüze yakın kişi, bir kısmı ağır olmak üzere yaralandı. O gün öğleden sonra Kuzguncuk'taydım. Radyodan kan isteği anonsları başlayınca, sağa sola telefon edip durumu öğrendik. Beyoğlu Hastahanesinde kan vermek için, bir motörle Üsküdar'dan Beşiktaş'a geçtim. Orada baktım ki, yollar trafiğe kapalı; ancak polis ve asker araçları var ortada. Yürüyerek Dolmabahçe'den Taksim'e çıkarken, kan döken yobazların bir kısmıyla karşılaştım. Yüzlerindeki sırıtmayı görünce çok fena oldum. Çünkü ırza geçip cinsel açlığını gideren rezillerin o iğrenç sırıtmasıydı yüzlerinde gördüğüm.

Taksim meydanında tek tek ayakkabılar, parçalanmış ceketler paltolar, gömlek parçaları, yırtık pankartlar, bayraklar ve yerde bol bol kan lekesi vardı. Hava kararırken, bu terkedilmiş savaş meydanından geçerek Sıraselviler'deki Taksim İlkyardım Hastahanesine geldim. Hastahanenin önünde kan vermek isteyenler upuzun bir kuyruk oluşturmuştu. Gencecik kızlarla oğlanlardı hepsi. Orta yaşlı bir ben vardım bir de önümde Albay üniformalı bir adam. "Bu kadar genç varken, biz ikimize sıra gelmez; sabaha kadar bekleyeceğiz" diye düşündüm. Ama bir de baktım ki, gençlerin kan verilen odaya girmeleriyle çıkmaları bir oluyor. Durum sonradan anlaşıldı: Gençlerin sinirden tansiyonları öyle düşmüş ki, kan alamamışlar çoğundan. Bu yüzden ancak bir iki saat bekledikten sonra sıra bize geldi. Albaya çok iltifat edildi. Kılık kıyafetim şöyle bir süzüldükten sonra, benim yüzüme pek bakan olmadı. İkimizin de tansiyonu düşük değildi. Benimse, sıfır grubu RH pozitiv kanım bir hayli makbuldu. Kan verdikten sonra, Albay "ben bu gece rakı içebilir miyim?" diye sordu."Aman Albayım, sakın öyle bir şey yapmayın!" dedi doktorlar. Albay, oturduğu yerden ayağa fırlayıp şöyle dedi: "Bana bakın! Ben bu gece ya rakı içerim, ya katil olurum. O bokların bile kanını dökmek istemem. Onun için rakı içeyim, daha iyi." İşte o zaman, hiç konuşmadığım, kim olduğunu bilmediğim Albay çok sevimli göründü bana.

5 Mayıs 1972'de Deniz'lerin sabaha karşı asıldıklarını duyduğum gün de çok yoğun bir utanç yaşamıştım. O üç çocuk kan dökmemişlerdi, kimseyi öldürmemişlerdi ve henüz yirmi beş yaşına basmamışlardı. Ama TBMM'deki babaları, hattâ dedeleri yaşındaki milletvekilleri, onları ille öldürmek istiyordu. Bunun tek nedeni korkuydu bana kalırsa. Salt kişisel çıkarları üstüne kurulu o kepaze dünya görüşleri açısından, Deniz Gezmiş gibi gençlerin varlığı bile, onlar için korkunç bir tehlikeydi. Deniz Gezmiş'leri ömürlerinin sonuna kadar zindanlara kapatmak yetmezdi. Kendileri rahat yaşayabilmeleri için, Deniz Gezmiş gibilerinin yeryüzünden yok edilmeleri gerekiyordu.

Başka bir utanç günüm, Kasım 1982'de Cuntanın faşist anayasasının neredeyse bütün memleket tarafından kabul edildiği gündü. Bütün Türkler adına utanç duydum. Ve bu utançla birlikte bir yabancılaşma. "Yoksa ben Türk değil miyim?" diye düşündüm bir ara. Oysa Türk, hem de çok Türk olduğumu biliyordum. Ama gene de büyük bir yalnızlığın acısını duydum. O akşam bindiğim dolmuşun şoförünün bir sözü, beni büsbütün perişan etti. Bu şoför öteki şoförlere hiç mi hiç benzemeyen eğitim gördüğü besbelli, temiz bir İstanbul Türkçesiyle konuşan, kibar görünüşlü, ak saçlı, yetmişinde bir adamdı. Biraz ek para kazanmak için, akşamları şoförlük yapan emekli küçük bir memurdu belki de. Yanında oturduğum şoför, bana doğru eğildi, "hanımefendi, içim rahatladı, bir efendimiz var artık" diye fısıldadı. Çok fena oldum. Özgür bir yurttaş değil, ille bir kul olmak istiyordu bu saygıdeğer sandığım kişi. Kendine efendi olarak da Cuntanın başındaki adamı, "ne yani? Onları asmayacağız da besleyecek miyiz?" diyen adamı seçmişti. Şoföre "durun, ineceğim" dedim. Üsküdar dolmuşundan inip de, Karacaahmet'in duvarının dibinde karanlık yolda yürürken, halkıma yabancı olduğum duygusu dayanılmaz bir acıya dönüşmüştü.

Bu yabancılaşma duygusu bana her zaman böyle acı çektirmese de, ne yazık ki, her zaman vardır içimde. Bunu bir kusur, hele benim gibi yirmi yaşından beri solculuğuyla övünen birinde bağışlanılamaz berbat bir kusur saydığım için, kendi kendimden bile gizlerim. Halkla en yakın temaslarım dolmuşlarda olduğundan, yabancılaşma duygusunu o arabalarda yaşarım genellikle. Trafik tıkandıkça, öteki yolcuları dinlemek; onlarla ya da şoförle konuşmak olasılığını bulurum. Benim işimi yapan, ömrü boyunca evinden Fakülteye, Fakülteden evine gidip gelen, çarşıya pazara bile çıkmayan bir insanın halkla iletişim kurabileceği tek yerdir dolmuşlar. Ama ne yazık ki, bu iletişim pek kurulamıyordu aslında. Kurulsa da beni buruk düşkırıklıklarına uğratıyordu genellikle. Bunun iki örneğini vermekle yetineceğim: 1964 ya da bir yıl sonraydı. Bindiğim dolmuş Ayazpaşa'dan Taksim'e çıkarken, meydanda yapılan bir Adalet Partisi mitingine katılanların bir kısmı Dolmabahçe'ye doğru iniyorlardı. Heyecandan ve sevinçten kendinden geçmiş bir haldeydiler. Üstleri başları dökülen, son derece yoksul kişilerdi hepsi. Bizim Türkiye İşçi Partisi böylelerini savunmak amacıyla kurulmuştu. Ama fakir halkımız bizim mitinglerimize hiç gelmiyordu; zenginlerin çıkarlarını koruyan tutucu partilerin mitinglerine gidip mutlu oluyorlar, hazdan kendilerinden geçiyorlardı. Dolmuşu paylaştıklarım da pek varlıklı sayılamayacakları halde, aynı partiyi candan tuttukları besbelliydi. Birden fena öfkelendim. Bunca yıllık öğretmenliğimin verdiği bütün otoriteden yararlanarak, "arkadaşlar, şimdi size bir şey soracağım" dedim ve aylık gelirlerinin kaç lira olduğunu sordum. Bizim halk, her nedense, otorite karşısında siner her zaman. Hiç kimse "hanım, sana ne benim kaç para kazandığım?" demedi. Uslu çocuklar gibi yanıtladılar sorumu. Bunun üzerine bir siyasal nutuk attım. Kendim onlardan fazla kazandığım halde, salt benim gibi rahat geçinemeyenleri düşündüğüm için, Türkiye İşçi Partisi üyesi olduğumu; onların ise, yoksulları hiç mi hiç düşünmeyen, ancak zenginleri daha da zengin yapmak isteyen partileri tuttuklarını; bunun nedenini öğrenmek istediğimi açıkladım. Adamlar, "bilmiyoruz" diye kekeleyerek bir çeşit paniğe kapıldılar. Korkular içinde hep "bilmiyoruz, bilmiyoruz" diyorlar, gözlerini benden kaçırıyorlardı. O sırada zaten Taksim'e varmış olan dolmuştan kendilerini dışarı atarken, hâlâ "bilmiyoruz" demekteydiler. Belki sahiden de bilmiyorlardı. Eve dönünce, Nâzım'ın "Akrep Gibisin Kardeşim" şiiri aklımdan çıkmadı bütün gece.

Bizim halkın –yalnız fakir halkın değil, nerdeyse herkesin– otorite karşısında sindiğini söyledim demin. Bunun çarpıcı bir örneğini vermek istiyorum. Duyduğuma göre, Ferhan Şensoy, bir oyundan sonra, üniformalı bazı oyuncularını geceleyin Beyoğlu'na salmış. Oyuncuların üstündeki üniforma tamamiyle uydurmaymış. Ne Türk ordusununkine ne de Türk Polis Teşkilatınınkine benziyormuş. Oyuncular, caddeden geçen yurttaşlara yanaşmışlar. Sert bir sesle "kimliğini göster!" diye emretmişler. Yurttaşlar hemen kimliklerini göstermişler. "Arkanı dön! Ellerini duvara daya, üstünü arayacağız!" diye emretmişler. Yurttaşlar, bu emre de boyun eğmiş. Koskoca Beyoğlu Caddesinde, hiç kimse, "siz kimsiniz? üstünüzdeki üniformayı tanımıyoruz. Benden bunları istemeye ne hakkınız var?" diyerek, hesap sormak cesaretini gösterememiş. Çünkü üniforma, uydurma da olsa, üniformadır gene de; yani bir otoritenin simgesidir ve halkımız boyun eğer otoriteye.

İkinci dolmuş olayında, sabahleyin Beyazıt'a gidiyordum. Trafik öyle bir tıkanmıştı ki, olduğumuz yerde sayıyorduk. İşine geç kalan müşteriler söylenip duruyordu. Yanında oturduğum genç şoför ise, herkesten fazla söyleniyordu. Ben de delikanlının hoşuna gider umuduyla, öteden beri düşündüğüm bir öneriyi ileri sürdüm: "Bak, tıkanıklık, büyük çapta özel araba bolluğu yüzünden" dedim. "Bunun tek çaresi, sabahları sekizle on, akşamları beşle yedi arası, hekimler ve sağlık hizmetleri dışında, hiç kimsenin özel arabasını kullanmamasıdır. Özel arabası olanların, nasıl olsa taksiye binebilecek kadar paraları da vardır. Onlar da o saatlerde taksilerden ya da dolmuşlardan yararlanırlar."

Genç şoförün, "Teyze, ne doğru söyledin!" diyeceğini sanmıştım. Bana kin dolu gözlerle bakıp, küfredercesine "hanım, sen komünistsin!" deyince, şok geçirdim. "Oğlum, komünist olmam ya da olmamam seni ilgilendirmez" dedim. "Ama ben, senin işine gelmesi gereken bir öneride bulunuyorum. Sen ise, beni suçlamaya kalkıyorsun. Senin, sabahları ve akşamları belirli saatler arasında kullanılmasını yasaklamak istediğin özel bir araban yoktur herhalde. Öyleyse neden bu kadar kızdın bana, anlat n'olur" diye yalvardım nerdeyse. Ama delikanlı kin dolu bir sessizliğe gömülmüştü. Öfkeden dişlerini gıcırdatıyor, yüzüme bakmıyordu. Nâzım'ın "Akrep Gibisin Kardeşim" şiirini, hüzünle düşündüm gene.

1963'de Türkiye İşçi Partisine girmek istediğimi Partinin başkanı Mehmet-Ali Aybar'a bildirdim. (1960'tan önce öğretim üyeleri siyasal bir partiye giremezdi. Bu hakkı ancak 27 Mayıs anayasası sayesinde elde ettik.) Bu işin hemen olacağını sanmıştım. Ama Mehmet-Ali, ertesi gün saat tam üçte gelmemi istedi. Kararlaştırılan saatte Partinin Cağaloğlu'ndaki merkezine gidince, bir de baktım ki, Mehmet-Ali küçük bir tören düzenlemiş: Bir büyük masanın çevresine yirmi, yirmi beş kişi kadar oturmuş. Beni de oturttular aralarına. Kırk yıllık arkadaşım Mehmet-Ali bana "siz" diyor, beni tanıtırken "Mîna Hanım" diyor. Herkesin yüzü son derece ciddî. İmzayı atarken, "eyvah! Yeniden nikâhlanıyorum!" dedim içimden. Doğrusu bu tören, çoktandır boşandığım için bozulan nikâhıma hiç benzemiyordu. Nikâhımda iki şahitten başka kimsecikler yoktu. Oysa bu partiye girişin gerçek bir nikâhı andıran törensel bir yanı vardı. Üstelik Türkiye İşçi Partisi'yle de, daha sonraları girdiğim Sosyalist partilerle de, nikâhlarım hiçbir zaman bozulmadı. TİP kapandı; 1975'de yeniden açılınca, gene üye oldum. 1990'da Sosyalist Birleşik Partinin Haziran ve Kasımda Ankara'da yapılan Kurultaylarına giderek, kurucu üye oldum. 1996'nın başlangıcında bu parti, Özgürlük ve Dayanışma Partisi'yle birleşince, bu kez ÖDP'nin kurucu üyesi oldum. Şimdiki Partimin, öteki Sosyalist Partilerin yanılgılarına düşmeyip çok iyi gelişeceğinden umutluyum.

Ne yazık ki, ilerlemiş, hem de fena halde ilerlemiş yaşımdan ve sağlık durumumdan ötürü, hiç çalışamıyorum bu partide. Daha önce de açıkladığım gibi, siyasal sorunlar söz konusu olunca biraz geri zekâlı davrandığımdan, öteki partilerde de önemli görevlerde bulunamıyordum; ama her partilinin yapabileceği ayak işlerini yapıyordum hiç olmazsa. Örneğin, el yazım düzgün olduğundan, zarfların üstüne adresleri yazardım filân. Bir de Senato Seçimlerinde aday olmak görevim vardı. Çünkü Senatör adayı olabilmek için, yüksek tahsilli ve kırkını geçmiş olmak şarttı. Bizim parti, bir aydın partisi olduğundan, yüksek tahsillilerle doluydu; ama kırkını geçen çok azdı aralarında. Onun için aday listesine mutlaka girmem gerekiyordu. "Ya seçilirsem, ya üniversiteden ayrılmak zorunda kalırsam" diye ödümün kopması, kendi isteğim üzerine beni aday listesinin en sonuna koyan TİP yöneticilerini çok güldürürdü. Ancak Bodrum'da o sıralarda bakkal dükkânı işleten rahmetli Makbule hanım inandı benim senatör olacağıma. "Aman Mîna hanım, siz olmayacaksınız da kim senatör olacak?" dedi bana iltifat ederek.

TİP'in düzenlediği şenlikleri de hiç kaçırmazdım. Çok şanlı

olurdu o toplantılar; özellikle Ruhi Su türkü söyleyince. Hiçbir ses Ruhi'ninki kadar güzel gelmemiştir bana. Yalnız Türkiye'de değil, bütün dünyada böylesine güzel bir ses bulunamaz bence. Bu toplantılarda Partinin korosunun sık sık Enternasyonali söylemesinden de çok keyiflenirdim. Behice Boran'ın yanında oturuyordum bir toplantıda. Koro görünür görünmez, "şimdi Enternasyonali söyleyecekler" dedim. Behice de "aman ne münasebetsizsin, Mîna! Şimdi olur mu? Toplantının en sonunda söyleyecekler" diyerek beni azarladı. Ama ben koromu bilirdim. Hemen de söylediler Enternasyonali, toplantının en sonunda da.

Harbiye'deki Spor Sergi sarayında, Türkiye İşçi Partisi'nin ilk toplantılarından birinde, hiç de sulu gözlü olmadığım halde, şakır şakır ağladığımın farkına varınca, biraz mahcup oldum. Sonra bir de baktım ki, bizim kuşaktan herkes, kadın erkek, ağlamakta. Tıpkı benim gibi sevinçten ağlamakta. Elbette ki, sevinç gözyaşları dökecektik bizler. Çünkü, kapalı kapılar ardında, korkular içinde, birbirimize gizlice fısıldadığımız sözler, şimdi kürsüden bangır bangır bağırılıyor; içeriye giremeyip kapılarda bekleyen kalabalıklara hoparlörlerle yayılıyor, meydanlarda sokaklarda çınlıyordu.

Türkiye İşçi Partisi'ne girerken, halkla daha yakın ilişkilerim olacağını ummuştum. Bu umudum boşuna çıktı. Gerçi TİP'de işçi vardı; ama bir kitle partisi değildik; öteki sosyalist partiler gibi, bir aydın partisiydik aslında. Seçimlerde açılan oy sandıklarını kontrol etmeye gidince, acı bir paradoksla karşılaşırdık: Yoksulların oturduğu gecekondu bölgelerinde hiç oy çıkmazdı bizim Partiye. Biraz daha varlıklı mahallelerden tek tük çıkardı. Meslek sahibi aydın kişilerin oturduğu semtlere gelince, oy sayısı iyice artardı. Örneğin, Ankara'da en çok Çankaya ilçesinden, İstanbul'da en çok Şişli ilçesinden oy alırdı TİP.

Halk kitlelerinin bizi tutmamasına karşın, 1965'de seçim yasasındaki "millî bakiye" denilen sistem sayesinde, on beş milletvekiliyle Parlamentoya girdik. Biz solcular için, inanılmaz bir zaferdi bu. 1966'nın başlangıcında, on beş partiliyi TBMM'inde kendi gözlerimle görebilmek mutluluğu uğruna,

Fakülteden üç günlük izin aldım, Ankara'ya gittim. "Ankara'da ne işin var?" diye sorduklarında, kasıla kasıla "milletvekili arkadaşlarımı görmeye gidiyorum" dedim. TBMM'nin dinleyiciler locasında, Behice Boran'ın eşi Nevzat Hatko'yla yanyana oturduk. Ben hâlâ gözlerime inanamayarak, aptal bir çocuk gibi, "o sahiden Behice, değil mi?" diye sordum Nevzat'a.

Meclis lokantasında öğle yemeğine gittiğimizde, o güne değin ömrümde görmediğim bir durumla karşılaştım: TİP grubuyla konukları toplu halde içeriye girer girmez, sanki aklın alamayacağı kadar acayip bir olay olmuşcasına, çatallar bıçaklar tabaklara düştü. Bütün gözler bize dikildi; koskocaman lokanta derin bir sessizliğe gömüldü. Bir dehşet gizliydi bu sessizlikte. Şimdiye değin güvenle oturup tıkındıkları lokantalarına, kendileri gibi insanlar değil, onları parçalayıp yutmaya hazır bir kaplan sürüsü girmişti sanki. Beni müthiş tedirgin eden bu tepki, TİP'li arkadaşlarımı hiç şaşırtmamıştı. Lokantaya toplu halde her girişlerinde aynı durum olduğu için, meğer onlar çoktan alışmışlar buna. Bizimkiler alışmasına alışmışlardı ama, bana sorarsanız, öteki milletvekilleri hiç alışamadılar solcuların TBMM'nin çatısı altında bulunmasına. O kadar alışamadılar ki, bir öfke anında, Çetin Altan'ı linç edeceklerdi nerdeyse.

İlk gençliğimden beri, bir solcu olmanın bilinci içinde yaşadım hep. Gelgelelim, politika alanında beceriksizliğimden ötürü, daha önce de söylediğim gibi, doğru dürüst bir siyasal faaliyette bulunamadım hiçbir zaman. Ancak sol partilere üye oldum, mitinglere gittim, yürüyüşlere katıldım, dilekçeler imzaladım, hapishanelerdeki arkadaşları ziyaret ettim. İşte o kadar. Ara sıra da gericilerle kavga çıkardım salt içim biraz rahat etsin diye. Örneğin, Nisan 1966'da, on kişilik bir grup, Cevat Şakir'i İzmir'den alıp, Bodrum'a gittik birkaç günlüğüne. Aramızda Füreya, Sabahattin Eyüboğlu, Melih Cevdet de vardı anımsadığım kadarıyla. Ayvalık'a varınca, şaşırdık kaldık: Her elektrik direğine, üstüne anti-komünist ya da anti-sosyalist bir slogan yazılı tabelalar asılmıştı. Ana cadde boydan boya bunlarla donatılmıştı. Bir sinemanın önünde, üstünde "kahrolsun komünistler! Kahrolsun solcular!" yazılı bir afiş vardı. Kapı boyunca başka bir afiş "Dikkat! Komünizm geliyor!" uyarısında bulunuyordu.

Geceyi oranın iyi otellerinden birinde geçirdik. Otelin lokantasında, bizim on kişilik masamız dışında, Ayvalık ekâbirinden oluşan beş kişilik başka bir masa vardı. Beşi de şişmanca, beşi de ablak yüzlü, beşi de bıyıklıydı. Beşinin yüzünde de, bol para sahibi olmanın ve kendini beğenmişliğin verdiği aptalca ifade vardı. Birbirlerine benziyorlardı. Bu tür herifler sanki kardeşmiş gibi, birbirlerine neden bu kadar çok benzerler bilemem.

Ayvalıklılara öteden beri biraz içerlerim. Çünkü bir yandan "on iki tane zeytinyağı milyonerimiz var" diye övünüp dururlar; bir yandan da otellerinde ve lokantalarında Olin yağı yedirirler yerli ve yabancı turistlere. Hem bu yüzden, hem de elektrik direklerindeki o tabelalar yüzünden, bitişik masadakilere sataşmadan yapamayacağım besbelliydi. Yüzüme sahte bir acıma ifadesi takarak, onlara lâf attım: "Vallahi çok yazık! Vallahi çok üzüldüm. Sizin bu güzel Ayvalık'da ne kadar çok komünist varmış meğer!" dedim. Adamlardan biri, başını gururla kaldırarak, "Ayvalık'da bir tek komünist bile yoktur" dedi. O zaman saldırıya geçtim: "Bir tek komünist bile yoksa, neden her elektrik direğine o kepaze tabelaları asıyorsunuz öyleyse?" diye bağırdım. "Üstelik sosyalizmi de kötülüyorsunuz. Sosyalizm, komünizmin gizli yüzüdür diyorsunuz. Şu sırada Türk Parlamentosunda on beş tane sosyalist milletvekili bulunduğundan hiç haberiniz yok mu sizlerin? O rezil tabelalarınızı tanıdığım bütün gazetecilere; Çetin Altan'a da, İlhan Selçuk'a da, başkalarına da anlatacağım. Bütün Türkiye öğrenecek Ayvalık'ın bu rezaletini." Buna benzer daha bir yığın lâf ettim. Herifler susuyor, önlerine bakıyorlardı. Beni asıl bozan, onların susmaları değil, kendi masamdaki arkadaşların susmaları, beni desteklemek için bir tek söz söylememeleriydi. Biliyordum ki, benim yaptığım çocukça bir münasebetsizlikti onların gözünde.

Öfkem biraz geçsin diye otelden çıktım. Caddede bir aşağı bir yukarı hızla yürüdüm bir süre. Lokantaya geri döndüğümde herifler gitmişti. Bizim masada herkes suratını asmış, susuyordu. Meğer ben onlara hakaret ederken hiçbir şey demeyen heriflerden biri, ben gittikten sonra, durup dururken "ben komünistleri yerim!" demiş. Melih Cevdet de ayağa kalkmış, "öyleyse, gel de beni ye!" demiş. Bunun üzerine herifler panik halinde lokantadan kaçmışlar.

Gelgelelim, Bodrum dönüşünde, biz İzmir'e doğru giderken, bir de baktık ki, iki arabamızın peşinden, üç motosikletli polis, bir de polis cipi geliyor. Bizi durdurdular. Komünist propagandası yaptığımız için hakkımızda şikâyet olduğunu söylediler. Biz de çok azametli haller takınarak, ev ve iş adreslerimizi verdik; "gerektiğinde bizi ararsınız" dedik. Çünkü 1966 yılında öğretim üyelerinin ya da Melih Cevdet ile Füreya gibi ünlü sanatçıların azametli davranmaları geçerliydi henüz. Aydın düşmanlığı ancak ikinci askerî darbeden sonra başladı.

Ayvalık'daki lokantada olup bitenler yüzünden soruşturma açılmadı. Açılsaydı aklanırdık nasıl olsa. Daha sonraları, 12 Mart döneminde, Sir Thomas More'un *Ütopya*'sıyla ilgili bir soruşturma açılmasını çok istedim. Bu kitabı, Sabahattin Eyüboğlu, Vedat Günyol ve ben Türkçeye çevirmiştik. Arkadaşlarım, gizli bir komünist partisi kurmakla suçlanıp, hapse atılmışlardı. İddianamede, *Ütopya*'yı çevirerek komünist propagandası yaptıkları da ileri sürülüyordu. İşte o sırada Babeuf yasaklandığı gibi *Ütopya*'nın da yasaklanmasına can attım. Türk mahkemeleri 1516 yılında yayınlanan bu ünlü kitabı resmen yasaklasaydı, (bunun için de birçok neden vardı; çünkü yeryüzünde hiçbir kitap *Ütopya* kadar etkileyici bir komünist propagandası yapamaz bence.) çok ilginç durumlar olacaktı. Avrupa ülkeleri şaşkına dönmekle kalmayacak, Vatikan bile işin içine girecekti. Çünkü 1535'de idâm edilen Thomas More, ölümünün beş yüzüncü yıldönümünde, Katolik Kilisesinin resmî ermişleri arasına girmiş, Saint Thomas More olmuştu artık ve elbette ki, Vatikan, bu ünlü ermişini korumakla görevli avukatlar gönderecekti memleketimize.

Buna eylem denilemez elbette. Ama solcu bir aydın olarak başlıca işlerimden biri, çeşitli protestoları ve dilekçeleri imzalamak ve bunlara imza toplamaktı. Hepsinden değil, ancak ilk dilekçemden ve aydınlar dilekçesinden söz edeceğim. İlk dilekçe 1950'de Nâzım Hikmet ile ilgili olanıydı. İmza toplarken, böyle bir dilekçeye imza vermeyeceklerini yüzde yüz bildiğim kişilere de, salt damarlarına basmak amacıyla başvurmayı ilke edinmişimdir. Bunların beklediğim gibi davranıp, hemen ve öfkeyle reddetmeleri, beni hiç üzmedi. Gelgelelim Fakülte'de Nâzım'ın kurtulması için imza toplarken, kabul edeceklerinden emin olduğum, en aydın kafalı, en dürüst sandığım yaşlı başlı profesörlerin ödü kopması, "biliyoruz, bu büyük şaire haksızlık edildi; ama imzalayamayacağız" derken vicdan azabından kıvranmaları beni perişan etti. Kimi babam yaşında olan bu adamların bir imza vermekten böyle korkmaları, bu yüzden de kendi kendilerinden utanmaları karşısında, hem onların hesabına utandım, hem de insanlara güvenimi yitirdim. Ama insanlara güveninizi kolayca yitiremiyorsunuz ne de olsa ve Berna Moran gibi gencecik bir asistanın hiç duraksamadan imza vermesiyle, bu güven yerine geldi yeniden.

Aydınlar Dilekçesi, Aziz Nesin'in eseriydi. Aylarca uğraşarak o kotarmıştı bu işi. 1984 yılının Ocak ayında başlayarak, on beş yirmi kişilik gruplarla toplantılar düzenlemişti. Hazırladığı metni okumuş, herkesin fikrini almış, gerekli değişiklikleri yapmış, imza toplamak için yoğun bir çaba göstermişti. Bu arada hazin durumlar olmuştu. İmza vereceklerini söyleyenlerin bir kısmı vermemiş; bir kısmı da verdikleri imzayı noter yoluyla geri almışlardı. Amaç en azından üç bin imza olduğu halde, 1260 imza toplanabildi sonunda.

Milliyet de dahil, öteki gazetelerin yayınlamaya yanaşmadıkları bu dilekçe, 20 Mayıs 1984'de *Cumhuriyet*'de çıktı. 1260 imza öyle mikroskopik harflerle yazılmıştı ki, ancak büyüteçle rahat okunabiliyordu. Bu dilekçe 12 Eylül faşizmine karşı ilk başkaldırı sayılabileceği halde, olumlu ya da olumsuz hiçbir tepkiyle karşılanmadı ilkin. Bunca ay boşuna uğraştığımızı, bundan hiç kimseciklerin haberi olmayacağını düşünüp üzülürken, Kenan Evren Paşa, hızır gibi imdadımıza yetişti. Manisa'da bir nutuk attı. Bu nutukta, Vahdettin'in de bir aydın olduğu konusunda pek önemli bir yorumda bulunup, bütün aydınları vatan haini alçaklar olmakla suçlayarak reklamımızı yaptı.

Bodrum'daydım o sırada. İkide birde avlunun kapısı açılıyor, yakından ya da uzaktan tanıdığım bir yığın insan içeriye dalıyor; "sen bu işleri bilirsin. Bu Aydınlar Dilekçesi nedir bize anlat" diyordu. Ben de, elimde büyüteç, metni ve imzaları yüksek sesle okuyor, gerekli açıklamaları yapıyordum.

İmza atan aydınların bir kısmı, sorguya çekilip mahkemeye verildi daha sonraları. Beni de almak için, sabahın ikisinde dört polis Mühürdar'daki evime gelmişlerdi. (Ufak tefek yaşlı bir kadını almak için neden dört polis ve neden sabahın ikisinde Allah bilir.) Kızım, Bodrum'daki evin adresini ve telefonunu vermiş. Ama gelip beni almalarını boşuna bekledim. 1260 kişiyle tek tek uğraşamadıkları için, beni aramadılar. Bu yüzden de, Aydınlar Dilekçesi dâvâsında mahkeme edilmek onurundan yoksun kaldım.

27 Mayıs 1960'tan farklı olarak, 12 Mart 1971'de ve 12 Eylül 1980'de, birbirinden berbat iki faşist dönem yaşadık. Beyazıt meydanında ya da Ankara'da bir evde gençler toplu kıyıma uğruyor; öğretim üyeleri vuruluyor, hattâ adı solcuya çıkmayanlar bile öldürülüyordu. 7 Nisan 1978'de Server Tanilli kurşunlanıp, tekerlekli sandalyeye mahkûm edilmişti. İkide birde kapatılan üniversitelerde, silâh sesleri, kız öğrencilerin çığlıkları, faşistlerin kurt ulumaları duyuluyor; yerde kan lekeleri ve üstü gazetelerle örtülü gencecik ölüler görülüyordu.

Faşist terörün kurbanlarının cenazelerine gitmeyi bir görev bildiğimiz için, cenazeden cenazeye koşuyorduk. Bunun baskı rejimine karşı bir protesto olduğunu bilen hükümet, geniş katılımları engellemek için elinden geleni yapıyor; ama boşuna uğraşıyordu. Bütün cenazeler kalabalıktı gene de. Bunların arasında beni en çok sarsan, arkadaşlarım Nazife ve Adnan Cemgil'in Nurhak Dağlarında vurulan oğulları Sinan'ın 3 Haziran 1971'de toprağa verilmesi oldu. Ama ne gariptir ki, iki yıl sonra hiç yüzünü görmediğim Hatice Alankuş'un ölümü, beni nerdeyse aynı derece sarstı. Ancak fotoğraflarını gördüğüm Hatice Alankuş, gencecik, güzel bir kızdı. Dağ başında jandarmayla çarpışırken vurulmamıştı. Hapishanede vaktinde doktor çağırmadıkları için, diyareden pisi pisine ölüvermişti. 25 Temmuz 1973'de cenazesine gittim. Sinan'ın cenazesinde de, hiçbir cenazede de ağlamayan ben, bu tanımadığım kızın cenazesinde hüngür hüngür ağladım. Kızın annesiyle tanışmak istedim. Tanıştığımızda anne ağlamadı ama, ben gene hüngür hüngür ağladım. Bu hallere düşmemin nedenini çok daha sonraları anladım: On gencin, yirmi gencin, otuz gencin öldürülmesine, stoik ilkelerine bağlı kalarak, gözyaşları dökmeden, dayanabilmiştim. Ama daha sonraları, öyle acı bir birikim olmuştu ki, stoiklik filân kalmamıştı ortada ve tanımadığım bu gençlerin ölümüne hep ağlıyordum artık.

Oysa gülünecek durumlar da oluyordu bunca felâket arasında. Örneğin, günün birinde gerçeküstü tabloları andıran bir durumla karşılaşıyor; bir fakülte dekanının kocaman koltuğunun, bir iple bağlanıp sokağa doğru sarkıtıldığını görüyorduk. İri yarı, güçlü kuvvetli ve gülmece yeteneği bir hayli gelişmiş Rektörümüz Nâzım Terzioğlu'nun odasına protestocu öğrenciler dalınca, kahkahalar atarak ceketini çıkarıp "hadi gelin bakalım, birer birer güreşeceğim sizlerle" dediğini duyuyorduk. Bodrum'da denize girerken biraz açılınca, her nedense sahilde nöbet tutan er, tüfeğiyle nişan alıp, "Teyze, nereye gidiyorsun öyle? Geri dön, yoksa vururum seni!" diyordu. "İstanköy'e kadar bir uzanayım diye düşündüm" desem, bakarsınız şakadan anlamaz, sahiden vururdu beni. Ama kadınlara karşı çok daha hoşgörülü erler de vardı: Dört beş hanım, kapanan TİP'in yönetim kurulundan hapis yatan arkadaşları görmeye gittiğimizde, jandarmalar, partilerle birlikte hem bütün siyasal mahkûmları bahçeye çıkarıyorlar; hem de bize kahveler ikram edip, ellerimize kolonyalar serpiyorlardı.

Faşizm bir budalalar rejimi olduğundan, gülünç bir yanı vardır her zaman. 12 Eylül faşizminin en gülünç yanlarından biri de, sakal sorununda meydana çıktı. Üniversite öğretim üyelerinin ille de ille sakallarını kesmeleri emredildi. Kesmeyenler üniversiteden atılmakla tehdit edildi. Ne komiktir ki, Osmanlı döneminde tam tersi yapılmış, sakalsızlar devlet memurluğuna kabul edilmemişti. Şimdi de Afganistan'da sakalsızların cezalandırıldığını biliyoruz. Bu gülünç yobaz rejimleri hep aynıdır. Al birisini vur ötekine.

Faşizmin kurbanlarının baskılar karşısında gülmece duygularını yitirmemeleridir asıl önemli olan. Oğlunun felâketinden önce Adnan Cemgil'in davranışı bunun en parlak örneğiydi: Bir ara İstanbul Şehir Tiyatrosu'nda figüranlık eden Adnan Cemgil'in asıl mesleği aktörlüktü bana kalırsa. Türk tiyatrosu büyük bir komedyen yitirdi, onun oyuncu olacağına felsefe okuması yüzünden. Adnan, en korkunç olayların komik yanlarını görmekle kalmaz, onları anlatırken aynı zamanda oynadığı için, her şeyi canlandırırdı gözümüzün önünde. Böylece kendisinin ölmesine ramak kaldığını anlatırken bile, bizleri güldürebilirdi. Türkiye İşçi Partisi'nin Bursa kongresi sırasında bir faşist grubun saldırısına uğramıştı. İzbandut gibi herifler, incecik, ufak tefek bir adam olan Adnan'ı yolda yalnız giderken yakalamışlar. Hep birden üstüne çullanıp, kıyasıya dövmeye başlamışlar. Eğer rastlantı sonucu, askerî bir cip oradan geçmeseymiş ve içindeki subaylarla erler silâh çekip imdadına yetişmeseymiş, Adnan'ı orada öldüreceklermiş büyük bir olasılıkla.

Yüzü gözü darmadağın olan, çenesi kırılan, bedeni çürükler, yaralar bereler içinde Adnan'ı İstanbul'a getirip Gurabba'ya yatırdılar. Öfkeden titreyerek hastahaneye koştum. Üzüntüleri yüzlerinden okunan dört işçi oturuyordu odada. Yataktaki adamı nerdeyse tanıyamadım ilkin. Ama kırık çenesini açar açmaz, onun Adnan Cemgil olduğunu hemen anladım: Ziyarete gelenler, "ağabey, senin heykelin dikilmeli" dediler. Adnan, hafif, ama duyulur bir sesle "ne yani? insan bir güzel dayak yediği için heykeli mi dikilecek?" diyerek, hem kendisiyle, hem de onlarla alay etti. Sonra bana döndü: "Sen faşistleri aptal sanırsın, ama onlar aslında akıllıdır" diye fısıldadı. "Bana indirilecek en ağır darbenin çenemi kırmak; böylece gevezelik etmemi engellemek olduğunu hemen anladılar. Her şeyden önce şunun çenesini kırıverelim" dediler. Adnan konuştukça, benim öfkeden titremelerim geçiyor, gülümsemeye başlıyordum. Hele bir yandan dayak yerken, bir yandan da ağzından fırlayan, henüz parasını bile ödeyemediği takma dişlerini, el yordamıyla yerlerde nasıl aradığını anlatınca, kahkahayı bastım. Hemen arkasından surat asıp, "senin bizleri güldürmeye hakkın yok. Faşizmin bir kurbanı olarak, ağırbaşlı davranman gerektiğini unutma" dedim. Bunun üzerine Adnan "faşizmin tam kurbanı olabilmem için, beni sahiden gebertmelerini isterdim, ama yağma yok" diye fısıldayınca, kendimi tutamayıp gene kahkahalar attım. Çok ciddi, hattâ trajik yüzlerle oturdukları yerden Adnan'ın neler söylediğini duymayan işçilerin, beni fena halde ayıpladıkları besbelliydi.

Gelgelelim, Adnan Cemgil'e sokakta atılan acımasız dayak, siyasal tutuklulara yapılan bilimsel diyebileceğimiz sistematik işkencelerin yanında zararsız kalır bence. Sokakta dayakta, bir yığın hayvansı herif, üstünüze çullanıp, size gelişigüzel vuruyor. Bu, kaba bir güç gösterisi sadece. Oysa sistematik ve bilimsel dediğim işkencenin amacı, size sadece bedensel açıdan eziyet etmek değil; bir yandan bunu yaparken, bir yandan da ruhsal açıdan sizi küçük düşürmektir. Örneğin polise söylemek istemediği, gizli tutulması gereken bir şeyi açıklamak zorunda kalan insan, kendi gözünde küçük düşer ve onun çektiği acı, işkence bitince de, ömrünün sonuna değin sürüp gider. İşkencenin en bağışlanmaz yanı işte budur bana kalırsa.

Bunu çok düşündüm ama, işkence yapan birinin ne gibi bir insan olabileceğini aklım almıyor. Salt kötülükle açıklayamayız bunu. Çünkü işkence yapanın tepeden tırnağa tam anlamıyla kötü olması gerekir. Oysa tepeden tırnağa tamamiyle iyi bir insan ne denli enderse, tepeden tırnağa tamamiyle kötü bir insan da o denli enderdir. Başkasına bilinçli işkence yapabilmek için, birtakım şartlanmalar gerek. ("Bilinçli" diyorum; çünkü ne yazık ki, işkencenin bilinçsizini, hiç farkında olmadan en yakınlarımıza yaparız zaman zaman.) Bunlar ne gibi şartlanmalardır hiç bilemiyorum. Psikolojik sorunların ağır bastığı özel bir eğitimden geçiyorlardır belki de.

Kadınlar koğuşunda yatan bazı tanıdıklarımın anlattıkları, işkenceci tipinin ne biçim bir insan olabileceği konusunda kafamı büsbütün karıştırdı: Bir polis, koğuşta yatan kızlardan birini alır, ikide birde işkenceye götürürmüş. Birkaç saat sonra, işkenceci, eziyet ettiği baygın kızı kucağında taşıyarak koğuşa geri dönermiş. Sokakta oynarken düşüp canı yanan çocuğunu evine taşıyan bir babanın üzüntüsü ve telaşı içindeymiş. Kızı ranzaya yatırırken, "birazdan geçer yavrucuğum, n'olur, sen üzülme yavrucuğum" dermiş. Öteki tutuklulardan çay isteyip, kızın başını kaldırır, kaşıkla çay içirmek istermiş. Kızın saçını okşar, alnını öper, ellerini öpermiş. Kız gözlerini açar açmaz da, arkadaşlarına, "n'olur, ona iyi bakın" diye yalvararak çıkıp gidermiş. Birkaç gün sonra, aynı adam gelip kızı alır gene işkenceye götürür; dönüşte de aynı sevecenliği gösterirmiş. "Belki işkence eden o değildir; belki sadece tanığıdır o işkence sahnesinin" dedim. Ama kız kendi söylemiş, işkence edenin o olduğunu. İşte bu yüzden, kız gözlerini açar açmaz kaçıyormuş yanından. Nasıl bir adamdı bu? Bu polisin kişiliği ikiye mi bölünmüştü? Bir yanda serinkanlı, acımasız bir işkenceci; bir yanda da acı çekenlere merhamet duyan sevecen bir insan mıydı? Yıllardır zihnimi kurcalayan bu sorunu bir türlü çözemedim gitti.

Salt düşüncelerinden ötürü ya da yasak bir örgütün üyesi olmakla suçlanıp işkence gören, hapis yatan o kadar çok tanıdığım vardı ki, 1976'da Amnesty International'a yani Uluslararası Af Örgütüne üye olmayı çok doğru buldum. Gerçi Af Örgütünün garip bir kuralı vardı: Üyelerin, hapse düşen kendi yurttaşlarıyla doğrudan doğruya ilgilenmeleri yasaktı. Yani ben bir Türk olarak, bir Arjantinliyi ya da bir Şililiyi korumam altına alıp, onu hapisten kurtarmak için elimden geleni yapıyordum da, kendi ülkemin siyasal mahkûmları için aynı şeyi yapamıyordum. Ama başka milletten üyeler bunu yaptıkları için, bütün düşünce suçlularıyla siyasal mahkûmlar korunuyordu sonuçta.

Uluslararası Af Örgütü'nün memleketimde olup bitenler konusunda bilmediği yoktu. O sırada Türkiye temsilcisi olan Anne Burley evime gelip çantasındaki dosyaları açınca, hayretler içinde kaldım. Kim haksız yere neyle suçlanmış, bu suçun cezası kaç yılmış, kaç yıla mahkûm olmuş, tam nasıl işkence görmüş, şu sırada hangi cezaevinde yatıyormuş, hepsini biliyorlardı. Ben de örgüte elimden geldiğince yardım ettim. Temsilcinin, avukatlarla, hapse girip çıkanlarla, işkence görenlerle ya da yakınlarıyla görüşmesini sağladım. Ne ilginçtir ki, 12 Eylül'de bütün dernekler kapatıldı. Ama uluslararası niteliğinden ve taraf tutmamasından ötürü (çünkü Sovyet Rusya'daki düşünce suçluları da korunuyordu) Af Örgütüne ve onun Ankara ile İstanbul'daki üyelerine karşı bir şey yapmayı göze alamadılar.

Bu yüzden, gene hapse giremedim. Oysa, daha önce de söylediğim gibi, tıpkı Tahsin Yücel'in romanının Peygamberi gibi, bir süre hapis yatmaya can atıyordum. Bütün eşim dostum hapse girip çıkmıştı. Beni fazlasıyla saf, fazlasıyla zararsız buluyorlar, bu yüzden adam yerine koyup içeri atmıyorlar gibi bir aşağılık kompleksine kapılmıştım. Böyle bir duygunun gülünç bir romantizm sayılacağının farkındayım elbette. Ama ben, romantik bir insan, dolayısıyla romantik bir solcu olduğumu hiçbir zaman yadsımadım. Romantizm, her nedense, sulandırılmış ucuz bir duygusallıkla özdeşleştirilerek hor görülmüştür öteden beri. Oysa ben, on dokuzuncu yüzyılın ilk yarısındaki İngiliz Romantik akımının bir uzmanı olarak geleceğin güzel günlerine inanan; kendi çağının çirkin gerçeklerine teslim olmayı reddeden; insanları, doğayı ve yaşamı coşkuyla seven şairleri tanımlamak için kullanıyorum "romantik" sözcüğünü. Bu açıdan Nâzım Hikmet tam anlamıyla romantik bir şairdir benim gözümde. Nâzım'ı ve öteki büyük romantik şairleri düşündükçe de, kendi romantizmimden değil utanmak, tam tersine gururlanıyorum. İnsanları, doğayı, yaşamı sevmeyeceksen, yaşamanın ne anlamı var ki? Birçokları, birtakım çirkin gerçeklere bağlı kalmayı, onları bir an olsun gözden kaçırmamayı bir marifet sayarlar. "Biz gerçekçiyiz" diye diye, zamanla hem kendi kişiliklerini çirkinleştirirler, hem de o çirkin gerçeklerin gittikçe daha derin kökler salmasını, giderek nerdeyse kutsallaşmasını sağlarlar. Ben o çirkin gerçeklere boyun eğmemeye kararlıyım. Bu yüzden yaşadığım sürece romantik tekmeler atıp duracağım o çirkin gerçeklere. Canları isterse, hayalperest diye küçümsesinler beni. Buna hiç bozulmam; çünkü bir insanın ancak düşgücünden yararlanarak hayal kurabildiği sürece gerçek bir insan olduğuna inanıyorum.

Neyse, tamamiyle romantik sayılabilecek tepkilerle, hiç hapse girmememi biraz ayıp saymaya başlamışken, iyi ki, 22 Mayıs 1971'de tutuklandım. Gerçi ancak üç saat gözaltına alındım. Ama üç saat, üç saattir gene de. "Benim gibi sıradan bir solcu, hayatında bir halt etmemiş bir komünist, üç yıl yatacak değil ya" dedim kendi kendime. Bu mutlu olay 17 Mayıs'ta İsrail Başkonsolosu Elrom'un kaçırılması dolayısıyla gerçekleşebildi. Meğer, mevki sahibi, yaşlı başlı, adı sanı olan komünistlerin bir listesi varmış öteden beri. Sovyet Rusya ile savaşa girersek, bunlar dakikasında bertaraf edilecekmiş. Gelgelelim dönemin başbakanı Nihat Erim, demokrasinin üstüne şal örtmek gibi zarif davranışlardan vazgeçip, kendi deyişiyle solcuların üstüne bir "balyoz" gibi inmeye karar verince, bu listeden yararlanmış. Komünist kodamanları sayılabilecek olan bizler, Başkonsolos Elrom'a karşı rehin alınmışız. Doğrusunu söylemek gerekirse, böyle bir listeye alınmak beni bir hayli onurlandırdı. Ne yazık ki, tam listeyi elime geçiremedim. Yanılmış da olabilirim; ama anımsadığım kadarıyla, gözaltına alınanlar arasında şunlar vardı: Aziz Nesin, Yılmaz Güney, Melih Cevdet Anday, Fazıl Hüsnü Dağlarca, Nevzat Üstün, Hasan Âli Ediz, İbrahim Baştımar, oğlu Dündar Baştımar ve gelini Ayşe Baştımar, Behice Boran'ın eşi Nevzat Hatko ve oğlu Dursun, Aylâ ve Beklan Algan, Demir Özlü, Ruhi Su, Gülçin Çaylıgil ve Ziya Nur gibi ünlü avukatlar ve Turhan Selçuk. Geçenlerde Cumhurbaşkanı Süleyman Demirel'in elinden bir devlet ödülü alan bu ünlü karikatüristi, Balmumcu'daki polisler, bilinmeyen nedenlerden ötürü, ölesiye dövmüşler. Onu öyle bir hale getirmişler ki, erkeklerin arasına geri götürmeyi sakıncalı bulmuşlar. Kadınların kapalı oldukları odaya taşımışlar, bir iskemleye oturtmuşlar. Arkadaşım Ayşe Baştımar'ın anlattığına göre, kaburga kemikleri çatlayıncaya kadar dövülen Turhan Selçuk öyle bir durumdaymış ki, kadınlar şok geçirmişler. Karşısında sessizce kalmışlar.

22 Mayıs gecesi, sırtımda mavi pijamam, çocuklarımla birlikte balkonda oturmuş, bir bira içerek denizi seyrediyordum. Gece yarısı sokağa çıkma yasağı başlar başlamaz, on iki kişi kapıma dayandı. Aralarında askerler, üniformalı polisler ve başlarında bir sivil polis vardı. Ama, ne garip ki, polisten çok bir sanatçıya, bir ressama benziyordu bu adam. Kot pantolonlu, deri ceketli, sarı saçları yana taranmış, yakışıklı mı yakışıklı bir gençti. Çok da terbiyeliydi. Hep "hanımefendi" ya da "hocam" diyordu bana. Evde kimlerin oturduğunu ve çocuklarımın adlarını bile biliyordu. İçeriye girer girmez, "bu oğlunuz Mustafa", "bu kızınız Zeynep" dedi.

Ev didik didik arandı. Dolaplar açıldı, büfeler açıldı, çekmeceler açıldı. Evdeki kitap bolluğu onları pek şaşırttı. Baktılar ki, oturma odasının duvarları da, yatak odalarınkiler de kitaplıklar kaplı. Koridorda bile kitaplıklar var. Polislerden biri, mal bulmuş mağrıbi gibi, Melih Cevdet'in *Gizli Emir*'ine saldırdı. Bizim ekip şefi artist, "o bir romandır; aldığın yere koy" diye tersledi cahil polisi. Sonra bana dönüp, yasak kitap olup olmadığını nezaketle sordu. Oğlumun odasındaki kitap rafları Marksist edebiyatın en seçkin örnekleriyle tıkabasa dolu olduğu ve bunların hepsi yasaklandığı halde, polislere tepeden konuştum. Mesleğimden ötürü her kitabı okuduğumu; kafamda yasak kitap diye bir kavram bulunmadığını, bu kitaplardan hangisinin yasaklandığını bilemeyeceğimi azametle açıkladım. Hiçbir kitabımı almadılar sonuçta.

Arama bittikten sonra, baştaki artist kılıklı genç telefon etti: Operasyonun bilmem kaçıncı numarasını tamamladıklarını, evde kaçak kişi, telsiz ve silâh bulunmadığını bildirdi. Bu arada banyoya sığınıp giyinmiştim. Bir naylon poşete bazı tuvalet eşyalarımı ve oku oku bitmez diye düşünerek Shakespeare'in bütün oyunlarını bir tek ciltte toplayan kitabı attım.

Kendi odası da arandığı için, annem Şefika olup bitenleri biliyordu. Ben tam götürülmeden önce, herkesin toplandığı oturma odasına girdi. Bir kraliçe tahtına nasıl oturursa, koltuğuna öyle oturdu. Ak saçlı başını şöyle bir kaldırıp, askerlerle polislere baktı. Herkes hizaya geldi sanki. Operasyonu kimin yönettiğini hemen anlayarak, ressam kılıklı gence, hiç yükseltmediği, ama trajik tınısını koruyan bir sesle "kızımı nereye götürüyorsunuz?" diye sordu. Delikanlı, alafranga biçimde, yani sonra alnına götürmeden, Şefika'nın elini zerafetle öptükten sonra, bir özveride bulunacağını, hiç kimseler için yapmadığını annem için yapacağını belirtmek istercesine, bir an durakladı. Sonra şöyle dedi: "Hanımefendi, kızınızı bir süre göremeyeceksiniz. Ama hatırınız için, yapmamam gereken bir şeyi yapacağım. Adımı ve özel telefon numaramı şimdi torununuz Mustafa'ya vereceğim. Beni aradığında, kızınızın nerede olduğunu, nasıl olduğunu öğrenmeye çalışıp, ona bildireceğim." Sonra Mustafa'yı balkona çekip, adını ve telefon numarasını ona gizlice verdi.

İstifimi bozmamak için, annemi ve çocuklarımı öpmeden, elimdeki naylon poşeti onlara hafifçe sallayarak evden çıktım. Önde ben tek başıma, arkada on iki silâhlı adam, çok yakın olan Rizapaşa karakoluna yürüdük. Mühürdar'daki komşu apartmanlarda oturanlar, balkonlarına çıkmış, bizi seyrediyorlardı. Selimiye'ye götürülmeden önce, orada ötekileri bekleyeceğimiz bildirildi. Beni alan ekip, başkalarını da almak için yola çıktı.

Karakoldaki başkomiser, başını çevirip yüzüme bakmadan, bana ancak profilini göstererek, "sen ne iş yaparsın?" diye sordu. "Profesörüm" dediysem de, bana pek inanmadığı besbelliydi. Hakkı da vardı. Bizler kılık kıyafete göre değer biçeriz insanlara. Ben eski püskü siyah kadife pantolonum, yıpranmış siyah kazağımla bir bayan profesöre hiç benzemiyordum doğrusu.

Derken, gerçek bir profesör getirildi karakola. Sırtında şık mı şık bir prens dö gal karolu kostüm, aynı şıklıkta bir gömlek ve kravat, ayağında yeni boyanmış pırıl pırıl mokasenler. Yüzüme bakmadan, sadece bana profil gösteren başkomiser, "profesör dediğin işte böyle olur" dercesine ayağa fırladı, "buyrun hocam" diyerek, kendi koltuğunu verdi adama. Bay profesör ise kahkahalar atıyor, "solcu olan ben değil karımdır. Bir yanlışlık oldu. Soyadından ötürü, onu değil, beni aldılar" diyordu.

Sahiden solcu olmadığını hemen kanıtladı da. Çünkü Başkomiser, saygıyla "hocam, bu gençlere ne oldu? Neden böyle azdılar?" diye sorunca, Bay Profesör şöyle dedi: "Bunların hepsi Anadolu'dan gelen fakir fukara çocuklar. İstanbul'da ömürlerinde ilk kez para görüyorlar, lüks görüyorlar, karı kız görüyorlar. Azacaklar elbette."

Sayın bay profesör böyle ahkâm keserken, ben de öfkeden dişlerimi gıcırdatırken, birdenbire bir diş sorunu çıkıverdi ortaya: Saygıdeğer profesör, gece yarısı evinden götürülürken, telâşından, protezinin alt kısmını ağzına takmayı unutuvermiş. Şimdi bu durumda yemek yiyemezmiş. Hali ne olacakmış? Ne yapacakmış şimdi? Bay Profesörün prens de gal kostümü, şık gömleği, kravatı, pırıl pırıl mokasenleri, yani bütün fiyakası, iğnelenen bir balon gibi, gözümün önünde püf diye sönüverdi. Takma dişlerinin geri getirilmesini isteyecek kadar bile gücü kalmadı; sessizliğe gömüldü. Ben ise, o sırada henüz takma diş kullanmadığım halde, adama acıdım. Başkomisere, "hemen profesör beyin evine birini gönderin, dişleri getirsin" dedim. Başkomiser, "bilmem ki, gönderecek adam yok" diye bir şeyler geveleyince, öğretmen otoritesinden yararlandım. "Birini bulun; dişler hemen gelmeli" diye buyurdum. Profesör bey, yalvaran gözlerle bana bakıyor, "evet, lütfen" diye mırıldanıyordu. Ve bizim memlekette, polis bile kesin otorite gösterilerine karşı koyamadığından, biri takma dişleri almaya gitti.

Bu arada Rizapaşa karakoluna bazı adamlar getiriliyordu. Bunlardan biri, cezaevlerine ziyaretlerimden tanıdığım eski tüfeklerden tornacı Emin Ustaydı. Çok yaşlıydı ve ameliyattan yeni kalkmıştı. İki polisin yardımıyla ayakta zor durabiliyordu. Ama çoktandır unutulduğu için, şimdi önemsenip gözaltına alınmasına sevindiği besbelliydi. Beni görünce memnun oldu. "Bizler böyle durumlara alışığız, öyle değil mi, Mîna hanım kızım" dedi. Oysa ben, ilk kez böyle onore edildiğim için, bu durumlara hiç de alışık olmadığım halde, çok görmüş geçirmiş haller takınarak Emin Ustayı gülümseyerek onayladım.

Karakola getirilen öteki kişileri tanımıyordum. Herkes kaderine katlanmış uslu uslu otururken, aralarından bir emekli subay, öfkeden zangır zangır titriyor, ona komünist damgasını vuranlardan öcünü alacağına yeminler ediyordu. El çantamda bulduğum sakinleştirici bir hapı ona yutturmak istedim. Ama öfkesinin keyfini sürmeye kararlı görünen emekli subayın bir hap yutup sakinleşmeye hiç niyeti yoktu.

Ressam kılıklı ekip başımız bir listeye bakıp, hepimizin toplandığını söyledi sonunda. Kapıda bekleyen minibüse tıkılıp artık Selimiye'ye götürüleceğimizi sanıyorduk. Ama ekip başı gizli bir telefon konuşması yapması gerektiğini bildirerek, karakolun başka bir odasında bir süre beklememizi istedi. O odaya girince, şaşırıp kaldım: Duvara dayalı büyükçe bir kitaplıkta Rus klâsiklerinin, Tolstoy'un, Dostoyevski'nin, Çehov'un, Gogol'un, Turgeniev'in Türkçeye çevirileri vardı. Kitapların hepsi yepyeniydi. Herhalde yasak yayın diye bir kitapçıdan toplamışlardı bunları. Umutlu bir insan olduğum için, "bak, bu kitapları çuvallara tıkıp mahzenlere atmamışlar. Belki günün birinde polisler okur bunları" diye düşler kurdum.

Bir çeyrek saat kadar süren gizli telefon konuşmasından sonra, bizim ekip başı, beklediğimiz odaya geldi. "Şimdi zabıtlar tutulacak, sonra hepiniz evlerinize döneceksiniz" dedi. Herhalde aralarında tek kadın ben olduğum için, benden başlayacağını bildirdi. Ben Tornacı Emin Usta yeni ameliyat olduğundan ondan başlamasını istedim. Ama ekip başı delikanlının, sadece sanatçı bir yanı değil, şövalye bir yanı da vardı anlaşılan. İnce ince gülümseyerek "sizi valideniz hanımefendiye bir an önce iade etmek istiyorum" dedi.

İkimiz başkomiserin odasına geri döndük. Ekip başı, daktiloya oturan polise, evimde silâh, telsiz, kaçak kişi filân bulunmadığı konusunda bir zabıt dikte etti. Sonra, çok fiyakalı bir hareketle, sağ eliyle sarı saçlarını arkaya doğru iterek, "çok güzel Abidin Dino'larınız var, hocam" demez mi! Bunun üzerine Rizapaşa Karakolu, sanatseverlerle yazar çizer takımının sohbet ettiği bir entel bara dönüştü ansızın. Ben de gülümsedim: "Başka güzel resimler de var. Bir gün buyrun. Bir kahvemizi içersiniz, hem de onları görürsünüz. Annem de memnun olur" dedim. Bunu söyler söylemez de pişman oldum. Çünkü sahiden ressam olduğunu ve bir sergi açtığını daha sonraları gazetelerden öğrendiğim delikanlı, yazar çizer takımının sohbet havasından çıkıverdi. Karakolun öteki odasındaki Dostoyevski romanlarında kendini suçlayan başkişilerin ağır ruhsal bunalımlarla dolu havasına girdi. Yüzü karardı; nerdeyse ağlayacak bir hale girip şöyle dedi: "Çok naziksiniz, hocam. Ama ben o eve bir daha nasıl ayak basarım? Valideniz hanımefendinin yüzüne bir daha nasıl bakarım? Benim işim kumarhane basmaktır; affedersiniz randevuevi basmaktır. Ömrümde ilk kez böyle kültürlü saygıdeğer insanların evine görevle geldim. Oraya bir daha gitmekten utanırım."

Bunu söyledikten sonra, ekip başı benden tekrar tekrar özür diledi. Yanıma bir bekçi verip beni evime gönderdi. Baktım ki, oğlum balkonda oturmuş, kara kara düşünüyor. Kızım ise, hem anneme bir uyku hapı vermiş, hem de kendi bir tane yutmuş; ikisi de mışıl mışıl uyumakta. Oğluma olup bitenleri anlattıktan sonra, yazı masamın üstünde duran Seferis'in şiirlerini alıp yatağıma uzandım. Çünkü ancak şiir okunarak unutulur bu tür tatsızlıklar.

Daha sonraları öğrendim ki, Selimiye'de yer kalmadığı için, Kadıköy'de oturanlar, benim gibi, sabaha doğru serbest bırakılmış. Ama Balmumcu'ya götürülenler, beş gün gözaltında kalmış. Peynir ekmek yemek ve gece gündüz bir iskemle üstünde oturmak zorunda kaldıkları için de, bu beş gün içinde bir iki kilo vermişler. Hattâ eski bir öğrencim az kalsın ölecekmiş. Komünistler listesinde değilmiş, ama Balyoz Harekâtı gecesi genel bir arama da yaptıkları için, çok müzik meraklısı olan eski öğrencimin müzik setini telsiz sanıp, onu da gözaltına almışlar. Ağır şeker hastası olduğunu, sabah akşam ensülin almazsa şeker komasına girebileceğini boşuna anlatmaya çalışmış. Ancak şeker komasına sahiden girince, öteki tutukluların bağırıp çağırmaları üzerine ambulansla hastahaneye kaldırılıp ölümden kurtulmuş.

Gerçi kendim hiç hapse girmedim ama, her zaman bir arkadaşım hapis yattığından, yıllarca, haftanın belirli bir günü çeşitli cezaevlerine gittim. Hattâ daha önce de anlattığım gibi, oğlum Mustafa'nın doğumu Üsküdar Paşakapı Cezaevinde başladı. İlk ziyaretlerimin nedeni, tâ 1946'da Dr. Şefik Hüsnü'nün Türkiye Sosyalist Emekçi ve Köylü Partisi'nin kapatılması ve üyelerinin tutuklanmasıydı. Çocukluk arkadaşım Halet Çambel arkeolojik kazılardan ötürü çoğu zaman Anadolu'da olduğu için, eşi Nail Çakırhan'ı görmek üzere, her hafta Sultanahmet'deki Cezaevine gidiyordum. Öteki arkadaşları da görebiliyordum bu arada. Ziyaretlerimden birinde, siyasal mahkûmlara hiç mi hiç benzemeyen birkaç kişi gözüme ilişti. "Kuzum, bunlar da kim?" diye sordum Adnan Cemgil'e. Adnan, "ha, onlar mı? Onlar dekoratörler" dedi. "Dekoratörler" dediği, hiç solcu olmadıkları halde, umumi helâlaların kapılarına, şuradaki buradaki duvarlara filân kırmızı boyayla orak çekiç çizen manyaklarmış meğer.

Bir defasında Sultanahmet'de alelusul çantama baktıklarında, cezaevine sokulması en yasak şeylerden birini, koskocaman bir bıçağı buldular çantamda. Bunu gören polis, hayretler içinde, "küçük hanım, bu da ne?" diye sorunca, evdekilerin bana bir ekmek bıçağı ısmarladıklarını açıkladım. O sıralarda siyasal mahkûmlara kin beslenmediği, hattâ "bunlar okumuş insanlardır" diye bir çeşit saygı duyulduğu ve onların öteki mahkûmları bıçaklamaya kalkmayacakları bilindiği için, polis "ben bunu hiç görmemiş olayım" diyerek bıçağı çantama geri koymuştu. Oysa çantamda gördükleri aspirinlere bile el koymuşlardı daha sonraları.

Bir yılbaşı akşamı, "Sultanahmet'de yatan şu arkadaşlara bir kıyak yapayım" diye düşündüm. Büyük bir şişeye votka doldurdum. Açık kahve rengi olsun diye de bir miktar vermut ekledim. Kokusu olmadığından, votkayı rakıya tercih etmiştim. Bir ilaç şişesinden çıkardığım, üstünde, "Doktor bilmem kim, boğaz gargarası, haricen kullanılır" filân yazılı kırmızı etiketi votka şişesine yapıştırdım. Tıpanın üstüne de incecik bir sicimle bağlanmış tırtıllı küçük bir kâğıt sardım. O sıralarda boğaz gargaralarını eczacılar hazırladığı ve böyle şişelerde hastalara verdikleri için, kapıda çantama bakanlar hiç kuşkulanmadı. Arkadaşların, yılbaşı gecesini, az da olsa, içki içerek kutlamaları beni çok mutlu etti.

Daha sonraları, siyasal mahkûmların görüşmecilerinin yakın akraba olduklarını kanıtlayan bir belge istenmeye başlandı. Harbiye'de yatan Ulvi Uraz ile eşi Selçuk'un aileleri Ankara'daydı. Onları haftada bir görmeye gidecek hiç kimseler yoktu. Bunun üzerine, odasına gidip cezaevi müdürüyle konuştum: "Size yalan söyleyecek değilim" dedim. "Ben Uraz'ların akrabası değilim. Ama bir cezaevi müdürü olarak, onları haftada bir arayan, onlara ilgi gösteren, sigaralarını ve istedikleri şeyleri getiren birinin, moralleri açısından ne kadar gerekli sayılacağını anlarsınız. N'olur bana yardım edin, görüşmecileri olayım" diye yalvardım.

Cezaevi müdürü albayın duyarlı bir kişiye pek benzemediğini sanmıştım. Ama yanılmışım. "Buraya düşenleri anası babası bile aramaz bazen. Siz vefalı bir dostmuşsunuz. Aferin doğrusu" diyerek fena halde duygulandı ve Uraz'ları görebilmem için ne yapmam gerektiği konusunda bana yol gösterdi: Ulvi'nin anne bir kardeşi olduğum konusunda, muhtardan bir belge almalıymışım. O sahte belgeyi alabildim ve bu sayede, iki yıl boyunca, Uraz'ları her hafta görebildim.

Ağustos 1992'de, Halet ve Nail ile, yıkılmak üzere olan Sultanahmet cezaevine gittik bir akşam. Şimdi adını unuttuğum, ama olumlu işler yaptığı besbelli bir dernek, cezaevinin avlusunda bir çeşit kültür merkezi açmıştı. Çaylar kahveler içiliyor, sohbetler ediliyor, geceleri konserler veriliyor ya da filmler seyrediliyordu orada. Bizim gittiğimiz akşam, ilkin moloz yığınlarının üstünden atlayarak, Nail Çakırhan'ın uzun süre yattığı küçük odayı gördük. Sonra, ayrıca ilginç bir program düzenlendi. Orada hapis yatanlar (bu arada Nail, Zihni Anadol ve ressam Balaban) hapishane anılarını anlatan birer konuşma yaptılar.

Onlardan başka daha kimler yatmamıştı ki orada: Nâzım Hikmet, Aziz Nesin, Rıfat Ilgaz, Kemal Tahir, Mehmet-Ali Aybar, Orhan Kemal, Sabahattin Ali, Şefik Hüsnü, Esat Adil, vb.

Yani memleketin en seçkin edebiyatçıları ve aydınları. Hapishanenin pencerelerinden sarkan ve rüzgârda dalgalanan uzun kırmızı flamaların üstüne bunlardan bazılarının adı yazılıydı.

Dört yıl sonra, 1996'da, Sultanahmet Cezaevinin yerine "Four Seasons" adlı, 65 odalı, 5 yıldızlı, bizim uydurma deyişle "turistik" bir otel açıldığını duyunca, içim cız etti. Benim düşlediğim güzel hükümet günün birinde iktidara geçseydi, Türkiye'nin en ünlü yazarlarının ve şairlerinin orada yattığını göz önünde tutarak, Sultanahmet'i lüks bir otel değil, biraz restore edip, bir müze yapardı. Nitekim İrlanda elçimiz çocukluk arkadaşım Celâl Akbay'ı Dublin'de görmeye gittiğimde, müzeye dönüştürülen kocaman bir cezaevine götürmüştü beni. O cezaevi-müzeyi gezince, Eire'nin, yani İrlanda Cumhuriyetinin, Büyük Britanya İmparatorluğuna karşı verdiği savaşımın bütün aşamalarını ayrıntılarıyla öğrenebiliyordunuz. Her hücrenin kapısındaki plakada, orada yatan bağımsızlık savaşçısının adı yazılıydı. İrlanda Cumhuriyetini kuran kahramanların hiçbir zaman unutulmamaları sağlanmıştı böylece. Bizler de beş yıldızlı turistik oteli başka yere dikerek artık ölen ünlü yazarlarımızın ve fikir adamlarımızın anısına bir müze yapamaz mıydık Sultanahmet Cezaevini?

Fırsat buldukça, hapis yatan arkadaşlarla dayanışma olsun diye, siyasal dâvâları da izlerdim.

1985'de, Barış Derneği'nin dâvâsında, unutamadığım iki durum oldu. Biri Mahmut Dikerdem'in sorguya çekilmesiydi: Dikerdem, kanserden yeni ameliyat edildiği ve bildiğim kadarıyla mahkemeye bir ambulansla getirildiği için, askerî yargıç, oturarak ifade verebileceğini söyledi. Ama sanık buna yanaşmadı. Dimdik ayakta durarak, hiçbir ödün vermeyen, uzun ve son derece etkileyici bir savunma yaptı. İkinci anım Reha İsvan'la ilgili. Üstünde çok sade bir siyah eteklikle bir beyaz ceket olduğu halde, olağanüstü şık izlenimi veren Reha Hanım, bir tutuklu gibi değil, bir kraliçe gibi girdi o mahkemeye. Gereksiz bir azamet taslamıyordu. Ama iki yanındaki iki jandarmaya karşın, çevresine tamamiyle egemen ve kendine güven dolu olduğu besbelliydi. Bir kadın olarak gururlandım onunla.

Çünkü Reha Hanım, çok zor koşullar altında aylarca hapishanelerde yatmanın, abuk sabuk suçlamalarla askerî mahkemelerde yargılanmanın ve her çeşit eziyetin, kişilikli bir kadını hiç mi hiç sindiremeyeceğinin çarpıcı bir kanıtıydı benim gözümde.

Mart 1990'da, Nihat Sargın'la Haydar Kutlu'nun dâvâsını izlemek üzere tâ Ankara'ya gittik. Haydar Kutlu'yu tanımam. Nihat Sargın ise, yıllardır yakın arkadaşımdır. Ama Nihat'ı hiç tanımasaydım da, onlara yapılan akıllara sığmaz haksızlığı, kıyıdan köşeden de olsa protesto etmek için, gene de giderdim o dâvâya. Gece yarısı iki üç otobüse doluştuk. Sabahleyin erkenden Ankara dolaylarına varınca, bizi durdurdular. Bir de baktık ki, kıyametler kopuyor: Barikatlar kurulmuş, polisler ellerindeki telsizle konuşarak koşuşuyor, Çevik Kuvvet, askerler, güvenlik kuvvetlerinin minibüsleri filân. Yani önlemin her çeşidi alınmış. Başkenti dağdan inen gerillalar basmak üzere sanki. Otobüslerle Ankara'ya gidemeyeceğimizi bildirdiler. Biz de, kimliklerimiz kontrol edildikten sonra taksilere binip, Devlet Güvenlik Mahkemesi'ne gittik. Kimlikler bir kez daha kontrol edildikten sonra, elimizden alındı. Çantamda gördükleri Fransızca kitabın neye dair olduğunu sorduklarında, tepem attı. Çantamda ancak bomba, tabanca, bıçak filân bulsalardı hesap sormaya hakları olacağını; "bu kitap neye dair?" türünden saçma sorulara yanıt vermeyeceğimi bildirdim. Polis direndi, ben de direndim. İyi ki, bir subay benden yana çıktı da mahkeme salonuna girebildim. Yıllardır görmediğim Nihat Sargın'ın saçı bıyığı biraz ağardığı halde, çektiği işkencelere karşın, her zamanki kadar sağlam olması içimi açtı.

Görüldüğü gibi, siyasal "faaliyetim" hapis yatan arkadaşları haftada bir yoklamak ya da dâvâları izlemek türünden, hiç de faaliyet sayılmayacak tamamiyle zararsız işlerdi. Ama 12 Mart 1971'den sonra bana gene de pasaport verilmedi. Avrupa'da çeşitli kongrelere, konferanslara çağrıldığım halde, gidemiyordum. Derken 1974'de daha az kötü denilebilecek bir hükümet iş başına geçti.(Kırk yıldır, "çok kötü" hükümetlerle "biraz daha az kötü" hükümetler arasında bocalayıp duruyoruz. Bu durum, Cecil Day Lewis'in dört dizesini anımsatıyor bana. Cecil Day Lewis, 1930'lu yılların solcu İngiliz şairlerinden biri ve sinema oyuncusu Daniel Day Lewis'in babasıdır. Gerçi oğlu kadar ünlü değildir ama, çok iyi bir şairdir ve bizlerin acıklı durumumuzu tam anlamıyla dile getiren bir dörtlük yazmıştır:

It is the logic of our times,
No subject for immortal verse,
that we who live by honest dreams
defend the bad against the worse.

Ölümsüz şiirlerin konusu değil,
Çağımızın mantığıdır bu:
Dürüst düşler sayesinde yaşayan bizler,
Kötüleri savunuruz daha beter olanlara karşı.

Neyse, 1974'de kötü, ama bir öncekinden birazcık daha az kötü bir hükümet iktidara gelince, Ankara'ya gidip, pasaport istemeye karar verdim. Artık yitirdiğimiz sevgili arkadaşım Bahri Savcı'nın evinde kaldım iki gün. Eşi Sudiye, talep üzerine, her bakanın profesörlere randevu verdiğini söyledi. Hiç haberim yoktu bundan. İçişleri Bakanından bir randevu istedim ve hemen ertesi gün beni kabul etti. Durumumu anlatıp, pasaport istediğimi bildirdim. Bunun üzerine Sayın Bakanın söylediğini duyunca, öyle şaştım ki, bir süre dilim tutuldu nerdeyse. Sayın Bakan şöyle dedi: "Hanımefendi, önüme bir yemek tabağı sürdünüz. Bu yemeğin zehirli olup olmadığını (yani sizin komünist olup olmadığınızı) ben nasıl anlayacağım." Ben de, "Beyefendi, lütfen biraz mantıklı olun" dedim. "Otuz yıldır İstanbul Üniversitesi'nde ders verecek kadar zehirsiz sayılan ben, şimdi birkaç aylık pasaport alacak kadar zehirli sayılmam biraz saçma değil mi?" diye sordum. Sayın Bakan, "zehirli olup olmadığınıza ben karar veremem" dedi. Ben "beyefendi, siz

İçişleri Bakanısınız. Siz karar vermeyeceksiniz de kim karar verecek?" deyince de, "ancak Birinci Şube karar verebilir" dedi.

Yanımda bir yâver, Birinci Şubeye götürüldüm. Küçük bir odada karşısına oturduğum siyasal şube memurunu görünce, garip bir korkuya kapıldım: Adamın yüzü, gün ışığına hiç çıkmamış, hep karanlıklarda kalmış gibi, irin rengiydi. Gözleri, dibinde çamur birikmiş bulanık bir yeşil suya benziyordu. Ömrümde gördüğüm en sağlıksız yüzdü onunkisi. Sadece sağlıksız değil, çok acı çekmiş, şu anda da çok acı çeken, kansız cansız bir hortlağın yüzüydü bu.

Kekeleyerek durumu ona da anlattım. Bir zile bastı. "Mîna Urgan'ın dosyasını getirin" dedi. Getirilen dosya pek kalın değildi. Ama sandığımdan biraz daha kalındı gene de. Adam, dosyanın sayfalarını çevirirken, toparlanmıştım. "Efendim, hiç zahmet etmeyin. Orada neler yazıldığını ben size söyleyeyim" dedim: "Öteden beri solcudur. Türkiye İşçi Partisi üyesidir. Solcu derneklere girer. Solcularla dostluk eder, yürüyüşlere ve panellere katılır. İşte bunlar yazılıdır orada." Adam, dosyanın son sayfasına kadar baktıktan sonra "tamam" dedi. Ben de bana pasaport verilmeyeceğini sanıp ayağa kalktım. "Pasaportumu veremeyeceğinizi bildiren bir belge istiyorum sizden" dedim kafa tutarcasına. Adam, "yoo, pasaportunuzu vereceğiz" deyince, sevineceğime, siyasal açıdan ne denli zararsız, ne denli entipüften bir kişi olduğumu bir kez daha anlayıp, fena halde bozuldum.

Adam, kaç aylık pasaport istediğimi sorunca, "bir aylık yeter" dedim. Karşımdaki, kuşkulu gözlerle bana bakıp neden bir aylık pasaportla yetindiğimi sorunca, açıkladım: Kendim verdiğim dersin sınavını kendim yapmak isterim. Çünkü meslektaşlarımın yanlış değerlendirmeler yapacağından, öğrencilerime haksızlık edileceğinden korkarım" dedim.

İşte, bu sözüm üzerine bir mucize oldu. Adamın teni, sanki biraz güneş görmüş gibi hafif aydınlandı; gözlerinin yeşili daha az bulanık, daha az kirli göründü. Dosyayı aramızdaki masaya koyup, bana doğru eğildi ve "hocam" sözcüğünü ilk kez kullanarak, acı dolu bir sesle, "hocam, dinleyin, size bir şey anlatacağım" dedi. Anlattığı şuydu: İlkokulun üçüncü sınıfında dokuz yaşında bir çocukken, öğretmen hanım, çantasında bir makas bulmuş. Makası elişleri dersi için kullanıyormuş. Ama öğretmen hanım, makası havaya kaldırıp, öteki öğrencilere göstermiş. "Bu çocuk, size kötülük yapmak, sizi yaralamak için bu makası yanında taşıyor" demiş. Adam, sesindeki acı büsbütün yoğunlaşarak, "o öğretmeni sonraları hep aramak istedim. Arkadaşlarının önünde dokuz yaşında bir çocuğu neden böyle suçladığını sormak istedim" dedi. Ben de içtenlikle konuşarak, "çok kötü bir kadınmış o öğretmen. Haksız yere suçlandığınız için, bir canavar olabilirdiniz" dedim. Bunu der demez de bin pişman oldum. Çünkü adamcağız gerçekten canavar olmuştu da. Başını çevirdi; pencereye doğru dalgın dalgın bakarak, "evet, olabilirdim" diye beni onayladı.

Ne var ki, bana karşı tutumu tamamiyle değişmişti bu arada. Onun gözünde bir komünist değil, öğrencilerine haksızlık edilmesine katlanamayan iyi yürekli öğretmendim artık. Yani çocukluğunun kötü yürekli öğretmeninin tam karşıtıydım. Benimle biraz daha konuşmak istiyordu. Çaylar ikram etti. Şubemize her yıl kaç öğrenci aldığımızı, kaçının erkek, kaçının kız olduğunu, başarı oranlarını filân sormaya başladı. Yüzünün rengi gittikçe irini daha az andırıyor; gözünün yeşili gittikçe daha saydamlaşıyordu. İşlerimden ötürü gitmem gerektiğini söylediğimde, üzülür gibi oldu. İçeri girdiğim zaman elimi sıkmamıştı. Ama ben giderken, tanıştığımıza memnun olduğunu söyleyerek, beni kapıya kadar götürdü, elimi de sıktı. Boynuma sarılıp, "iyi yürekli öğretmeni" bağrına basacaktı nerdeyse.

1 Mayıs kutlamaları her zaman bir sorun olmuştur memleketimizde. Solcuların yılda bir, pankartlar taşıyarak, sloganlar atarak sokaklarda yürümeleri, hiç kimselere zarar vermeyeceğine; bir "büyüğümüzün" dediği gibi yollar da üstünde yürünerek aşınmayacağına göre, 1 Mayıs zorla bir sorun haline getirilmiştir daha doğrusu. Eskiden, yani 27 Mayıs 1960'tan önce,

bunu bir sorun olmaktan çıkarmanın kesin çaresi bulunmuştu: 1 Mayıstan birkaç gün önce, o sıralarda sayısı zaten sınırlı olan komünistlerin nerdeyse hepsi tutuklanır, bir hafta kadar Sansaryan Han'a kapatıldıktan sonra, serbest bırakılırdı.

1977 yılının kanlı 1 Mayısında Bodrum'daydım. Yaz ayları orada oturamadığım için, ilkbahar ve sonbaharda hep Bodrum'dayımdır. Gerçi geceleyin bir otobüse atlayıp 1 Mayısı kutlamak için, mutlaka giderdim İstanbul'a. Ama bu kez, bir sağlık sorunumdan ötürü gidememiştim. Akşam geç vakit 34 kişinin öldüğü, sayısız kişinin yaralandığı haberini alınca, aklım başımdan gitti. Oğlumun, kızımın, eşimin dostumun yürüyüşe katıldıklarını biliyordum. Sabaha kadar İstanbul'daki evime, tanıdıklarıma telefon ettim. Ev cevap vermiyordu; tanıdıklarımın bana verebilecekleri bir haber yoktu. Yolların kesildiğini, köprülerin kalktığını, vapurların işlemediğini, bu yüzden haber alamadığımı ancak ertesi sabah öğrendim. Bütün sevdiklerimin öldüğünü sandım o gece. Özel TV'ler yoktu henüz. TRT'de gördüklerim korkunçtu. Uzun saçları yerlerde sürünen gencecik güzel kızların kanlı ölüleri, kucakta oradan oraya taşınıyordu. Delikanlılar, peşlerinde bir kan izi bırakarak, ayaklarından tutulup bir yerlere çekiliyordu. TRT gecenin ancak belirli bir saatine kadar işlediği için, elimde bir küçük transistor, yabancı istasyonlardan bir haber alabilirim umuduyla sabaha kadar deniz kıyısında yürüdüm durdum.

Sabahleyin, herkesin iyi olduğunu bildiren bir telgraf geldi kızımdan. O telgrafı alınca rahatlamam bir rezaletti. Çünkü benimkiler yaşıyordu ama, çoğu genç 34 kişi ölmüştü. Ben ise, sevdiklerimin başına kötü bir şey gelmediği için seviniyordum. Bir yandan sevinmeye devam ederken, bir yandan da kendi bencilliğimden ötürü utancımdan yerin dibine girdiğim anlardan biriydi bu.

1978 1 Mayısı, hem kansız, hem de çok şanlı oldu. TÜMÖD'ün, yani Tüm Öğretim Üyeleri Derneği'nin profesörleri, doçentleri ve asistanları, toplanacağımız yer olan Beşiktaş'ta buluştuk. Olağanüstü sıcak olan hava, Mayısın ilk gününden çok, bir Ağustos gününü andırdığı halde, sokaklar bomboştu.

Dükkânların kepenkleri indirilmiş, apartmanların pencereleriyle balkonları sıkı sıkı kapatılmıştı. Ancak bir tek balkondan birkaç kadın bizleri alkışladı. Buna sevindik nerdeyse. Meğer geriler, "komünistler etrafı yıkıp yakacak, evleri dükkânları yağma edecek, önüne gelene saldıracak, yaralayacak, öldürecek" diye haberler yayınlamışlar gazetelerinde.

Bizler de, evlerine saklanan İstanbul burjuvaları kadar tedirgindik aslında. O gün başımıza neler gelebileceğini bilemiyorduk. Bir yıl önce olduğu gibi, panzerler üstümüze saldıracaktı belki. Yaralanacak, ezilecek, ölecektik belki. Arkadaşlarla konuşunca, herkesin, evindekilere küçük notlar bıraktığını öğrendim. "Şuna şu kadar borcum var, onu verin... Yazı masamın çekmecesindeki elektrik ve telefon pusulalarını ödemeyi unutmayın... Çocuğun okul taksiti şu tarihte verilecek" türünden hiç de dramatik görünmeyen, ama evlerine bir daha belki geri dönemeyecek insanların kaygılarını açığa vuran küçük notlardı bunlar. Evden çıkarken, ben de pratik işlerle ilgili böyle bir kâğıt parçası bırakmıştım.

Dokuzda Barbaros'un heykeli dolaylarında toplanmaya başladık. Ama öyle kalabalıktık ki, ancak öğleyin saat birde Taksim'e doğru yürüyüşe geçtik. Kızım Zeynep'in de çalıştığı Dostlar Tiyatrosu'na bağlı Mehmet Akan'ın yönettiği Hasat folklor grubu, oynaya oynaya ilerliyordu. Önümüzde yürüyen TRT'ciler, bizler kadar kalabalık olmadıkları halde, müthiş gürültü çıkarıyorlardı. Bunun nedenini sorduğumda, seslendirme tekniğinin araçlarından yararlandıklarını söylediler gülerek. Başta Aziz Nesin ve Yaşar Kemal, Yazarlar Sendikası'ndan herkes oradaydı.

Upuzun TÜMÖD pankartının bir ucunu en yaşlı üye olan ben, öteki ucunu da aramızdaki en genç asistan tutuyordu. Ayazpaşa yokuşunu çıkarken yorulmamam için pankartın sopasını elimden almak istediler. Ama "olmaz, hep ben taşıyacağım" diyerek sopaya yapıştım. Taksim meydanına gelip Marmara Oteli değil de "The Marmara Hotel" denilmesine hâlâ alışamadığım (o "the" kadar gülünç bir züppelik olamaz) otelin önüne gelince, bizi durdurdular. Üniversite öğretim üyelerinin geldiği anons edildi ve felçli yatan, ertesi gün Londra'ya götürülecek olan sevgili Server Tanilli'nin bir mesajı okundu. Sonra, alkışlar arasında meydana girdik. Otelin teraçasında TİP'in, DİSK'in ve sendikaların yöneticileriyle oturan arkadaşım Behice Boran, bizleri görünce ayağa kalktı. Kendisinin de bir öğretim üyesi olduğunu belki anımsayarak, yaşlılığında bile bir genç kız sesi gibi çın çın öten berrak sesiyle "hoş geldiniz!" diye bağırdı yükseklerden. Yaşamımın en şanlı anlarından biriydi Taksim meydanına bu girişimiz.

Yürüyüşe katılan bütün gruplar meydanda toplanınca, 1 Mayıs kutlama töreni ve söylevler başladı. Bu arada sıcak büsbütün artmıştı. Susuzluktan kavruluyordum. Dolaydaki apartmanlardan su istemeye gittim. Zili çalıyordum, kapıdaki gözetleme deliğinde bir gölge görünce, "kalbimden rahatsızım. Bir hap alabilmem için, bana lütfen bir bardak su verin" diyordum. Kapılarında bir bardak su için yalvaranın yaşlı bir kadın olduğunu pekâlâ görüyorlardı; ama öyle bir korkuya kapılmışlardı ki, kapıyı açamıyorlardı. Sonunda öğrencilerimden biri, bir şişe suyla imdadıma yetişti.

Sıcağa ve susuzluğa karşın, 1978'in 1 Mayısı çok mutlu bir gün oldu. Ne var ki, polisler, askerler, panzerler, tanklar müdahele etmedikçe, 1 Mayısların huzur içinde kutlanabileceği açıkça kanıtlandığı halde, bir yıl sonraki 1 Mayıs yasaklandı gene de. Üstelik sokağa çıkma yasağı ilân edildi. Başlarında Behice Boran, Türkiye İşçi Partisi'nden bir grup sokağa çıkınca, coplanarak tutuklandı. Partili arkadaşlar otuz günden fazla Davutpaşa'da kaldılar. Ancak mahkemeye çıkınca tahliye edildiler.

Buna siyasal bir eylem denilir mi bilemem ama, Ağustos 1989'da 48 saatlik bir açlık grevi yaptık. Bu açlık grevinin amacı Eskişehir Cezaevinde, başlayıp öteki cezaevlerine yayılan, ilkin iki kişinin, sonra başkalarının ölümüne neden olan ve birçok genci bedenen ya da zihnen sakat bırakan açlık grevlerini simgesel olarak paylaşmak, haksızlığa uğrayanlarla dayanışma içinde olduğumuzu göstermekti.

Onlar gencecikti; bizim açlık grevinde ise, beş ihtiyar vardı: Mehmet-Ali Aybar, Aziz Nesin, Rasih Nuri İleri, Emil Galip Sandalcı ve ben. Başkaları da katılmak istemişti; ama 65 yaşından küçük olduklarından, yaşları tutmamıştı. En yaşlımız Mehmet-Ali, en gencimiz de o sırada 67 yaşında olan İnsan Hakları Derneğinin İstanbul Şubesi başkanı Emil Galip Sandalcı'ydı. Bu beş kişi arasında yalnız onu yakından tanımazdım. Tanıyınca da hayran oldum. Çünkü nefes almasını engelleyen çok ağır bir anfizemden hasta olduğu halde, böyle bir işe girişmişti. Zaten aramızda ilk o öldü, sonra da Aziz ile Mehmet-Ali. Bu beş kişiden ancak Rasih ile ben sağ kaldık şimdilik.

15 Ağustos 1989'da simgesel açlık grevimize başlarken, ilk basın toplantısında şöyle bir açıklama yaptık:

"Şu anda açlık grevinin 47. gününü yaşayan ve ölmek üzere olan insanlar var. Ülkemizde yeterli tepkiler oluşmadı. Bizler, Türkiye'nin aydınları olarak bu tepkisizlik karşısında bizzat açlık grevine girmekten başka çare bulamadık. Hangi siyasi fikrin savunucusu olursa olsun, insanlarımızın göz göre göre ölüme terk edilmesine karşı duyduğumuz tepki ve acıyla 48 saat aç kalacağız. Belki de küçük çabamız etki yaratır, kamuoyunu daha duyarlı hale getirir. Açlık grevimiz sonuç vermezse, tekrar açlık grevine başlamaya, yurdumuz aydınlarının daha büyük katılımlarıyla açlık grevini yaygınlaştırmaya azimliyiz."

Açlık grevimizin dekoru da, Pera Palas Otelinin art-nouveau stilinde görkemli salonlarıydı. Genç bir gazeteci, Aziz Nesin'i aklınca güç durumda bırakmak niyetiyle, "neden Pera Palas Oteli de Taksim Meydanı değil?" diye sordu. "Çünkü" dedi Aziz, "dışarda ısı 33 derece. Bu beş ihtiyarın beşi de birkaç saat içinde sıcaktan geberiverirdi. Sizleri de, bu soruyu sormanıza vakit bırakmadan, coplayarak oradan uzaklaştırırlardı."

Ağustosun kızgın güneşi altında hemen gebermesek bile,

polisin bizi zorla Taksim meydanından atacağı besbelliydi. Oysa Pera Palas'ın görkemli lüksü içinde, otelde kalan yabancıların meraklı bakışları altında; beş ihtiyarı itip kakmak pek o kadar kolay değildi.

İştahımla, daha doğrusunu söylemek gerekirse, oburluğumla ünlü olduğumdan, yakın dostlarım, iki gün aç kalmaya dayanamayacağımı söyleyerek, beni alaya aldılar ilkin. Ne var ki, dayandım, hem de fazla sıkıntı çekmeden dayandım. Dindar annem, Ramazanda oruç tutarken karnının acıkmadığını söylerdi. Onda iman olduğu için karnı acıkmazdı. Bende de, bambaşka türden bir çeşit iman vardı anlaşılan. O gencecik ölüler beni mahvediyordu; üstüme üstüme yıkılıyordu sanki. Torunum yaşında çocukların ölüme terkedilmesi bana öyle bir acı veriyordu ki, midemi düşünecek durumda değildim. Otelin garsonları boyuna önümden geçiyor, tepsilerle yiyecek taşıyorlardı müşterilere. Sandviçlerden sarkan jambonlara hiç ilgi duymadan serinkanlı gözlerle bakıyordum. Oysa jambonu öyle severim ki, normal halimde, ağır bir yemekten sonra bile imrenirdim o jambonlu küçük sandviçlere. Aziz Nesin, beni işletmek için, "odadaki buzdolabını sakın açma, fena olursun; içi Fransız peynirleriyle şarküteri dolu" dedi. Öyle bir şey yoktu elbette; ama olsa da beni ilgilendirmezdi.

Simgesel açlık grevinin ilk günü bir mide kazıntısı ve kötü bir baş ağrısı hissettim. İkinci gün mide kazınması azaldı, baş ağrısı arttı. 48 saatin sonunda ise, baş ağrısı devam etti, mide kazıntısı yok oldu. "Benim karnım acıkmıyor artık. İsterseniz bu işe bir hafta daha devam edelim" diye bir öneride bulundum. Ama çevremizdeki sürekli dolanan, ikide birde tansiyonumuzu ölçen, kalbimizi dinleyen Dr. Gencay Gürsoy ile Dr. Erdal Atabek, şiddetle karşı çıktılar bu önerime. Çünkü asıl tehlike üçüncü günde, açlık hissi yok olunca, bünye kendi proteinlerini yemeye başlayınca başgösterirmiş. Ben dahil, aramızdan dördünün daha önce enfarktüs geçirmesine karşın, bol bol su içersek, iki günlük açlığın hiçbir zararı olmazmış sağlığımıza. Doktorlar elimize boyuna su dolu bardaklar tutuşturuyorlardı. Hapishanedeki çocuklar şekersiz su içtikleri için, doktorların isteğine karşı çıkarak, biz de onlar gibi şeker katmak istemiyorduk suyumuza.

İki günde altı basın toplantısı yaptık. Pera Palas'ın yemek salonundaki büyük ziyafet sofrasının çevresine oturup, Türk ve yabancı gazetecilerin sorularını yanıtlıyor; hapishanelerdeki korkunç durumu, hükümetin vurdumduymazlığını açıklıyorduk. Bu arada, bir ayrıntı çok hoşuma gitti: Her gazetecinin önünde, çay kahve ve küçük pastalarla dolu bir tabak vardı. Ama hiçbiri elini uzatıp bunlardan bir tane bile almadı. Önümüzde hiç kimse ağzına bir şey koymamaya özen gösteriyordu zaten.

Özel televizyonlar yoktu o sıralarda. TRT ise bu açlık grevimize hiç ilgi göstermedi, hiçbir muhabir göndermedi otele. Ama yabancı televizyonlar; örneğin Fransız, Alman, İsveç, Norveç TV'leri, kameralarıyla geliyor bizi sorgu yağmuruna tutuyorlardı. Hem İngilizce hem Fransızca bildiğimden, sözcülük ediyordum. Açlığın verdiği hafif esriklik içinde, gencecik insanların ölmelerine, sakat kalmalarına göz yuman yetkilileri kasıp kavuruyor, fırsat bu fırsat, ağzıma geleni söylüyordum.

O sırada kimin Pera Palas'ın müdürü olduğunu bilemem. Ama o adamın hoşgörüsüne şaştım doğrusu. Çünkü otelin üç büyük salonu bizi görmeye gelenlerle dolup taşıyor, otelin müşterilerine oturacak yer kalmıyordu. İstanbul'un yazarları, tiyatro ve sinema sanatçıları, ressamları, gazetecileri, bütün aydınları, bizi görmek için akın ediyordu oraya. Bir kısmının adını yanımdaki küçük deftere not etmişim. Kişisel dostlarım dışında, seksene yakın tanınmış kadınla erkeğin adı var. Bazı ilerici partilerden ve sendikalardan heyetler ve memleketin dört bir yanından telgraflar da geliyordu.

Bu ziyaretçilerden biri beni perişan etti: Hapishanedeki açlık grevine katılanlardan birinin annesiydi bu. Kendi oğlu 48 gündür açken, biz 48 saat aç kaldığımız için bizi kutluyor, bize ne kadar minnettar olduğunu söylüyor, benim elimi öpmeye kalkıyordu. Kendimi tam bir sahtekâr hissetmemi engellemeye çalışarak, göz yaşlarımı zor tutarak, o zavallı anneyi bağrıma bastım.

Gelenlerden çoğu çiçek sepetleri, buketler getiriyordu. Basın toplantıları başlar başlamaz, önümüzdeki masanın üstüne çiçekler yığılıyordu. Ömrümde görmemiştim bu kadar çok çiçeği bir arada. Otelin bütün vazoları dolduğundan, kimi zaman o çiçekleri, olup bitenleri şaşkın gözlerle seyreden Pera Palas'ın kadın müşterilerine veriyordum.

O güne değin hiç görmediğim küçük bir gösteri de seyrettik bu arada: Geceleyin konuklarla birlikte Pera Palas'ın karanlık teraçasında otururken, genç foto muhabirleri çevremizi sardılar. Fotoğraf makinalarının flaşlarını tempolu patlatarak, tempolu alkış tuttular bize.

Zaten bu simgesel açlık grevimiz hiç mi hiç sıkıntılı değildi. Tam tersine, bir şenlikti doğrusunu söylemek gerekirse. İstanbul'un aydın takımının katıldığı iki gün iki gece süren bir kokteyle benziyordu. Ancak, bu kokteylde ne bir damla içki içiliyor, ne bir lokma yemek yeniliyordu.

İki günün sonunda son bir basın toplantısı yapmak istedikleri için, açlığımız 48 saat değil, 52 saat sürdü. Gene o büyük ziyafet sofrasına oturduk. Ama bu kez, yalnız gazetecilerin önünde değil, bizim önümüzde de çay ve bir tabak dolusu petibör bisküvisi vardı. Çayı haz duyarak içtim. Ama bisküvilere dokunamıyordum. Herkes gözünü bana dikmiş, "haydi, yiyin, yiyin" diyordu. Bense, hiçbir şey yemek istemiyordum. O bisküvilerin bir tanesini ağzıma alsam, midem bulandığı için, herkesin önünde kusacağımı, rezil olacağımı sanıyordum. "Sonra yerim" diyerek petibörlerin birkaçını çantama attım. Kadıköy vapurunda kızım çay ısmarladı ve "kusarsan kus" diye beni azarlayarak, Dr. Erdal Atabek'in nezareti altında, bana zorla iki bisküvi yedirdi. Evde en çok sevdiğim yemekler hazırlanmıştı. Ama ben, ancak süt içebildim o gece. Ertesi gün, ünlü iştahım yerine geldi elbette.

Bu şenlikli açlık grevimiz bir işe yarayacak mı acaba diye merak ediyorduk. Memleketin içinde ve dışında, hapishanelerdeki açlık grevlerine kamuoyunun dikkatini çekmek açısından işe yaradığını söylediler. Bizim istediğimiz de buydu zaten.

Son Söz

Yazdığım her şeyi el yazısıyla yazarım. Sonra, düzelterek, gene el yazısıyla temize çekerim. Daktiloya geçirmek ise, işin üçüncü ve son aşamasıdır. *Bir Dinozorun Anıları*'nın büyük bir kısmı yazıldığı ve temize çekildiği için, "şunları daktilo etmeye başlayayım bari" dedim. (Yetmişini çoktan geçtikleri halde bilgisayar kullanmasını öğrenen dostlarım var. Onlara hayranım. Ama kendim, ancak paniğe yakın bir dehşet duyuyorum bu fazlasıyla marifetli makinanın karşısında.) Tam kırk yıl önce doçentlik tezimi yazmak için aldığım Remington'un başına oturup tape etmeye başladım.

7 Ağustos 1997 günü on sekizinci sayfayı tamamlamışken, bir sigara yakmak niyetiyle ayağa kalktım. Derken ayaklarım kilime takıldı. Üstüne kâğıtlarımı koyduğum masif sehpanın kenarına çarparak, küt diye sırtüstü yere düştüm. Yüzükoyun düşmekle sırtüstü düşmek arasında fark vardır. İnsan yüzükoyun düşünce, kollarını öne uzatıp, kendini az çok koruyabilir. Ama sırtüstü düşünce, çaresiz kalır.

Sırtımdaki dayanılmaz ağrıdan, kötü bir şey olduğunu hemen anladım. Ertesi gün doktorlar, röntgenler faslı başladı ve dört kaburga kemiğimin kırıldığı anlaşıldı. Çatlak filân değil, düpedüz kırık. İflâh olmaz iyimserliğimden ötürü, "belkemiğimi de kırabilirdim; iyi ki, sadece kaburgalarımı kırdım" diyerek kendimi avutmaya çalıştım. Ama kırk gün, kırk gece korkunç acılar çektim. Öteki kırıklar alçıya konulur; ağrısı da azalır. Ama kaburgaları alçıya koymanın yolu yoktur. Kazma dişli, iğrenç ve koskocaman bir ağız, böğrüme saplanıp, sırtımı ve göğsümü ısırıyordu sanki.

Bu arada başka bir şeyi de anladım: İnsan gençken kırılan bir kemik, bedenin belirli bir yerinde bir kırıktır sadece. Gelgelelim yaşlılığında o kırık, tüm bedeni mahveden bir felâkete dönüşür. Bana da öyle oldu: Tansiyonum düştü; kalbimin temposu bozuldu; yıllardır uslu uslu sürüp giden müzmin bronşitim, beni nefes alamayacak, sabahlara kadar öksürecek hale getirdi. Ve en korkuncu, ünlü iştahımdan eser kalmadı. Huysuz bir bebeğe bakarcasına bana şefkatle, ama bir yandan da azarlayarak bakan kızım Zeynep, "biraz yemezsen, sana ağrı kesici ilaç vermeyeceğim" tehdidiyle, bana zorla bir iki lokma yedirebiliyordu.

Bu arada, ne acıdır ki, beni ayakta tutan bütün "kötü" alışkanlıklarımdan kopmuştum: Gözümü açar açmaz iki bardak koyu şekersiz çay içen ben, hiç çay içemiyordum; günde üç büyük fincan sade kahve içen ben, hiç kahve içemiyordum; her akşam iki tek içen ben, hiç rakı içemiyordum. Ve bana en korkunç geleni, on beş yaşımdan beri içtiğim sigarayı artık hiç içemememdi. Kırk elli gün sonra, öteki "kötü" alışkanlıklarıma geri dönebildim. Ama sigara hâlâ içemiyordum. Dostlarım, "aman ne iyi oldu! Bırakmak acısını çekmeden, hiç çaba göstermeden, kendiliğinden kurtuluverdin şu pis sigaradan" diyorlardı. Onların sesi aklın sesiydi. Ama ben aklın sesini değil, içimden gelen saçma sesi dinliyordum. Ve o saçma ses diyordu ki bana: "Ey ihtiyar! Sen, ancak eskisi gibi sigara içersen eski ruh sağlığına kavuşursun! Altmış yetmiş yıl içtikten sonra, artık içememek bir yenilgidir. Eğer sigarayı kendi isteğinle bıraksaydın, bu bir yenilgi değil, bir zafer olurdu. Seni kutlardım o zaman. Aferin, sigarayı bıraktın sonunda derdim. Ama durum öyle olmadı. Sen sigarayı değil, sigara seni bıraktı. Seni terkedip küçük düşürdü. Artık bu ihtiyarda iş yok, onu bırakıyorum işte, dedi. Bu yenilgiye katlanma sakın" dedi.

Aklın sesine kulak vereceğime, bu saçma sese kulak verdim. Yenilgiye katlanmadım. İnat ederek, her gün bir iki sigara yaktım. Hiç tadı yoktu; içemedim, söndürdüm. Ama öyle uğraştım, öyle uğraştım ki, üç ay sonra sigaradan eski tadı almaya başladım. İnsanın tâ içinden gelen saçma seslere uymanın yararına inananlardan olduğum için, pişmanlık da duymadım.

Kırılan kemiklerim yüzünden dayanılmaz ağrılar çektiğim kırk gün boyunca, bir ara, "tamam bu iş bitti. Varlığına inanmadığım öteki dünyaya gidiyorum" diye düşündüm. Yeterince yaşadığım için, artık yok olacağıma pek üzülmüyordum da. Çevremde bunca genç ölürken sekseninden sonra yaşamak biraz ayıp da geliyordu bana. Ama bir yandan da, "şu dinozorun anılarının beşinci bölümünü de bitirsem de sonra yok olsam" diyordum kendi kendime. Ağrılar dayanılır hale gelince, yeniden yazmaya başladım ve beşinci bölümü de bitirdim.

Bu dinozorun anlatmak istediği daha başka şeyler de var. Ömrü vefa ederse, fazla uzun yaşamanın ayıbına katlanabilirse, bakarsınız onları da yazar günün birinde. Yani bu son söz, gerçekten bir son söz değildir belki de.

ALTINCI BÖLÜM

Mîna Urgan'ın Albümünden

Mîna Urgan'ın çocukluğu, 1922

Mîna Urgan'ın annesi Şefika Hanım.

Mîna Urgan'ın babası Tahsin Nahit Bey.

Soldan sağa: ikinci Yahya Kemal, dördüncü Tahsin Nahit, altıncı Falih Rıfkı,
Büyükada Yat Klübü'nde, 1918.

Tahsin Nahit ve Ahmet Haşim edebiyat çevresinden bir toplulukla.

Mîna Urgan, 1951.

Mîna Urgan erkek çocuk dönemini yaşarken, 1929.

Mîna Urgan'ın üvey babası Falih Rıfkı Atay, 1915.

Mîna Urgan Arnavutköy Kız Koleji'ndeki diploma töreninde, 1935.

Mîna Urgan, 1947.

Mîna Urgan, 1948.

Bir yemekte, Mücap Ofluoğlu, Mîna Urgan, Sadri Alışık, Cahit Irgat (soldan sağa).

Mîna Urgan, çocukları Mustafa ve Zeynep Irgat ile, 1956.

Mîna Urgan'ın çocukları Mustafa ve Zeynep Irgat.

Mîna Urgan kızı Zeynep ile, 1960.

Mîna Urgan (solda) ve bir kayakçının Uludağ'da çekilen ve
kartpostal haline getirilen bir fotoğrafı, 1939.

Mîna Urgan Orhan Veli ile, 1940.

Sait Faik, Mîna Urgan ve Nail Çakırhan.

Orhan Veli, Mîna Urgan, Oktay Rifat
Küllük Kahvesi'nde, 1940.

Mîna Urgan Arif Dino ile.

Abidin Dino, 1944.

Soldan sağa: Güzin Dino, Abidin Dino, Mîna Urgan.

Ressam Namık İsmail.

Behice Boran ile eşi Nevzat Hatko.

Prof. Nüsret Hızır.

Cevat Şakir.

Ulvi Uraz

Sabahattin Eyüboğlu ve heykeltraş Şadi Çelik.

Mîna Urgan Yaşar Kemal ile Paris'te.

Abidin Dino ile Yaşar Kemal.

1 Mayıs 1978 yürüyüşünde.

Mîna Urgan, 1980.

Mîna Urgan, Demet Taner ile Bodrum'da evinin kapısında.

Mîna Urgan, 1997. (Fotoğraf: Gündüz Kayra)

EDEBİYAT

Roman, Öykü, Anlatı, Senaryo

İngiliz Müziği Peter Ackroyd
Chatterton Peter Ackroyd
Toplu Oyunlar Adalet Ağaoğlu
Ölmeye Yatmak Adalet Ağaoğlu
Bir Düğün Gecesi Adalet Ağaoğlu
Hayır Adalet Ağaoğlu
Romantik/Bir Viyana Yazı Adalet Ağaoğlu
Yazsonu Adalet Ağaoğlu
Suç ve Ceza Cem Akaş
Kalem Bahçelerinden Yedi Hayat Çetin Altan
Sahtekâr Şırıltı Ercüment Aytaç
Ve: Blues Ercüment Aytaç
Updike ve Ben Nicholson Baker
Gözün Kahverengi Suyu Memet Baydur
Piyanoçalanlar Anthony Burgess
Yüce Sultan Miguel De Cervantes
Batan Güneş Osamu Dazai
Toplu Oyunları Kemal Demirel
Harran'da Dolunay Yeşim Dorman
Fırtına Orhan Duru
Sarmal -Bütün Öyküler- Orhan Duru
Kısas-ı Enbiya haz. Orhan Duru
Alınyazım Kılavuzu İlhan Durusel
Av Ferit Edgü
Bir Gemide Ferit Edgü
Çığlık Ferit Edgü
Doğu Öyküleri Ferit Edgü
Eylülün Gölgesinde Bir Yazdı Ferit Edgü
Şehrin Ilık Solukları Tuncer Erdem
Yabanda Yolculuk Moris Farhi
Yaratık John Fowles
Stiller Max Frisch
Elveda Sidonie Erich Hackl
Diri Gömülen Sâdık Hidâyet
Hacı Aga Sâdık Hidâyet
Gramofon Hâlâ Çalıyor Selim İleri
Cahide, Ölüm ve Elmas Selim İleri
Ağır Roman Metin Kaçan
Fındık Sekiz Metin Kaçan
Modern İran ve Afgan Öyküleri Antolojisi
haz. ve çev. Mehmet Kanar
Buz Anna Kavan
Boşnak Edebiyatı Antolojisi haz. Fahri Kaya
Bütün Öyküler Feyyaz Kayacan
Ay Çarpması Ayinleri Bayram Keten
Çocuk Ölümü Şarkıları Hamdi Koç
Tanrı Gelini Sibyl Pär Lagerkvist
Lady Chatterley'in Sevgilisi D.H. Lawrence
Afrikalı Leo Amin Maalouf
Semerkant Amin Maalouf
Tanios Kayası Amin Maalouf
Doğunun Limanları Amin Maalouf
Altenburg'un Ceviz Ağaçları André Malraux
her biri bulutlu zirve Friederike Mayröcker
Golem Gustav Meyrink
Bekârlar Henry de Montherlant
Ruh İkizini Arar Mahir Öztaş
Soğuma Mahir Öztaş
Panayır/Sur Adnan Özyalçıner
Babamın Özyaşam Öyküsü Pierre Pachet
Yazıcı ya da Bir Yol Romanı Hüseyin Peker
Yaşam Kullanma Kılavuzu Georges Perec
Sorgulama Robert Pinget
Fantoine ile Agapa Arasında Robert Pinget
Çöl Masalları Tayfun Pirselimoğlu
Kayıp Zamanın İzinde –
Çiçek Açmış Genç Kızların Gölgesinde
Marcel Proust
Guermantes Tarafı Marcel Proust
Sodom ve Gomorra Marcel Proust

YAPI KREDİ YAYINLARI

Çavdar Tarlasında Çocuklar J.D. Salinger
Dokuz Öykü J.D. Salinger
Franny ve Zooey J.D. Salinger
Pasaport Antonis Samarakis
Gemi Adamları Zeyyat Selimoğlu
Böyle Yaşıyoruz Artık Susan Sontag
Zoo Viktor Şklovski
Bayan Mira'yla Ufak Bir Gezinti Semra Topal
Bir Tutkunun Dile Getirilme Biçimi Necati Tosuner
Kambur ve Öncesi Necati Tosuner
Sisli ve Sonrası Necati Tosuner
Sancı.. Sancı... Necati Tosuner
Güneş Giderken Necati Tosuner
Hay bin Yakzan İbn Sina/İbn Tufeyl
Mağara Arkadaşları Ayfer Tunç
İti Faruk Ulay
Bech Döndü John Updike
Geçip Gitti Göçmen Kuşlar A. Didem Uslu
Kâmil ile Meryem'e Dair Artun Ünsal
Aşkımumya Murat Yalçın
Hafif Metro Günleri Murat Yalçın
Soydaşınız Balık Burcu Mehmet Yaşın
Enayi Bir Aşk Şiir Erkök Yılmaz
Abdullah'ın Ablası Şiir Erkök Yılmaz

Deneme, Araştırma, Eleştiri
Geçerken Adalet Ağaoğlu
Karşılaşmalar Adalet Ağaoğlu
Başka Karşılaşmalar Adalet Ağaoğlu
Gençlikte Yeşeren Umut Tomris Alpay
Şeytanın Gör Dediği Çetin Altan
Kadın, Işık ve Ateş Çetin Altan
Dünyada Bırakılmış Mektuplar -Seçmeler- Çetin Altan
Dilimiz Üstüne Konuşmalar Melih Cevdet Anday
S/Z Roland Barthes
Bu Kalem Melûn© Enis Batur
Bu Kalem Bukalemun Enis Batur
Yazının Ucu Enis Batur
E/Babil Yazıları Enis Batur
Aciz Çağ – Faltaşları Enis Batur
Sade'ı Yakmalı mı? Simone de Beauvoir
Poetika İlhan Berk
Logos İlhan Berk
Michel Butor Üstüne Doğaçlamalar Michel Butor
20. Yüzyılda Öncü Tiyatro Ayşın Candan
Bütün Yazıları Asaf Hâlet Çelebi
Yazı ve Yalnızlık Oğuz Demiralp
Kutup Noktası Oğuz Demiralp
Okuma Defteri Oğuz Demiralp
Tanrının Onuru İnsan Kemal Demirel
My Lady Di(es) haz. Aslıhan Dinç
Şiir ve Eleştiri Mehmet H. Doğan
Çağının Tanığı Olmak Mehmet H. Doğan
İstanbulin Orhan Duru
Seyir Sözcükleri Ferit Edgü
Yazmak Eylemi Ferit Edgü
Dram Sanatının Alanı Martin Esslin
Duyumsanmayan Karanlık Memet Fuat
Düşünceye Saygı Memet Fuat
Eleştiri Sorumluluğu Memet Fuat
İki Yönlü Yozlaşma Memet Fuat
Özgünlük Avı Memet Fuat
Unutulmuş Yazılar Memet Fuat
Her Yer Tiyatrodur Memet Fuat
Kusur Konusunda Algirdas-Julien Greimas
Kara Anlatı Yazarı Semih Gümüş
Başkaldıran Edebiyat Nedim Gürsel
Paris Yazıları Nedim Gürsel
Güncelin Çağrısı Doğan Hızlan
Kitaplar Kitabı Doğan Hızlan
Saklı Su Doğan Hızlan
Vejetaryenliğin Yararları Sâdık Hidâyet
Dede Korkut'ta Renkler Seyfi Karabaş
Tiksinti Çağı Uğur Kökden
Seslerin Resmi Uğur Kökden

1900'e Veda Uğur Kökden
Sabahattin Ali-İnsan ve Eser Ramazan Korkmaz
Edebiyat Kapısı Cevdet Kudret
Gündemdeki Sanatçı Onat Kutlar
Klasik Amerikan Edebiyatı Üstüne İncelemeler D. H. Lawrence
Rüzgâra Karşı Ömer Madra
Gece Defteri Ahmet Oktay
İsrafil'in Sûr'u Ahmet Oktay
Çiçek Dürbünü Sevin Okyay
Artakalan Zamanda Ertuğrul Özkök
Borges'in Kaplanları Demir Özlü
Namık Kemal ve İbret Gazetesi Mustafa Nijat Özön
Alfabetika İshak Reyna
Yaşamın Kırılma Noktasında Dram Sanatı Sevda Şener
İşaretname ve İntermezzo Levent Şentürk
Yazıyla Yaşamak Güven Turan
Alla Turca'nın Sonu Necdet Uğur
D.H. Lawrence Mîna Urgan
Virginia Woolf Mîna Urgan
İnsanlık Güldürüsü'nde Yüzler ve Bildiriler Tahsin Yücel
Tartışmalar Tahsin Yücel
Yazın, Gene Yazın Tahsin Yücel
Alıntılar Tahsin Yücel
Samuel Beckett Tiyatrosu Ayşegül Yüksel

Yaşantı

Roland Barthes Roland Barthes
Uzak Ülke: Bir Kıbrıs Çocuğu Taner Baybars
El Yazılarına Vuruyor Güneş (1955-1990) İlhan Berk
İnferno İlhan Berk
Kanatlı At İlhan Berk
Uzun Bir Adam İlhan Berk
Günce'den Eksiltmeler (1975-1995) Mazhar Candan
Mavi Saçlı Kız Burçak Çerezcioğlu
Bosnalılar Velibor Çoliç
O Pera'daki Hayalet haz. Sezer Duru-Orhan Duru
Turne Mektupları Ahmet Erol
Tanpınar'dan Hasan-Âli Yücel'e Mektuplar haz. Canan Yücel Eronat
Ertuğrul Süvarisi Ali Bey'den Ayşe Hanım'a Mektuplar haz. Canan Yücel Eronat
Yakup Kadri'den Hasan-Âli Yücel'e Mektuplar haz. Canan Yücel Eronat
İki Gözüm Aziz Kardeşim Efendim haz. Nüket Esen
Gölgenin Kadınları Berat Günçıkan
İstanbul'da İki İskandinav Seyyah Knut Hamsun, H.C. Andersen
Bedrettin Tuncel'e Mektuplar haz. Alpay Kabacalı
Kültürümüzden İnsan Adaları Alpay Kabacalı
Kerguelen Adalarındaki Kemer Jean-Paul Kauffmann
İndim Zaman Bahçesine Güneş Karabuda
Geçmişe Açılan Pencere Uğur Kökden
Cangüncem küçük İskender
Yarısı Roman İsmet Kür
Babam Nurullah Ataç Meral AtaçTolluoğlu
Bir Dağcının Güncesi Nasuh Mahruki
O Günler Boris Pasternak
Tüpteki Bebek İv Psalti
Tolstoy'un Yaşamı Romain Rolland
Karısını Şapka Sanan Adam Oliver Sacks
Gizli Günlük George Sand
Annem Sabiha Sertel Kimdi, Neler Yazdı Yıldız Sertel
Amerikan Biçimi Yaşam Zekeriya Sertel
Ben Mutlu Bir Down Annesiyim Elçin Tapan
Beni Okuyunuz, İlyas Mâcid ve Eserleri haz. A. Mahir Toktan
Aşçıbaşı Mahmut Nedim Bin Tosun
Bir Eğitimcinin Öyküsü Hesabali Turan
Bir İmparatorluk Çökerken... –Anılar– Cahit Uçuk
Bir Dinozorun Anıları Mîna Urgan
Benim Lokantalarım Artun Ünsal
Dosdoğru Günlük Fikret Ürgüp

ŞİİR

İlan-ı Şiir Serhan Ada
Nüzüllü Şiirler Mim Kaf Agayef
John Ashbery – Profil haz. Nazmi Ağıl
Avluda Sina Akyol
Bir Acıya Kiracı Metin Altıok
Hey! Jack, Gary, Allen, Alp! C. Hakan Arslan
Necroscopium Ömer Arakon
Seçme Şiirler - Selected Poems John Ash
Aşağı Üsküdar Ali Asker Barut
Seyrüsefer Defteri Enis Batur
Doğu-Batı Dîvanı Enis Batur
Seçme Şiirler 1947-1997 Taner Baybars
Çiçek Dünyalar Sami Baydar
Asılı Eros –çeviri şiirler– İlhan Berk
Sofokles'in Antigone'si Bertolt Brecht
Varduman Salâh Birsel
Şiir ve Yaşam Ali Cengizkan
Şiir Atlası 2 haz. Cevat Çapan
Şiir Atlası 3 haz. Cevat Çapan
Seferis – Profil haz. Cevat Çapan
Eski Yağmurları Dinliyordum... Arif Damar
Seferi Salih Ecer
Yarım Damla haz. Gültekin Emre
Siyaha Elveda Gültekin Emre
Seçme Şiirler Louise Glück
Romeo ve Romeo. Ahmet Güntan
İlk Kan. Ahmet Güntan
Eski Mısır'dan Şiirler haz. Talat Sait Halman
Deliliğin Arifesinde Friedrich Hölderlin
Ait'siz Kimlik Kitabı Mustafa Irgat
Daha İyisi Saksofon – seçme şiirler Ernst Jandl
Gül Yaprağın' Döktü Bugün - Ağıtlar haz. Alpay Kabacalı
Yahya Kemal Rimbaud'yu Okudu mu? Hasan Bülent Kahraman
Sarı Defterdekiler-Folklor Derlemeleri Yaşar Kemal
Akademi Tuna Kiremitçi
Ciddiye Alındığım Kara Parçaları küçük İskender
Periler Ölürken Özür Diler küçük İskender
Şiirlideğnek küçük İskender
Yirmi5April küçük İskender
Papağana Silah Çekme! küçük İskender
Simone Martini'nin Dünyevî ve Semavî Yolculuğu Mario Luzi
Mağrur Olma Padişahım Roni Margulies
Bilirim Niye Yanık Öter Ney Roni Margulies
Bir Dünyalının Notları –toplu şiirler– Özkan Mert
Toplu Şiirler Ahmet Oktay
Gözüm Seğirdi Vakitten Ahmet Oktay
Söz Acıda Sınandı Ahmet Oktay
1945 Sonrası İsveç Şiiri Antolojisi haz. Lütfi Özkök - Yüksel Peker
İnsan Arkadaşınındır Hüseyin Peker
Gösterge Avcıları - Şiiri Okuyan Şairler 1 Mehmet Rifat
Balkur'da Akşam Yemeği Demir Özlü
Babam Benden Hiçbir Şey Anlamıyor Barış Pirhasan
Seçilmiş Şiirler Ali Püsküllüoğlu
Siyah İnciler Mehmed Rauf
Gece Yazı - çeviri şiirler Oktay Rifat-Samih Rifat
İtalyan Hermetik Şiiri Antolojisi haz. Işıl Saatçıoğlu
Ungaretti – Profil haz. Işıl Saatçıoğlu
Kardan Düşler - Seçme Şiirler Lasse Söderberg
Gençlik Ayinleri Zafer Şenocak
Toplu Şiirler 1971-1995 Tuğrul Tanyol
Toplu Şiirler Güven Turan
101 Bir Dize Güven Turan
Gizli Alanlar Güven Turan
Kıbrıslıtürk Şiiri Antolojisi haz. Mehmet Yaşın
1945 Sonrası Fransız Şiiri Antolojisi haz. Levent Yılmaz
Kayıp Ruhlar İsimsiz Adalar Levent Yılmaz
20 Ş. Necmi Zekâ